O GERENTE NOTURNO

JOHN LE CARRÉ

O GERENTE NOTURNO

TRADUÇÃO DE EDUARDO FRANCISCO ALVES

5ª edição

EDITORA RECORD
RIO DE JANEIRO • SÃO PAULO

2016

CIP-BRASIL. CATALOGAÇÃO-NA-FONTE
SINDICATO NACIONAL DOS EDITORES DE LIVROS, RJ

Le Carré, John, 1931-
L466g   O gerente noturno / John Le Carré; tradução de Eduardo
5ª ed. Francisco Alves. – 5. ed. – Rio de Janeiro: Record, 2016.

Tradução de: The Night Manager
ISBN 978-85-01-04102-9

1. Romance inglês. I. Alves, Eduardo Francisco. II. Título.

94-0714   CDD: 823
                                                           CDU: 820-3

Título original:
The Night Manager

Copyright © 1993 by David Cornwell

Texto revisado segundo o novo Acordo Ortográfico da Língua Portuguesa.

Todos os direitos reservados. Proibida a reprodução, no todo ou em parte, através de quaisquer meios. Os direitos morais do autor foram assegurados.

Editoração eletrônica: Abreu's System

Direitos exclusivos de publicação em língua portuguesa somente para o Brasil adquiridos pela
EDITORA RECORD LTDA.
Rua Argentina, 171 – Rio de Janeiro, RJ – 20921-380 – Tel.: (21) 2585-2000, que se reserva a propriedade literária desta tradução.

Impresso no Brasil

ISBN 978-85-01-04102-9

Seja um leitor preferencial Record.
Cadastre-se no site www.record.com.br e receba informações sobre nossos lançamentos e nossas promoções.

Atendimento e venda direta ao leitor:
mdireto@record.com.br ou (21) 2585-2002.

Graham Goodwin
in memorian

1

Numa noite de neve forte, em janeiro de 1991, o inglês Jonathan Pine, gerente noturno do Hotel Meister Palace, em Zurique, deixou seu escritório, atrás do balcão da recepção e, tomado por sentimentos que nunca experimentara antes, assumiu sua posição no *lobby*, como prelúdio à apresentação das boas-vindas de seu hotel a um retardatário ilustre. Havia começado a guerra do Golfo. Durante o dia, as notícias dos bombardeios aliados, transmitidas discretamente pelo pessoal, haviam provocado consternação na bolsa de valores de Zurique. As reservas dos hotéis, que em qualquer mês de janeiro eram fracas, haviam caído a níveis críticos. Mais uma vez em sua longa história, a Suíça estava sitiada.

Mas o Meister Palace encontrava-se à altura do desafio. Por sobre toda Zurique, o Meister's, como o hotel era carinhosamente conhecido pelos motoristas de táxis e pelos *habitués*, presidia física e tradicionalmente sozinho, uma tia eduardiana muito fleumática, encarapitada no topo de sua própria colina, observando a loucura febril da vida urbana lá embaixo. Quanto mais as coisas mudavam no vale, mais o Meister continuava a ser ele mesmo, inflexível em seus padrões, um bastião de estilo civilizado num mundo decidido a ir para o inferno.

O posto de observação de Jonathan era um pequeno recesso entre as duas vitrines elegantes do hotel, ambas exibindo moda feminina. Adèle, da Bahnhofstrasse, oferecia uma estola de zibelina siberiana sobre um manequim feminino cuja única outra proteção era uma calcinha de biquíni dourada e um par de brincos de coral, preço mediante consulta com o *concierge*. O clamor contra o uso de peles de animais, hoje em dia, é tão eloquente em Zurique quanto em qualquer outra cidade do mundo ocidental, mas o Meister Palace não dava a mínima atenção a isso. A segunda vitrine — de César, igualmente na Bahnhofstrasse — preferia atender ao gosto árabe, com um *tableau* de vestidos exuberantemente rebordados, turbantes em *diamanté* e relógios de pulso cravejados de joias, a sessenta mil francos a peça. Cercado por esses santuários à beira do caminho, dedicados ao luxo, Jonathan podia ficar de olho alerta nas portas de vaivém.

Era um homem pequeno, mas hesitante, protegendo-se com um sorriso de autojustificativa. Até mesmo sua condição de inglês era um segredo bem guardado. Era ágil, e estava na plenitude da vida. Um marinheiro o tomaria por outro, reconheceria a economia deliberada de seus movimentos, a posição recolhida dos pés, uma das mãos sempre atenta para se apoiar no navio. Tinha cabelos cacheados bem aparados e o cenho espesso de um pugilista. A palidez de seus olhos surpreendia. Esperava-se dele algo mais provocante, sombras mais carregadas.

E esses modos suaves num corpo de pugilista conferiam-lhe uma intensidade perturbadora. Ninguém, durante sua estada naquele hotel, o confundiria com outra pessoa: não com *Herr* Strippli, o superintendente da entrada principal, de cabelos cor de creme, não com um daqueles jovens alemães de *Herr* Meister, que andavam pelo hotel a passos largos e com ar superior, feito deuses a caminho do estrelato em algum outro lugar. Como hoteleiro, Jonathan era perfeito. Ninguém ficava imaginando quem seriam seus pais, nem se ele gostava de música, nem se tinha mulher e filhos, ou um cachorro. Seu olhar, enquanto observava a porta, era firme como o de um pistoleiro. Usava um cravo na lapela. Sempre os usava à noite.

A neve, mesmo para aquela época do ano, era tremenda. Ondas grossas varriam o pátio iluminado, feito torvelinhos brancos numa tempestade. Os carregadores uniformizados, postos de prontidão para a chegada de alguém importante, perscrutavam a nevasca, em expectativa. Roper não vai conseguir nunca, pensou Jonathan. Ainda que tenham deixado seu avião decolar, não poderia nunca ter aterrissado com esse tempo. *Herr* Kaspar entendeu errado.

Mas *Herr* Kaspar, o chefe dos porteiros, nunca tinha entendido nada errado na vida. Quando *Herr* Kaspar sussurrava "chegada iminente" pelo alto-falante interno, só um otimista congênito conseguiria imaginar que o avião do cliente teria sofrido um desvio de rota. Além disso, por que outro motivo *Herr* Kaspar estaria presidindo o serviço a essa hora, exceto pela chegada de um grande esbanjador? Houve uma época, *Frau* Loring havia contado a Jonathan, em que *Herr* Kaspar mutilaria por dois francos e estrangularia por cinco. Mas a velhice é um estágio diferente. Hoje em dia, só as colheitas mais ricas eram capazes de arrancar *Herr* Kaspar dos prazeres de sua televisão à noite.

O hotel está lotado, temo, Mr. Roper, Jonathan ensaiava em mais um esforço desesperado de evitar o inevitável. *Herr Meister está desolado. Um empregado temporário cometeu um erro imperdoável. No entanto, conseguimos reservar acomodações para o senhor no Baur au Lac,* et cetera. Mas esse anseio fantasioso também já nascia morto. Não havia um único grande hotel na Europa, nessa noite, que ostentasse mais de cinquenta hóspedes. Os ricos do mundo estavam valentemente agarrados à terra firme, com a única exceção de Richard Onslow Roper, comerciante internacional, de Nassau, Bahamas.

As mãos de Jonathan se enrijeceram e ele contraiu instintivamente os cotovelos, como que preparando-os para um combate. Um carro, pelo radiador um Mercedes, entrara no pátio, os feixes de luz dos faróis obstruídos pelos flocos de neve que caíam em rodopio. Viu a cabeça senatorial de *Herr* Kaspar se erguer, e o candelabro lançar reflexos sobre a superfície lustrosa de gomalina. Mas o carro estacionara do outro lado do pátio. Um táxi, um mero táxi, um ninguém. A cabeça de *Herr* Kaspar, agora brilhando com luz acrílica, mergulhou para a frente quando ele retomou seu exame das cotações no fechamento da bolsa. Em seu alívio, Jonathan permitiu-se um sorriso espectral de reconhecimento. A peruca, a peruca imortal: a coroa de 150 mil francos de *Herr* Kaspar, o orgulho de todo porteiro clássico da Suíça. Aquele Guilherme Tell das perucas, como *Frau* Loring a chamava; a peruca que ousara levantar-se em revolta contra *Madame* Archetti, a milionária despótica.

Talvez para concentrar a mente enquanto esta o puxava em tantas e diferentes direções, ou talvez porque encontrava nessa história alguma relevância oculta para a situação difícil em que se encontrava, Jonathan voltou a contá-la para si mesmo, mais uma vez, exatamente como *Frau* Loring, a governanta-chefe, a havia narrado na primeira vez em que lhe preparou *fondue* de queijo em seu apartamento no sótão. *Frau* Loring tinha 75 anos e era de Hamburgo. Fora a babá de *Herr* Meister e, diziam os boatos, amante do pai de *Herr* Meister. Era a guardiã da lenda da peruca, sua testemunha viva.

— *Madame* Archetti era a mulher mais rica da Europa naquele tempo, *jovem Herr* Jonathan — declarou *Frau* Loring, como se tivesse dormido com o pai de Jonathan também. — Todos os hotéis do mundo viviam atrás dela. Mas o Meister's era o seu preferido, até Kaspar tê-la enfrentado. Depois disso, bem, ainda vinha, mas só para ser vista.

Madame Archetti tinha herdado a fortuna dos supermercados Archetti, explicou Loring. *Madame* Archetti vivia dos juros sobre os juros. E o que lhe agradava, aos cinquenta e poucos anos, era percorrer os grandes hotéis da Europa, em seu carro esporte conversível inglês, seguida por seus empregados e seu guarda-roupa num furgão. Sabia os nomes de todos os porteiros e chefes dos garçons do Four Seasons de Hamburgo, passando pelo Cipriani de Veneza, até o Villa d'Este, no lago Como. Receitava-lhes dietas e remédios da flora, e os mantinha a par de seus horóscopos. E dava-lhes gorjetas numa escala difícil de se imaginar, contanto que lhe caíssem nas graças.

E nessas graças *Herr* Kaspar havia caído em cheio, disse *Frau* Loring. E caíra ao tilintar de vinte mil francos suíços a cada visita anual, para não mencionar os tônicos capilares miraculosos, as pedras mágicas que ele devia colocar embaixo do travesseiro, para curar sua dor ciática, e as latas de meio quilo de caviar Beluga, no Natal e nos dias santos, que *Herr* Kaspar discretamente convertia em dinheiro, através de um acordo com um famoso restaurante da cidade. Tudo isso por obter algumas entradas para o teatro e reservar algumas mesas em restaurantes, pelo que, é claro, ele recebia sua comissão habitual. E por dispensar-lhe aqueles submissos sinais de devoção que *Madame* Archetti exigia em seu papel de castelã do reino dos servidores.

Até o dia em que *Herr* Kaspar comprou sua peruca.

Ele não a comprara precipitadamente, disse *Frau* Loring. Comprara primeiro terras no Texas, graças a um cliente do Meister's que lidava com petróleo. O investimento prosperou e ele extraiu o seu lucro. Só então resolveu que, tal como sua cliente e benfeitora, havia atingido um estágio na vida em que tinha direito a desperdiçar um pouco de seus anos avançados. Após meses de medidas e discussões, a coisa ficou pronta — uma peruca-maravilha, um milagre de engenhosa dissimulação. Para experimentá-la, aproveitou uma de suas férias anuais em Mykonos, e certa manhã de segunda-feira, em setembro, voltou a aparecer à sua mesa de trabalho, bronzeado e quinze anos mais moço, contanto que não se olhasse para ele a partir de cima.

E ninguém o fez, disse *Frau* Loring. Ou, se alguém fez, nada mencionou. A verdade espantosa era que ninguém, absolutamente ninguém, fez a menor menção à peruca. Nem *Frau* Loring, nem André, que era o pianista naquela época, nem Brandt, que foi o antecessor do *Maître* Berri, no salão de jantar, nem o velho *Herr* Meister, que tinha olhos de lince para qualquer desvio na aparência de seu pessoal. O hotel inteiro havia resolvido, tacitamente, participar do rejuvenescimento radiante de *Herr* Kaspar. A própria *Frau* Loring arriscou tudo num decotado vestido de verão e num par de meias com as costuras num padrão de folha de samambaia. E as coisas continuaram assim satisfatoriamente, até a noite em que *Madame* Archetti chegou para a sua costumeira estada de um mês e, como de hábito, sua família do hotel perfilou-se para saudá-la no *lobby*: *Frau* Loring, *Maître* Brandt, André e o velho *Herr* Meister, que estava esperando para conduzi-la pessoalmente à Suíte da Torre.

E, à sua mesa de trabalho, *Herr* Kaspar com sua peruca.

No princípio, disse *Frau* Loring, *Madame* Archetti não se permitiu notar o acréscimo ao aspecto do seu favorito. Sorriu-lhe ao passar, majestosa, mas foi o sorriso de uma princesa em seu primeiro baile, concedido a todos de uma só vez. Permitiu que *Herr* Meister a beijasse em ambas as faces, *Maître* Brandt em uma. Sorriu para *Frau* Loring. Passou os braços, circunspectamente, em torno dos ombros pouco desenvolvidos de André, o pianista, que ronronou *"madame"*. Só então aproximou-se de *Herr* Kaspar.

— O que estamos usando em nossa cabeça, Kaspar?

— Cabelos, *madame*.

— Cabelos de quem, Kaspar?

— Meus — respondeu *Herr* Kaspar, com paciência.

— Tire-os — ordenou *Madame* Archetti. — Ou nunca mais verá um centavo meu.

— Não posso tirá-los, *madame*. Meus cabelos são parte da minha personalidade. É uma coisa integrada.

— Pois então desintegre-a, Kaspar. Não agora, é complicado demais, mas para amanhã de manhã. Se não, nada. O que conseguiu para mim no teatro?

— *Othello, madame*.

— Amanhã de manhã, volto a dar uma olhada em você. Quem o interpreta?

— Leiser, *madame*. O maior Mouro que temos.

— Vamos ver.

Na manhã seguinte, às oito horas em ponto, *Herr* Kaspar chegou para o serviço, as chaves cruzadas de seu posto reluzindo como medalhas de campanha em suas lapelas. E, sobre a cabeça, triunfante, o emblema de sua insurreição. Durante toda a manhã reinou no *lobby* um silêncio precário. Os hóspedes do hotel, como os famosos gansos de Freiburg, disse *Frau* Loring, estavam cônscios da explosão iminente, mesmo que lhe desconhecessem a causa. Ao meio-dia, que era a sua hora, *Madame* Archetti emergiu da Suíte da Torre e desceu a escadaria pelo braço do namorado reinante, um jovem e promissor barbeiro de Graz.

— Mas onde está *Herr* Kaspar esta manhã? — perguntou ela vagamente na direção de *Herr* Kaspar.

— Ele está à sua mesa de trabalho, e a seu serviço como sempre, *madame* — respondeu *Herr* Kaspar numa voz que, para os que a ouviram, ecoou por todo o sempre nos saguões da liberdade. — E ele está com os bilhetes para o Mouro.

— Não vejo nenhum *Herr* Kaspar. — *Madame* Archetti informou a seu acompanhante. — Só vejo cabelos. Diga-lhe, por favor, que sentiremos falta dele em sua obscuridade.

— Para ele, foi o seu toque da trombeta — era como *Frau* Loring gostava de concluir. — A partir do momento em que aquela mulher entrou no hotel, *Herr* Kaspar não tinha como fugir ao seu destino.

E esta noite será o meu toque de trombeta, pensou Jonathan, esperando para receber o pior homem do mundo.

Jonathan estava preocupado com as mãos, como de hábito impecáveis, da forma que sempre estiveram desde que ele se vira submetido a inspeções das unhas no colégio militar. A princípio, mantivera-as crispadas junto aos galões que enfeitavam as costuras laterais das calças, na postura que lhe fora incutida na praça de armas. Mas agora, sem que ele percebesse, haviam se juntado às suas costas, com um lenço torcido entre elas, pois Jonathan estava aflitivamente cônscio do suor que não parava de aflorar em suas palmas.

Transferindo as preocupações para o sorriso, examinou-o em busca de falhas, nos espelhos que o cercavam. Era o Sorriso de Recepção Cordial, que ele havia aprimorado durante seus anos naquela profusão: um sorriso de simpatia, mas prudentemente contido, pois a experiência lhe ensinara que hóspedes, particularmente os muito ricos, podiam ficar facilmente irritáveis após uma viagem cansativa, e a última coisa de que precisavam ao chegar era um gerente noturno arreganhando-lhes os dentes feito um chimpanzé.

Seu sorriso, confirmou, continuava no lugar. A sensação de náusea não o havia deslocado. A gravata, combinando com a roupa como um sinal para os melhores hóspedes, era agradavelmente displicente. O cabelo, apesar de nada que rivalizasse com o de *Herr* Kaspar, era dele mesmo e, como de costume, perfeitamente bem penteado. *É um outro Roper*, decretou em seus pensamentos. *Um equívoco total, a coisa toda. Nada, absolutamente nada a ver com ela. Existem dois, ambos comerciantes, ambos de Nassau.* Mas Jonathan vinha assim, se animando e logo desanimando, desde as cinco e meia daquela tarde quando, chegando ao escritório para o trabalho, pegara displicentemente a lista que *Herr* Strippli fizera dos hóspedes esperados para aquela noite, e vira o nome Roper em maiúsculas eletrônicas exclamando para ele na folha de impressora do computador.

Roper R. O., grupo de dezesseis pessoas, chegando de Atenas em jato particular, esperado às 21:30, seguido pela anotação histórica de *Herr* Strippli: "VVIP!"*. Jonathan chamou o arquivo de relações públicas em sua tela. Roper R. O., seguido pelas letras GCO, que era o código reservado da casa para guarda-costas, o O significando oficial, e oficial significando com licença das autoridades federais suíças para portar uma arma. Roper, GCO, endereço comercial Ironbrand Land, Ore & Precious Metals Company of Nassau, e endereço residencial um número de caixa postal em Nassau, crédito garantido pelo Banco Sei Lá de Quem de Zurique. Então, quantos Ropers havia no mundo, com a primeira inicial R e firmas chamadas Ironbrand? Quantas coincidências mais Deus ainda tinha guardadas na manga?

— Mas quem, afinal, é Roper R. O., quando está em sua própria casa? — perguntou Jonathan a *Herr* Strippli, em alemão, enquanto fingia estar ocupado com outras coisas.

— É um inglês, como você.

Strippli tinha o hábito exasperador de responder em inglês, apesar do alemão de Jonathan ser melhor.

— Como eu, não, ora essa. Mora em Nassau, negocia metais preciosos, bancos na Suíça, o que isso tem de igual a mim?

Após meses encarcerados juntos, suas brigas haviam adquirido aquela banalidade tipicamente conjugal.

---

* *Very* VIP = pessoa *muitíssimo* importante. (*N. do T.*)

— *Mr.* Roper é na verdade um hóspede muito importante — respondeu Strippli em sua entonação monótona, enquanto afivelava o sobretudo de couro, preparando-se para a neve. — Segundo o nosso setor confidencial, ele é o número cinco entre os que mais gastam, e o principal entre todos os ingleses. Da última vez que seu grupo esteve aqui, sua média foi de vinte e um mil e setecentos francos suíços por dia, *mais* o serviço.

Jonathan ouviu a trepidação abafada da motocicleta de *Herr* Strippli enquanto este, apesar da neve, roncava colina abaixo, rumo à casa da mãe. Sentou-se a sua mesa por alguns instantes, a cabeça afundada nas mãos pequenas, como alguém que estivesse esperando um ataque aéreo. Calma, disse a si mesmo, Roper não se afobou, você pode fazer o mesmo. Então sentou-se mais uma vez aprumado e, com a expressão serena de alguém muito à vontade, dedicou sua atenção às cartas sobre a mesa. Um fabricante de tecidos de Stuttgart protestava contra a conta de sua festa de Natal. Jonathan minutou uma resposta mordaz, para a assinatura de *Herr* Meister. Uma empresa de relações públicas da Nigéria pedia informações sobre instalações para conferências. Jonathan respondeu, lamentando não haver vagas.

Uma garota francesa, bonita e altiva, chamada Sybille, que estivera hospedada no hotel com a mãe, queixava-se mais uma vez do tratamento que ele lhe dispensava. "Você me leva para andar de barco. Para caminhar pelas montanhas. Passamos dias lindos. Será que é tão inglês a ponto de não podermos ser mais que amigos? Você olha para mim, vejo uma sombra cruzar seu rosto, eu lhe causo aversão."

Sentindo a necessidade de se mexer, partiu para um giro das obras na ala norte, onde *Herr* Meister estava construindo um *grill-room*, todo de pinho suíço retirado dos telhados de um tesouro arquitetônico da cidade que havia sido condenado à demolição. Ninguém sabia por que *Herr* Meister queria um *grill-room*, nem ninguém conseguia se lembrar quando ele havia começado aquilo. Os painéis numerados estavam empilhados em fileiras, apoiados na parede de que o reboco havia sido todo arrancado. Jonathan captou o cheiro almiscarado da madeira e lembrou-se dos cabelos de Sophie na noite em que ela entrou no seu escritório, no Hotel Rainha Nefertiti, no Cairo, cheirando a baunilha.

As obras de *Herr* Meister não podiam levar a culpa disso. Desde que vira o nome de Roper, às cinco e meia daquela tarde, Jonathan se pusera a caminho do Cairo.

Costumava vê-la de relance, mas nunca lhe falara: uma beleza lânguida, de cabelos escuros, uns quarenta anos, a cintura baixa, elegante e distante. Já a vira nas expedições que ela fazia às butiques do Nefertiti, ou sendo ajudada a entrar num Rolls-Royce marrom por um motorista musculoso. Quando ela passeava pelo *lobby*, o motorista fazia as vezes de guarda-costas, pairando atrás dela com as mãos cruzadas sobre o saco. Quando ela tomava um *menthe frappé* no restaurante Le Pavillon, os óculos escuros enterrados nos cabelos feito óculos de proteção de motociclistas, e seu jornal francês ao alcance da mão, o motorista ficava bebericando uma soda na mesa ao lado. O pessoal do hotel a chamava de *Madame* Sophie, e *Madame* Sophie pertencia a Freddie Hamid, que era o caçula dos três desagradáveis irmãos Hamid, que entre si possuíam uma boa parte do Cairo, incluindo o Hotel Rainha Nefertiti. A realização mais célebre de Freddie, aos 25 anos, era ter perdido meio milhão de dólares no bacará em dez minutos.

— O senhor é *Mr.* Pine — disse ela numa voz com tempero francês, deixando-se cair na poltrona em frente a sua mesa. Lançando para trás a cabeça e para ele um olhar de esguelha: — A fina flor da Inglaterra.

Eram três da manhã. Ela usava um conjunto com calças compridas, de seda, e um amuleto de topázio à garganta. Podia não ter pernas, ele concluiu: proceda com cautela.

— Bem, obrigado — disse com graciosidade. — Há muito tempo ninguém me diz isso. Em que posso ajudá-la?

Mas quando farejou discretamente o ar à volta dela, só conseguiu sentir o perfume dos seus cabelos. E o mistério era que, apesar de serem de um negro brilhante, cheiravam a louro: um perfume de baunilha, e cálido.

— E eu sou *Madame* Sophie, da cobertura número três — continuou, como que lembrando a si mesma. — Já o vi com frequência, *Mr.* Pine. Com muita frequência. O senhor tem olhos muito firmes.

Os anéis em seus dedos, antigos. Chuveiros de diamantes duvidosos, engastados em ouro sem brilho.

— E eu já vi *a senhora* — replicou, com seu sorriso sempre pronto.

— O senhor também *navega* — disse ela, como se o acusasse de algum desvio engraçado. O *também* era um mistério que ela não explicou.

— Meu protetor me levou ao Iate Clube do Cairo no domingo passado. Seu barco chegou quando estávamos tomando coquetéis de champanha. Freddie o reconheceu e acenou, mas o senhor estava muito ocupado sendo marítimo, para se preocupar conosco.

— Espero que estivéssemos apenas com medo de abalroar o cais — disse Jonathan, recordando-se de um grupo barulhento de egípcios ricos se enchendo de champanha na varanda do clube.

— Era um barco azul muito bonito, com a bandeira inglesa. É seu? Parecia tanto coisa da realeza.

— Meu Deus, não! É do ministro.

— Está querendo dizer que sai para navegar com o sacerdote?

— Estou querendo dizer que saio para navegar com o segundo funcionário mais graduado da embaixada britânica.

— Ele parecia tão jovem. Os dois pareciam. Não sei por que, mas imaginava que as pessoas que trabalhassem à noite fossem pouco saudáveis. Quando é que o senhor dorme?

— Era meu fim de semana livre — respondeu Jonathan inteligentemente, uma vez que não se sentia nem um pouco inclinado naquele primeiríssimo estágio de seu relacionamento a discutir seus hábitos de sono.

— O senhor sai sempre para navegar nos seus fins de semana livres?

— Quando sou convidado.

— E o que mais faz nos seus fins de semana livres?

— Jogo um pouco de tênis, corro um pouco. Reflito sobre minha alma imortal.

— E ela *é* imortal?

— Espero que sim.

— Acredita nisso?

— Quando estou feliz.

— E quando está infeliz, duvida. Não é de espantar que Deus seja tão imprevisível. Por que Ele deveria ser constante, quando nós somos tão descrentes?

Franzia o cenho, numa expressão de censura, para suas sandálias douradas, como se elas também houvessem se comportado mal. Jonathan ficou imaginando se, afinal de contas, ela estaria sóbria e simplesmente mantinha um ritmo diferente do mundo à sua volta. Ou talvez pegasse de leve as drogas de Freddie: pois falava-se que os Hamid traficavam haxixe do Líbano.

— O senhor anda a cavalo? — perguntou ela.

— Temo que não.

— Freddie tem cavalos.

— Já ouvi falar.

— Árabes. Árabes magníficos. As pessoas que criam cavalos árabes formam uma elite internacional, o senhor sabia disso?

— Assim ouvi dizer.

Ela se permitiu uma pausa para meditação. Jonathan aproveitou-se disso:

— Há alguma coisa em que eu possa ajudá-la, *Madame* Sophie?

— E esse ministro, esse *Mr*...

— Ogilvey.

— *Sir* Qualquer Coisa Ogilvey?

— Apenas *mister*.

— É seu amigo?

— Amigo de iatismo.

— Frequentaram a escola juntos?

— Não, não estive naquele tipo de escola.

— Mas vocês são da mesma classe, ou qual seria a expressão? Podem não criar cavalos árabes, mas são ambos... ora, meu Deus, como é que se diz... ambos cavalheiros?

— *Mr.* Ogilvey e eu somos companheiros de iatismo — respondeu com seu sorriso mais evasivo.

— Freddie também tem um iate. Um bordel flutuante. Não é assim que o chamam?

— Tenho certeza que não.

— Tenho certeza que *sim*.

Ela fez mais uma pausa, enquanto estendia um braço envolto em seda e examinava o lado de baixo dos braceletes que trazia no pulso.

— Gostaria de uma xícara de café, por favor, *Mr.* Pine. Egípcio. Depois, preciso lhe pedir um favor.

Mahmoud, o garçom da noite, trouxe café num bule de cobre e serviu duas xícaras com toda a cerimônia. Antes de Freddie aparecer, ela pertencera a um armênio rico, lembrou-se Jonathan, e antes disso foi um grego de Alexandria, que tinha umas concessões duvidosas ao longo do Nilo. Freddie passara a assediá-la, bombardeando-a com buquês de orquídeas nos momentos mais impossíveis, dormindo na sua Ferrari em frente ao apartamento dela. Os colunistas de fofocas publicaram tudo que ousaram. O armênio havia deixado a cidade.

Ela estava tentando acender um cigarro, mas a mão tremia. Jonathan acendeu um isqueiro para ela. *Madame* Sophie fechou os olhos e tragou o cigarro. Revelaram-se rugas em seu pescoço. E Freddie Hamid nada menos de 25 anos, pensou Jonathan. Pousou o isqueiro sobre a mesa.

— Eu também sou britânica, *Mr.* Pine — observou, como se fosse uma dor que partilhassem. — Quando era moça e sem princípios, casei-me com um de seus conterrâneos, pelo passaporte dele. Acabou por ele me amar imensamente. Era um poço de virtudes. Não há ninguém melhor do que um inglês bom, nem ninguém pior do que um inglês ruim. Já o observei. Acho que o senhor é um dos bons. *Mr.* Pine, conhece Richard Roper?

— Temo que não.

— Mas tem de conhecer. Ele é famoso. É bonito. Um Apolo de cinquenta anos. Cria cavalos, exatamente como o Freddie. Eles até falam em abrir juntos um haras. *Mr.* Richard Onslow Roper, um dos seus famosos empresários internacionais. Ora, vamos.

— O nome não me diz nada, sinto muito.

— Mas Dicky Roper tem um monte de negócios no Cairo. Ele é inglês, como o senhor, muito cativante, rico, glamoroso, com grande poder de persuasão. Para nós, simples árabes, quase que persuasivo demais. Tem um iate a motor esplêndido, *duas vezes* o tamanho do de Freddie! Como pode não conhecê-lo, uma vez que é navegante? É claro que conhece. Está fingindo. Estou vendo.

— Talvez, se ele tem um iate a motor esplêndido, não precise se preocupar com hotéis. Não leio muito os jornais. Estou um pouco por fora, sinto muito.

Mas *Madame* Sophie não sentia muito. Ficou tranquilizada. Seu alívio estava patente no rosto, no qual as nuvens se dissiparam, e na decisão com que, naquele momento, estendeu a mão para a bolsa.

— Gostaria que o senhor copiasse para mim alguns documentos pessoais, por favor.

— Bem, temos um escritório de serviços executivos, bem do outro lado do *lobby*, *Madame* Sophie — disse Jonathan. — *Mr.* Ahmadi geralmente dirige tudo à noite.

Fez um gesto para pegar o telefone, mas a voz dela o interrompeu.

— São documentos confidenciais, *Mr.* Pine.

— Tenho certeza de que *Mr.* Ahmadi é perfeitamente confiável.

— Obrigada, eu preferiria que usássemos nossas próprias instalações — replicou ela, lançando um olhar para a máquina copiadora, sobre um carrinho de rodas, a um canto. E ele entendeu que ela havia marcado aquela copiadora em suas expedições pelo *lobby*, tal como marcara a ele. Tirou da bolsa um maço de papéis brancos, enrolados, mas não dobrados. Empurrou-os sobre a mesa até ele, os dedos cheios de anéis, abertos e rígidos.

— É apenas uma copiadora muito *pequena*, temo, *Madame* Sophie — preveniu Jonathan, pondo-se de pé. — Será preciso alimentá-la manualmente. Posso mostrar-lhe como e então deixá-la a sós?

— Nós a alimentaremos juntos, por favor — disse ela, com uma insinuação nascida da tensão.

— Mas se os documentos são confidenciais...

— Por favor, precisa me ajudar nisso. Em coisas técnicas, sou uma idiota. Não sou eu mesma. — Pegou o cigarro que estava no cinzeiro e deu uma tragada. Os olhos, arregalados, pareciam chocados por suas próprias ações. — O senhor o faz, por favor — ordenou-lhe.

E ele o fez.

Ligou a máquina, foi inserindo os documentos — todos os dezoito — e leu-os por alto, à medida que iam reaparecendo. Não fez nenhum esforço consciente para isso. Tampouco fez qualquer esforço consciente para resistir a isso. As habilidades de observador nunca o haviam abandonado.

Da Ironbrand Land, Ore & Precious Metals Company, de Nassau, para a Hamid InterArab Hotels and Trading Company, do Cairo, data de chegada, 12 de agosto. Hamid InterArab para Ironbrand, data de envio, manifestações de apreço pessoal.

Ironbrand mais uma vez à Hamid InterArab, falando de mercadoria e itens 4 a 7 de nossa listagem, consumidor-alvo responsabilidade da Hamid InterArab e vamos jantar juntos no iate.

As cartas da Ironbrand assinadas com um rasgo de pena conciso, feito um monograma num bolso de camisa. As cópias da InterArab sem nenhuma assinatura, mas com o nome de Said Abu Hamid em maiúsculas exageradas, logo abaixo do espaço vazio.

Então Jonathan viu a listagem e seu sangue fez aquilo que o sangue faz quando lhe causa um formigamento na superfície das costas e o deixa preocupado com o modo como sua voz soará assim que você falar: uma folha lisa de papel, nenhuma assinatura, nenhum cabeçalho, apenas no alto "Estoque disponível em 1º de outubro de 1990". Os itens, um léxico diabólico do passado insone de Jonathan.

— Tem certeza de que uma cópia será suficiente? — perguntou com aquela leveza extra que lhe sobrevinha em momentos de crise, como uma clareza de visão debaixo de fogo cruzado.

Ela estava de pé com o braço atravessado sobre o estômago, a mão em concha apoiando o cotovelo, enquanto fumava e o observava.

— Você é hábil — disse ela. Só não disse em quê.

— Bem, não é exatamente complicado, uma vez que se pega o jeito. Contanto que o papel não emperre.

Arrumou os documentos originais em uma pilha, as cópias em outro. Suspendera os pensamentos. Se estivesse esticado, morto, no chão, sua mente estaria bloqueada da mesma maneira. Virou-se para ela e disse:

— Pronto — informalmente demais, um arrojo que ele não sentia de modo algum.

— Em um bom hotel, pede-se tudo — observou ela. — Tem um envelope adequado? É claro que tem.

Os envelopes estavam na terceira gaveta de sua mesa, do lado esquerdo. Escolheu um amarelo, tamanho A4, e empurrou-o por cima da mesa, mas ela deixou-o onde estava.

— Por favor, coloque as cópias dentro do envelope. Depois feche-o bem fechado e guarde-o no seu cofre. Talvez devesse usar um pouco de fita adesiva. Sim, passe uma fita adesiva. Não será necessário nenhum recibo, obrigada.

Jonathan tinha um sorriso especialmente caloroso para as recusas.

— Infelizmente, não temos permissão para aceitar pacotes dos hóspedes, para guardar no cofre, *Madame* Sophie. Mesmo sendo seu. Posso dar-lhe uma caixa de depósito e sua própria chave. Temo que isso é o máximo que posso fazer.

Ela já estava enfiando as cartas originais de novo na bolsa, quando ele disse isso. Fechou o trinco da bolsa com um estalo e jogou-a sobre o ombro.

— Não seja burocrático comigo, *Mr.* Pine. O senhor viu o conteúdo do envelope. O senhor o fechou. Coloque nele o seu próprio nome. As cartas agora são suas.

Sem se surpreender nem por um momento com sua própria obediência, Jonathan escolheu uma hidrográfica vermelha no porta-canetas de prata e escreveu PINE em letras maiúsculas, no envelope.

Este problema é seu, dizia-lhe silenciosamente. Em momento nenhum pedi isto, em momento nenhum estimulei isto.

— Por quanto tempo espera que elas fiquem aqui, *Madame* Sophie? — quis saber.

— Talvez para sempre, ou talvez por uma noite. Nunca se sabe. É como um caso de amor. — O ar coquete abandonou-a e ela tornou-se a suplicante. — Em confiança. Sim? Estamos entendidos. Sim?

Ele disse sim. Ele disse é claro. Deu-lhe um sorriso que sugeria estar um pouquinho surpreso por ter sido preciso levantar esta questão.

— *Mr.* Pine.

— *Madame* Sophie.

— Com respeito a sua alma imortal.

— Com respeito a ela.

— Somos todos imortais, naturalmente. Mas se acabar se revelando que eu não sou, o senhor faria o favor de entregar esses documentos a seu amigo, *Mr.* Ogilvey? Posso confiar que fará isso?

— Se é o que deseja, é claro.

Ela ainda estava sorrindo, ainda misteriosamente fora de compasso com ele.

— O senhor é o gerente da noite permanente, *Mr.* Pine? Sempre? Todas as noites?

— É a minha profissão.

— De escolha?

— É claro.

— Escolha sua?

— De quem mais?

— Mas o senhor tem um aspecto tão bom à luz do dia.

— Muito obrigado.

— Vou lhe telefonar de vez em quando.

— Eu me sentirei honrado.

— Tal como o senhor, estou ficando um pouco cansada de dormir. Por favor, não me acompanhe.

E o perfume de baunilha novamente, quando ele abriu a porta para ela, e sentiu vontade de segui-la até a cama.

De pé, empertigado, na obscuridade do *grill-room* permanentemente inacabado de *Herr* Meister, Jonathan ficou observando a si mesmo, um mero figurante em seu teatro secreto superlotado, passando a trabalhar metodicamente nos documentos de *Madame* Sophie. Para o soldado treinado, não importa que tenha sido treinado há muito tempo, não existe nada de atemorizante no chamado ao dever. Existe apenas o movimento adestrado de autômato, de um lado da cabeça para o outro.

Pine de pé, à porta de seu escritório no Rainha Nefertiti, observando, do outro lado do saguão de mármore vazio, os dígitos de cristal líquido sobre a porta do elevador, enquanto estes vão balbuciando sua ascensão até as coberturas.

O elevador retornando vazio ao andar térreo.

As palmas das mãos de Pine secas e formigando, os ombros de Pine leves.

Pine reabrindo o cofre. A combinação havia sido fixada — pelo sicofanta do gerente geral do hotel — na data de aniversário de Freddie Hamid.

Pine tirando as fotocópias, dobrando o envelope amarelo, até ficar no tamanho suficiente para enfiá-lo num dos bolsos internos do paletó do *smoking,* para ser destruído mais tarde.

A copiadora ainda quente.

Pine tirando as cópias, primeiro ajustando o botão de densidade um pouco mais escuro, para maior definição. Nomes de mísseis. Nomes de sistemas de orientação. Tecnoblablablá que Pine não conseguia entender. Nomes de produtos químicos que Pine não conseguia pronunciar, mas cujo uso conhecia. Outros nomes igualmente letais, porém mais pronunciáveis. Nomes como Sarin, Soman e Tabun.

Pine enfiando as novas cópias dentro do cardápio do jantar daquela noite, depois dobrando o cardápio ao comprido e deixando-o escorregar para o outro bolso interno. As cópias ainda quentes dentro do cardápio.

Pine colocando as cópias antigas em um envelope novo, absolutamente idêntico ao anterior. Pine escrevendo PINE no novo envelope e recolocando-o no mesmo lugar, na mesma prateleira, igualmente virado para cima.

Pine tornando a fechar o cofre e trancando-o. O mundo patente, visível, perfeitamente restaurado.

Pine, oito horas depois, um tipo diferente de servidor, sentado bunda-colada-com-bunda ao lado de Mark Ogilvey, na cabine atravancada do iate do ministro, enquanto *Mrs.* Ogilvey, na cozinha do barco, usando *jeans* com *griffe,* prepara sanduíches de salmão defumado.

— Freddie Hamid comprando brinquedinhos sujos de Dicky Onslow Roper? — repete Ogilvey, incrédulo, folheando pela segunda vez os documentos. — Mas que diabo é isto? Esse tipinho sujo estaria mais seguro se ficasse no bacará. O embaixador vai ficar enfurecido. Querida espere só até escutar esta.

Mas *Mrs.* Ogilvey já havia escutado essa. Os Ogilvey são uma equipe de marido e mulher. Preferem espionar a ter filhos.

Eu a amava, pensou Jonathan, inutilmente. Gostaria de apresentar-lhe seu amante no passado imperfeito.

Eu a amava, mas em vez disso a traí, com um espião inglês pomposo, de quem eu sequer gostava.

Porque eu estava na sua listinha de pessoas que sempre fazem a sua parte quando toca a corneta.

Porque eu era Um De Nós — Nós sendo ingleses de manifesta lealdade e discrição. Nós sendo os Bons Sujeitos.

Eu a amava, mas nunca consegui chegar a dizê-lo, na ocasião.

A carta de Sybille ressoou em seus ouvidos: vejo uma sombra atravessar-lhe o rosto. Eu lhe causo aversão.

Não, não, aversão alguma, Sybille, o hoteleiro apressou-se em garantir a sua correspondente inoportuna. Você é só irrelevante. A aversão é toda obra minha.

2

Herr Kaspar voltou a erguer sua famosa cabeça. A vibração de um motor possante tornou-se discretamente audível, acima das pancadas do vento. Enrolou seus boletins da sitiada bolsa de valores de Zurique e prendeu-os com um elástico. Guardou o rolo de papéis em sua gaveta de investimentos, trancou-a e fez um aceno afirmativo com a cabeça para Mario, o chefe dos carregadores. Tirou um pente do bolso de trás e passou-o, de leve, pela peruca. Mario franziu o cenho para Pablo, que por sua vez lançou um sorriso afetado a Benito, o aprendiz ridiculamente bonitinho, de Lugano, que com toda probabilidade estava concedendo seus favores a ambos. Os três haviam se agrupado no *lobby*, ao abrigo do frio, mas agora, com fanfarronice latina, enfrentaram a tempestade, abotoando suas capas no pescoço, enquanto pegavam os guarda-chuvas e os carrinhos, e desapareceram, engolidos pela neve.

Isso não aconteceu, pensou Jonathan, atento a cada sinal da aproximação do carro. Existe apenas a neve varrendo o pátio. É um sonho.

Mas Jonathan não estava sonhando. A limusine era real, ainda que estivesse flutuando sobre um vazio todo branco. Uma limusine ampliada, mais longa do que o hotel, estava atracando em frente à entrada principal, como se fosse um transatlântico preto avançando pelo cais, enquanto os carregadores, fechados em suas capas, corriam e saracoteavam, para fazer tudo rápido, todos, menos o impertinente Pablo, que num momento de inspiração desencavara uma vassoura de gelo e estava recolhendo delicadamente os flocos de neve do tapete vermelho. Por um último e bendito momento, era verdade, uma golfada de neve de fato apagou tudo, e Jonathan pôde imaginar que uma onda colossal havia varrido o transatlântico de volta ao mar para soçobrar contra os rochedos das colinas em torno, de forma que *Mr.* Richard Onslow Roper e seus guarda-costas com licenças oficiais, e quem mais fizesse parte do grupo de dezesseis pessoas, haviam perecido, sem exceção, em seu *Titanic* particular, na memorável Grande Tempestade de Janeiro de 1991, Deus tenha suas almas.

Mas a limusine havia voltado. Casacos de pele, homens bem desenvolvidos, uma jovem bela e de pernas longas, braceletes de ouro e diamantes, e castelos de malas pretas todas combinando, afloravam como os despojos de um saque do interior de pelúcia. Uma segunda limusine chegara em seguida, logo uma terceira. Um comboio inteiro de limusines. *Herr* Kaspar já estava impulsionando as portas de vaivém, à velocidade mais adequada ao avanço do grupo. Primeiro, um sobretudo desalinhado, castanho, de pelo de camelo, assomou no vidro e foi cuidadosamente girado até entrar em foco, um cachecol encardido, de seda, pendurado em torno da lapela, coroado por um cigarro fedido e o olhar empapuçado de um rebento das classes superiores inglesas. Nenhum Apolo de cinquenta anos, esse.

Depois do pelo de camelo, veio um *blazer* azul-marinho, de vinte e poucos anos, o *blazer* não trespassado, e olhos rasos feito uma pintura. — Um GCO, pensou Jonathan, tentando não responder ao seu olhar maligno — deve vir mais um, e um terceiro, se Roper andava assustado.

A beldade tinha cabelos castanhos e usava um casaco acolchoado, de muitas cores, que lhe chegava quase aos pés, e no entanto conseguia parecer levemente pouco vestida. Tinha aquele olhar de esguelha, meio cômico, de Sophie e os cabelos, como os de Sophie, pendiam-lhe de ambos os lados do rosto. A esposa de alguém? A amante? De qualquer um? Pela primeira vez em seis meses Jonathan sentiu o impacto devastador e irracional de uma mulher que ele desejou instantaneamente. Como Sophie, aquela mulher tinha um brilho de joias caras e uma espécie de nudez vestida. Dois fios de pérolas esplêndidas enfeitavam-lhe o pescoço. Braceletes de diamantes espreitavam das mangas acolchoadas. Mas era o vago ar de desordem, o sorriso escrachado e a postura desinibida que a identificavam imediatamente como uma cidadã do Paraíso. As portas voltaram-se a se abrir, despejando todo mundo de uma só vez, de forma que, de repente, todo o restante de uma delegação da sociedade afluente inglesa viu-se reunido sob o candelabro, todos os seus membros tão apuradamente bem-vestidos, tão vivamente bronzeados que, juntos, pareciam compartilhar uma moral coletiva que rejeitava a doença, a pobreza, os rostos pálidos, a idade e o trabalho manual. Somente o sobretudo de pelo de camelo, com suas botas de camurça vergonhosamente gastas, destacava-se como um pária voluntário de suas fileiras.

E no centro desse grupo, porém de todos apartado, O Homem, como somente O Homem podia ser, após as descrições furiosas que Sophie fizera dele. Alto, esguio e, ao primeiro olhar, nobre. Cabelos alourados, salpicados de cinza, penteados para trás e repuxados em pequenas protuberâncias sobre as orelhas. Um rosto contra o qual se jogar cartas e perder. A pose que os ingleses arrogantes sabem fazer melhor, um joelho levemente curvado, uma das mãos às costas, apoiada sobre o rabo colonial. *Freddie é tão fraco,* explicara Sophie. *E Roper é tão inglês.*

Como todos os homens de muita habilidade, Roper estava fazendo várias coisas ao mesmo tempo. Trocando um aperto de mãos com Kaspar, depois lhe dando tapinhas com a mesma mão no alto do braço, usando-a em seguida para jogar um beijo a *Fräulein* Eberhardt que corou e acenou para ele, feito uma tiete na menopausa. Então, finalmente, fixando o olho de senhor feudal em Jonathan, que devia estar andando em direção a ele, apesar do próprio Jonathan não dispor de nenhum indício direto para isso, a não ser o fato de que a manequim de Adèle havia sido substituída primeiro pela banca de jornais, depois pelo rosto ruborizado de *Fräulein* Erberhardt no balcão de recepção, e agora pelo Homem em pessoa. *Ele não tem escrúpulos,* dissera Sophie. *É o pior homem do mundo.*

Reconheceu-me, pensou Jonathan, esperando pela denúncia. Viu minha fotografia, ouviu a minha descrição. Em um instante vai parar de sorrir.

— Sou Dicky Roper — declarou uma voz indolente, enquanto a mão fechava-se em torno da de Jonathan e, por um breve instante, a possuía. — Meus companheiros reservaram alguns quartos aqui. Eu diria que muitos quartos. Como vai?

O sotaque indistinto de Belgravia, a pronúncia proletária dos imensamente ricos. Haviam penetrado no espaço particular um do outro.

— Como é bom vê-lo, *Mr.* Roper — murmurou Jonathan, voz inglesa para voz inglesa. — Bem-vindo de volta. E pobre do senhor... que viagem absolutamente medonha deve ter sido. Só aventurar-se a decolar já foi uma coisa heroica. Ninguém mais fez isso, posso lhe garantir. Meu nome é Pine, sou o gerente noturno.

Ouviu falar de mim, pensou, esperando. Freddie Hamid disse-lhe o meu nome.

— E o que anda fazendo o velho Meister? — perguntou Roper, os olhos deslizando para a linda mulher. Esta estava na banca de jornais, servindo-se de revistas de moda. Os braceletes caíam-lhe o tempo todo sobre a mão, enquanto com a outra ela não parava de empurrar os cabelos para trás. — Enfiado debaixo das cobertas, com seu ovomaltine e um livro, não é? *Espero* que seja um livro, é bom que diga. Jeds, como está indo, querida? Ela adora revistas. Viciada. Eu, pessoalmente, detesto essas coisas.

Jonathan levou um instante para perceber que Jeds era a mulher. Não Jed, um único homem, mas Jeds, uma única mulher em todas as suas variedades. A cabeça cor de castanha voltou-se o suficiente para que eles pudessem ver-lhe o sorriso. E o sorriso era travesso e bem-humorado.

— Estou simplesmente *ótima*, querido — disse ela com bravura, como se estivesse se recuperando de um soco.

— *Herr* Meister está irremediavelmente impedido esta noite, pelo que temo, senhor — disse Jonathan —, mas mal pode aguardar para vê-lo amanhã de manhã, quando o senhor estiver descansado.

— Você é inglês, Pine? Parece.

— Até a medula, senhor.

— Sujeito esperto. — O olhar pálido vagueia mais uma vez, agora até o balcão da recepção, onde o sobretudo de pelo de camelo está preenchendo formulários para *Fräulein* Eberhardt. — Está propondo casamento a essa jovem, Corky? — grita Roper. — Eis algo que eu queria ver — acrescenta para Jonathan, num tom de voz mais baixo. — Major Corkoran, meu assistente — confidencia, em tom de insinuação.

— Quase lá, Chefe! — diz Corky com voz arrastada, e ergue um braço de pelo de camelo. Havia parado com os pés afastados e empinado o traseiro, como se estivesse para dar uma tacada de croqué, e seus quadris têm uma queda para o lado que, por natureza ou de propósito, sugere uma certa feminilidade. Junto a seu cotovelo há uma pilha de passaportes.

— É só copiar uns poucos nomes, pelo amor de Deus. Não é um contrato de cinquenta páginas, Corks.

— Temo que seja a nova segurança, senhor — explica Jonathan. — A polícia suíça insiste. Parece não haver nada que possamos fazer.

A bela Jeds escolheu três revistas, mas precisa de mais. Pensativa, apoiou uma das botas, levemente puída, sobre o salto muito alto, o bico apontando para o ar. Sophie costumava fazer o mesmo. Vinte e poucos anos, pensa Jonathan. É o que sempre terá.

— Já está aqui há muito tempo, Pine? Não estava da última vez em que viemos, estava, Frisky? Teríamos percebido um jovem britânico desgarrado.

— De jeito nenhum — disse o *blazer*, olhando Jonathan através da mira de um revólver imaginário. Orelhas de pugilista, corrugadas de cicatrizes, percebeu Jonathan. Cabelo louro, começando a ficar branco. Mãos iguais a cabeças de machado.

— Estou fazendo seis meses, *Mr.* Roper, em poucos dias.

— Onde estava, antes disso?

— Cairo — respondeu Jonathan, ligeiro como uma centelha. — No Rainha Nefertiti.

O tempo corre, como o tempo antes de uma detonação. Mas os espelhos cinzelados do *lobby* não se estilhaçam à menção do Hotel Rainha Nefertiti, as pilastras e os candelabros ficam no lugar.

— E você gostava? Do Cairo?

— Adorava.

— Então o que o fez sair de lá, se gostava tanto?

Bem, na verdade, foi o senhor, pensa Jonathan. Mas em vez disso, diz:

— Ora, a sede de viagens, suponho, senhor. Sabe como é. A vida errante é um dos atrativos da profissão.

De repente, tudo estava em movimento. Corkoran havia se afastado do balcão de recepção e, segurando ostentosamente o cigarro, avançava em direção a eles, em passos largos. A mulher, Jeds, havia escolhido suas revistas e esperava, feito Sophie, que alguém fizesse algo quanto a pagá-las. Corkoran disse:

— Na nota do quarto, doçura.

Herr Kaspar despejava um maço de correspondência nos braços do segundo *blazer* que, ostensivamente, examinou os pacotes mais volumosos com as pontas dos dedos.

— Já não era sem tempo, Corks. Que diabos aconteceu com a sua mão de assinar?

— Torção de punheteiro, eu diria, Chefe — falou o major Corkoran. — Também posso estar desmunhecando — acrescentou, com um sorriso especial para Jonathan.

— Oh, *Corks* — disse a mulher, Jeds, com um risinho.

Com o canto do olho, Jonathan avistou Mario, o chefe dos carregadores, empurrando um carrinho com uma pilha de malas, todas combinando, rumo ao elevador de serviço, usando aquele modo cambaleante de andar com que os carregadores esperam gravar suas imagens nas mentes volúveis dos clientes. E então viu seu próprio reflexo fragmentado passando por ele nos espelhos, levando o cigarro em uma das mãos, e as revistas na outra, e permitiu-se um momento de pânico não oficial porque não conseguia ver Jeds. Virou-se, viu-a e seus olhares se cruzaram, e ela sorriu para ele, o que, em seu alarmante ressurgir de desejo, era pelo que ele ansiava. Captou o olhar de Roper também, pois ela estava pendurada no braço deste, segurando-o com suas mãos longilíneas, ao mesmo tempo em que quase caminhava sobre os pés dele. Os guarda-costas e a sociedade afluente seguiam-lhes atrás. Jonathan percebeu uma beleza loura masculina, os cabelos amarrados na nuca, uma esposa comum, andando a seu lado de cara amarrada.

— O piloto chegará mais tarde — estava dizendo Corkoran. — Uma porcaria qualquer a respeito da bússola. Se não é a bússola, então são as privadas que não dão a descarga. Você é permanente aqui, queridinho, ou um programa só para esta noite?

Seu hálito cheirava às coisas boas do dia: os martínis antes do almoço, os vinhos durante e os conhaques depois, encobertos por seus cigarros franceses fedidos.

— Bem, creio que tão permanente quanto é possível ser nesta profissão, major — respondeu Jonathan, mudando um pouco seu jeito, para o trato com o subalterno.

— É o mesmo com todos nós, doçura, pode acreditar — disse o major, com fervor. — Permanente temporário, meu Deus.

Mais um corte cinematográfico, e estavam atravessando o enorme saguão, à melodia de *When I Take My Sugar To Tea*, tocado por Maxie, o pianista, para duas velhas damas em sedas cinzentas. Roper e a mulher ainda estavam entrelaçados. Vocês se conheceram faz pouco, disse-lhe Jonathan com azedume, pelo canto do olho. Ou então estão se reconciliando após uma briga. *Jeds*, repetiu consigo mesmo. Precisava da segurança de sua cama de solteiro.

Ainda mais um corte e se encontravam lado a lado, apinhados em três camadas, diante das portas ornamentadas do novo elevador de *Herr* Meister para a Suíte da Torre, a sociedade afluente tagarelando no fundo.

— Que diabo aconteceu com o elevador *antigo*, Pine? — Roper queria saber. — Eu achava que Meister era aficionado por coisas velhas.

Esses diabos desses suíços modernizariam o Stonehenge, se lhes dessem a oportunidade. Não é mesmo, Jeds?

— Roper, você não pode fazer uma cena por causa de um *elevador* — disse ela, espantada.

— Me provoque.

De muito longe, Jonathan ouviu uma voz, nada diferente da sua, enumerando as vantagens do novo elevador uma medida de segurança, *Mr.* Roper, mas também uma atração extra instalada no último outono para a conveniência exclusiva dos nossos hóspedes da Suíte da Torre... E, enquanto Jonathan fala, balança entre os dedos a chave mestra dourada, criada de acordo com desenho pessoal de *Herr* Meister, enfeitada com uma borla dourada e rematada com uma coroa igualmente dourada, bastante divertida.

— Isto é, isso não lhe faz lembrar dos faraós? É realmente um *grande* exagero, mas posso lhe garantir que nossos hóspedes menos sofisticados *adoram* — confidencia, com um sorrisinho afetado, que nunca antes concedera a ninguém.

— Ora, pois *eu* adoro — diz o major, fora de vista. — E sou sofisticado *paca*.

Roper equilibra a chave na palma da mão, como se estivesse avaliando o seu valor pelo peso. Examina ambos os lados, depois a coroa, finalmente a borla.

— Taiwan — declara e, para susto de Jonathan, atira-a para o *blazer* louro com orelhas de pugilista que a agarra perto do chão, mas com firmeza, à sua esquerda, gritando "Comigo!" ao se agachar.

Beretta 9mm automática, com pino de segurança em *on*, registra Jonathan. Acabamento de ébano, carregada num coldre sob a axila direita. Um GCO canhoto, com um pente de balas extra na capanga presa ao cinto.

— Ora, muito bem, Frisky, doçura. Boa *pegada* — Corkoran fala arrastado, e do interior da grande área afluente brotam risadas de alívio, puxadas pela mulher, que aperta o braço de Roper e diz *com franqueza, querido,* mas que, aos ouvidos anuviados de Jonathan soa a princípio como *que fraqueza, querido.*

Agora está tudo em câmara lenta, tudo está acontecendo debaixo da água. O elevador leva cinco pessoas de cada vez, o resto deve esperar. Roper entra, puxando a mulher atrás de si. Colégio particular e escola normal, Jonathan está pensando. Mais um curso especial que Sophie também frequentou, sobre como fazer aquilo com os quadris ao caminhar. Depois Frisky, o major Corkoran sem o cigarro e finalmente Jonathan. O cabelo dela é tão macio quanto castanho. E também está nua. Isto é, desvencilhou-se do casaco acolchoado e dobrou-o no braço, como um sobretudo do exército. Está usando uma camisa branca de homem, com as mangas fofas de Sophie enroladas até os cotovelos. Jonathan dá a partida no elevador. Corkoran olha para cima, criticamente, como se estivesse fazendo xixi. O quadril dela roça distraído o flanco de Jonathan, com amizade jovial. *Caia fora*, sente vontade de dizer-lhe, irritado. *Se está flertando, não o faça. Se não está flertando, fique na sua com os seus quadris.* Ela cheira não a baunilha, mas a cravos brancos no Dia do Patrono, na escola de cadetes. Roper está atrás dela, mãos largas pousadas possessivamente em seus ombros. Frisky lança um olhar vazio para baixo, para a marca de mordida muito tênue no pescoço dela, aos seios soltos dentro da camisa cara. Como Frisky, sem dúvida, Jonathan sente um impulso ignominioso de fechara mão em concha sobre um deles e puxá-lo para fora.

— Agora, que tal seguirmos para eu lhe mostrar todas as novidades que *Herr* Meister mandou instalar para o senhor, desde sua última visita? — sugere ele.

Talvez já esteja na hora de você abandonar os bons modos como meio de vida, *dissera-lhe Sophie, caminhando a seu lado ao amanhecer.*

Ele seguiu em frente, mostrando as comodidades inestimáveis da suíte: o bar com a surpreendente torneira de baixa pressão... as frutas de mil anos... a *ultimíssima* palavra em banheiros com o super-higiênico jato d'água, faz tudo para você, a não ser escovar-lhes os dentes... todas as suas piadinhas excêntricas, escovadas e polidas para o deleite de *Mr.* Richard Onslow Roper e dessa mulher de cintura baixa, rosto engraçadinho, imperdoavelmente atraente. Como ela ousa ser tão bela, num momento como esse?

A lendária Torre do Meister paira como um pombal soberbo sobre os picos e vales mágicos do telhado eduardiano do hotel. O palácio de três quartos dentro dela foi construído em dois andares, uma experiência em tons pastel suaves naquilo que Jonathan chama confidencialmente de Soneto ao Franco Suíço. A bagagem chegou, os carregadores receberam suas gorjetas generosas, Jeds retirou-se para o quarto principal, do qual saem os sons distantes de uma mulher cantando e de água correndo. O canto soa obscuro, mas provocante, para não dizer decididamente lascivo. Frisky, o *blazer*, posicionou-se a um telefone no patamar de entrada e murmura ordens a alguém que despreza. O major Corkoran, armado de um cigarro novo, mais aliviado de seu pelo de camelo, está na sala de jantar, em outro telefone, falando um francês lento, em consideração a alguém cujo francês é pior do que o dele. Suas bochechas são lânguidas como as de um bebê, as pinceladas de cor muito vivas. E seu francês, é francês francês, não há dúvida. Passou para ele com tanta naturalidade como se fosse sua língua natal, o que talvez seja, pois nada em Corkoran sugere uma origem descomplicada.

Em outros pontos da suíte desenrolam-se outras vidas e conversas. O homem alto de rabo de cavalo chama-se Sandy, ficamos sabendo, e Sandy está em outro telefone, conversando em inglês com alguém em Praga chamado Gregory, enquanto *Mrs.* Sandy fica sentada numa poltrona, ainda de casaco, lançando um olhar iracundo para a parede. Mas Jonathan expulsou esses atores secundários de sua consciência imediata. Eles existem, são elegantes, giram na sua periferia distante em torno da luz central de *Mr.* Richard Onslow Roper, de Nassau, Bahamas. Mas são o coro. Jonathan concluiu sua função de guia da excursão pelos esplendores do palácio. Está na hora de sair de cena. Um aceno gracioso com a mão, uma exortação carinhosa, "por favor, não deixem de desfrutar de cada *partícula* de tudo isso", e em situação normal teria descido serenamente para o andar térreo, deixando que seus pupilos desfrutassem de todos aqueles prazeres por si mesmos, o máximo que pudessem, a quinze mil francos por noite, incluindo taxas, serviço e café da manhã continental.

Mas essa noite a situação não é normal, essa noite é a noite de Roper, é a noite de Sophie, e Sophie, de um modo estranho, está sendo interpretada para nós, essa noite, pela mulher de Roper, cujo nome, para todo mundo, exceto para Roper, revela ser não Jeds, mas Jed — *Mr.* Onslow Roper gosta de multiplicar seus bens. A neve ainda cai e o pior homem do mundo é atraído para ela como alguém que contempla a própria infância nos flocos que dançam no ar. Ele está de pé, como que à frente de um regimento de cavalaria, no centro da sala, de frente para as portas francesas e a varanda coberta de neve. Segura um catálogo verde da Sotheby's aberto a sua frente, como um hinário do qual estivesse para começar a cantar, e seu outro braço está erguido para fazer entrar algum instrumento silencioso da periferia da orquestra. Ostenta os óculos de leitura em meias-luas de um douto juiz.

— O soldado Boris e seu camaradinha dizem *okay* ao almoço na segunda-feira — grita Corkoran da sala de jantar. — Está, *okay*, segunda-feira, no almoço?

— Marque — diz Roper, virando uma página do catálogo e ao mesmo tempo olhando a neve por cima dos óculos. — Veja só isso. Vislumbre do infinito.

— Adoro olhar, toda vez que isso acontece — diz Jonathan, a sério.

— Seu amigo Appetites de Miami pergunta por que não marcamos o Kronenhalle... a comida é melhor. — Corkoran de novo.

— Público demais. Almoça aqui, ou traz seus sanduíches. Sandy, por quanto está saindo um cavalo de Stubbs decente, hoje em dia?

A bela cabeça masculina com o rabo de cavalo aparece na porta.

— Tamanho?

— Setenta e sete por um e vinte e sete.

O rostinho bonito mal se franze.

— Em junho passado saiu um muito bom na Sotheby's. "Retrato de *Protector* numa paisagem." Assinado e datado, 1779. Um chuchu.

— *Quanto costa?*

— Está bem sentado?

— Ah, sem essa, Sandy!

— Um milhão e duzentos. Mais comissão.

— Libras ou dólares?

— Dólares.

Na porta em frente, o major Corkoran se queixa.

— Os garotos de Bruxelas querem metade em dinheiro vivo, Chefe. Acho muita liberdade, se me permite dizer.

— Diga-lhes que você não assina — replica Roper, com uma rispidez extra que ele aparentemente usa para manter Corkoran ao alcance da mão. — Aquilo lá é um hotel, Pine?

O olhar de Roper fixou-se nos quadriláteros negros das janelas com as cortinas fechadas, contra as quais os flocos de neve da infância continuam sua dança.

— Na verdade, uma espécie de farol, *Mr.* Roper. Uma coisa de ajuda à navegação, pelo que pude entender.

O precioso relógio de bronze de *Herr* Meister está batendo a hora, mas Jonathan, apesar de sua habitual agilidade, não consegue mover os pés rumo ao caminho de fuga. Seus sapatos formais de verniz permanecem fincados nos pelos espessos do tapete da sala, tão solidamente quanto se estivessem chumbados com cimento. Seu olhar suave, tão contrastante com o cenho de pugilista, permanece fixo nas costas de Roper. Mas Jonathan o vê com apenas parte de sua mente. De resto, ele não está absolutamente na Suíte da Torre, mas no apartamento de cobertura de Sophie, no alto do Hotel Rainha Nefertiti, no Cairo.

Sophie também está de costas para ele, e é tão bela quanto sempre soube que seria, branco contra a alvura de seu vestido de noite. Ela olha, não para a neve, mas para as estrelas imensas da noite cairota, prometendo chuva, para a meia-lua pendendo pelas pontas sobre a cidade silenciosa. As portas do jardim da cobertura estão abertas, ela só cultiva flores brancas — espirradeira, buganvília, agapanto. O perfume de jasmim árabe passa por ela e vaga pela sala. A seu lado, sobre uma mesinha, uma garrafa de vodca definitivamente meio vazia, e não meio cheia.

— A senhora chamou — lembrou-lhe Jonathan, com um sorriso na voz, fazendo o papel do servidor humilde. Talvez esta seja a nossa noite, estava pensando.

— Sim, eu o chamei. E o senhor atendeu. O senhor é gentil. Tenho certeza de que é sempre gentil.

Ele entendeu imediatamente que aquela não era a noite deles.

— Preciso fazer-lhe uma pergunta — disse ela. — Vai me responder a verdade?

— Se eu puder. É claro.

— Está querendo dizer que poderia haver circunstâncias em que não responderia a verdade?

— Quis dizer que posso não saber a resposta.

— Ah, o senhor saberá a verdade? Onde estão os documentos que lhe confiei?

— No cofre, em seu envelope. Com meu nome nele.

— Alguém os viu, exceto eu própria?

— O cofre é usado por vários membros da equipe do hotel, principalmente para guardar dinheiro que deverá ir para o banco. Até onde sei, o envelope continua lacrado.

Ela deixou os ombros se curvarem, num gesto de impaciência, mas não virou a cabeça.

— Mostrou-os a alguém? Sim ou não, por favor. Não estou querendo julgar nada. Fui procurá-lo num impulso. Não seria sua culpa se eu tivesse cometido um erro. Eu tinha uma espécie de visão sentimental do senhor, como um inglês íntegro.

E eu também, pensou Jonathan. No entanto, não lhe ocorrera que ele tinha uma escolha. Naquele mundo ao qual, por motivos misteriosos, ele dedicava sua fidelidade, existia apenas uma resposta para aquela pergunta.

— Não — disse ele. E disse novamente: — Não, a ninguém.

— Se o senhor me disser que isso é a verdade, acreditarei. Quero muito acreditar que existe um último cavalheiro sobre a terra.

— É a verdade. Dei-lhe a minha palavra. Não.

Mais uma vez ela pareceu desconsiderar sua negativa, ou achá-la prematura.

— Freddie insiste em dizer que eu o traí. Ele confiou os documentos aos meus cuidados. Não queria guardá-los no escritório, nem em casa. Dicky Roper está estimulando as suspeitas de Freddie contra mim.

— E por que ele faria isso?

— Roper é a outra parte interessada da correspondência. Até o dia de hoje, Roper e Freddie Hamid estavam dispostos a se tornarem sócios. Estive presente a algumas de suas discussões, no iate de Roper. Ele não se sentia à vontade com a minha presença como testemunha, mas uma vez que Freddie insistia em me exibir para ele, não tinha escolha.

Ela pareceu esperar que ele falasse, mas Jonathan ficou em silêncio.

— Freddie veio me visitar esta noite. Mais tarde do que a hora habitual. Quando ele está na cidade, costuma visitar-me antes do jantar. Ele usa o elevador da garagem, por respeito à esposa, fica por umas duas horas e depois volta para jantar no seio de sua família. É para mim motivo de orgulho, um tanto patético, tê-lo ajudado a manter seu casamento intacto. Esta noite ele chegou tarde. Andara conversando ao telefone. Parece que Roper recebeu um aviso.

— Um aviso de quem?

— De bons amigos em Londres. — Um arroubo de amargura. — Bons para Roper, isto está claro.

— Dizendo o quê?

— Dizendo que seus acordos comerciais com Freddie eram de conhecimento das autoridades. Roper foi cauteloso ao telefone, dizendo apenas que havia contado com a discrição de Freddie. Os irmãos de Freddie não foram tão delicados. Freddie não os informara do negócio. Estava querendo mostrar-lhes seu próprio valor. Chegou ao ponto de destinar uma frota de caminhões Hamid, sob um pretexto qualquer, a fim de transportar a mercadoria através da Jordânia. Seus irmãos também não ficaram nem um pouco satisfeitos com isso. Agora, como Freddie está assustado, contou-lhes tudo. Ele também está furioso por perder a estima do seu precioso *Mr.* Roper. Com que então, *não?* — repetiu ela, ainda olhando para dentro da noite. — Definitivamente, *não*. *Mr.* Pine não tem nenhuma sugestão a respeito de como essa informação pôde chegar a Londres, ou aos ouvidos dos amigos de *Mr.* Roper. O cofre, os documentos... ele não tem nenhuma sugestão?

— Não. Ele não tem. Sinto muito.

Até então, ela não o havia encarado. Agora, finalmente, voltava-se e deixava-o ver seu rosto. Um dos olhos estava inteiramente fechado. Ambas as faces estavam inchadas a ponto de não se reconhecer.

— Gostaria que me levasse a um passeio de carro, por favor, *Mr.* Pine. Freddie não é nem um pouco racional quando seu orgulho se vê ameaçado.

Tempo nenhum se passou. Roper continua absorto no catálogo da Sotheby's. Ninguém amassou a cara *dele* até virar uma pasta. O relógio de bronze dourado continua batendo a hora. Absurdamente, Jonathan confere a precisão do relógio de *Herr* Meister com seu relógio de pulso e, descobrindo-se capaz de finalmente movimentar os pés, abre o vidro e avança o ponteiro grande, até os dois relógios combinarem. Corra em busca de abrigo, diz a si mesmo, estire-se no chão. O rádio invisível está tocando Alfred Brendel tocando Mozart. Fora de cena, Corkoran está mais uma vez falando, desta vez em italiano, menos firme do que o seu francês. Mas Jonathan não tem como correr em busca de abrigo. A mulher exasperante está descendo a escada ornamental. Ele não a ouve a princípio, pois ela está descalça e usando o roupão de banho com os cumprimentos de *Herr* Meister, e quando a ouve mal consegue suportar olhá-la. O banho deixou suas pernas longas da cor de rosa-bebê, os cabelos castanhos estão escovados por cima dos ombros, como uma boa menina. Um perfume de *mousse de bain* quente substituiu os cravos do Dia do Patrono. Jonathan está quase passando mal, de tanto desejo.

— E, para bebidas adicionais, permita-me recomendar-lhe seu bar particular — aconselha às costas de Roper. — Malte uísque, selecionado pessoalmente por *Herr* Meister, vodca de seis nações. — E o que mais?

— Oh, e vinte e quatro horas de serviço de quarto para o senhor e os seus, naturalmente.

— Bem, eu estou *faminta* — diz a jovem, recusando-se a ser ignorada. Jonathan concede-lhe seu sorriso desapaixonado de hoteleiro.

— Ora, por favor, peça-lhes *qualquer coisa* que quiser. O cardápio é apenas uma bússola, e eles *adoram* ser postos para trabalhar. — Volta a Roper e um demônio impele-o um passo à frente. — E TV a cabo com noticiário em língua inglesa, para o caso de querer assistir à guerra. É só um toque no botão verde na caixinha, depois o número nove.

— Já estive lá, já vi esse filme, obrigado. Conhece alguma coisa de estatuária?

— Não muito.

— Nem eu. Com isso, somos dois. Alô, querida. O banho estava bom?

— Uma delícia.

Atravessando a sala em direção a uma poltrona baixa, a mulher Jed enrosca-se nela, pega o cardápio do serviço de quarto e enfia um par de óculos de leitura, com armação de ouro, lentes muito pequenas, bem redondinhas, e Jonathan está irritadamente seguro, totalmente desnecessários. Sophie os teria usado enfiados nos cabelos. O rio perfeito de Brendel chegou ao mar. O rádio quadrafônico oculto anuncia que Fischer-Dieskau cantará uma seleção de canções de Schubert. O ombro de Roper esbarra nele. Fora de foco, Jed cruza as pernas rosa-bebê e, distraidamente, puxa o saiote do roupão para cima delas, enquanto continua a examinar o cardápio. Puta!, grita uma voz dentro de Jonathan. Vagabunda! Anjo! Por que é que de repente estou sendo vítima dessas fantasias adolescentes? O indicador escultural de Roper está apoiado sobre uma ilustração de página inteira.

Lote 236, Vênus e Adônis em mármore, um metro e setenta e oito de altura, sem a base. Vênus com os dedos tocando o rosto de Adônis, em adoração, cópia contemporânea de Canova, sem assinatura, original na Villa La Granje, Genebra, preço previsto 60.000 —100.000.

Um Apolo de cinquenta anos quer comprar Vênus e Adônis.

— O que é *roasty*, afinal? — diz Jed.

— Creio que está se referindo a *rösti* — responde Jonathan, num tom entremeado de conhecimento superior. — É uma iguaria suíça de batatas. Uma espécie de carne fria com batatas, sem a carne fria, cremosas e alouradas em montes de manteiga. Se a pessoa está faminta, uma perfeita delícia. E eles a preparam *terrivelmente* bem.

— Que impressão eles lhe causam? — quer saber Roper. — Gosta? Não gosta? Não seja morno. Não serve de nada a ninguém... um tipo especial de batatas alouradas, querida, você comeu em Miami... o que me diz, *Mr.* Pine?

— Creio que isso vai depender *muito* do lugar onde eles vão viver — respondeu Jonathan, cautelosamente.

— No fim de um passeio florido. Pérgula no alto, vista para o mar no final. Dando para oeste, portanto pegando o pôr do sol.

— O lugar mais bonito do mundo — diz Jed.

Jonathan fica imediatamente furioso com ela. Por que não cala essa boca? Por que essa sua voz de blá-blá-blá está tão perto, quando você está falando do outro lado da sala? Por que tem de ficar interrompendo o tempo todo, em vez de ler o maldito cardápio?

— Luz do sol garantida? — pergunta Jonathan, com seu sorriso mais condescendente.

— Trezentos e sessenta dias por ano — diz Jed, orgulhosa.

— Vamos — insiste Roper. — Não são feitos de vidro. Qual é o seu veredicto?

— Temo que não sejam absolutamente do meu gosto — responde Jonathan, tenso, antes de se dar tempo para pensar.

Mas por que ele diz isso? Provavelmente é culpa de Jed. O próprio Jonathan seria o último a saber. Não tem nenhuma opinião sobre estátuas, nunca comprou uma estátua, nem vendeu, mal se pode dizer que tenha parado para apreciar alguma, a não ser o bronze horroroso do conde Haig olhando de binóculos para Deus, do lado do canhão de salvas em uma das praças de armas de sua infância militar. Ele só estava tentando dizer a Jed que mantivesse distância.

Os traços finos de Roper não se alteram, mas por um momento Jonathan fica imaginando se, afinal de contas, ele não seria feito mesmo de vidro.

— Está rindo de mim, Jemima? — pergunta ele, com um sorriso perfeitamente agradável.

O cardápio desce e o rosto travesso, totalmente ileso, lança um olhar cômico por sobre a borda das páginas.

— Mas por que *diabos* eu estaria rindo?

— Parece que eu me lembro que você também não ligou muito para eles quando os mostrei no avião.

Ela pousa o cardápio no colo e, usando ambas as mãos, retira os óculos inúteis. Ao fazê-lo, a manga curta do roupão de *Herr* Meister se enfuna, e Jonathan, para seu completo ultraje, tem uma visão de um seio perfeito, o bico levemente ereto erguido em sua direção pelo movimento dos braços dela, a metade superior coberta de luz dourada da lâmpada de leitura sobre sua cabeça.

— Querido — diz ela, com doçura. — Isso é um profundo, total, autêntico absurdo. Eu disse que a *bunda* dela era grande demais. Se você gosta de bundas grandes, compre-as. Seu dinheiro, sua bunda.

Roper arreganha um sorriso, estende a mão, agarra pelo gargalo a garrafa de Dom Pérignon com os cumprimentos *de Herr* Meister e arranca a rolha.

— Corky!

— Aqui mesmo, Chefe.

O instante de hesitação. A voz corrigida.

— Avise Danby e MacArthur. Temos xampu.

— Para já, Chefe.

— Sandy! Caroline! Xampu! Onde *diabos* estão esses dois? Brigando de novo. Chatos. Vivem estragando tudo — acrescenta, num aparte para Jonathan. — Não se vá. Pine. A festa está só começando a esquentar. Corks, mande subir mais umas duas garrafas!

Mas Jonathan se vai. Dando um jeito de sinalizar suas desculpas, ganha o patamar e, ao olhar para trás, Jed está fazendo um aceno absurdo de adeus para ele, por cima da taça de champanha. Jonathan responde com seu sorriso mais glacial.

— 'Noite, amorzão — murmura Corkoran, quando roçam um no outro em seus caminhos opostos. — Obrigado pela atenção carinhosa e dedicada.

— Boa noite, major.

Frisky, o GCO louro *cendré* instalou-se num trono coberto de tapeçaria ao lado do elevador, e examina com atenção uma brochura de erotismo vitoriano.

— Golfe, jogamos, amoreco? — pergunta quando Jonathan passa por ele rapidamente.

— Não.

— Nem eu.

Derrubei a narceja com um tiro certeiro, está cantando Fischer-Dieskau. *Derrubei a narceja com um tiro certeiro.*

* * *

Os seis convidados ao jantar sentavam-se curvados sobre suas mesas à luz de velas, como fiéis numa catedral. Jonathan estava entre eles, aquecendo-se numa euforia cheia de determinação. É para isso que vivo, disse a si mesmo: esta meia garrafa de Pommard, este *foie de veau glacé* com legumes de três cores, esta prataria de hotel com sua face antiga e marcada faiscando discretamente para mim sobre a toalha de damasco.

Jantar sozinho sempre fora seu prazer particular, e essa noite em deferência ao esvaziamento provocado pela guerra, o *Maître* Berri promovera-o de sua posição isolada junto à porta de serviço a um dos altares-mores junto à janela. Os olhos passando por cima do campo de golfe coberto de neve e vendo lá embaixo as luzes da cidade, formigando ao longo do lago, Jonathan, obstinadamente, congratulou-se pela satisfatória perfeição de sua vida até agora, a feiura inicial tendo sido deixada para trás.

Não foi fácil para você lá em cima, com o egrégio Roper, Jonathan, meu garoto, disse o comandante da escola, um homem de maxilar cinzento, a seu melhor cadete, em tom de aprovação. *E esse major Corkoran é realmente uma figura. Como a garota também, na minha opinião. Não me importa. Você foi firme, soube se defender. Ótimo desempenho.* E Jonathan até conseguiu dar um sorriso de congratulações a seu reflexo na janela iluminada pelas velas, enquanto recordava cada frase aduladora que proferiu, cada pensamento lúbrico que teve, na ordem em que vergonhosamente se apresentaram.

De repente, o *foie de veau* causou-lhe um travo amargo na boca e o Pommard ficou com gosto de cobre. Suas entranhas se contorceram, a visão ficou embaçada. Levantando-se da mesa precipitadamente, murmurou alguma coisa a *Maître* Berri sobre um dever que ficara esquecido, e foi por pouco que conseguiu chegar no banheiro a tempo.

3

Jonathan Pine, órfão, filho único de uma bela alemã derrubada pelo câncer e de um sargento da infantaria britânica morto em uma das muitas guerras pós-coloniais de seu país, formado por um arquipélago chuvoso de orfanatos, lares adotivos, meias-mães, tropas de cadetes e acampamentos de treinamento, ex-mascote do Exército, numa unidade especial na ainda mais chuvosa Irlanda do Norte, organizador de bufês, *chef* hoteleiro itinerante, fugitivo perpétuo de ligações emocionais, voluntário, colecionador de línguas de outros povos, autoexilada criatura da noite e marinheiro sem destino, estava sentado em seu higiênico escritório suíço, atrás da recepção, fumando o seu raro terceiro cigarro, e ponderando sobre as palavras sábias acerca do reverenciado fundador do hotel, que estavam emolduradas ao lado de sua imponente fotografia em sépia.

Várias vezes nos últimos meses Jonathan tomara da pena, num esforço para libertar a sabedoria do grande homem da sua tortuosa sintaxe alemã, mas seus esforços sempre naufragavam diante de alguma oração subordinada irremovível. "A verdadeira hospitalidade é para a vida o que a verdadeira cozinha é para o apetite", começou ele, acreditando por um instante haver conseguido. "É a expressão de nosso respeito pelo valor básico e essencial por cada criatura confiada aos nossos cuidados, no decorrer de sua labuta pela vida, independentemente de suas circunstâncias, e de sua responsabilidade mútua, no espírito de humanidade, investido no..." E aí ele perdeu o fio de novo, como sempre acontecia. Era melhor deixar certas coisas no original.

Seu olho voltou ao espalhafatoso aparelho de televisão de *Herr* Strippli, acachapado diante dele feito uma valise de homem. Vinha passando o mesmo jogo eletrônico durante os últimos quinze minutos. Os visores de mira do avião bombardeiro centram-se na mancha cinza de uma construção bem lá embaixo. A câmara dá um *zoom,* aproximando mais o alvo. Um míssil projeta-se em direção ao alvo, penetra e desce vários andares. A base do edifício estoura feito um saco de papel, debaixo do entusiasmo forçado do locutor da TV. Um tiro certeiro. E mais dois tiros, inteiramente grátis. Ninguém fala das vítimas. Daquela altura, não há nenhuma. O Iraque não é Belfast.

A imagem mudou. Sophie e Jonathan estão dando seu passeio.

Jonathan está dirigindo e o rosto amassado de Sophie encontra-se parcialmente oculto por um lenço de cabeça e óculos escuros. O Cairo ainda não despertou. O vermelhão da aurora colore o céu poeirento. O soldado camuflado tomara todas as precauções para, às escondidas, tirá-la do hotel e enfiá-la em seu carro. Partiu para as pirâmides, sem saber que ela tinha em mente um espetáculo diverso.

— Não — diz ela. — Siga naquela direção.

Uma montanha fétida de lixo, deixando escorrer líquidos viscosos, estende-se sobre as tumbas esboroadas do cemitério municipal do Cairo. Numa paisagem lunar de cinzas fumegantes, em meio a canteiros de sacos plásticos e latas de conservas, os desgraçados deste mundo curvam-se como abutres em tecnicolor, escarafunchando o lixo. Ele estaciona o carro numa orla de areia. Caminhões passam por eles com estrondo, indo e vindo do depósito de lixo, largando fedor em seu rastro.

— Foi aqui que eu o trouxe — diz ela. Um dos lados da boca está ridiculamente inchado. Ela fala através de uma abertura do outro lado.

— Por quê? — diz Jonathan, querendo dizer: por que agora está trazendo a mim?

— "Olhe bem para essa gente, Freddie", eu disse a ele. "Cada vez que alguém vende armas a mais um tiranozinho árabe barato, essa gente morre um pouco mais de fome. E você sabe qual é o motivo? Ouça-me bem, Freddie. Porque é muito mais divertido ter um belo exército do que alimentar os famintos. Você é árabe, Freddie. Não importa que nós, egípcios, digamos que não somos árabes. Somos árabes. É justo que seus irmãos árabes sejam a carne que paga pelos seus sonhos?"

— Entendo — diz Jonathan, com o constrangimento de um inglês sempre que defrontado com a emoção política.

— "Nós não *precisamos* de líderes", eu disse. "O próximo grande árabe será um artesão humilde. Ele fará com que as coisas funcionem e dará ao povo dignidade, em vez de guerra. Será um administrador, não um guerreiro. Será como você, Freddie, como você poderia ser, se crescesse."

— E o que disse Freddie? — pergunta Jonathan.

O rosto machucado dela o acusa, cada vez que olha para ele. As equimoses em torno dos olhos estão ficando azuis e amarelas.

— Ele me disse para cuidar do que era da minha conta. — Jonathan percebe o engasgo de fúria na voz dela e sente seu coração afundar ainda mais no peito. — Eu disse a ele que *era* da minha conta! *Vida e morte* são da minha conta! *Os árabes* são da minha conta! *Ele* era da minha conta!

E com isso você o preveniu, pensa ele, com um engulho no estômago. Deixou que ele soubesse que você era uma força a ser levada em consideração e não uma mulher fraca que podia ser descartada à vontade. Levou-o a imaginar que você também tinha sua arma secreta e ameaçou fazer aquilo que fiz sem saber que eu já o havia feito.

— As autoridades egípcias não tocarão um dedo nele — diz ela. — Ele as suborna e elas guardam distância.

— Deixe a cidade — diz-lhe Jonathan. — Você sabe como são os Hamid. Caia fora.

— Os Hamid podem me mandar matar tão facilmente em Paris quanto no Cairo.

— Diga a Freddie que ele precisa ajudá-la. Faça com que ele a defenda contra os irmãos.

— Freddie está com medo de mim. Quando não está se mostrando valente, é um covarde. Por que está olhando para o tráfego?

Porque é tudo que existe para olhar, além de você e dos desgraçados deste mundo.

Mas ela não espera pela resposta. Talvez, lá no fundo, esta estudiosa da fraqueza masculina compreenda a vergonha que ele sente.

— Gostaria de tomar um café, por favor. Egípcio. — E o sorriso corajoso que o magoa mais do que todas as recriminações do mundo.

Ele pede um café para ela, numa feira livre, e a leva de volta ao estacionamento do hotel. Telefona para a casa de Ogilvey e a empregada atende.

— Ele fora — grita a mulher. E quanto a *Mrs.* Ogilvey? — Ele não está lá.

Jonathan telefona para a embaixada. Ele não está lá, tampouco. Ele em Alexandria, para regata.

Telefona para o Iate Clube, a fim de deixar um recado. Uma voz drogada de homem diz que hoje não há regata.

Jonathan telefona para um amigo norte-americano chamado Larry Keimody, em Luxor — Larry, aquela sua suíte de hóspedes está vazia?

Telefona para Sophie.

— Um arqueólogo amigo meu, em Luxor, tem um apartamento livre — diz ele. — Fica num lugar chamado Chicago House. Você será bem-vinda nele, por uma ou duas semanas. — Procura um pouco de humor no silêncio. — É uma espécie de cela monástica para acadêmicos em visita, encravada nos fundos do prédio, com seu próprio telhadinho.

— Viria também, Mr. Pine?

Jonathan não se permite um momento de hesitação.

— Pode se livrar do seu guarda-costas?

— Ele já se livrou. Freddie, ao que tudo indica, resolveu que eu não valho a proteção.

Jonathan telefona para uma agente de viagens que faz negócios com o hotel, uma inglesa com uma voz de ressaca, chamada Stella.

— Ouça, Stella. Dois hóspedes VIPs, incógnitos, querem voar para Luxor esta noite, despesa não é problema. Sei que está tudo fechado. Sei que não há aviões. O que você pode fazer?

Um silêncio longo. Stella é médium. Stella está há muito tempo no Cairo.

— Bem, sei que *você* é muito importante, querido, mas quem é a moça? — E dá uma risada obscena, ofegante, que ainda fica engasgada e sibilando nos ouvidos de Jonathan bastante tempo depois de ele ter desligado.

Jonathan e Sophie estão sentados lado a lado no terraço de cobertura da Chicago House, bebendo vodca e olhando as estrelas. Durante o voo ela mal falou. Ele ofereceu-lhe comida, mas ela não quer nada. Passou-lhe um xale sobre os ombros.

— Roper é o pior homem do mundo — declara ela.

A experiência de Jonathan com os vilões do mundo é limitada. Seu instinto é culpar a si próprio primeiro, os outros depois.

— Calculo que qualquer um no negócio dele seja bastante assustador — diz.

— Ele não tem desculpa — replica ela, a moderação dele não conseguindo apaziguá-la. — Ele é saudável. É branco. É rico. É bem-nascido, bem-educado. Tem encanto. — A grandeza de Roper aumenta enquanto ela enumera suas virtudes. — Ele se movimenta com fluência na vida mundana. É divertido. Confiante. E, no entanto, destrói tudo isso. O que é que está faltando nele? — Espera que ele diga algo, mas em vão. — Como é que ele pode ser assim? Não foi criado nas ruas miseráveis. É um privilegiado. Você é homem. Talvez saiba.

Mas Jonathan não sabe mais nada. Está observando o contorno de seu rosto amassado contra o céu noturno. *O que você vai fazer?*, estava lhe perguntando mentalmente. *O que vou fazer?*

Desligou o aparelho de televisão de *Herr* Strippli. A guerra havia acabado. Eu amei você. Amei você, com seu rosto massacrado, enquanto caminhávamos lado a lado entre os templos de Karnac. *Mr.* Pine, você disse, já *está na hora de fazer com que os rios corram montanha acima.*

Eram duas da manhã, a hora determinada por *Herr* Meister para Jonathan fazer suas rondas. Ele começou pelo *lobby*, que era por onde sempre começava. Ficou parado no centro do tapete, onde Roper tinha ficado, ouvindo os incessantes sons noturnos do hotel que, de dia, perdiam-se no burburinho: o ronco da fornalha, o rugido de um aspirador de pó, o tilintar de pratos na cozinha do serviço de quartos, os passos de um garçom na escada dos fundos. Ficou parado onde ficava parado todas as noites, imaginando-a sair do elevador, o rosto consertado, os óculos escuros enfiados nos cabelos negros, atravessando o *lobby* e parando diante dele, enquanto o examina com curiosidade, em busca de falhas. "Você é o *Mr.* Pine. A fina flor da Inglaterra. E me traiu." O velho Horwitz, o porteiro noturno, dormia em seu balcão. Havia pousado a cabeça tosada na dobra do braço. Você continua um refugiado, Horwitz, pensou Jonathan. Marchar e dormir. Marchar e dormir. Puxou a xícara de café vazia para fora do alcance do braço do velho.

Na mesa da recepção, *Fräulein* Eberhardt havia sido rendida por *Fräulein* Vipp, uma mulher grisalha, obsequiosa, com um sorriso frouxo.

— Por favor, *Fräulein* Vipp, posso ver as chegadas desta noite?

Ela entregou-lhe os registros da Suíte da Torre. Alexander, lorde Langbourne, também conhecido sem dúvida como Sandy. Endereço: Tortola, Ilhas Virgens britânicas. Profissão — de acordo com Corkoran — par do reino. Acompanhado pela esposa, Caroline. Nenhuma referência ao cabelo comprido amarrado na nuca, nem ao que um par do reino poderia fazer, além de ser par do reino. Onslow Roper, Richard, profissão diretor de empresa. Jonathan folheou por alto o resto dos formulários. Frobisher, Cyril, piloto. MacArthur, Fulano, e Danby, Sicrano, executivos de empresa. Outros assistentes, outros pilotos, guarda-costas. Inglis, Francis, de Perth, Austrália — Francis, daí Frisky, presumivelmente —, professor de educação física. Jones, Tobias, da África do Sul — Tobias, daí Tabby —, atleta. Deixou-a para o final de propósito, como se faz com a única fotografia boa numa série de fotos falhadas. Marshall, Jemima W., endereço, como o de Roper, uma caixa postal em Nassau. Britânica. Ocupação — expressa pelo major com um floreio especial —, amazona.

— Poderia me conseguir cópias destes formulários, *Fräulein* Vipp? Estamos fazendo um levantamento estatístico dos hóspedes da Suíte da Torre.

— Naturalmente, *Mr.* Pine — disse *Fräulein* Vipp, levando os formulários para os escritórios dos fundos.

— Obrigado, *Fräulein* Vipp — disse Jonathan.

Mas, em sua imaginação, é a si próprio que Jonathan vê, operando a fotocopiadora no Hotel Rainha Nefertiti, enquanto Sophie fuma e o observa: *Você é hábil,* diz ela. Sim, sou hábil. Espiono. Traio. Amo, quando é tarde demais.

Frau Merthan era a telefonista, mais um soldado da noite, cuja guarita de sentinela era um cubículo abafado ao lado da recepção.

— Guten Abend, Frau Merthan.*

— Bom dia, *Mr.* Jonathan.

Era a brincadeira deles.

— A guerra do Golfo vai indo bem, não é mesmo? — Jonathan lançou um olhar nos boletins pendurados na máquina de telex. — O bombardeio continua firme. Mil missões de voos já foram realizadas. Segurança numérica, eles dizem.

— Tanto dinheiro gasto com um árabe — comentou *Frau* Merthan, em desaprovação.

Ele começou a arrumar os papéis, um hábito instintivo desde o primeiro dormitório na escola. Ao fazê-lo, seu olho percebeu os faxes. Uma bandeja lustrosa para a entrada, conteúdo a ser distribuído pela manhã. Uma bandeja lustrosa para a saída, esperando a devolução aos remetentes.

---

* "Boa noite, Sra. Merthan." Em alemão no original. (*N. do T.*)

— Muita atividade telefônica, *Frau* Merthan? O pânico grassa pelo mundo? A senhora deve estar se sentindo o próprio centro do universo.

— A princesa du Four precisa telefonar ao primo, em Vladivostok. Agora que as coisas estão melhores na Rússia, todas as noites ela telefona a Vladivostok e passa uma hora conversando com ele. Todas as noites ela é cortada e a ligação precisa ser refeita. Acho que ela está procurando o seu príncipe.

— E quanto aos príncipes da Torre? — perguntou. — Parece que estão vivendo pendurados ao telefone desde o momento que entraram lá.

Frau Merthan digitou umas poucas teclas e examinou a tela através dos óculos bifocais.

— Belgrado, Panamá, Bruxelas, Nairobi, Nassau, Praga, Londres, Paris, Tortola, algum lugar na Inglaterra, novamente Praga, mais Nassau. Tudo direto. Em breve só vão haver ligações diretas e não terei mais serviço.

— Um dia, todos nós seremos robôs — garantiu-lhe Jonathan. Curvando-se sobre o balcão de *Frau* Merthan, fingiu uma curiosidade de leigo.

— Essa sua tela mostra de fato os números que eles chamam?

— Naturalmente. Senão, os hóspedes reclamam imediatamente. É normal.

— Mostre.

Ela mostrou. Roper conhece a gente ruim do mundo inteiro, dissera Sophie.

No salão de jantar, Bobbi, o rapaz que fazia biscates, estava equilibrado numa escada de alumínio limpando as gotas de cristal de um lustre com um desses panos de limpeza de fibra telada. Jonathan passou pisando macio, a fim de não perturbar sua concentração. No bar, as ninfetas sobrinhas de *Herr* Kaspar, com aventais trepidantes e *jeans* desbotados, estavam renovando a terra nos vasos de plantas. Saltando à frente dele, a garota mais velha exibiu uma pilha de guimbas de cigarro enlameadas na palma da mão enluvada.

— Os homens fazem isto nas suas próprias casas? — quis saber, empinando os seios em direção a ele, com insolente indignação. — Jogam as pontas dos cigarros nos vasos de flores?

— Acredito que sim, Renate. Os homens fazem as coisas mais indescritíveis, com a maior facilidade. — Pergunte a Ogilvey, pensou. Em sua abstração, a insolência da garota aborreceu-o irracionalmente. — Se eu fosse você, tomaria cuidado com aquele piano. *Herr* Meister é capaz de matá-la, se você o arranhar.

Nas cozinhas, os *chefs* da noite estavam preparando um banquete para ser servido no quarto aos recém-casados alemães que estavam no Bel Etage: *steak tartare* para ele, salmão defumado para ela, uma garrafa de Meursault para reavivar-lhes o ardor. Jonathan observou Alfred, o garçom da noite, um austríaco, dar golpes delicados com seus dedos artísticos nas rosetas de guardanapos, para afofá-las e acrescentar um jarro de camélias, para dar um toque de romance. Alfred era um bailarino fracassado que colocara "artista" em seu passaporte.

— Com que então eles estão bombardeando Bagdá — disse com satisfação, enquanto trabalhava. — Isso lhes dará uma lição.

— A Suíte da Torre comeu esta noite?

Alfred respirou fundo e começou a recitar. Seu sorriso estava se tornando um pouco jovem para ele.

— Três salmões defumados, um peixe com batatas fritas ao estilo inglês, quatro bifes de filé ao ponto e uma porção dupla de bolo de cenoura e *Schlag*, que vocês chamam de *Rahm*.* Bolo de cenoura é o que Sua Alteza entende por religião. Ele mesmo me disse. E de *Herr* Major, por instruções de Sua Alteza, uma gorjeta de cinquenta francos. Vocês ingleses sempre dão gorjetas quando estão apaixonados.

— Fazemos isso mesmo? — disse Jonathan. — Eis algo de que preciso me lembrar.

Subiu a escadaria principal. Roper não está apaixonado, ele está só no cio. Provavelmente contratou-a numa agência de piranhas, um tanto por noite. Chegara diante da porta dupla da Grande Suíte. Os recém-casados tinham também sapatos recém-comprados, conforme notou: os dele de verniz preto, com fivelas, os dela eram sandálias douradas, largadas impacientemente onde caíram. Impelido por uma vida inteira de obediência, Jonathan curvou-se e colocou-os lado a lado.

Chegando ao último andar, colou o ouvido à porta de *Frau* Loring e escutou a voz estridente de um analista militar britânico na rede de TV a cabo do hotel. Bateu. Ela estava usando o robe do falecido marido por cima da camisola. Havia café borbulhando num aquecedor elétrico. Sessenta anos de Suíça não haviam mudado seu alto-alemão em uma única consoante explosiva.

---

* O autor brinca com os diferentes usos da língua alemã, entre os austríacos e entre os suíços. As duas palavras significam "creme de leite batido". O interessante é que, literalmente, a primeira significa apenas "batido", e a segunda apenas "creme de leite". (*N. do T.*)

— São crianças. Mas estão combatendo, por isso são homens — declarou, com as mesmas inflexões perfeitas da mãe dele, estendendo-lhe uma xícara.

O analista da televisão britânica estava mexendo com soldadinhos de maquete, numa caixa de areia, com o fervor de um recém-convertido.

— E então, a Suíte da Torre está cheia com quem, esta noite? — perguntou *Frau* Loring, que sabia de tudo.

— Algum magnata inglês com seu séquito. Roper. *Mr.* Roper e sua turma. E uma dama com metade da idade dele.

— O pessoal do hotel diz que ela é sofisticada.

— Não olhei.

— E nem um pouco mimada. Natural.

— Bem, eles devem saber o que falam.

Ela o examinava do modo como sempre fazia, quando ele soava indiferente. Às vezes, ela parecia conhecê-lo melhor do que ele próprio se conhecia.

— Você está radiante, esta noite. Dava para iluminar uma cidade. O que está havendo dentro de você?

— Espero que seja a neve.

— Que bom, os russos estarem do nosso lado finalmente, não?

— É uma grande conquista diplomática.

— É um milagre — corrigiu-o *Frau* Loring. — E, como na maioria dos milagres, ninguém acredita.

Entregou-lhe o café e o fez sentar-se firmemente em sua poltrona habitual. O aparelho de televisão dela era enorme, maior do que a própria guerra. Soldados felizes acenando dentro de caminhões blindados de transporte de tropas. Mais mísseis caindo direitinho nos alvos. O arrastar sibilante de tanques. *Mr.* Bush sendo chamado mais uma vez à cena por seu público admirador.

— Sabe o que sinto quando vejo guerra? — perguntou *Frau* Loring.

— Ainda não — disse ele, com ternura. Mas ela parece ter esquecido o que pretendia dizer.

Ou talvez Jonathan não ouça, pois a clareza de suas afirmações o faz lembrar-se irresistivelmente de Sophie. O gozo feliz de seu amor por ela foi esquecido. Até mesmo Luxor foi esquecido. Ele está de volta ao Cairo, para o horrendo último ato.

* * *

Ele está na cobertura de Sophie, usando — que diabos importa o que eu estava vestindo? —...usando esse mesmo *smoking*, enquanto um inspetor da polícia egípcia, uniformizado, e seus dois assistentes, à paisana, observam-no com a imobilidade tomada emprestada dos mortos. O sangue está por toda a parte, recendendo a metal velho. Nas paredes, no teto e no divã. Derramou-se feito vinho, sobre a penteadeira. Roupas, relógios, tapetes, livros em francês, árabe e inglês, espelhos dourados, perfumes e maquilagens — tudo foi destroçado por um infante gigante num acesso de fúria. Em comparação, Sophie é, em si mesma, um aspecto insignificante dessa devastação toda. Meio que rastejando, talvez em direção às portas francesas que davam para o seu jardim todo branco, e que estavam abertas, ela jaz naquilo que o manual de primeiros socorros do exército costumava chamar de posição de restabelecimento, com a cabeça pousada sobre o braço estendido, uma colcha atravessada, formando drapejos, sobre a parte inferior de seu corpo e sobre a parte superior os remanescentes de uma blusa ou camisola, cuja cor provavelmente nunca se saberá qual foi. Outros policiais estão fazendo outras coisas, nenhum deles com muita convicção. Há um homem curvado sobre o parapeito da cobertura, aparentemente em busca de um culpado. Outro está mexendo à toa com a porta do cofre de parede do quarto de Sophie, empurrando-a para lá e para cá, provocando um estalo abafado das dobradiças esmagadas. Por que eles usam coldres pretos?, pergunta-se Jonathan. Serão gente da noite também?

Na cozinha, uma voz masculina fala em árabe ao telefone. Mais dois policiais guardam a porta da frente, que dá para o patamar, onde um punhado de passageiras da primeira classe de um cruzeiro, usando penhoares de seda e creme facial, encaram indignadas seus protetores. Um garoto uniformizado, com um bloco de anotações, toma um depoimento. Um francês está dizendo que vai chamar seu advogado.

— Nossos hóspedes do andar de baixo estão se queixando da perturbação — diz Jonathan ao inspetor. Percebe que cometeu um erro tático. Em um momento de morte violenta, não é nem natural nem educado explicar a própria presença.

— Você era amigo desse mulher? — pergunta o inspetor. De seus lábios pende um cigarro.

Será que ele sabe sobre Luxor?

Será que Hamid sabe?

As melhores mentiras são ditas cara a cara, com um toque de arrogância.

— Ela gostava de utilizar os serviços do hotel — responde Jonathan, ainda lutando para conseguir um tom natural. — Quem fez isto? O que aconteceu?

O inspetor dá de ombros, um dar de ombros prolongado, desinteressado. *Freddie normalmente não é perturbado pelas autoridades egípcias. Ele as suborna e elas guardam distância.*

— Você tinha sexo com esse mulher? — pergunta o inspetor.

Teriam nos visto tomar o avião?

Seguindo-nos até a Chicago House?

Grampeado o apartamento?

Jonathan conseguiu encontrar a calma. E isso ele sabe fazer. Quanto mais terrível a ocasião, mais se pode contar com a sua calma. Afeta até uma certa irritação.

— Se você chama uma eventual xícara de café de sexo. Ela tinha um guarda-costas. Era empregado por *Mr.* Hamid. Onde está ele? Desapareceu? Talvez o guarda-costas tenha feito isto.

O inspetor não parece nem um pouco impressionado.

— Hamid? O que é Hamid, por obséquio?

— Freddie Hamid. O caçula dos irmãos Hamid.

O inspetor franze o cenho, como se o nome não lhe fosse agradável, ou não fosse relevante, ou não fosse conhecido. De seus dois assistentes, um é careca, o outro tem os cabelos meio ruivos. Ambos usam jeans, jaquetas de aviador e montes de pelos faciais. Ambos observam atentamente.

— O que você fala com esse mulher? Você tem política com ela?

— Só bate-papo.

— Papo?

— Restaurantes. Mexericos sociais. Moda, *Mr.* Hamid às vezes levava-a ao Iate Clube, aqui ou em Alexandria. Sorríamos um para o outro. Fazíamos acenos de bom-dia.

— Você mata esse mulher?

Sim, ele responde mentalmente. *Não exatamente da maneira que você está pensando, mas sim, eu definitivamente mato ela.*

— Não — respondeu.

O inspetor sunga o cinto preto com ambos os polegares ao mesmo tempo. Suas calças também são pretas, a insígnia e os botões dourados.

51

Ele gosta muito do seu uniforme. Um acólito dirige-se a ele, mas o inspetor não lhe dá nenhuma atenção.

— Ela disse você alguma vez alguém queria mata ela? — pergunta o inspetor a Jonathan.

— Claro que não.

— Por que, por gentileza?

— Se ela o tivesse feito, eu os teria informado.

— *Okay*. Agora vai embora.

— Vocês entraram em contato com *Mr*. Hamid? O que vão fazer?

O inspetor toca a aba de seu quepe preto, a fim de dar autoridade a sua teoria.

— Foi ladrão. Ladrão louco, mata mulher. Talvez droga.

Paramédicos de olhos remelentos, usando macacões verdes e calçando tênis, chegam com uma padiola e um saco para cadáveres. O que os comanda usa óculos escuros. O inspetor esmaga no carpete a ponta de seu cigarro e acende outro. Uma câmara pipoca, operada por um homem usando luvas de borracha. Todo mundo atacou o armário do contrarregra, a fim de usar alguma coisa diferente. Passando-a para a padiola, viram-na para cima e um seio branco, muito diminuído, solta-se do pano rasgado que o cobria. Jonathan percebe-lhe o rosto. Havia sido quase obliterado, talvez com pontapés, talvez com a coronha de uma pistola.

— Ela tinha um cão — diz ele. — Um pequinês.

Mas no momento mesmo em que fala, percebe-o através da porta da cozinha, que está aberta. Está deitado nos azulejos, esticado, como nunca antes estivera, ao se deitar. Um rasgão igual a um zíper aberto corre-lhe ao longo da barriga, da garganta até as pernas traseiras. Dois homens, pensa Jonathan, sombriamente: um para segurar, outro para cortar; um para segurar, outro para bater.

— Era uma súdita britânica — diz Jonathan, usando o verbo no passado como uma forma de autopunição. — Era melhor vocês telefonarem para a embaixada.

Mas o inspetor já não está mais ouvindo. O assistente careca pega Jonathan pelo braço e começa a levá-lo para a porta. Por um instante, mas esse instante é longo o suficiente, Jonathan sente o calor do combate atravessar-lhe os ombros, descendo-lhe pelos braços até as mãos. O assistente sente isso também e dá um passo para trás, como se houvesse recebido um choque. E então sorri perigosamente, com um ar de afinidade. Ao fazê-lo, Jonathan sente que está sendo tomado pelo pânico. Não de medo, mas de perda permanente e inconsolável. Eu a amei. E nunca sequer admiti isso, para você, ou para mim mesmo.

Frau Merthan cochilava à mesa telefônica. Às vezes, bem tarde da noite, ela telefonava para a namorada e ficava sussurrando-lhe obscenidades, mas não esta noite. Seis faxes que chegaram para a Suíte da Torre esperavam o amanhecer, tal como os originais dos que haviam saído na noite passada. Jonathan olhou-os, mas não os tocou. Estava prestando atenção à respiração de *Frau* Merthan. Experimentou passar a mão em frente àqueles olhos fechados. Ela soltou um ronco suíno. Como uma criança habilidosa roubando da sacola de compras da mãe, passou a mão nos faxes que estavam nas bandejas. A copiadora ainda estaria quente? O elevador voltara vazio do último andar? *Você mata ela?* Apertou uma tecla no computador de *Frau* Merthan, depois outra, depois uma terceira. *Você é hábil.* O computador soltou um *bip* e ele teve mais uma visão desconcertante da mulher de Roper descendo as escadarias da Suíte da Torre. Quem eram os garotos de Bruxelas? Quem era Appetites, de Miami? Quem era o soldado Boris? *Frau* Merthan virou a cabeça e gorgolejou. Ele começou a anotar os números dos telefones, enquanto ela continuava roncando.

O ex-líder júnior, Jonathan Pine, filho de sargento, treinado para combater debaixo de qualquer tempo, fazia o gelo ranger sob seus pés enquanto descia o caminho nevado ao longo de um regato da colina, que murmurejava e rolava através dos bosques. Estava usando um anoraque sobre o paletó de *smoking* e um par de botas leves de alpinismo sobre as meias azul-noite. Os sapatos sociais de verniz estavam pendurados, dentro de um saco plástico, em seu flanco esquerdo. A toda a sua volta, nas árvores, nos jardins e ao longo da margem, o rendilhado da neve cintilava debaixo de um céu azul perfeito. Mas Jonathan, ao menos dessa vez, estava indiferente a tamanha beleza. Dirigia-se a seu apartamento funcional da Klosbachstrasse, e eram 8:20. Vou tomar um café da manhã de verdade, resolveu: ovos quentes, torrada, café. Às vezes, era um prazer preparar comida para si mesmo. Talvez um banho primeiro, para revigorar-se. E durante o café, se conseguisse se manter dentro de uma única linha de pensamento, ele decidiria. Enfiou a mão no anoraque. O envelope ainda estava lá. Para onde estou indo? Um idiota é uma pessoa que não aprende com a experiência. Por que motivo sinto-me predisposto ao combate?

Aproximando-se do prédio onde ficava seu apartamento, Jonathan descobriu que seus passos haviam assumido um ritmo de marcha. Longe de afrouxar, esse ritmo o conduziu, em vez disso, ao Römerhorf, onde um ônibus elétrico esperava por ele, as portas escancaradas como num agouro. Seguiu nele sem qualquer opinião quanto a seu comportamento, com um alienígena, o envelope de papel pardo, dando-lhe estocadas no peito. Saltando na estação ferroviária principal permitiu-se, com a mesma passividade, prosseguir mais uma vez a pé até um prédio austero na Bleicherweg, onde inúmeros países, entre eles o seu próprio, tinham representações consulares e comerciais.

— Gostaria de falar com o comandante Quayle, da Força Aérea, por favor — disse Jonathan à inglesa queixuda atrás do vidro à prova de balas. Retirou do bolso o envelope e deslizou-o por baixo do vidro. — É um assunto particular. Talvez se lhe disser que sou amigo de Mark Ogilvey, do Cairo. Já navegamos juntos.

Teria sido o caso da adega de *Herr* Meister parcialmente responsável pela decisão de Jonathan de tomar uma ação direta? Pouco tempo antes da chegada de Roper, Jonathan ficara preso nela durante dezesseis horas, e relembrava a experiência como um curso de introdução à morte.

Entre os deveres extras confiados a Jonathan por *Herr* Meister, estava a preparação do inventário mensal da adega de vinhos finos, encravada bem fundo na rocha azulada, por baixo da parte mais antiga do hotel.

Jonathan habitualmente executava essa tarefa na primeira segunda-feira de cada mês, antes de começarem os seis dias de folga a que tinha direito por contrato, em lugar dos fins de semana. Na segunda-feira em questão, sua rotina não mudou. O valor do seguro dos vinhos finos havia sido estabelecido recentemente em seis milhões e meio de francos suíços. Os mecanismos de segurança da adega eram de uma complexidade proporcional. Uma fechadura de combinação e duas de deslocamento inercial tinham de ser abertas para que uma quarta, uma fechadura de mola, pudesse se abrir. Uma câmara de vídeo maligna registrava qualquer um que pretendesse entrar, quando se aproximava da porta. Havendo transposto com sucesso a barreira de fechaduras, Jonathan embarcou em sua contagem habitual, começando como de hábito com o Château Pétrus 1961, oferecido este ano a 4.500 francos a garrafa, e subindo até os *magnums* de Château Mouton Rothschild 1945, a dez mil francos cada. Estava no meio de seus cálculos quando as luzes se apagaram.

Ora, Jonathan abominava a escuridão. Por que outro motivo um sujeito resolve trabalhar à noite? Quando menino, lera Edgar Allan Poe e participara de cada segundo de inferno sofrido pela vítima em "O Barril de Amontillado". Não havia desastre de mina, nem túnel desabado, nem história de alpinistas presos numa fenda que não tivesse sua lápide própria na memória de Jonathan.

Ficou imóvel, privado de orientação. Estaria de cabeça para baixo? Teria tido um derrame? Teria sido explodido? O montanhista que havia nele preparou-se para o impacto. O marinheiro cego agarrado aos destroços. O combatente treinado sendo empurrado na direção de seu adversário invisível, sem a ajuda de uma arma. Andando como um mergulhador no fundo do mar, Jonathan foi tateando o caminho ao longo das prateleiras de garrafas, em busca de um interruptor de luz. Um telefone, pensou. A adega tinha telefone? O hábito da observação tornara-se para ele um estorvo. Estava armazenando imagens demais. A porta: a porta tinha maçaneta na parte de dentro? Por meio de pura força bruta mental conseguiu lembrar-se de uma campainha. Mas a campainha precisava de eletricidade.

Perdeu o controle da geografia da adega e começou a andar em círculos pelas prateleiras, feito uma mosca na parte de dentro de um abajur de pano negro. Nada em sua prática o havia preparado para uma coisa horrorosa como essa. Nem as marchas de resistência, nem os cursos de combate mano a mano, nem o treinamento de privações tinham ali qualquer valor. Lembrou-se de ter lido que os peixinhos dourados possuíam memórias tão curtas que cada circuito do aquário era uma emoção totalmente nova para eles. Estava suando, provavelmente pingando. Gritou várias vezes: Socorro! Aqui é o Pine! O nome ficou retinindo, até se transformarem nada. As garrafas!, pensou. As garrafas hão de me salvar! Imaginou arremessá-las para dentro da escuridão, como um meio de atrair ajuda. Mas mesmo nessa demência sua autodisciplina prevaleceu, e ele não conseguiu reunir a irresponsabilidade necessária para espatifar garrafa após garrafa de Château Pêtrus, a 4.500 cada.

Quem se daria conta de que ele estava desaparecido? Até onde o pessoal do hotel sabia, ele saíra para sua folga mensal de seis dias. Tecnicamente, o inventário pertencia ao seu tempo livre, um péssimo acordo que *Herr* Meister, com sua lábia, conseguira arrancar dele. A senhoria por certo iria presumir que ele resolvera dormir no hotel, o que ele ocasionalmente fazia, sempre que havia quartos livres. Se o acaso não fizesse com que algum milionário viesse em seu socorro, pedindo uma garrafa de vinho fino, antes que alguém notasse sua ausência ele já estaria morto. E os milionários estavam retidos pela guerra iminente.

Forçando-se a ficar mais calmo, Jonathan sentou-se ereto no que lhe parecia uma caixa de vinhos de papelão grosso, e lutou com todas as suas forças para conseguir pôr em ordem sua vida até aquele momento, um último acerto antes de morrer: os bons momentos que teve, as lições que aprendeu, o que conseguiu melhorar em sua personalidade, nas boas mulheres. Não houve nada disso. Momentos, mulheres, lições. Não houve nada disso. Nada. Nada, a não ser Sophie, que estava morta. Por mais que conseguisse olhar dentro de si próprio, não via senão meias-medidas, fracassos, recuos indignos, e Sophie era o monumento a tudo isso. Na infância, esforçara-se noite e dia para ser um adulto inadequado. Como soldado especial, fechara-se no manto da obediência cega e, com lapsos ocasionais, aguentara. Como amante, marido e adúltero, sua ficha era igualmente medíocre: um ou outro arroubo de prazer cauteloso, seguidos por anos de enganos e desculpas covardes.

E gradualmente desceu-lhe uma luz, se é que tal fenômeno pode ocorrer em meio à escuridão total, revelando-lhe que sua vida consistira em uma sequência de ensaios para uma peça na qual ele não conseguira tomar parte. E que tudo que ele precisava fazer de agora em diante, se é que iria haver um de agora em diante, era abandonar essa sua necessidade mórbida de ordem e permitir-se um pouco de caos, baseado em que, se a ordem evidentemente não substituía a felicidade, o caos poderia abrir o caminho para ela.

Deixaria o Meister.

Compraria um barco, algo que ele pudesse manejar sozinho.

Encontraria aquela garota que para ele fizesse diferença e a amaria no tempo presente, uma Sophie sem a traição.

Faria amigos.

Encontraria um lar. E, na falta de seus próprios pais, ele mesmo se tornaria pai.

Faria qualquer coisa, qualquer coisa mesmo, para não ter de continuar a aviltar-se nas sombras daquela ambiguidade servil em que, como agora lhe parecia, ele desperdiçara sua vida e a de Sophie.

Frau Loring foi sua salvadora. Com sua habitual vigilância, ela o notara através de suas cortinas bem pregueadas, a caminho da adega, e dera-se conta, ainda que um tanto atrasada, de que ele não havia saído. Quando chegou o pelotão para libertá-lo, gritando "*Herr* Pine! *Herr* Jonathan!" e liderado por *Herr* Meister usando uma rede de cabelo e armado com uma lanterna de automóvel de doze watts, Jonathan não estava, como era de se esperar, com os olhos saltados nas órbitas, de terror, e sim muito tranquilo.

Somente os ingleses, ficaram dizendo uns aos outros, enquanto o conduziam para a luz, eram capazes de tamanha compostura.

4

O recrutamento de Jonathan Pine, ex-soldado especializado em infiltrar-se nas hostes inimigas, por parte de Leonard Burr, ex-funcionário do serviço de informações, foi concebido por Burr imediatamente após Jonathan ter-se apresentado ao comandante Quayle, da Força Aérea, mas só consumado após tensas semanas de confronto tácito em Whitehall, apesar do clamor crescente em Washington e daquela ânsia perpétua que tinha Whitehall de granjear louvor nos corredores imprevisíveis do Capitólio.

O título da parte do projeto que caberia a Jonathan foi a princípio Trojan, ou seja, Troiano, mas depois rapidamente mudado para Marisco — isso porque, se alguns membros da equipe podiam não estar perfeitamente informados a respeito do cavalo de madeira homérico, todos sabiam que Trojan era a marca de uma das camisinhas mais populares da América. Mas Marisco era excelente. Um marisco agarra-se com firmeza a qualquer coisa.

Jonathan era um presente dos céus e ninguém sabia disso melhor do que Burr, que desde o momento em que os primeiros relatórios de Miami começaram a pousar sobre sua mesa vinha dando tratos à bola para descobrir algum meio, *qualquer* meio de penetrar no acampamento de Roper. Mas como? Até mesmo o direito de Burr de realizar operações estava por um fio, conforme ele descobriu quando efetuou suas primeiras sondagens sobre a exequibilidade do seu plano:

— Meu chefe está um pouco *relutante*, sinceramente, Leonard — um mandarim chamado Goodhew confidenciou a Burr, meio retraidamente, pelo telefone que não era grampeado. — Ontem o problema todo era o custo, hoje ele não está querendo agravar uma situação delicada em uma ex-colônia.

Os jornais dominicais haviam um dia descrito Rex Goodhew como um Talleyrand de Whitehall, sem a perna claudicante. Mas, como de hábito, estavam errados, pois Goodhew não era nada do que parecia. Se havia nele alguma coisa de diferente, era fruto da virtude, não da intriga. Seu sorriso banal, a boina achatada e a bicicleta não escondiam nada mais sinistro do que um anglicano cheio de altos princípios e de zelo reformista. E se alguém um dia tivesse a sorte necessária para penetrar em sua vida privada descobriria, em vez de mistério, uma bela esposa e filhos inteligentes que o adoravam.

— Delicada uma ova, Rex! — explodiu Burr. — As Bahamas são o país mais complacente do hemisfério. É difícil encontrar um figurão em Nassau que não esteja mergulhado até o pescoço em cocaína. Existem mais políticos corruptos e negociantes de armas de reputação duvidosa naquela única ilha do que...

— Vamos com calma, Leonard — preveniu-o Rooke, do outro lado da sala. Rob Rooke era o freio de Burr, um soldado reformado de cinquenta anos, cabelos grisalhos e um queixo rude, curtido pelo tempo. Mas Burr não estava a fim de lhe dar atenção.

— Quanto ao restante da sua premissa, Leonard — Goodhew continuou, impávido —, que pessoalmente acho que você apresentou com um garbo *tremendo*, ainda que tenha se alongado *um pouco* nos adjetivos, meu chefe disse que era "ler o destino nas folhas de chá, com uma pitada de intercessão especial, para garantir".

Goodhew referia-se ao seu ministro, um político insinuante, que ainda não chegara aos quarenta.

— Folhas de chá? — repetiu Burr, com furiosa perplexidade. — Que conversa fiada é essa de folhas de chá? Trata-se de um relatório cinco estrelas, comprovável, capítulo e versículo, de um informante que ocupa uma alta posição na Narcóticos norte-americana. É um milagre que Strelski sequer nos tenha mostrado esse relatório! O que há de *folhas de chá* nisso?

Mais uma vez, Goodhew esperou que Burr concluísse a sua tirada.

— Agora, quanto à pergunta *seguinte*... repito, Leonard, pergunta do meu chefe e não minha, por isso não atire no mensageiro! Quando é que você pensa em avisar os nossos amigos do outro lado do Rio?

Desta vez ele se referia ao antigo serviço de Burr, seu atual rival, que negociava com Informação Pura a partir de um arranha-céu sinistro na margem sul.

— Nunca — replicou Burr, com beligerância.

— Bem, acho que você deveria.

— Por quê?

— Meu chefe encara seus antigos colegas como realistas. É excessivamente fácil, numa agência pequena, muito nova e, ousou ele afirmar, *idealista* como a sua, não enxergar além da própria cerca. Ele se sentiria mais tranquilo se você contasse com os rapazes do Rio a bordo.

O que restava do autocontrole de Burr acabou por ceder.

— Está querendo dizer que o seu chefe gostaria de ver mais alguém morrer de pancada num apartamento do Cairo, é isso?

Rooke pôs-se de pé e ficou empertigado feito um guarda de trânsito, a mão direita erguida em sinal de "pare". Ao telefone, a irreverência de Goodhew deu lugar a algo mais duro.

— O que está *tentando* sugerir, Leonard? Talvez seja melhor você não explicar.

— Não estou sugerindo nada. Estou lhe dizendo. Eu *trabalhei* com os realistas do seu chefe, Rex. Vivi com eles. Menti com eles. Eu *conheço* aquela gente. *Conheço* Geoffrey Darker. E *conheço* seus Grupos de Estudos de Aliciamento. *Conheço* suas casas em Marbella, seus segundos Porsches na garagem e sua devoção irrestrita à economia de livre mercado, contanto que seja a liberdade *deles* e a economia *dos outros*. Porque já *estive* lá.

— Leonard, não vou ficar escutando você, e sabe disso.

— E *sei* que existe mais safadeza naquela baiuca, mais promessas falsas a cumprir, mais almoços com o inimigo e mais mocinhos que viraram bandidos do que é bom para a minha operação, ou para minha agência!

— Pare com isso — aconselhou Rooke, baixinho. No que Burr bateu com força o telefone, a borboleta da janela, já antiga, deslizou para o lado, e a folha envidraçada desceu violentamente, fazendo jus ao nome de guilhotina. Rooke dobrou pacientemente um envelope pardo usado, levantou a guilhotina e prendeu-a no lugar.

Burr continuava sentado, o rosto enterrado nas mãos, falando através dos dedos entreabertos.

— Que diabos ele quer, Rob? Numa hora, devo frustrar Geoffrey Darker e todas as suas obras iníquas, e na outra ele me manda colaborar com Darker. Mas que raio de diabo ele *quer*?

— Que você telefone de volta para ele — disse Rooke, pacientemente.

— Darker é perverso. Você sabe disso. Eu sei disso. Em dias de inspiração, Rex Goodhew sabe também. Então, por que essa frescura de ficarmos fingindo que Darker é um realista?

Não obstante, Burr telefonou de volta para Goodhew, que era o minimamente correto porque, conforme Rooke lembrava-lhe a toda hora, Goodhew era o melhor e único defensor que ele tinha.

Em aparência, Rooke e Burr dificilmente podiam ser mais diferentes: Rooke, o cavalo de desfile militar, com seus ternos quase bons, Burr tão desleixado nos modos quanto na fala. Havia um celta em algum ponto de Burr, artista e rebelde — Goodhew dizia que era um cigano. Quando ele se dava ao trabalho de vestir-se para alguma ocasião, só conseguia parecer mais desleixado do que quando não estava ligando. Burr, como ele próprio diria, era da outra linhagem do Yorkshire. Seus antepassados não haviam sido mineiros, mas tecelões, o que significava que haviam ganhado as próprias vidas em vez de terem sido vassalos em algum esforço coletivo. A aldeia de arenito escuro onde Burr crescera e se tornara adulto havia sido construída numa encosta voltada para o sul, todas as casas olhando para o sol, todas as janelas dos sótãos ampliadas para captarem-no ao máximo. Em suas águas-furtadas solitárias, os ancestrais de Burr haviam tecido em solidão, o dia inteiro, enquanto no andar de baixo, as mulheres tagarelavam e tiravam as meadas nas rodas de fiar. Os homens levavam vidas de monotonia em comunhão com o céu. E enquanto suas mãos executavam mecanicamente a lida diária, suas mentes partiam em todos os tipos de direções surpreendentes. Naquela única cidadezinha existem histórias suficientes para encher um livro, sobre os poetas, os enxadristas e os matemáticos, cujos cérebros amadureceram na longa luz do dia de seus ninhos de águia nos sótãos. E Burr, no longo caminho até Oxford e mais além, era o herdeiro de sua frugalidade coletiva, sua virtude e seu misticismo.

De modo que estava de certa forma escrito nas estrelas, desde o dia em que Goodhew tirou Burr da Casa do Rio e deu-lhe sua própria agência subfinanciada e subdesejada, que Burr deveria escolher Richard Onslow Roper como seu Anticristo pessoal.

Houve outros antes de Roper, claro. Nos anos derradeiros da Guerra Fria, antes da nova agência ser um brilho no olho de Goodhew, quando Burr já sonhava com a Jerusalém pós-Thatcher, e até mesmo seus colegas mais honestos da Inteligência Pura andavam à cata dos inimigos e dos empregos alheios, havia muito pouca gente na profissão que não se lembrasse das vendetas de Burr contra transgressores notórios nos anos 80, como o milionário "comerciante de ferro-velho", Tyler, dos ternos cinzentos, que fugiu para dar um tempo, ou o monossilábico "contador" Lorimer, que dava todos os seus telefonemas de cabines públicas, ou o odioso *Sir* Anthony Joyston Bradshaw, cavalheiro e ocasional sátrapa do chamado Grupo de Estudos de Aliciamento, de Darker, que comandava uma vasta propriedade nas cercanias de Newbury e saía para a caça à raposa, com o mordomo montado a seu lado, levando vinho e sanduíches de *foie gras*.

Mas Richard Onslow Roper, diziam os estudiosos de Burr, era o adversário com que Leonard sempre havia sonhado. Tudo que Leonard buscava para aplacar sua consciência socialista fabiana, Dicky Roper possuía com abundância. No passado de Roper não havia nem esforço, nem inferioridade social. Classe, privilégio, tudo que Burr detestava, Roper havia recebido numa salva de prata. Burr tinha até uma voz especial para referir-se a ele. "Nosso Dicky", era como o chamava, com um tranco do seu sotaque do Yorkshire. Ou, para variar, "o Roper".

— Ele está mexendo com Deus, o nosso Dicky. Tudo que Deus tem, o Roper tem de ter em dobro, e é isso que vai acabar com ele.

Tamanha obsessão nem sempre favorecia uma posição de equilíbrio. Encastelado em sua agência sempre na pindaíba, Burr tinha tendência a ver conspirações por toda a parte. Bastava um arquivo não ser encontrado ou uma autorização ser adiada, para que ele farejasse o braço longo do pessoal de Darker.

— Vou lhe dizer uma coisa, Rob, se o Roper cometesse assalto à mão armada, em plena luz do dia, nas barbas do presidente do Supremo Tribunal da Inglaterra...

— O presidente do Supremo lhe emprestaria seu pé de cabra — sugeriu Rooke. — Pé de cabra que Darker teria comprado para ele. Vamos lá. Almoço.

Os dois ficavam até tarde da noite em seus escritórios encardidos da Victoria Street, andando de um lado para o outro ruminando seus pensamentos. O arquivo do Roper chegava a onze volumes e meia dúzia de anexos secretos, com etiquetas coloridas de identificação e remissão. No conjunto documentava sua passagem gradual e ininterrupta do mercado de armas cinzento, ou semitolerado, até o que Burr chamava de negro obscuro.

Mas o Roper tinha outros arquivos: na Defesa, no Ministério do Exterior, no do Interior, no Banco da Inglaterra, na Fazenda, no Desenvolvimento das Colônias, no Imposto de Renda. Para consegui-los sem despertar curiosidade nos círculos em que Darker poderia ter aliados, Burr precisava agir com sigilo, contar com a sorte e, ocasionalmente, com a conivência tortuosa de Rex Goodhew. Era preciso inventar pretextos, requisitar documentos que não interessavam, a fim de confundir o rastro.

Gradualmente, no entanto, foi montado um arquivo. Logo de manhã bem cedo, Pearl, filha de um policial, entrava empurrando um carrinho de metal, com as fichas surrupiadas reunidas em pacotes enfaixados, feito feridos de guerra, e a pequena equipe dos dedicados assistentes de Burr retomava o trabalho. No fim da noite, ela as levava de volta a sua cela. O carrinho tinha uma roda desengonçada, e todos o ouviam rangendo pelo linóleo do corredor. Diziam que era a carreta de Roper para o cadafalso.

Mas mesmo em meio a esses esforços, Burr nunca desviava a atenção de Jonathan.

— Não o deixe arriscar nada agora, Reggie — insistia com Quayle pelo telefone de segurança, enquanto esperava, impaciente, por aquilo a que Goodhew se referia sarcasticamente como o talvez oficial e final do seu chefe. — Ele não deve sair roubando mais faxes nem ficar ouvindo atrás das portas. Deve ficar quieto e agir com naturalidade. Continua zangado conosco por causa do Cairo? Não vou sequer flertar com ele enquanto não souber que o tenho do meu lado. Já vi esse filme antes. — E para Rooke: — Não estou dizendo nada a ninguém, Rob. Para todo mundo, ele é o Fulano de Tal. Darker e seu amigo Ogilvey ensinaram-me uma lição que não pretendo ignorar.

Como mais uma precaução desesperada, Burr abriu um arquivo de chamariz para Jonathan, deu-lhe um nome fictício, usou como fachada os detalhes particulares de um agente fictício e cercou-o de um sigilo conspícuo que, ele esperava, atrairia o olho de qualquer predador. Paranoia?, sugeriu Rooke. Burr jurou que não passava de uma precaução sensata. Sabia muito bem até que ponto Darke seria capaz de ir para derrubar um rival — mesmo um tão humilde quanto a equipe mixuruca de Burr.

Enquanto isso, Burr, em sua letra caprichada, ia acrescentando uma nota após a outra no dossiê em franca expansão de Jonathan e que ele guardava em uma pasta sem identificação, no canto mais sombrio do arquivo. Através de intermediários, Rooke conseguiu a documentação do exército sobre o pai de Jonathan. O filho mal havia completado seis anos quando o sargento Peter Pine recebeu sua medalha militar póstuma, em Aden, por "coragem extraordinária" diante do inimigo. Um recorte de jornal mostrava uma criança fantasmagórica, exibindo no peito seu impermeável azul, em frente aos portões do palácio. Uma tia chorosa o acompanhava. A mãe não pôde comparecer, não estava passando bem. Um ano depois, ela também morria.

— Estes costumam ser os caras que mais amam o exército — comentou Rooke, à sua maneira simples. — Não consigo imaginar por que ele desistiu.

Aos 33 anos, Peter Pine já havia combatido os mau-mau no Quênia, perseguido Grivas em Chipre e lutado contra guerrilheiros na Malaia e no norte da Grécia. Ninguém tinha nada de mau a dizer dele.

— Sargento e cavalheiro — Burr, o anticolonialista, disse a Goodhew, com ironia.

Voltando ao filho, Burr estudou com atenção os relatórios sobre os progressos de Jonathan por lares adotivos militares, orfanatos civis e a Escola Militar do Duque de York, em Dover. A inconsistência desses relatórios logo o irritou. *Tímido*, dizia um. *Resoluto*, dizia outro. *Um solitário, altamente sociável,* um menino *introspectivo,* um menino *expansivo, um líder natural, falta-lhe carisma,* para lá e para cá, feito um pêndulo. E, em um deles, *muito envolvido com línguas estrangeiras,* como se isso fosse um sintoma mórbido de algo que fosse melhor esquecer. Mas foi a palavra *irresignado* que enfureceu Burr:

— Afinal de contas, quem foi que disse — quis saber, indignado —, que um menino de dezesseis anos, sem lar fixo, que nunca teve a chance de conhecer o amor dos pais, devia ser *resignado*?

Rooke tirou o cachimbo da boca e franziu o cenho, que era o mais próximo que ele conseguia chegar de entregar-se a uma discussão abstrata.

— O que eles podem querer dizer com pé na estrada? — quis saber Burr, absorto na leitura.

— Solto no mundo, entre outras coisas. Senhor do seu nariz. Duro na queda.

Burr ficou imediatamente ofendido.

— Jonathan não é *duro na queda*. Aliás, não é duro em nada. É maleável. Manipulável. O que é uma rolada?

— Um turno de cinco meses de serviço — respondeu Rooke, pacientemente.

Burr chegara aos registros de Jonathan na Irlanda, onde, após uma sucessão de cursos de treinamento especial, para os quais havia se apresentado voluntário, fora designado para um serviço de observação detalhada em South Armagh, um condado infestado de banditismo.

— O que foi a Operação Coruja?

— Não faço a menor ideia.

— Ora, vamos Rob, você é o soldado da família.

Rooke telefonou para o Ministério da Defesa, só para ser informado de que os arquivos da Operação Coruja eram confidenciais demais para serem entregues a uma agência irregular.

— *Irregular?* — explodiu Rooke, enrubescendo ao ponto de suas bochechas ficarem mais escuras que seu bigode. — Que diabo eles pensam que somos? Alguma corretora fajuta de Whitehall? Meu Deus!

Mas Burr estava preocupado demais para apreciar essa rara explosão de Rooke. Havia se fixado na imagem do menino pálido usando a medalha do pai para a satisfação dos fotógrafos. Burr, a essa altura, já estava modelando Jonathan na sua mente. Jonathan era o homem que eles procuravam, tinha certeza disso. Os conselhos cautelosos de Rooke não seriam capazes de abalar essa convicção.

— Quando Deus terminou de fazer Dicky Roper — disse a Rooke, convictamente, enquanto batiam um frango ao *curry*, numa noite de sexta-feira —, Ele respirou fundo, deu de ombros e logo tratou de preparar bem depressa o nosso Jonathan, para restaurar o equilíbrio ecológico.

A notícia pela qual Burr vinha rezando chegou exatamente uma semana depois. Haviam ficado no escritório, esperando por ela. Goodhew lhes dissera que esperassem.

— Leonard?

— Sim, Rex.

— Estamos de acordo que esta conversa não está ocorrendo? Ou pelo menos não antes da reunião de segunda-feira do Comitê Geral de Trabalho?

— Como quiser.

— Esta é a questão crucial. Tivemos de jogar-lhes algumas lantejoulas, se não, teriam ficado de mau humor. Você *sabe* como é o Tesouro. — Burr não sabia. — Número um. É um caso de cumprimento da lei. Cem por cento. Planejamento e execução a seu encargo, exclusivamente, a Casa do Rio deve apoiá-los dando ajuda, mas não lhes cabe perguntar o motivo. Estarei ouvindo gritos de hurra? Acho que não estou.

— Exclusivamente quer dizer quanta exclusividade? — disse Burr, o yorkshiriano desconfiado.

— Onde você tiver de usar recursos externos, obviamente terá de se contentar com o que vier. Não se pode, por exemplo, esperar que os rapazes do Rio grampeiem um telefone para alguém, sem dar uma olhada no resultado, antes de fecharem o envelope. Pode-se?

— Eu diria que não se pode. E quanto aos nossos galantes primos americanos?

— Langley, Virgínia, com os seus equivalentes na outra margem do Tâmisa, deve ficar de fora do círculo encantado. De igual para igual. É a *Lex Goodhew*. Se a Informação Pura deve se manter ao largo, em Londres, então faz todo o sentido que seus opostos em Langley tenham o mesmo tratamento. Assim argumentei, assim meu amo e senhor me ouviu. Leonard...? Leonard, está dormindo na linha?

— Goodhew, você é um gênio, diabos.

— Número três... ou será D? O chefe, na sua condição de ministro responsável, segurará nominalmente a sua mãozinha, mas somente com as luvas mais grossas possíveis, pois sua fobia mais recente é o escândalo. — A frivolidade desapareceu da voz de Goodhew e entrou na linha o procônsul: — Portanto, nada de comunicação direta de você para ele, por gentileza, Leonard. Existe apenas um caminho para o chefe, que sou eu. E se estou colocando a minha reputação em risco, não quero você arrumando confusão. De acordo?

— E quanto a minha previsão financeira?

— O que quer dizer quanto a ela?

— Foi aprovada?

— O inglês frívolo voltou.

— Ah, meu Deus, não, seu bobalhão! Ela *não* foi aprovada. Ela foi *tolerada* entre rilhar de dentes. Tive de cavá-la entre três ministérios *e* levantar um extra com titia. E uma vez que estarei pessoalmente falsificando os livros, faria a gentileza de dar contas *a mim* do seu dinheiro, tal como dos seus pecados?

Burr estava empolgado demais para se incomodar com as letras miúdas do contrato.

— Com que, então, é o sinal verde? — disse, tanto para Rooke quanto para si mesmo.

— Com mais do que uma pequena pitada de âmbar, muito obrigado — retorquiu Goodhew. — Acabaram-se as espetadas venenosas contra o polvo de Aliciamento de Darker, ou essa conversa fiada de os funcionários do serviço secreto só cuidarem de seus próprios interesses. Você tem sido uma seda com seus companheiros americanos, mas será de qualquer maneira, e nem você está a fim de levar o meu chefe a perder sua cadeira tranquila nem seu carro lustroso. Como gostaria de fazer os relatórios? De hora em hora, três vezes por dia, antes das refeições? Lembre-se apenas de que só tivemos essa conversa depois das deliberações *agônicas* de segunda-feira, que nessa ocasião já serão apenas uma formalidade.

No entanto, foi só quando a equipe de agentes dos EUA chegou a Londres que Burr permitiu-se acreditar que vencera a batalha. Os policiais norte-americanos trouxeram com eles um sopro de ação que varreu para longe aquele gosto de disputa interdepartamental. Burr gostou deles à primeira vista, e eles gostaram de Burr, mais do que gostaram do menos flexível Rooke, cujas costas regimentais se enrijeceram assim que se sentou com eles. Animaram-se com a linguagem desabrida de Burr e com seu pouco caso com a burocracia. Gostaram dele mais ainda quando ficou claro que havia trocado as guloseimas delicadas da Informação Pura pela boia-fria do combate ao inimigo. Para eles, a Informação Pura significava tudo que era ruim, fosse em Langley, fosse na Casa do Rio. Significava fazer vista grossa para alguns dos maiores safados do hemisfério, em nome de vantagens nebulosas em alguma outra parte. Significava operações inexplicavelmente abandonadas no meio e ações canceladas por ordens *lá de cima*. Significava aqueles sonhadores inexperientes de Yale, com suas camisas engomadinhas, que se acreditavam capazes de passar a perna nos piores criminosos da América Latina, se sempre tinham seis argumentos imbatíveis para fazerem a coisa errada.

O primeiro a chegar foi o célebre Joseph Strelski, de Miami, um eslavo nascido na América, mandíbulas sólidas, usando tênis e uma jaqueta de couro. Quando Burr ouviu o nome dele pela primeira vez, cinco anos antes, Strelski vinha liderando a campanha pouco firme de Washington contra os traficantes ilegais de armas, que eram o inimigo declarado de Burr. Em sua luta contra eles, chocara-se de frente com exatamente aquelas pessoas que deveriam ter sido suas aliadas. Transferido às pressas para outros serviços, Strelski alistara-se na guerra contra os cartéis sul-americanos da cocaína e seus associados nos Estados Unidos: os advogados safados que ganham percentagem e os ricos atacadistas, os grupos independentes de transporte e os que se ocupavam da lavagem de dinheiro, e aquilo que ele chamava de políticos e administradores "distraídos" que deixavam o caminho livre e levavam a sua parte.

Os cartéis da droga eram agora obsessão de Strelski. A América gasta mais dinheiro em drogas do que em comida, Leonard!, ele protestava, num táxi, num corredor, atrás de um copo de 7UP. Estamos falando do custo de toda a guerra do Vietnã, Rob, todos os anos, sem impostos! Após o quê, ele recitava sem esforço os preços correntes da droga, com o mesmo entusiasmo com que outros viciados citam o índice Dow-Jones, começando com as folhas secas de coca, a um dólar o quilo na Bolívia, subindo para dois mil pelo quilo de pasta na Colômbia, a vinte mil o quilo no atacado em Miami, até duzentos mil o quilo nas ruas. Então, como se tivesse flagrado a si mesmo, sendo chato mais uma vez, arreganhava um sorriso seco e dizia não saber de ninguém que fosse capaz de deixar passar um lucro de cem dólares para cada dólar investido. Mas o sorriso em nada aplacava o fogo frio de seus olhos.

Essa fúria permanente parecia tornar Strelski quase que fisicamente insuportável para si mesmo. Todas as manhãs, bem cedo, e a cada entardecer, não importa qual fosse o tempo, ele ia fazer seu *jogging* nos parques reais, para horror fingido de Burr.

— Joe, pelo amor de Deus, sirva-se de uma fatia bem grande de pudim de passas e sente-se quieto — insistia Burr com ele, com falsa severidade. — Estamos todos tendo ataques cardíacos só de pensar em você.

Todo mundo ria. Entre os cumpridores da lei, havia esse tipo de atmosfera de vestiário. Somente Amato, o venezuelano-americano que era a sombra de Strelski, recusava-se a sorrir. Em suas conferências, sentava-se com a boca trancada numa espécie de careta, os olhos pretos como vinho fitando o horizonte. E então, repentinamente, na quinta-feira, sorria como um idiota. Sua mulher dera à luz uma menininha.

O outro, e inverossímil, braço direito de Strelski, era um irlandês pesadão, de rosto carnudo, chamado Pat Flynn, da alfândega dos EUA: o tipo de policial, disse Burr a Goodhew, com satisfação, que datilografava seus relatórios sem tirar o chapéu da cabeça. As lendas perseguiam Flynn e com motivo. Tinha sido Pat Flynn, diziam, quem inventara a primeira câmara com a lente do tamanho de uma cabeça de alfinete, conhecida como câmara de poste e disfarçada de caixa de passagem, que podia ser presa a qualquer poste de telégrafo que se quisesse, em questão de segundos. Tinha sido Pat Flynn o pioneiro na arte de grampear pequenos barcos por baixo d'água. E Pat Flynn tinha outras habilidades, confidenciara Strelski a Burr enquanto caminhavam num fim de tarde em St. James Park, Strelski com sua roupa de jogging e Burr com seu temo amarrotado:

— Pat é o tal que conhece o tal que conhece o tal — disse Strelski. — Sem Pat, nunca teríamos chegado ao irmão Michael.

Strelski estava falando sobre sua fonte mais sagrada e sensível, e aquilo era terreno santificado. Burr nunca ousara invadi-lo, exceto a convite de Strelski.

Se os cumpridores da lei tornavam-se mais unidos a cada dia que se passava, os espiocratas da Informação Pura não aceitaram com facilidade seu papel de cidadãos de segunda classe. A primeira troca de tiros ocorreu quando Strelski deixou escapar a intenção da sua agência de colocar Roper atrás das grades. Conhecia até a prisão que tinha em mente para ele, informou muito satisfeito ao grupo.

— Claro que conheço, senhores. Um lugarzinho chamado Marion, Illinois. Vinte e três horas e meia preso na solitária por dia, nenhum contato, exercícios algemado, comida numa bandeja que atiram por uma fenda na porta da cela. O andar térreo é mais opressivo, não tem vistas. O andar de cima é melhor, mas o cheiro é pior.

Essa revelação foi recebida com um silêncio gélido, quebrado por um advogado do gabinete do ministro, de voz ácida.

— Tem certeza de que esse é o tipo de coisa que deveríamos estar discutindo, *Mr.* Strelski? — perguntou com a arrogância que afetava no tribunal. — Pelo que sempre entendi, um patife identificado era mais útil à sociedade quando deixado à solta. Pois enquanto estiver circulando livremente, pode-se fazer com ele o que se desejar: identificar seus conspiradores, identificar os conspiradores *deles*, ouvir, observar. Uma vez trancado, é preciso começar o mesmo jogo todo de novo, com uma nova pessoa. A não ser que o senhor creia ser capaz de liquidar completamente esse tipo de coisa. Ninguém aqui pensa assim, pensa? Não nesta sala?

69

— No meu raciocínio, senhor, existem basicamente dois caminhos que podem ser seguidos — replicou Strelski, com o sorriso respeitoso de um aluno atento. — Pode-se explorar a situação, ou pode-se cumprir a lei. Explore a situação e é uma história sem fim: significa recrutar o inimigo para poder pegar o próximo inimigo. E aí recrutar o *próximo* inimigo, para se poder pegar o próximo, *ad infinitum*. Cumpra a lei, é o que temos em mente para *Mr*. Roper. Um fugitivo da justiça, de acordo com o meu manual, prende-se, acusa-se conforme as leis sobre o tráfico internacional de armas, e tranca-se na cadeia. Explore a situação e no final estará se perguntando quem está sendo explorado. Se o fugitivo, ou o público, ou a justiça.

— Strelski é um independente total — confidenciou Goodhew a Burr, com indisfarçado prazer, enquanto estavam parados na calçada debaixo de seus guarda-chuvas. — Vocês dois são iguais. Não surpreende que os advogados tenham as suas desconfianças.

— Quanto a mim, sinto desconfiança é dos advogados.

Goodhew olhou para ambos os lados da rua batida de chuva. Estava num humor esfuziante. No dia anterior, a filha conseguira uma bolsa para South Hampstead e o filho, Julian, fora aceito pelo Clare College, Cambridge.

— Meu chefe está com uma crise grave de crupe, Leonard. Inflamação da laringe. Andou falando com pessoas outras vez. Mais do que o escândalo, ele agora teme bancar o arrogante, o opressor. Sente-se agastado à ideia de que possa estar instigando um plano muito amplo, montado por dois governos poderosos contra um empresário britânico isolado, lutando contra a recessão. Seu senso de jogo limpo lhe diz que você está exagerando.

— Opressor — ecoou Burr, baixinho, lembrando-se dos onze volumes de arquivos sobre Roper, das toneladas de armamentos sofisticados, distribuídos generosamente a gente sem sofisticação. — Quem é o opressor? Meu Deus.

— Deixe Deus fora disso, por gentileza. Preciso de um contra-ataque enérgico. Para segunda-feira, ao raiar do dia. Breve o suficiente para poder seguir num cartão-postal, nada de adjetivos. E diga àquele seu agradável companheiro, Strelski, que *adorei* a ária que ele cantou. Ah. Estamos salvos. Um ônibus.

* * *

Whitehall é uma selva, mas como outras selvas, tem algumas nascentes onde criaturas que em qualquer outra hora do dia fariam umas às outras em pedaços, podem se reunir ao pôr do sol e matar a sede em companheirismo, ainda que precário. Um desses lugares era o Fiddler's Club, que ficava num sobrado, no Embankment do Tâmisa, assim chamado por causa de um *pub*, o Fiddler's Elbow, que antigamente lhe era vizinho.

— *Eu* acho que Rex está na folha de pagamento de alguma potência estrangeira, você não acha, Geoffrey? — disse o advogado do gabinete do ministro a Darker, enquanto, juntos, serviam-se de uma jarra de cerveja do barril no fundo e assinavam uma nota. — Não acha? *Eu* acho que ele está recebendo ouro francês para minar a eficiência do governo britânico. Saúde.

Darker era um tipo baixinho, como homens poderosos geralmente são, rosto encovado e olhos fundos, fixos. Usava ternos azuis bem cortados e muita goma nos punhos, e naquela noite usava também sapatos de camurça marrom, o que dava um toque de Ascot a seu sorriso patibular.

— Ora, Roger, mas como é que você foi adivinhar? — respondeu Goodhew com jovialidade estudada, decidido a levar a piada numa boa. — Há anos que estou nessa boca, não estou, Harry? — respondeu, passando a pergunta adiante, para Harry Palfrey. — De que outra maneira eu poderia ter pago minha bicicleta nova reluzente?

Darker continuou a sorrir, e uma vez que não tinha nenhum senso de humor, seu sorriso era um pouco sinistro, até meio demente. Havia oito homens sentados com Goodhew à longa mesa de refeitório: um mandarim das Relações Exteriores, um barão da Fazenda, o advogado do Gabinete do Ministro, dois seres das bancadas de centro dos *tories*, atarracados dentro de seus temos grossos, e três espiocratas, dos quais Darker era o mais ilustre e o pobre Harry Palfrey o mais desprezado. O salão era abafado e toldado de fumaça. Nada o recomendava além de sua proximidade de Whitehall, da Casa dos Comuns e do reino de concreto de Darker, do outro lado do rio.

— Rex está dividindo para governar, se quiser a minha opinião, Roger — disse um dos seres do partido conservador, que por passar tanto tempo em comitês secretos era frequentemente confundido com um funcionário público. — Mania de poder disfarçada de linguagem constitucional. Ele está deliberadamente derrubando a cidadela por dentro, não está, Rex? Admita.

— Pura bobagem, muito obrigado — respondeu Goodhew, bem-humorado. — Meu chefe está apenas preocupado em trazer os serviços de informações para a nova era e ajudá-los a pousar suas velhas cargas. Vocês deviam ser gratos a ele.

— Não creio que Rex *tenha* um chefe — objetou o mandarim das Relações Exteriores, provocando risos. — Alguém aqui já viu o pobre desgraçado? Acho que Rex o inventa.

— Mas, afinal, por que somos tão cheios de melindres no que diz respeito às drogas? — queixou-se o homem da Fazenda, as pontas finas dos dedos apoiadas umas contra as outras, feito uma ponte de bambu. — Uma indústria de serviços. Comprador voluntário, vendedor voluntário. Lucros vastíssimos para o Terceiro Mundo, *parte* disso indo para os lugares certos. Aceitamos o tabaco, a bebida, a poluição, as doenças venéreas. Por que somos tão pudicos quanto às drogas? *Eu* não me incomodaria nem um pouco com uma encomenda de um ou dois trilhões de libras em armas, mesmo que *houvesse* um pouco de cocaína nas notas, isso eu lhes digo tranquilamente!

Uma voz pastosa destacou-se na hilaridade geral. Vinha de Harry Palfrey, advogado da Casa do Rio, agora emprestado permanentemente ao Grupo de Estudos de Aliciamento de Darker.

— Burr é real — avisou com um som rouco, não respondendo a nenhuma observação em particular. Estava tomando um uísque duplo, e não era o primeiro. — Burr faz aquilo que diz.

— Oh, meu *Deus* — exclamou horrorizado o Ministério do Exterior. — Então vamos *todos* merecer uma punição drástica, certo, Geoffrey? Certo?

Mas Geoffrey Darker ficou só prestando atenção com os olhos e sorriu aquele seu sorriso desolado.

No entanto, de todos os presentes no Fiddler's Club naquela noite, somente aquele resto de advogado, Harry Palfrey, tinha alguma noção do âmbito da cruzada de Rex Goodhew. Palfrey era um degradado. Em toda a organização britânica existe sempre um sujeito que faz da decadência uma forma de arte, e nesse aspecto em particular Harry Palfrey era a medalha de ouro da Casa do Rio. Qualquer coisa que tivesse feito bem na primeira metade da vida, Palfrey havia desfeito sistematicamente na segunda — fosse seu exercício do direito, seu casamento ou a preservação do seu orgulho, do qual os últimos farrapos envergonhados sobreviviam no sorriso forçado de quem pede desculpas. Por que

Darker o mantinha, por que qualquer um o mantinha não era nenhum mistério. Palfrey era o fracasso que fazia todo mundo, em comparação, parecer um sucesso. Nada era baixo demais para ele, nada aviltante demais. Se havia escândalo, Palfrey estava sempre disposto a ser sacrificado. Se era preciso cometer um assassinato, Palfrey estava sempre à mão, com balde e esfregão para limpar o sangue e para lhe arranjar três testemunhas oculares dispostas a dizer que você nunca esteve lá. E Palfrey, com a sabedoria dos corruptos, conhecia a história de Goodhew como se fosse a dele próprio, o que em certo sentido era, uma vez que muito tempo atrás ele percebera as mesmas coisas que Goodhew viera a perceber, ainda que nunca tivesse tido a coragem de tirar as mesmas conclusões.

A história era que, após 25 anos de serviço em Whitehall, alguma coisa dentro de Goodhew havia discretamente se rompido. Talvez tenha sido o fim da Guerra Fria que provocou isso. Goodhew teve a modéstia de não saber.

A história era que, certa manhã de segunda-feira, Goodhew acordou como de costume e concluiu, sem qualquer premeditação, que em nome da liberdade, nome tomado excessivamente em vão, já fazia tempo demais que ele vinha sacrificando escrúpulos e princípios ao grande deus da conveniência, e que a desculpa para fazê-lo já havia morrido.

E que estava sofrendo de todos os maus hábitos da Guerra Fria, sem a justificativa. Devia emendar-se, ou perecer em alma. Porque a ameaça do lado de fora dos portões havia sumido. Caído fora. Desaparecido,

Mas por onde começar? Uma arriscada viagem de bicicleta deu-lhe a resposta. Naquela mesma manhã chuvosa de fevereiro — dia dezoito, Goodhew nunca esqueceu a data —, ele pedalava de casa, em Kentish Town, até Whitehall, como de costume, cortando entre as fileiras engarrafadas dos carros de todo mundo que ia para o trabalho, quando desceu-lhe uma epifania silenciosa. Iria cortar pela raiz o polvo secreto. Distribuiria seus poderes entre agências separadas, menores, e tornaria cada uma delas separadamente responsável. Iria desestruturar, descentralizar, humanizar. E começaria pela influência mais corruptora de todas: o casamento ímpio entre Informação Pura, Westminster e o comércio secreto de armas, presidido por Geoffrey Darker, da Casa do Rio.

* * *

Como Harry Palfrey sabia de tudo isso? Por Goodhew. Goodhew, em sua decência cristã, convidara Palfrey a Kentish Town, nos fins de semana de verão, para tomar Pimm's no jardim e jogar críquete de brincadeira com as crianças, perfeitamente cônscio de que, à sua maneira mesquinha e sorridente, Palfrey estava bem perto do perigoso ponto crítico. E, após o jantar, Goodhew deixara Palfrey à mesa, com sua esposa, a fim de que ele abrisse sua alma com ela, pois não existe nada que agrade mais aos homens dissolutos do que se confessarem às mulheres virtuosas.

E foi no reflexo do esplendor de um desses exuberantes desnudamentos que Harry Palfrey, com um entusiasmo patético, oferecera-se espontaneamente para ser o informante de Goodhew sobre as maquinações clandestinas de certos barões obstinados da Casa do Rio.

5

Zurique estava encolhida à margem do lago, tiritando sob uma nuvem cinzenta enregelante,

— Meu nome é Leonard —- declarou Burr, levantando-se e deixando a poltrona do escritório de Quayle feito alguém que avança para intervir numa briga. — Sou um trapaceiro. Fuma? Tome. Envenene-se.

Fez com que esse oferecimento se parecesse tanto com uma conspiração alegre que Jonathan obedeceu imediatamente e — apesar de raramente fumar; e sempre lamentar depois — pegou um cigarro. Burr tirou um isqueiro do bolso, abriu a tampa com o polegar e acendeu-o diante do rosto de Jonathan.

— Imagino que você ache que o abandonamos, não é mesmo? — disse, indo direto ao ponto de maior resistência. — Você teve uma esfrega e tanto com Ogilvey, antes de deixar o Cairo, se não estou enganado.

Pensei que vocês haviam abandonado *a ela,* Jonathan quase respondeu. Mas estava com a guarda erguida, por isso deu seu sorriso de hoteleiro e disse:

— Ora, nada definitivo, tenho certeza.

Burr meditara cuidadosamente sobre esse momento, e resolvera-se pelo ataque como sua melhor defesa. Não importa que ele abrigasse as piores suspeitas sobre a participação de Ogilvey no caso: aquele não era o momento de sugerir que estava falando em nome de uma casa dividida.

— Não somos pagos para sermos espectadores, Jonathan. Dicky Roper estava empurrando uns brinquedinhos *high-tech* demais para o Ladrão de Bagdá, incluindo um quilo de urânio, que caiu da traseira de um caminhão russo, de qualidade suficiente para a fabricação de armamentos. Freddie Hamid estava esperando com uma frota de caminhões de entrega para contrabandear esse material pela Jordânia. O que deveríamos fazer? Arquivar e esquecer? — Burr ficou satisfeito ao ver o rosto de Jonathan imobilizar-se naquele tipo de obediência rebelde que o lembrava de si próprio. — Existe uma dúzia de maneiras pela qual a história poderia ter vazado, sem que ninguém acusasse a sua Sophie. Se ela não tivesse soltado o verbo com o Freddie, estaria quietinha e bonitinha até hoje.

— Ela não era a minha Sophie — interpôs Jonathan depressa demais.

Burr fez de conta que não ouviu.

— A questão é: como é que pegamos o nosso amigo? Tenho uma ou duas ideias a esse respeito, caso esteja interessado. — Abriu um sorriso caloroso. — É isso mesmo. Você percebeu, posso ver muito bem. Sou do povo, do Yorkshire. E o nosso amigo, *Mr.* Richard Onslow Roper, esse é papa-fina. Bem, é aí que está o azar *dele!*

Jonathan riu devidamente e Burr ficou aliviado por encontrar-se em terra firme, na outra margem do assassinato de Sophie.

— Vamos lá, Jonathan, convido-o para o almoço. Não se importa, não é, Reggie? Só que estamos em cima da hora, entende? Você foi um bom escoteiro.

Na pressa, Burr não notou seu cigarro ainda aceso no cinzeiro de Quayle. Jonathan apagou-o, lamentando estar dizendo adeus. Quayle é uma alma cordial e retraída com o hábito de dar pancadinha na boca com um lenço que sacava da manga bem no estilo militar; ou de de repente lhe oferecer biscoitos de uma lata axadrezada do tipo livre de impostos. Nas seis semanas de espera, Jonathan passara a contar com aquelas suas sessões singulares, desarticuladas. E da mesma forma, percebeu ao sair, Reggie Quayle.

— Obrigado, Reggie — disse. — Obrigado por tudo.

— Meu caro amigo! O prazer foi todo meu! Boa viagem, meu senhor. Sempre de bunda para o poente!

— Obrigado. Para você também.

— Tem transporte? Bicicleta? Quer que assobie para lhe chamar um caleche? Esplêndido. Vá bem agasalhado. Vejo você em Filipos.*

— Você sempre agradece às pessoas por cumprirem com o seu dever, não é? — perguntou Burr, ao pisarem na calçada. — Suponho que isso se aprende, na sua profissão.

---

* Alusão ao final do IV ato de *Julius Caesar,* de Shakespeare, em que Brutus, com palavras semelhantes, marca um encontro com o fantasma de César na cidade macedônia de Filipos, onde será derrotado pelo exército de Antônio. (*N. do T.*)

— Ora, acho que gosto de ser educado — respondeu Jonathan. — Se é isso que você está querendo dizer.

Como sempre, para um encontro operacional, a tática de campanha de Burr fora meticulosa. Escolhera previamente o restaurante e o examinara na noite anterior: uma *trattoria* à beira do lago, fora da cidade, com muito poucas possibilidades de atrair a roda que frequentava o Meister's. Escolhera a mesa de canto e, por dez yorkshirianamente cautelosos francos, dados ao chefe dos garçons, reservara em um de seus nomes de guerra, Benton. Mas não estava mesmo querendo correr nenhum risco.

— Se dermos com alguém que você conheça e eu não, Jonathan, o que, como você sem dúvida sabe, é lei de Murphy neste jogo, não me explique. Se for obrigado a isso, sou seu velho companheiro de caserna em Shorncliffe, e mude o assunto para o tempo — disse, assim demonstrando, casualmente e pela segunda vez, que havia estudado bem a vida de Jonathan. — Tem escalado alguma coisa, ultimamente?

— Um pouco.

— Onde?

— No Oberland bernês, principalmente.

— Alguma coisa espetacular?

— Um Wetterhorn bastante decente, durante o período do frio, se você gosta de gelo. Por quê? Você escala?

Se Burr percebeu a malícia na pergunta de Jonathan preferiu ignorá-la:

— Eu? Eu sou aquele sujeito que toma o elevador para o segundo andar. E quanto a velejar? — Burr olhou pela janela o lago cinzento, que soltava vapores feito um pântano.

— Por aqui é tudo meio coisa de criança — disse Jonathan. — O Thun não é ruim, mas muito frio.

— E pintar? Aquarelas, não era? Ainda dá as suas pinceladas?

— Geralmente não.

— Mas de vez em quando. E como anda o seu tênis?

— Sofrível.

— Estou falando sério.

— Bem, num bom padrão de clube, suponho.

— Pensei que você tivesse vencido uma competição qualquer, no Cairo.

Jonathan corou ligeiramente.

— Ah, aquilo foi só uma bagunçazinha de exilados.

— Que tal então cuidarmos do trabalho pesado primeiro? — sugeriu Burr. Querendo dizer: vamos escolher a comida, para podermos conversar em paz. — Você próprio é meio cozinheiro, não é? — perguntou, enquanto escondiam as caras atrás dos cardápios enormes. — Um homem de vários papéis. Admiro isso. Não há muitos tipos renascentistas por aí hoje em dia. Especialistas demais.

Jonathan virou a página de carnes para peixes, daí para sobremesas, pensando não em comida, mas em Sophie. Ele estava diante de Mark Ogilvey, em sua imponente casa ministerial nos subúrbios verdes do Cairo, cercado de mobília imitação do século XVIII, reunida pelo ministério de obras públicas, e gravuras de Roberts, reunidas pela esposa de Ogilvey. Ainda estava de *smoking* e, em sua mente, este ainda coberto pelo sangue de Sophie. Gritava, mas quando ouviu sua voz, esta soou como o eco de um sonar. Estava mandando Ogilvey para o inferno, e o suor lhe escorria pelos pulsos para as palmas das mãos. Ogilvey estava de robe de chambre, uma coisa marrom cor de rato, com os alamares dourados de um tambor-mor, gasto, nas mangas. *Mrs.* Ogilvey estava fazendo chá, de forma a poder ouvir.

— Olha a língua, sim, meu velho? — disse Ogilvey, apontando para o lustre, a fim de lembrar-lhe que existia o risco de microfones.

— Que se dane a língua. Você a matou! Está me ouvindo? Espera-se que você proteja as suas fontes, não que as leve a morrerem de pancadas.

Ogilvey buscou refúgio na única resposta segura que se conhecia na sua profissão. Pegando numa bandeja de banho de prata uma garrafa de decantação, de cristal, tirou a tampa com um movimento rápido e experiente.

— Meu velho, tome um pouco disto. Temo que esteja brigando com a pessoa errada. Isso não tem nada a ver conosco. Nem com você. O que o leva a pensar que era o único confidente dela? É provável que tenha contado a seus quinze melhores amigos. Você conhece o velho ditado. Duas pessoas podem guardar um segredo, contanto que uma delas esteja morta. Isto aqui é o Cairo. Segredo é aquilo que todo mundo sabe menos você.

Mrs. Ogilvey escolheu precisamente esse momento para entrar com seu bule de chá.

— Ele pode *só* pensar que ficará melhor com isto, querido — disse ela numa voz carregada de discrição. — O conhaque faz coisas estranhas com as pessoas, quando elas estão esquentadas.

— Ações têm consequências, meu velho — disse-lhe Ogilvey, passando-lhe um copo. — Primeira lição da vida.

Um aleijado vinha mancando por entre as mesas do restaurante, a caminho do banheiro. Usava duas bengalas e contava com a ajuda de uma jovem. Seu ritmo deixou pouco à vontade os outros fregueses, e ninguém conseguiu continuar a comer enquanto ele não sumiu de vista.

— Com que então, aquela noite em que o nosso amigo chegou foi mais ou menos tudo que você viu dele — sugeriu Burr, mudando o tópico da conversa para a estada de Roper no Meister.

— Fora bom-dia e boa-noite, sim. Quayle disse para que eu não forçasse a sorte, e segui o conselho.

— Mas você teve mais uma conversa casual com ele, antes que fosse embora.

— Roper me perguntou se eu esquiava. Disse que sim. Ele disse onde. Respondi Mürren. Perguntou-me como estava a neve este ano. Eu disse que boa. E ele disse: "Pena que não tenhamos tempo para darmos um pulo lá, por alguns dias, minha dama está morrendo de vontade de dar uma espiada lá." Fim da conversa.

— E ela estava presente, nessa ocasião... a garota dele... Jemima?... Jed?

Jonathan finge estar buscando na memória essa informação, enquanto secretamente comemora o olhar nítido que ela lhe lançou. *É assustadoramente bom no esqui, Mr. Pine?*

— Acho que ele a chamava de *Jeds*. No plural. Ele tinha nomes para todas as pessoas. É a sua maneira de comprá-las.

Deve ser absolutamente divino, diz ela, com um sorriso que derreteria o Eiger.

— É uma mulher extremamente atraente, dizem — falou Burr.

— Se você gosta do tipo.

— Gosto de todos os tipos. Qual é o tipo dela?

Jonathan bancou o *blasé*.

— Ora, não sei. Uma boa dose de zeros na escola... chapéus pretos moles... aquele ar de diabrete milionário... Quem é ela, afinal?

Burr parecia não saber, ou não estar ligando.

— Alguma gueixa de classe alta, colégio de freiras, caça à raposa. De qualquer maneira, você se deu bem com ele. Ele não o esquecerá.

— Ele não se esquece de ninguém. Tinha os nomes de todos os garçons na ponta da língua.

— Não é a todo mundo que ele pede opinião sobre escultura italiana, porém, é? Achei isso muito estimulante.

Estimulante para quem ou por quê, Burr não explicou, nem Jonathan estava disposto a perguntar.

— Mas ele comprou a peça, mesmo assim. Ainda não nasceu o homem ou mulher capaz de convencer o Roper a não comprar algo que lhe dá na telha. — Consolou-se com uma generosa garfada de vitela. — E obrigado — continuou. — Obrigado pelo trabalho minucioso. Existem algumas observações especiais naqueles seus relatórios ao Quayle que ainda não vi melhor em lugar nenhum. O seu pistoleiro canhoto, relógio no pulso direito, mudando garfo e faca de mão quando ataca a comida, ou seja, isso é um clássico, é o que é.

— Francis Inglis — recitou Jonathan. — Professor de educação física de Perth, Austrália.

— O nome dele não é Inglis, nem ele vem de Perth. É um ex-mercenário britânico, é Frisky, e aquela cabecinha safada dele está a prêmio. Foi ele quem ensinou aos rapazes de Idi Amin como extrair confissões voluntárias com a ajuda de um aguilhão de gado eletrificado. Nosso amigo prefere os ingleses e prefere que tenham um passado sujo. Não lhe agradam pessoas que ele não possui — acrescentou, enquanto cortava meticulosamente ao meio seu pãozinho e em seguida passava manteiga nas duas metades. — Bem, então — continuou, apontando para Jonathan com a faca. — Como é que você conseguiu os nomes dos visitantes dele, quando só trabalha às noites?

— Qualquer pessoa que se proponha a subir à Suíte da Torre hoje em dia tem de assinar um registro.

— E fica flanando pelo *lobby* a noite inteira?

— É o que *Herr* Meister espera de mim. Fico flanando, pergunto o que quero. Sou uma presença, por isto é que estou lá.

— Nesse caso, conte-nos sobre esses visitantes que ele teve — propôs Burr. — Houve esse tal austríaco, conforme você o chama. Três visitas diferentes à Suíte da Torre.

— Dr. Kippel, endereço Viena, usava um sobretudo verde de lã grossa do Tirol.

— Ele não é austríaco, não se chama Kippel. É um humilde polonês, se é que se pode chamar algum polonês de humilde. Dizem que é um dos novos czares do submundo polaco.

— Por que motivo Roper iria se misturar com o submundo polaco?

Burr deu um sorriso pesaroso. Seu objetivo não era de forma alguma esclarecer Jonathan, e sim tantalizá-lo.

— E quanto ao sujeito atarracado, de terno cinza brilhoso e sobrancelhas grossas, então? Chamava-se Larsen. Sueco.

— Eu simplesmente presumi que era um sueco chamado Larsen.

— É russo. Três anos atrás era um mandachuva no Ministério da Defesa soviético. Hoje, dirige uma próspera agência de empregos, intermediando físicos e engenheiros do bloco oriental. Vinte mil dólares por mês, alguns estão topando. O seu *Mr.* Larsen recebe sua comissão dos dois lados. No paralelo, trafica equipamento pesado militar. Se você estiver precisando comprar uns cem ou duzentos tanques T-72, ou alguns mísseis Scud na porta dos fundos dos russos, *Mr.* Larsen é o homem de que você precisa. Ogivas biológicas vêm como extra. E quanto aos seus dois britânicos de aspecto militar?

Jonathan lembrou-se dos dois sujeitos desengonçados usando *blazers* usados.

— O que há com eles?

— Eles vêm de Londres, está certo, mas não são Forbes e Lubbock. A base deles é a Bélgica, e fornecem treinadores militares para os mais importantes birutas do mundo.

Os garotos de Bruxelas, Jonathan pensou, quando começou a seguir as pistas que Burr deliberadamente estendia diante de sua memória. *Soldado Boris.* Quem será o próximo?

— Este aqui lhe diz alguma coisa? Você não o descreveu, não em tantas palavras, mas achei que poderia ser um daqueles cavalheiros bem-vestidos que nosso amigo recebeu no salão de conferências do andar térreo.

Enquanto falava, Burr tirava da carteira uma pequena fotografia e passava-a a Jonathan para que ele a examinasse. Mostrava um homem de boca comprimida, na casa dos quarenta, com olhos rasos tristonhos e cabelos pretos com um ondulado bem pouco natural, e uma incongruente cruz de ouro pendendo-lhe sobre o pomo de adão. Havia sido tirada em plena luz do sol e, a julgar pelas sombras, bem ao meio-dia.

— Sim — disse Jonathan.

— Sim, o quê?

— Ele tinha metade da altura de todos os demais, mas prestavam-lhe deferência. Carregava uma maleta preta, grande demais para ele. Usava plataformas nos sapatos, para ficar mais alto.

— Suíço? Britânico? Tente acertar.

— Parecia mais um tipo de latino-americano. — Devolveu a foto. — Podia ser qualquer coisa. Podia ser árabe.

— O nome dele é Apostoll, acredite ou não, Apo, abreviando. — E 'Appetites prolongando', pensou Jonathan, lembrando-se mais uma vez dos apartes do major Corkoran a seu chefe. — Grego, na verdade americano de primeira geração, doutor em direito pela Michigan State, *magna cum laude,* trapaceiro. Escritórios em Nova Orleans, Miami e cidades do Panamá, todos lugares de respeitabilidade impecável, como você sem dúvida sabe. Lembra-se de lorde Langbourne? Sandy?

— É claro — respondeu Jonathan recordando o tipo irritantemente bonito, com o rabo de cavalo e a mulher azeda.

— É mais um maldito advogado. Na verdade, o de Dicky Roper. Apo e Sandy Langbourne fazem negócios juntos. Negócios muito lucrativos.

— Entendo.

— Não, não entende, mas está começando a captar a ideia. Como vai o seu espanhol, falando nisso?

— Vai bem.

— Deveria ir mais do que bem, não deveria? Dezoito meses no Ritz de Madri, com o seu talento, deveria estar simplesmente perfeito.

— Deixei de lado um pouco, só isso.

Um intervalo, enquanto Burr reclinava-se na cadeira, e deixava o garçom tirar os pratos. Jonathan ficou surpreso por redescobrir a empolgação: a sensação de avançar em direção ao centro secreto, o impulso da ação após um afastamento longo demais.

— Você não vai ser otário de nos trair, vai? — perguntou Burr agressivamente, enquanto o garçom entregava a cada um uma carta fechada em plástico.

— Meu Deus, não.

Escolheram purê de castanhas com creme batido.

— E Cork, o major Corkoran, seu irmão de armas, o bobo do rei — disse Burr, no tom de alguém que deixou o melhor para o final. — Então, o que achou dele? Por que está rindo?

— Ele era engraçado.

— E o que mais ele é?

— O bobo do rei, conforme você diz. O mordomo da casa real. Ele assina.

Burr pulou a essa palavra, como se fosse a que houvesse passado o almoço inteiro esperando.

— O que ele assina?

— Formulários de registros. Contas.

— Contas, cartas, contratos, procurações, fianças, balanços empresariais, conhecimentos de embarque, cheques — disse Burr, agitado. — Guias de mercadorias embarcadas, despachos de cargas e um número imenso de documentos dizendo que tudo que seu empregador sempre fez de errado não foi nunca feito por Richard Onslow Roper, mas por seu leal servidor, o major Corkoran. Um homem muito rico, o major Corkoran. Centenas de milhões em seu nome, só que sempre transfere tudo para *Mr.* Roper. Não existe um negócio sujo que o Roper faça, em que Cork não ponha sua assinatura. "Corks, venha cá! Não precisa ler, Corks, meu velho, só assine. Eis aí, bom rapaz, acaba de ganhar mais dez anos em Sing Sing."

A força com que Burr exprimiu essa imagem, combinada com a lâmina denteada de sua voz, ao imitar a de Roper, deu um solavanco no ritmo tranquilo da conversa.

— Não existe uma trilha de papel que valha a pena seguir — confiou Burr, o rosto pálido bem perto do de Jonathan. — Você pode recuar vinte anos, não importa, não vai encontrar o nome de Roper em nada pior do que uma doação à igreja. Está certo, eu o odeio. Admito. E você deveria, também, depois do que ele fez a Sophie.

— Ah, não tenho problemas quanto a isso.

— Não tem, hein?

— Não, não tenho.

— Bem, vamos deixar assim. Volto num momentinho. Aguente firme.

Segurando as calças pelo cós, Burr saiu para fazer xixi, deixando Jonathan misteriosamente alvoroçado. *Odiá-lo?* O ódio não era uma emoção que ele houvesse até então se permitido. Podia ficar zangado; com toda a certeza podia prantear a morte de alguém. Mas o ódio, como o desejo, parecia uma coisa baixa, enquanto não tivesse um contexto nobre, e Roper, com seu catálogo da Sotheby's e sua linda amante, ainda não havia fornecido isso. Não obstante, a ideia do ódio, dignificado pelo assassinato de Sophie — de ódio transformado talvez em vingança — começou a atrair Jonathan. Era como uma promessa de um grande amor distante, e Burr havia se autoproclamado seu procurador.

— Então, por quê? — continuou Burr, aconchegadamente, acomodando-se de novo na cadeira. — Foi o que fiquei me perguntando. Por que ele está fazendo isso? Por que *Mr.* Jonathan Pine, o ilustre hoteleiro, arrisca a sua carreira surrupiando faxes e espionando um cliente importante? Primeiro no Cairo, agora novamente em Zurique. Especialmente depois de ter se aborrecido tanto conosco. Está certo. Eu também estava muito aborrecido conosco,

Jonathan fingiu estar colocando essa questão pela primeira vez.

— É algo que a gente simplesmente faz — disse.

— Não, não é. Você não é um animal, todo feito de instinto. Você *resolve* fazê-lo. O que o impeliu?

— Alguma coisa se agitou dentro de mim, suponho.

— *O que* se agitou? Como é que isso *para* de se agitar? O que levaria essa coisa a se agitar de novo?

Jonathan respirou fundo, mas por um momento não falou. Havia descoberto que estava zangado, mas não sabia a causa.

— Se um sujeito está traficando um arsenal particular para um escroque egípcio... e ele é inglês... e você é inglês... e há uma guerra a ponto de ser deflagrada... e os ingleses estarão combatendo do outro lado...

— E você próprio já foi soldado...

— É algo que a gente simplesmente faz — repetiu Jonathan, sentindo um aperto na garganta.

Burr empurrou para o lado o prato vazio e inclinou-se por sobre a mesa, apoiado nos cotovelos.

— Alimentando o rato, não é essa a expressão dos alpinistas? O rato que fica roendo dentro da gente, dizendo-nos para correr o risco? E é um ratão bem grande, o seu, suponho, tendo de viver à altura daquele seu pai. Ele também era do serviço secreto do Exército, não era? Bem, isso você sabe.

— Não, temo que não — disse Jonathan educadamente, enquanto seu estômago se revirava.

— Tiveram de enfiá-lo de novo no uniforme, depois que foi atingido. Não tinham lhe contado?

O sorriso de hoteleiro de Jonathan, ferro batido de bochecha a bochecha. Sua voz de hoteleiro falsamente macia.

— Não. Não tinham. Realmente, não. Que estranho. Era de se pensar que tinham, não era?

Burr sacudiu a cabeça diante do comportamento enigmático dos funcionários públicos.

* * *

— Estou querendo dizer que, parando para pensar, você deixou a vida militar cedo demais — prosseguiu Burr, com moderação. — Não é todo mundo que desiste de uma carreira promissora no exército aos vinte e cinco anos, para ser empregado noturno de luxo. Não com todos os veleiros, montanhas e todas as atividades ao ar livre que existem no mundo. O que o levou a escolher a hotelaria, com todos os diabos? Entre tantos caminhos que você poderia ter seguido, por que exatamente esse?

Para desistir, pensou Jonathan.

Para abdicar.

Para descansar a cabeça.

Cuide da sua vida, porra.

— Ora, não *sei* — confessou com um sorriso que negava a si mesmo. — Pela vida tranquila, suponho. Acho que, para ser honesto, sou um pouco um sibarita enrustido.

— Ora, e eu, para ser honesto, não acredito nisso, Jonathan. Andei seguindo você bem de perto estas semanas, e refletindo a seu respeito com alguma profundidade. Vamos falar um pouco mais do exército, podemos? Porque fiquei muito impressionado com algumas das coisas que li a respeito de sua carreira militar.

Essa é boa, pensou Jonathan, agora com a mente bem desperta. Estamos falando de Sophie, por isso estamos falando de ódio. Estamos falando de ódio, por isso estamos falando de hotelaria. Estamos falando de hotelaria, por isso estamos falando de exército. Muito lógico. Muito racional.

Mesmo assim, não conseguia encontrar erro em Burr. Burr agia de coração, e era o que o salvava. Ele podia ser esperto, podia ter dominado a gramática da intriga, podia ter um olho atilado para as forças e fraquezas humanas, mas o coração ainda comandava, como Goodhew sabia, e Jonathan podia sentir, motivo pelo qual permitira a Burr vaguear pelo seu reino particular, e pelo qual o senso de missão de Burr estava começando a pulsar, como as batidas de um tambor de guerra, nos ouvidos de Jonathan.

6

Estava na hora de amaciar. Hora das confidências. Decidiram-se por um cálice de *acqua vita* para ajudar a descer o café.

— Já tive uma Sophie — Burr começou a evocar, sem ser totalmente sincero. — Parando para pensar, surpreende-me que eu não tenha casado com ela. Geralmente caso. A minha atual chama-se Mary, o que sempre me dá a impressão de um certo retrocesso. Ainda assim, estamos juntos, deixe ver, há uns cinco anos. Ela é médica, para falar a verdade. Apenas uma clínica geral, ou seja, padre da paróquia com um estetoscópio no pescoço. Uma consciência social do tamanho de uma abóbora um tanto agigantada. Parece estar se dando muito bem.

— Que dure muitos e muitos anos — disse Jonathan, galantemente.

— Veja bem, Mary não é minha primeira esposa. Para ser franco, não é nem a segunda. Não sei o que há comigo e as mulheres. Já mirei para cima, para baixo, para os lados, não acerto nunca. Sou eu, serão elas? Vivo me perguntando.

— Entendo o que quer dizer — disse Jonathan. Mas, em seu interior, ficara de sobreaviso. Ele não conversava naturalmente sobre mulheres. Elas eram os envelopes lacrados em suas mesas. Eram as amigas e irmãs da juventude que ele nunca teve, a mãe que nunca conheceu, a mulher com quem não deveria ter se casado, a mulher que deveria ter amado, e não traído.

— Parece que vou fundo nelas depressa demais e acabo esgotando-as — queixava-se Burr, mais uma vez fingindo estar abrindo o coração para Jonathan, na esperança de receber em troca o mesmo benefício. — Os filhos é que são o problema. Cada um de nós tem dois, e agora acabamos de ter um nosso. Eles tiram a graça da coisa. Você nunca teve filhos, teve? Ficou longe deles. Sábio, é o que eu diria. Esperto. — Tomou um trago de *Pflümli*. — Fale-nos mais um pouco sobre a *sua* Sophie — sugeriu, ainda que Jonathan, até agora, não tivesse falado nada.

— Ela não era minha. Era de Freddie Hamid.

— Mas você trepou com ela — aventou Burr, com a maior tranquilidade.

Jonathan está no quarto do apartamentinho em Luxor, o luar penetrando pelas cortinas semicerradas. Sophie está deitada na cama, com sua camisola branca, os olhos fechados e o rosto para cima. Um pouco daquele seu jeito esquisito havia voltado. Ela bebera um pouco de vodca. E ele também. A garrafa erguia-se entre os dois.

— Por que está sentado do outro lado do quarto, longe de mim, *Mr.* Pine?

— Por respeito, creio.

O sorriso de hoteleiro. A voz de hoteleiro, uma cuidadosa combinação das vozes de outras pessoas.

— Mas o senhor me trouxe até aqui para me consolar, acho.

Desta vez, nenhuma resposta de *Mr.* Pine.

— Estou estragada demais para o senhor? Talvez velha demais?

Mr. Pine, normalmente tão fluente, continua a guardar um silêncio mortal.

— Estou preocupada com a sua dignidade, *Mr.* Pine. Talvez esteja preocupada com a minha própria. Acho que o senhor está tão afastado de mim porque sente vergonha de alguma coisa. Espero que não seja de mim.

— Eu a trouxe aqui porque era um lugar seguro, *Madame* Sophie. Precisava de uma pausa para respirar, enquanto imagino o que fazer e para onde ir. Achei que eu poderia ser útil assim.

— E *Mr.* Pine? Ele não precisa de nada, suponho? O senhor é um homem saudável, dando ajuda à inválida? Obrigada por trazer-me a Luxor.

— Obrigado por ter concordado em vir.

Os olhos grandes de Sophie estavam fixos nele, na obscuridade. Ela não parecia muito facilmente uma mulher indefesa grata pela ajuda dele.

— O senhor tem tantas vozes, *Mr.* Pine — continuou ela, após bastante tempo calada. — Já não faço mais ideia de quem o senhor seja. O senhor me olha e me toca com os seus olhos. E não sou insensível ao seu toque. Não sou. — Sua voz falhou por um momento, ela se empertigou e pareceu se recompor. — O senhor diz uma coisa, e é aquela pessoa. E fico comovida com essa pessoa. Então essa pessoa é chamada para longe, e uma outra, bem diferente, toma-lhe o lugar. E o senhor diz alguma outra coisa. E fico novamente comovida. Assim, temos uma mudança da guarda. É como se cada pessoa dentro do senhor só conseguisse suportar um pouquinho de mim, logo tendo de ir e conseguir descansar. O senhor é assim com todas as suas mulheres?

— Mas a senhora não é uma das minhas mulheres, *Madame* Sophie.

— Então, por que está aqui? Para ser um bom escoteiro? Não acredito nisso.

Ela calou-se mais uma vez. Ele pressentiu que ela estava resolvendo se devia abandonar qualquer pose.

— Gostaria que uma dessas suas muitas pessoas ficasse comigo hoje à noite, *Mr.* Pine. Pode conseguir isso?

— É claro. Durmo no sofá. Se é isso que a senhora quer.

— Não, não é absolutamente o que eu quero. Quero que o senhor durma comigo em minha cama, e faça amor comigo. Quero sentir que fiz pelo menos um de vocês feliz, e que os outros talvez se animem com o seu exemplo. Não suporto vê-lo tão envergonhado. O senhor se acusa demais. Todos nós já fizemos coisas más. Mas o senhor é um homem bom. O senhor são muitos homens bons. E não é responsável pelos meus infortúnios. Se o senhor é parte deles — ela estava de pé, olhando de frente para ele, os braços pousados do lado do corpo —, então eu gostaria que estivesse aqui por motivos melhores do que vergonha. *Mr.* Pine, por que insiste em ficar tão longe de mim?

Na luz tênue, sua voz se tornara mais alta, sua aparência mais espectral. Ele deu um passo em direção a ela e descobriu que entre eles não havia distância alguma. Estendeu-lhe os braços, hesitante, por causa dos ferimentos. Puxou-a cuidadosamente para junto de seu corpo, deslizou as mãos sob a frente única da camisola branca, e pressionou-as levemente, bem espalmadas, contra suas costas nuas. Ela pousou o lado do rosto no dele, e ele sentiu novamente o perfume de baunilha, descobrindo a inesperada maciez de seus cabelos longos e negros. Fechou os olhos. Agarrados, deixaram-se cair maciamente sobre a cama. E quando o amanhecer chegou, ela o fez abrir as cortinas, para que o gerente noturno não continuasse a fazer amor na escuridão.

— Isso fomos todos nós — murmurou-lhe ao ouvido. — O regimento inteiro. Oficiais, outros postos, desertores, cozinheiros. Não ficou nenhum de fora.

— Creio que não, *Mr.* Pine. O senhor conta com reforços ocultos, tenho certeza.

* * *

Burr continuava esperando pela resposta dele.

— Não — disse Jonathan, em tom de desafio.

— Ora, mas por que não? Eu, nunca deixo passar uma. Você tinha alguma garota, na ocasião?

— Não — repetiu Jonathan, enrubescendo.

— Já sei, devo cuidar da minha vida.

— É isso aí.

Burr pareceu gostar de que o tivessem mandado cuidar da própria vida.

— Fale-nos sobre seu casamento, então. Na verdade, é muito engraçado pensar em você casado. Causa-me um certo incômodo, não sei por quê. Você é solteiro, sinto isso. Talvez eu também seja. O que aconteceu?

— Eu era jovem. Ela era ainda mais jovem. Isso me causa desconforto, também.

— Ela era pintora, não era? Como você?

— Eu era um pintor de domingos. Ela era para valer. Ou achava que era.

— Por que casou-se com ela?

— Amor, suponho.

— Supõe. Gentileza é mais provável, conhecendo você. Por que deixou-a?

— Sanidade.

Não conseguindo mais conter o fluxo da memória, Jonathan abandonou-se à visão furiosa de sua vida de casados morrendo debaixo de seus próprios olhos: a amizade que já não tinham mais, o amor que já não faziam mais, os restaurantes onde olhava pessoas felizes conversando, as flores mortas no vaso, as frutas apodrecendo na vasilha de louça, o cavalete dela empastado de tinta, encostado na parede, a poeira grossa sobre a mesa de jantar, enquanto olhavam um para o outro através de suas lágrimas secas, um estrago que nem mesmo Jonathan seria capaz de ajeitar. Sou apenas eu, ficava repetindo para ela, tentando tocá-la e recuando ao que ela se encolhia. Cresci depressa demais, e nisso me desencontrei das mulheres. Sou eu, não é absolutamente você.

Burr havia mais uma vez pulado misericordiosamente para outro assunto.

— Então, o que o levou à Irlanda? — sugeriu, com um sorriso. — Teria sido, por algum acaso, fugindo dela?

— Era um trabalho. Se você estava no exército britânico... se queria ser um soldado de verdade, útil, munição viva após todas aquelas rodadas de treinamento, era para a Irlanda que você devia ir.

— E você queria ser útil?

— Você não quereria, naquela idade?

— Ainda quero — replicou Burr, falando sério.

Jonathan deixou passar a pergunta implícita.

— Tinha a esperança de que pudesse vir a morrer? — perguntou Burr.

— Não seja absurdo.

— Não estou sendo absurdo. Seu casamento estava arruinado. Você era garoto. Achava-se responsável por todos os males do mundo. Estou apenas surpreso por não ter ido caçar na África, ou entrado para a Legião Estrangeira. De qualquer maneira, o que foi que o levou até lá?

— Nossas ordens eram conquistar os corações e mentes irlandeses. Dizer bom-dia a todo mundo, fazer festinhas nas crianças. Um pouquinho de patrulha.

— Fale a respeito da patrulha.

— Só a chatice dos PCVs. Nada demais.

— Temo não ser muito bom em iniciais, Jonathan.

— Postos de Controles de Veículos. A gente escolhia um ponto cego numa colina, ou em uma esquina, e aí saía de repente do meio de uma vala e parava os carros. De vez em quando topa-se com um agitador.

— E se isso acontecesse?

— A gente entrava em contato com o rádio e o nosso supervisor dizia que linha de ação tomar. Pare e reviste. Faça sinal para que siga. Interrogue-o. O que eles quisessem.

— Algum outro serviço na lista, além dos PCVs?

A mesma afabilidade, enquanto Jonathan fingia tentar lembrar.

— Umas saídas de helicóptero. Cada grupo tinha um trecho de terra para cobrir. Você marcava o seu Lince,* levava um saco de dormir de campanha, acampava ao ar livre umas duas noites e depois voltava para casa e tomava uma cerveja.

— E quanto a contatos com o inimigo?

Jonathan deu um sorriso irônico.

---

* Constelação sobre o Atlântico Norte. *(N. do T.)*

— Porque iriam nos enfrentar de peito aberto, se podiam nos mandar pelos ares nos nossos jipes, por controle remoto?

— De fato, por quê? — Burr sempre jogava suas melhores cartas lentamente. Bebericou a aguardente, sacudiu a cabeça e sorriu, como se tudo aquilo tivesse um pouco de quebra-cabeça. — Então, que serviços especiais eram esses para os quais você se preparou? — perguntou. — Todos esses cursos especiais de treinamento que fez, e que me deixaram cansado só de ler a respeito? Fico assustado cada vez que você pega a colher ou o garfo, para ser franco. Acho que vai me espetar.

A relutância de Jonathan foi como uma súbita redução de marcha.

— Havia uns negócios chamados Pelotões de Observação Detalhada.

— O que eram?

— O pelotão mais categorizado de cada regimento, criado artificialmente.

— Criado a partir de?

— Qualquer um que quisesse entrar.

— Achei que eram a elite.

Frases curtas, concisas, notou Burr. Controladas ao mesmo tempo em que as proferia. Cílios baixados, lábios tensos:

— A gente era treinada. Aprendia a observar, reconhecer os agitadores. A preparar esconderijos, a entrar e sair deles na escuridão. A passar uma, duas noites entocado. Em sótãos, arbustos, valas.

— Que armas lhes deram?

Jonathan deu de ombros, como se dissesse: que importância isso tem?

— Uzis. Hecklers. Espingardas. Ensinam tudo. Você escolhe. De fora, parece empolgante. Uma vez dentro, é só um trabalho.

— O que você escolheu?

— Heckler dava melhores chances.

— O que nos leva à Operação Coruja — adiantou Burr, sem nenhuma mudança na inflexão da voz. Recostou-se na cadeira para observar a nenhuma mudança na expressão de Jonathan.

Jonathan falava dormindo. Tinha os olhos abertos, mas a mente estava em outro lugar. Não havia esperado que o almoço fosse uma excursão pelas piores partes de sua vida.

— Recebemos uma dica de que alguns terroristas estariam cruzando a fronteira para Armagh, a fim de trocarem um esconderijo de armas. RPGs. — Desta vez Burr não perguntou o que as iniciais queriam dizer. — Ficamos uns dois dias de tocaia e finalmente eles apareceram. Pegamos três. Nossa unidade ficou supersatisfeita. Todo mundo andava sussurrando "Três", e erguendo três dedos para os irlandeses.

— Desculpe? — Burr parecia não ter ouvido. — *Pegamos*, neste contexto, significa *matamos*?

— É.

— Você próprio cuidou de *pegar*? Sozinho, por assim dizer?

— Tomei parte, claro.

— Do pelotão de tiro?

— De um grupo de interceptação.

— De quantos?

— Éramos uma dupla. Brian e eu.

— Brian.

— Era o meu companheiro. Soldado, com função de cabo.

— E você era o quê?

— Cabo, com função de sargento. Nossa tarefa era pegá-los quando fossem fugir.

Burr notou que a pele do rosto de Jonathan ficara mais rígida. Os músculos em torno do queixo estavam um pouco contorcidos.

— Foi pura sorte — disse Jonathan, com a mais completa naturalidade. — Todo mundo sonha em pegar um terrorista. Nós tivemos a chance. Tivemos uma sorte *tremenda*.

— E pegaram três. Você e Brian. Mataram três homens.

— Claro. Eu lhe disse. Sorte.

Rígido, notou Burr. Desenvoltura rígida e atenuação sufocante.

— Um e dois? Dois e um? Quem marcou mais pontos?

— Um cada um e um dividido. A princípio discutimos a respeito, depois concordamos em metade cada um. É geralmente muito difícil dizer quem acerta quem no calor da luta.

De repente, Burr não precisou mais provocá-lo. Era como se Jonathan tivesse resolvido contar a história pela primeira vez. E talvez tivesse mesmo.

— Na fronteira, havia uma casa de fazenda, dessas toda revestida de sarrafos. O dono era um vaqueiro subsidiado, contrabandeando sempre as mesmas vacas pela fronteira e cobrando os subsídios à pecuária de ambos os lados. Tinha um Volvo e um Mercedes novo em folha, além daquela fazendinha miserável. Nosso serviço secreto disse que três terroristas estariam atravessando, vindos do sul, depois que os *pubs* tivessem fechado, fornecendo inclusive os nomes. A gente ficou na moita e esperou. O esconderijo das armas era num celeiro. O nosso era um matagal a uns cento e cinquenta metros de distância. Nossas ordens eram para ficarmos escondidos e observarmos sem sermos observados.

É isso que ele gosta de fazer, pensou Burr. Observar sem ser observado.

— Deveríamos deixá-los entrar no celeiro e recolher os brinquedos. Quando tivessem saído, deveríamos registrar a direção que tomaram e cairmos fora sem sermos notados. Uma outra equipe montaria um bloqueio na estrada, uns oito quilômetros adiante, e faria uma inspeção ao acaso, fingindo que era tudo pura coincidência. Isso era para proteger a fonte. O único problema foi que os terroristas não estavam planejando levar as armas para lugar nenhum. Resolveram enterrá-las num fosso a uns dez metros de onde estávamos, e onde uma caixa já havia sido escondida antes.

Ele estava deitado de barriga no chão, na relva macia de uma colina de South Armagh, observando através de intensificadores de luz três homens verdes arrastando caixas verdes por uma paisagem lunar verde. Languidamente, o homem à esquerda estica-se nas pontas dos pés, solta a caixa e dá um rodopio gracioso, os braços estendidos para a Cruz. *Aquela tinta verde escura é o seu sangue. Eu o estou matando e o imbecil não está nem se queixando*, conclui Jonathan, ao dar-se conta do coice de seu Heckler.

— Então você os derrubou — aventou Burr.

— Tínhamos de usar a nossa iniciativa. Cada um de nós pegou um, depois ambos pegamos o terceiro. A coisa toda durou segundos.

— Eles responderam ao fogo?

— Não — disse Jonathan. Sorriu, ainda rígido. — Tivemos sorte, creio. Se você acerta o seu primeiro tiro, está com o caminho livre. É tudo que queria saber?

— Voltou alguma vez, depois disso?

— À Irlanda?

— À Inglaterra.

— Para falar a verdade, não. Nem a uma nem a outra.

— E o divórcio?

— Foi tudo tratado na Inglaterra.

— Por?

— Ela. Deixei-lhe o apartamento, todo o meu dinheiro e os amigos que tivéssemos. Ela chamou isso de meio a meio.

— Deixou para ela a Inglaterra, também.
— Sim.

Jonathan havia acabado de falar, mas Burr continuava prestando atenção nele.

— Acho que o que eu *realmente* quero saber, Jonathan — continuou por fim, na voz banal que havia usado na maior parte da conversa —, é se você se sentiria atraído de alguma forma pela ideia de uma nova tentativa. Não de casamento. Mas de servir ao seu país.

Ouviu-se dizendo isso, mas a julgar pela reação que recebeu, poderia muito bem estar olhando para um muro de granito. Fez um gesto, pedindo a conta. Então: para o diabo com tudo, pensou, às vezes, os piores momentos são os melhores. Por isso, falou de qualquer jeito, o que era da sua natureza, enquanto ia contando notas suíças e colocando-as num pires branco.

— Suponha que eu lhe pedisse para jogar no lixo a sua vida inteira até agora, em nome de uma outra, melhor — propôs. — Melhor não para você, talvez, mas melhor para aquilo que eu e você gostamos de chamar de bem comum. Uma causa cinco estrelas, incontestável, com garantia de melhorar o fardo da espécie humana, ou o seu dinheiro de volta. Adeus o velho Jonathan, entra em cena o produto renovado e melhorado. Rearrumado logo depois, nova identidade, dinheiro, o habitual. Conheço muitos que achariam isso bastante atraente. Para ser franco, não sei se *eu* não acharia, só que não seria justo para com Mary. Mas quem você tem, para tentar ser justo, a não ser você mesmo? Ninguém, não até onde sei. Vai ficar alimentando o rato com três refeições por dia, segurando-se só com as pontas dos dedos, debaixo do vendaval, não haverá um fragmento seu que não será usado, nem uma única hora em que não vai estar rígido de medo. E estará fazendo isso por seu país, tal como seu pai, não importa o que tenha achado da Irlanda. Ou de Chipre, já que estamos falando nisso. E estará fazendo isso por Sophie também. Diga a ele que preciso de recibo, está bem? Benton. Almoço para dois. Quanto eu dou? Mais cinco? Não vou lhe pedir para que assine para mim, como faz muita gente. Vamos embora.

Estavam caminhando à margem do lago. A neve havia desaparecido. O sol da tarde tremeluzia sobre o caminho, fazendo o gelo exalar vapor. Adolescentes viciados em drogas, protegidos por sobretudos caros, fitavam o gelo que se desintegrava. Jonathan enfiara as mãos nos bolsos do sobretudo e ouvia Sophie cumprimentando-o por sua gentileza como amante.

— Meu marido inglês também era muito gentil — estava dizendo, enquanto passava-lhe os dedos pelo rosto, com admiração. — Eu havia preservado a virgindade com tanto zelo, que ele levou dias para me convencer de que eu estaria bem melhor sem ela. — Então foi tomada por um pressentimento e puxou-o para junto de seu corpo, em busca de proteção. — Lembre-se de que você tem um futuro, *Mr.* Pine. Nunca mais renuncie a ele. Nem por mim, nem por ninguém. Prometa-me.

E ele prometera. Tal como se promete qualquer coisa no amor.

Burr estava falando sobre justiça.

— Quando eu estiver dirigindo o mundo — anunciou descontraidamente para o lago fumegante —, vou promover o Julgamento de Nuremberg Parte II. Vou pegar todos os traficantes de armas, todos esses cientistas de merda, e todos esses vendedores vaselinas, que empurram esses governantes birutas um passo além daquilo que eles haviam pensado ir, pois isso é bom para os negócios, e também todos os políticos mentirosos, os advogados, os contadores e os banqueiros, e jogá-los todos no banco dos réus, para saber o que têm a dizer em favor de suas próprias vidas. E sabe o que eles vão dizer? "Se *nós* não o tivéssemos feito, uma outra pessoa o teria." E sabe o que vou dizer? Vou dizer: "Ah, entendo. Se vocês não tivessem estuprado a menina, um outro sujeito qualquer a teria estuprado. E essa é a justificativa para o estupro. Está anotado." E então, *napalm* neles todos. Queimadinhos, queimadinhos.

— O que Roper *fez*? — perguntou Jonathan, numa espécie de frustração zangada. — Além de... Hamid, aquilo tudo.

— É o que ele está fazendo agora é o que importa.

— Se ele parasse hoje. Quanto ele é ruim? Quanto ele já foi ruim?

Estava se lembrando do ombro de Roper encostando despercebidamente nele. *Pérgula no alto, vista do mar no final.* Lembrou-se de Jed: *O lugar mais bonito do mundo.*

— Ele espolia — disse Burr.

— Onde? Quem?

— Em toda a parte, todo mundo. Se um negócio escuso é decidido, nosso amigo está lá, pegando a sua parte, e fazendo Corkoran assinar por ele. Ele tem a sua operação limpa, que é a Ironbrand: capital de risco, compras de terras assustadoras, minerais, tratores, turbinas, produtos primários, uns dois petroleiros, um pouco de incorporação predatória de empresas. Escritórios na parte mais branca de Nassau, jovens elegantes, cabelos cortados na moda, batucando em computadores. Essa é a parte que está em dificuldades profundas, e é a parte a respeito da qual você leu.

— Temo não ter lido.

— Bem, deveria ter. Os resultados dele no ano passado foram horríveis, e os deste ano serão piores. Suas ações baixaram de cento e sessenta para setenta, e três meses atrás ele investiu ousadamente em platina, a tempo apenas de vê-la despencar. Não está seriamente preocupado, ele está simplesmente desesperado. — Tomou fôlego e recomeçou. — E, protegido pelo guarda-chuva da Ironbrand, ele tem os seus monstrinhos. Existem os cinco clássicos do Caribe: lavagem de dinheiro, ouro, esmeralda, madeira das florestas pluviais, armas e mais armas. Há ainda remédios falsificados, e pacotes de primeiros socorros falsificados, com a ajuda de ministros da Saúde corruptos e fertilizantes ineficazes, com a ajuda de ministros da Agricultura corruptos. — A fúria na voz de Burr parecia uma tempestade se erguendo lentamente, ainda mais alarmante porque não soltava as comportas. — Mas as armas são o seu primeiro amor. Brinquedos é como as chama. Se você está ligado em poder, não há nada como esses brinquedinhos para alimentar o vício. Não acredite nunca nessa conversa fiada de *só mais um bem de serviço, indústria de serviços*. As armas são uma droga e Roper é um viciado. O problema com as armas é que todo mundo pensava que elas fossem à prova de recessão, mas não são. Irã-Iraque foi um contrato entre fabricantes de armas, e eles achavam que não ia acabar nunca. Desde então, o negócio vem decaindo sem parar. Fabricantes demais, disputando guerras de menos. Um excesso desordenado de equipamento bélico inundando o mercado. Muita paz por toda a parte, e muito pouco dinheiro vivo. O nosso Dicky tirou sua casquinha lá naquele negócio servo-croata... croatas via Atenas, sérvios via Polônia... mas os números não eram aos que estava acostumado, e havia gaviões demais atrás da presa. Cuba se acabara, África do Sul também, estavam fabricando suas próprias armas. Irlanda não vale o esforço, do contrário ele estaria lá também. Peru, ele tem um negocinho por lá, fornecendo aos garotos do Sendero Luminoso. Andou fazendo umas tentativas com os revoltosos muçulmanos nas Filipinas do sul, mas os coreanos do norte chegaram na frente, e tenho a suspeita de que ele vai quebrar a cara mais uma vez.

— Bem, quem o deixa operar? — perguntou Jonathan, agressivamente. E, quando Burr, ao menos dessa vez, ficou confuso: — Deve ser um bocado difícil para ele se virar com tudo isso, não é, com gente como você sempre na cola?

Burr ficou engasgado, sem ter o que replicar. Exatamente a mesma pergunta com sua resposta ignominiosa, vinha lhe atravessando a mente, enquanto ele falava: *A Casa do Rio deixa, teve vontade de dizer. Whitehall deixa. Geoffrey Darker e seus companheiros dos Estudos de Aliciamento deixam. O chefe Goodhew põe seu telescópio nos antolhos, e deixa. Se os brinquedos são ingleses, todo mundo deixa o sujeito fazer o que lhe der na telha.* Mas sua boa sorte forneceu uma distração.

— Ora, diabos me carreguem! — exclamou, agarrando o braço de Jonathan. — E onde é que está o pai *dela*?

Observada pelo namorado, uma garota de uns dezesseis anos enrolava a perna da calça *jeans*. Tinha a panturrilha coberta de manchas, feito mordidas recentes de insetos. Enfiou a agulha e nem estremeceu. Mas Burr estremeceu por ela, e seu desgosto o fez recolher-se por algum tempo para dentro de si mesmo, de forma que caminharam alguma distância em silêncio, enquanto Jonathan, por um momento, esquecia Sophie e lembrava-se, em vez disso, das pernas intermináveis de Jed, daquele tom de rosa-bebê, descendo a escadaria ornamental do Meister, e seu sorriso no momento em que aconteceu de ela captar-lhe o olhar.

— Afinal, ele é o quê? — perguntou Jonathan.

— Eu lhe disse o que ele é. É um filho da puta.

— Quais são os seus antecedentes? O que o leva a agir? Burr deu de ombros.

— O pai, leiloeiro em meio expediente e avaliador de obras de arte nos condados da Inglaterra. A mãe, um pilar da igreja local. Um irmão. Escolas particulares que os pais não podiam pagar...

— Eton?

— Por que deveria ser?

— É aquela voz que ele tem. A maneira pedante como fala. Aquele jeito de comer as palavras.

— Até hoje, só o escutei secretamente ao telefone. Para mim já basta. Tem uma daquelas vozes que me fazem vomitar.

— Roper é o irmão mais velho, ou o caçula?

— O caçula.

— Ele fez universidade?

— Não. Estava com muita pressa para ferrar o mundo, é mais provável.

— E o irmão, fez?

— Sim. Será que você está ficando esperto? O irmão entrou para a firma da família. Foi tudo abaixo com a recessão. Agora, está criando porcos. E daí? — Lançou um olhar zangado, de esguelha, para Jonathan. — Nem pense a começar a arranjar desculpas para ele agora, Jonathan — preveniu. — Se Roper tivesse frequentado Eton e Oxford e dispusesse de meio milhão por ano, só seus, *ainda assim* ele estaria ferrando o mundo. É um vilão, e seria melhor que você acreditasse. O mal existe.

— Ah, eu sei, eu sei — disse Jonathan, aplacando-o. Sophie tinha dito o mesmo.

— Portanto, o que ele fez foi simplesmente de tudo — resumiu Burr. — Estamos falando de *high-tech, mid-tech, low-tech* e *kissfodam-tech*. Ele detesta tanques, porque demoram muito a sair, mas quando saem, é a um preço que o leva a esquecer suas próprias regras. Estamos falando de botas, uniformes, gás venenoso, *cluster bombs*, armas químicas, RPCs... isso quer dizer Refeições Prontas pra Consumo... sistemas de navegação giroscópica, aviões de caça, material de sinalização, lançadores de feixes luminosos, fósforo vermelho, granada, torpedos, submarinos em modelos sob encomenda, lanchas-torpedeiras, *fly killer*, sistemas de orientação, algemas para tornozelos, cozinhas de campanha, botões, medalhas e espadins de *latão, flashguns* Metz e laboratórios para fotos de espionagem disfarçados de viveiros de galinhas, pneus, fitas de metralhadora, buchas, munição de todos os calibres, compatíveis com armamentos americanos e soviéticos, Red Eyes e outros lançadores portáteis como os Stingers, e sacos com zíper para transporte de corpos. Onde estávamos? Porque hoje estamos falando de pletora de mercados, de falências nacionais e de governos oferecendo condições melhores do que as dos próprios escroques. Devia ver os depósitos dele. Taipé, Panamá, Port of Spain, Gdansk. Ele costumava ter empregados quase mil homens, os nossos amigos, só para lustrarem o equipamento que estava guardando enquanto o preço subia. Subia sempre, não descia nunca. Agora, está reduzido a sessenta homens e os preços despencaram por completo.

— Qual é então a resposta dele?

Foi a vez de Burr tornar-se evasivo.

— Ele vai tentar a grande jogada. Uma última mordida na maçã. Um negócio para encerrar com todos os negócios. Ele quer dar uma virada na Ironbrand e pendurar as chuteiras num assomo de glória. Diga-me uma coisa.

Jonathan ainda não estava acostumado às mudanças de direção de Burr.

— Naquela manhã, no Cairo, quando você levou Sophie para passear de carro. Depois de Freddie tê-la espancado.

— Bem?

— Você acha que ninguém topou com vocês, ninguém o avistou com ela, somando dois e dois?

Jonathan fizera-se a mesma pergunta mil vezes: à noite, quando perambulava por seu reino às escuras, a fim de fugir de seu eu interior, durante o dia, quando não conseguia dormir e, em vez disso, atirava-se às montanhas, ou saía navegando seu barco para lugar nenhum.

— Não — respondeu.

— Certeza?

— Tanta quanto é possível.

— Correu algum outro risco com ela? Foram juntos a algum lugar onde poderiam ter sido reconhecidos?

Jonathan descobriu que estava sentindo um prazer misterioso em mentir para a proteção de Sophie, ainda que fosse tarde demais.

— Não — repetiu com firmeza.

— Bem, então você está limpo, não está? — disse Burr, inconscientemente ecoando mais uma vez Sophie.

Saboreando juntos um momento tranquilo, ficaram bebericando *scotch* num café da cidade velha, num lugar onde não havia nem noite nem dia, entre damas ricas usando chapéus macios de feltro, para comerem tortas de creme. Às vezes, o catolicismo dos suíços encantava Jonathan. Naquele fim de tarde, parecia-lhe que haviam pintado o país inteiro em diferentes tons de cinza.

Burr começou a contar uma história divertida sobre o Dr. Apostoll, o importante advogado. Começou meio abruptamente, quase como se as palavras lhe tivessem começado a sair sem querer, como se ele houvesse se intrometido em seus próprios pensamentos. Não deveria tê-la contado, o que entendeu assim que embarcou naquilo. Mas, às vezes, quando estamos guardando um segredo importante, não conseguimos pensar em outra coisa.

Apo é um libidinoso, disse ele. Já o tinha dito antes. Apo come tudo que lhe passa pela frente, disse ele, não se deixe enganar por aquele aspecto pudico, pois é um daqueles homenzinhos que precisam provar que têm um desejo maior do que todos os grandalhões juntos. As secretárias, as mulheres dos outros, filas de garotas de programa das agências, Apo está em todas:

— Então, certo dia, a filha dele vai e se mata. E nem foi de uma maneira simpática, se é que existe uma maneira simpática. Praticou um verdadeiro assassinato contra si mesma. Cinquenta aspirinas engolidas com meia garrafa de alvejante puro.

— Por que ela fez uma coisa dessas? — exclamou Jonathan, horrorizado.

— Apo dera-lhe um relógio de ouro no dia de seus dezoito anos. Custou noventa mil dólares na Cartier de Bal Harbour. Seria impossível encontrar um relógio melhor do que aquele, em qualquer lugar.

— Mas o que havia de errado em dar-lhe um relógio de ouro?

— Nada, só que ele lhe dera o mesmo relógio quando ela fez dezessete anos, e esqueceu. A moça queria se sentir rejeitada, creio, e o relógio foi o que fez pender a balança para ela. — Não fez pausa. Não ergueu a voz, nem mudou de tom. Queria safar-se da história o mais rápido possível. — Você já disse "Sim"? Não ouvi.

Mas Jonathan, para decepção de Burr, preferiu ficar com Apostoll.

— Então, o que ele fez?

— Apo? O que eles todos fazem. Considerou-se um Renascido. Nos braços de Jesus. Prorrompia em lágrimas durante coquetéis. Consideramos você contratado, ou anulado, Jonathan? Nunca fui chegado a cantadas longas.

Novamente o rosto do garoto, verde em vez de vermelho, ao se romper e se espalhar a cada tiro. O rosto de Sophie, esmagado uma segunda vez, quando a mataram. O rosto de sua mãe, meio torto para um lado, com o maxilar escancarado, até a enfermeira da noite fechá-lo e prendê-lo com uma tira de gaze. O rosto de Roper, chegando perto demais, ao inclinar-se sobre o espaço privativo de Jonathan.

Mas Burr também estava entregue a seus próprios pensamentos. Censurava-se por ter pintado Apostoll tão vigorosamente na cabeça de

Jonathan. Imaginava se algum dia iria aprender a guardar aquela sua língua idiota dentro da boca.

Estavam no minúsculo apartamento de Jonathan, na Klosbachstrasse, tomando *scotch* com água Henniez, e a bebida não estava fazendo bem a nenhum dos dois. Jonathan estava sentado na única poltrona, enquanto Burr vagueava pelo aposento, em busca de alguma deixa. Havia percorrido com os dedos o equipamento de alpinismo, e examinado um par das aquarelas cautelosas que Jonathan fizera do Oberland bernês. Agora, entrou num nicho da sala, que fazia as vezes de biblioteca e começou a garimpar os livros de Jonathan. Estava cansado e sua paciência começava a se esgotar, consigo mesmo e com Jonathan.

— Com que então, você é chegado a Thomas Hardy — observou. — Como é isso?

— O exílio da Inglaterra, creio. Minha dose de nostalgia.

— Nostalgia? Hardy? Besteira. O homem um rato e Deus um sacana que não está nem aí, isso é Hardy. Ora, ora. O que temos aqui? O coronel T. E. Lawrence da Arábia em pessoa. — Pegou um volume fino, com capa de um amarelo fosco, agitando-o como se fosse uma bandeira capturada. — O gênio solitário que queria ser apenas um número. Abandonado por seu país. Agora estamos começando a esquentar. Escrito pela dama que se apaixonou por ele depois de morto. Seu herói, bem, este seria. Toda aquela abstinência e aquele esforço insuficiente, feijões comidos da lata, ele nasceu para isso. Não espanta que você tenha pegado aquele emprego no Egito. — Olhou a folha de guarda. — Que iniciais são estas? Não são as suas? — Mas no momento mesmo em que perguntou, entendeu.

— São do meu pai, na verdade. O livro era dele. Poderia colocá-lo de volta, por favor?

Percebendo a rispidez na voz de Jonathan, Burr virou-se.

— Será que toquei num nervo sensível? Acredito que sim. Nunca me ocorrera que sargentos lessem livros. — Estava enfiando o dedo na ferida deliberadamente. — Imaginava que livros fossem só para oficiais.

Jonathan estava de pé no caminho de Burr, bloqueando-o no nicho. Estava lívido e suas mãos, instintivamente preparadas para a ação, haviam se afastado dos lados do corpo.

— Se pudesse fazer a gentileza de pô-lo de volta na prateleira, por favor, isso é particular.

Sem pressa, Burr repôs o livro na prateleira, entre seus companheiros.

— Diga-nos uma coisa — propôs, anunciando outra mudança de tópico, enquanto passava por Jonathan, indo para o centro da sala. Era como se a conversa de um instante atrás nunca tivesse ocorrido. — Você lida com dinheiro vivo lá naquele seu hotel.

— Às vezes.

— Que vezes?

— Se alguém parte tarde da noite e paga em dinheiro, sou eu que recebo. A recepção fica fechada entre meia-noite e cinco da manhã, por isso o gerente da noite se encarrega.

— Então, você receberia o dinheiro dessas pessoas, não é, e o colocaria no cofre?

Jonathan deixou-se cair na poltrona e cruzou as mãos atrás da cabeça.

— Poderia.

— Suponha que você o roubasse. Quanto tempo, até alguém perceber?

— O fim do mês.

— Você sempre poderia devolvê-lo a tempo do dia do balanço, e retirá-lo depois, com certeza — disse Burr, como quem pensa em voz alta.

— Meister está sempre vigilante. Quando nada, sempre é suíço.

— Estou construindo uma lenda para você, entende?

— Sei o que está fazendo.

— Não, não sabe. Quero botar você dentro da cabeça de Roper, Jonathan. Acredito que você seja capaz disso. Quero que faça com que ele venha a mim. É o único meio que tenho de pegá-lo. Ele pode estar desesperado, mas não baixa a guarda. Posso enfiar-lhe microfones pelo rabo, sobrevoá-lo com satélites, ler as cartas dele e escutar seus telefonemas. Posso cheirá-lo, ouvi-lo e observá-lo. Posso mandar Corkoran passar quinhentos anos na cadeia, mas não tenho como tocar um dedo no Roper. Você tem mais quatro dias, livres, antes de voltar ao Meister's. Quero que venha a Londres comigo, de manhã, conheça meu amigo Rooke e ouça a proposta. Quero reescrever a sua vida desde o primeiro dia, e fazer você se amar, no final de tudo isso.

Atirando uma passagem aérea sobre a cama, Burr postou-se diante da janela da água-furtada, abriu a cortina e olhou lá fora a madrugada. Havia mais neve no ar. O céu estava baixo e escuro.

— Você não precisa de tempo para pensar nisso. Tempo foi só o que você teve desde que abandonou o exército e o seu país. Existe motivo para dizer não, como da mesma forma existe motivo para cavar um abrigo profundo para você e ir morar nele para o resto da vida.

— Quanto tempo isso levaria?

— Não sei. Se você não quer fazê-lo, uma semana é tempo demais. Está a fim de um outro sermão?

— Não.

— Quer me telefonar daqui a umas duas horas, às seis horas?

— Não.

— Até onde você foi, então?

A parte alguma, pensou Jonathan, abrindo a passagem e lendo a hora da partida. Não existe esse negócio de decisão. Nunca existiu. Existe é você ter tido um dia bom ou ruim, existe seguir em frente, porque não ficou nada para trás, e correr, porque, se continuar mais um segundo parado de pé, vai desabar no chão. Existe movimento, ou existe estagnação. Existe o passado, que o impele, e o capelão do regimento pregando que somente os obedientes são livres, e existem as mulheres, que dizem que você não tem sentimentos, mas que não podem viver sem você. Existe uma prisão chamada Inglaterra. Existe Sophie, a quem traí, existe um garoto irlandês, desarmado, que ficou me olhando enquanto eu arrancava seu rosto com um tiro, e existe uma garota com quem mal falei, que põe *amazona* no passaporte e me aborreceu tanto que, seis semanas depois, ainda estou furioso com ela. Existe um herói, de quem posso nunca vir a ser digno, que teve de ser enfiado de novo em seu uniforme, para ser enterrado. E um Flautista de Hamelin, suado, vindo do Yorkshire, sussurrando no meu ouvido para que eu volte e faça tudo de novo.

Rex Goodhew estava com ânimo para a luta. Havia passado a primeira metade da manhã conquistando seu chefe, com sucesso, para a causa de Burr, e a segunda metade fazendo uma palestra, para um seminário em Whitehall sobre os abusos da atividade secreta, terminando num agradável duelo com um jovem reacionário da Casa do Rio, que mal tinha idade suficiente para contar sua primeira mentira. Agora, era hora do almoço em Carlton Gardens, um sol fraco iluminava as fachadas brancas e seu amado Athenaeum estava a poucos passos de distância.

— Seu amigo Leonard Burr anda se espalhando um pouco por aí, Rex — disse Stanley Padstow, do Ministério do Interior, com um sorriso ansioso, chegando a seu lado e acompanhando-lhe o passo. — Creio que não percebi muito bem no que você está nos envolvendo, para ser honesto.

— Oh, meu caro — disse Goodhew. — Pobrezinho. Espalhando-se, exatamente como?

Padstow estivera em Oxford na mesma época em que Goodhew, mas a única coisa de que Goodhew se lembrava a seu respeito era que ele parecia ter uma vocação para as garotas mais sem graça de todas.

— Bem, não é muita coisa — disse Padstow, tentando aparentar que não dava muita importância. — Usando meu pessoal para "lavar" suas requisições do arquivo. Convencendo a arquivista a mentir descaradamente, para ajudá-lo. Levando oficiais graduados da polícia para almoços no Simpson's, que duram até três horas. Pedindo-nos para falarmos em favor dele, quando algum desses policiais fica com medo. — Fitava Goodhew o tempo todo, mas não conseguia captar-lhe o olhar. — Mas está tudo certo, não é? É só que, com esses sujeitos, nunca se sabe com certeza. Não é mesmo?

Houve uma pequena pausa, enquanto se afastavam para não serem ouvidos por um bando de freiras.

— Não, Stanley, nunca se sabe — disse Goodhew. — Mas mandei para você uma garantia detalhada, por escrito, ultraconfidencial, para seu próprio arquivo pessoal.

Padstow lutou valentemente para manter aquele tom de folheto de propaganda.

— E se acontecerem algumas diabruras no West Country, quero dizer, isso tudo está coberto, não está? Só que a sua carta não parecia deixar isso totalmente claro.

Haviam chegado às escadas do Athenaeum.

— A *mim* parece ótima, Stanley — disse Goodhew. — O parágrafo três da minha carta, se bem me lembro, cobre perfeitamente qualquer diabrura no West Country.

— Incluindo assassinato? — Padstow perguntou com insistência, num sussurro, ao entrarem.

— Ora, isso eu não creio. Não, na medida em que ninguém sair prejudicado, Stanley. — A voz de Goodhew mudou de tom. — E isso *é* compartimentação, não é? — disse ele. — Nem uma palavra aos Rapazes do Rio, nada a ninguém, exceto Leonard Burr e, quando você estiver preocupado, eu. Está bem assim para você, não está, Stanley? Não será muito esforço?

Comeram em mesas separadas. Goodhew banqueteou-se com uma torta de carne e rins e um copo do clarete do clube. Mas Padstow comeu depressa, como se estivesse cronometrando cada garfada.

7

Jonathan chegou à loja de *Mrs.* Trethewey, aquela mistura tão inglesa de armazém, armarinho e agência dos correios, numa sexta-feira lúgubre, dizendo chamar-se Linden, nome que pegou no ar, quando Burr pediu-lhe que sugerisse algum. Nunca conhecera um Linden na vida, a não ser que estivesse recordando inconscientemente algo do lado alemão da mãe, uma canção ou poema que ela lhe tivesse recitado em seu aparentemente eterno leito de morte.

O dia se passara úmido e sombrio, um fim de tarde que começara no café da manhã. A aldeia ficava a uns poucos quilômetros de Land's End. Os abrunheiros na mureta de pedra de *Mrs.* Trethewey eram recurvados pelos ventos de sudoeste. As frases dos para-choques, no estacionamento da igreja, diziam aos estranhos que fossem embora.

Há um caráter de furto em se voltar disfarçado ao seu próprio país, após tê-lo abandonado. Há um caráter de furto ao se usar um pseudônimo novo em folha e ser uma nova versão de si mesmo. A pessoa fica se perguntando de quem terá roubado as roupas, que sombra estará lançando, se já não teria estado ali antes, como outra pessoa. Seu primeiro dia no desempenho desse papel, depois de seis anos como o seu próprio eu indefinido no exílio, traz consigo a sensação de algo momentoso. Um pouco dessa novidade e estranheza devia estar patente no rosto de Jonathan, pois *Mrs.* Trethewey sempre afirmou, mais tarde, haver observado nele uma certa insolência, o que ela chamava de um brilho nos olhos. E *Mrs.* Trethewey não é dada a romancear as coisas. É uma mulher perspicaz, alta e imponente, nada de aldeã inglesa só para inglês ver. Às vezes diz coisas que o leva a imaginar o que poderia ter sido se houvesse tido a educação que se dá hoje em dia, ou um marido com alguma coisa a mais na cabeça do que o pobre e velho Tom, que esticou as canelas com um derrame, em Penzance, no último Natal, após exagerar um pouquinho no lanche, no Salão Maçônico.

— Jack Linden, ele era *manhoso*, ora — dirá ela daquele seu jeito didático da Cornualha. — Seus olhos eram bem simpáticos, à primeira vista, isso não posso negar. Mas eram olhos que passavam por você toda, e não do modo como *está* pensando, Marilyn. Eram olhos que viam você de perto e de longe ao mesmo tempo. Dir-se-ia que ele tinha roubado alguma coisa, antes de sequer haver entrado na loja. Pois bem, tinha. Isso agora sabemos. Tal como sabemos muitas outras coisas que preferiríamos não saber.

Eram 5:20 da tarde, faltavam dez minutos para fechar e ela estava somando a féria do dia na caixa registradora eletrônica, para depois ir assistir a *Neighbours* na TV, com Marilyn, sua filha, que estava no sobrado cuidando da neném. Ouviu o barulho daquela motocicleta enorme — "uma dessas que *roncavam* de verdade" — viu-o soltar a barra de apoio com o pé e firmá-la no chão, tirar o capacete e enfiar os dedos pelos cabelos bonitos, para acertá-los, apesar disso não ser necessário, mais uma maneira de relaxar, calculou. E acreditou tê-lo visto sorrir. Um novato, pensou, e bem alegre, aliás. No oeste da Cornualha, novato significa estrangeiro, e estrangeiro é qualquer um que venha da margem leste do rio Tamar.

Mas aquele novato podia ter vindo da lua. Teve o impulso de virar ao contrário o cartaz de "Aberto" pendurado na porta, diz ela, mas a aparência dele a deteve. E também os sapatos que ele estava usando, os mesmos que o seu Tom costumava usar, lustrosos como conchas de caramujo, e limpos cuidadosamente no capacho, ao entrar, de forma nenhuma o que seria de se esperar de um motociclista.

E ela então continuou com suas contas, enquanto ele circulava pelas prateleiras, sem se dar ao trabalho de pegar uma cesta, o que é coisa bem de homem, seja ele o Paul Newman, ou um bobalhão qualquer: entram para comprar um pacote de lâminas de barbear, terminam com os braços carregados, tudo, menos pegar uma cesta. E pisando muito macio, quase em silêncio, sendo ele tão leve. Geralmente não se imagina esse pessoal de motocicleta assim tão sossegado.

— Você deve ser de um dos condados do interior, não é, meu bem? — perguntou-lhe.

— Ora, bem, sim, temo que sim.

— Não precisa temer nada, meu querido. Existe muita gente boa que vem do interior, e existe muita gente aqui na costa que eu gostaria que *fosse* para o interior. — Sem resposta. Distraído demais com os biscoitos. E as mãos, notou, agora que ele havia tirado as luvas, cuidadas à perfeição. Ela sempre gostou de mãos bem-tratadas. — De que parte você vem, então? De algum lugar agradável, espero.

— Bem, na verdade, de parte alguma — declarou, insolente como ele só, pegando dois pacotes de digestivos e um de biscoitos simples, e lendo as embalagens, como se nunca as houvesse visto.

— Você não pode ser de Parte Alguma, meu doce — replicou Mrs. Trethewey, seguindo-o com os olhos ao longo das prateleiras. — Pode não ser da Cornualha, mas não pode ser feito só de ar. Vamos, de onde você é?

Mas se o pessoal da aldeia tendia a se enquadrar rapidinho, quando Mrs. Trethewey empregava seu tom de voz severo, Jonathan limitou-se a sorrir.

— Estive vivendo *no exterior* — explicou, como se estivesse sendo indulgente com ela. — Sou um caso de bom filho que à casa torna.

E sua voz tal como as mãos e os sapatos, ela conta: polida como um espelho.

— De que parte do exterior, então, meu jovem? — quis saber. — Existe mais do que um exterior, mesmo aqui na costa. Não somos assim *tão* primitivos, apesar de muita gente achar que somos, se me permite dizer.

Mas ele estava totalmente fora do seu alcance, diz ela. Limitou-se a sorrir e serviu-se de chá, atum e bolos de aveia, calmo como ninguém, e todas as vezes que ela fazia uma pergunta, ele a fazia sentir-se intrometida.

— Bem, fui eu que aluguei a cabana no Lanyon — disse ele.

— Isso quer dizer que você é louco de pedra, então, meu querido — disse Ruth Trethewey, com a maior tranquilidade. — Só um louco ia querer viver lá no Lanyon, pousado o dia inteiro no meio de um rochedo.

E aquele ar distante, abstraído, que ele tinha, diz ela. Bem, ele era um homem do mar, evidentemente, sabemos disso agora, mesmo que tenha usado isso para um mau propósito. Aquele sorriso fixo no rosto, enquanto examinava as frutas em lata, como se as estivesse decorando. *Escorregadio*, isso é o que ele era. Feito sabonete no banho. Você achava que o tinha nas mãos, e ele lhe escorregava pelos dedos. Havia alguma coisa nele. É só o que sei.

— Bem, suponho que você pelo menos tenha nome, caso tenha decidido juntar-se a nós — disse Mrs. Trethewey, numa espécie de desespero indignado. — Ou será que deixou isso também no exterior, quando voltou para a pátria?

— Linden — disse ele, tirando o dinheiro do bolso. — Jack Linden. Com *i* e *e* — acrescentou, prestimoso. — Não confundir com Lyn*don*, com *y*.

Ela se lembra de como ele guardou tudo minuciosamente dentro das mochilas na garupa, uma coisa deste lado, outra coisa daquele lado, como se tivesse arrumando a carga em seu barco. Depois, com um golpe vigoroso do pé, deu a partida na moto, o braço erguido para dizer adeus. Você é Linden of the Lanyon, ela concluiu, enquanto o observava subir até o cruzamento e virar à esquerda com uma inclinação perfeita. De Parte Alguma.

— Um tal *Mr.* Lindon-of-the-Lanyon-com-*i*-*e*-*e* esteve na loja — disse a Marilyn, quando subiu. — E ele tem uma motocicleta maior do que um cavalo.

— Casado, suponho — disse Marilyn, que tinha uma menininha, mas jamais falava sobre o pai.

E isso foi o que Jonathan se tornou, do primeiro dia até que a notícia se espalhou: Linden of the Lanyon, mais uma daquelas almas inglesas migrantes, que parecem afundar, quase que por gravidade, cada vez mais para oeste, península abaixo, tentando fugir de seus segredos e de si mesmas.

O resto das informações da aldeia a respeito dele foi reunido pouco a pouco, com aqueles métodos quase sobrenaturais que são o orgulho de qualquer boa rede. Como ele era rico, o que quer dizer que ele pagava em dinheiro vivo, e pagava quase que antes de dever — em notas novas de cinco e de dez, contadas como se estivesse jogando cartas, em cima da tampa do *freezer* de *Mrs.* Trethewey —, bem, sabemos onde ele conseguiu *aquilo*, não sabemos? Não surpreende que fosse dinheiro vivo!

— Diga quando, por favor, *Mrs.* Trethewey — pedia Jonathan, continuando a distribuir as notas. Chocante, realmente, pensar que não eram dele. Mas dinheiro não tem nome, dizem.

— Ora, mas isso não cabe a mim, *Mr.* Linden — protestava *Mrs.* Trethewey. — Isso cabe ao senhor. Por mim, posso ficar com todas essas que tem aí, e mais. — No campo, as piadas fazem mais sucesso pela repetição.

Como ele falava todas as línguas estrangeiras do mundo, pelo menos alemão. Porque quando Dora Harris, da Count House, recebeu uma excursionista alemã que adoeceu em casa dela, Jack Linden de alguma forma ficou sabendo, foi até a Count House e conversou com ela, *Mrs.* Harris sentada na cama, em nome da respeitabilidade. E ficou até o Dr. Maddern chegar, a fim de traduzir os sintomas da jovem para ele, alguns deles muito íntimos, disse Dora, mas Jack Linden conhecia todas as palavras. O Dr. Maddern disse que ele devia ter um conhecimento especial, para saber palavras como aquelas.

Como ele caminhava pela trilha da colina, de manhã cedo, como alguém que não conseguia dormir; tanto que Pete Hosken e seu irmão, no mar, puxando seus cestos de lagostas em Lanyon Head ao amanhecer, o avistavam no alto da colina, andando em passadas largas, como um soldado, em geral com uma mochila nos ombros. E que diabos ele carregaria numa mochila, àquela hora do dia? Droga, suponho. Bem, devia ser. Sabemos disso também.

E como ele lavrava a terra na colina, aquela sua picareta subindo e descendo, dava para pensar que ele estava castigando a terra que o amparava: aquele rapaz poderia ganhar a vida honestamente como trabalhador, a qualquer momento. Estava cultivando verduras e legumes, pelo menos assim disse, mas não ficou lá o suficiente para comê-los.

E preparava sua própria comida, disse Dora Harris; e, pelo aroma, comida de *gourmet,* porque quando o sudoeste estava ameno, ele conseguia deixá-la de água na boca a meia milha de distância, a mesma coisa com Pete e seu irmão, no mar.

E como ele era amável com Marilyn Trethewey, ou mais provável, é que ela fosse amável com ele — bem, Linden, esse era amável com todo mundo, até certo ponto, mas Marilyn não sorria há três invernos, não até Jack Linden dar-lhe motivos.

E como ele levava as compras da velha Bessie Jago, duas vezes por semana, em sua moto, de *Mrs.* Trethewey até a casa dela — Bessie morando na esquina de Lanyon Lane — arrumando tudo muito direitinho nas prateleiras, e não largando as latas e pacotes em cima da mesa para que ela arrumasse depois. E batia papo com ela, contando tudo sobre sua cabana, como estava passando massa de cimento no telhado, mudando as vidraças das janelas e fazendo um novo caminho até a porta da frente.

Mas também era só disso que ele falava, nem uma palavra a respeito de si próprio, onde tinha morado, do que vivia, de forma que só por puro acidente ficaram sabendo que ele era sócio numa empresa de barcos em Falmouth, uma firma chamada Sea Pony, especialistas no aluguel de iates a vela. Mas não era um lugar muito bem conceituado, disse Pete Pengelly, era mais um ponto de encontro para ratos de praia e drogados vindos dos condados interioranos. Pete viu-o sentado no escritório da frente do Sea Pony, certo dia, quando foi até lá com sua caminhonete para pegar um motor de popa recauchutado na garagem de barcos do Sparrow, que era logo vizinha: Linden estava sentado a uma mesa, disse Pete, conversando com um sujeito grande, gordo, suado e barbado, com cabelos cacheados e um cordão de ouro pendurado no pescoço, que parecia dirigir o lugar. Então, quando Pete entrou no Sparrow's, perguntou direto ao velho Jason Sparrow: O que está havendo com o Sea Pony, aqui ao lado, Jason? Parece que foram tomados pela Máfia.

Um é Linden, o outro é Harlow, disse Jason a Pete. Linden vem do interior, e Harlow é aquele sujeito grande, gordo e barbado, um australiano. Os dois compraram o lugar, com dinheiro vivo, disse Jason, e até agora não fizeram porcaria nenhuma a não ser fumarem cigarros e saírem com iates de passeio, para cima e para baixo pelo estuário, Linden é um senhor marinheiro, admitiu Jason. Mas esse Harlow, o gordo, esse não sabe a diferença entre o leme e o próprio rabo. A maior parte do tempo eles brigam, disse Jason, ou Harlow briga. Berra feito um touro furioso. O outro, Linden, esse apenas sorri. Isso é o que eu chamo de sócios, disse Jason, com desprezo.

E isso foi, então, a primeira coisa que souberam a respeito de Harlow. Linden & Harlow, sócios e inimigos.

Uma semana depois, na hora do almoço, no Snug, esse mesmo Harlow mostrou-se em carne e osso, e um monte de carne maior em volta do osso nunca se viu, uns 115, 120 quilos. Ele entrou com Jack Linden, e sentou-se bem ali, naquele banco de pinho, no canto junto ao alvo de dardos, onde William Charles está sentado. Tomou o diabo do banco todo, isso sim, e comeu três pastelões. E lá os dois ficaram sentados, até a hora de fechar, à tarde, as cabeças juntas sobre um mapa, murmurando como uma dupla de piratas sanguinários. Bem, sabemos por quê. Estavam tramando tudo.

Aí, de repente, a gente olha e o "Jumbo" Harlow morreu. E Jack Linden desapareceu, sem nem dar adeus a ninguém.

Desapareceu tão depressa que a maioria deles só teve contato com ele em suas lembranças. Desapareceu tão completamente que se não tivessem os recortes dos jornais pregados na parede do Snug, podiam muito bem acreditar que ele jamais se atravessara em seus caminhos; que o vale do Lanyon nunca havia sido isolado com fita laranja, sob a guarda de dois jovens policiais desagradáveis, de Camborne; que os detetives à paisana nunca haviam invadido a aldeia, da hora da ordenha ao anoitecer — "Suficientes para encherem três carros, aqueles merdas", diz Pete Pengelly —, que os jornalistas nunca vieram aos montes de Plymouth, até mesmo de Londres, mulheres alguns deles, e outros que podiam muito bem ser, bombardeando todo mundo com suas perguntas idiotas, desde Ruth Trethewey até o Slow-and-Lucky, que não tem um tostão no bolso, e passa o dia inteiro levando o seu cachorro alsaciano para passear, o cachorro tão aparvalhado quanto o próprio Lucky, porém com mais dentes: o que ele estava vestindo, então, *Mr.* Lucky? Sobre que ele falou? Ele nunca se mostrou violento com o senhor?

— No primeiro dia daquilo, a gente mal sabia a diferença entre guardas e jornalistas — Pete gosta de lembrar, sob o riso geral do Snug. — A gente chamava os jornalistas de senhor e dizia aos guardas que fossem à merda. No segundo dia estávamos dizendo a todos eles que fossem à merda.

— Ele nunca fez droga nenhuma disso, rapaz — rosna William Charles, encolhido em seu lugar ao lado do alvo de dardos. — Eles nunca provaram nada. Se não existe um cadáver, não existe droga de crime nenhum. É o que diz a lei.

— Mas encontraram o sangue, William — diz o irmão caçula de Pete Pengelly, Jacob, que tirou três notas dez.

— Sangue droga nenhuma — diz William Charles. — Uma gota de sangue nunca na vida que provou nada. Um merda Qualquer de fora se corta enquanto está fazendo a barba, e a polícia já pula e diz que Jack Linden é assassino. Merda nenhuma.

— Por que então ele fugiu? Por que caiu fora no meio da noite, se não matou ninguém?

— Merda nenhuma — repete William Charles, como um belo Amém.

E por que iria deixar a pobre Marilyn parecendo ter sido mordida por uma serpente, olhando para a estrada o dia inteiro, na esperança de ver a motocicleta voltando? *Ela* não teria dito besteira nenhuma à polícia. Diria a eles que nunca ouvira falar dele, e que se danassem! Bem, ela diria.

E assim a coisa vai, fluindo e refluindo, uma corrente entrecruzada de reminiscências confusas: em casa, quando se sentam, mortos de cansados da lavoura, diante de suas tevês tremeluzentes, nos fins de tarde fechados de neblina, no Snug, enquanto bebericam sua terceira cerveja e olham para as tábuas corridas do chão. Chega o anoitecer, a neblina desce pesada e gruda nos vidros das janelas feito vapor, não há uma aragem. O vento que sopra durante o dia para de repente, as gralhas silenciam. Numa caminhada rápida até o bar sente-se o cheiro de leite quente da granja, dos fogões a querosene, de carvão queimando, de fumo de cachimbo, de forragem e dos algaços do Lanyon. Um helicóptero avança penosamente para as ilhas Scilly. Um navio-tanque muge no nevoeiro. Os sinos da torre da igreja martelam nos ouvidos como um gongo de boxe. Tudo é isolado, tudo em separado, um cheiro, um som, ou uma fatia de lembrança. Um passo no caminho estala como um pescoço quebrado.

— *Uma* coisa eu lhe digo, rapaz — Pete Pengelly esganiça a voz como se estivesse se metendo numa discussão acalorada, apesar de ninguém dizer uma palavra a respeito de nada há minutos. — Jack Linden deve ter tido um motivo danado de bom. Jack, esse tinha um motivo para tudo que sempre fez. Diga aí se não teve.

— Ele era um sujeito de respeito num barco, também — reconhece o jovem Jacob, que, tal como o irmão, pesca em barcos pequenos na costa de Porthgwarra. — Saiu conosco um sábado, não saiu, Pete? Não abriu a boca para dizer uma palavra. Disse que ia levar um peixe para casa. Eu me ofereci para limpar para ele, não foi? Pode deixar que eu faço, é o que ele diz. Tirou o peixe inteirinho do diabo da espinha. Pele, cabeça, rabo, carne. Limpou-o melhor do que uma foca.

— E quanto a velejar, então? Da Channel Island até Falmouth, sozinho, num vento que era quase uma tempestade?

— Aquele merda australiano só teve o que merecia — diz uma voz vinda do canto. — Ele era de longe muito mais grosseiro do que Jack jamais foi. Viu as mãos dele, então, Pete? Meu Deus, pareciam duas abóboras.

É preciso Ruth Trethewey para dar o toque filosófico, só que Ruth jamais aborda a coisa pelo lado de Marilyn, e cala a boca de qualquer um que tente fazê-lo em sua presença:

— Todo homem tem seu demônio pessoal, esperando por ele em algum lugar — declara Ruth que, desde a morte do marido, ocasionalmente faz pouco do domínio masculino no Snug. — Não existe homem nenhum aqui, esta noite, a quem o crime não se instale em seu coração, se a pessoa errada tentá-lo a isso. Você pode ser o príncipe Charles, não faz diferença. Jack Linden era educado demais para o seu próprio bem. Tudo que tinha trancado dentro dele, pulou para fora de uma vez só.

— Com todos os diabos, Jack Linden — proclama Pete Pengelly, de repente, inflamado pela bebida, enquanto estão todos naquele silêncio respeitoso que sempre se segue a uma das observações de Ruth Trethewey. — Se você entrasse aqui esta noite, eu lhe pagava uma cerveja, rapaz, e lhe dava um aperto de mão bem forte, igualzinho ao que dei naquela noite.

E, no dia seguinte, Jack Linden era esquecido, talvez durante semanas. Sua impressionante viagem pelo mar era esquecida, e também o mistério de dois homens num Rover que dizem ter vindo visitá-lo no Lanyon, na noite anterior à sua fuga — e várias vezes antes disso, de acordo com um ou dois que deviam saber o que diziam.

Mesmo assim, os recortes dos jornais continuam pregados nas paredes do Snogan, os rochedos azulados do vale do Lanyon ainda ressudam e soltam fumaça no tempo adverso que parece sempre pairar sobre eles, o tojo e o narciso ainda florescem lado a lado nas margens do rio Lanyon, que hoje em dia não é mais largo do que a passada de um homem bem-disposto. A trilha obscura serpenteia seu lado, a caminho da cabana atarracada que era o lar de Jack Linden. Os pescadores ainda dão uma boa volta ao largo de Lanyon Head, onde rochedos marrons espreitam como crocodilos na maré baixa, e as correntes são capazes de sugá-lo para o fundo mesmo nos dias mais tranquilos, tanto que todo ano algum bestalhão vindo de fora, com uma namorada e um bote de borracha, mergulhando em busca de restos de naufrágio, dá seu último mergulho, ou tem de ser puxado para um lugar seguro por um helicóptero de salvamento, vindo de Culdrose.

Já havia corpos bastantes em Lanyon Bay, dizem na aldeia, muito antes de Jack Linden ter acrescentado seu australiano barbudo à contagem.

E Jonathan?

Jack Linden era um mistério tão grande para ele quanto para a aldeia. Caía uma garoa suja quando ele abriu a porta da frente com um chute e largou suas mochilas nas tábuas nuas do chão. Percorrera 530 quilômetros em cinco horas. No entanto, enquanto percorria os aposentos despojados e desolados, com suas botas de motociclista, e olhava pelas janelas arrebentadas a paisagem apocalíptica, sorria consigo mesmo, como um homem que houvesse acabado de encontrar o palácio dos seus sonhos. Estou a caminho, pensou. De me completar, pensou, lembrando-se do juramento que fizera na adega de vinhos finos de *Herr* Meister. De descobrir as partes de minha vida que estão faltando. De acertar as contas com Sophie.

Seu treinamento em Londres pertencia a um outro compartimento da sua mente: jogos de memória, os jogos com as câmaras, os jogos de comunicação, o pinga-pinga incessante das instruções metódicas de Burr, seja isto, nunca seja aquilo, seja o seu eu natural, mas não exagere. Todo aquele planejamento fascinava Jonathan. Admirava sua engenhosidade e os meandros das premissas contrárias.

— Vamos contar com Linden passando pelo primeiro *round* — dissera Burr através da fumaça do cachimbo de Rooke, os três sentados juntos na casa espartana em Lisson Grove, onde faziam o treinamento. — Depois disso, vamos descobrir uma outra pessoa para você ser. Continua disposto?

Ah, e como estava disposto para isso! Com seu renovado senso de dever, participava com júbilo de sua iminente destruição, acrescentando seus próprios toques, que considerava mais fiéis ao original.

— Espere aí um segundo, Leonard. Estou fugindo e a polícia procurando por mim. Você diz, vá correndo para a França. Mas eu sou da Irlanda. Não confiaria nunca numa fronteira, se estou sendo caçado.

Eles o observaram, anotaram mais uma semana infernal escondido, e ficaram impressionados, o que disseram um ao outro, quando ele não estava ouvindo.

— Mantenha-o com rédea curta — aconselhou Rooke a Burr, em seu papel de guardião da persona militar de Jonathan. — Sem paparicação. Sem rações extras. Sem visitas desnecessárias à linha de frente para encorajá-lo. Se ele não for capaz de aguentar, quanto mais cedo soubermos, melhor.

Mas Jonathan era capaz de aguentar. Sempre fora. Privação era o seu elemento. Ansiava por uma mulher, uma mulher que ainda estava para encontrar, alguém com uma missão como a dele próprio, não uma amazona frívola com um patrão rico: uma mulher com a *gravitas* e o coração de Sophie e com a sexualidade indivisa de Sophie. Fazendo uma curva no caminho, durante seus passeios pelas colinas, deixava seu rosto se iluminar com um sorriso, encantado de reconhecimento à ideia de que esse modelo ainda não encontrado de virtude feminina estaria esperando por ele: Oh, *alô,* Jonathan, é *você.* No entanto, era frequente, quando examinava seus traços mais de perto, descobrir que ela possuía uma semelhança desagradável com Jed: o corpo caprichoso, perfeito, de Jed, o sorriso perturbador de Jed.

A primeira visita que Marilyn Trethewey fez a Jonathan foi para entregar uma caixa de água mineral, que era grande demais para ser levada em sua motocicleta. Ela era bem modelada, como a mãe, queixo firme e severo, e cabelo preto lustroso, da cor do de Sophie, as faces coradas da Cornualha, e seios firmes e empinados, pois ela não podia ter um dia a mais que vinte anos. Vendo-a empurrar seu carrinho pela rua da aldeia, sempre sozinha, ou ficando à parte, na registradora na loja da mãe, Jonathan se perguntara se ela ao menos o estaria vendo, ou apenas pousando nele o seu olhar, enquanto na mente via algo totalmente diverso.

    Ela insistiu em carregar a caixa de garrafas até a porta da frente, e quando ele fez um gesto para pegá-la de suas mãos, afastou-o com um dar de ombros. Ele então ficou parado à sua própria porta, enquanto ela entrava na casa e pousava a caixa na mesa da cozinha, percorrendo em seguida a sala com um olhar demorado, antes de voltar para fora.

    — Enfie-se naquilo, como se fosse sua trincheira — Burr havia aconselhado. — Compre uma estufa, plante um jardim, faça amizades para o resto da vida. Precisamos saber que você teve de se forçar a sair de lá. Se conseguir encontrar uma garota para deixar esperando por você, melhor ainda. Num mundo perfeito, você a deixaria grávida.

    — Muitíssimo obrigado.

    Burr captou o tom e lançou-lhe um rápido olhar de esguelha.

    — Qual é o problema, afinal? Será que temos aqui um voto de celibato? Essa Sophie tomou conta mesmo de você, não foi?

    Uns dois dias depois, Marilyn voltou, desta vez sem nada para entregar. E, em vez do *jeans* e da blusa surrada habituais, enfiara-se num conjunto de saia e casaco, como se tivesse um encontro com seu advogado. Tocou a campainha e, assim que ele abriu a porta, disse: "Vai me deixar entrar, não vai?" Ao que ele deu um passo para trás e deixou-a passar. Ela colocou-se no centro da sala, como que testando a confiabilidade dele. Viu que os punhos de renda da blusa estavam tremendo, e entendeu que havia custado muito a ela ir tão longe.

    — Com que então você gosta disto aqui, não é? — perguntou a ele, daquele seu jeito desafiador. — Totalmente sozinho?

Tinha o olho atilado e a argúcia inculta da mãe.

— É tudo para mim — disse Jonathan, refugiando-se na voz de hoteleiro.

— O que é que você faz, então? Não pode ficar vendo televisão o dia inteiro. Você nem tem televisão.

— Leio. Caminho. Faço uns negócios aqui e ali. — Portanto, agora vá, pensou, sorrindo tenso para ela, sobrancelhas erguidas.

— Com que então você pinta? — disse, examinando suas aquarelas dispostas sobre a mesa em frente à janela que dava para o mar.

— Tento.

— Eu sei pintar. — Estava remexendo nos pincéis, testando-lhes a forma e a elasticidade. — Era boa em pintura. Ganhei prêmios, sabia?

— Por que então não pinta agora? — perguntou Jonathan.

Pretendera fazer apenas uma pergunta, mas, para seu total alarme, ela entendeu como um convite. Esvaziando a jarra d'água na pia, tornou a enchê-la e sentou-se à mesa dele, escolheu uma folha nova de papel de desenho e, depois de prender os cabelos atrás das orelhas, ficou perdida de tudo, exceto seu trabalho. E com as costas longas viradas para ele, os cabelos negros descendo sobre elas e a luz do sol que vinha da janela brilhando no alto de sua cabeça, ela era Sophie, seu anjo acusador, que viera visitá-lo.

Observou-a por algum tempo, com a esperança de que a associação se dissolvesse, mas isso não aconteceu, pelo que ele saiu e ficou cavando no jardim até o crepúsculo. Voltou para encontrá-la limpando a mesa, tal como sempre fizera na escola. Em seguida encostou a pintura inacabada na parede que, em vez de mar, céu ou montanha, mostrava uma garota de cabelos negros, rindo — Sophie criança, por exemplo, Sophie muito tempo antes de ter se casado com seu cavalheiro inglês perfeito, por causa do passaporte dele.

— Volto amanhã, então? — perguntou, daquele seu jeito agressivo, conciso.

— É claro. Se quiser. Por que não? — disse o hoteleiro, anotando mentalmente que deveria ir para Falmouth. — Se eu tiver de sair, deixarei a porta aberta.

E quando voltou de Falmouth encontrou a pintura da menina concluída, e um bilhete dizendo-lhe rispidamente que era para ele. Depois disso, ela veio na maioria das tardes, e quando acabava de pintar sentava-se em frente a ele, na poltrona diante do fogo, e lia o exemplar dele do *Guardian*.

— O mundo está numa bagunça horrível, não é mesmo, Jack? — declarava, sacudindo com ruído o jornal. E ouviu-a rir, que era o que a aldeia estava começando a ouvir também. — É um chiqueiro desgraçado, este mundo Jack Linden. Pode acreditar no que digo.

— Ora, acredito — garantiu-lhe, tendo o cuidado de não devolver o sorriso por tempo demais. — Acredito inteiramente, Marilyn.

Mas começou a desejar urgentemente que ela se fosse. A vulnerabilidade daquela jovem o assustava. E também sua sensação de distância dela. Nem em mil anos, garantiu a Sophie, mentalmente.

Só ocasionalmente, de manhã cedo, pois ele em geral acordava com o raiar do dia, é que a resolução operacional de Jonathan começava a desabar, e durante uma hora negra ele se transformava na marionete de um passado que remontava muito além da traição a Sophie. Lembrava-se do uniforme picando contra sua pele de criança e do colarinho cáqui serrilhando-lhe o pescoço. Via-se deitado de prontidão na cama de ferro de seu quarto militar, esperando pela hora da alvorada, e as primeiras ordens do dia, em voz de falsete: Não fique parado feito um mordomo, Pine, ombros para trás, rapaz! *Bem* para trás! Mais! Livrou-se de seu medo de tudo: da gozação quando ele perdia e da inveja quando vencia; da praça de armas, do campo de jogos e do ringue de boxe; de ser pego quando roubava alguma coisa para se consolar — um canivete, a fotografia dos pais de alguém; do seu medo de fracassar, que significava fracasso em tornar-se aceitável para si mesmo; de estar atrasado, ou de chegar cedo; limpo demais, ou não o suficiente; muito loquaz, muito silencioso; muito subserviente, muito atrevido. Lembrava-se de ter aprendido a ser corajoso, como alternativa à covardia. Lembrava-se do dia em que contra-atacou e do dia em que atacou primeiro, conforme foi se disciplinando a passar da fraqueza para a força. Lembrava-se de suas primeiras mulheres, em nada diferentes das últimas, cada qual uma desilusão maior do que a anterior, em sua luta para elevá-las à condição divina da mulher que nunca teve.

Em Roper pensava constantemente — bastava pescá-lo nas poças da memória para sentir um ímpeto de determinação e direção. Não podia ouvir o rádio ou ler um jornal sem detectar a mão oculta de Roper em todos os conflitos. Se lia a respeito de um massacre de mulheres e crianças em Timor oriental, tinham sido as armas de Roper que haviam cometido a atrocidade. Se um carro-bomba explodia em Beirute, Roper havia fornecido a bomba e provavelmente o carro também: *Estive lá. Já vi esse filme, obrigado.*

Depois de Roper, era o pessoal de Roper que se tornava o objeto de sua fascinada indignação. Pensava no major Corkoran, vulgo Corky, vulgo Corks, com seu cachecol sujo e suas vergonhosas botas de camurça: Corky, o signatário, Corky, que podia pegar quinhentos anos de cadeia no momento que Burr escolhesse.

Pensou em Frisky e Tabby, e no séquito nebuloso de servidores: Sandy, lorde Langbourne, com seus cabelos dourados presos na nuca, o Dr. Apostoll, com seus sapatos de plataforma, cuja filha se matara por causa de um relógio Cartier, de MacArthur e Danby, os gêmeos executivos, de ternos cinza, do lado quase respeitável da operação: até que, coletivamente, a Casa de Roper tornou-se para ele uma espécie de Primeira Família monstruosa, com Jed como sua Primeira Dama na Torre.

— O quanto ela sabe sobre os negócios dele? — perguntou Jonathan certa vez a Burr.

Burr deu de ombros.

— O Roper não se gaba e não fala. Ninguém sabe mais do que precisa saber. Não com o nosso Dicky.

Um refúgio da classe alta, pensou Jonathan. Educação em colégio de freiras. Uma fé rejeitada. Uma infância trancada como a minha.

O único confidente de Jonathan era Harlow, mas entre confidentes em operação existem limites quanto ao que cada um pode confiar.

— Harlow é só um figurante — preveniu Rooke, durante uma visita noturna ao Lanyon. — Só existe para você matar. Ele não conhece o nosso alvo e nem precisa. Deixe que fique assim.

Não obstante, nessa etapa da jornada, o matador e seu alvo eram aliados, e Jonathan se esforçou para criar um laço com ele.

— Você é casado, Jumbo?

Estavam sentados à mesa de pinho bem esfregada, na cozinha de Jonathan, quando voltaram de sua aparição prévia no Snug. Jumbo sacudiu a cabeça, com ar de quem lamenta, e tomou um gole de cerveja. Era uma alma que se sentia sempre embaraçada, como geralmente acontece com os tipos grandalhões, um ator ou um sólido cantor de ópera com um tórax roliço enorme. A barba preta, Jonathan suspeitava, havia sido cultivada expressamente para o papel, e seria removida, com alívio, assim que o espetáculo terminasse. Jumbo era mesmo australiano? Não fazia diferença. Era um expatriado em qualquer lugar.

— Espero que eu tenha um enterro de luxo, *Mr.* Linden — disse Jumbo com gravidade. — Cavalos negros, uma carruagem reluzente e um putinho de uns nove anos, de cartola. À sua saúde.

— E à sua também, Jumbo.

Tendo esvaziado a sexta lata, Jumbo deu um tapinha no boné de brim azul e arrastou-se pesadamente sobre a porta. Jonathan ficou olhando seu Land-Rover estropiado galgar com esforço a trilha sinuosa.

— Céus, quem era aquele? — disse Marilyn chegando com duas cavalinhas frescas.

— Ora, é só o meu sócio nos negócios — disse Jonathan.

— Para *mim* parecia mais Godzilla numa noite escura.

Ela quis fritar o peixe, mas ele mostrou-lhe como assá-lo envolto em papel-alumínio, com endro fresco e temperos. Uma vez, só de provocação, ela amarrou o avental na cintura dele, que sentiu os cabelos negros e cheios roçando contra seu rosto, e esperou pelo perfume de baunilha. Fique longe de mim. Eu traio. Mato. Vai embora.

Certa tarde, Jonathan e Jumbo tomaram um avião de Plymouth para Jersey, e no pequeno porto de St. Helier fizeram com grande alarde a inspeção de um iate de 25 pés, que estava ancorado do outro lado do ancoradouro. Essa viagem, tal como sua aparição juntos no Snug, era só para serem vistos. Ao anoitecer, Jumbo tomou o avião de volta sozinho.

O iate que inspecionaram chamava-se *Ariadne* e, segundo seu registro de bordo, chegara de Roscoff duas semanas antes, pilotado por um francês chamado Lebray. Antes de Roscoff estivera em Biarritz e, antes disso, em mar alto. Jonathan passou dois dias aprontando-o, equipando-o de provisões e preparando as cartas marítimas com os itinerários. No terceiro dia, levou-o ao mar, para senti-lo, e verificou ele próprio os pontos cardeais na bússola, enquanto navegava, pois fosse no mar, fosse na terra, só confiava no seu próprio trabalho. Ao despontar a primeira luz do quarto dia, ele fez-se à vela. A previsão para a área era boa e durante quinze horas velejou agradavelmente, a quatro nós, dirigindo-se para Falmouth num sudoeste. Mas ao anoitecer o vento se tornara tempestuoso e, por volta da meia-noite, havia se intensificado para uns seis ou sete nós, provocando vagalhões que fizeram o *Ariadne* jogar de popa a proa. Jonathan ferrou panos e correu com o vento para segurança de Plymouth. Ao passar pelo farol de Eddy stone, o vento virou para oeste e declinou, por isso ele mudou o curso para Falmouth mais uma vez e seguiu a barlavento, mantendo-se perto da costa e bordejando para escapar à força do temporal. Quando chegou ao porto, já estava navegando arduamente há duas noites sem dormir. Às vezes, os sons da tempestade o ensurdeciam. Às vezes, o silêncio era total, e ele se perguntava se não estaria morto. O mar de costado e a mareação à bolina o haviam jogado para todos os lados, feito um pedregulho, seu corpo estalava e sua cabeça ecoava surdamente com a solidão do mar. Mas, durante toda a jornada, não pensou em coisa alguma que mais tarde se lembrasse. Ou em nada, a não ser sua própria sobrevivência. Sophie tinha razão. Ele tinha um futuro.

— Então, esteve em algum lugar legal? — perguntou-lhe Marilyn, olhando para o fogo. Ela tirara seu cardigã. Usava uma blusa sem mangas, abotoada nas costas,

— Só uma viagem para o interior.

Percebeu, com apreensão, que ela estivera esperando por ele o dia inteiro. Havia mais uma pintura sobre a lareira, muito parecida com a primeira. Ela lhe trouxera frutas e frésias para o vaso.

— Ora, obrigado — disse, muito educado. — Foi fantástico da sua parte. Obrigado.

— Você não me quer, Jack Linden?

Erguera as mãos para a nuca e abrira os dois primeiros botões da blusa. Deu um passo em direção a ele e sorriu. E então começou a chorar, e ele sem saber o que fazer. Passou-lhe o braço em torno dos ombros, levou-a até a caminhonete que ela dirigia, e deixou-a lá, para que se recuperasse e pudesse voltar para a casa.

Naquela noite, desceu sobre Jonathan uma sensação quase metafísica de sua impureza. Em sua extrema solidão, concluiu que o crime simulado que estava para cometer era uma externalização dos crimes autênticos que já havia cometido na Irlanda, e do crime que cometera contra Sophie, e também que a provação à sua espera era uma mera antecipação de uma vida inteira de penitência.

Durante os dias que lhe restavam, um apego apaixonado pelo Lanyon tomou posse de seu coração, e ele se rejubilava a cada novo exemplo da perfeição do rochedo: as águas marinhas, onde quer que se pusessem, sempre no lugar certo, os falcões planando no vento, o sol poente derretendo-se em nuvem negra, as frotas de barquinhos amontoados sobre os cardumes embaixo, enquanto as gaivotas, no alto, formavam seu próprio cardume. E quando a escuridão chegava, lá estavam novamente os barcos, uma cidade minúscula no meio do mar. A cada hora derradeira, essa necessidade de ser admitido na paisagem — oculto nela, enterrado nela — tornava-se quase insuportável.

Ergueu-se uma tempestade. Acendendo uma vela na cozinha, olhou para além da tempestade, para o torvelinho da noite, enquanto o vento estalejava as janelas nas molduras e fazia o telhado de ardósia matraquear como uma Uzi. De manhã cedo, quando a tempestade cedeu, aventurou-se a sair, para examinar o campo de batalha da noite anterior: e então, no melhor estilo de Lawrence, pulou sem capacete sobre a moto, dirigiu até uma das antigas fortificações da colina e correu os olhos pela costa, até avistar algum marco que indicasse o Lanyon. Aquele é o meu lar. O rochedo me aceitou. Viverei aqui para sempre. Serei limpo.

Mas fez esses votos em vão. O soldado dentro dele já estava engraxando as botas para a longa marcha em direção ao pior homem do mundo. Foi durante esses últimos dias de permanência de Jonathan na cabana que Pete Pengelly e seu irmão Jacob cometeram o erro de irem alumiar coelhos no Lanyon.

Pete conta a história cautelosamente, e na presença de visitantes não a conta de jeito nenhum, pois existe nela um elemento confessional e um certo orgulho arrependido. Alumiar coelhos é um esporte consagrado por aqueles lados, há mais de cinquenta anos. Com duas baterias de motocicletas numa caixinha presa ao cinto, um farolete velho de automóvel, com um raio de luz bem cerrado, e um punhado de lâmpadas avulsas, de seis volts, pode-se hipnotizar uma assembleia inteira de coelhos por tempo suficiente para abatê-los aos magotes. Nem a lei, nem batalhões de senhoras estridentes, de boinas marrons e meias soquetes, jamais conseguiram pôr um fim nisso, e o Lanyon é o campo de caça preferido há gerações — ou era, até quatro deles subirem lá certa noite, com armas e lâmpadas, liderados por Pete Pengelly e seu irmão mais moço, Jacob.

Estacionaram em Lanyon Rose e seguiram a pé, acompanhando o leito do rio. Pete jura, até o dia de hoje, que foram tão silenciosos quanto os próprios coelhos, e que não usaram seus faróis, preferindo seguir caminho à luz da lua cheia, motivo pelo qual haviam escolhido aquela noite. Mas quando saíram no rochedo, tendo o cuidado de se manterem abaixo da linha do horizonte, lá estava, de pé, Jack Linden, a nem meia dúzia de passos acima deles, as mãos nuas afastadas do corpo. Kenny Thomas, mais tarde, insistiu muito em falar dessas mãos, tão pálidas e proeminentes à luz do luar, mas isso foi um efeito do momento. A lembrança de que Jack Linden nunca teve mãos grandes. Pete prefere falar a respeito do rosto de Linden, que estava rígido, diz ele, como se fosse um pedaço daquela droga de rochedo azul, recortado contra o céu. A impressão era de que, se alguém lhe desse um soco, quebraria os dedos. Já quanto ao que aconteceu depois disso, não existe discussão.

— Queiram me desculpar, mas onde é que os senhores acham que estão indo, se me permitem perguntar? — diz Linden, com seu respeito habitual, mas sem sorrir.

— Alumiar — diz Pete.

— Só que aqui ninguém vai alumiar, Pete — diz Linden, que só havia posto os olhos em Pete Pengelly uma ou duas vezes, mas parecia jamais esquecer um nome. — Sou dono destes campos, vocês sabem disso. Não os cultivo, mas são meus, e deixo tudo ficar como está. É o que espero que as outras pessoas façam também. Por isso, temo lhes dizer que alumiar está fora de questão.

— Está mesmo, *Mr.* Linden — diz Pete Pengelly.

— Sim, está, *Mr.* Pengelly. Na minha terra, não vou permitir que atirem em animais imobilizados. Isto não é jogar limpo. Portanto, por que não me fazem todos o favor de esvaziarem suas armas, voltarem para o carro e irem para casa sem ressentimentos?

Ao que Pete diz:

— Vá para o diabo, rapaz — e os outros três se juntam ao lado de Pete, de forma que estão os quatro agrupados encarando Linden, quatro armas contra um sujeito, com a lua por trás. Tinham vindo direto do Snug, e haviam todos tomado uma ou duas cervejas a mais.

— Saia da nossa frente, *Mr.* Linden — diz Pete.

E então comete o erro de levar a mão ao revólver embaixo do braço. Não apontando para Linden, jurou que jamais teria feito uma coisa dessas, e quem conhece Pete acredita nele. Além disso, o revólver estava quebrado: Pete nunca na vida teria andado com um revólver armado e carregado à noite, diz ele. Não obstante, ao tocar o revólver, deixando claro que estava falando sério, é possível que tenha armado a culatra, provocando o estalido característico, mas por engano, isso ele há de garantir. Pete não alega ter lembrança precisa e detalhada de tudo o que aconteceu, porque naquele momento o mundo começou a girar de cabeça para baixo em volta dele, a lua estava no mar, seu rabo estava do outro lado do rosto, e os pés do outro lado do rabo, e a primeira coisa que Pete conseguiu perceber direito foi que Linden estava de pé, sobre ele, esvaziando o tambor de sua arma. E se é verdade que a queda dos grandes é mais dura do que a dos pequenos, Pete sofrerá uma queda para valer, e o impacto do golpe, onde quer que o tenha atingido, privara-o não apenas do fôlego, mas também da vontade de se levantar.

A ética da violência exigia que fosse agora a vez dos outros, e ainda restavam três. Os dois irmãos Thomas sempre haviam sido rápidos com os punhos e o jovem Jacob jogava como lançador pelos Piratas, e era largo como um armário. E Jacob já estava preparado para entrar na luta após o irmão. Foi Pete, caído sobre as samambaias, quem lhe ordenou que se afastasse.

— Não toque nele, garoto. Não chegue perto dele, que diabo. Esse cara é um bruxo. Vamos voltar para o carro, nós todos — disse, erguendo-se devagar.

— Esvaziem suas armas primeiro, por favor — diz Linden.

Pete Pengelly fez um gesto de assentimento com a cabeça e os três esvaziaram os tambores de suas armas. E então voltaram os quatro para o carro.

— Eu o teria matado — protestou Jacob, assim que se afastaram. — Teria quebrado as pernas dele, Pete, depois do que ele lhe fez!

— Não, não teria não, engraçadinho — retrucou Pete. — Ele é que teria quebrado as suas, com toda a certeza.

E Pete Pengelly, dizem na aldeia, daquela noite em diante mudou de modos, apesar de talvez estarem sendo um pouco apressados em relacionar causa e efeito. No mês de setembro seguinte, Pete casou-se com a sensata filha de um fazendeiro de St. Just. Motivo pelo qual ele consegue recordar o episódio com distanciamento e contar a respeito da noite em que Jack Linden quase fez com ele o que acabou fazendo com aquele australiano gordo.

— Vou lhe dizer uma coisa, rapaz. Se Jack *fez* alguma coisa com ele, pode acreditar que fez um serviço bem limpo, isso é certo.

Mas a história tem um final melhor do que esse, ainda que Pete às vezes o guarde para si, como algo precioso demais para dividir. Na noite anterior ao desaparecimento de Jack Linden, este entrou no Snug, pousou uma mão enfaixada no ombro de Pete Pengelly e pagou-lhe uma cerveja, rapaz. Conversaram durante dez minutos, e depois Jack Linden foi para a casa.

— Ele estava acertando as contas consigo mesmo — insiste Pete, orgulhoso. — Ouça o que estou lhe dizendo, rapaz. Jack Linden estava pondo os seus assuntos em ordem, depois de ter concluído o seu negócio com o australiano.

Só que seu nome não era Jack Linden a essa altura, algo com que não conseguiram exatamente se acostumar, e talvez nunca consigam. Uns dois dias após seu desaparecimento, descobriu-se que Linden-of-the-Lanyon-com-*i*-*e*-*e* era Jonathan Pine, de Zurique, procurado pela polícia suíça por suspeita de desfalque em um hotel elegante, onde era empregado de confiança. "Hoteleiro navegador em fuga", dizia o *Cornishman*, sobre uma foto de Pine, vulgo Linden. "A polícia procura comerciante de barcos no caso do australiano desaparecido. 'Estamos encarando esse caso como o assassinato ligado a drogas', diz o chefe do DIC. 'O suspeito pode ser identificado facilmente, pela mão enfaixada.'"

Mas eles não conheciam nenhum Pine.

Sim, enfaixada e ferida. O ferimento e a atadura eram ambos partes integral do plano de Burr.

A mão de Jack Linden, a mesma que ele pousara no ombro de Pete Pengelly. Um monte de gente, não apenas Pete Pengelly, vira aquela mão enfaixada, e a polícia, por instigação de Burr, fez um grande alarde de quem eles todos eram, que mão era, e quando. E uma vez que tinham o quem, o quando e qual, sendo eles a polícia, queriam o por quê. Ou seja, tomaram notas das versões conflitantes que Jack apresentara para estar com a mão direita enfaixada com uma grande atadura de gaze, profissional, as pontas dos dedos presas juntas, feito aspargos. E com a ajuda de Burr, a polícia providenciou para que tudo isso chegasse à imprensa.

— Estava tentando colocar um vidro novo na janela da cabana — disse Jack Linden a *Mrs.* Trethewey, enquanto lhe pagava em dinheiro vivo, com a outra mão, pela última vez.

— Isso é para me ensinar a ajudar os outros — observara Jack ao velho William Charles, quando os dois casualmente se encontraram na garagem de Penhaligon, Jack para abastecer a moto, William Charles para passar o tempo. — Pediu-me para passar pela casa dele e ajudá-lo a consertar a janela. E agora, veja só. — E estendeu a mão enfaixada para

William Charles, tal como um cão doente faz com a pata, porque Jack fazia piada com qualquer coisa.

Mas foi Pete Pengelly quem os deixou exasperados.

— É claro que foi na droga do barracão de guardar lenha, rapaz! — disse ao sargento-detetive. — Cortando um vidro para a droga da janela, era o que ele estava fazendo, lá no Lanyon, no barracão da lenha, quando o cortador escorregou, foi sangue por toda a parte. Ele enfaixou a mão, apertou bem apertada, e dirigiu a moto sozinho, com uma só mão, até o hospital, o sangue escorrendo-lhe pela manga, daqui até Truro, ele me disse! Uma coisa dessas não se inventa, rapaz. Uma coisa dessas acontece.

Mas quando a polícia inspecionou devidamente o barracão de guardar lenha no Lanyon, não encontrou nenhum vidro, nenhum cortador e nenhum sangue.

Criminosos mentem, Burr havia explicado a Jonathan. Consistente demais é perigoso demais. Se você não comete erros, não há de ser um criminoso.

O Roper confere, havia explicado Burr. Mesmo quando não está desconfiado, ele confere. Por isso, estamos lhe preparando essas mentirinhas de criminoso, para tornar verdadeiro o crime falso.

E uma boa cicatriz fala com grande eloquência.

E, em algum momento daqueles poucos últimos dias, Jonathan quebrou todas as regras e, sem o consentimento ou o conhecimento de Burr, visitou sua ex-mulher, Isabelle, em busca de expiação.

Vou estar passando por aí, mentiu, telefonando de uma cabine em Penzance. Vamos almoçar em algum lugar tranquilo. Seguindo de moto até Bath, calçando apenas a luva esquerda, devido à mão enfaixada, ensaiou sua fala para ela, até esta tornar-se uma canção heroica em sua mente. Você vai ler coisas a meu respeito nos jornais, mas nada será verdade, Isabelle. Lamento muito pelos maus momentos, Isabelle, mas houve bons momentos também. Então desejaria a ela sorte, imaginando que ela faria o mesmo por ele.

Num banheiro masculino, trocou de roupa, vestindo o terno, e tornou-se novamente hoteleiro. Fazia cinco anos que não a via e mal conseguiu reconhecê-la, vinte minutos atrasada, culpando a porcaria do tráfego. Os cabelos castanhos compridos, que ela costumava escovar, caindo sobre as costas nuas, antes de irem para a cama, haviam sido cortados a um nível prático de concisão. Estava usando roupas folgadas, para esconder as formas, e carregava uma bolsa de zíper com um telefone sem fio. E ele lembrou-se de como, perto do fim, o telefone fora a única coisa com que ela conseguia falar.

— *Meu Deus* — disse ela. — Você parece *próspero*. Não se preocupe. Vou desligar o telefone.

Virou uma faladeira, pensou, e então lembrou-se de que o novo marido dela era qualquer coisa na comunidade local.

— Ora, mas quem diria! Cabo Pine, depois de *todos* esses anos. *Que diabo* você arranjou com a mão?

— Larguei um barco bem em cima dela — disse ele, o que pareceu ser explicação suficiente. Perguntou-lhe como iam os negócios. Enfiado naquele terno, parecia o tipo certo de pergunta a fazer. Ouvira dizer que ela partira para a decoração de interiores.

— Uma boa droga — respondeu com entusiasmo. — E o que Jonathan anda fazendo, afinal? Oh, meu Deus — disse-lhe, quando lhe contou. — Você também está na indústria do lazer. Estamos condenados, querido. Você não está *construindo* os barcos, está?

— Não, não. Intermediação. Travessias. Nós até que tivemos um começo bem decente.

— Quem é *nós*, querido?

— Um amigo australiano.

— Homem?

— Homem, e com quase cento e vinte quilos.

— E o que anda fazendo em termos de sexo? Sempre achei que você podia ser bicha. Mas você não é, é?

Era uma acusação que ela fizera muitas vezes nos velhos tempos, porém parecia ter se esquecido disso.

— Meu Deus, não — respondeu Jonathan, rindo. — Como vai o Miles?

— Decente. Um doce. Transações bancárias e obras de caridade. Ele vai cobrir o meu cheque especial do mês que vem, por isso estou sendo legal com ele.

Pediu salada quente de pato e Badoit, e acendeu um cigarro.

— Por que desistiu da hotelaria? — perguntou, soprando-lhe fumaça no rosto. — Entediado?

— Só a atração da novidade — disse ele.

Vamos fugir, havia sussurrado a filha indomável do capitão, enquanto estendia seu corpo sublime sobre o dele. *Se eu tiver de engolir mais uma vez a comida do rancho arrebento este quartel inteiro, sozinha. Me come, Jonathan. Me faz mulher. Me come, e me leva para algum lugar onde eu possa respirar.*

— Como vai a pintura? — perguntou, lembrando-se de como haviam ambos idolatrado o enorme talento dela, como ele havia se rebaixado a fim de elevar aquele talento, cozinhando, fazendo compras e varrendo para ela, acreditando que ela pintaria melhor com a sua abnegação.

Ela fez um esgar de desdém.

— Minha última exposição foi três anos atrás. Vendi seis, em trinta, todos para os amigos ricos do Miles. Provavelmente precisava de alguém como você para me fazer digna de admiração. *Meu Deus*, você me fez andar numa roda-viva. Que diabo é que você queria? Eu queria ser Van Gogh. E você, o que queria? Além de ser a resposta do exército a Rambo?

Você, pensou. Eu queria você, mas você não estava lá. Não podia dizer nada disso. Gostaria de poder ser mais mal-educado. Falta de educação é liberdade, ela costumava dizer. Trepar é falta de educação. Mas o que ela dizia não fazia mais sentido. Ele viera para pedir perdão pelo futuro, não pelo passado.

— De qualquer modo, por que não queria que eu contasse a Miles que ia ver você? — perguntou, em tom de acusação.

Jonathan vestiu o sorriso falso, velho de guerra.

— Não queria que causássemos a ele qualquer preocupação — disse.

Por um momento mágico, viu-a tal como a havia possuído, no tempo em que ela era a beldade absoluta do seu regimento: o rosto viçoso e rebelde, pendendo um pouco para o lado, cheio de desejo, os lábios entreabertos, o fogo frio e feroz em seus olhos. Volte, seu coração gritou: vamos tentar novamente.

O fantasma jovem desapareceu e o velho reapareceu:

— Por que *cargas-d'água* você não paga com cartão? — perguntou, enquanto ele contava as notas com a mão esquerda. — Fica tão mais fácil saber para onde o dinheiro está indo, querido.

Burr tinha razão, pensou. Nasci para ser solteiro.

8

Encolhido no assento do passageiro do carro de Rooke, mergulhando na noite da Cornualha, que começava a cair, Burr puxou a gola do sobretudo mais para junto das orelhas e deixou que sua alma voltasse ao conjunto de salas sem janelas, nos arredores de Miami, onde, nem 48 horas antes, a equipe de Atividades Secretas destacada para a Operação Marisco estava realizando sua excepcional Seção de Abertura.

Equipes de Atividades Secretas normalmente não admitem espiocratas e outros sofistas em seu meio, mas Burr e Strelski tinham seus motivos. A atmosfera é a de uma assembleia de vendas da cadeia de motéis Holiday Inn, realizada em clima de batalha. Os delegados chegam sozinhos, identificam-se, descem em elevadores de aço, identificam-se novamente, e cumprimentam-se uns aos outros com cautela. Cada qual traz o nome e o cargo na lapela, ainda que alguns nomes tenham sido escolhidos apenas para aquele dia, e alguns cargos sejam tão obscuros que mesmo veteranos param para tentar decifrá-los. DEP DR OPS CO--ORDS, diz um. SPUT NARCS & FMS SW, diz outro. E entre eles, como animadores sorrisos de clareza, SENADOR EUA, PROMOTOR FEDERAL ou CONTATO/UK.

A Casa do Rio é representada por uma inglesa enorme, os cabelos em cachos perfeitos e *tailleur* em estilo Thatcher, conhecida internacionalmente como Darling Katie, e oficialmente como Mrs. Katherine Handyside Dulling, conselheira econômica da embaixada britânica em Washington. Há dez anos que Darling Kate possui a chave de ouro do relacionamento especial entre Whitehall e as inúmeras agências de informações norte-americanas. Do Exército, Marinha, Aeronáutica e Departamento de Estado, passando pela CIA e NIA, até os mexeriqueiros onipotentes da guarda palaciana da Casa Branca — dos sãos e dos inofensivamente loucos, até os perigosamente ridículos, o supramundo secreto do poder norte-americano é a paróquia de Kate, que ela está lá para explorar, ameaçar, fazer barganhas e atrair para sua famosa mesa de jantar.

— Você ouviu do que ele me chamou, Cy, esse *monstro* aqui, esta *coisa*? — berra Katie a um senador de lábios finos enfiado num jaquetão, enquanto aponta um dedo acusador feito uma pistola contra a têmpora de Rex Goodhew. — Uma *femagoga*! Eu! Uma *femagoga*! Pois não é a coisa mais politicamente incorreta que você já *escutou*? Eu sou uma moça tímida, seu animal. Uma violeta desfalecida! E ainda se diz cristão.

Risos alegres enchem a sala. O arroubo iconoclasta de Katie é a música-tema dos íntimos. Mais delegados chegam. Grupos se desfazem, se refazem.

— Ora, Martha, *alô*... *Oi,* Walt... Que bom ver você... Marie, formidável!

Alguém deu o sinal. Um barulho seco, são os delegados atirando seus copinhos de papel nas cestas de lixo e marchando para as salas de projeção. Os subalternos, liderados por Amato, dirigem-se para as fileiras da frente. Mais atrás, nas poltronas de luxo, o vice de Darker nos Estudos de Aliciamento, Neal Marjoram, troca risadinhas íntimas com um espiocrata norte-americano, de cabelo louro avermelhado, cujo crachá identifica-o como "América Central — Financiamento". Os risos vão se apagando junto com as luzes. Um engraçadinho qualquer diz:

— Ação!

Burr lança um último olhar a Goodhew. Este está afundado em sua poltrona, sorrindo para o teto, como um frequentador de concertos que conhece bem a música. Joe Strelski embarca em sua palestra.

E Joe Strelski, como fornecedor de desinformação, não falha em uma palavra. Burr está perplexo. Após uma década de tapeação, nunca lhe ocorrera, até esse dia, que os melhores tapeadores são os chatos. Se Strelski tivesse detectores de mentiras ligados da cabeça aos pés, Burr ficou convencido, as agulhas não iam nem piscar. Estariam chateadas demais para isso. Strelski fala durante cinquenta minutos e, ao concluir, cinquenta é exatamente o máximo que qualquer um pode aguentar. Nas palavras enfadonhas de sua salmodia monocórdia, a informação mais sensacional é reduzida a cinzas. O nome de Richard Onslow Roper mal lhe escapa dos lábios. Em Londres, usara-o sem piedade. Roper é o nosso alvo; Roper é o centro da rede. Mas hoje, em Miami, diante de uma plateia mista de Puristas da Informação e Executores da Lei, Roper é relegado à obscuridade, e quando Strelski parte para uma desanimada exibição de *slides*, a fim de apresentar o elenco, é o Dr. Paul Apostoll quem recebe tratamento de estrela, como *conhecido por nós, nos últimos sete anos, como o principal intermediário e distribuidor dos cartéis, neste hemisfério...*

Strelski agora arrasta-se no processo cansativo de deixar claro que Apostoll é o *eixo básico de nossas investigações iniciais* e apresenta uma narrativa laboriosa das *bem-sucedidas atividades dos agentes Flynn e Amato* na colocação de uma escuta nos escritórios do doutor em Nova Orleans. Se Flynn e Amato tivessem consertado um cano vazando no banheiro dos homens, Strelski não poderia tê-lo espremido com menos empolgação. Com uma frase soberbamente tediosa, lida de um texto previamente preparado, sem pontuação e cheio de falsas ênfases, ele precipita sua plateia na trajetória do sono:

— As bases para a Operação Marisco são informações indicando, a partir de toda uma variedade de fontes técnicas, que os três principais cartéis colombianos assinaram entre si um acordo mútuo de não agressão, como um pré-requisito para se garantirem um escudo militar proporcional ao poder financeiro disponível e à altura das ameaças que ocupam um primeiro plano em seu raciocínio conceitual. — Fôlego.

— Essas ameaças são um: — fôlego outra vez — intervenção armada dos Estados Unidos, por injunção do governo colombiano. — Quase no ponto, mas ainda não de todo. — Dois: a força crescente dos cartéis não colombianos, basicamente na Venezuela e na Bolívia. Três: a ação independente do governo colombiano, mas com o estímulo direto de agências norte-americanas.

Amém, pensa Burr, petrificado de tanta admiração.

A história do caso parece não interessar a ninguém, motivo provável pelo qual Strelski a fornece. No decorrer dos oito últimos anos, diz ele — uma nova queda súbita de interesse —, foram feitas várias tentativas, por parte de "uma variedade de grupos atraídos pelos recursos financeiros ilimitados dos cartéis", para convencê-los a adquirir o hábito de comprar armamentos importantes. Franceses, israelenses, cubanos, todos apresentaram com insistência suas propostas, da mesma forma como um bando de fabricantes e traficantes independentes, a maior parte com a conivência tácita de seus próprios governos. Os israelenses, ajudados por mercenários britânicos, conseguiram vender-lhe alguns fuzis de assalto Galil e um pacote de treinamento.

— Mas os cartéis — diz Strelski —, bem, após algum tempo, os cartéis como que perderam o interesse.

A plateia sabe exatamente como os cartéis se sentem.

A tela crepita e o Dr. Apostoll é descoberto na ilha de Tortola, numa tomada panorâmica feita do outro lado da rua, sentado no interior dos escritórios da firma de advocacia caribenha de Langbourne, Rosen e de Souto, notários dos nefários. Dois banqueiros suíços pálidos da Grande Caimã, são identificados à mesma mesa. O major Corkoran está sentado entre eles e, para prazer secreto de Burr, o perpétuo signatário está segurando uma caneta-tinteiro na mão direita. Do outro lado da mesa, em frente a ele, está sentado um latino-americano não identificado. Ao lado deste, um homem lânguido e belo, o cabelo amarrado graciosamente sobre a nuca, é ninguém menos que lorde Alexander Langbourne, vulgo Sandy, conselheiro legal de *Mr.* Richard Onslow Roper, da Ironbrand Land, Ore & Precious Metals Company, de Nassau, Bahamas.

— Quem fez esse filme, por favor, *Mr.* Strelski? — pergunta bruscamente da escuridão uma voz masculina norte-americana, soando muito jurídica.

— Nós fizemos — responde Burr, com complacência, e o grupo imediatamente volta a relaxar. Afinal de contas, o agente Strelski não excedeu seus poderes territoriais.

Mas agora nem mesmo Strelski consegue impedir que a emoção se transmita em sua voz, e por um breve instante o nome de Roper fica exposto por completo diante deles.

— Em consequência direta do acordo de não agressão a que acabo de me referir, os cartéis instruíram seu representante para que fizesse sondagens junto a um ou dois comerciantes ilegais de armas do hemisfério — diz ele. — O que vemos aqui, segundo nossas fontes, mas infelizmente filmado sem som, é a primeira abordagem direta de Apostoll a intermediários informais de Richard Roper.

No que Strelski volta a sentar-se, Rex Goodhew põe-se de pé. Goodhew fala sério hoje. Não tenta ser engraçado, não usa nenhuma das afetações linguísticas que deixam os americanos tão furiosos. Lamenta abertamente o envolvimento de cidadãos britânicos no caso, alguns deles com nomes de destaque. Lamenta que eles possam encontrar abrigo nas leis dos protetorados britânicos nas Bahamas e no Caribe. Está animado com as boas relações estabelecidas em nível de trabalho entre os lados britânico e norte-americano. Ele quer sangue e quer que a Inteligência Pura o ajude a arrancá-lo:

— Nosso objetivo comum é pegar os culpados e fazer deles um exemplo público — declara com a simplicidade de um Trumann. — Com a sua ajuda, queremos fazer valer a supremacia da lei, impedir a proliferação de armas numa região instável e cortar o suprimento de *drogas* — na boca de Goodhew a palavra soa como uma forma suave de aspirina — que acreditamos ser a moeda com que as armas serão pagas, não importa onde e para onde se destinem. Com esta finalidade, estamos pedindo seu pleno e incondicional apoio na forma de ajuda, como agências coletoras de informações. Muito obrigado.

Goodhew é seguido pelo promotor federal, um jovem ambicioso, cuja voz rosna como o motor de um carro de corrida sendo aquecido nos boxes. Promete que vai "levar essa coisa à corte em tempo recorde".

Burr e Strelski dispõem-se a responder a perguntas.

— E quanto a passarinhos, Joe? — uma voz feminina, vinda do fundo da sala, dirige-se a Strelski. O contingente britânico fica momentaneamente desconcertado com o uso desse jargão norte-americano. Passarinhos!

Strelski quase enrubesce. Fica bastante claro que teria preferido que ela não houvesse perguntado. Sua expressão é a de um perdedor que se recusa a admitir a derrota.

— Estamos trabalhando nisso, Joanne, acredite. Gente disposta a falar, numa coisa como esta, é preciso esperar e rezar. Temos linhas de ação, temos esperanças, temos nossa gente por lá, farejando, e acreditamos que alguém de dentro não demorará a precisar de proteção e irá nos acordar com um telefonema à noite pedindo-nos que consigamos proteção, em troca de testemunho. E isso vai acontecer, Joanne. — Acenou com a cabeça, num gesto determinado, como se concordasse consigo mesmo em algo que mais ninguém concordava. — Vai acontecer — repetiu, tão pouco convincente quanto antes.

É hora do almoço. A cortina de fumaça foi baixada, ainda que não consigam vê-la. Ninguém observa que Joanne é uma das assistentes mais próximas de Strelski. A procissão rumo à porta começou. Goodhew sai com Darling Kate e uma dupla de espiocratas.

— Agora ouçam vocês, homens — pode-se ouvir Kate dizendo, enquanto saem. — Sem essa de me enganar com duas folhas de alface sem calorias. Quero carne, com três tipos de legumes, e pudim de passas, ou não vou a lugar algum. *Femagoga*, era só o que faltava, Rex Goodhew. E depois vêm nos procurar de pires na mão. Ainda acabo com essa sua carinha de santo.

Cai a noite. Flynn, Burr e Strelski estão sentados no deque na casa de praia de Strelski, olhando a trilha luminosa da lua ondular na esteira dos barcos de recreio que retornam. O agente Flynn está fazendo render um copo duplo de Bushmills puro malte. Sensatamente, mantém a garrafa a seu lado. A conversa é esporádica. Ninguém quer falar inoportunamente sobre os acontecimentos do dia. No mês passado, diz Strelski, minha filha era vegetariana fanática. Este mês, está apaixonada pelo açougueiro. Flynn e Burr riem devidamente. O silêncio se instala mais uma vez.

— Quando é que o seu garoto entra em ação? — pergunta Strelski, em voz baixa.

— No fim da semana — responde Burr, no mesmo tom. — Se Deus e Whitehall quiserem.

— Com seu garoto lá dentro, puxando, e o nosso garoto de fora, empurrando, acho que isso nos transforma num circuito fechado — diz Strelski.

Flynn solta uma risada gostosa, sacudindo a cabeça, feito um surdo-mudo, na semiescuridão. Burr pergunta o que é um circuito fechado.

— Um circuito fechado, Leonard, é aproveitar todas as partes do porco, exceto o guincho — diz Strelski. Mais uma pausa, sentados, olhando o mar. Quando Strelski volta a falar, Burr tem de se inclinar para perto, para captar-lhes as palavras.

— Trinta e três adultos naquela sala — murmura. — Nove diferentes agências, sete políticos. Deve haver alguns deles dizendo aos cartéis que Joe Strelski e Leonard Burr não têm um informante infiltrado que valha droga nenhuma, certo, Pat?

O suave riso irlandês de Flynn é quase engolido pelo farfalhar do mar.

Mas Burr, apesar de guardar isso consigo mesmo, não consegue partilhar da complacência de seus anfitriões. Os Puristas não fizeram perguntas demais, era verdade. No julgamento apreensivo de Burr, fizeram perguntas de menos.

Dois marcos de granito, cobertos de hera, ressaltavam em meio à neblina. A inscrição entalhada dizia Lanyon Rose. Não havia casa alguma. O fazendeiro provavelmente morrera antes de começar a construí-la, pensou Burr.

Vinham dirigindo há sete horas. Por sobre as cercas de granito e os abrunheiros, um céu agitado começava a ficar escuro. As sombras sobre a trilha esburacada eram líquidas e indecisas, e com isso o carro seguia aos solavancos, como se estivesse sendo abalroado. Era um Rover, e era o orgulho de Rooke. Suas mãos possantes travavam um combate com o volante. Passaram por casas de fazenda desertas e por uma cruz celta. Rooke botou faróis altos, depois voltou a baixá-los. Desde que havia atravessado o rio Tamar, só viam escuridão se formando e neblina baixando.

A trilha subiu, a neblina desapareceu. De repente, tudo que viram diante do para-brisa eram desfiladeiros de nuvens brancas. Uma saraivada de chuva matraqueou de encontro à lataria, do lado esquerdo. O carro balançou, depois inclinou-se todo de lado, o capô apontando para o Atlântico. Fizeram a última curva, a mais íngreme. Uma investida de pássaros enfezados passou sobre eles com estrépito. Rooke freou e deixou o carro seguir quase se arrastando, até a fúria passar. Uma nova rajada de chuva os atingiu. Quando foi clareando, viram a cabana cinzenta, acachapada numa depressão coberta de vegetação negra.

Ele se enforcou, concluiu Burr, vislumbrando a silhueta entortada de Jonathan, que balançava, à luz da varanda. Mas o enforcado ergueu um braço, cumprimentando-os, e avançou para a escuridão, antes de acender sua lanterna. Um trecho coberto de lascas de granito fazia as vezes de um tosco estacionamento. Rooke saltou e Burr ouviu os dois se cumprimentando, como se fossem uma dupla de viajantes.

— Que bom vê-lo! Que ótimo. Meu Deus, que vento.

Burr, em seu nervosismo, permaneceu obstinadamente sentado, fazendo uma careta para os céus, enquanto forçava o botão de cima do sobretudo a entrar na casa. O vento se agitava furiosamente em torno do carro, sacudindo a antena.

— Vamos, mexa-se, Leonard — berrou Rooke. — Pode retocar a maquilagem depois!

— Sinto muito, mas você vai ter de passar por cima do banco, Leonard — disse Jonathan, pela janela do motorista. — Estamos evacuando você a sotavento, se não houver problema.

Agarrando o joelho direito com ambas as mãos, Burr orientou-o por sobre a alavanca de mudança, até o assento do motorista, fazendo em seguida a mesma coisa com o esquerdo. Pousou um sapato de andar na cidade sobre o cascalho. Jonathan apontava a lanterna direto para ele. Burr sacou galochas e um gorro de marinheiro.

— Como tem andado? — gritou Burr como se não se vissem há anos. — Em forma?

— Bem, sim, acho que estou, sim.

— Bom rapaz.

Rooke seguiu em frente, com sua pasta. Burr e Jonathan seguiram-no lado a lado, subindo o caminho pedregoso.

— Isso funcionou direitinho, não foi? — perguntou Burr, acenando com a cabeça para a mão enfaixada de Jonathan. — Com que então, ele não a amputou por engano.

— Não, não, foi tudo bem. Corte, costura, gaze... não levou mais de meia hora a coisa toda.

Estavam parados na cozinha. O rosto de Burr ainda formigava do vento. Mesa de pinho bem esfregada, percebeu. As lajes do chão lustrosas. Chaleira de cobre brilhando.

— Sem dor?

— Nada acima do que o dever impõe — respondeu Jonathan.

Riram timidamente, estranhos um para o outro.

— Tive de lhe trazer esta folha de papel — disse Burr, indo como de hábito direto ao que lhe pesava na mente. — Você deve assiná-la, tendo Rooke e eu como testemunhas.

— E o que ela diz? — perguntou Jonathan.

— Charlatanices, é o que ela diz — colocando a culpa numa burocracia conveniente. — Limitação de indenizações. A apólice de seguro deles. Não o forçamos a nada. Você nunca nos processará, não tem nada contra o governo, nem por negligência, nem por conduta ilegal, nem por hidrofobia. Se você cair de um avião, a culpa é sua. Et cetera.

— Estão com medo, é?

Burr pegou a pergunta que lhe foi passada, e devolveu-a.

— Bem, *você* está, Jonathan? A questão é bem mais essa, não é? — Jonathan começou a protestar, mas Burr disse: — Cale a boca e ouça. Desta vez, amanhã, você vai ser um homem procurado, que ninguém gostaria de encontrar, seria uma maneira mais correta de dizer. Qualquer um que já o tenha conhecido estará dizendo, "Bem que eu falei".

Qualquer um que não tenha conhecido, estará examinando sua fotografia, em busca de indícios de tendências homicidas. Isso é uma sentença de prisão perpétua, Jonathan. Não acaba nunca mais.

Jonathan tinha uma lembrança desgarrada de Sophie entre os esplendores de Luxor. Ela estava sentada na base de uma coluna, os braços em torno dos joelhos, olhando a perspectiva da colunata. *Necessito do consolo da eternidade,* Mr. *Pine,* disse ela.

— Ainda posso fazer o relógio parar, se for isso que você quiser, e ninguém sai magoado, exceto meu ego — continuou Burr. — Mas se você está querendo cair fora e não tem a coragem de dizer, ou se está sendo um amor com o titio Leonard, ou alguma idiotice dessas, devo lhe dizer que você precisa reunir coragem e manifestar-se agora, e não depois. Podemos ter um bom jantar, adeus, a volta para casa de carro, sem ressentimentos, pelo menos nenhum que dure. Não poderemos fazer isso amanhã à noite, nem nunca mais.

O rosto carregado de sombras mais fortes, Burr estava pensando. O olhar do observador que permanece no observado, mesmo depois que ele virou a cara. O que foi que nós criamos? Mais uma vez correu os olhos sobre a cozinha. Quadros feitos de bordado, de navios com as velas desfraldadas. Utensílios de madeira, outros de cobre, antigos. Um prato de louça esmaltada, onde se lê "Deus, estás me vendo".

— Tem certeza que não quer que eu guarde tudo isto para você? — perguntou Burr.

— Não, honestamente, está ótimo. Venda tudo. O que for mais fácil.

— Você pode vir a querer, um dia, quando houver sossegado.

— É melhor viajar sem carregar nada, falando sério. E continua tudo lá, não continua? Quero dizer, o alvo? Ele continua fazendo o que está fazendo, morando onde mora, e assim por diante? Nada mudou?

— Não que eu saiba — disse Burr, com um sorriso levemente confuso. — E olhe que eu mantenho um contato firme. Ele acaba de comprar um Canaletto, se isso indica alguma coisa. E mais uns dois cavalos árabes para seu haras. E uma bela corrente de diamantes para sua dama. Não sabia que chamavam aquilo de corrente. Parece coisa de cão de estimação. Bem, suponho que ela seja isso mesmo.

— Talvez isso seja tudo que ela pode se permitir ser — disse Jonathan.

Estava estendendo a mão enfaixada e, por um instante, Burr pensou que ele queria trocar um aperto de mãos. E então se deu conta de que Jonathan estava pedindo o documento, por isso começou a procurar nos bolsos, primeiro do sobretudo, depois do paletó, e tirou o envelope fortemente lacrado.

— Estou falando sério — disse Burr. — A decisão é sua.

Com a mão esquerda, Jonathan escolheu uma faca de carne da gaveta da cozinha, quebrou o lacre com o cabo de madeira, depois abriu o envelope cortando-o ao longo da dobra. Burr ficou se perguntando por que ele teria tido o trabalho de quebrar o lacre, a não ser que fosse para exibir sua habilidade.

— Leia — ordenou Burr. — Cada palavra cretina tantas vezes quanto quiser. Caso não tenha adivinhado, *Mr.* Brown é você. Um voluntário anônimo empregado por nós. Em documentos oficiais, gente como você é sempre *Mr. Brown.*

Minutada por Harry Palfrey para Rex Goodhew. Entregue a Leonard Burr para *Mr.* Brown assinar.

— Não me conte nunca o nome dele — havia insistido Goodhew. — Se já o vi, esqueci. Vamos deixar assim.

Jonathan segurou a carta à luz do lampião, para poder lê-la. O que é ele?, perguntou-se Burr pela centésima vez, examinando os contornos duros e suaves de seu rosto. Eu achava que sabia. Não sei.

— Pense a respeito — insistiu Burr. — Whitehall pensou. Fiz com que a reescrevessem duas vezes. — Fez uma última tentativa. — Basta dizer-me, para mim próprio, faria isso? "Eu, Jonathan, tenho certeza." Você sabe o que está para enfrentar, estudou tudo. E continua tendo certeza.

Mais uma vez o sorriso, deixando Burr ainda menos à vontade. Jonathan estava estendendo novamente a mão enfaixada, desta vez esperando pela caneta de Burr.

— Tenho certeza, Leonard. Eu, Jonathan. E terei certeza amanhã de manhã. Como é que assino? Jonathan Brown?

— John — respondeu Burr. — Na sua caligrafia habitual.

A imagem de Corkoran, o signatário, com sua caneta-tinteiro, cruzou pela mente de Burr, enquanto olhava Jonathan escrever, com dificuldade, *John Brown.*

— Pronto — disse ele, alegremente, para consolá-lo.

Mas Burr ainda queria mais alguma coisa. Mais impacto, uma sensação maior de ocasião. Levantou-se, transformando esse gesto num esforço de um homem velho, e deixou que Jonathan o ajudasse a tirar o sobretudo. Caminharam juntos para a sala, Jonathan conduzindo-o.

A mesa de jantar estava posta com cerimônia. Guardanapos de linho, notou Burr, indignado. Três coquetéis de lagosta nas devidas taças. Talheres com banho de prata, como num restaurante três estrelas. Um Pommard decente, desarrolhado com antecedência para poder respirar. Cheiro de carne assada. Que diabo está querendo fazer comigo?

Rooke estava de pé, de costas para eles, as mãos nos bolsos, examinando a mais recente aquarela de Marilyn.

— Acho que gosto mais dessa aqui — disse num esforço raro de lisonja.

— Obrigado — disse Jonathan.

Jonathan ouvira-os aproximando-se muito antes de eles o terem visto. E mesmo antes de ouvi-los, sabia que estavam chegando, porque, sozinho no rochedo, o observador atento aprendera a ouvir sons que ainda estão sendo produzidos. O vento era seu aliado. Quando a neblina desceu e tudo que ele parecia ouvir era o gemido do farol, foi o vento que lhe trouxe os sons do pescador saindo para o mar.

Assim, sentira o trepidar do motor do Rover antes mesmo que seu ronco viesse rolando rochedo abaixo, até ele, e preparou-se, esperando no vento. Quando os faróis surgiram, apontados diretamente sobre ele, Jonathan devolveu-lhes mentalmente a mira, avaliando a velocidade do Rover pelos postes do telégrafo, e calculando a distância para a frente que teria de mirar, caso estivesse apontando um lançador de granadas. Ao mesmo tempo, um canto de sua visão o esperava no topo da colina para o caso de terem um carro em sua perseguição, ou de estarem mandando apenas uma isca.

E quando Rooke estacionou, Jonathan caminhou sorrindo, em meio ao vento, com sua lanterna, imaginou-se atirando em seus dois convidados, na linha do raio de luz da lanterna, arrebentando-lhes os rostos verdes com deflagrações alternadas. Competidores suplantados com sucesso. Sophie vingada.

Mas agora, quando eles saíam, estava calmo e viu coisas diferentes. A tempestade desaparecera, deixando farrapos de nuvens. Umas poucas estrelas pendiam no céu. Buracos de balas cinzentos formavam um desenho de rajadas em torno da lua. Jonathan ficou olhando as lanternas traseiras do Rover passarem pela campina, onde havia plantado seus bulbos de íris. Em poucas semanas, pensou, se os coelhos não conseguirem passar pela cerca, aquela campina estará toda cor de malva. As lanternas traseiras passaram pela coelheira grande e ele lembrou-se de como, numa noite quente, voltando de Falmouth, surpreendera Jacob Pengelly e sua namorada lá, despidos de tudo, exceto um do outro, Jacob em êxtase, retesado em sentido oposto ao dela, a garota formando com o corpo um arco na direção dele, como uma acrobata.

O mês que vem será um mês azul, por conta das campainhas que vão florir, dissera-se Pete Pengelly. Mas este mês agora, Jack, este é um mês dourado, ficando ainda mais dourado, com os tojos, as prímulas e os narcisos-do-campo ganhando de todos os demais. Espere e veja se não será assim, Jack. Saúde.

Para me completar, repetiu Jonathan para si mesmo. Para encontrar as partes de mim que estão faltando.

Para fazer de mim um homem, que é o que papai disse que o exército fazia: um homem.

Para ser útil. Para andar ereto. Para livrar minha consciência de sua carga.

Sentiu-se enjoado. Foi até a cozinha e tomou um copo de água. Havia, pendurado sobre a porta, um relógio de navio, todo de latão, e sem parar para pensar por que, deu-lhe corda. Depois foi até a sala, onde guardava seu tesouro: um relógio de pêndulo, de caixa muito comprida, no estilo feminino das caixas de *démoiselles*, em cerejeira, com um único peso, comprado na Daphne's, na Chapel Street, por uma ninharia. Puxou a corrente de latão, até o peso chegar no alto. E então colocou o pêndulo em movimento.

— Acho que vou ver minha tia Hilary, em Teignmouth, por uns tempinhos, então — dissera Marilyn, já não mais chorando. — Vai ser bom para dar um tempo, Teignmouth, não vai?

Jonathan também tivera uma tia Hilary, no País de Gales, ao lado de um clube de golfe. Ela andava atrás dele, em volta da casa, apagando as luzes, e rezando alto ao seu amado Senhor Jesus, no escuro.

— Não vá — suplicara a Sophie, de todas as maneiras ao seu alcance, enquanto esperavam pelo táxi que os levaria ao aeroporto de Luxor. — Não vá — suplicara-lhe no avião. — Deixe-o, ele a matará, não corra esse risco — suplicara-lhe, enquanto a colocava no táxi que a levaria de volta a seu apartamento e a Freddie Hamid.

— Nós dois temos nossos encontros marcados com a vida, *Mr.* Pine — dissera-lhe com seu sorriso machucado. — Existem indignidades piores para uma mulher árabe do que ser espancada pelo amante. Freddie é muito rico. Ele me fez certas promessas de caráter prático. Preciso levar em conta a minha velhice.

9

É Dia das Mães quando Jonathan chega a Espérance. Seu terceiro caminhão de cimento em mais de seiscentos quilômetros deixou-o nos cruzamentos ao alto da Avenue des Artisans. Os cartazes, enquanto desce a passadas largas pela calçada, sacudindo sua bolsa de viagem de uma companhia aérea do Terceiro Mundo, dizem MERCI MAMAN, BIENVENU À TOUTES LES MAMANS e VASTE BUFFET CHINOIS DES MÈRES. O sol do norte é um elixir para ele. Quando respira, é como se estivesse respirando a luz, além do ar. Estou em casa. Sou eu.

Após oito meses de neve, essa cidade dourada e despreocupada na província do Québec agita-se ao sol do entardecer, que é o que torna a cidade famosa entre suas irmãs espalhadas ao longo do mais vasto cinturão mineral de diorito de todo o mundo. A cidade é um agito maior do que o de Timmins, a oeste, na atulhada Ontário, maior do que o de Val-d'Or ou Amos, a leste, maior de longe que o das vilas dos colarinhos-brancos, os enfadonhos povoamentos dos engenheiros de hidrelétricas, lá no norte. Narcisos e tulipas brotam hirtos como soldados no jardim da igreja branca, com seu telhado de chumbo encimado por uma flecha alta e estreita. Dentes-de-leão grandes feito moedas de dólar cobrem a rampa gramada da delegacia de polícia. Após o sono do inverno, sob a neve, as flores mostram-se tão viçosas e exuberantes quanto a cidade. As lojas para os subitamente ricos ou meramente esperançosos — a Boutique Bébé, com suas girafas cor-de-rosa, os pizza-cafés batizados em homenagem a mineiros e garimpeiros de sorte, a Pharmacie des Croyants, que oferece hipnoterapia e massagem, os bares iluminados a néon, com nomes homenageando Vênus e Apolo, os bordéis faustosos, seguindo os estilo das desaparecidas *madame*s, as saunas japonesas, com seu pagode e seu jardim de seixos de plástico, os bancos, de todas as cores e denominações, as joalherias, onde os receptadores costumavam derreter o minério roubado dos garimpeiros, e ocasionalmente ainda o fazem, as lojas de noivas, com seus manequins virginais de cera, as *delicatessen* polonesas, anunciando "films super-érotiques XXX", como se fossem um acontecimento culinário, os restaurantes abertos a qualquer hora, para os diversos turnos de trabalhadores, até mesmo os tabeliães, com suas janelas fechadas com cortinas pretas — tudo cintila na glória do início do verão e *merci maman* por tudo isso: *on va avoir du fun!*

Enquanto Jonathan olha as vitrines, ou ergue o olhar para o alto, grato, para o céu azul, e deixa a luz do sol aquecer-lhe o rosto encovado, motociclistas usando barbas e óculos escuros rugem rua acima e abaixo, fazendo roncar os motores e dando pancadinhas em suas garupas de couro, em convite às garotas que bebericam suas Coca-Colas nas mesas das calçadas. Em Espérance, as garotas se destacam como periquitos. As matronas da aborrecida Ontário, logo ao lado, podem se vestir feito sofás de velório, mas aqui em Espérance, o sangue quente das *québecoises* aprontam um carnaval todos os dias, em algodões radiantes e braceletes de ouro que sorriem-lhe do outro lado da rua.

Não há árvores em Espérance. Com florestas a toda volta, os habitantes da cidade encaram o espaço aberto como uma conquista. Tampouco existem índios em Espérance, ou pelo menos não que se note, a não ser que, como Jonathan, você perceba um deles, com a esposa e os filhos, carregando uma caminhonete com mil dólares de provisões do *supermarché*. Um deles fica na caminhonete, para tomar conta, enquanto os demais permanecem por perto.

Tampouco existem emblemas vulgares de riqueza na cidade, descontando-se as *lanchas* possantes de 75 mil dólares, no estacionamento ao lado das cozinhas do Château Babette, ou os bandos de motos Harley-Davidson amontoadas em torno do Bonnie and Clyde Saloon. Os canadenses — franceses ou de qualquer outro tipo — não ligam para exibição, seja de dinheiro ou de emoção. As fortunas ainda acontecem, é claro, para aqueles que têm um golpe de sorte. E sorte é a verdadeira religião da cidade. Todo mundo sonha com uma mina de ouro no jardim, e um ou dois sortudos encontraram exatamente isso. Aqueles homens com bonés de beisebol, tênis e jaquetas de aviador, que se veem por todos os lados, falando em telefones celulares: em outras cidades, seriam traficantes de drogas, ou apontadores de jogo, ou cafetões, mas aqui em Espérance são os tranquilos milionários de trinta anos. Quanto aos mais velhos, almoçam de marmita mais de um quilômetro abaixo do solo.

Jonathan devora tudo isto nos primeiros minutos de sua chegada. Em seu estado de exaustão que deixa os olhos acesos, ele absorve tudo de uma vez só, enquanto seu coração bate precipitado, com a gratidão de um viajante que desembarca na praia prometida. É linda. Trabalhei por isso. É meu.

Abandonara o Lanyon, ao romper do dia, sem olhar para trás, e rumara para Bristol, para sua semana de recolhimento. Estacionara a motocicleta num subúrbio miserável, onde Rooke lhe prometera que ela seria roubada, e tomara um ônibus para Avonmouth, onde encontrou uma hospedaria de marinheiros, dirigida por dois velhos homossexuais irlandeses que, segundo Rooke, eram famosos por não cooperarem com a polícia. Chove dia e noite e, no terceiro dia, enquanto Jonathan tomava o café da manhã, ouviu o seu nome e descrição na rádio local: visto pela última vez no oeste da Cornualha, mão direita ferida, telefonem para este número. Enquanto ouvia, viu os dois irlandeses ouvindo também, os olhos fixos um no outro. Pagou a conta e pegou o ônibus de volta a Bristol.

Nuvens de chuva rolavam sobre a desolada paisagem industrial. A mão enfiada no bolso — reduzira o curativo a um simples emplastro adesivo — caminhava pelas ruas úmidas. Sentado em uma cadeira de barbeiro, percebeu o seu retrato no jornal de uma outra pessoa, a mesma foto que o pessoal de Burr tirara dele em Londres: um retrato propositalmente pouco parecido, mas ainda assim um retrato. Transformara isso num fantasma, assombrando uma cidade fantasma. Nos cafés e salões de bilhar, era branco e isolado demais, nas ruas mais elegantes, era maltrapilho demais. Nas igrejas, quando nelas tentava entrar, estavam trancadas. Seu rosto, quando examinava nos espelhos, assustava-o com sua intensidade hostil. A falsa morte de Jumbo era como um tormento para ele. Visões de sua suposta vítima, não assassinada e não procurada, divertindo-se serenamente em algum refúgio secreto, volta e meia vinham escarnecer dele. Não obstante, em sua outra persona ele arcava determinadamente com a culpa de seu crime imaginário. Comprou um par de luvas de couro e jogou fora o curativo. Para comprar sua passagem aérea, passou uma manhã inteira examinando as agências de viagem, até escolher a mais movimentada e anônima. Pagou em dinheiro e fez a reserva para dois dias depois, no nome de Fine. E então tomou o ônibus para o aeroporto, e mudou a reserva para o voo daquela mesma tarde. Restava uma única poltrona. No portão de embarque, uma jovem num uniforme cor de amora pediu para ver seu passaporte. Descalçou uma das luvas e entregou-o com a mão boa.

— Você é Pine ou Fine, afinal? — quis saber.

— O que você preferir — garantiu-lhe, com um lampejo do velho sorriso de hoteleiro, e com relutância ela fez-lhe um aceno para que seguisse — ou Rooke teria subornado o pessoal do aeroporto?

Quando chegou a Paris, não ousou arriscar a barreira da alfândega em Orly, por isso passou a noite inteira sentado na área dos passageiros em trânsito. De manhã, tomou um avião para Lisboa, desta vez com o nome de Dine, pois seguindo o conselho de Rooke, tentava estar sempre um passo à frente do computador. Em Lisboa, foi mais uma vez para a zona portuária, e mais uma vez ficou recolhido.

— É o *Star of Bethel*, e é uma pocilga — dissera Rooke. — Mas o capitão é um venal, e é isso que você está procurando.

Viu um homem de barba por fazer, indo de um escritório de navegação a outro, na chuva, e o homem era ele próprio. Viu o mesmo homem pagar a uma garota por alojamento durante a noite, em seguida dormir no chão, enquanto ela se deitava na cama e choramingava, pois estava com medo dele. Sentiria menos medo de mim, se eu dormisse com ela? Não ficou para descobrir mas sim, saindo antes do dia amanhecer, caminhou mais uma vez pelas docas e deu com o *Star of Bethel* ancorado no último píer, um navio carvoeiro imundo, de doze toneladas, com destino a Pugwash, Nova Escócia. Mas, quando perguntou do agente de navegação, disseram-lhe que o barco estava com a tripulação completa e partiria com a maré da noite. Jonathan subornou-os para subir a bordo. O capitão o estaria esperando? Jonathan acreditava que estaria.

— O que é que você sabe fazer, filho? — perguntou o capitão. Era um escocês grandalhão, de fala mansa, uns quarenta anos. Atrás dele, estava uma garota filipina, de dezessete anos, descalça.

— Cozinhar — disse Jonathan, e o capitão riu na sua cara, mas aceitou-o como excesso de contingente, com a condição de que ele trabalhasse pela passagem, e o capitão embolsasse o seu soldo.

Ele agora era um escravo nas galés, dormindo no pior beliche e sofrendo os insultos da tripulação. O cozinheiro oficial era um marinheiro indiano, descarnado, quase morto de tanta heroína, e logo Jonathan estava trabalhando pelos dois. Em suas poucas horas de sonho, tinha os sonhos voluptuosos dos prisioneiros, e era Jed, sem o roupão de *Herr*

Meister, que interpretava o papel principal. Até que chegou uma manhã de sol em que a tripulação começou a dar-lhe tapinhas nas costas, dizendo que nunca haviam comido melhor no mar. Mas Jonathan não quis desembarcar com eles. Equipado com rações que havia guardado, o observador atento preferiu esconder-se no porão de proa e esperar mais duas noites antes de passar furtivamente pela polícia das docas.

Sozinho num continente imenso e desconhecido, Jonathan viu-se assolado por um tipo diferente de privação. Sua firmeza de propósito pareceu subitamente se consumir na tenuidade brilhante da paisagem. Roper é uma abstração, Jed é uma abstração, e eu também sou. Morri, e esta é minha vida após a morte. Caminhando sem descanso pelo acostamento da estrada indiferente, dormindo em dormitórios de motoristas e em celeiros, conformando-se com um dia de paga por dois dias de trabalho, Jonathan rezava para reconquistar seu senso de missão.

— Sua melhor chance é no Château Babette — dissera Rooke. — É grande, relaxado e dirigido por uma megera que não consegue conservar seu pessoal. É onde você poderia se esconder com mais naturalidade.

— É o lugar ideal para você começar a procurar sua sombra — dissera Burr.

Sombra significando identidade. Sombra significando substância, num mundo onde Jonathan se transformara num fantasma.

O Château Babette ficava empoleirado, feito uma galinha velha mal-ajambrada, em meio ao alvoroço da Avenue dos Artisans. Era o Meister's da cidade. Jonathan avistou-o imediatamente pela descrição de Rooke e, ao aproximar-se, continuou na calçada oposta, para poder observá-lo melhor. Era alto, estruturado com toras de madeira aparente, decrépito e, para um antigo bordel, severo. Havia uma urna de pedra em cada extremidade do pórtico medonho. Nelas, donzelas nuas, todas lascadas, saltitam num cenário silvestre. Seu santo nome destacava-se verticalmente numa placa de madeira em decomposição, e quando Jonathan começou a atravessar a rua, um vento leste intenso fez o hotel retinir feito um velho trem se sacudindo, enchendo-lhe os olhos de poeira grossa e as narinas com cheiros de batata frita e laquê.

Cobrindo os degraus com passadas largas, empurrou confiante as antigas portas de vaivém e penetrou na escuridão de uma tumba. Vindo de longe, como lhe pareceu a princípio, ouviu risadas masculinas e captou mau cheiro do jantar da noite anterior. Gradualmente, distinguiu uma caixa de correio de cobre trabalhada em relevo, depois um relógio de pêndulo, de caixa de madeira e com flores no mostrador que o fez lembrar-se do Lanyon, e em seguida uma recepção entupida de correspondência e canecas de café, e iluminada por um dossel de luzinhas feéricas. As formas de vários homens o cercaram e eram eles que estavam rindo. Sua chegada havia evidentemente coincidido com a de um bando de agrimensores vulgares do Québec, que estavam procurando por um pouco de ação antes de partirem, no dia seguinte, para uma mina no norte. Suas malas e bolsas de material estavam jogadas numa pilha aos pés de uma escadaria larga. Dois rapazes de aspecto eslavo, usando brincos e aventais verdes, iam, emburrados, selecionando-as pelas etiquetas.

— *Et vous, monsieur, vous êtes qui?* — gritou-lhe uma voz feminina, por cima do tumulto.

Jonathan divisou as formas majestosas de *Madame* Latulipe, de pé atrás da recepção, usando um turbante cor de malva e com o rosto empastado de maquilagem. Havia inclinado a cabeça para trás, a fim de examiná-lo, e estava interpretando para sua plateia exclusivamente masculina.

— Jacques Beauregard — respondeu ele.

— *Comment, chéri?*

Precisou repetir por cima da algazarra:

— Beauregard — gritou, desacostumado a erguer a voz. Mas, de alguma forma, o nome lhe veio mais fácil do que o de Linden.

— *Pas d'bagage?*

— *Pas de bagage.*

— *Alors, bonsoir et amusez-vous bien, m'sieu* — gritou-lhe de volta *Madame* Latulipe, ao entregar-lhe a chave. Ocorreu a Jonathan que ela o confundira com um membro do grupo de agrimensores, mas não viu nenhuma necessidade de esclarecê-la.

— *Allez-vous manger avec nous à 'soir, M'sieu Beauregard?* — gritou ela, despertando para o seu bom aspecto, quando ele começou a subir os degraus.

Jonathan achava que não, obrigado, *madame* — estava em tempo de dormir um pouco.

— Mas não se pode dormir com o estômago vazio, *M'sieu* Beauregard! — protestou *Madame* Latulipe, coquete mais uma vez para consumo de seus hóspedes estridentes. — É preciso ter energia para dormir, quando se é homem! *N'est-ce pas, mes gards?*

Parando no patamar intermediário, Jonathan corajosamente juntou-se às risadas, mas insistiu em dizer que, assim mesmo, precisava dormir.

— *Bien, tant pis, d'abord!* — gritou *Madame* Latulipe.

Nem sua chegada inesperada, nem seu aspecto descuidado a perturbaram. Em Espérance, descuidado é tranquilizador, e para *Madame* Latulipe, autonomeada árbitro cultural da cidade, um sinal de espiritualidade. Ele era *farouche*, mas *farouche*, na sua maneira de ver, significava nobre, e ela detectara Arte no rosto dele. Era um *sauvage distingué*, seu tipo de homem preferido. Pelo sotaque, ela chegara arbitrariamente à conclusão de que era francês, ou talvez belga, não era exatamente uma especialista, tirava férias na Flórida. Só sabia que quando ele falava francês ela conseguia entendê-lo, mas quando ela lhe respondia parecia tão inseguro quanto todos os franceses quando ouviam o que *Madame* Latulipe estava convencida era a autêntica e inconspurcada versão da língua que eles falavam.

Não obstante, por força dessas observações impulsivas, *Madame* Latulipe cometeu um erro perdoável. Colocou Jonathan não em um dos andares convenientes para se receber damas no quarto, mas em seu *grenier*, em um dos quatro bonitos quartos de sótão que ela gostava de deixar reservados para seus amigos boêmios. E não deu nenhuma atenção ao fato — mas ora, por que deveria? — de que sua filha, Yvonne, havia transformado o quarto duas portas ao lado em seu refúgio temporário.

Durante quatro dias, Jonathan permaneceu no hotel sem atrair mais do que a sua cota do interesse monopolizante de *Madame* Latulipe por seus hóspedes masculinos.

— Mas o senhor abandonou o seu grupo! — gritou-lhe, com falso alarme, quando ele chegou na manhã seguinte, sozinho e tarde, para o café da manhã. — Não é mais agrimensor? Demitiu-se? Talvez queira tornar-se poeta. Em Espérance escrevemos muitos poemas.

Vendo-o voltar ao anoitecer, perguntou-lhe se havia composto uma elegia ou pintado uma obra-prima, naquele dia. Sugeriu-lhe que jantasse, mas ele mais uma vez declinou.

— Comeu alguma coisa em outro lugar, *m'sieu?* — perguntou, fingindo um tom de acusação.

Ele sorriu e sacudiu a cabeça.

— *Tant pis d'abord* — disse ela, que era sua resposta habitual para praticamente tudo.

Quanto ao resto, para ela não havia problema, ele era o quarto 306. Foi só na quinta-feira, quando Jonathan pediu-lhe um emprego, que ela o submeteu a um exame mais minucioso.

— Que tipo de emprego, *mon gars*? — quis saber. — Talvez queira cantar para nós na discoteca? Toca violino?

Mas ela já estava alerta. Captou-lhe o olhar e viu renovada a sua impressão de um homem à parte dos muitos. Talvez à parte demais. Examinou-lhe a camisa e concluiu que era a mesma que ele estava usando quando chegara. Mais um garimpeiro que perdeu no jogo seu último dólar, pensou. Pelo menos, não estamos pagando por suas refeições.

— Qualquer emprego — respondeu ele.

— Mas existem muitos empregos em Espérance, Jacques — objetou *Madame* Latulipe.

— Já os tentei — disse Jonathan, examinando em retrospecto na mente, três dias de gestos franceses de indiferença, ou coisa pior. — Tentei os restaurantes, os hotéis, o estaleiro e as marinas do lago. Tentei quatro minas, duas companhias de madeira, as usinas de cimento, dois postos de gasolina e a fábrica de papel. Nenhum deles gostou de mim.

— Mas por que não? Você é muito bonito, muito sensível. Por que não gostam de você, Jacques?

— Querem documentos. Meu número no seguro social. Prova de cidadania canadense. Prova de que desembarquei legalmente como imigrante.

— E você não tem esses documentos? Nenhum? Será você excessivamente esteta?

— Meu passaporte está com as autoridades de imigração em Ottawa. Está sendo processado. Ninguém quis acreditar em mim. Sou suíço — acrescentou, como se isso explicasse a incredulidade de todos.

Mas, a essa altura, *Madame* Latulipe já havia apertado o botão que chamava seu marido.

André Latulipe não havia nascido Latulipe, mas Kviatkovski. Foi só quando sua esposa herdou o hotel do pai que ele consentiu em mudar o seu nome para o dela, a fim de perpetuar um ramo da nobreza de Espérance. Era um imigrante de primeira geração, com um rosto de querubim, fronte ampla, descorada, e uma cabeleira prematuramente branca. Era pequeno, atarracado, e nervoso tal como os homens ficam aos cinquenta anos, quando quase se mataram de trabalhar e começam a se perguntar por quê. Quando criança, Andrzej Kviatkovski tivera de se esconder em porões e cruzar fronteiras clandestinamente, através de passos montanhosos cobertos de neve, altas horas da noite. Havia sido preso, interrogado e liberado. Sabia o que era ficar diante de uniformes e rezar. Olhou para a conta do quarto de Jonathan e ficou impressionado, tal como sua esposa, por não haver despesas extras. Um vigarista teria usado o telefone, assinado notas no bar e no restaurante. Um vigarista teria caído fora no meio da noite. Os Latulipe já haviam tido alguns vigaristas em sua época, e era isso que eles faziam.

Com a conta ainda na mão, Latulipe examinou Jonathan lentamente, de cima a baixo, tal como sua esposa já havia feito antes, porém com mais percepção: observou suas botas marrons de caminhante, puídas, mas misteriosamente limpas, suas mãos, pequenas e tratadas com esmero, mantidas respeitosamente do lado do corpo, sua postura bem-aprumada, seus traços atormentados e a centelha de desespero nos olhos. E *Monsieur* Latulipe sentiu-se levado à identificação diante de um homem lutando pela possibilidade de entrar em um mundo melhor.

— O que você sabe fazer? — perguntou.
— Cozinhar — disse Jonathan.
Ele entrara para a família. O que incluía Yvonne.

Ela o entendeu imediatamente: sim. Era como se, através do intermédio de sua consternadora mãe, sinais que poderiam ter levado meses para ser trocados houvessem sido transmitidos e recebidos em um segundo.

— Este aqui é Jacques, nosso mais *recentíssimo* segredo — disse *Madame* Latulipe, sem se dar ao trabalho de bater, e sim escancarando a porta de um dos quartos do sótão, a menos de dez metros da do quarto dele.

E você é Yvonne, ele pensou, com uma misteriosa efusão de vergonha.

Havia uma escrivaninha no centro do quarto. Um abajur de madeira iluminava-lhe um lado do rosto. Ela digitava ao teclado e, quando percebeu que era a mãe, continuou a digitar até o fim, de forma que Jonathan teve de aguentar a tensão de ficar olhando para um esfregão feito de cabelos louros desalinhados até ela resolver levantar a cabeça. Havia uma cama de solteiro encostada em uma das paredes. Pilhas de cestas cheias de roupa de cama lavada e passada tomavam o espaço restante. Havia ordem, mas não havia lembranças, nem fotografias. Apenas uma bolsinha de toalete ao lado do conjunto de jarra e bacia e sobre a cama um leão com um zíper ao longo da barriga, para guardar a roupa de dormir. Por um momento breve e nauseante, Jonathan lembrou-se do pequinês de Sophie, jazendo estripado. Matei o cachorro também, pensou.

— Yvonne é o gênio da família, *n'est-ce pas, ma chère?* Ela estudou arte, estudou filosofia, leu todos os livros que já foram impressos neste mundo. *N'est-ce pas, ma chère?* Agora está fazendo de conta que é a nossa governanta, vive feito uma freira, e daqui a dois meses estará casada com o Thomas.

— E digita — disse Jonathan, só Deus sabe por quê.

Uma carta foi saindo lentamente da impressora. Yvonne olhava para ele e Jonathan viu o lado esquerdo de seu rosto nos mínimos detalhes: o olhar direto, indomado, a fronte eslava e o queixo inflexível do pai, os cabelos finos como seda nos cantos do rosto e a lateral do pescoço forte, que se projetava dentro da blusa. Usava o chaveiro pendurado como um colar e, ao empertigar-se, as chaves aninharam-se, com um tilintar, entre seus seios.

Ela levantou-se, alta e, à primeira vista, masculinizada. Trocaram um aperto de mãos, foi ideia dela. Ele não sentiu qualquer hesitação — por que sentiria? Beauregard, novo para Espérance e para a vida? A palma da mão de Yvonne era firme e seca. Ela usava calças *jeans*, e mais uma vez foi o seu lado esquerdo que ele percebeu à luz do abajur: os vincos do brim retesados, que se esticavam da virilha por sobre a coxa esquerda. Depois disso, foi a precisão formal do seu aperto de mão.

Você é uma gatinha selvagem aposentada, ele concluiu, enquanto ela devolvia calmamente o olhar. Teve amantes cedo. Andou na garupa de Harley-Davidsons, com a cuca cheia de fumo ou coisa pior. Agora, aos vinte e poucos, você chegou a um platô, também conhecido como meio-termo. É sofisticada demais para a província, mas provinciana demais para a cidade. Está noiva, para se casar com algum chato, e está se esforçando para torná-lo melhor. Você é Jed, mas em decadência. Você é Jed com a *gravitas* de Sophie.

Arrumou as roupas para ele sob o olhar da mãe.

Os uniformes do pessoal ficavam pendurados num cômodo transformado em armário, arejado, para louças e outros utensílios, num patamar intermediário entre dois andares, logo que se descia a escada. Yvonne foi na frente, e quando abriu a porta do armário ele percebeu que, apesar de todos aqueles seus modos de quem vive ao ar livre, tinha um andar de mulher, nem aquele jeito arrogante de menina masculinizada, nem o olha-só-como-eu-rebolo de uma adolescente, mas aquela autoridade, evidente nos quadris firmes, de uma mulher crescida e com vida sexual.

— Na cozinha, Jacques usa branco e somente branco, e tudo lavado e passado todos os dias, Yvonne. Nunca as mesmas roupas de um dia para o outro, Jacques, isto é uma regra da casa, como todos sabem. No Babette, a preocupação com a higiene é uma verdadeira paixão. *Tant pis d'abord.*

Enquanto a mãe tagarelava, Yvonne segurou primeiro o paletó branco em frente ao corpo dele, depois as calças brancas com cintura de elástico. Em seguida, disse-lhe que fosse até o quarto 34 e os experimentasse. Seu jeito brusco, talvez para satisfazer a mãe, tinha uma pontada de sarcasmo. Quando ele voltou, a mãe insistiu que as mangas estavam compridas demais, o que não estavam, mas Yvonne deu de ombros e prendeu-as com alfinetes, as mãos roçando indiferentemente nas de Jonathan, e o calor de seu corpo misturando-se com o do dele.

— Está bem assim? — perguntou-lhe, como se não estivesse ligando a mínima.

— Jacques está sempre bem. Ele tem recursos interiores, *n'est-ce pas*, Jacques?

Madame Latulipe queria saber alguma coisa sobre suas preferências externas. Jacques gostava de dançar? Jonathan respondeu que estava preparado para qualquer coisa, mas talvez não já. Ele cantava, tocava algum instrumento, interpretava, pintava? — todos esses passatempos, e mais, estavam disponíveis em Espérance, garantiu-lhe *Madame* Latulipe. Talvez ele quisesse conhecer algumas garotas? Seria normal, disse *Madame* Latulipe: havia muitas garotas canadenses que se interessariam em ouvir como era a vida na Suíça. Fugindo à pergunta, porém com gentileza, Jonathan, em sua agitação, ouviu-se dizendo alguma coisa meio maluca:

— Bem, eu não iria muito longe com essas roupas, iria? — exclamou, tão alto que quase caiu na gargalhada, enquanto continuava a estender as mangas brancas para Yvonne. — A polícia me pegaria no primeiro cruzamento, estando eu com este aspecto, não é mesmo?

Madame Latulipe soltou a risada estrondosa que é a marca registrada das pessoas sem senso de humor. Mas Yvonne examinava Jonathan com curiosidade atrevida, olho no olho. Teria sido tática, ou esse meu calculismo infernal?, Jonathan ficou se perguntando depois. Ou foi uma indiscrição suicida, nos primeiríssimos momentos que nos conhecemos, eu contar a ela que estava fugindo?

O sucesso do novo empregado não demorou a encantar os Latulipe mais velhos. Tomavam mais gosto por ele a cada nova habilidade revelada. Em troca, Jonathan, o mais-que-bom soldado, dava-lhes cada minuto de suas horas acordado. Houve uma época de sua vida em que ele teria vendido a própria alma para poder trocar a cozinha pela elegância de um *smoking* de gerência. O café da manhã começava às seis, para os homens que chegavam do turno da noite. Jonathan estava à espera. O pedido de um bife enorme de filé de alcatra, com dois ovos e *frites*, não era nenhum inconveniente. Desprezando os sacos de batatas congeladas e o fedorento óleo de carregação que sua patroa preferia, ele usava batatas frescas, que descascava e ferventava, para depois fritá-las numa mistura de óleo de amendoim e girassol, e só os de melhor qualidade serviam. Tinha um panelão de caldo sempre fervendo, e instalou uma prateleira de ervas, fazia pratos de forno, carne assada e bolinhos variados para acompanhar. Descobriu um conjunto abandonado de facas de lâmina de aço e afiou-as à perfeição — ninguém mais podia tocar nelas. Ressuscitou o velho fogão profissional que *Madame* Latulipe havia variadamente decretado como anti-higiênico, perigoso, feio ou inestimável demais para ser usado. Quando colocava sal, fazia-o à maneira autêntica de um *chef*, a mão erguida bem acima da cabeça, de modo que o sal chovesse das alturas. Sua bíblia era um exemplar todo esfrangalhado do seu querido *Le Répertoire de la Cuisine*, com que havia, para seu deleite, topado em um sebo local.

Tudo isso *Madame* Latulipe observava nele, a princípio com admiração reverente, para não dizer obsessiva. Encomendou uniformes novos para ele, chapéus novos, e foi por muito pouco que não lhe encomendou também coletes amarelo-canário, botas de verniz e jarreteiras. Comprou-lhe panelas para banho-maria e caçarolas caríssimas, em cujo aproveitamento ele se esmerou. E quando ela descobriu que ele usava um ferro de soldar comum para vidrar a superfície açucarada de seu *crème brûlée*, ficou tão impressionada com essa fusão entre o artístico e o rasteiro, que insistiu em carregar suas amigas boêmias para a cozinha, a fim de uma demonstração.

— Ele é tão requintado, o nosso Jacques, *tu ne crois pas*, Mimi, *ma chère?* Ele é reservado, bonito, habilidoso, e quando quer, é *extrema-*

mente dominador. Pronto! Nós, velhas senhoras, podemos dizer essas coisas. Quando vemos um homem digno de se admirar, não precisamos ficar ruborizadas, feito menininhas. *Tant pis d'abord,* Hélène?

Mas a mesma reticência que ela tanto admirava em Jonathan também a perturbava. Se não era dona dele, então quem era? A princípio, concluiu que ele estava escrevendo um romance, mas um exame dos papéis sobre a escrivaninha do seu Jacques não revelou nada além dos rascunhos de cartas, queixando-se à embaixada suíça em Ottawa, que o observador atento, prevendo o interesse dela, preparara para serem descobertas.

— Está apaixonado, Jacques?
— Não que eu saiba, *madame*.
— Você é infeliz? Sente-se solitário?
— Estou radiosamente contente.
— Mas estar contente não basta. Você precisa se abandonar. Precisa arriscar tudo, todos os dias. Precisa sentir-se em êxtase.

Jonathan disse que seu êxtase residia em seu trabalho.

Quando o almoço acabava, Jonathan podia tirar a tarde livre, mas o mais frequente era ele descer ao porão, para ajudar a carregar os caixotes de garrafas vazias para o pátio, enquanto *Monsieur* Latulipe conferia as que chegavam: pois Deus que se apiedasse do garçom ou da garçonete que trouxesse furtivamente suas próprias garrafas para vendê-las a preço da discoteca.

Três noites por semana Jonathan preparava o jantar da família. Comiam cedo, à mesa da cozinha, enquanto *Madame* Latulipe comandava uma conversa intelectual.

— Você é de Basileia, Jacques?
— Não muito longe de Basileia, *madame*.
— De Genebra?
— Sim, mais próximo de Genebra.
— Genebra é a capital da Suíça, Yvonne.

Yvonne não erguia a cabeça.

— Está feliz hoje, Yvonne? Falou com o Thomas? Precisa falar com ele todos os dias. Quando se está noiva, para casar, isso é normal.

E, por volta das onze, quando a discoteca esquentava, Jonathan estava mais uma vez lá, para dar uma mãozinha. Os *shows* antes das onze eram mera exibição de nudez, mas depois das onze os números ficavam mais animados e as garotas desistiam de se vestir entre as apresentações, a não ser por um avental de lantejoulas, para guardar o dinheiro, e talvez um vestido que não se davam sequer ao trabalho de abotoar. Quando lhe abriam as pernas, por cinco dólares extras — um serviço pessoal executado à mesa, num banquinho que a casa fornecia exatamente para isso — o efeito era o de uma caverna cheia de pelos pertencente a algum animal noturno exposto a iluminação artificial.

— Gosta do nosso espetáculo, Jacques? Acha cultural? Estimula você um pouquinho, até mesmo você.

— É bastante eficiente, *madame*.

— Fico feliz. Não devemos negar os nossos sentimentos.

As brigas eram raras e tinham aquela qualidade esporádica de refregas entre cachorrinhos. Só as piores terminavam em expulsão. Uma cadeira guinchava, uma garota recuava depressa, havia o estalo de um tapa ou o silêncio rigoroso de dois homens lutando corpo a corpo. E então, surgindo do nada, André Latulipe colocava-se entre eles, como um pequeno Atlas, mantendo-os separados até o grupo sossegar. Da primeira vez que isso aconteceu, Jonathan deixou-o cuidar das coisas a seu modo. Mas quando um bêbado meio grandalhão preparou-se para dar um soco em Latulipe, Jonathan prendeu o braço livre do homem nas costas e empurrou-o para tomar ar fresco.

— Onde foi que você aprendeu isso? — perguntou Latulipe, enquanto recolhiam garrafas.

— No exército.

— Os suíços têm um *exército*?

— E é obrigatório.

Certa noite de domingo, apareceu o velho cura católico, usando um colarinho de padre encardido e uma batina manchada. As garotas pararam de dançar e Yvonne comeu torta de limão com ele, que o cura insistiu em pagar, com dinheiro tirado de uma bolsinha de pele amarrada com uma tira de couro. Jonathan observou-os escondido nas sombras.

Numa outra noite, apareceu um gigante de um homem de cabelos brancos cortados curtinhos e uma jaqueta confortável, de veludo cotelê, com cotovelos de couro. Uma esposa toda animada, com um casaco de pele, vinha gingando a seu lado. Os dois garçons ucranianos de Latulipe deram-lhe uma mesa junto à pista, ele pediu champanhe e dois pratos de salmão defumado e ficou assistindo ao *show* com indulgência paternal. Mas quando Latulipe olhou em torno à procura de Jonathan, para avisá-lo de que o superintendente não esperava que lhe apresentassem a conta, Jonathan havia desaparecido.

— Você tem alguma coisa contra a polícia?

— Enquanto meu passaporte não chegar, tenho.

— Mas como é que sabia que ele era da polícia?

Jonathan desarmou-o com um sorriso, mas não deu nenhuma resposta de que Latulipe conseguisse se lembrar.

— Nós deveríamos avisá-lo — disse *Madame* Latulipe, pela quinquagésima vez, deitada mas sem conseguir dormir. — Ela o está provocando deliberadamente. Está novamente armando suas velhas jogadas.

— Mas eles nunca se falam. Nunca olham um para o outro — protestou o marido, pousando o livro.

— E você não sabe por quê? Dois criminosos como eles?

— Ela está noiva do Thomas e vai se casar com o Thomas — disse Latulipe. — Desde quando não cometer um crime é um crime? — acrescentou ele, combativo.

— Você está falando feito um bárbaro, como de hábito. Um bárbaro é uma pessoa sem intuição. Você disse a ele que não deve dormir com as garotas da discoteca?

— Ele não demonstra nenhuma disposição para isso.

— Pois é, aí está! Talvez fosse melhor se mostrasse.

— É um atleta, pelo amor de Deus — explodiu Latulipe, seu mau gênio eslavo levando a melhor. — Ele tem outras válvulas de escape. Sai para correr. Faz caminhadas no mato. Vai navegar. Aluga motocicletas. Ele cozinha. Trabalha. Dorme. Nem todo homem é um maníaco sexual.

— Então ele é *tapette* — declarou *Madame* Latulipe. — Eu sabia, desde que pus os olhos nele. Yvonne está perdendo tempo. Talvez com isso ela aprenda uma lição.

— Ele não é *tapette!* Pergunte aos meninos ucranianos. Ele é inteiramente normal!

— Você já viu o passaporte dele?

— O passaporte não tem nada a ver com ele ser ou não *tapete!* O passaporte voltou para a embaixada suíça. Tem de ser renovado antes de Ottawa carimbá-lo. Está sendo jogado para lá e para cá, entre duas burocracias.

— "Para lá e para cá, entre duas burocracias"! Sempre essas frases cheias de palavras. Quem ele pensa que é? Victor Hugo? Um suíço não fala assim.

— Eu não sei como é que os suíços falam.

— Neste caso, pergunte à Cici. Cici diz que os suíços são rudes. Ela foi casada com um suíço. Ela sabe. Beauregard é francês, tenho certeza. Ele cozinha feito francês, fala feito francês, é arrogante feito francês, é esperto feito francês. E decadente feito francês. É claro que ele é francês! É francês e é mentiroso.

A respiração arquejante, desviou o olhar do marido para o teto, que era salpicado de estrelas de papel, brilhando na escuridão.

— A mãe dele era alemã — disse Latulipe, tentando um tom mais calmo.

— O quê? Que besteira! Os alemães são louros. Quem lhe disse isso?

— Ele. Na noite passada estiveram uns engenheiros alemães na discoteca. Beauregard falou alemão com eles igual a um nazista. Eu perguntei. Ele fala inglês também.

— Você é que precisa falar com as autoridades. Beauregard tem de regularizar sua situação ou ir embora. O hotel é meu ou dele? Ele está ilegal, tenho certeza. Ele é evidente demais. *C'est bien sûr!*

Dando as costas para o marido, ligou o rádio e em seguida voltou a contemplar suas estrelas de papel, furiosa.

Jonathan pegou Yvonne na sua Harley-Davidson, na saída do Mange-Quick, na autoestrada do norte, dez dias depois dela tê-lo vestido de branco. Haviam se encontrado no corredor do sótão, aparentemente por acaso, cada um tendo ouvido o outro primeiro. Ele disse que no dia seguinte era a sua folga e ela perguntou-lhe o que ele iria fazer. Alugar uma moto, respondeu. Talvez visite alguns lagos.

— Meu pai tem um barco na cabana dele — disse ela, como se a mãe não existisse.

No dia seguinte, estava esperando conforme combinado, pálida, porém decidida.

O cenário era arrastado e majestoso, floresta azulada, ondulada, e um céu exaurido. Mas, à medida que foram avançando para o norte, o dia escureceu e um vento leste transformou-se em garoa. Estava chovendo quando chegaram à cabana. Despiram um ao outro e uma vida inteira se passou para Jonathan, na qual por um longo tempo não houve apaziguamento nem alívio, enquanto ele compensava meses de abstinência. Ela o combateu sem tirar os olhos dele exceto para oferecer-lhe uma postura diferente, uma mulher diferente.

— Espere — sussurrou ela.

Seu corpo suspirou, voltou a cair e depois se ergueu, seu rosto se retesou e ficou feio, mas não explodiu. Um grito de rendição escapou-lhe do peito, mas tão longínquo que poderia ter vindo das florestas encharcadas que os cercavam, ou das profundidades do lago cinzento. Ela montou sobre ele e começaram a escalar novamente, um pico após o outro, até se afogarem juntos.

Ele ficou deitado ao lado dela, atento, observando-lhe a respiração, ressentindo-se do seu repouso. Tentou descobrir a quem estava traindo. Sophie? Ou apenas a mim mesmo, como de costume? Estamos traindo o Thomas. Ela virou-se de lado, dando as costas para ele. Sua beleza só fazia aumentar a solidão dele. Começou a acariciá-la.

— Ele é um homem bom — disse Yvonne. — Seus interesses são a antropologia e os direitos indígenas. O pai dele é advogado, trabalha com os índios cree e ele quer seguir-lhe os passos.

Ela descobrira uma garrafa de vinho e levara-a para a cama. Estava com a cabeça apoiada no peito dele.

— Estou certo de que gostaria muito dele — disse Jonathan, educadamente, formando na cabeça a imagem de um sonhador fervoroso, usando um pulôver tricotado em Fair Isle, escrevendo cartas de amor em papel reciclado.

— Você é uma mentira — disse ela, beijando-o distraidamente. — Você é uma mentira e tanto. É todo verdade, mas é uma mentira. Não entendo você.

— Estou fugindo — disse ele. — Tive um problema na Inglaterra.

Ela subiu sobre o corpo dele, as cabeças ficando lado a lado.

— Quer falar sobre isso?

— Preciso conseguir um passaporte — disse ele. — Essa história de ser suíço é conversa fiada. Sou inglês.

— Você é *o quê?*

Ela estava empolgada. Pegou o copo e bebeu, olhando-o por sobre a borda.

— Talvez possamos roubar um — disse ela. — Mudar a foto. Um amigo meu fez isso.

— Talvez possamos — concordou ele.

Ela o apreciava, os olhos acesos. Tentei tudo que me veio à ideia, disse-lhe ele. Vasculhei os quartos dos hóspedes, olhei em carros estacionados, ninguém carrega passaporte por aqui. Fui até o correio, peguei os formulários, estudei as formalidades. Visitei o cemitério da cidade, procurando algum sujeito que tenha morrido com a minha própria idade, achei que talvez pudesse requerer um passaporte em nome de alguém assim. Mas nunca se sabe o que é seguro, hoje em dia: talvez os mortos já estejam em algum computador.

— Qual é o seu verdadeiro nome? — sussurrou ela. — Quem é você? Quem é você?

Por um instante, uma paz maravilhosa desceu sobre ele, quando concedeu-lhe a dádiva máxima.

— Pine. Jonathan Pine.

Viveram aquele dia inteiro nus, e quando a chuva passou, levaram o barco até uma ilha no centro do lago e nadaram nus na praia de seixos.

— Daqui a cinco semanas ele está apresentando sua tese — disse ela.

— E aí?

— Casamento com Yvonne.

— E aí?

— Trabalhar com os índios na floresta. — Ela lhe disse onde. Nadaram uma pequena distância.

— Vocês dois? — perguntou ele.

— Claro.

— Por quanto tempo?

— Uns dois anos. Para ver como funciona. Vamos ter filhos. Uns seis.

— Você vai ser fiel a ele?

— Claro. Às vezes.

— Quem vive para aqueles lados?

— Principalmente crees. É dos crees que ele mais gosta. Fala a língua deles muito bem.

— E quanto à lua de mel? — perguntou.

— O Thomas? Lua de mel para ele é um McDonald's e exercícios de hóquei num estádio.

— Ele viaja?

— Para os territórios do noroeste. Keewatin. Yellowknife. Great Slave Lake. Norman Wells. Anda por tudo aquilo.

— Eu quis dizer, para o exterior.

Ela sacudiu a cabeça.

— Não o Thomas. Ele diz que está tudo no Canadá.

— Tudo o quê?

— Tudo de que a gente precisa na vida. Está tudo aqui. Para que ir mais longe? Ele diz que as pessoas viajam demais. Tem razão.

— E, portanto, não precisa de um passaporte — disse Jonathan.

— Vá para o inferno — replicou ela. — Leve-me de volta para a margem.

Mas, quando já haviam acabado de preparar o jantar e feito amor mais uma vez, ela prestou atenção a ele.

Faziam amor todo dia, toda noite. Nas primeiras horas da madrugada, quando ele subia de volta da discoteca, Yvonne estava acordada esperando seu sinal, um leve roçar contra a porta. Ele ia até lá na ponta dos pés e ela o puxava para baixo, sob seu corpo, sua última bebida gelada antes do deserto. Faziam amor quase imóveis. O sótão era um tambor e cada movimento ecoava com estrépito pela casa toda. Sempre que ela ia começar a gritar de prazer, ele tapava-lhe a boca com a mão e ela a mordia, deixando marcas de dentes na carne do polegar.

Se sua mãe nos descobre, me põe no olho da rua, dizia ele.

E daí, ela sussurrava, enroscando-se mais apertada no corpo dele. Vou com você. Parecia ter esquecido tudo que lhe contara sobre seus planos futuros.

Preciso de mais tempo, insistia ele.

Para o passaporte?

Para você, respondia ele, sorrindo na escuridão.

Ela detestava que ele fosse embora, mas não ousava mantê-lo a seu lado. *Madame* Latulipe dera para ir espiá-la nas horas mais estranhas.

— Está dormindo, *cocotte*? Está feliz? Só quatro semanas para o seu casamento, *mon p'tit chou*. A noiva precisa descansar.

Certa vez, quando a mãe apareceu, Jonathan estava deitado ao lado de Yvonne, na escuridão, mas misericordiosamente *Madame* Latulipe não acendeu a luz.

Foram no Pontiac azul-bebê de Yvonne a um motel em Tolérance, e graças a Deus Jonathan fez com que ela saísse da cabana antes dele, porque, quando ela caminhava para o carro, ainda cheirando a ele, viu Mimi Leduc sorrindo-lhe da vaga de estacionamento ao lado.

— *Tu fais visite au show?* — gritou Mimi, baixando o vidro.

— Hã-hã.

— *C'est super, n'est-ce pas? T'as vu le* vestidinho preto? *Très* curtinho, *très sexy?*

— Hã-hã.

— Pois eu comprei! *Toi aussi faut l'acheter! Pour ton trouss... uauuu!*

Fizeram amor num quarto vago, enquanto a mãe estava no supermercado, e no armário arejado. Ela adquirira aquela inconsequência da obsessão sexual. O risco funcionava para ela como uma droga. Passava o dia inteiro tentando arranjar momentos em que pudessem estar juntos sozinhos.

— Quando é que você vai ver o padre? — perguntou ele.

— Quando estiver pronta — respondeu ela, com algo da dignidade singular de Sophie.

Ela resolveu estar pronta no dia seguinte.

O velho cura Savigny nunca faltara a Yvonne. Desde criancinha que ela levava-lhe suas preocupações, triunfos e confissões. Quando o pai deu-lhe um tabefe, foi o velho Savigny quem cuidou do olho preto e convenceu-a a se conformar. Quando a mãe a levava à loucura, o velho Savigny ria e dizia, ela às vezes é apenas uma mulher muito tola. Quando Yvonne começou a ir para a cama com garotos, nunca lhe disse para parar. E quando ela perdeu a fé, ele ficou triste, mas ela continuou a visitá-lo todos os domingos, ao cair da noite, após a missa a que ela não mais comparecia, levando o que quer que conseguisse surrupiar do hotel: uma garrafa de vinho ou, como naquela tarde, uísque escocês.

— *Bon*, Yvonne! Sente-se. Meu Deus, você está cintilante feito uma maçã. Mas, céus, o que você me trouxe? Eu é que deveria levar presentes para a noiva!

Fez um brinde a ela, recostando-se em sua poltrona e lançando sobre o infinito os olhos velhos e liquescentes.

— Em Espérance, éramos *obrigados* a nos amarmos uns aos outros — declarou, de algum lugar no meio de sua homilia para futuros casais.

— Eu sei.

— Parece que foi ontem, quando todo mundo era estrangeiro aqui, todo mundo sentia falta de sua família, de seu país, todo mundo tinha um pouco de medo da floresta e dos índios.

— Eu sei.

— E com isso, nos unimos. E nos amamos uns aos outros. Era natural. Era necessário. E dedicamos nossa comunidade a Deus. E nosso amor a Deus. Tornamo-nos Seus filhos sozinhos na vastidão deserta.

— Eu sei — disse Yvonne mais uma vez, desejando nunca ter ido até lá.

— E hoje, somos bons cidadãos. Espérance cresceu. É boa, é bonita, é cristã. Mas é chata. Como vai o Thomas?

— Thomas está ótimo — disse ela, estendendo a mão para pegar a bolsa.

— Mas quando é que vai trazê-lo para que eu o conheça? Se é por causa da sua mãe que você não o deixa vir a Espérance, então já é tempo de submetê-lo à prova de fogo! — Riram juntos. Às vezes, o velho Savigny tinha esses lampejos de percepção, e ela o amava por isso. — Deve ser um garoto e tanto, para pegar uma garota como você. Ele está ansioso? Ama-a até o delírio? Escreve-lhe três vezes por dia?

— Thomas é meio distraído.

Riram novamente, enquanto o velho padre ficava repetindo "distraído" e sacudindo a cabeça. Ela abriu a bolsa e tirou duas fotos de dentro de um envelope de celofane, que entregou a ele. E passou-lhe em seguida seus velhos óculos com armação de aço, que estavam sobre a mesa. E ficou esperando, enquanto ele tentava enfocar bem a foto.

— *Este é* o Thomas? Meu Deus, mas então é um rapaz muito bonito! Por que você nunca me disse? Distraído? Este homem? Mas ele é uma força. Sua mãe se jogaria de joelhos aos pés de um homem assim.

Ainda admirando a foto de Jonathan, com o braço esticado, inclinou-se um pouco para pegar melhor a luz que vinha da janela.

— Vou arrastá-lo para uma lua de mel de surpresa — disse ela. — E ele não tem passaporte. Quero enfiar um passaporte na mão dele, na sacristia.

O velho já procurava uma caneta nos bolsos de seu cardigã. Mas ela já estava com uma, pronta. Virou a fotografia ao contrário, para ele, e ficou observando enquanto o padre as assinava, uma após a outra, numa velocidade de criança, em sua condição de ministro religioso autorizado pelas leis do Québec a celebrar matrimônios. Ela tirou da bolsa o formulário azul, de pedido de passaporte: *"Formule A pour les personnes de 16 ans et plus"*, e indicou-lhe o lugar onde ele deveria assinar novamente, como testemunha que conhecia pessoalmente o requerente.

— Mas há quanto tempo o conheço? Nunca pus os olhos nesse safado!

— Basta botar desde sempre — disse Yvonne, e observou-o escrever *"la vie entière"*.

Tom, ela telegrafou para ele, triunfante, naquela noite. *Igreja precisa ver sua certidão nascimento. Mande expressa Babette. Ame-me sempre. Yvonne.*

Quando Jonathan roçou as mãos em sua porta, ela fingiu estar dormindo e não se mexeu. Mas quando ele parou de pé ao lado da cama, ela sentou-se e agarrou-o mais ávida do que nunca. *Fui lá,* ficou sussurrando no ouvido dele. *Consegui! Vai funcionar!*

Foi pouco depois deste episódio, e mais ou menos na mesma hora, ao entardecer, que *Madame* Latulipe compareceu à entrevista que marcara com o gigantesco superintendente da polícia, em seu esplêndido gabinete. Estava usando um vestido cor de malva, talvez um meio-luto.

— Angélique — disse o superintendente. — Minha cara. Para você, sempre há tempo.

Tal como o padre, o superintendente era um velho pioneiro. Fotografias autografadas nas paredes retratavam-no no auge da vida, ora agasalhado com peles, guiando um trenó puxado por cachorros, ora como o herói solitário, na mata, perseguindo seu fugitivo a cavalo. Mas essas lembranças de pouco serviam ao superintendente. Papadas cobertas de branco agora escondiam o perfil um dia másculo. Uma pança ostentosa projetava-se feito uma bola de futebol sobre o cinto de couro do uniforme.

— Uma de suas garotas meteu-se em problemas de novo? — perguntou o superintendente com um sorriso astuto.

— Obrigada, Louis, não que eu saiba.

— Alguém andou botando a mão na sua caixa registradora.

— Não, Louis, nossas contas estão certinhas, obrigada.

O superintendente reconheceu o tom e ergueu suas defesas.

— Fico feliz de saber disso, Angélique. Existe muito disso por aí, hoje em dia. Não é como costumava ser, de jeito nenhum. *Un p'tit drink?*

— Obrigada, Louis, não é uma visita social. Gostaria que você fizesse umas investigações sobre um jovem que André empregou no hotel.

— O que ele fez?

— A questão é mais do que o André fez. Ele empregou um homem sem documentos. Foi *naïf.*

— André é um sujeito muito humano, Angélique. Um dos melhores.

— Talvez humano demais. Esse homem já está conosco há dez semanas e os seus documentos ainda não chegaram. Ele nos colocou numa situação ilegal.

— Nós aqui não somos Ottawa, Angélique.

— Ele diz que é suíço.

— Bem, talvez seja. A Suíça é um excelente país.

— Primeiro ele diz a André que seu passaporte está com as autoridades da imigração, depois diz que está com a embaixada suíça, para ser renovado, agora já está de volta, com uma outra autoridade. Onde está?

— Bem, não está comigo, Angélique. Você sabe como é Ottawa. Aqueles frescos levam três meses só para limparem o rabo — disse o superintendente, arreganhando um sorriso imprudente à felicidade da frase.

Madame Latulipe mudou de cor. Não para um rubor decoroso, mas para manchas descoradas de fúria, que deixaram o superintendente nervoso.

— Ele *não é* suíço — disse ela.

— Como é que você sabe disso, Angélique?

— Porque telefonei para a embaixada suíça. Disse que era a mãe dele.

— E?

— Disse que estava furiosa com a demora, que meu filho não podia trabalhar, que estava se endividando, que estava deprimido, se não podiam mandar-lhe o passaporte, deviam então mandar uma carta confirmando que estava tudo em ordem.

— Tenho certeza de que você fez isso muito bem, Angélique. Você é uma grande atriz. Nós todos sabemos disso.

— Pois não fazem ideia de quem se trata. Não têm nenhum Jacques Beauregard que seja suíço, morando no Canadá, é tudo ficção. Ele é um sedutor.

— Ele é *o quê*?

— Ele seduziu minha filha, Yvonne. Ela está louca por ele. É um refinado impostor e seu plano é roubar a minha filha, *roubar* o hotel, *roubar* nossa paz de espírito, nosso bem-estar, nosso...

Ela tinha uma lista inteira de coisas que Jonathan estava roubando. Havia compilado essa lista acordada à noite, e fazendo acréscimos a cada novo sinal da obsessão da filha pelo ladrão. O único crime que ela deixou de mencionar foi o roubo de seu próprio coração.

10

A pista de pouso era uma fita verde estendida no pântano marrom da Louisiana. Vacas pastavam à sua margem e garças brancas se encarapitavam nas costas das vacas, e vistas do ar pareciam flocos de neve. Na extremidade oposta dessa fita ficava um barracão de zinco em ruínas, que um dia já fora um hangar. Uma trilha de lama vermelha ia desse barracão até a autoestrada, mas Strelski não parecia certo de que aquele era o lugar, ou talvez não estivesse feliz com ele. Inclinou o Cessna numa curva fechada e deixou-o descambar, passando em seguida numa diagonal rasante sobre o pântano. De seu assento na traseira, Burr viu uma velha bomba de gasolina ao lado do barracão e um portão de arame farpado atrás dela. O portão estava fechado e ele não viu nenhum sinal de vida, até notar marcas recentes de pneus na grama. Strelski viu-as no mesmo momento e tudo indica que gostou delas, pois abriu o manete, interrompeu a curva e voltou de oeste. Deve ter dito alguma coisa a Flynn pelo intercomunicador, pois Flynn levantou as mãos da submetralhadora que trazia pousada no colo, expondo as palmas cheias de manchas amareladas, e deu de ombros, de um jeito latino que lhe era muito pouco característico. Fazia uma hora que haviam decolado de Baton Rouge.

Com um resmungo de velho ranzinza, o Cessna tocou o chão e percorreu a pista aos solavancos. As vacas não ergueram as cabeças, nem as garças. Strelski e Flynn saltaram para a grama. A pista era uma faixa de terra visível em meio aos eflúvios de charcos lamacentos que estremeciam ao som mais insignificante. Besouros gordos entravam e saíam voando dos vapores. Flynn seguiu à frente, rumo ao barracão, a metralhadora segura atravessada junto ao peito, atento à direita e à esquerda.

Strelski vinha logo atrás, com a pasta e uma automática em punho. Depois deles vinha Burr, munido apenas de preces, pois tinha pouquíssima experiência com armas, e as detestava.

O Pat Flynn aqui esteve no norte da Birmânia, dissera Strelski. O Pat Flynn aqui esteve em El Salvador... Pat é o tipo do cristão inacreditável. Strelski gostava de falar de Flynn com admiração.

Burr examinou as marcas de pneus a seus pés. Carro ou avião? Achava que deveria haver um meio de dizer, e envergonhava-se por não conhecê-lo.

— Dissemos a Michael que você é um inglês dos grandes — dissera Strelski. — Algo assim como a tia de Winston Churchill.

— Maior — disse Flynn.

— São o padre Lucan e o irmão Michael — diz Strelski a Burr, sentados no deque da casa de praia em Fort Lauderdale. — O Pat Flynn aqui cuida de tudo. Se você quer perguntar alguma coisa a Michael, vale mais a pena deixar que o Pat aqui o faça. O cara, além de safado, é biruta. Certo, Pat?

Flynn leva à boca a mão enorme, para esconder o sorriso todo falhado.

— O Michael é uma maravilha — declara.

— E muito pio — diz Strelski. — Michael é muito, muito virtuoso, certo, Pat?

— Um homem cheio de fé, Joe — confirma Flynn.

Então, em meio de muitos risos, Strelski e Flynn contam a Burr a história de como o irmão Michael entregou-se a Jesus e à elevada vocação de supertraidor, uma história, insiste Strelski, que nunca teria começado se o agente Flynn aqui não estivesse por acaso em Boston, certo fim de semana da Quaresma, fazendo um retiro espiritual com a esposa e ajudando sua alma com a ajuda de uma caixa de puro malte uísque irlandês Bushmills e de mais uns dois abstêmios do seminário, que pensavam como ele.

— Não estou certo, Pat? — pergunta Strelski, talvez ansioso com a possibilidade de Flynn adormecer.

— Absolutamente certo, Joe — concorda Flynn, bebericando seu uísque e abocanhando um pedaço bem grande de *pizza*, enquanto segue pacientemente a ascensão da lua cheia sobre o Atlântico.

E o Pat aqui, com seus reverendos irmãos, mal havia feito justiça à primeira garrafa de malte uísque, Leonard, continua Strelski quando surgiu o abade em pessoa para saber se o agente especial Pat Flynn, da Alfândega dos EUA faria a caridade de conceder-lhe um instante de aconselhamento, no isolamento de seu gabinete particular?

E quando o agente Flynn gentilmente concorda com essa proposta, lá, no gabinete do abade, diz Strelski, está sentado um garoto texano, magro e alto feito um varapau, com orelhas parecendo raquetes de pingue-pongue, que não é senão o padre Lucan, de algo chamado Ermida do Sangue da Virgem, em Nova Orleans, lugar esse que, por motivos que só o papa desconfia, está sob a proteção do abade em Boston.

E esse Lucan, continua Strelski, esse garoto com as orelhas de raquete de pingue-pongue e cheio de acne, dedica-se a resgatar almas perdidas para a Santíssima Virgem, através da santificação pessoal e do exemplo dos Apóstolos de Nossa Senhora.

No decorrer de cujo esforço, diz Strelski, enquanto Flynn dá risadinhas, concorda sacudindo o rosto rubro e dá puxões no próprio topete feito um retardado — Lucan ouviu a confissão de um rico penitente, cuja filha havia recentemente se suicidado de uma forma particularmente abjeta, devido ao estilo de vida criminoso e à devassidão do pai.

E esse mesmo penitente, diz Strelski, no auge do remorso, abriu sua alma de forma tão drástica a Lucan, que o pobre garoto veio correndo com o rabo entre as pernas de encontro ao seu abade, em Boston, pedindo orientação espiritual e um frasco de sais: seu penitente sendo o maior patife com que Lucan ou qualquer outra pessoa jamais havia topado em toda a sua vida...

— Penitência, Leonard, num traficante de drogas, é um banquete que acaba muito depressa. — Strelski ficara filosófico. Flynn sorri em silêncio para a lua. — Remorso, isso eu diria ser uma emoção desconhecida. Quando Patrick chegou a ele, Michael já estava lamentado seu breve lapso de decência e invocando a Primeira Emenda, a Quinta Emenda e até a avó doente. E também, que qualquer coisa que ele tivesse dito não tinha valor oficial, por conta de sua demência e de sua dor. Mas o Pat aqui — mais sorrisos por parte de Flynn —, o Pat com sua religião, salvou a situação. Deu a Michael exatamente duas escolhas. A Coluna A era de setenta a noventa numa casa de correção permanente. Coluna B, ele podia colaborar com as legiões de Deus, conseguir uma anistia e comer toda a primeira fila de coristas do Folies-Bergères. Michael teve uma conversinha íntima com seu Criador, que durou vinte segundos inteirinhos, consultou sua consciência ética e descobriu no seu íntimo que queria escolher a Coluna B.

* * *

Flynn já estava no barracão de zinco, fazendo um sinal a Burr e Strelski para que entrassem. O barracão fedia a morcegos e o calor atingiu-os num bafo, como se houvessem aberto a porta de um forno. Havia excrementos de morcego sobre a mesa arruinada, o banco de madeira e as cadeiras de plástico capengas em volta da mesa. Havia morcegos agarrados uns aos outros, feito palhaços assustados, em grupos de dois ou três, pendurados de cabeça para baixo, nas traves de ferro. Em uma das paredes havia um rádio esmagado, ao lado de um gerador varado por uma fileira de buracos velhos de balas. Alguém fizera tudo em pedaços, concluiu Burr. Alguém disse: se não vamos mais usar esse lugar, então ninguém mais vai, e esmagaram tudo que fosse esmagável. Flynn deu uma última olhada em torno, do lado de fora, e fechou a porta do barracão. Burr ficou imaginando se o fechamento da porta seria um sinal. Flynn trouxera espirais verdes antimosquitos. Havia uma mensagem impressa no saco de papel, dizendo: *Salve o planeta. Não mate nada hoje.* Flynn acendeu as espirais. Anéis de fumaça verde começaram a subir para o telhado de zinco, deixando os morcegos nervosos. Nas paredes, grafites em espanhol prometiam a destruição dos ianques.

Strelski e Flynn sentaram-se no banco. Burr equilibrou uma das nádegas na cadeira quebrada. Resolveu-se por um automóvel. Aquelas marcas de pneu eram de automóveis. Quatro rodas seguindo em linha reta. Flynn pousou a metralhadora sobre os joelhos, deixou o indicador dobrado sobre o gatilho, e fechou os olhos a fim de ouvir o chiado das cigarras. O campo de pouso havia sido construído por traficantes de maconha nos anos 60, dissera Strelski, mas era muito pequeno para os carregamentos atuais. Os traficantes hoje em dia usavam aviões 747 devidamente registrados na aviação civil, escondiam sua mercadoria em carga declarada ao manifesto e utilizavam aeroportos com instalações de primeira categoria. E na volta para casa entupiam seus aviões com casacos de pele para suas vagabundas e granadas de estilhaçamento para os amigos. Os traficantes eram como quaisquer outros no negócio de transportes, disse ele: detestavam voltar para casa com o cargueiro vazio.

Meia hora se passou. Burr estava se sentindo enjoado com as espirais contra os mosquitos. O suor tropical brotava-lhe do rosto, como se estivesse debaixo de um chuveiro, e a camisa estava empapada. Strelski passou-lhe uma garrafa de plástico com água morna, Burr bebeu um pouco e molhou a testa com o lenço encharcado. O delator contradelata, estava pensando Burr: e nós estamos ferrados. Strelski descruzou as pernas para deixar a virilha mais confortável. Embalava no colo sua automática 45 e trazia um revólver num coldre de alumínio preso ao tornozelo.

— Dissemos a ele que você era doutor universitário — dissera Strelski. — Queria dizer que você era um duque, mas o Pat aqui não aceitaria isso.

Flynn acendeu mais uma espiral contra mosquitos e em seguida, como parte da mesma operação, assestou a mira da metralhadora para a porta, enquanto se afastava, movimentando-se de lado, em passadas largas e silenciosas. Burr não viu Strelski se mexer, mas quando virou-se descobriu-o de pé, encostado contra a parede dos fundos, a automática apontada para o telhado. Burr ficou onde estava. Um bom passageiro fica sentado quieto e mantém a boca calada.

Aporta se abriu, enchendo o barracão com a luz rubra do sol. A cabeça comprida de um jovem, coberta com as marcas de um verdadeiro estrago feito com um aparelho de barbear, surgiu e olhou em torno. Orelhas iguais a raquetes de pingue-pongue, confirmou Burr. Os olhos assustados examinaram todos eles, um de cada vez, permanecendo mais tempo pousado sobre Burr. A cabeça desapareceu, deixando a porta escancarada. Ouviram um grito abafado de "É aonde?", ou "É aí?", e em resposta um murmúrio conciliador. A porta foi empurrada até encostar na parede, e a figura cheia de indignação do Dr. Paul Apostoll, ou por outra, Apo, ou então Appetites, ou ainda irmão Michael, entrou pomposamente no barracão, menos um penitente do que um general muito baixinho que perdeu o cavalo. As irritações de Burr ficaram esquecidas, no que a mágica aprisionou-o em seu fascínio. Este é Apostoll, pensou, que senta-se à mão direita dos cartéis. Esse é Apostoll, que nos trouxe a primeira informação sobre o plano de Roper, que conspira com ele, goza da hospitalidade dele, cai na farra com ele em seu iate e nas horas vagas o atraiçoa.

— Quero que conheça o doutor, recém-chegado da Inglaterra — disse Flynn solenemente, apontando para Burr.

— Doutor, prazer em conhecê-lo, senhor — respondeu Apostoll, num tom de gravidade ofendida. — Um pouco de classe até que será uma mudança agradável. Acredite que admiro muito seu grande país. Muitos de meus antepassados são da nobreza inglesa.

— Pensei que eram vigaristas gregos — disse Strelski, que, à chegada de Apostoll adotara imediatamente uma atitude de mal reprimida hostilidade.

— Por parte de minha mãe — disse Apostoll. — Mamãe vinha a ser parente do duque de Devonshire.

— Mas não me diga — falou Strelski.

Apostoll não o escutou. Estava falando com Burr.

— Sou um homem de princípios, doutor. Acredito que, como britânico, o senhor saberá apreciar isso. Sou também filho de Maria, com o privilégio de desfrutar da orientação de seus legionários. Não faço julgamentos. Dou conselhos de acordo com os fatos que me são fornecidos. Faço recomendações hipotéticas, baseadas no meu conhecimento da lei. E depois disso, eu me retiro.

O calor, o fedor, o estrondo das cigarras, tudo estava esquecido. Isso era trabalho. Era rotina. Isso era o contato de um agente, como qualquer outro, interrogando seu informante em um esconderijo igual a qualquer outro que havia no mundo: Flynn com suas botinas irlandesas de policial comum, Apostoll com sua precisão truculenta de advogado no tribunal. Ele perdeu peso, pensou Burr, lembrando-se das fotografias, notando o queixo mais aguçado e os olhos mais encovados.

Strelski encarregara-se da metralhadora e dera ostensivamente as costas a Apostoll, enquanto cobria a porta escancarada e a pista de pouso. Lucan estava sentado, tenso, ao lado de seu penitente, a cabeça tombada para um lado, as sobrancelhas erguidas. Lucan usava brim azul, mas Apostoll estava vestido para o pelotão de fuzilamento, camisa branca de mangas compridas e calças de algodão preto, tendo pendurado no pescoço um cordão de ouro com uma medalha de Maria de braços abertos. O topete postiço de cabelos pretos ondulados, ardilosamente torto, era grande demais para ele. Ocorreu a Burr que Apostoll teria pegado o topete errado, por distração.

Flynn estava fazendo o serviço doméstico do contato de agentes: qual é a sua cobertura para esse encontro, alguém o viu saindo da cidade? A que horas deve estar novamente em circulação, quando e onde voltaremos a nos encontrar? O que foi feito com relação a Annette, do escritório, que você disse que o andava seguindo de carro?

Nesse ponto, Apostoll lançou um olhar para o padre Lucan, que permaneceu com o olhar fixo a meia-distância.

— Lembro-me da questão que acaba de mencionar, e já foi resolvida — disse Apostoll.

— Como? — quis saber Flynn.

— A mulher em questão desenvolveu um interesse romântico por mim. Estava insistindo com ela, a fim de que entrasse para o nosso exército de oração, e ela compreendeu mal minhas intenções. Pediu desculpas e aceitei essas desculpas.

Mas isso já era demais para o padre Lucan.

— Michael, essa não é uma exposição muito precisa da verdade — disse severamente, retirando a mão comprida sobre a qual estava apoiando o rosto, a fim de poder falar. — Michael estava passando a moça para trás, Patrick. Primeiro, transa com Annette, depois transa com a colega de quarto dela. Annette fica desconfiada e por isso tenta segui-lo. Qual é a novidade?

— A próxima pergunta, por favor? — retrucou Apostoll, num estalo.

Flynn colocou dois gravadores de bolso sobre a mesa, e os ligou.

— Os Blackhawks ainda estão na jogada, Michael? — perguntou Flynn.

— Patrick, não ouvi essa pergunta — respondeu Apostoll.

— Bem, pois eu ouvi — retorquiu Strelski. — Os cartéis ainda estão querendo a porra dos helicópteros de combate, sim ou não? Meu Deus!

Burr já vira outras pessoas brincando de mocinho e bandido antes. Mas o aborrecimento de Strelski parecia alarmantemente autêntico.

— Faço questão absoluta de não estar presente quando questões dessa natureza são discutidas — respondeu Apostoll. — Para usar a expressão feliz de *Mr.* Roper, a arte dele é fazer com que o sapato fique confortável no pé. Se na visão de *Mr.* Roper os Blackhawks são necessários, então eles serão incluídos.

Strelski rabiscou alguma coisa, zangadamente, num bloco.

— Alguém tem uma data para encerramento desta coisa? — quis saber, asperamente. — Ou devemos dizer a Washington para esperar mais uma porra de um ano?

Apostoll deu um riso de desprezo.

— Seu amigo precisa conter esse ardor patriótico por gratificação instantânea, Patrick — disse ele. — *Mr.* Roper é enfático em dizer que não se deixa apressar, e meus clientes concordam plenamente com ele. "Tudo que cresce bem cresce devagar", é um velho e sábio provérbio espanhol. Como latinos, meus clientes têm uma noção bastante amadurecida do tempo. — Lançou um olhar para Burr. — Um mariano é uma pessoa estoica — explicou. — Maria tem muitos detratores. O desprezo dessa gente santifica Sua humildade.

O vaivém recomeçou. Que dia e onde agia... encomendas feitas ou entregues... dinheiro entrando ou saindo da lavanderia financeira do Caribe... o mais recente projeto dos cartéis de construção no centro de Miami...

Finalmente Flynn sorriu para Burr, convidando-o:

— E então, doutor, haveria alguma coisa de seu próprio interesse que talvez quisesse averiguar com o irmão Michael aqui?

— Ora, sim, Patrick, obrigado, ah, sim — disse Burr, com muita cortesia. — Tendo acabado de conhecer o irmão Michael... e estando, é claro, enormemente impressionado com a qualidade da sua ajuda nesta questão... gostaria de fazer em primeiro lugar uma ou duas perguntas mais amplas, mais básicas. Se me permitir. Mais uma questão de contextura, digamos, que de conteúdo.

— Senhor, fique totalmente à vontade — interpôs Apostoll, com hospitalidade, antes que Flynn pudesse responder. — É sempre um prazer o confronto de intelectos com um cavalheiro inglês.

Comece de longe e vá se chegando lentamente, aconselhara Strelski. *Envolva-o na sua macia lã de algodão inglesa.*

— Bem, a meu ver existe um enigma em tudo isso, Patrick, falando como conterrâneo de *Mr.* Roper — disse Burr a Flynn. — Qual é o segredo de Roper? O que ele tem que os outros não têm? Os israelenses, franceses, cubanos, todos se ofereceram para fornecer aos cartéis os armamentos mais eficazes, e todos, com exceção dos israelenses, saíram de mãos abanando. Como é que *Mr.* Richard Onslow Roper teve sucesso, quando todos os demais fracassaram, em convencer os clientes do irmão Michael a investirem num exército decente?

Para surpresa de Burr, um brilho de calor inesperado iluminou os traços emagrecidos de Apostoll. Sua voz adquiriu um tremor lírico.

— Doutor, seu conterrâneo, *Mr.* Roper, não é nenhum vendedor comum. Ele é um feiticeiro, um encantador de serpentes, meu caro senhor. Um homem de visão e ousadia, um flautista que atrai pessoas, em vez de ratos. *Mr.* Roper é belo porque é alguém acima da norma.

Strelski murmurou uma obscenidade entre dentes, mas não havia como interromper o fluxo verbal de Apostoll.

— Passar algum tempo com *Mr.* Onslow Roper é um privilégio, senhor, uma festa. Muitos dos que procuram meus clientes os desprezam. Eles elogiam, trazem presentes, bajulam, mas não são sinceros. São mascates, aventureiros em busca de dinheiro rápido. *Mr.* Roper dirigiu-se a meus clientes como um igual. É um cavalheiro, mas não é esnobe. *Mr.* Roper cumprimentou-os por sua riqueza. Por saberem explorar o trunfo que a natureza lhes dera. Por sua habilidade, sua coragem. O mundo é uma selva, disse ele. Nem todas as criaturas são capazes de sobreviver. É justo que os fracos pereçam. A única questão é: quem são os fortes? E então exibiu-lhes um filme. Um filme muito profissional, realizado com muita competência. Não longo demais. Nem técnico demais. Apenas o que era correto.

E você ficou na sala, pensou Burr, observando Apostoll se encher de orgulho com sua história. No sítio de alguém, ou no apartamento de alguém, cercado pelas vagabundas e pelos jovens camponeses com calças *jeans* e Uzis, muito confortável entre os sofás de pele de leopardo, os gigantescos telões de TV e as coqueteleiras de ouro puro. São seus clientes. Cativado pela magia do inglês aristocrático, com a exibição de seu filme.

— Ele nos mostrou os soldados britânicos especiais invadindo a embaixada iraniana em Londres. Mostrou-nos as forças especiais norte-americanas em treinamento na selva, a Força Delta norte-americana, e filmes promocionais de alguns dos mais novos e sofisticados armamentos do mundo. E então voltou a nos perguntar quem eram os fortes, e o que aconteceria se os norte-americanos um dia se cansassem de ficar espalhando herbicida sobre plantações bolivianas e apreendendo cinquenta quilos em Detroit, e em vez disso resolvessem vir arrancar meus clientes das camas, levando-os acorrentados de avião para Miami e submetendo-os à humilhação de um julgamento público, de acordo com as leis dos Estados Unidos, à maneira do general Noriega. Perguntou se era justo, ou natural, que homens de tamanha riqueza andassem sem a devida proteção. "Vocês não dirigem carros velhos. Não usam roupas velhas. Não fazem amor com mulheres velhas. Então, por que motivo negarem-se a proteção das armas mais novas? Vocês têm aqui rapazes valentes, bons homens, leais, posso ver isso nos rostos deles. Mas não creio que, em cem deles, cinco se qualificassem para a unidade de combate que estou me propondo a montar para vocês." Depois disso, descreveu-lhes sua maravilhosa companhia, a Ironbrand. Destacou sua respeitabilidade e diversidade, sua frota de petroleiros e seus meios de transporte, seu notável desempenho comercial com minerais, madeiras e máquinas agrícolas. Sua experiência no transporte informal de certos materiais. Suas relações com funcionários obsequiosos nos principais portos do mundo. Sua familiaridade com a utilização criativa de empresas no exterior. Um homem desses seria capaz de fazer a mensagem de Maria brilhar no poço mais escuro.

Apostoll fez uma pausa, mas só para bebericar mais um pouco de água do copo que o padre Lucan lhe servira, de uma garrafa plástica que trouxera.

Já se haviam acabado os dias das malas cheias de notas de cem dólares, ele continuou. Dos engolidores de mercadoria, com camisas de vênus besuntadas de azeite nas barrigas, sendo arrastados para as salas de raios X. De aviõezinhos atravessando o corredor proibido no golfo do México. O que *Mr.* Roper e seus colegas estavam lhes oferecendo era transporte livre de problemas, sem escala, de seu produto para os mercados emergentes da Europa central e oriental.

— Drogas — explodiu Strelski, incapaz de continuar aguentando o circunlóquio de Apostoll. — O produto de seus clientes é *droga*, Michael. Roper está trocando armas por *cocaína*, uma porra refinada, processada, noventa e nove por cento pura, calculada a preços de aeroporto clandestino! Montanhas daquela merda! Vai embarcá-la para a Europa, descarregá-la lá, envenenar crianças, arruinar vidas e fazer mega milhões! Certo?

Apostoll manteve-se ao largo dessa explosão.

— *Mr.* Roper não quis nenhum adiantamento de dinheiro dos meus clientes, doutor. Financiaria toda a sua parte do negócio com seus próprios recursos. Não estendeu o chapéu. A confiança que depositou neles transcendeu o que se considera a confiança normal dos homens. Se trapaceassem nesse acordo, garantiu-lhes, poderiam arruinar-lhe o bom nome, levar sua empresa à falência e afastar seus investidores para sempre. No entanto, tinha confiança em meus clientes. Sabia que eram homens de bem. A maior vantagem, disse ele, a maior garantia de segurança contra qualquer interferência, era financiar todo o empreendimento *a priori*, de seu próprio bolso, até o dia do acerto de contas, era o que ele se propunha a fazer. Colocou toda a sua confiança nas mãos deles. *Mr.* Roper foi mais além. Enfatizou que não tinha a menor intenção de competir com os habituais correspondentes europeus de meus clientes. Entraria e sairia dessa corrente inteiramente de acordo com os desejos de meus clientes. Uma vez tendo entregado a mercadoria a quem quer que meus clientes decidissem indicar como beneficiário, encararia sua tarefa como cumprida. Se meus clientes se mostrassem relutantes em indicar essas pessoas, *Mr.* Roper providenciaria com prazer uma fachada para a entrega.

Tirando do bolso um lenço grande de seda, Apostoll enxugou o suor que se formara sob o topete postiço.

Agora, pensou Burr nesse hiato. *Ataque.*

— E o major Corkoran estava presente nessa ocasião, Michael? — perguntou Burr, com a maior inocência.

Imediatamente, uma carranca de desaprovação fixou-se no rosto dardejante de Apostoll. Sua voz ganhou um tom irritado, acusador.

— O major Corkoran, tal como lorde Langbourne, esteve muito em evidência. O major Corkoran foi um convidado valioso. Operou o projetor, cumpriu com as honras sociais, conversou corretamente com as senhoras, preparou as bebidas e mostrou-se agradável. Quando meus clientes, meio de brincadeira, propuseram que o major Corkoran ficasse como refém até o negócio estar concluído, a ideia foi calorosamente recebida pelas senhoras. Quando eu próprio e lorde Langbourne puxamos um movimento geral de cabeças em concordância, o major Corkoran fez um discurso brincalhão, e assinou, com muitos salamaleques, em nome de *Mr.* Roper. Meus clientes se comprazem com um pouco de infantilidade para aliviar a carga diária. — Tomou fôlego, com ar de indignação, e o punho pequeno se abriu, revelando um rosário. — Infelizmente, doutor, por insistência de Patrick, e seu amigo grosseirão aqui, fui obrigado a denegrir o major Corkoran aos olhos de meus clientes, ao ponto de seu entusiasmo por ele desaparecer. Esse é um comportamento muito pouco cristão, caro senhor. Isso significa prestar falso testemunho, coisa que deploro. E igualmente o padre Lucan.

— É que é uma coisa tão *mesquinha* — queixou-se Lucan. — Creio que nem mesmo seja *ético*. É?

— Será que se incomodaria de me dizer, por favor, Michael, exatamente o que foi contado até agora aos seus clientes que deponha contra o major Corkoran?

A cabeça de Apostoll projetava-se do pescoço esticado como se fosse a de uma galinha indignada. As cordas em seu pescoço estavam apertadas.

— Senhor, não sou responsável pelo que meus clientes possam ter ouvido de outras fontes. Quanto ao que eu próprio lhes disse, narrei-lhes precisamente aquilo que meus... — De repente, ele parecia não encontrar uma palavra para designar aqueles que o controlavam. — Informei a meus clientes, na minha condição de seu advogado, a respeito de certos fatos que dizem existir no passado do major Corkoran e que, caso verdadeiros, invalidam sua adequação como o cliente nominal, pelo menos a longo prazo.

— Fatos tais como?

— Vi-me na obrigação de preveni-los de que o major Corkoran tem um estilo de vida irregular e usa álcool e drogas em excesso. Para minha vergonha, disse-lhes também que era um indiscreto, o que não está minimamente de acordo com minha experiência como major. Até mesmo quando toma seus copinhos, ele é a própria essência da discrição. — Fez um gesto de cabeça indignado para Flynn. — Foi-me dado a entender que o objetivo dessa manobra desagradável era tirar do caminho a figura de substituto do major Corkoran, dessa forma empurrando *Mr.* Roper pessoalmente para a linha de fogo. Sinto-me na obrigação de dizer-lhe que não compartilho do otimismo desses cavalheiros a esse respeito. E mesmo que o compartilhasse, não consideraria essas atitudes como consistentes com os ideais de um autêntico legionário. Se o major Corkoran vier a ser considerado inaceitável, *Mr.* Roper simplesmente arranjará uma outra pessoa para assinar.

— *Mr.* Roper, até onde o senhor sabe, está consciente das reservas de seus clientes quanto ao major Corkoran? — perguntou Burr.

— Senhor, não sou o guardião nem de *Mr.* Roper nem dos meus clientes. Não me informam sobre suas deliberações mais profundas. E eu respeito isso.

Burr enfiou a mão nos recessos do paletó empapado de suor e sacou um envelope todo mole, que abriu enquanto Flynn, em seu irlandês mais carregado, explicava o conteúdo:

— Michael, o que o doutor trouxe aqui com ele é uma lista exaustiva dos delitos do major Corkoran antes de vir a ser empregado por Mr. Roper. A maior parte dos incidentes relaciona-se a questões sexuais. Mas temos também um ou dois casos de tumulto em lugares públicos, também de dirigir bêbado, de abuso de drogas e de andar na vagabundagem durante dias seguidos, mais peculato com fundos do exército. Como guardião dos interesses dos seus clientes, você está tão preocupado com os rumores que anda ouvindo a respeito da pobre criatura, que se encarregou de realizar investigações discretas na Inglaterra, e este foi o resultado que obteve.

Apostoll já estava protestando.

— Meu caro senhor, sou um membro de boa reputação das Associações de Classes dos Advogados na Flórida e na Louisiana, e ex-presidente da Ordem dos Advogados do condado de Dade. O major Corkoran não é nenhum velhaco. Não serei usado para enquadrar um homem inocente.

— Senta a porra desse rabo aí — disse-lhe Strelski. — E essa história de ordem dos advogados é pura mentira.

— Ele simplesmente inventa as coisas — disse Lucan a Burr, com desânimo. — É incrível. Toda vez que diz alguma coisa, quer dizer o oposto. É como se, para dar um exemplo da verdade, dissesse uma mentira. Não sei como fazer para tirá-lo disso.

Burr interpôs um apelo moderado:

— Se pudéssemos simplesmente discutir a questão dos prazos, Patrick — sugeriu.

Caminhavam de volta ao Cessna. Flynn mais uma vez seguiu na frente, a arma atravessada diante do corpo.

— Acha que funcionou? — perguntou Burr. — Você não acha de verdade que ele suspeitou?

— Somos idiotas demais — disse Strelski. — Uns tiras imbecis.

— Somos uns babacas — concordou Flynn, serenamente.

11

O primeiro golpe deu a impressão de atingir Jonathan no meio do sono. Ouviu o rangido violento de seu maxilar e viu as luzes negras de um nocaute, seguidas pelo clarão demorado de um relâmpago difuso. Viu o rosto contorcido de Latulipe lançando-lhe um olhar feroz e o braço direito de Latulipe recuando para atingi-lo uma segunda vez. Pareceu-lhe uma coisa tão estúpida de se fazer: usar o punho direito como se fosse um martelo batendo num prego, deixando-se totalmente aberto à retaliação. Ouviu a pergunta de Latulipe e percebeu que a estava escutando pela segunda vez.

— *Salaud!* Quem é você?

Viu então os caixotes de cascos vazios que havia ajudado os ucranianos a empilhar no pátio naquela tarde, e ouviu a música de *striptease* que saía pela porta de incêndio da discoteca. Viu uma lua crescente pendendo sobre a cabeça de Latulipe como se fosse um halo torto. Lembrou-se de que Latulipe pedira-lhe que fossem um instante lá fora. E supôs que deveria responder ao golpe de Latulipe, ou pelo menos bloquear o segundo soco, mas a indiferença ou algum senso de fidalguia detiveram-lhe a mão, de forma que o segundo golpe atingiu-o bem onde o primeiro já havia atingido, e ele teve uma breve lembrança de estar de volta ao orfanato e de chocar-se contra um hidrante no escuro. Mas ou sua cabeça a essa altura já estava amortecida, ou então não era um hidrante de verdade, pois não teve nem metade do efeito do primeiro golpe, a não ser por abrir um corte no canto da boca, que fez com que um jorro de sangue quente se lhe precipitasse pelo queixo abaixo.

— Onde está seu passaporte suíço? Você é suíço ou não? Fale comigo! O que é você? Você vem aqui, fode com a vida da minha filha, mente para mim, deixa minha mulher maluca, come à minha mesa! Quem é você? E por que mente?

E desta vez, no que Latulipe recuou mais uma vez o punho, Jonathan projetou os pés para a frente, por baixo dele, e o fez cair de costas, tendo ao mesmo tempo o cuidado de tornar a queda menos violenta, pois não havia nenhum agradável monte de grama batida pelo vento do Lanyon para amortecer-lhe o tombo: o pátio era pavimentado com asfalto canadense dos bons. Mas Latulipe não se deixou abalar e, pondo-se de pé atabalhoadamente, disposto a qualquer parada, agarrou o braço de Jonathan, o fez caminhar curvado para o beco sujo que corria ao longo dos fundos do hotel, durante anos um mictório informal para a população masculina da cidade. O jipe Cherokee de Latulipe estava estacionado na extremidade oposta do beco. Jonathan ouviu o motor roncando, enquanto se arrastavam em direção do carro.

— Suba — ordenou Latulipe.

Escancarando a porta do passageiro, tentou forçar Jonathan para dentro, mas faltava-lhe habilidade. Por isso Jonathan subiu de qualquer jeito, sabendo que em qualquer momento da subida poderia ter derrubado Latulipe com o pé; poderia provavelmente tê-lo matado, na verdade, com um pontapé na cabeça, pois a testa larga eslava de Latulipe estava exatamente na altura ideal para Jonathan esmagar-lhe as têmporas. À luz da cabine do jipe viu sua bolsa de uma companhia aérea do Terceiro Mundo no assento de trás.

— Passe o cinto. *Agora!* — gritou Latulipe, como se um cinto de segurança pudesse garantir a obediência de seu prisioneiro.

Mas Jonathan obedeceu assim mesmo. Latulipe deu a partida no motor, as últimas luzes de Espérance desapareceram às costas deles. Penetraram no negrume da noite canadense e seguiram durante uns vinte minutos, até que Latulipe tirou do bolso um maço de cigarros e empurrou-o na direção de Jonathan. Este pegou um cigarro e acendeu-o com o isqueiro do painel. Em seguida, acendeu o de Latulipe. O céu noturno, através do para-brisa, era uma imensidão de estrelas tremeluzentes.

— E então? — disse Latulipe, tentando manter seu clima de agressão.

— Sou inglês — disse Jonathan. — Briguei com um sujeito. Ele tinha me roubado. Precisei cair fora. Vim para cá. Poderia ter ido para qualquer lugar.

Um carro os ultrapassou, mas não era um Pontiac azul-bebê.

— Você o matou?

— É o que dizem.

— Como?

Dei-lhe um tiro na cara, pensou. Com uma espingarda automática, pensou. Eu o traí. Abri a barriga do cachorro dele, da cabeça até o rabo.

— Dizem que ele estava com o pescoço quebrado — respondeu, no mesmo tom evasivo de antes, pois havia sido tomado por uma relutância absurda em dizer mais uma mentira.

— Será que não podia tê-la deixado em paz? — quis saber Latulipe, numa exasperação trágica. — Thomas é um bom homem. O futuro inteiro esperando por ela. Meu Deus.

— Onde está ela?

Latulipe deu a impressão de não saber outra resposta senão uma engolida em seco, feroz. Rumavam para o norte. De vez em quando Jonathan percebia um par de faróis pelo retrovisor. Eram os faróis de um carro que os seguia, os mesmos toda vez que ele olhava.

— A mãe dela foi à polícia — disse Latulipe.

— Quando? — perguntou Jonathan. Supôs que deveria ter dito por quê? O carro aproximava-se deles. Fique para trás, pensou.

— Ela foi conferir suas informações na embaixada suíça. Nunca ouviram falar de você. Faria isso de novo?

— Isso o quê?

— Esse sujeito que o roubou. Quebraria o pescoço dele?

— Veio para cima de mim com uma faca.

— Vieram me procurar — disse Latulipe, como se isso fosse mais um insulto. — A polícia. Queriam saber que tipo de sujeito você é. Se toma drogas, se vive dando telefonemas interurbanos, quem você conhece. Acham que você é o Al Capone. Por aqui nunca existe muito movimento. Receberam uma foto de Ottawa, parece um bocado com você. Disse a eles que esperassem até de manhã cedo, quando os hóspedes estão dormindo.

Haviam chegado a uma encruzilhada. Latulipe saiu da pista para o acostamento. Falava sem fôlego, como um mensageiro que tivesse vindo correndo.

— Os tipos em fuga aqui vão para o norte ou para o sul — disse ele.

— Melhor ir para o oeste, rumo a Ontário. Não volte nunca, entendeu? Se você voltar, eu... — Tomou fôlego várias vezes. — Talvez dessa vez seja eu a matar alguém.

Jonathan pegou a bolsa de viagem e saltou na escuridão. Havia chuva no ar e o cheiro de resina dos pinheiros. O outro carro passou por eles e, por um perigoso segundo, Jonathan viu a placa traseira do Pontiac de Yvonne. Mas os olhos de Latulipe estavam fixos em Jonathan.

— Aqui está o seu pagamento — disse ele, atirando-lhe um punhado de dólares.

Ela retornara pela pista oposta e atravessara a faixa central, para voltar à mão onde ele estava. Ficaram sentados no carro, com a luz ligada. O envelope castanho estava pousado no colo dela, fechado. O nome do remetente estava impresso no canto: *Bureau des passeports, Ministère des Affaires Extérieures, Ottawa*. Endereçado a Thomas Lamont, aos cuidados de Yvonne Latulipe, Le Château Babette. Thomas, que diz que no Canadá existe de tudo.

— Por que não bateu nele? — perguntou ela.

Um dos lados do rosto da jovem estava inchado, e o olho fechado. É assim que eu ganho a vida, ele pensou: estragando rostos.

— Ele só estava zangado — disse.

— Quer que eu o leve a algum lugar? De carro? Que o deixe em alguma parte?

— Eu me viro a partir daqui.

— Quer que eu faça alguma coisa?

Ele sacudiu a cabeça, e voltou a sacudi-la até estar certo de que ela tinha visto.

Entregou-lhe o envelope.

— O que foi melhor? — perguntou com aspereza. — A trepada ou o passaporte?

— As duas coisas foram fantásticas, obrigado.

— Ora, vamos! Eu preciso saber! O que foi melhor?

Ele abriu a porta e saltou e viu, à luz ainda acesa, que ela sorria alegremente.

— Você quase me enganou, sabia? Que diabo, quase confundiu tudo! Foi fantástico para uma tarde, Jonathan. Qualquer coisa mais longa do que isso, fico com o Thomas.

— Estou contente por ter ajudado — disse ele.

— Então, como foi para você? — quis saber, o sorriso ainda brilhantemente no lugar. — Vamos. Seja franco. Numa escala de um a nove. Cinco? Seis? Zero? Isto é, meu Deus, você não tem um *placar*?

— Obrigado — ele voltou a dizer.

Fechou a porta do carro e, ao brilho do céu estrelado, viu a cabeça de Yvonne tombar para a frente, e em seguida voltar a se erguer, enquanto ela aprumava os ombros e virava a chave na ignição. Com o motor roncando, esperou por um instante, olhando fixo para a frente. Ele não conseguia se mexer. Não conseguia falar. Ela botou o carro na pista e, durante os primeiros duzentos metros, ou se esqueceu dos faróis, ou não ligou para eles. Parecia dirigir por meio de bússola na escuridão.

Você matou essa mulher?

Não, mas casei-me com ela pelo seu passaporte.

Um caminhão de carga parou para ele, e Jonathan seguiu durante cinco horas com um negro chamado Ed que estava com problemas de uma hipoteca e precisava falar a respeito. Em algum lugar, entre lugar nenhum e lugar nenhum, Jonathan telefonou para um número em Toronto e ficou ouvindo o bate-papo alegre das telefonistas enquanto passavam sua ligação através das imensidões florestais do leste do Canadá.

— Meu nome é Jeremy, sou amigo de Philip — disse, exatamente o que vinha dizendo todas as semanas, de diferentes cabines telefônicas, sempre que dava o telefonema periódico para saberem que estava vivo e no lugar certo. Às vezes, conseguia ouvir o telefonema ser repassado. Outras vezes perguntava-se se a ligação iria mesmo para Toronto.

— Bom *dia*, Jeremy? Ou é noite? Como é que o mundo o vem tratando, meu velho?

Até agora, Jonathan havia imaginado alguém cheio de imaginação. Dessa vez, parecia estar falando com um outro Ogilvey, falso e excessivamente educado.

— Diga-lhe que consegui a minha sombra e que estou a caminho.

— Então permita-me apresentar-lhe os cumprimentos da casa — disse o abantesma de Ogilvey.

Naquela noite, sonhou com o Lanyon e com as ventoinhas reunindo-se em bando sobre o rochedo, erguendo-se no ar às centenas, batendo as asas majestosamente, e em seguida descendo num mergulho em parafuso, até que um vento leste intempestivo pegou-as desprevenidas. Viu cinquenta mortas e outras mais flutuando no mar. E sonhou que as havia convidado, para em seguida deixá-las morrer, enquanto partia ao encontro do pior homem do mundo.

É assim que os esconderijos todos deviam ser, pensou Burr. Sem essa de barracões de zinco cheios de morcegos nos pântanos da Louisiana.

Adeus aos quartos de hospedaria em Bloomsbury, fedendo a leite azedo e aos cigarros do hóspede anterior. De agora em diante, vamos nos reunir com nossos rapazes bem aqui, no Connecticut, em casas revestidas de tábuas brancas, como esta, com dez acres de floresta, e gabinetes forrados de couro, abarrotados de livros sobre a moral de ser montanhescamente rico. Havia uma cesta de basquete e uma cerca eletrificada para manter afastados os veados, e um mata-mosquitos elétrico que, agora que a noite descera sobre eles, cremava ruidosamente os insetos que atraía com seu brilho púrpura doentio. Burr insistira em cuidar do churrasco e comprara carne suficiente para vários regimentos. Tirara a gravata e o paletó e estava regando três bifes imensos com um molho de um carmesim violento. Jonathan, de calção de banho, estava deitado preguiçosamente à beira da piscina. Rooke, chegado de Londres no dia anterior, estava sentado em uma espreguiçadeira, fumando seu cachimbo.

— Ela vai falar? — perguntou Burr. Nenhuma resposta. — Eu disse, ela vai falar?

— A respeito de quê? — disse Jonathan.

— O passaporte. O que pensou que fosse?

Jonathan voltou a mergulhar na água e nadou ida e volta. Burr esperou até ele sair e então fez a pergunta pela terceira vez.

— Creio que não — disse Jonathan, esfregando vigorosamente a cabeça.

— Por que não? — perguntou Rooke, em meio à fumaça do cigarro. — Elas geralmente falam.

— Por que ela falaria? Ela tem o Thomas — disse Jonathan.

Vinham aguentando aquele seu ar taciturno o dia inteiro. A maior parte da manhã ele passara caminhando sozinho na floresta. Quando foram fazer compras, ele ficou sentado no carro, enquanto Burr devastava o supermercado e Rooke ia até um Family Britches a fim de comprar um Stetson para o filho.

— Afrouxe o cinto, quer fazer o favor? — disse Burr. — Tome um uísque ou alguma coisa. Sou eu, Burr. Só o que estou tentando fazer é calcular os riscos.

Jonathan completou o gim-tônica de Burr e preparou um para si próprio.

— Como está Londres? — perguntou.

— O esgoto de sempre — disse Burr.

Ondas de fumaça saíam dos bifes. Burr virou-os, com o molho vermelho, para amaciar o tostado.

— E quanto ao velho padre camarada? — perguntou Rooke, em voz alta, do outro lado da piscina. — Vai levar um choque e tanto, não vai, quando vir alguém cuja foto ele não assinou?

— Ela diz que cuida dele — disse Jonathan.

— Deve ser uma garota e tanto — declarou Rooke.

— Era, sim — confirmou Jonathan e mergulhou mais uma vez na água, afundando e voltando à tona, afundando e voltando à tona, como um homem que não conseguisse nunca se limpar.

Jantaram à batida enervante das execuções do mata-mosquitos. O bife, concluiu Burr, não estava de fato tão ruim. Talvez o problema fosse haver tanta coisa que era possível fazer para se arruinar uma boa carne. De vez em quando lançava um olhar disfarçado, por sobre a luz das velas, para Jonathan, que batia papo com Rooke, falando sobre andar de motocicleta no Canadá. Você está se soltando, concluiu com alívio. Está se recuperando. Só precisava era conversar um pouco conosco.

Passaram para o aconchego do gabinete de leitura, Rooke no melhor de seu espírito aventureiro. Tinha acendido a estufa a lenha e espalhado sobre a mesa cartas de referência elogiando um certo Thomas Lamont, e uma pasta de prospectos ilustrados de corretores de iates de recreio

— Este aqui chama-se *Salamander* — disse, enquanto Jonathan olhava por cima do ombro de Rooke e Burr observava, do outro lado do aposento. — Cento e trinta pés, o dono é um bandido qualquer de Wall Street. Neste exato momento, está sem cozinheiro. Este aqui chama-se *Persephone*, mas ninguém que seja assim tão rico sabe como pronunciar esse nome, de forma que o novo proprietário está para rebatizá-lo de *Lolita*... Tem duzentos pés, leva uma tripulação de dez, mais seis de apoio, dois cozinheiros e um mordomo. Estão procurando um mordomo, e achamos que você seria perfeito para eles. — A foto de um homem ágil e sorridente, em roupas de tênis. — Este aqui chama-se Billy Bourne e dirige uma agência de afretamento e tripulação em Newport, Rhode Island. Ambos os proprietários são clientes dele. Diga-lhe que você sabe cozinhar e navegar e dê-lhe suas referências. Ele não vai conferi-las, e de qualquer maneira as pessoas que se imagina terem-nas escrito estão do outro lado do mundo. Só para o que

Billy liga é saber se você é capaz de fazer o serviço, se é o que ele chama de civilizado e se tem ficha na polícia. Você é capaz, é e não tem. Isto é, Thomas não tem.

— Roper é cliente de Billy, também? — perguntou Jonathan, já agora à frente deles.

— Cuide da sua vida — disse Burr, do seu canto, e todos riram. Mas por baixo do riso alegre havia uma verdade de que todos estavam conscientes: quanto menos Jonathan soubesse a respeito de Roper e suas ações, menos probabilidade teria de se trair.

— Billy Bourne é o seu trunfo, Jonathan — disse Rooke. — Trate-o direito. Assim que receber o pagamento, não deixe de enviar-lhe a comissão a que ele tem direito. Quando estiver num novo emprego, não deixe de telefonar a Billy e dizer-lhe como as coisas vão indo. Jogue limpo com Billy e ele lhe abrirá qualquer porta que você quiser. Todos de quem Billy gosta gostam de Billy.

— Esta vai ser a sua última rodada de habilitação — disse Burr. — Depois desta, é a final.

Na manhã seguinte, quando Jonathan já tinha dado suas braçadas matinais e todo mundo estava refrescado e descansado, Rooke sacou de sua caixa mágica: o radiotelefone clandestino, com frequências alternadas. Primeiro foram para a floresta e fizeram uma espécie de jogo de caça ao tesouro, alternando-se nas tarefas de esconder a caixa e encontrá-la. Depois, entre sessões de instrução, Jonathan fez Rooke falar com Londres, chamando e recebendo, até estar à vontade com o sistema. Mostrou-lhe como trocar as baterias e como recarregá-las, e como fazer um gato para roubar força de uma corrente elétrica residencial comum. E, depois do radiotelefone, Rooke apresentou seu segundo tesouro: uma câmara fotográfica subminiatura, disfarçada como um isqueiro Zippo, que era não apenas à prova de idiotas, conforme ele disse, mas que na verdade tirava mesmo fotografias. No todo, passaram três dias em Connecticut, o que foi mais tempo do que Burr inicialmente pretendia.

— É a nossa última chance de repassarmos tudo isto — estava sempre dizendo a Rooke, como um meio de desculpar a delonga para si próprio.

Repassar o quê? Até onde? Bem no fundo, como Burr mais tarde admitiria para si mesmo, estava esperando por uma cena obrigatória. No entanto, como sempre acontecia com Jonathan, ele não fazia a menor ideia de como ela deveria se desenrolar.

— A amazona ainda está bem montada, se isso serve de algum consolo — disse ele, na esperança de animar Jonathan. — Ainda não caiu da sela.

Mas a lembrança de Yvonne devia estar lhe pesando muito, pois Jonathan mal conseguiu dar um sorriso.

— Ele deu a trepada da vida dele com aquela mulher, Sophie, lá no Cairo, tenho certeza que deu — disse Burr a Rooke, enquanto voavam de volta para Londres.

Rooke franziu o cenho, em desaprovação. Não apoiava os ocasionais voos de intuição de Burr, da mesma forma como não acreditava em se denegrir o nome de uma mulher que já morreu.

— Darling Katie está uma fera — anunciou orgulhosamente Harry Palfrey, sentado com um uísque na mão na sala de estar de Goodhew, em Kentish Town. Estava grisalho com cinquenta anos e um caco, com os lábios inchados de quem bebia muito e olhos aflitos. Estava usando um colete preto típico de advogado. Viera direto do trabalho, na outra margem do rio. — Ela está vindo de Washington, no Concorde, e Marjoram está a caminho de Heathrow para recebê-la. É um conselho de guerra.

— Por que Darker não vai pessoalmente?

— Ele gosta desses disfarces. Mesmo que seja o seu vice, como Marjoram, ainda assim pode dizer que não estava lá.

Goodhew começava a perguntar uma outra coisa, mas achou melhor não interromper o desabafo de Palfrey.

— Katie diz que os americanos estão despertando para o que lhes aconteceu. Concluíram que Strelski os entorpeceu até a imbecilidade, em Miami, e que você e o Burr o ajudaram e até o induziram. Ela diz que das margens do Potomac pode ver a fumaça subindo do Capitólio. E diz que todo mundo está falando de novos parâmetros e de vácuos de poder em seus próprios quintais. Criados ou preenchidos, não conseguiu entender muito bem qual.

— *Deus*, mas eu odeio *parâmetros* — observou Goodhew, ganhando tempo enquanto voltava a encher o copo de uísque de Palfrey. — Hoje de manhã tive de *aguentar praticidade*. Isso estragou com o meu dia. E o meu chefe é o homem das *escaladas*. Para ele, nada sobe, nem aumenta, nem cresce, nem avança, nem progride, nem se multiplica, nem amadurece. Tudo entra em *escalada*. Saúde — disse, voltando a sentar-se.

Mas no momento mesmo em que Goodhew dizia essas palavras, um calafrio o percorreu, arrepiando-o espinha abaixo e levando-o a espirrar várias vezes, em rápida sucessão.

— O que é que eles *querem*, Harry? — perguntou.

Palfrey contorceu o rosto, como se tivesse sabão nos olhos, e mergulhou a boca no copo.

— Marisco — disse ele

12

O iate de *Mr.* Richard Roper, o *Iron Pasha,* surgiu ao largo da extremidade oriental de Hunter's Island, exatamente às seis horas da tarde, a proa para vante, como uma nave pronta para o ataque, recortado contra o céu sem nuvens do anoitecer, e crescendo perceptivelmente à medida que avançava na direção de Deep Bay, sobre um mar liso. Para o caso de alguém duvidar de que fosse o *Pasha,* a tripulação já havia se comunicado, via satélite, para reservar o ancoradouro comprido no último píer, a mesa redonda no terraço, para dezesseis pessoas, às oito e meia, e a primeira fila para as corridas de caranguejos, depois do jantar. Até mesmo o cardápio havia sido discutido. Todos os adultos gostavam de frutos do mar. Frango grelhado e batatas fritas para as crianças. E o Chefe fica fora de si quando não há gelo o suficiente.

Era um período fora de temporada, a época do ano que não se veem muitos superiates em cruzeiro no Caribe, a não ser os navios comerciais entre Nassau e Miami. Mas se algum desses tivesse tentado aportar em Hunter's Island, não teria recebido uma acolhida calorosa por parte de Mama Low, que gostava dos ricos que chegavam em seus iates e abominava a plebe vulgar.

Jonathan passara a semana inteira esperando pelo *Pasha*. Entretanto, por um ou dois segundos após tê-lo avistado, imaginou-se encurralado e divertiu-se com a ideia de fugir ilha adentro, para a única cidade, ou de sequestrar o velho barquinho de Mama Low, o *Hi-lo,* que estava ancorado, com o motor de popa em ordem, a nem vinte metros de onde ele se encontrava, olhando para o mar, observando a aproximação do *Pasha*. Dois motores diesel de dois mil cavalos de força, estava repetindo. Convés de ré ampliado para helicópteros, estabilizadores Vospers gigantescos, plataforma de lançamento de hidroavião na popa. Era mais do que um paxá: era um verdadeiro marajá.

Mas o conhecimento prévio não lhe aliviou a apreensão. Até aquele momento, imaginara-se avançando em direção de Roper, e agora Roper avançava na direção dele. Primeiro sentiu-se fraco, em seguida com fome. E então ouviu Mama Low gritando-lhe que sacudisse aquela bunda branca canadense lá para cima, *acelerado*, e sentiu-se melhor. Voltou a passo rápido pelo atracadouro de madeira e pela trilha de areia acima, até a cabana. As semanas que passara no mar haviam marcado uma grande melhora em sua aparência. Caminhava com aquele jeito praiano macio, os olhos haviam se suavizado, a pele tinha um brilho saudável. Ao subir a ladeira, deu com o sol poente começando a inchar, antes de afundar no horizonte, uma orla de cobre formando-se em torno de sua circunferência. Dois dos filhos de Mama Low estavam rolando o tampo da famosa mesa redonda pelo caminho de pedra acima, até o terraço. Chamavam-se Wellington e Nelson, mas para Mama Low eram Pancada e Olho Mole. Pancada tinha dezesseis anos e o corpo todo acolchoado de gordura. Devia estar em Nassau estudando, mas não queria nem saber. Olho Mole era liso feito um bacalhau, fumava haxixe e odiava os brancos. Os dois vinham mourejando com aquela mesa há mais de meia hora, rolando de rir, pois o riso era mesmo a única coisa que rolava — a mesa, nada.

— As Bahamas deixam você burro, cara — explicou Pancada, quando Jonathan passou.

— Foi você quem disse, Pancada, eu não.

— Olho Mole o encarou, sem sorrir. Jonathan fez-lhe um aceno preguiçoso, como se limpando um vidro com um pano, e sentiu o olhar duro de Olho Mole seguindo-o caminho acima. Se um dia eu acordar morto, terá sido a navalha de Olho Mole que me cortou a garganta, pensou. E então lembrou-se de que não esperava voltar a acordar ainda muitas vezes em Hunter's Island, morto ou não. Voltou a fazer um cálculo mental da posição do *Pasha*. Ele havia começado a fazer a curva. Precisava de um bocado de mar.

— Seu Lamont, você é uma droga de um canadense branquelo e preguiçoso, está me ouvindo? É a droga de branquelo mais preguiçoso que um pobre de um crioulo já teve de contratar, e Deus sabe como isso é verdade. Já não está mais doente, seu Lamont. Vou dizer àquele Billy Bourne que o seu problema é pura *preguiça*.

Mama Low estava sentado na varanda, ao lado de uma garota negra alta e muito bonita, com rolinhos de plástico no cabelo, conhecida apenas como *Miss* Amélia. Mama Low bebia cerveja de uma lata e gritava ao mesmo tempo. Tinha "cento e quarenta quilos de altura" como gostava de dizer sobre si próprio, "um metro e vinte de largo, e careca como uma lâmpada". Mama Low já dissera a um vice-presidente dos Estados Unidos que fosse se foder. Mama Low havia feito filhos até em Trinidad e Tobago, Mama Low tinha propriedades imobiliárias de peso na Flórida. Tinha um punhado de pequenos crânios de ouro pendurados no pescoço enorme, e mal o sol se punha e já ostentava seu chapéu de palha de ir à igreja com rosas de papel, e a palavra "Mama" bordada em Unha cor de amora na copa.

— Vai preparar aqueles seus mexilhões recheados esta noite, seu Lamont? — gritou tão alto como se Jonathan ainda estivesse lá na beira d'água. — Ou vai ficar deitado à toa, peidando e tirando meleca, conforme lhe der nessa telha branca?

— Você pediu mexilhões, Mama, vai ter mexilhões — respondeu Jonathan alegremente, enquanto *Miss* Amélia, com suas mãos compridas, acertava com tapinhas delicados os contornos de seu penteado.

— Nesse caso, de *onde* calcula que vai conseguir os mexilhões? Já pensou nisso? Uma merda que pensou. Você está é cheio *até a borda* dessas babaquices de branco.

— Você comprou um cesto de mexilhões excelente com *Mr.* Gums esta manhã, Mama. E quinze lagostins, especialmente para o *Pasha*.

— De *Mr.* Gums, o jupará? Comprei? Ora, que diabo, talvez tenha comprado *mesmo*. Bem, trate de recheá-los, está me ouvindo? Pois a realeza está chegando, temos lordes e *ladys* ingleses chegando, príncipes e princesinhas brancos e ricos chegando, e nós vamos tocar para eles música de crioulo da melhor qualidade, vamos dar a eles um gostinho da *autêntica vida de crioulo*, ora se *vaaamos*. — Tomou mais uma golada de sua lata de cerveja. — Pancada, você vai subir essa porra dessa mesa pela escada, ou pretende morrer de velhice?

O que, mais ou menos, era como Mama Low se dirigia as suas tropas todas as noites, quando meia garrafa de rum e as atenções de *Miss* Amélia já lhe haviam restaurado o bom humor, após as provações de mais um dia no Paraíso.

Jonathan deu a volta até os lavatórios atrás da cozinha e trocou de roupa, botando o uniforme branco, lembrando-se de Yvonne, o que acontecia sempre quando fazia essa troca. Yvonne havia suplantado Sophie, temporariamente, como o objeto de seu autodissabor. O nervosismo que lhe fervilhava no estômago tinha uma urgência sexual. As pontas dos dedos formigavam enquanto picava o *bacon* e o alho. Descargas de expectativas corriam-lhe pela espinha como choques elétricos. A cozinha era tão impecável quanto a de um navio, e igualmente bem arrumada, com balcões de trabalho em aço inoxidável e uma lavadora automática Hobart. Olhando pela janela gradeada, enquanto trabalhava, Jonathan observou o avanço do *Iron Pasha*, em tomadas bem enquadradas: o mastro do radar e a antena de comunicação via satélite, em seguida os possantes faróis Carlisle & Finch. Podia visualizar a bandeira vermelha da navegação comercial britânica, com sua luz piscando na popa, e as cortinas douradas nas janelas dos camarotes.

— Todo mundo que você ama está a bordo — dissera-lhe Burr, num telefonema para a terceira cabine pública à esquerda, quando se caminha na direção do mar, no cais de Deep Bay.

Melanie Rose cantava acompanhando música evangélica no rádio, enquanto lavava batatas-doces na pia. Melanie Rose ensinava a Bíblia na escola dominical e tinha filhas gêmeas de um homem chamado Cecil, que três meses antes havia comprado uma passagem de ida e volta para Eleuthera e até agora ainda não havia usado a segunda metade. Cecil um dia poderia voltar, e Melanie Rose vivia na alegre esperança de que o faria. Enquanto isso, Jonathan ficara com o lugar de Cecil como segundo-cozinheiro de Mama Low, e nas noites de sábado, Melanie Rose consolava-se com O'Toole, que estava limpando garoupas na mesa de peixe. Hoje era sexta-feira, por isso estavam começando a aproximação.

— Vai dançar amanhã, Melanie Rose? — perguntou O'Toole.

— Não faz sentido algum dançar sozinha, O'Toole — disse Melanie Rose, erguendo o nariz em desafio.

Mama Low chegou gingando, sentou-se em sua cadeira de dobrar, sorriu e balançou a cabeça, como se estivesse se lembrando de alguma maldita melodia da qual não conseguia se livrar. Um viajante persa recentemente o presenteara com um cordão de contas, desses que se fica manuseando para passar a tensão, e ele as fazia passar em torno dos dedos enormes. O sol já havia quase sumido. No mar, o *Pasha* estava fazendo bramir suas buzinas, em saudação.

— Puxa, cara, você é mesmo um figurão e tanto — murmurou Mama Low cheio de admiração, virando-se para olhar o iate pela porta aberta. — É uma porra de um milionário poderoso de verdade, pode crer, Lorde Rei Richard da Porra Onslow Roper. Seu Lamont, é bom cozinhar direitinho esta noite, estou lhe dizendo. Se não, o *Mr.* Lorde Paxá Roper vai botar no seu cu *sem cuspe*. Depois nós, pobres negros, vamos nos servir do que tiver restado desse cu, igualzinho aos negrinhos recolhendo as migalhas do prato do rico.

— Como é que ele ganha tanto dinheiro? — perguntou Jonathan, sem parar de trabalhar.

— Roper? — Mama Low respondeu num tom incrédulo. — Está querendo dizer que você não *sabe*?

— Estou querendo dizer que não *sei*.

— Pois pode crer, seu Lamont, *eu* não sei. E pode crer também que não *pergunto*. Ele é de uma companhia enorme, de Nassau, que está perdendo o dinheiro todo. Um sujeito rico dessa maneira, em tempos de recessão, só pode ser um vigarista da pesada.

Dali a pouco, Mama Low começaria a criar seu molho picante de *chili*, para os lagostins. E aí a cozinha ia cair num silêncio perigoso. Ainda não havia nascido o segundo-cozinheiro que ousasse sugerir que o pessoal dos iates vinha a Hunter's Island por algum outro motivo que não o molho de *chili* de Mama Low.

O *Pasha* já aportou, seus dezesseis convivas logo estarão chegando, uma atmosfera de batalha toma conta da cozinha quando os primeiros clientes tomam seus lugares nas mesas menos importantes. Acabaram-se as bravatas, os últimos retoques na camuflagem, a inspeção nervosa das armas. A unidade se transformou numa equipe silenciosa comunicando-se apenas com os olhos e os corpos, coleando uns em torno dos outros, feito bailarinos mudos. Até mesmo Pancada e Olho Mole silenciaram, na tensão do levantar do pano para mais uma das noites memoráveis do Mama Low's. *Miss* Amélia, muito séria diante da caixa registradora, os rolinhos de plásticos nos cabelos, está preparada para a primeira conta. Mama Low, com seu famoso chapéu, está em toda parte, ora incitando suas tropas numa torrente de obscenidades em voz baixa, ora lá na frente, se saracoteando e bancando o dissimulado com o inimigo temido, ora de volta à cozinha, sibilando ordens que se tornam mais eficientes pela supressão da sua voz possante.

— A moça branca fina, da mesa oito, deve ser algum tipo de lagarta da porra. Só quer saber de comer folhas de alface. Duas saladas Mama's,

O'Toole! O sacana do garoto da mesa seis só quer comer essas porras de hambúrgueres. Um hambúrguer bem pequeno, e cuspa nele! O que está *acontecendo* com o mundo, O'Toole? Será que ninguém mais tem dentes? Ninguém come peixe? Olho Mole, leve cinco 7UPs e dois ponches Mama's para a mesa um. Ande, vamos. Seu Lamont, não pare de preparar os mexilhões, mais seis dúzias não é muito, ouça o que estou lhe dizendo, só não deixe de guardar dezesseis porções para o *Pasha*. Mexilhões descem direto para os colhões, seu Lamont. As damas e os cavalheiros vão trepar até morrer esta noite, tudo por conta dos seus mexilhões. O'Toole, onde estão os molhos? Você não os bebeu, bebeu? Melanie Rose, benzinho, estas batatas precisam ser viradas, ou você vai ficar olhando elas virarem carvão?

Tudo isso sob os acordes protetores da banda de percussão do Huntsman, seis músicos protegidos pela projeção do telhado no terraço, os rostos suados brilhando às luzes feéricas, as camisas brancas fosforescentes sob as lâmpadas estroboscópicas. Um garoto chamado Henry está cantando um calipso. Henry cumpriu cinco anos na prisão de Nassau por passar coca e voltou parecendo um velho. Melanie Rose disse a Jonathan que Henry não servia mais para o amor, não depois das surras que levou.

— Alguns nativos estão dizendo que é por isso que ele consegue cantar com voz tão aguda — disse ela, com um sorriso triste.

É uma noite movimentada, a mais movimentada do Mama Low's em muitas semanas, o que explica a agitação extra. Cinquenta e oito fregueses a serem servidos, e dezesseis subindo a ladeira — Mama Low os avistou com seu binóculo, e ainda é a baixa temporada. Uma hora inteira, tensa, se passa antes que Jonathan consiga fazer o que gosta de fazer quando as coisas se acalmam: derramar um pouco de água fria na cabeça e avaliar seus fregueses através do olho mágico na porta.

A visão de um observador atento. Calculada, técnica, completa. Uma leitura em profundidade e não manifesta da sua presa, antes de qualquer contato com ela. Jonathan consegue fazer isso durante dias a fio, já o fez em fossos, cercas, deitado em celeiros, o rosto e as mãos cobertos com tinta de camuflagem, galhos e folhas de verdade enfiados em seu uniforme de batalha. E está fazendo isso agora. Aparecerei para ele quando for o momento, e não antes.

Primeiro o porto lá embaixo, com sua ferradura de luzes brancas e pequenos iates, cada qual uma fogueira isolada, pousada sobre a superfície vítrea da água defendida pela enseada. Erga sua linha de visão apenas um dedo e lá está ele. O *Iron Pasha,* preparado para um carnaval, dourado de luz de popa a proa. Jonathan consegue divisar as silhuetas dos guardas, um na popa, outro na proa e um terceiro de vigia na sombra da ponte. Frisky e Tabby não estão entre eles. Seus deveres nessa noite são em terra. Seu olhar seguiu em pulos táticos pela trilha de areia acima e passou sob o arco de madeira que anunciava o reino sagrado de Mama Low. Vasculhou os arbustos de hibiscos iluminados e as bandeiras esfarrapadas das Bahamas, pendendo equidistantes de ambos os lados da bandeira pirata, com o crânio e os ossos cruzados. Parou na pista de dança, onde um casal muito velho dançava juntinho, tocando um no rosto do outro, cheios de incredulidade, com as pontas dos dedos. Jonathan calculou que fossem exilados políticos, ainda maravilhados com a própria sobrevivência. Casais mais jovens se comprimiam num êxtase estacionário. Numa das mesas da primeira fila, percebeu dois tipos durões, na casa dos quarenta anos. Usavam bermudas, tinham o tórax de lutadores. Um jeito de usar os antebraços como quem está sempre pronto para lançar os braços. São vocês?, perguntou-lhes mentalmente, ou serão apenas mais dois cães de guarda do Roper?

— Eles provavelmente usaram uma Cigarette — dissera Rooke. — Jogo super-rápido e discreto, sem fazer onda.

Os dois haviam chegado numa lancha nova, branca, pouco antes do crepúsculo, se uma Cigarrete ou não, ele não sabia. Mas tinham aquela tranquilidade dos profissionais.

Levantaram-se, alisando as bermudas na frente e atrás, e pendurando as bolsas de viagem por cima dos ombros. Um deles lançou uma saudação romana na direção de Mama Low.

— Meu caro senhor? Adorei. Ah, excelente comida. Brilhante.

Cotovelos erguidos, desceram a trilha de areia até o barco.

Não eram ninguém, concluiu Jonathan. Pertenciam um ao outro, talvez. Ou talvez não.

Transferiu o olhar para uma mesa de três franceses com suas garotas. Bêbados demais, concluiu. Já haviam dado conta de doze doses de ponche do Mama's, entre si, e ninguém estava despejando sua bebida no vaso de flores. Colocou em foco o bar que ficava no centro do deque. Contra um fundo de flâmulas de iates, cabeças de marlins azuis e pontas de gravatas roubadas, duas garotas negras, usando vestidos radiantes de algodão, encarapitadas em banquinhos altos, conversando com dois rapazes negros, todos na casa dos vinte anos. Talvez sejam vocês, pensou. Talvez sejam as garotas. Talvez sejam os quatro.

Com o canto do olho, avistou uma lancha rasa, branca, afastando-se de Deep Bay, rumo ao oceano. Meus dois candidatos eliminados. Talvez.

Deixou que o olhar começasse a subir para o terraço, onde o pior homem do mundo, cercado por seus cortesãos, bufões, guarda-costas e crianças, divertia-se em sua Camelot particular. Tal como seu iate agora dominava o porto, também a pessoa de *Mr.* Richard Onslow Roper dominava a mesa redonda, o terraço e o restaurante. O contrário de seu iate, ele não estava vestido para um espetáculo, mas tinha aquele ar à vontade de um sujeito que se enfiou numas roupinhas para atender um amigo que batia à porta. Trazia um pulôver azul-marinho atirado displicentemente sobre os ombros.

Não obstante, comandava. Pela tranquilidade de sua cabeça patrícia. Pela velocidade de seu sorriso e a inteligência de sua expressão. Pela atenção que lhe era prodigamente dispensada por sua plateia, quer ele falasse ou ouvisse. Pelo modo como tudo à volta da mesa, dos pratos às garrafas, às velas em garrafas cobertas de barbante verde, até os rostos das crianças, parecia estar voltado para ele ou se irradiando dele. Até mesmo o observador atento sentiu sua atração: Roper, pensou. Sou eu, Pine, o cara que lhe disse para não comprar aquele mármore italiano.

E enquanto pensava isso, um alarido de riso generalizado subiu do terraço, liderado pelo próprio Roper e evidentemente provocado por ele, pois seu braço direito bronzeado estava erguido para reforçar o momento engraçado da frase, sua cabeça estava projetada para a mulher à sua frente, do outro lado da mesa. Seus cabelos castanhos em desordem negligente e as costas nuas eram, até então, tudo que Jonathan conseguira ver dela, mas ele se lembrou imediatamente da textura da pele dentro do roupão de banho de *Herr* Meister, das pernas intermináveis e dos cachos de joias nos pulsos e no pescoço. Sentiu o mesmo arroubo que o percorrera da primeira vez em que pusera os olhos nela, a pontada de indignação por alguém tão jovem e bela aceitar o cativeiro de um Roper. Ela sorriu, e aquele seu sorriso de comediante, amalucado, enviesado e impertinente.

195

Bloqueando-a da mente, deixou que o olhar abrangesse a ponta infantil da mesa. Os Langbournes têm três, MacArthur e Danby um cada, *dissera Burr.* O Roper os traz para divertirem o seu Daniel.

Finalmente vinha o próprio Daniel, de oito anos, um garoto pálido, de cabelos desgrenhados, com um queixo decidido. E em Daniel o olho de Jonathan parou, cheio de culpa.

— Não poderíamos usar outra pessoa? — perguntara a Rooke. Mas esbarrou na parede de aço da determinação dos dois.

Daniel é a menina dos olhos de Roper, respondera Rooke, enquanto Burr olhava pela janela: por que escolher quem chega em segundo lugar?

Estamos falando de cinco minutos, Jonathan, dissera Burr. O que são cinco minutos para um garoto de oito anos?

Uma vida inteira, pensou Jonathan, lembrando-se de alguns dos seus próprios minutos.

Nesse meio-tempo, Daniel fala muito sério com Jed, cujos cabelos castanhos desalinhados se dividem em duas partes mais ou menos iguais, quando ela se inclina para responder a ele. A chama da vela cria um halo dourado nos rostos dos dois. Daniel puxa-a pelo braço. Ela se levanta, lança um olhar para a banda no alto e grita algo para alguém que parece conhecer. Arrebanhando a saia delicada, passa uma perna e depois a outra sobre a cerca de pedra, como se fosse uma adolescente pulando o portão de um jardim. Jed e Daniel descem a galope, de mãos dadas, a escadaria de pedra. *Gueixa da classe alta,* dissera Burr, *nenhum registro contra.* Isso depende do tipo de registro que você está procurando, pensou Jonathan, enquanto a observava tomar Daniel em seus braços.

O tempo para. A banda está tocando um samba lento. Daniel agarra-se aos quadris de Jed, como se estivesse a ponto de penetrá-la. A graça de seus movimentos é quase criminosa. Um movimento agitado interrompe os devaneios de Jonathan. Alguma coisa calamitosa aconteceu com as calças de Daniel. Jed as está segurando pelo cós, tentando afastar com risos o constrangimento dele. O botão de cima da calça de Daniel se soltou, mas Jed, num inspirado ato de improvisação, volta a prendê-lo com um enorme alfinete de fralda que pegou emprestado do avental de Melanie Rose Roper está de pé no parapeito, olhando-os como um almirante orgulhoso que inspeciona a sua esquadra. Captando-lhe o olhar,

Daniel solta Jed o suficiente para fazer um aceno infantil, cortando o ar de um lado a outro. Roper responde com um movimento de polegar para cima. Jed joga um beijo para Roper, em seguida pega as mãos de Daniel e inclina-se para trás, cantarolando o ritmo para que ele possa seguir. O samba se acelera. Daniel relaxa, pegando o jeito. A liquidez dos movimentos dos quadris de Jed torna-se uma afronta à ordem pública. O pior homem do mundo é privilegiado demais.

Retornando o olhar para o terraço, Jonathan faz uma inspeção artificial do resto do grupo de Roper. Frisky e Tabby estão sentados em lados opostos na mesa, Frisky favorecendo o saque com a esquerda, Tabby cobrindo os fregueses e a pista de dança. Ambos parecem um pouco mais gordos do que Jonathan lembrava. Lorde Langbourne, os cabelos louros sempre presos num rabo de cavalo, conversa com uma linda inglesa em botão, enquanto sua esposa depressiva olha de cara fechada para os que dançam. Do outro lado da mesa está sentado o major Corkoran, entrado recentemente para os Life Guards*, ostentando um velho chapéu-panamá, cingido por uma fita com as cores dos veteranos de Eton. Está mantendo uma conversação galante com uma jovem desajeitada, usando um vestido de gola alta. Ela franze o cenho, logo depois enrubesce e solta risadinhas, mas em seguida reassume a compostura e toma uma severa colherada de sorvete.

   Do alto da torre, Henry, o cantor impotente, prorrompe num calipso sobre uma-garota-muito-sonolenta-que-não-conseguia-ir-dormir. Na pista de dança, o peito de Daniel continua aninhado na elevação do ventre de Jed, a cabeça pousada na base de seus seios, enquanto as mãos ainda a seguram pelos quadris. Jed deixa-o embalar-se contra ele, em paz.

   — A garota da mesa seis tem peitos iguais a dois filhotinhos de cachorro enroscadinhos — declara O'Toole, cutucando a espinha de Jonathan com uma bandeja de ponche do Mama's.

   Jonathan lançou um último e demorado olhar para Roper. Este virara o rosto para o mar, onde a trilha da lua levava de seu iate feericamente iluminado até o horizonte.

---

* Tropa de honra com a missão formal de proteger a vida do monarca britânico reinante. (N. do T.)

— Seu Lamont, toque o *Aleluia*, moço! — gritou Mama Low, afastando O'Toole com majestade. Enfiara-se num par de culotes antigos, enfiara na cabeça um autêntico capacete de inglês na índia, e estava armado com seu famoso cesto preto e seu chicote de montaria. Jonathan seguiu Mama Low até a varanda e, branco como um lençol, com a túnica e o chapéu de cozinheiro, tocou o sino de aviso. Os ecos ainda estrondeavam no mar, e as crianças do grupo de Roper já vinham descendo às pressas do terraço, seguidas num passo mais decoroso pelos adultos, liderados por Langbourne e uma dupla de jovens finos, representantes das classes que jogam polo. A banda tocou um rufo de tambores, os archotes do perímetro foram apagados e holofotes coloridos fizeram a pista de dança refulgir como um rinque de gelo. Enquanto Mama Low ganhava o centro do palco e estalava seu chicote, Roper e seu séquito começavam a tomar seus lugares reservados na primeira fila. Jonathan lançou um olhar para o mar. A lancha branca que podia ter sido uma Cigarette havia desaparecido. Deve ter contornado o promontório para o sul, pensou.

— Bem onde estou parado, *aqui*, o ponto de partida! Qualquer caranguejo safado que tentar sair na frente do tiro de partida, são dez chicotadas *de cara!*

O capacete jogado em direção à nuca, Mama Low está fazendo sua célebre interpretação de um administrador colonial inglês.

— Esta marca histórica, bem *aqui* — indicando uma mancha vermelha circular diante de seus pés —, é o ponto de chegada. Cada caranguejo deste cesto *aqui* tem um *número*. Cada caranguejo deste cesto *aqui* vai correr até não poder mais, ou eu vou querer saber *por quê.* Todo caranguejo que não chegar a este ponto *aqui*, vai voltar *direto* para a *sopa*.

Novo estalo do chicote. O riso vai se reduzindo a silêncio. Na periferia da pista de dança, Pancada e Olho Mole estão distribuindo ponches de rum, de cortesia, com a ajuda de um velho carrinho de criança, que um dia transportou o próprio Low menino. As crianças mais velhas sentam-se no chão, de pernas cruzadas, os dois meninos com os braços cruzados, as meninas abraçando os joelhos. Daniel está apoiado em Jed, o polegar na boca. Roper está de pé ao lado dela. Lorde Langbourne bate uma foto *com flash*, aborrecendo o major Corkoran:

— Sandy, meu grande amor, pelo amor de Deus, será que ao menos uma vez não podemos só *lembrar* das coisas? — diz ele num murmúrio que enche o anfiteatro.

A lua pende como uma lanterna de pergaminho rosa sobre o mar. As luzes do porto balançam e piscam num arco incansável. Na varanda onde se encontra Jonathan, O'Toole pousa uma mão possessiva na bunda de Melanie Rose, e ela se remexe obsequiosamente ao encontro dessa mão. Somente *Miss* Amélia, com seus rolinhos, não liga para o que está acontecendo. Emoldurada na luz branca da janela da cozinha atrás deles, ela conta atentamente o dinheiro.

A banda dá mais um rufo de tambores. Mama Low curva-se para o cesto de vime preto, tira a tampa e ergue-a no ar, como um troféu. Os caranguejos estão prontos para as ordens do juiz de largada. Abandonando o carrinho, Pancada e Olho Mole enfiam-se no meio do público, com seus blocos de talões.

— Três caranguejos correndo, todos os caranguejos com chances iguais! — Jonathan ouve Pancada gritar.

Mama Low apela para os espectadores, pedindo um voluntário:

— Estou *procurando*! Estou *procurando*! — grita ele, numa voz enorme de dor nativa —, estou procurando por um bom filho de Deus branco e puro, que saiba o que deve fazer com estes caranguejos idiotas, e que não vai tolerar nem recuos nem insurreições. *O senhor,* cavalheiro. Estou depositando minhas humildes esperanças no *senhor.*

Seu chicote aponta para Daniel, que solta um grito sério-cômico, enterra o rosto na saia de Jed, e em seguida corre para o fundo da plateia. Mas uma das meninas já se precipita para a frente. Jonathan ouve os risos e as vozes dos jogadores de polo aplaudindo-a.

— Boa tacada, Sally! Mostre a eles, Sais! Maravilhoso!

Ainda em seu posto de observação na varanda, Jonathan esquadrinha o bar, onde os dois sujeitos com as garotas estão amontoados numa conversa animada, ignorando decididamente a pista de dança. Seu olhar desliza de volta para o público, a banda, e depois para as perigosas manchas de escuridão no meio.

Eles virão por trás do terraço, conclui. Vão usar a cobertura dos arbustos, ao lado dos degraus. *Certifique-se apenas de ficar a postos na varanda da cozinha*, dissera Rooke.

A menina, Sally ou Sals, faz uma careta e olha para dentro do cesto preto. Os tambores dão mais um rufo. Sally estende um braço corajoso para o cesto, depois o outro. Debaixo de gritinhos e risos, enfia a cabeça toda lá dentro, volta com um caranguejo em cada mão e os coloca lado a lado no ponto de partida, enquanto a câmara fotográfica de Langbourne faz *whirr*, faz *zoom*, faz *flash*. Ela se agacha para pegar o terceiro caranguejo, coloca-o na Unha de partida, e pula de volta para o seu lugar sob mais risos do grupo de polo. O trompetista na torre dá um toque de caça. Seus ecos ainda ressoam pela baía, quando um tiro de pistola rasga a noite. Pego desprevenido, Frisky pula para o chão, meio agachado, enquanto Tabby começa a empurrar os espectadores para trás, a fim de abrir espaço para poder atirar sem saber em quem.

Até Jonathan busca momentaneamente o atirador, até perceber Mama Low, suando debaixo do capacete, apontando uma pistola de largada, fumegante, para o céu noturno.

Os caranguejos deram a partida.

E então, sem abalo, sem agitação, estava acontecendo.

Nenhuma formalidade, nenhuma epifania, nenhuma comoção, nenhum grito — praticamente nenhum som, além da ordem ríspida de Roper a Frisky e Tabby, "fiquem quietos e não façam nada, *agora*".

Se houve alguma coisa de notável, não foi o barulho, mas o silêncio. Mama Low interrompeu sua arenga, a banda parou de tocar fanfarras e os jogadores de polo reprimiram seus vivas frenéticos.

E esse silêncio evoluiu lentamente, da mesma maneira que uma grande orquestra erra alguma coisa e vai parando, durante um ensaio, com os músicos mais determinados, ou os mais distraídos, continuando durante vários compassos, até que eles também vão minguando, até silenciarem. E então, por um instante, tudo que Jonathan conseguiu notar foram as coisas que a gente ouve subitamente em Hunter's Island, quando as pessoas param de fazer tanta algazarra: gritos de pássaros, cigarras, o rumorejar da água nos recifes de coral, ao largo de Penguin Point, o zurrar de algum burro bravo, vindo do cemitério, e uma ou duas pancadas fortes e metálicas de um martelo, de alguém trabalhando até tarde, lá em Deep Bay, tentando consertar seu motor de popa. E em seguida não ouviu mais nada, o silêncio tornou-se imenso e terrível, e Jonathan, com a amplitude de visão que lhe proporcionava a varanda, divisou os dois profissionais de braços fortes, que haviam deixado o restaurante no início da noite, indo embora em sua Cigarette branca nova, mas que agora estavam passando devagar, ao longo das filas de espectadores, tal como fazem os coletores na igreja, recolhendo carteiras, bolsas, relógios de pulsos e pequenos maços de dinheiro dos bolsos de trás das pessoas.

E joias, as de Jed em particular. Jonathan olhou bem a tempo de vê-la erguer os braços nus, primeiro para a orelha esquerda, depois para a direita, empurrando o cabelo para o lado e curvando-se levemente. Depois à nuca, para retirar o colar, exatamente como se ela estivesse se preparando para entrar na cama de alguém. Ninguém é louco o suficiente para usar joias nas Bahamas hoje em dia, dissera Burr: a não ser que seja a garota de Dicky Roper.

E ainda nenhuma agitação. Todo mundo compreendia as regras. Nada de objeções, nada de resistência, nem qualquer coisa desagradável — pelo excelente motivo de que, enquanto um dos ladrões estendia uma pasta de plástico bem aberta, para receber os donativos da congregação, seu cúmplice vinha empurrando o velho carrinho, com as garrafas de rum e uísque em cima e as latas de cerveja numa caixa de gelo. E, no meio das garrafas, estava sentado Daniel Roper, de oito anos, feito um buda sendo levado para o sacrifício, com uma pistola automática apontada para sua cabeça, passando pelo primeiro dos cinco minutos que Burr dissera não fariam diferença para um menino da idade dele — e talvez Burr tivesse razão nisso, pois Daniel estava sorrindo, tentando participar à multidão o quanto estava se divertindo com aquela grande brincadeira, dando graças por se ver livre da assustadora corrida de caranguejos.

Mas Jonathan não achou a mesma graça que Daniel. Em vez disso, viu um bruxuleio de luz vindo de algum ponto do interior de seus olhos, feito uma nódoa vermelha de fúria. E ou viu um chamado à luta, mais forte do que qualquer outro de que conseguia se lembrar, desde a noite em que esvaziara seu Heckler no irlandês verde desarmado, tão alto que ele não estava mais pensando, estava agindo. Há dias e noites — ora na parte consciente de seu cérebro, ora na inconsciente — vinha se preparando para esse momento, antegozando-o, temendo-o, planejando-o: se fizerem isto, a reação lógica será aquilo; se estiverem aqui, o lugar para estar será ali. Mas não havia contado com seus sentimentos. Até agora. O que era, sem dúvida, o motivo pelo qual sua primeira reação não foi o que havia planejado.

Tendo recuado nas sombras o máximo que a varanda permitia, tirou o chapéu e a túnica branca de cozinheiro, depois correu para a cozinha, de calção, dirigindo-se para o caixa, onde *Miss* Amélia estava sentada fazendo as unhas. Agarrou o telefone, levou o fone ao ouvido e ficou batendo na tecla o tempo suficiente para determinar aquilo que já sabia, ou seja, que a linha estava cortada. Pegou um pano de pratos e, pulando sobre a mesa central, retirou a lâmpada de néon que iluminava a cozinha. Ao mesmo tempo, determinou a *Miss* Amélia que deixasse a registradora exatamente como estava e se escondesse lá em cima, *agora*, sem chiar, nem tentar levar o dinheiro, do contrário iriam atrás dela. À luminosidade das lâmpadas do arco lá fora, correu para o balcão de trabalho, onde tinha seu cepo de guardar facas. Escolheu a mais firme das facas de trinchar e correu com ela, não de volta à varanda, mas através da copa até a porta de serviço do lado sul. Por que a faca?, ficou se perguntando enquanto corria. Por que a faca? Quem é que vou cortar com uma faca? Mas não a jogou fora. Estava contente por ter a faca, pois um homem com uma arma, qualquer arma, vale por dois desarmados: leia o manual.

Uma vez do lado de fora, continuou correndo na direção sul, agachando-se e pulando entre as iúcas, tentando ganhar o alto do penhasco que dava para Goose Neck. Lá, arfando e suando, viu o que procurava: a lancha branca, ancorada no lado oriental da enseada, para a fuga dos homens. Mas não parou para admirar a vista. Faca na mão, correu de volta para a cozinha às escuras. E apesar desse exercício inteiro não lhe ter tomado mais de um minuto, foi tempo suficiente para *Miss* Amélia desaparecer escadas acima.

Da janela apagada da cozinha, do lado norte, Jonathan acompanhou o progresso dos ladrões e, felizmente, a essa altura, já era capaz de dominar um pouco de sua fúria homicida inicial, pois sua concentração melhorou, a respiração se equilibrou, e a autodisciplina estava de novo dominada, pelo menos um pouco. Mas de onde viera aquela raiva? De algum lugar obscuro e muito remoto dentro dele. Brotou e espalhou-se por ele todo numa torrente, mas mesmo assim sua origem era um mistério. E ele não largou a faca. *O polegar na parte de cima, Johnny, como se você fosse passar manteiga... fique dando voltas com a lâmina e de olho nos olhos dele... não abaixe demais agora, e incomode-o um pouco com a sua outra mão...*

O major Corkoran, com seu chapéu-panamá, encontrara uma cadeira e estava escarrapachado nela, os braços dobrados sobre o encosto e o queixo apoiado nos braços, olhando os ladrões como se fosse um desfile de moda. Lorde Langbourne entregara a sua câmara, mas o sujeito com a valise, mal a segurou nas mãos, atirou-a irritado para o lado, dando-a como inaceitável. Jonathan escutou um "ai, *porra*" em voz arrastada. Frisky e Tabby estavam parados, feito possessos, rígidos, em alerta, a nem cinco metros das presas. Mas o braço direito de Roper continuava levantado para eles, detendo-os, enquanto seus olhos permaneciam fixos em Daniel e nos ladrões.

Quanto a Jed, estava de pé, sozinha, sem as suas joias, na beira da pista de dança, o corpo meio torto pela tensão, as mãos estendidas sobre as coxas, como se para impedir-se de correr para Daniel.

— Se é dinheiro que vocês querem, podem tê-lo — Jonathan ouviu Roper dizer, tão calmo quanto se estivesse falando com uma criança perdida. — Querem cem mil dólares? Tenho isso em dinheiro vivo, está no iate, é só me entregarem o menino. Não vou mandar a polícia atrás de vocês. Deixo vocês totalmente em paz. Contanto que eu receba o menino. Entendem o que estou dizendo? Falam inglês? Corky, tente em espanhol, por favor.

E então a voz de Corkoran, transmitindo obedientemente a mesma mensagem num espanhol decente.

Jonathan lançou um olhar para a caixa. A registradora de *Miss* Amélia continuava aberta. Maços de dinheiro contados sobre a metade estavam espalhados pelo balcão. Olhou então para baixo, para o caminho ziguezagueante que levava da pista de dança à cozinha. Era íngreme e grosseiramente pavimentado. Somente um lunático tentaria empurrar um carrinho cheio por ali. Era também inundado de luz, o que significava que qualquer um que estivesse na cozinha às escuras não poderia ser visto. Jonathan enfiou a faca de trinchar no cinto e enxugou a palma da mão, muito suada, no fundilho dos calções.

Os atacantes estavam começando a subir o caminho. O modo como o captor segurava seu refém era uma questão de interesse crucial para Jonathan, pois seu plano de ação dependia disso; o que Burr havia chamado de seu plano de plausibilidade. *Ouça como um cego, Johnny, olhe como um surdo.* Mas ninguém, até onde ele se lembrava, havia pensado em aconselhá-lo sobre como um sujeito com uma faca de trinchar arranca um refém de oito anos de dois pistoleiros armados e sobrevive.

Já haviam cumprido a primeira etapa do caminho. Abaixo deles, a multidão imóvel, os rostos brilhando sob as luzes do arco, os observava, nem um único movimento entre eles, Jed ainda à parte, os cabelos parecendo cobre debaixo daquele clarão. Ele começava mais uma vez a se desconhecer. Imagens desagradáveis de sua infância inundavam-lhe a visão. Insultos respondidos, preces não atendidas.

Primeiro vinha o sujeito com a valise, depois, uns vinte metros atrás dele, o cúmplice, arrastando Daniel pelo braço, caminho acima. Daniel não estava mais brincando. O primeiro sujeito caminhava depressa, ansioso, a valise cheia pendendo ao lado do corpo. Mas o sequestrador de Daniel movia-se a passos desajeitados, contorcidos, a parte superior do corpo virando-se repetidamente, enquanto ameaçava a multidão, depois o menino, com sua pistola automática. Destro, registrou Jonathan, arma em punho. A trava de segurança em *on*.

— Não quer negociar comigo? — Roper gritava para ele, da pista de dança. — Sou o pai do menino. Por que não fala comigo? Vamos tentar fazer um acordo.

A voz de Jed, assustada porém desafiadora, com uma nota de autoridade da amazona:

— Por que não pega um adulto? Seus covardes desgraçados! Peguem um de nós. Peguem a mim, se quiserem. — E então, bem mais alto, como se o medo e a raiva se juntassem: — Tragam-no de volta, seus miseráveis!

Ouvindo o desafio de Jed, o captor de Daniel girou o menino a fim de encará-la, enquanto apontava a pistola para sua têmpora, e recitou o texto do vilão, num rosnado cortante do Bronx:

— Se alguém vier atrás de nós, se alguém subir por esse caminho, se alguém tentar nos cortar a saída, eu mato o garoto, entendido? E depois, mato qualquer um. Não estou nem ligando. Mato qualquer um. Por isso, fiquem aí embaixo e calem a boca.

O sangue pulsava nas mãos de Jonathan, ele as tinha estendidas diante de si, cada dedo latejando. Às vezes, suas mãos tinham vontade de fazer o serviço por conta própria e saírem puxando-o. Passos pesados ecoaram no deque de madeira da varanda. A porta da cozinha se escancarou, o punho de um homem começou a procurar o botão da luz e o apertou sem resultado nenhum. Uma voz rouca disse, ofegante:

— Essa *porra*, meu Deus, onde está essa porra? *Merda!*

Uma figura corpulenta foi aos tropeços para o caixa e parou a meio caminho.

— Tem alguém aqui? Quem está aqui? Onde está a porra da luz, cacete? *Puta que pariu!*

Bronx, registrou mais uma vez Jonathan, o corpo todo retesado atrás da porta que dava para a varanda. Um sotaque autêntico do Bronx, mesmo ouvindo-se de longe. O homem avançou novamente, segurando a valise à sua frente, enquanto tateava com a outra mão.

— Qualquer um que esteja aqui, trate de cair fora, está me ouvindo? Estou avisando. Temos o garoto. Se alguém criar problema, o garoto se fode. Não facilitem com a gente.

Mas a essa altura ele já havia descoberto os maços de notas e os estava varrendo com as mãos para dentro da valise. Quando terminou, voltou para a porta e, tendo apenas a folha aberta a separá-lo de Jonathan, gritou para seu cúmplice lá embaixo.

— Estou descendo, Mike. Vou dar a partida no barco, está me ouvindo? *Meu Deus, porra* — queixou-se, como se o mundo estivesse sendo muito duro com ele. Então saiu correndo, atravessando a cozinha, até a porta da copa, que abriu com um pontapé, antes de descer correndo o caminho para Goose Neck. Nesse mesmo momento, Jonathan ouviu o sujeito chamado Mike aproximando-se com seu refém, Daniel. Jonathan secou mais uma vez a palma da mão nos calções, sacou a faca do cinto e passou-a para a mão esquerda, o gume afiado para cima, como se fosse rasgar uma barriga vinda de baixo. Ao fazê-lo, ouviu Daniel soluçar. Um soluço engasgado, ou abafado, tão rápido que o menino deve ter se contido antes mesmo de começar a soluçar. Um meio soluço de cansaço, impaciência, tédio ou frustração, do tipo que se poderia ouvir de qualquer criança, ultramiserável ou super-rica, que está com um pouquinho de dor de ouvido, ou que não quer subir para dormir enquanto você não prometer que vai lá em cima ajeitá-lo na cama.

No entanto, para Jonathan, foi o grito de sua infância. Ecoou em cada sórdido corredor, cabana de quartel, orfanato, em cada quarto dos fundos vazio da casa de cada tia. Conteve-se por mais um momento, sabendo que os golpes de ataque são melhores com esse momento de prorrogação. Sentiu as batidas do coração se desacelerarem. Viu a névoa vermelha fechar-se em seus olhos e tornou-se leve, e vulnerável. Viu Sophie, o rosto intacto e sorridente. Ouviu o barulho de pés adultos, seguidos pelo arrastar relutante de pés menores, quando o captor de

Daniel desceu os dois degraus da varanda de madeira e chegou ao chão azulejado da cozinha, arrastando o menino. Quando os pés do homem atingiram os azulejos, Jonathan saiu de trás da porta e, com ambas as mãos, agarrou o braço que segurava a pistola e deu-lhe uma torcida feroz, dilacerante. Simultaneamente, Jonathan gritou: um grito prolongado, catártico, para ventilar a respiração, para chamar por socorro, para aterrorizar, para pôr um fim a paciência demais por um tempo demais. A pistola caiu com estrondo nos azulejos e ele a chutou para longe. Arrastando o homem pelo braço machucado até o portal, agarrou a porta, atirou o peso do corpo sobre ela e esmagou o braço entre a folha e o batente. O sujeito chamado Mike gritou também, mas parou quando Jonathan encostou a lâmina da faca em seu pescoço suado.

— Merda, cara! — sussurrou Mike, de algum ponto entre a dor e o choque. — Que porra está fazendo comigo? *Puta merda*. Você é maluco ou o quê? Meu Deus!

— Desça correndo até onde está sua mãe — disse Jonathan a Daniel. — Se manda. Agora. Depressa.

E apesar de tudo que era fúria dentro dele, escolheu essas palavras com extremo cuidado, sabendo que poderia ter de viver com elas mais tarde. Pois como é que um mero cozinheiro saberia que o nome de Daniel era Daniel, ou que Jed não era a mãe dele, ou que a verdadeira mãe de Daniel estava a várias centenas de quilômetros dali, em Dorset? Ao proferi-las, percebeu que Daniel já não estava mais ouvindo, e sim com o olhar fixo por trás dele, para a outra porta. É que o sujeito da valise, tendo ouvido os gritos, voltara para dar ajuda.

— Esse puto me quebrou a porra do braço! — gritou o sujeito chamado Mike. — Solte a porra do meu braço, seu maluco de merda. Ele está com uma faca, Gerry. Não tente porra nenhuma com ele. A porra do meu braço está quebrado. Quebrou-o duas vezes, porra. Não está brincando. Ele é maluco.

Mas Jonathan continuou segurando-o pelo braço que estava provavelmente quebrado, e manteve a faca pressionada contra o pescoço grosso do sujeito. A cabeça estava puxada para trás, na direção dele, com a boca aberta, igual a uma cabeça no consultório do dentista, e os cabelos suados do homem roçavam-lhe o rosto. E, com a névoa rubra diante de seus olhos, Jonathan teria feito qualquer coisa que achasse ser necessária, sem nenhum remorso.

— Volte pela escada — disse a Daniel, baixinho, para não assustá-lo — Vá com cuidado. Caia fora. Agora.

Ao que Daniel finalmente consentiu em sair. Girou sobre os calcanhares e disparou numa corrida meio desequilibrada, degraus abaixo, rumo às luzes do arco e à multidão gelada, agitando uma das mãos acima da cabeça, como que para demonstrar sua façanha. E essa foi a imagem consoladora que ficou na mente de Jonathan, quando o sujeito chamado Gerry acertou-o com a coronha de sua pistola, acertando em seguida mais uma vez, sobre a bochecha direita e o olho, e então ainda uma terceira vez, enquanto Jonathan flutuava em direção ao chão, envolto em véus do sangue de Sophie. Enquanto estava no chão, na posição de recuperação, Gerry acertou-lhe uns dois pontapés na virilha, por precaução, antes de agarrar o cúmplice, Mike, pelo braço que restava e — sobrenovados gritos e imprecação — arrastá-lo pela cozinha até a porta em frente. E Jonathan ficou satisfeito de ver que a valise lotada estava caída não muito longe, pois evidentemente Gerry não conseguiu cuidar de Mike estropiado e do butim ao mesmo tempo.

Então chegaram-lhe novos passos e vozes, e por um mau instante, Jonathan achou que eles haviam resolvido voltar para se vingarem mais um pouco, mas em sua confusão, ele confundiu a origem dos sons, pois não eram seus inimigos que agora estavam reunidos em torno dele, olhando-o, mas seus amigos, todas as pessoas por quem ele lutara e por quem quase morrera: Tabby e Frisky, Langbourne e os jogadores de polo, os dois velhos que ficavam tocando o rosto um do outro enquanto dançavam e os quatro jovens negros do bar, em seguida Pancada e Olho Mole, depois Roper e Jed com o pequeno Daniel agarrado entre eles. E *Miss* Amélia chorando, sem parar, como se Jonathan tivesse quebrado o braço dela também. E Mama Low berrando com *Miss* Amélia para que calasse a porra da boca e *Miss* Amélia gritando "Oh, pobre Lamont". O que Roper notou e começou a contestar.

— Por que diabos ela o está chamando de Lamont? — reclamava Roper, enquanto inclinava a cabeça para lá e para cá, para conseguir ver melhor o rosto de Jonathan por baixo do sangue. — Ele é Pine, do Meister's. O empregado noturno que eles tinham lá. Reconhece-o, Tabby?

— É ele mesmo, Chefe — confirmou Tabby, ajoelhando-se ao lado de Jonathan e tomando-lhe o pulso.

Em algum ponto na extremidade de seu ponto de visão, Jonathan percebeu Frisky pegar a valise abandonada e examinar o interior.

— Está tudo aqui, Chefe — estava dizendo, consoladoramente. — O prejuízo foi só físico.

Mas Roper ainda estava agachado diante de Jonathan, e seja lá o que for que tenha visto, deve ter sido mais impressionante do que as joias, pois ficou torcendo o nariz, como se o vinho estivesse com gosto de rolha. Jed resolveu que Daniel já havia visto o suficiente, e o estava conduzindo calmamente escada abaixo.

— Está me ouvindo bem, Pine? — perguntou Roper.

— Sim — disse Jonathan.

— Consegue sentir direito a minha mão?

— Sim.

— Aqui também?

— Sim.

— Aqui?

— Sim.

— Como está o pulso dele, Tabby?

— Considerando as circunstâncias, bastante animado, Chefe.

— Ainda está me ouvindo, Pine?

— Você vai ficar bem. O socorro já está a caminho. Vamos conseguir para você o melhor que existe. Está se comunicando com o iate, Corky?

— Na linha, Chefe.

No fundo de sua mente, Jonathan teve uma noção do major Corkoran levando ao ouvido um telefone sem fio, uma das mãos apoiada nos quadris e o cotovelo erguido, para um pouco de autoridade extra.

— Vamos levá-lo para Nassau no helicóptero, *agora* — estava dizendo Roper, naquela voz ríspida que usava com Corkoran. — Informe o piloto, depois telefone para o hospital. Não aquele lugar de classe baixa. O outro. O nosso.

— Doctors Hospital, Collins Avenue — disse Corkoran.

— Registre-o lá. Quem é aquele cirurgião suíço pomposo, tem uma casa em Windermere Cay, sempre tentando colocar o dinheiro dele nas nossas empresas?

— Marti — disse Corky.

— Telefone a Marti, faça com que vá até lá.

— É para já.

— Depois disso, fale com a guarda costeira, a polícia, todos os idiotas de costume. Apronte uma grande confusão. Tem uma maca, Low? Vá pegá-la. Você é casado, ou alguma coisa, Pine? Tem esposa, ou alguém?

— Estou bem, senhor — disse Jonathan.

Mas foi a amazona, tipicamente, quem teve de dar a última palavra. Ela deve ter estudado primeiros socorros na escola de freiras.

— Movimentem-no o mínimo que for possível — estava ela dizendo a alguém, numa voz que parecia penetrar flutuando em seu sono.

13

Jonathan havia desaparecido de todas as telas, sumira, acreditava-se que morto por mãos amigas. Todo o seu planejamento, todo o processo de observação e escuta, todo o seu suposto domínio do jogo jazia como uma limusine largada num acostamento de estrada. Sentiam-se surdos, cegos e ridículos. O quartel-general sem janelas, em Miami, era uma casa mal-assombrada, e Burr caminhava por seus corredores sinistros, feito um homem perseguido por fantasmas.

O iate, os aviões, as casas, os helicópteros e os automóveis de Roper estavam sob constante vigia, da mesma forma a elegante mansão colonial no centro de Nassau, onde a Ironbrand Land, Ore & Precious Metals Company tinha seu ilustre quartel-general. Da mesma forma as linhas telefônicas e de fax, pertencentes aos contatos de Roper por todo o mundo: de lorde Langbourne, em Tortola, a banqueiros suíços em Zug e colaboradores semianônimos em Varsóvia; de um misterioso Rafi, no Rio de Janeiro, a Misha, em Praga, a uma firma de tabeliães holandeses em Curaçao e a um funcionário do governo do Panamá, até agora não identificado, o qual, mesmo quando falava de sua mesa no palácio da presidência, costumava falar num murmúrio de dopado e usar o pseudônimo de Charlie.

Mas, quanto a Jonathan Pine, conhecido como Lamont, visto pela última vez no CTI do Doctors Hospital de Nassau, nem uma palavra por parte de qualquer um deles.

— Ele desertou — disse Burr a Strelski, através dos dedos abertos das mãos. — Primeiro, ele pira, depois foge do hospital. Daqui a uma semana estaremos lendo a sua história nos jornais de domingo.

E, no entanto, tudo planejado com tanta perfeição. Nada deixado ao acaso, desde o momento da partida do *Pasha* de Nassau, até a noite do falso sequestro, no Mama Low's. A chegada dos convidados do cruzeiro com seus filhos — as meninas inglesas puro-sangue, de doze anos, de rostos indolentes, devorando saquinhos de batatas fritas e conversando com falas arrastadas sobre gincanas, os filhos confiantes, com os corpos estalando em boa forma e aquele ar de censura no canto da boca que manda o mundo inteiro para o inferno, a família Langbourne, com a esposa mal-humorada e a babá bonita demais — todos haviam sido secretamente acolhidos, orientados, alojados e odiados pelos espiões de Amato, e finalmente levados a bordo do *Pasha*, nada deixado ao acaso.

— Sabe de uma coisa? Aqueles garotos ricos fizeram o Rolls-Royce estacionar no Joe's Easy, só para poderem comprar sua maconhazinha! — disse Amato, pai recente e orgulhoso, a Strelski pelo *walkie-talkie*, em tom de aprovação. A história entrou devidamente para a lenda da operação.

Tal como a história das conchas. Na véspera da partida do *Pasha*, um dos jovens brilhantes da Ironbrand — MacArthur, que fizera sua estreia com um papel sem falas no Meister's — foi ouvido falando ao telefone com um dúbio contato bancário no outro lado da cidade.

— Jeremy, por favor me ajude. Quem, em nome de Deus, vende conchas marinhas hoje em dia? Preciso de mil dessas porcarias para ontem. Jeremy, estou falando sério.

O pessoal na escuta tornou-se de uma eloquência incomum. *Conchas marinhas*? *Literalmente* conchas marinhas?* Concha, igual a projétil? Um míssil mar-ar, talvez? Em parte alguma do léxico da língua armamentista de Roper alguém já havia se referido a conchas marinhas. Foram tirados dessa angústia mais tarde, no mesmo dia, quando MacArthur explicou o seu problema ao gerente da loja de artigos de luxo de Nassau:

— As filhas gêmeas de lorde Langbourne fazem aniversário no segundo dia do cruzeiro... o chefe quer organizar uma caçada ao tesouro, uma busca de conchas, em uma das ilhas desabitadas, dando prêmios aos mais bem-sucedidos... mas no ano passado ninguém encontrou concha nenhuma, por isso, esse ano, o chefe não quer correr riscos. Quer mandar seu pessoal de segurança enterrar mil dessas coisas na areia, na noite anterior. Por isso, por favor, *Mr.* Manzini, onde é que posso conseguir conchas a granel?

---

* Tudo o que se segue apoia-se no fato de que, em inglês, a palavra *shell* significa tanto *concha* quanto *projétil*, *obus* etc. Infelizmente, é irrecuperável em português. (*N. do T.*)

A história fez a equipe rir às gargalhadas. Frisky e Tabby, em uma incursão noturna, numa praia rasa e deserta, armados de mochilas cheias de conchas marinhas? Essa era boa demais.

Para o sequestro cada passo havia sido ensaiado. Primeiro, Flynn e Amato haviam se disfarçado de iatistas e fizeram o reconhecimento de campo em Hunter's Island. De volta à Flórida, reconstruíram o terreno num trecho de dunas separado para eles nas instalações de treinamento em Fort Lauderdale. Prepararam mesas. Fitas gomadas marcaram os caminhos, foi levantada uma cabana para fazer as vezes da cozinha. Foi reunido um elenco de convivas. Gerry e Mike, os dois vilões, eram desordeiros profissionais de Nova York, com ordens para fazerem o que lhes mandassem e calarem a boca. Mike, o sequestrador, era um grosseirão. Gerry, o que levaria a valise, era lúgubre mas ágil. Hollywood não teria feito melhor.

— Os cavalheiros estão plenamente familiarizados com suas ordens? — perguntou o irlandês Pat Flynn, olhando os anéis de latão que ornamentavam cada dedo da mão direita de Gerry. — Só o que queremos agora são umas duas ou três porradas amigáveis, Gerry. Mais na linha de uma alteração cosmética da aparência, é só isso que se pede. Em seguida, vocês devem se retirar com honra. Estou me fazendo claro, Gerry?

— Tudo certo, Pat.

Seguiram-se então as reservas, os "e se". Tudo foi incluído. *E se*, no último minuto, o *Pasha* não parar em Hunter's Island? *E se* ele ancorar, mas os passageiros resolverem jantar a bordo? *E se* os adultos saírem para jantar, mas as crianças — talvez como castigo por alguma travessura — forem obrigadas a permanecer a bordo?

— Rezem — disse Burr.

— Rezem — concordou Strelski.

Mas eles não estavam, na verdade, deixando as coisas nas mãos da Providência. Sabiam que o *Pasha* até hoje nunca passara por Hunter's Island sem parar, mesmo sabendo que teria de haver uma primeira vez, e que seria provavelmente esta. Sabiam que o estaleiro de Low em Deep Bay mantinha reservas de combustível para o *Pasha*, e sabiam que o capitão esperava levar sua parte na conta do combustível e na conta do jantar no Mama Low's, pois sempre o fazia. Tinha muita fé na influência de Daniel sobre o pai. Daniel dera vários telefonemas sofridos a Roper nas semanas recentes, sobre o inferno de se ajustar a pais separados, e destacara a parada em Hunter's Island como o ponto alto de sua próxima visita.

— Desta vez eu vou, *de verdade*, tirar os caranguejos da cesta, papai — dissera Daniel ao pai, da Inglaterra, apenas dez dias antes. — Já não sonho mais com eles. Mamãe está contente de verdade comigo.

Tanto Burr quanto Strelski já haviam tido conversas igualmente perturbadoras com os filhos, cada qual em sua época, e o palpite deles era que Roper, apesar de não pertencer à classe inglesa que coloca os filhos em primeiro lugar na sua lista de prioridades, preferiria caminhar sobre carvões em brasa a decepcionar Daniel.

E estavam certos, absolutamente certos. Quando o major Corkoran telefonou a *Miss* Amélia, via satélite, para reservar a mesa do terraço, Burr e Strelski poderiam muito bem ter-se agarrado, abraçado e beijado, o que, de qualquer maneira, era o que pessoal dizia que eles andavam fazendo atualmente.

Foi só por volta das onze e meia, na noite da própria ação, que tiveram as primeiras sensações de inquietude. A operação havia sido marcada para às 23:03, assim que a corrida de caranguejos houvesse começado. O assalto, a subida até a cozinha, a descida até Goose Neck, tudo isso nunca levara mais de doze minutos nos ensaios. Por que, diabos, Mike e Gerry ainda não haviam mandado o sinal de "missão cumprida"? E foi então que se acendeu a luz vermelha de alarme. Parados de braços cruzados na sala do centro de comunicações, Burr e Strelski ouviram a voz de Corkoran falando em rápida sequência com o capitão do navio, com o piloto do helicóptero do navio, com o Doctors Hospital em Nassau e, finalmente, com o Dr. Rudolf Marti, na casa deste, em Windermere Cay. A voz de Corkoran já era um sinal. Debaixo de fogo, era fria e firme:

— O Chefe entende que o senhor não trabalha em primeiros socorros, Dr. Marti. Mas o crânio e o lado do rosto estão gravemente fraturados, e o Chefe acredita que terão de ser reconstruídos. Além disso, o hospital precisa que um médico lhes encaminhe o paciente. O Chefe gostaria que o senhor estivesse esperando no hospital quando ele chegasse, e está disposto a recompensá-lo generosamente pelo incômodo. Posso dizer a ele que o senhor estará lá?

Crânio e lado do rosto fraturados? *Reconstruir*? Que diabo Mike e Gerry andaram fazendo? O relacionamento entre Burr e Strelski já estava tenso quando um telefonema do Jackson Memorial Hospital, em

Miami, os levou para lá correndo, num carro oficial com a luz girando em cima da capota, e Flynn sentado ao lado do motorista. Quando chegaram, Mike ainda estava na sala de operações. Gerry, enfurecido, fumava um cigarro atrás do outro na sala de espera, usando sua jaqueta salva-vidas da marinha.

— A porra daquele animal crucificou o Mike na porra da porta — disse Gerry.

— Então, o que ele fez com *você*? — perguntou Flynn.

— Comigo, nada.

— E o que *você* fez com *ele*?

— Dei-lhe um beijo na porra da boca. O que você acha que eu fiz, seu babaca?

Nesse momento, Flynn puxou Gerry da cadeira, como se fosse um garoto mal-educado, deu-lhe uma forte bofetada e voltou a sentá-lo, na mesma posição indolente de antes.

— Você o machucou, Gerry? — perguntou Flynn, com gentileza.

— Aquela porra ficou maluco. Jogou pra valer. Ficou segurando a porra de uma faca de cozinha no pescoço de Mike e ficou esmagando o braço dele na porra da porta, como se estivesse cortando lenha para o fogo.

Voltaram ao centro de operações, a tempo de ouvirem Daniel conversando com a mãe na Inglaterra, pelo aparelho via satélite do *Pasha*.

— Mamãe, sou eu. Estou bem. De verdade.

Um longo silêncio, até ela conseguir acordar.

— Daniel? Querido. Você não voltou para a Inglaterra, voltou?

— Estou no *Pasha*, mamãe.

— *Francamente*, Daniel. Você *sabe* que horas são? Onde está o seu pai?

— Não tirei os caranguejos da cesta, mãe. Eu me acovardei. Eles me enjoam. Estou bem, mamãe. Verdade.

— Danny?

— Sim?

— Danny, o que você está tentando me dizer?

— Só que a gente estava em Hunter's Island, você sabe, mamãe. Apareceu um sujeito, que cheirava a alho, e ele me fez prisioneiro, e um outro homem que tirou o colar de Jed. Mas o cozinheiro me salvou e eles me soltaram.

— Daniel, seu pai está aí?

— Paula. Oi. Sinto muito por isso. Ele quis porque quis lhe contar que estava bem. Dois bandidos nos assaltaram a mão armada no Mama Low's. Dans foi tomado como refém por uns dez minutos, mas não sofreu mal algum.

— Espere — disse Paula. Tal como o filho já fizera, Roper esperou que ela se organizasse mentalmente. — Daniel foi sequestrado e libertado. Mas está bem. Agora, continue.

— Carregaram-no pelo caminho acima, até a cozinha. Lembra-se da cozinha, no alto da ladeira?

— Você tem certeza de que tudo isto *aconteceu*, não tem? Nós todos conhecemos as histórias do Daniel.

— Sim, é claro que tenho certeza. Eu vi.

— A *mão armada*? Carregaram-no lá para cima *a mão armada*? Um menino de oito anos?

— Estavam indo pegar o dinheiro na caixa registradora da cozinha. Mas havia um cozinheiro lá, um sujeito branco, que partiu para cima deles. Ele derrubou um, mas o outro voltou e o surraram enquanto Daniel fugia. Sabe Deus o que poderia ter acontecido, se tivessem levado Dans com eles, mas não levaram. Agora já está tudo acabado. Conseguimos até recuperar todo o produto do roubo. Deus abençoe os cozinheiros. Vamos lá, Dans, conte a ela que vamos dar a você a Cruz de Victoria, por galhardia. Ele vai falar de novo.

Eram cinco da manhã. Burr estava sentado, imóvel como um Buda, a sua mesa, na sala de operações. Rooke fumava o cachimbo e enfrentava as palavras cruzadas do *Miami Herald*. Burr deixou o telefone tocar várias vezes, antes de conseguir atender.

— Leonard? — disse a voz de Goodhew.

— Olá, Rex.

— Alguma coisa deu errado? Achei que vocês iam me telefonar. Você está com a voz de quem se encontra em choque. Eles engoliram a isca? Então? Leonard?

— Ah, engoliram, sim, direitinho.

— Então, o que há de errado? Você não está falando como quem venceu, mas como quem está voltando de um enterro. O que aconteceu?

— Estou só tentando descobrir se a vara de pescar ainda está em nossas mãos.

215

Mr. *Lamont está no tratamento intensivo*, disse o hospital. A *situação de* Mr. *Lamont é estável.*

Não por muito tempo. Vinte e quatro horas depois, *Mr.* Lamont havia desaparecido.

Ele próprio pediu alta? O hospital diz que sim. O Dr. Marti o transferiu para sua clínica? Tudo indica que sim, mas só por um breve momento, e a clínica não dá informações sobre o destino de pacientes que recebem alta. E quando Amato telefona fazendo-se de repórter de um jornal, o próprio Dr. Marti responde que *Mr.* Lamont foi embora sem deixar endereço. De repente, as teorias mais fantásticas estão circulando pela sala de operações. Jonathan confessou tudo! Roper o descobriu e o atirou no mar! Por ordem de Strelski, a vigilância ao aeroporto de Nassau foi suspensa. Teme que a equipe de Amato esteja se tornando visível demais.

— Estamos lidando com a natureza humana, Leonard — diz Strelski em tom de consolo, num esforço para aliviar a carga que se abate sobre a alma de Burr. — Não pode dar certo o tempo todo.

— Obrigado.

Cai a noite. Burr e Strelski estão sentados numa churrascaria de beira de estrada, os telefones celulares no colo, comendo costelas com arroz *créole* e observando a América bem nutrida entrar e sair. Um chamado os faz largar a comida no meio e voltar correndo para o quartel-general.

Corkoran ao editor-chefe do principal jornal das Bahamas:

— Meu grande amor! Sou eu, Corky. Como é que vamos? Como é que vão aquelas bailarinas?

São trocadas algumas intimidades obscenas. E então o xis do problema.

— Ouça, meu doce, o Chefe quer uma certa história encoberta... razões prementes pelas quais o herói do momento não precisa de publicidade. Jovem Daniel, um hipergarotão... Estou falando de gratidão séria, um megaempurrão nos seus pianos de aposentadoria. Que tal "uma brincadeira maldosa que não funcionou"? Pode fazer isso, amorzão?

O assalto sensacional em Hunter's Island é enterrado no grande cemitério das notícias bloqueadas para sempre por Alta Autoridade.

Corkoran ao gabinete de um importante oficial da polícia de Nassau, conhecido por sua compreensão para com os pecadilhos dos ricos.

— Coração, como é que vamos? Ouça, com respeito ao nosso irmãozinho Lamont, visto pela última vez no Doctors Hospital por um dos membros mais velozes da sua confraria, será que nós não podíamos, assim, tirar esse do cardápio, você se importaria? O Chefe preferia que a situação fosse a mais discreta possível, acha que é melhor para o bem de Daniel... não está com vontade de dar queixa, ainda que você descubra os culpados, detesta essa confusão... louvado seja... Ah, aproveitando, não acredite nessas baboseiras das ações da Ironbrand despencando na bolsa... o Chefe está considerando uma distribuiçãozinha muito agradável neste Natal, poderemos todos comprar aquilo que mais nos agradar...

O braço forte da lei concorda em retirar as garras. Burr fica se perguntando se não estaria ouvindo o obituário de Jonathan.

E, quanto ao resto do mundo, nem um único som.

Burr deveria voltar a Londres? Rooke deveria? Logicamente, não fazia diferença se eles ficariam dependurados por um fio em Miami, ou em Londres. E, logicamente, Burr necessitava estar perto do lugar onde seu agente havia sido visto pela última vez. No final, ele mandou Rooke para Londres e, no mesmo dia, deixou o hotel de aço escovado e vidro blindex, mudando-se para instalações mais modestas, numa parte menos elegante da cidade.

— Leonard está fazendo penitência, enquanto espera que essa coisa se resolva — disse Strelski a Flynn.

— É um teimoso — disse Flynn, ainda tentando digerir a experiência de ter tido seu agente imolado pelo cordeirinho de Burr.

A nova cela de Burr era um cubículo *art déco*, pintado em tons pastel, junto à praia, com uma lâmpada de cabeceira feita de um Atlas de cromo segurando um globo, e janelas com molduras de aço que zumbiam a cada carro que passava, e um guarda de segurança cubano, dopado, de óculos escuros e carregando uma espingarda de matar elefante, refestelado no saguão. Lá, Burr dormia um sono leve, com seu telefone celular sobre o travesseiro ao lado.

Certa madrugada, sem conseguir dormir, levou o telefone celular para um passeio por uma grande avenida margeando a praia. Um regimento de traficantes de cocaína assomou em sua direção, saindo do mar coberto de névoa. Mas, à medida que foi se aproximando deles, descobriu-se num canteiro de obras cheio de pássaros coloridos soltando gritos agudos do alto dos andaimes e latinos dormindo feito mortos na guerra, junto às suas máquinas de terraplenagem estacionadas.

Jonathan não era o único que havia desaparecido. Roper também entrara por um buraco negro. Deliberadamente ou não, passara a perna nos espiões de Amato. A interceptação do quartel-general da Ironbrand em Nassau revelou apenas que o Chefe viajara para vender fazendas — vender fazendas sendo a linguagem de Roper para não se meta no que não é da sua conta.

O superdelator, Apostoll, consultado urgentemente por Flynn, não ofereceu qualquer consolo. Tinha ouvido falar vagamente que seus clientes poderiam estar reunidos numa conferência de negócios na ilha de Aruba, mas não havia sido convidado. Não, não fazia a menor ideia de onde estava *Mr.* Roper. Era advogado e não agente de viagens. Era soldado de Maria.

Mais uma noite caiu e Strelski e Flynn resolveram arrancar Burr da casca. Pegaram-no no seu hotel e, telefones celulares à mão, fizeram-no caminhar em meio à multidão, no passeio em frente à praia. Sentaram-no num café de calçada, fizeram-no beber *margaritas* e forçaram-no a se interessar pelas pessoas que passavam. Em vão. Viram negros musculosos usando camisas multicoloridas e anéis de ouro, andando com a majestade da vida luxuosa, enquanto a vida e o luxo durassem, suas garotas com minissaias colantes e botas até as coxas cambaleando entre eles, seus guarda-costas usando túnicas muçulmanas de algodão cru para esconderem as armas automáticas. Um enxame de garotos de praia passou correndo sobre *skates*, e as senhoras mais sensatas trataram de segurar bem as bolsas. Duas velhas lésbicas usando chapéus moles de palha recusaram-se a se intimidar e marcharam com seus *poodles* direto em direção a eles, obrigando-os a se desviarem. Depois dos garotos de praia, veio um monte de manequins de moda, de pescoços longos, andando de patins, cada uma mais linda que a outra. Ao vê-las, Burr, que amava as mulheres, voltou à vida por um momento — só para voltar a cair em suas abstrações melancólicas.

— Ei, Leonard — disse Strelski, fazendo um último e galhardo esforço. — Vamos ver onde o Roper faz suas compras de fim de semana.

Num grande hotel, num salão de conferências protegido por homens com enchimentos nos ombros, Burr e Strelski misturaram-se a compradores de todas as nações e ficaram ouvindo o papo de vendas de jovens bem-apessoados, com crachás presos nas lapelas. Atrás dos homens estavam sentadas garotas com blocos de pedidos. E, atrás das garotas, em nichos isolados com cordas cor de sangue, estavam suas mercadorias, cada qual lustrada como um bem de estimação, cada qual garantindo transformar quem quer que as possuísse num homem: desde as *cluster bombs* com o melhor coeficiente de custo-benefício, passando pela pistola automática Glock, toda de plástico, indetectável, até a última palavra de lançadores manuais de foguetes, morteiros e minas antipelotão. E para os chegados à leitura, obras abalizadas sobre como construir um lançador de foguetes em seu próprio quintal, ou fabricar um silenciador a partir de um tubo como uma lata de bola de tênis.

— Parece que a única coisa que faltava era uma garota de biquíni enfiando o traseiro num cano de uma peça de campanha de dezesseis polegadas — disse Strelski, enquanto voltavam para a sala de operações.

Ninguém achou a menor graça na piada.

Uma tempestade tropical cai sobre a cidade, obscurecendo o céu, cortando as cabeças dos arranha-céus. Relâmpagos faíscam, disparando os alarmes contra ladrões nos carros estacionados. O hotel estremece e estala, a última luz do dia se apaga, como se tivesse havido uma avaria na chave geral. A chuva escorre aos borbotões pelos vidros das janelas do quarto de Burr, um entulho escuro escorre na clara torrente das águas. Lufadas de vento arrancam as folhas das palmeiras, derrubam cadeiras e plantas das varandas.

Mas o telefone celular de Burr, tocando junto a seu ouvido, sobreviveu miraculosamente ao ataque.

— Leonard — diz Strelski numa voz de mal contida empolgação —, venha para cá depressa. Pegamos uns murmúrios saindo dos destroços.

As luzes da cidade voltam impetuosamente, brilhando alegres depois desse banho grátis.

Corkoran a Sir Anthony Joyston Bradshaw, *ultimamente ímprobo presidente de um grupo de negligenciadas empresas comerciais britânicas e ocasional fornecedor de carregamentos de armas altamente passíveis de desmentidos para ministros de aliciamento do Reino.*

Corkoran está telefonando do apartamento de um dos jovens elegantes da Ironbrand em Nassau, na errônea presunção de que a linha é segura.

— Tony? Aqui Corkoran. Garoto de recados de Dicky Roper.

— Que porra é que você quer? — A voz soa espessa e meio bêbada. Ecoa como uma voz no banheiro.

— Assunto urgente, *Sir* Tony, temo. O Chefe precisa dos seus bons ofícios. Tem um lápis?

Enquanto Burr e Strelski ouvem, pregados ao chão, Corkoran se esforça para ser preciso.

— Não, *Sir* Tony, *Pine*. Pine, feito a árvore, o pinheiro. P de Pedro, I de Ida, N de Nair, E de Elza. Isso mesmo. Primeiro nome, Jonathan. Como o Jonathan. — Acrescenta um ou dois detalhes inofensivos, tais como data e local de nascimento, e número do passaporte britânico de Jonathan. — O Chefe quer a ficha completa, de cima a baixo, *Sir* Tony, por favor, de preferência para ontem. E bico calado. Bico calado de verdade.

— Quem é Joyston Bradshaw? — pergunta Strelski, depois que a conversa chega ao fim.

Parecendo despertar de um sonho profundo, Burr permite-se um sorriso cauteloso.

— *Sir* Anthony Joyston Bradshaw, Joe, é um importante verme inglês. A dificuldade financeira por que ele vem passando é uma das maiores alegrias da atual recessão. — Seu sorriso se amplia. — Não surpreende que seja também um ex-sócio do crime de *Mr.* Richard Onslow Roper. — Ele se empolga com o tema. — Para falar a verdade, Joe, se você e eu estivéssemos escalando a seleção inglesa de vermes, *Sir* Anthony Joyston Bradshaw seria um dos primeiros da lista. Ele também goza da proteção de alguns outros vermes ingleses que ocupam altas posições, alguns dos quais trabalham não muito longe do Tâmisa. — O alívio cintila pelo rosto tenso de Burr, quando ele prorrompe numa gargalhada. — Ele está vivo, Joe! Não se pede a ficha de um cadáver, não para ontem! De alto a baixo, diz ele. Bem, já temos essa ficha prontinha para ele, e ninguém mais adequado para fornecê-la do que o desgraçado do Tony Joyston Bradshaw! Eles o querem, Joe! Ele conseguiu enfiar o nariz na tenda deles! Sabe como é que eles dizem? Os beduínos? Não deixe nunca que um camelo enfie o nariz na sua tenda! Porque se deixar, vai ter o camelo inteiro lá dentro.

Mas, enquanto Burr se regozijava, a mente de Strelski já estava na próxima providência prática.

— E então, Pat vai em frente? — disse ele. — Os rapazes de Pat podem ir enterrar a caixa mágica?

Burr ficou imediatamente sóbrio.

— Se estiver tudo bem para você e Pat, está bem para mim — disse ele.

Concordaram em que fosse feito logo na noite seguinte.

Sem conseguir dormir, Burr e Strelski foram de carro até uma espelunca que vendia hambúrgueres e ficava aberta a noite inteira, chamada Murgatroyd's, na US.1, onde um cartaz dizia NÃO SERVIMOS PESSOAS DESCALÇAS. Do lado de fora das janelas de vidro fumê, havia pelicanos descalços ao luar, cada um pousado em sua estaca de atracação ao longo do píer de madeira, feito velhos aviões bombardeiros emplumados que talvez nunca voltassem a bombardear. Na praia prateada, garças brancas olhavam desesperançadamente seus próprios reflexos.

Às quatro da manhã, o telefone celular de Strelski tocou. Levou-o ao ouvido, disse "sim" e ficou escutando. Falou, afinal: "Então, vão dormir um pouco." A conversa tinha levado vinte segundos.

— Sem problemas — anunciou a Burr, e tomou um gole de Coca.

Burr precisou de um momento para acreditar no que estava ouvindo.

— Quer dizer que eles conseguiram? Está feito? Esconderam-na?

— Desembarcaram na praia, encontraram o barracão. Foram muito silenciosos, muito profissionais, e caíram fora. O seu garoto agora só precisa falar.

14

Jonathan estava de volta a sua cama de ferro na escola do exército, depois que lhe arrancaram as amígdalas. Só que a cama enorme e branca, com os travesseiros macios de plumas de gansos, cobertos por fronhas com as bainhas bordadas, que costumavam ter no Meister, e um pequeno travesseiro de ervas para dar fragrância.

Estava no quarto de motel, uma carona de caminhão distante de Espérance, cuidando do maxilar machucado, com as cortinas fechadas, suando de febre, após ter telefonado a uma voz sem nome para dizer que havia encontrado sua sombra. Só que sua cabeça estava enfaixada, ele usava pijamas de algodão novinhos, e havia um emblema bordado no bolso que ele ficou tentando ler com a ponta dos dedos. Não era um M de Meister, nem P de Pine, ou B de Beauregard, ou L de Linden e Lamont. Parecia mais uma estrela de davi, com um excesso de pontas.

Estava no sótão de Yvonne, tentando ouvir os passos de *Madame Latulipe*, à meia-luz. Yvonne não estava presente, mas o sótão estava — só que este era um sótão maior do que o de Yvonne, e maior até do que o sótão em Camden Town, onde Isabelle pintava. E este tinha flores cor-de-rosa num antigo vaso de porcelana de Delft, e uma tapeçaria mostrando damas e fidalgos caçando com falcões. Havia um ventilador preso numa das vigas do teto, as pás girando lenta e majestosamente.

Estava deitado ao lado de Sophie, num apartamento da Chicago House, em Luxor, enquanto ela falava de coragem — só que o perfume que lhe chegava tão agradável às narinas era de *pot-pourri* de flores, e não de baunilha. *Ele disse que eu precisava de uma lição*, ela estava dizendo. *Não sou eu que preciso de uma lição. É Freddie Hamid e seu terrível Dicky Roper.*

Percebeu persianas fechadas fatiando a luz do sol em lâminas, e cortinas em camadas de fina musselina branca. Virou a cabeça para o outro lado e viu a bandeja de prata do serviço de quarto do Meister's com um jarro de suco de laranja, uma taça de cristal lapidado para bebê-lo e um pano rendado cobrindo a bandeja de prata. Do outro lado do assoalho coberto por um carpete grosso, distinguiu através da névoa de sua visão reduzida uma porta para um banheiro grande, com toalhas dobradas e penduradas por ordem de tamanho.

Percebeu então que seus olhos lacrimejavam, e seu corpo se contraía, do jeito que se contraíra quando ele tinha dez anos e prendeu os dedos na porta de um carro, e deu-se conta de que estava deitado sobre as bandagens, e que essas bandagens estavam do lado de sua cabeça que havia sido esmagado e que o Dr. Marti havia reconstituído. Por isso, virou a cabeça para onde ela estava antes e começou sua observação atenta, e ficou olhando o ventilador girar, até os clarões de dor haverem passado e o giroscópio do soldado camuflado dentro dele haver começado a se ajustar.

É aqui que você consegue atravessar a ponte, dissera Burr.

Eles vão ter de carimbara mercadoria, dissera Rooke. *Você não pode simplesmente ir caminhando em direção a eles com o menino nos braços sob aplausos gerais.*

Fratura do crânio e do osso do rosto, dissera Marti. Concussão, oito na escala Richter, dez anos de solitária num quarto escuro.

Três costelas quebradas, podiam ter sido trinta.

Lesão grave dos testículos em consequência de tentativa de castração com a biqueira de uma bota muito pesada.

Pois parece que, assim que Jonathan caiu sob as pancadas da arma, foi sua virilha que o sujeito atacou, deixando entre outros vestígios a marca perfeita de uma bota tamanho 44 no interior da coxa, para a diversão estridente das enfermeiras.

Uma figura em branco e preto atravessou-lhe o campo de visão. Uniforme branco. Rosto preto. Pernas pretas, meias brancas. Sapatos brancos de sola de borracha, fechados com velcro. A princípio ele achou que fosse uma pessoa, mas agora sabia que eram várias. Visitavam-no como espíritos, mudas, tirando o pó e lustrando, trocando as flores e a água de beber. Uma delas chamava-se Phoebe e tinha um toque de enfermeira.

— Oi, seu Thomas. Como está passando hoje? Eu sou Phoebe. Miranda, vá buscar aquela escova de novo, e dessa vez varra bem *embaixo* da cama do seu Thomas. Sim, *s'ora*.

Com que então, sou Thomas. E não Pine. Ou talvez eu seja Thomas Pine.

Cochilou de novo e acordou com o fantasma de Sophie de pé ao lado dele, usando calças brancas e derramando comprimidos numa xícara de papel. Pensou em seguida que devia ser uma nova enfermeira. E então viu o cinto largo com a fivela de prata, a linha enlouquecedora dos quadris e os cabelos castanhos desarrumados. E ouviu a voz da amazona-mor, cortando a quietude, sem respeito por ninguém.

— Mas *Thomas* — Jed estava reclamando. — *Alguém* deve amar você *terrivelmente*. E quanto a mães, namoradas, pais, amigos? Ninguém, realmente?

— Realmente — insistiu ele.

— Nesse caso, quem é Yvonne? — perguntou ela, colocando a cabeça a poucos centímetros da dele, uma das mãos em suas costas e a outra em seu peito, para ajudá-lo a sentar-se. — Ela é absolutamente *linda*?

— Ela é só uma amiga — disse ele, sentindo o perfume do xampu nos cabelos dela.

— Bem, não deveríamos nos comunicar com Yvonne?

— Não, não deveríamos — respondeu ele, asperamente demais.

Ela entregou-lhe os comprimidos e o copo d'água.

— Bem, o Dr. Marti diz que você precisa dormir *para sempre*. Por isso, não pense em *nada*, a não ser em melhorar de forma *extremamente* lenta. E quanto a distrações... livro, um rádio, alguma coisa? Não *exatamente* ainda, mas daqui a um ou dois dias. Não sabemos *nada* a seu respeito, a não ser que Roper diz que você é Thomas, por isso você vai ter de nos pedir aquilo de que precisar. Existe uma biblioteca *imensa* na casa principal, com montanhas de coisas *apavorantemente* cultas, Corky lhe dirá tudo que tem, e podemos mandar vir de avião de Nassau qualquer coisa que você quiser. Basta gritar.

E aqueles seus olhos, grandes o bastante para uma pessoa neles se afogar.

— Obrigado, eu grito.

Jed pousou uma das mãos em seu rosto, para sentir-lhe a temperatura.

— Nós simplesmente *nunca* poderemos lhe agradecer o suficiente — disse ela, mantendo a mão onde estava. — Roper lhe dirá isso *muito* melhor do que eu consigo, quando ele voltar. Mas honestamente, *que* herói. Simplesmente *tão* corajoso — concluiu ela, da porta. — *Merda* —

acrescentou a menina do colégio de freiras, ao prender o bolso da calça na maçaneta.

Então ele se deu conta de que não era o primeiro encontro que tinham desde que ali chegara, mas o terceiro, e que os dois primeiros tampouco tinham sido sonhos.

Da nossa primeira vez você me sorriu, e isso foi ótimo: você ficou em silêncio e eu pude pensar, e havia alguma coisa no ar. Você prendera os cabelos por trás das orelhas, estava usando calças de montar e uma blusa de algodão. E eu disse:

— Onde estamos?

Você disse:

— Crystal. A ilha de Roper. Em casa.

Da segunda vez, eu estava me sentindo meio zonzo e achei que você era minha ex-mulher, Isabelle, esperando que eu a levasse para jantar fora, pois estava usando um conjunto perfeitamente ridículo, de *blazer e calça comprida, com alamares dourados nas lapelas.

— Há uma campainha bem ao lado de sua jarra d'água, caso precise de alguma coisa — disse você.

E eu disse:

— Pode esperar que eu vou chamar.

Mas eu estava pensando: por que diabos você precisa se vestir feito um garoto de pantomima?

O pai dela arruinou-se tentando manter-se no nível de vida do condado, dissera Burr, com desprezo. *Servia clarete de vindimas especiais, quando não tinha como pagar a conta da luz De forma alguma mandaria a filha para uma escola de secretárias, pois achava que isso era* infra.

Deitado do lado sem problemas, encarando a tapeçaria, Jonathan avistou uma dama com um chapéu de aba larga, e reconheceu-a, sem surpresa, como sua tia Annie Bali, a que cantava.

Annie era uma mulher valente e cantava belas canções, mas seu marido, que tinha uma pequena fazenda, se embriagava e detestava todo o mundo. Por isso, certo dia, Annie colocou o seu chapéu, colocou Jonathan sentado a seu lado na caminhonete, com a malinha dele no banco de trás, e disse que estavam saindo para um dia de feriado. Dirigiram até o fim da tarde e cantaram canções, até chegarem a uma casa com a palavra MENINOS entalhada em granito sobre aporta. Então Annie Bali começou a chorar e deu a Jonathan seu chapéu, como promessa de que logo voltaria para pegá-lo, e Jonathan subiu para um dormitório cheio de outros meninos, e pendurou o chapéu na cabeceira da cama, para que Annie visse qual menino ele era, quando voltasse. Mas ela não voltou, e quando ele acordou de manhã, os outros meninos do dormitório estavam brincando com o chapéu, cada um por sua vez enfiando-o na cabeça. E então ele brigou para ficar com ele, venceu todos que tentaram, depois embrulhou-o num jornal e o colocou numa caixa vermelha do correio, sem nenhum endereço. Teria preferido queimá-lo, mas não tinha fogo.

Cheguei aqui de noite também, pensou. Um Beechcraft branco, de dois motores, interior azul. Frisky e Tabby, e não o inspetor do orfanato, deram busca em minha bagagem, à procura de doces proibidos.

Eu o machuquei por Daniel, acabou resolvendo.
Eu o machuquei para conseguir atravessar a ponte.
Eu o machuquei porque já estava cheio de esperar e fingir.

Jed estava mais uma vez no quarto. O observador atento não tinha dúvidas disso. Não era o seu perfume, pois ela não estava usando nenhum, nem seus sons, pois ela não fez nenhum. E por um longo tempo ele não conseguiu vê-la, por isso não foi um caso de visão. Deve ter sido portanto o sexto sentido do observador profissional quando você sabe que há um inimigo presente, mas ainda não sabe por que sabe.

— Thomas?

Fingindo dormir, ouviu-a aproximando-se na ponta dos pés. Teve a noção de roupas de cores pálidas, do corpo de bailarina, dos cabelos soltos. Ouviu barulho de algo se deslocando, quando ela puxou os cabelos para trás e colocou o ouvido perto de sua boca, para ouvi-lo respirar. Pôde sentir o calor de seu rosto. Ela voltou a aprumar-se e ele ouviu pés calçados com chinelos desaparecendo pelo corredor, depois os mesmos pés do lado de fora, atravessando o pátio dos estábulos.

Dizem que quando ela foi para Londres tomou um susto grande, dissera Burr. *Meteu-se com um bando de fanfarrões do tipo atlético e trepou com o time inteiro. Fugiu para Paris, para um tratamento de repouso. Conheceu Roper.*

* * *

Ficou ouvindo as gaivotas da Cornualha e os longos ecos que chegavam pelas persianas. Sentiu o cheiro salgado de algas, revelando que era maré baixa. Por algum tempo permitiu-se acreditar que Jed o havia levado de volta ao Lanyon, e estava parada diante do espelho, os pés descalços sobre as tábuas do assoalho, fazendo as coisas que as mulheres fazem antes de irem para a cama. E então ouviu o barulho de bolas de tênis e vozes inglesas ociosas, chamando umas às outras, e uma delas era a de Jed. Ouviu um cortador de grama e a algazarra de crianças inglesas rudes discutindo, e pressupôs os rebentos dos Langbournes. Ouviu o zumbido de um motor elétrico e resolveu-se por um aspirador limpando a superfície de uma piscina. Voltou a dormir, mas sentiu o cheiro de carvão e percebeu, pelo brilho rosado do teto, que era o crepúsculo, e quando ousou erguer a cabeça, viu a silhueta de Jed diante da janela de persianas, olhando por ela para o final do dia lá fora, e a luz do pôr do sol revelou-lhe seu corpo através das roupas de tênis.

— E então, Thomas, que tal um pouco mais de *alimento* em sua vida? — propôs ela com uma voz de matrona de escola. Deve tê-lo ouvido mexer a cabeça. — Esmeralda lhe preparou um pouco de caldo de carne, com pão e manteiga. O Dr. Marti disse torrada, mas as torradas ficam tão molengas com essa umidade. Ou então, temos peito de galinha, ou ainda torta de maçã. *Na verdade*, Thomas, existe praticamente qualquer coisa que você quiser — acrescentou, com aquelas acentuações súbitas as quais ele já estava se acostumando. — É só assobiar.

— Obrigado, eu assobio.

— Thomas, é realmente muito *estranho* não haver uma *única* pessoa no mundo que se preocupe com você. Não sei bem por que deveria haver, mas isso faz com que eu me sinta *apavorantemente* culpada. Será que você não poderia ter ao menos um irmão? *Todo mundo* tem um *irmão* — disse ela.

— Temo que não.

— Bem, eu tenho um *irmão maravilhoso*, e outro que é um completo *suíno*. O que os torna sem efeito, *realmente*. Só que prefiro tê-los, do que não tê-los. Até mesmo o suíno.

Ela estava atravessando o quarto, em direção a ele. Sorriu o tempo todo, ele pensou, alarmado. Sorrir feito um comercial de televisão. Tem medo de que a desliguemos, se ela parar de sorrir. É uma atriz em busca de diretor. Uma pequenina cicatriz no queixo, de resto nenhuma marca característica. Talvez alguém lhe tenha dado uma pancada violenta também. Um cavalo, com certeza. Prendeu a respiração. Ela chegara junto à cama. Estava se curvando sobre ele, pressionando o que ele sentiu como uma espécie de um emplastro frio contra sua testa.

— Temos que deixar isso cozinhar — disse ela, abrindo um sorriso mais amplo. Então sentou-se na cama para esperar, o saiote de tênis entreaberto, as pernas nuas cruzadas distraidamente, os músculos da panturrilha suavemente dilatados contra a canela da outra perna. E toda a sua pele um único e suave bronzeado.

— Chama-se teste de febre — explicou com uma voz de quem está fazendo a grande anfitriã no palco. — Por algum motivo *extraordinário*, esta casa *inteira* não tem um termômetro adequado. Você é um mistério *tão grande*, Thomas. Aquelas eram *todas* as suas coisas? Apenas uma pequena mochila?

— Sim.
— Neste mundo?
— Temo que sim.

Saia da minha cama! Pule para minha cama! Cubra-se! Quem, inferno, você acha que eu sou?

— *Meu Deus*, que sorte você tem! — ela estava dizendo, soando desta vez como uma princesa da casa real. — Porque *nós* não podemos ser assim. Levamos o Beechcraft a Miami para apenas *um fim de semana* e é só com *dificuldade* que conseguimos colocar nossas coisas todas no bagageiro.

Pobrezinha, pensou ele.

Ela fala um texto, registrou, em sua angústia. E não palavras. Um texto. Ela fala versões de quem acha que deveria ser.

— Talvez vocês devessem levar aquele seu iate enorme, nesse caso — sugeriu, ironicamente.

Mas, para sua fúria, ela parecia não ter a menor experiência de ser ironizada. Talvez as mulheres bonitas jamais sentissem essa experiência.

— O *Pasha*? Ah, isso levaria tempo *demais* — explicou com condescendência. Levando a mão à testa dele, retirou a tira de plástico e levou-a até as persianas para examiná-la.

— Roper está fora, vendendo fazendas, temo. Ele resolveu reduzir um pouco o ritmo, o que eu acho ser uma ideia *pavorosamente* boa.

— O que ele faz?

— Ora, negócios. Na verdade, dirige uma empresa. E quem não faz isso, hoje em dia? Bem, pelo menos, é a empresa *dele mesmo* — acrescentou, como se estivesse se desculpando por seu amante estar trabalhando. — Ela a fundou. Mas *principalmente é* apenas um homem adorável, muito querido. — Ela estava inclinando a tira para um lado, olhando-a com o cenho franzido. — Ele também tem *montanhas* de fazendas, o que é bem mais divertido, não que eu algum dia tenha visto alguma delas. Fica tudo lá pelo Panamá e Venezuela, e lugares onde você precisa de um guarda armado para ir fazer um piquenique. Não é a *minha* ideia de vida de fazenda, mas ainda assim é *terra*. — O cenho se franziu ainda mais. — Bem, aqui *diz* normal e *diz* para limpar com álcool quando estiver sujo. Corky pode fazer isso para nós. *Nenhum* problema. — Deu um risinho, e ele viu esse lado dela também: a garota de festas, que é a primeira a chutar fora os sapatos e a dançar quando as coisas começam a ficar quentes.

— Vou ter de cair na estrada em breve — disse ele. — Você foi tremendamente gentil. Obrigado.

Faça-se sempre de difícil, aconselhara Burr. *Se não o fizer, vão estar cheios de você em uma semana.*

— *Ir embora?* — soltou um grito, formando com os lábios um O perfeito e mantendo-os assim por um instante. — Que *história* é essa? Você não está *nem perto* de preparado para ir a *lugar nenhum*, enquanto Roper não voltar, e o Dr. Marti disse *especificamente* que você precisa ter simplesmente *semanas* de convalescença. O *mínimo* que podemos fazer é recuperá-lo. De qualquer maneira, estamos todos morrendo para sabermos o que, *afinal*, você estava fazendo, salvando vidas no Mama's, depois de ter sido uma pessoa *totalmente* diferente no Meister's?

— Não creio que eu seja diferente. Só achei que estava caindo na rotina. Já era tempo de jogar fora as calças listradas e sair um pouco por aí.

— Bem, foi *ótimo* para nós que esse *por aí* tenha passado pelo nosso caminho, é tudo o que posso dizer — falou a amazona, numa voz tão profunda que poderia estar apertando a cilha de seu cavalo, enquanto falava.

— E quanto a você? — perguntou.

— Ora, eu só vivo aqui.

— O tempo todo?

— Quando não estamos no iate. Ou viajando. Sim. É aqui que eu moro.

Mas essa resposta pareceu intrigá-la. Fez com que ele se deitasse de novo, evitando-lhe o olhar.

— Roper quer que eu dê um pulo em Miami, por um ou dois dias — disse ela ao se afastar. — Mas o Corky está de volta e está todo mundo absolutamente *morrendo* para *mimar* você, e a linha direta com o Dr. Marti está *bem* aberta, por isso creio que você não vai *exatamente* desaparecer.

— Bem, lembre-se de levar pouca bagagem dessa vez — disse ele.

— Ah, sempre levo pouca. Roper *insiste* em fazer compras, por isso sempre voltamos com *toneladas*.

Ela foi embora, para seu profundo alívio. Deu-se conta de que não fora o seu próprio desempenho que o havia esgotado. Fora o dela.

Foi despertado pelo som de uma página sendo virada, e percebeu Daniel, de roupão de banho, acocorado no chão, o traseiro para o ar, lendo um livro enorme a um conveniente raio de sol, e entendeu que era manhã, motivo pelo qual havia brioches, *croissants*, bolo de vinho Madeira, geleia caseira e um bule de chá de prata ao lado da cama.

— Existem lulas gigantes com quase vinte metros de comprimento — disse Daniel. — Mas afinal, o que é que elas comem?

— Outras lulas, provavelmente.

— Posso ler para você sobre elas, se quiser. — Virou outra página. — Falando a verdade, você *gosta* de Jed?

— É claro.

— Eu não. Não, *de verdade*.

— Por que não?

— Não sei, não gosto. Ela é muito piegas. Eles estão todos terrivelmente impressionados por você ter me salvado. Sandy Langbourne anda falando em organizar uma coleta.

— Quem é ela?

— É ele. Na verdade, é um lorde. Só que existe uma interrogação pairando sobre você. Por isso, ele achou melhor esperar, até essa interrogação ser resolvida, de uma maneira ou de outra. É por isso que *Miss* Molloy diz que não devo passar muito tempo com você.

— Quem é a *Miss* Molloy?

— Ela me dá aulas.

— Na escola?

— Eu não vou à escola, para falar a verdade.

— Por que não?

— Fere os meus sentimentos. Roper traz outras crianças para mim, mas eu as detesto. Ele comprou um Rolls-Royce novo para Nassau, mas Jed prefere o Volvo.

— Você gosta de Rolls-Royce?
— Imagine.
— Do que *é* que você gosta?
— Dragões.
— Quando é que eles vão voltar?
— Os *dragões*?
— Jed e Roper.
— Você deve chamá-lo de Chefe.
— Muito bem. Jed e o Chefe.
— Qual é o *seu* nome, afinal?
— Thomas.
— Esse é o seu sobrenome, ou o seu nome de batismo?
— O que você preferir.
— Não é nenhum dos dois, segundo Roper. Foi inventado.
— Ele lhe disse isso?
— Apenas aconteceu de eu escutar. Na quinta-feira, provavelmente. Depende de se eles vão ficar para a farra do Apo.
— Quem é Apo?
— Ele é um sujo. Tem uma cobertura de alta rotatividade em Coconut Grove, que é onde dá suas trepadinhas. Isso é em Miami.

E então Daniel leu para Jonathan sobre as lulas, e depois leu-lhe sobre os pterodáctilos, e quando Jonathan cochilou, Daniel o cutucou no ombro para perguntar se ele poderia comer um pouquinho de bolo de vinho Madeira, e se Jonathan gostaria de um pouco também? Assim, para agradar a Daniel, Jonathan comeu um pouco de bolo de vinho Madeira, e quando Daniel, trêmulo, serviu-lhe uma xícara de chá, bebeu também um pouco de chá apenas tépido.

— Progredindo, não estamos, Tommy? Fizeram um bom serviço com você, eu diria. Muito profissional.

Era Frisky, sentado em uma poltrona, junto à porta, usando uma camiseta, calças de linho branco e nenhuma Beretta, e lendo o *Financial Times*.

Enquanto o paciente repousava, o observador atento usava suas habilidades.

Crystal. A ilha de *Mr.* Onslow Roper no estreito de Exumas, a uma hora de voo de Nassau, pelo relógio de Frisky, usado no braço direito, que Jonathan conseguiu observar quando o carregavam para dentro e para fora do avião. Afundado no assento traseiro, sua mente alerta em segredo, ele ficou observando, à luz branca do luar, enquanto voavam sobre recifes recortados como as peças de um quebra-cabeça de armar. Uma ilha solitária ergueu-se na direção deles rumo a pequena colina em forma de cone no centro. Avistou uma pista de pouso, nítida, cheia de luz, rasgada no topo da colina, com uma plataforma para pouso de helicópteros de um lado, um hangar baixo, verde, e um mastro de comunicações, laranja. Em seu estado peculiar de alerta, ele procurou o agrupamento de casas de escravos em ruínas, na floresta, que Rooke dissera ser uma marca do lugar, mas não viu nada. Pousaram e foram recebidos por um jipe Toyota de capota conversível, dirigido por um negro enorme, que usava luvas de crochê, com os nós dos dedos de fora, para poder acertar as pessoas.

— Ele está bem para sentar ou quer que eu abaixe o banco traseiro?
— Basta levá-lo bem devagarinho — disse Frisky.

Desceram por uma trilha serpenteante, ainda por concluir, e as árvores mudaram, do verde-azulado dos pinheiros-das-canárias para o verde viçoso de folhas em forma de coração, do tamanho de pratos de sopa. A estrada ficou mais reta e, à luz dos faróis do jipe, viu uma placa quebrada dizendo FÁBRICA DE OBJETOS DE TARTARUGA DO PÍNDARO, e atrás da placa, uma típica fábrica de fundo de quintal, com tijolos aparentes, com o telhado arrancado e as janelas arrebentadas. E, à beira do caminho, farrapos de algodão pendendo dos arbustos feito ataduras velhas. E Jonathan guardou tudo na memória, na devida ordem, a fim de que, se um dia precisasse dar o fora dali, fugido, poderia contar tudo ao contrário: campos de abacaxis, bananal, campo de tomates, fábrica. À lua que ardia em branco, viu campos com tocos de madeira, feito cruzes inacabadas, depois uma capela do Calvário, em seguida uma Igreja de Deus da Estrada Principal, toda revestida de ripas de madeira, no estilo americano. Vire à esquerda na Igreja de Deus, pensou, enquanto viravam à direita. Tudo era informação, cada coisa uma palha a se agarrar, enquanto lutava para permanecer na superfície.

Deram com um grupo de nativos sentado em círculo na estrada, bebendo de garrafas marrons. O motorista manobrou respeitosamente ao largo deles, a mão enluvada erguida numa saudação tranquila. O Toyota sacolejou sobre uma ponte de madeira e Jonathan viu a lua pendendo à sua direita, com a estrela do norte bem acima. Viu arbustos carregados de flores vermelhas e também hibiscos, e com a lucidez que havia nele lembrou-se de ter lido que o beija-flor bebia da parte de trás do hibisco, e não do centro. Mas não conseguiu se lembrar se isso tornava notável o pássaro ou a planta.

Passaram entre dois pilares de portão, que o fizeram lembrar-se de *villas* italianas no lago Como. Ao lado dos portões, viu um bangalô branco com janelas gradeadas e holofotes de segurança, e Jonathan tomou-a como sendo um tipo de guarita qualquer, pois o jipe reduziu a marcha por completo, quando os portões surgiram, e dois guardas negros fizeram uma inspeção descansada dos ocupantes.

— Esse é o tal que o major diz que está chegando?

— E quem você pensa que é? — perguntou Frisky. — Alguma porra de garanhão árabe?

— Estava só perguntando, cara. Não há motivo para aborrecimento. O que fizeram com o rosto dele, cara?

— Um tratamento de beleza — disse Frisky.

Dos portões até a casa principal eram quatro minutos, pelo relógio de Frisky, a cerca de menos de vinte quilômetros por hora, devido aos quebra-molas, e o Toyota parecia seguir em arco para a esquerda, com água de perfume agradável à esquerda, de forma que Jonathan calculou um caminho de entrada curvo, com cerca de um quilômetro e meio de comprimento, margeando as bordas de um lago, ou lagoa, artificial. No caminho, viu luzes distantes entre as árvores, e calculou uma cerca fechando um perímetro, com lâmpadas halogênicas, como na Irlanda. Ouviu uma vez a agitação das patas de um cavalo cavalgando ao lado deles, na escuridão. O Toyota fez mais uma curva e ele viu a fachada coberta de luz de um palácio no estilo de Palladio, com uma cúpula central e um frontão triangular apoiado por quatro pilastras altas. A cúpula tinha janelas redondas em água-furtada, feito escotilhas iluminadas por dentro, e uma pequena torre que brilhava como um relicário de prata ao luar. No alto da torre havia um cata-vento com dois cães de caça correndo na direção de uma flecha dourada iluminada por um holofote. O valor da casa era calculado em doze milhões de libras, e esse número ainda iria crescer, dissera Burr. O conteúdo estava segurado por mais sete milhões, somente contra incêndio. O Roper não contava com qualquer tipo de roubo.

O palácio erguia-se sobre uma elevação gramada que devia ter sido especialmente feita para ele. Havia um campo amplo de cascalho com um lago de nenúfares e uma fonte de mármore, e uma escada de mármore com um arco e balaustrada, levando a uma entrada principal com lanternas de ferro. As lanternas estavam acesas e a fonte jorrava. As portas duplas eram feitas de vidro. Através delas, Jonathan vislumbrou um criado de túnica branca sob um candelabro, no vestíbulo. O jipe continuou pelo cascalho, passando por um pátio de estábulo pavimentado de seixos e que exalava o cheiro quente de cavalos, depois por um pequeno bosque de eucaliptos e uma piscina toda iluminada, com uma parte rasa para crianças terminando em rampa e duas quadras de tênis de argila batida, inundadas de luz, além de concha de croqué e um gramado para treino de golfe, entre um segundo par de pilares de portão, menos imponente, porém mais bonito que o primeiro, até parar diante de uma porta de mogno.

E nesse ponto Jonathan teve de fechar os olhos, pois sua cabeça parecia que ia se partir ao meio e a dor na virilha o estava deixando quase louco. Além disso, já era hora de ele voltar a bancar o morto.

Crystal, repetiu para si mesmo, enquanto o levavam, subindo uma escadaria de madeira torneada. Crystal. Um Cristal Grande como o Ritz.

E agora, em sua reclusão luxuosa, a parte insone de Jonathan ainda se esforçava, anotando e registrando cada sintoma para a posteridade. Ouvia o dia inteiro o fluxo de vozes dos negros, entrando pelas persianas, e logo já conseguia identificar Gums, que estava consertando o atracadouro de madeira, Earl, que estava modelando pedregulhos para um jardim de pedras e era um torcedor fanático do time de futebol de St. Kitts, e Talbot, que era o mestre dos barcos e cantava calipso. Ouvia veículos terrestres, mas os motores não roncavam, por isso calculou que eram *buggies* elétricos. Ouvia o Beechcraft cruzar o céu, fora de qualquer rotina, e cada vez que ele passava, imaginava Roper, com os seus óculos de leitura e o catálogo da Sotheby's, voltando para sua ilha, com Jed a seu lado lendo revistas. Ouvia o relincho distante de cavalos e o arranhar das ferraduras no pátio do estábulo. Ouvia o rosnar ocasional de um cão de guarda, e os latidos agudos de cães bem menores, que podiam ser uma matilha de *beagles*. E descobriu, pouco a pouco, que o emblema no bolso de seu pijama era um cristal, o que achou que deveria ter imaginado desde o princípio.

Entendeu que o seu quarto, por mais elegante que fosse, não estava livre da batalha contra a deterioração tropical. Quando começou a usar o banheiro, percebeu como a barra para dependurar toalhas, apesar de polida todos os dias pelas empregadas, criava manchas de salitre da noite para o dia. E como os suportes que prendiam as prateleiras de vidro se oxidavam, da mesma forma como os rebites que prendiam os suportes à parede de azulejos. Havia horas em que o ar era tão pesado que desafiava o ventilador e pesava sobre ele como uma camisa molhada, tirando-lhe a vontade de tudo.

E sabia que ponto de interrogação continuava pendendo sobre ele.

Certa noite, o Dr. Marti fez uma visita à ilha, de táxi aéreo. Perguntou a Jonathan se ele falava francês, ao que Jonathan respondeu que sim. E então, enquanto Marti examinava a cabeça de Jonathan e sua virilha, batia-lhe nos joelhos e nos cotovelos com um martelinho de borracha, e examinava-lhe os olhos com um oftalmoscópio, Jonathan respondia a uma série de perguntas não muito casuais sobre ele próprio, em francês, e entendeu que estava sendo examinado a respeito de outras coisas além da saúde.

— Mas você fala francês como um europeu, *Monsieur* Lamont!
— Foi como nos ensinaram na escola.
— Na Europa?
— Toronto.
— Mas que escola era essa? Meu Deus, deviam ser gênios!

E mais coisas do mesmo gênero.

Descanse, receitou o Dr. Marti. Descanse e espere. Pelo quê? Até você me pegar?

— Estamos nos sentindo um pouco mais nós mesmos, não estamos, Thomas? — perguntou Tabby, muito solícito, da poltrona ao lado da porta.

— Um pouco.

— Então está tudo certo — disse Tabby.

À medida que Jonathan ia ficando um pouco mais forte, os guardas iam se tornando mais vigilantes.

Mas a respeito da casa onde o estavam guardando, Jonathan não ficou sabendo nada, por mais que forçasse os sentidos: nenhuma campainha, nem telefone, nem máquinas de fax, nem cheiros de cozinha, ou fragmentos de conversas. Sentia o cheiro de óleo de móveis, com perfume de mel, de inseticida, de flores frescas, de *pot-pourri* e, quando a brisa soprava na direção certa, de cavalos. Sentiu o perfume de jasmins e de grama cortada, sentiu o cheiro de cloro vindo da piscina.

Não obstante, o órfão, soldado e hoteleiro logo foi ficando consciente de algo que lhe era familiar, do seu passado sem um lar: o ritmo de uma instituição eficiente, mesmo quando o alto comando não estava presente para fazê-la funcionar. Os jardineiros começavam a trabalhar às sete e meia, e Jonathan podia acertar o relógio por eles. Um único toque de sino soava às onze horas, marcando o intervalo do almoço, e durante vinte minutos nada se mexia, não se ouvia um cortador de grama, uma faca de mato, enquanto eles cochilavam. À uma hora, o sino tocava duas vezes, e se Jonathan fizesse esforço, conseguia ouvir o murmúrio de conversas entre os nativos, vindo da cantina do pessoal.

Uma batida a sua porta. Frisky abriu e arreganhou um sorriso. *Corkoran é tão degenerado quanto Calígula,* Burr havia prevenido, *e tão esperto quanto toda uma jaula de macacos.*

— Meu *amor* — disse uma voz inglesa seca, de classe alta, através dos vapores do álcool da noite passada e dos fedorentos cigarros franceses desta manhã. — Como é que nós *estamos* hoje? Sem problemas de variedade, devo dizer, coração. Começamos com um vermelho Garibaldi, depois passamos a um azul bunda de babuíno, e hoje estamos numa espécie de amarelo hepático, mais para o mijo azedo de jumento. Alguém ousaria dizer que estamos melhorando?

Os bolsos do paletó safári do major Corkoran estavam abarrotados de canetas e toda aquela tralha típica masculina. Manchas enormes de suor desciam-lhe das axilas, encontrando-se sobre a barriga.

— Na verdade, eu gostaria de ir embora logo — disse Jonathan.

— Mas é claro, coração, no momento em que você quiser. Fale com o Chefe. Assim que eles voltarem. No momento devido, essa história toda. E estamos comendo direitinho, e assim por diante, não estamos? Sono, o grande remédio. Nos vemos amanhã. *Chüss.*

E quando o amanhã chegou, lá estava novamente Corkoran, os olhos pousados sobre ele, tirando baforadas do cigarro.

— Caia fora, está bem, Frisky, amoreco?

— Está certo, major — disse Frisky, arreganhando um sorriso, e saiu obedientemente, enquanto Corkoran procurava às apalpadelas, na escuridão, a cadeira de balanço, na qual se deixou cair com um resmungo de alívio. E, por algum tempo, ficou fumando sem dizer uma palavra.

— O cigarro não nos incomoda, não é, amoreco? Não consigo fazer o trabalho intelectual se não tiver um cigarro entre os dedos. Não é no sugar e soltar fumaça que sou ligado. É em segurar fisicamente essa porcaria.

Seu regimento não conseguiu engoli-lo, por isso ele serviu cinco anos muito pouco estimulantes na chamada "Inteligência" do Exército, dissera Burr, *o que é uma denominação altamente imprópria, conforme sabemos, mas Corky serviu-os esplendidamente. O Roper não o ama só pelos seus belos olhos.*

— Nós próprios fumamos, não fumamos, coração? Em tempos melhores?

— Um pouco.

— E que são tempos de quê, amoreco?

— De cozinhar.

— Não consigo nos escutar.

— Cozinhar. Quando estou dando um tempo na hotelaria.

O major Corkoran tornou-se todo entusiasmo.

— Devo dizer, nem uma palavra é mentira, que gororoba *danada* de boa você nos arrumou lá no Mama's, antes de ter salvado a festa naquela noite. Aqueles mexilhões com molho foram obra só nossa?

— Sim.

— Bons de lamber os beiços. E quanto ao bolo de cenoura? Acertamos bem na mosca com esse, isso eu lhe garanto. O preferido do Chefe. Veio de avião, não foi?

— Eu o preparei.

— Como é que é, meu velho?

— Eu o preparei.

Corkoran estava sem palavras.

— Está querendo dizer que você *fez* o bolo de cenoura? Com as nossas próprias mãozinhas? Amorzão. *Coisa fofa.* — Tragou o cigarro, lançando a Jonathan um sorriso radiante de admiração, através da fumaça. — Surrupiou a receita do Meister's, sem dúvida. — Sacudiu a cabeça. — Puro gênio. — Mais uma enorme tragada no cigarro. — E será que não surrupiamos *mais nada* do Meister's, já que estamos falando nisso, amorzão?

Imóvel no travesseiro de plumas de ganso, Jonathan fingiu também estar imóvel mentalmente. Chamem o Dr. Marti. Chamem Burr. Chamem um táxi.

— Sabe, coração, para falar com franqueza, estamos numa espécie de dilema. Eu estava preenchendo estes formulários para nós no hospital.

Esse é o meu serviço, nesta baiuca. Pelo menos enquanto eu tiver serviço aqui. Preenchedor oficial de formulários. Nós, tipos militares, sabemos como fazer praticamente tudo, não é? "Ora, ora", pensei. "Isto aqui é um pouco complicado. Ele é Pine ou é Lamont? É um herói, sabemos bem disso, mas não se pode colocar *herói* quando se tem de escrever o nome de um sujeito." Por isso, pus Lamont. Thomas Alexander... será que fiz bem, amoreco?... Nascido coisa-e-tal em Toronto. Ver à página 32, relação de parentes próximos, só que você não tem nenhum? Caso encerrado, pensei. O sujeito quer se chamar Pine quando é Lamont, ou Lamont quando é Pine, para mim, está em todo o seu direito.

Esperou que Jonathan falasse. Esperou. Tragou mais fumaça do cigarro. E continuou esperando, pois Corkoran tinha a vantagem do interrogador, de dispor de todo o tempo do mundo.

— Mas o Chefe, você entende, coração — recomeçou finalmente —, é farinha de um outro saco, como você talvez diria. O Chefe, entre seus muitos outros talentos, é obstinado pelos detalhes. Sempre foi. Telefona a Meister em Zurique. De uma cabine, na verdade. Lá em Deep Bay. Não é sempre que ele gosta de plateia. "Como vai aquele seu excelente funcionário, Pine?", diz o Chefe. Ora, o velho Meister salta nas tamancas. "Pine, Pine? *Gott im Himmel*! Aquele sacana me roubou descaradamente! Sessenta e um mil, quatrocentos e dois francos, dezenove *centimes* e dois botões de colete, tirados do meu cofre da noite." Sorte que ele não soube do bolo de cenoura, se não teria ido em cima de você por espionagem industrial também. Está nos acompanhando, amorzão? Não o estou entediando, estou?

Espere, Jonathan dizia a si mesmo. Olhos fechados. O corpo frouxo. Sua cabeça dói, você está começando a se sentir mal. O balanço rítmico da cadeira de Corkoran ganhou velocidade, e então parou. Jonathan sentiu o cheiro da fumaça do cigarro muito próximo e viu o vulto de Corkoran inclinando-se sobre ele.

— Amorzão? Está recebendo os meus sinais? Não acho que você esteja tão mal quanto está pretendendo, para ser grosseiramente franco. O esculápio diz que a nossa recuperação foi na verdade impressionante.

— Eu não pedi para vir para cá. Você não é a Gestapo. Eu lhes fiz um favor. Basta me levarem de volta para o Low's.

— Mas, querido, você nos fez um favor *enorme*! O Chefe está totalmente do seu lado! Eu também. Nós lhe *devemos* essa. Devemos *montanhas*. O Chefe não é homem de fugir de uma dívida. Está verdadeiramente obcecado por você, do modo como esses homens de visão ficam quando são gratos. *Detesta* estar devendo. Sempre prefere que lhe devam. É a natureza dele, você compreende. É como são os grandes homens. Por isso, ele precisa lhe pagar. — Começou a andar pelo quarto, as mãos nos bolsos, elaborando o seu raciocínio. — Mas ele também está um pouquinho *ansioso*. Coisa de cuca. Bem, não se pode culpá-lo, não é?

— Vá embora. Deixe-me em paz.

— Parece que o velho Meister saiu-se com uma história qualquer, dizendo que, depois de ter arrombado o cofre dele, você fugiu para a Inglaterra e liquidou um sujeito. Bobagem, diz o Chefe, deve ser algum outro Linden, o meu é um herói. Mas aí o Chefe vai e aciona algumas fontes de informação lá dele, que é a sua maneira de fazer as coisas. E acaba que o velho Meister acertou no alvo. — Mais uma tragada no cigarro, para ganhar tempo, enquanto Jonathan se fazia de morto. — O Chefe não contou a ninguém, é claro, fora aqui o sinceramente seu. Muitos sujeitos mudam de nome na vida, alguns fazem isso o tempo todo. Mas liquidar um cara, bem, isso é um pouco mais particular. Por isso, o Chefe guarda a história para ele. Não quer criar uma víbora, naturalmente. Homem de família. Por outro lado, há víboras e víboras, se é que você está me acompanhando. Você poderia ser da variedade não venenosa. Por isso, ele me encarregou de sondar você devidamente, enquanto ele e Jed cuidam lá das coisas deles. Jed é a virtude do Chefe — explicou ele, como informação. — Um ser todo instinto. Você a conheceu. Garota alta. Etérea. — Ele estava sacudindo o ombro de Jonathan. — Acorde, quer ter a gentileza, amorzão? Estou torcendo por você. E o Chefe também. Isso aqui não é a Inglaterra. Protocolo, cerimônias, aquelas coisas todas. Vamos lá, *Mr.* Pine.

Seu chamado, apesar de severo, caiu em ouvidos moucos. Jonathan induzira-se ao sono profundo e escapista do orfanato.

15

Goodhew não contou a ninguém, só à esposa.
Não tinha mais ninguém a quem contar. Por outro lado, uma história tão monstruosa exigia uma plateia monstruosa, e a sua querida Hester, ai, era por consenso unânime, a pessoa menos monstruosa do mundo.

— Ora, querido, tem certeza de que ouviu direito? — perguntou-lhe, desconfiada. — Você sabe como você é. Ouve uma porção de coisas *perfeitamente* bem, mas as crianças têm de interpretar a televisão para você. Devia estar um movimento de trânsito *horrível* numa sexta-feira, na hora do *rush*.

— Hester, ele disse exatamente o que lhe contei. E disse com a maior clareza, acima do ruído do trânsito, bem na minha cara. Captei cada palavra. Pude ver os lábios dele se movimentando enquanto ele falava.

— Você podia ir à polícia, suponho, se tem *certeza*.

— Bem, é claro que tenho. Acho apenas que você devia *conversar* com o Dr. Prendergast, ainda que você não *faça* nada.

Num raro acesso de raiva contra a companheira de sua vida, Goodhew saiu para uma caminhada, subindo a Parliament Hill, a fim de desanuviar a cabeça. Mas não conseguiu desanuviar nada. Apenas repassou mentalmente a história toda, como já fizera cem vezes.

A sexta-feira amanhecera como qualquer outra. Goodhew saíra cedo de bicicleta para o trabalho, pois seu chefe gostava de resolver todas as pendências da semana antes de partir para o campo. Às nove horas, recebeu um telefonema da secretária particular do chefe, dizendo que a reunião marcada para as dez horas fora cancelada porque o ministro recebera um chamado para comparecer à embaixada dos EUA. Goodhew já parara de se surpreender com sua exclusão dos conciliábulos do chefe, por isso usou amanhã para pôr em dia o trabalho, e almoçou um sanduíche em seu próprio gabinete.

As três e meia, a secretária particular ligou perguntando se ele poderia subir por alguns minutos, imediatamente. Goodhew atendeu. Espalhados pelo gabinete de seu chefe, em descontração pós-prandial, em meio a xícaras de café e ao aroma de charutos, estavam sentados os sobreviventes de um lauto almoço a que Goodhew não havia sido convidado.

— Rex. Muito bem — disse o chefe, expansivamente. — Sente-se. Quem você não conhece? Ninguém. Muito bom.

Ele era vinte anos mais jovem que Goodhew, um fanfarrão rico com assento garantido no Parlamento e o direito de usar o azul de Oxford jogando rúgbi, que até onde Goodhew podia afirmar era a soma de suas realizações acadêmicas. Tinha a vista curta, mas o que lhe faltava em visão ele compensava em ambição. Barbara Vandon, da embaixada norte-americana, estava sentada a um de seus lados, e do outro estava Neal Marjoram, dos Estudos de Aliciamento, por quem Goodhew sempre se sentira um tanto afeiçoado, talvez devido a sua folha na Marinha, a seus olhos que transmitiam confiança e a seu ar de tranquila decência. De fato, como um homem cuja honestidade estava escrita na testa conseguia sobreviver na posição de sub de Geoffrey Darker era algo que sempre intrigara Goodhew. Galt, um outro *apparatchick* de Darker, estava sentado ao lado de Marjoram, e era mais à imagem de Darker: por demais bem-vestido, por demais o corretor imobiliário de sucesso. O terceiro membro da delegação da Casa do Rio era uma belezoca de queixo firme, chamada Hazel Bundy, de quem diziam que dividia com Darker não só a carga de trabalho, mas também a cama, porém Goodhew fazia questão de jamais dar ouvidos a esse tipo de fofoca.

Seu chefe estava explicando o motivo daquela reunião e havia, no geral, exuberância demais no seu tom de voz.

— Alguns de nós andamos examinando os maquinismos de ligação UK/US, Rex — disse ele, traçando no ar um arco um tanto vago com o charuto. — E nós nos saímos com uma ou duas conclusões um tanto aborrecidas, para ser honesto, e achamos que devíamos discuti-las com você. Nada oficial. Sem minutas, sem carregar em ninguém. Discussão a respeito de princípios. Um leve toque de bola. Para você está bem?

— E por que não estaria?

— Barbara, querida.

Barbara Vandon chefiava a base dos primos americanos em Londres. Estudara em Vassar, com invernos em Aspen e verões em Martha's Vineyard. No entanto, sua voz parecia um grito estridente de privação.

— Rex, essa história do Marisco já passou muito dos limites — disse ela num aulido. — Nisso, somos pigmeus. Totalmente. O jogo de verdade está bem *lá em cima*, é *orbital* e é *agora*.

A confusão de Goodhew deve ter se tornado imediatamente legível.

— Barbara acha que estamos em descompasso com Langley, Rex — explicou Marjoram num aparte.

— Quem é *nós*?

— Bem, *nós*, na verdade. A Casa do Rio.

Goodhew virou-se rispidamente para seu chefe.

— Você me disse que isso seria uma discussão sobre princípios.

— Calma, calma — seu chefe sacudiu o charuto apontando para Barbara Vandon. — A moça ainda nem decolou. Que pavio curto. Meu Deus.

Mas Goodhew não cedeu a esse tipo de evasiva.

— A Casa do Rio *fora de compasso* com Langley, no Caso Marisco? — disse ele, incrédulo, a Marjoram. — A Casa do Rio não está sequer *envolvida* no Caso Marisco, cuida do fornecimento de apoio, de ajuda. O Marisco é um caso de cumprimento da lei.

— Bem, é isso que Barbara acha que deveríamos estar discutindo — explicou Marjoram, colocando na voz o distanciamento suficiente para sugerir que ele não concordava necessariamente.

Barbara Vandon aproveitou a brecha para voltar vociferando:

— Rex, precisamos fazer uma faxina de primeira, primeiríssima grandeza, não só em Langley, mas bem aqui, na GB — ela retomou a palavra no que soava cada vez mais como um discurso preparado. — Precisamos reduzir esse negócio do Marisco ao básico e recomeçar tudo desde o princípio. Rex, Langley foi passada por cima. Não tanto passada por cima, mas, digamos, jogada para escanteio. — Dessa vez Marjoram não ofereceu seus serviços de intérprete. — Rex, nossos políticos não vão comprar essa, de jeito nenhum. Na verdade, eles estão para explodir a qualquer momento. O que temos aqui, Rex, é algo que precisa ser encarado lenta e atentamente, de mil pontos de vista diferentes, e o que é que encontramos? Trata-se de um acordo de operação conjunta entre... *um*, uma agência britânica muito nova, muito periférica, perdoe-me, ótima, dedicada, mas periférica, e *dois*, um bando de cauboís da Lei, de Miami, sem nenhuma noção de geopolítica. É o elefante e a formiga, Rex. O elefante fica aqui em cima — a mão dela já estava bem acima da cabeça — e a formiga é isso *assinzinho*. E, nesse exato momento, a formiga está ganhando.

Uma onda de autorrecriminação envolveu Goodhew. Palfrey me preveniu, mas não levei a sério: *Darker está preparando um* putsch *para recuperar os territórios perdidos, Rex*, dissera-lhe Palfrey. *Ele está disposto a avançar protegido pela bandeira americana.*

— *Rex* — berrou Barbara Vandon, com tanta estridência que Goodhew se retesou na cadeira —, o que temos aqui é uma jogada de poder geopolítico, de grande magnitude, acontecendo bem debaixo do nosso nariz, e está nas mãos de amadores que não se classificam para jogar nesta divisão, que estão correndo com a bola, quando a deviam estar passando, que não estão em contato com as questões cruciais. Os cartéis traficando drogas, isso é uma coisa. É um problema de drogas e tem gente lá cujo serviço é lidar exatamente com esse problema. Já passamos por isso, Rex. Pagamos um preço elevado por isso.

— Oh, com o dólar na cotação mais alta, Barbara, pelo que se ouve dizer — concordou Goodhew com gravidade. Mas, após quatro anos em Londres, Barbara Vandon estava imune a ironias. Ela seguiu em frente.

— Os cartéis fazendo *pactos* uns com os outros, sendo *gentis* uns com os outros, comprando *matériel* da pesada, treinando seus rapazes, montando o seu espetáculo... Rex, aí o buraco é bem mais embaixo. Simplesmente não existe na América do Sul tanta gente capaz de *fazer* um negócio desses. Na América do Sul, montar o espetáculo é *poder*. É tão simples assim. Isto não é uma tarefa para o *pessoal da Lei*. Não é uma brincadeira de polícia e ladrão, ninguém vai acertar um tiro no próprio pé. Isto é *geopolítica*, Rex. E o que a gente tem de fazer aqui, é, temos de ser capazes de ir até o Congresso americano e dizer: "Rapazes, aceitamos os imperativos desta questão. Falamos com o pessoal da Lei, a Lei recuou gentilmente, a Lei vai cuidar dos *seus* assuntos, em tempo integral, que é o seu direito e dever como policiais. Mas isto, isto é geopolítico, isto é sofisticado, isto tem um *monte* de ângulos e é, portanto, uma responsabilidade *tácita* da Inteligência Pura, temos tudo pronto para uma ação sofisticada, de profissionais experimentados e de confiança, da Inteligência Pura, agindo de acordo com instruções geopolíticas."

Ela havia evidentemente concluído, pois, como uma atriz satisfeita com seu próprio desempenho, virou o rosto para Marjoram, como que para perguntar: "Como eu fui?" Mas Marjoram fingiu um descaso benevolente por seu discurso de combate.

— Bem, acho realmente que existe muita substância no que Barbara diz — observou, com aquele seu sorriso decente, direto. — Obviamente, *nós* não íamos querer nos interpor a uma revisão de responsabilidades entre os serviços. Mas, aí, não posso dizer que a decisão nos caiba.

O rosto de Goodhew estava entalhado em pedra. Unha as mãos pousadas, inertes, à sua frente, recusando-se a participar.

— Não — concordou. — *Não* lhes cabe, em absoluto. Cabe à Comissão Mista de Trabalho, e a mais ninguém.

— Da qual o seu chefe aqui é presidente, e você, Rex, é secretário, fundador e principal benfeitor — lembrou-lhe Marjoram, com mais um sorriso colegial. — E, se me permite dizer, árbitro moral.

Mas Goodhew não estava disposto a se deixar amolecer, nem mesmo por alguém tão patentemente conciliador quanto Neal Marjoram.

— Uma revisão de responsabilidades, como você definiu, não é em nenhuma circunstância da competência de agências rivais, Neal — disse com severidade. — Mesmo presumindo que os rapazes da Lei *estivessem* preparados para sair de cena voluntariamente, o que duvido muito, as agências não têm poder para dividirem responsabilidades entre si sem consulta à Comissão. Nada de acordos paralelos. Essa é uma das posições que a Comissão defende. Pergunte ao presidente — apontando com um aceno de cabeça o chefe.

Por um instante ninguém perguntou nada a ninguém, até que o chefe de Goodhew emitiu uma espécie de grunhido indistinto que conseguiu indicar dúvida, irritação e um toque de indigestão ao mesmo tempo.

— Bem, *obviamente*, Rex — disse ele, soltando aquela espécie de relincho anasalado típico das primeiras fileiras da bancada conservadora —, se os americanos *vão* assumir o caso Marisco do lado *deles* do oceano, a contragosto, nós aqui *deste* lado vamos ter de assumir uma posição desapaixonada quanto a se estamos de acordo. Não é mesmo? Eu digo *se* porque estas discussões são totalmente informais. Nada chegou até agora pelas vias formais. Chegou?

— Se chegou, não chegou a mim — disse Goodhew, num tom gélido.

— No ritmo com que essas malditas comissões trabalham, não vamos mesmo conseguir uma resposta antes do Natal. Ora, Rex, nós temos quórum. Você, eu, o Neal aqui? Acho que podíamos resolver isso por nossa própria conta.

— Cabe a você, Rex — disse Marjoram, amigavelmente. — Você é o outorgante da lei. Se *você* não pode mudá-la, quem pode? Você quem criou a regra do igual com igual: o pessoal da Lei joga com o pessoal da Lei, espiões com espiões, nada de fecundação cruzada. A *lex Goodhew*, nós a chamamos, e muito corretamente, também. Você convenceu Washington, conquistou a atenção do Gabinete, conseguiu fazê-la passar. "Agências Secretas na Nova Era": não foi esse o título do trabalho que você apresentou? Estamos apenas nos curvando ao inevitável, Rex. Você ouviu a Barbara. Num caso de escolha entre uma derrapada diplomática e uma colisão de frente, eu fico com a derrapada. Não quero vê-lo atingido pelo seu próprio petardo, nem nada assim.

Goodhew a essa altura estava convenientemente enfurecido. Mas era macaco muito velho para se deixar dominar pela irritação. Falou numa voz ponderada, para o rosto honesto de Neal Marjoram, do outro lado da mesa. Disse que as recomendações da Comissão Mista de Trabalhos a seu presidente — mais um aceno em direção ao chefe — eram feitas em sessão plena, e não por algum quórum *ad hoc*. Disse que o excesso de atribuições da Casa do Rio era uma avaliação oficial da Comissão, e que aquela deveria desfazer-se de ainda mais responsabilidades, em vez de tentar reconquistar atribuições antigas, com o que o ministro, como presidente, até então havia concordado — a não ser que você tenha mudado de ideia durante o almoço, é claro —, sugeriu ao chefe, que lhe lançou um olhar mal-humorado através da fumaça do charuto.

Disse que, falando por si próprio, preferiria ampliar os recursos da Lei, para que seu pessoal pudesse enfrentar de forma eficaz todos os desafios; e terminou dizendo que, uma vez que nada daquilo era oficial, ele pessoalmente encarava as atividades do Grupo de Estudos de Aliciamento como inadequadas para a nova era e perniciosas para a autoridade parlamentar, e que na próxima reunião da Comissão Mista pretendia apresentar a moção formal de um exame das suas atividades.

Juntou então as mãos, num estilo eclesiástico, como se dissesse "Assim falei" e esperou a explosão.

Não houve nenhuma.

O chefe de Goodhew pescou um pedacinho de palito de dentes do lábio inferior, enquanto estudava a parte da frente do vestido de Hazel Bundy.

— *Ce-erto. Okay* — rosnou, evitando os olhares gerais. — Interessante. Obrigado. Posição entendida.

— É um assunto para se pensar, *de fato* — Galt concordou com vivacidade. E sorriu para Hazel Bundy, que não retribuiu.

Mas Neal Marjoram não poderia ter se mostrado mais afável. Uma paz espiritual descera sobre seus traços finos, refletindo o valor moral que era tão claramente o homem.

— Tem um momentinho, Rex? — disse em voz baixa, enquanto saíam.

E Goodhew, Deus é testemunha, ficou satisfeito em pensar que, após uma pequena e saudável troca de ideias, Marjoram estava se dando o trabalho de ficar mais um pouco e garantir não haver ressentimentos de nenhum dos lados.

Goodhew generosamente ofereceu a Marjoram seu gabinete, mas Marjoram teve a consideração de não aceitar. Rex, você precisa de ar fresco para se acalmar um pouco. Vamos dar uma volta.

Era uma tarde de outono banhada de sol. As folhas dos plátanos reluziam, róseas e douradas, turistas flanavam satisfeitos pelas calçadas de Whitehall e Marjoram dispensou-lhes um sorriso paternal. E, sim, Hester tinha razão, o tráfego na hora do *rush* de sexta-feira estava bem pesado. Mas a audição de Goodhew não foi afetada por isso.

— Nossa velha Barbara fica um pouco excitada — disse Marjoram.

— Só não imagino quem consegue fazer isso — disse Goodhew.

— Nós lhe dissemos que isso não ia dar muito resultado com você, mas ela não desistiu de tentar.

— Não venha com essa. Vocês deram força a ela.

— Bem, e o que acha que deveríamos fazer? Ir até você de chapéu na mão e dizer, Rex, nos dê por favor o Marisco? É apenas um caso, pelo amor de Deus. — Haviam chegado ao Embankment do Tâmisa, que parecia ser para onde estavam se dirigindo. — É uma questão de se curvar ou quebrar, Rex. Você está sendo mais realista do que o rei. Só porque igual com igual é uma cria sua. Crime é crime, espião é espião, e nunca os dois se encontrarão. O problema com vocês é preto e branco demais.

— Não, Neal, não acho. Temo que não seja preto e branco o bastante. Se um dia eu escrever uma autobiografia vou chamá-la de *Meias-medidas*. Nós todos deveríamos ser mais fortes. Não mais flexíveis.

O tom de ambas as partes ainda era inteiramente de camaradagem: dois profissionais, resolvendo suas diferenças à margem do Tâmisa.

— Mas você soube aproveitar a ocasião, isso eu lhe garanto — disse Marjoram, em aprovação. — Aquela conversa toda sobre *nova era* lhe valeu muitos pontos nos gabinetes da vida. Goodhew, o amigo da sociedade aberta. Goodhew, o transformador. É de dar enjoo. Ainda assim, você soube cavar uma bela vantagem, é preciso que se admita. Está muito certo em não entregá-la sem lutar. Então, quanto é que isso vale para você?

Estavam de pé, ombro a ombro, olhando para o Tâmisa. Goodhew tinha as mãos pousadas sobre o parapeito e, numa ação absurda, havia calçado as luvas de ciclismo, porque recentemente vinha sofrendo os efeitos de má circulação no sangue. Não compreendendo o objetivo da pergunta de Marjoram, voltou-se para ele, em busca de esclarecimento. Mas só o que viu foi o perfil de santo irradiando sua bênção sobre um barco de diversão que passava. Então Marjoram virou-se também e ficaram cara a cara, menos de trinta centímetros entre eles, e se o barulho do tráfego era perturbador, Goodhew a essa altura já não tomava consciência nenhuma dele.

— Mensagem de Darker — disse Marjoram através de um sorriso. — Rex Goodhew está se metendo em coisas acima de sua compreensão. Esferas de interesse sobre as quais ele não pode saber, não precisa saber, questões de alta política, gente muito graúda envolvida, a sujeira habitual. Kentish Town, não é, onde você mora? Uma casinha pequena, com um terraço e cortinas bem-feitinhas?

— Porquê?

— Você acaba de ganhar um tio distante que vive na Suíça. Ele sempre admirou sua integridade. No dia em que o caso Marisco for nosso, o seu tio sofre uma morte inesperada, e lhe deixa três quartos de milhão, todos seus, libras, não francos. Livres de impostos. É uma herança. Sabe o que os rapazes dizem lá na Colômbia? "Você pode escolher. Ou nós o deixamos rico, ou deixamos morto." Darker diz a mesma coisa.

— Desculpe. Estou um pouco obtuso hoje — disse Goodhew. — Você está ameaçando me matar, além de me subornar?

— Matar a sua carreira, para começar. Nós podemos atingi-lo, eu acho. Se não pudermos, vamos ter que repensar tudo. Não responda agora, se for muito embaraçoso. Não responda nada. Simplesmente aja. A ação antes das palavras: a *lex Goodhew*. — Deu um sorriso compreensivo. — Ninguém acreditaria em você. Acreditaria? Não nos seus círculos. O velho Rex está perdendo o sorriso... já está no serviço há muito tempo... não quis dizer nada. Não vou lhe mandar um memorando, se não se importa. Só um passeio agradável pela margem do rio, após mais uma reunião tediosa. Tenha um bom fim de semana.

A *sua premissa é absurda*, dissera Goodhew a Burr, seis meses antes, durante um de seus pequenos jantares. *É destrutiva, é insidiosa, eu me recuso a apoiá-la e proíbo você de voltar a falar disso comigo. Isto aqui é a Inglaterra, não são os Bálcãs, não é a Sicília. Você pode ter a sua agência, Leonard, mas tem de renunciar, de uma vez por todas, a essas suas fantasias góticas a respeito do Grupo de Estudos de Aliciamento ser dirigido como uma máfia multimilionária, em benefício de Geoffrey Darker e de uma panelinha de banqueiros, corretores financeiros, intermediários desonestos e agentes de informações corruptos, em ambos os lados do Atlântico.*

Pois no final desse caminho o que o espera é a loucura, ele avisara a Burr.

No final deste caminho o que o espera é isto.

Durante uma semana após a conversa com a esposa, Goodhew conservou seu segredo trancado na cabeça. Um homem que não confia em si mesmo, não confia em ninguém. Burr telefonou de Miami, com a notícia da ressurreição do Marisco, e Goodhew participou da sua euforia, da melhor maneira que pôde. Rooke assumiu o controle nos escritórios de Burr na Victoria Street. Goodhew convidou-o para almoçar no Athenaeum, mas não lhe fez a confidência.

Então, certa noite, Palfrey apareceu, com uma história meio confusa a respeito de Darker andar sondando os fornecedores de armas britânicos sobre a disponibilidade de certos equipamentos de alta tecnologia, para uso em um "tipo de clima sul-americano", para poder aconselhar o comprador.

— Equipamento *britânico*, Harry? Não é Roper. Ele só compra do estrangeiro.

Palfrey se contorceu, tragou avidamente o cigarro e pediu mais uísque.

— Bem, *poderia* ser o Roper, na verdade, Rex. Isto é, se ele estivesse cobrindo sua própria retaguarda. Isto é, se são brinquedos *britânicos*... bem, não há limite para a nossa tolerância, se você me entende. Os olhos cegos e a cabeça enfiada na areia. Se são britânicos. Naturalmente. Tire-os em nome de Jack, o Estripador, caso sejam britânicos. Soltou um risinho abafado.

Estava uma noite agradável e Palfrey precisava de movimento. Por isso, caminharam até a entrada do cemitério de Highgate e encontraram um banco tranquilo.

— Marjoram tentou me subornar — disse Goodhew, o olhar fixo para a frente. — Três quartos de milhão de libras.

— Ora, bem, ele faria isso mesmo — disse Palfrey, sem surpresa nenhuma. — É o que fazem lá fora. É o que fazem aqui.

— Havia uma ameaça, além da sedução.

— Ah, sim, bem, geralmente há — disse Palfrey, procurando um cigarro novo.

— Quem são eles, Harry?

Palfrey torceu o nariz, piscou algumas vezes e pareceu misteriosamente constrangido.

— Só uns poucos camaradas espertos. Boas relações. Você *sabe*.

— Eu não sei nada.

— Bons agentes. Cabeças frias que sobraram da Guerra Fria. Assustados com a possibilidade de ficarem sem trabalho. Você *sabe*, Rex.

Ocorreu a Goodhew que Palfrey estava descrevendo a sua própria situação, e isso não lhe agradou.

— Bem treinados na trapaça, naturalmente — continuou Palfrey, dando espontaneamente sua própria opinião, como de hábito, numa série de frases aos pedaços, gastas pelo uso. — Caras da economia de mercado. Escolhidos nos anos oitenta. Agarrem enquanto podem, todo mundo faz isso, nunca se sabe de onde virá a próxima guerra. Todos bem-vestidos, sem terem para onde ir... você *sabe*. Ainda têm *poder*, é claro. Ninguém tirou *isso* deles. É só uma questão de onde exercê-lo.

Goodhew não disse nada e Palfrey continuou, obsequiosamente.

— Não são uns caras *maus*, Rex. Não se deve ser crítico demais. Só um pouco perdidos, isolados. Não existe mais Thatcher. Não existe mais o urso russo para combater, não há mais comunas debaixo da cama em casa. Num dia, tinham um mundo todo preparado para eles, tudo funcionando dentro dos conformes. No dia seguinte, eles se levantam de manhã e estão assim meio... bem, você *sabe*. — Concluiu sua premissa com um dar de ombros. — Bem, ninguém gosta de estar no vácuo, gosta? Nem mesmo você gosta do vácuo. E então, gosta? Seja honesto. Você detesta.

— Com vácuo você quer dizer paz? — sugeriu Goodhew, não querendo soar nem um pouco crítico.

— Tédio, na verdade. Pequenez. Nunca fez bem a ninguém, fez? — Mais um risinho, mais uma longa tragada no cigarro. — Uns dois anos atrás, eram os guerreiros de primeira classe na Guerra Fria. As melhores poltronas no clube, tudo isso. Difícil parar de correr, depois que lhe deram essa corda toda. Você segue em frente. Natural.

— Bem, o que são eles agora?

Palfrey esfregou o nariz com as costas da mão, como se tentasse acabar com uma comichão.

— Apenas uma mosca na parede, de verdade, eu.

— Sei disso. O que são *eles*?

Palfrey falou vagamente, talvez a fim de se distanciar dos seus próprios julgamentos.

— Homens do Atlântico. Nunca confiaram na Europa. A Europa é uma babel dominada por alemães. A América continua a ser o único lugar para eles. Washington continua sendo a sua Roma, mesmo que César seja um pouco decepcionante. — Contorceu-se, meio constrangido. — Uma espécie de Exército da Salvação global. Disputando o jogo do mundo. São rapazes ligados na ordem mundial, tentando dar suas tacadas na partida da história, e ganhando uns trocadinhos à parte, e por que não? Todo mundo ganha. — Mais uma contorção. — Tornaram-se um pouco corrompidos, só isso. Não se pode culpá-los. Whitehall não sabe como se livrar deles. Todo mundo acha que eles devem ser úteis para mais alguém. Ninguém ainda conseguiu delinear o quadro inteiro, por isso ninguém sabe que não existe quadro nenhum. — Mais esfregadelas no nariz. — Na medida em que agradem aos primos, não gastem demais e não briguem uns com os outros em público, podem fazer o que quiserem.

— Agradar aos primos *como*? — insistiu Goodhew, segurando a cabeça nas mãos como se estivesse com uma enxaqueca horrível. — Explique isto direitinho, está certo?

Palfrey falou como a uma criança rebelde — com indulgência, mas também com uma pontada de impaciência.

— Os primos têm *leis*, meu velho. Cães de guarda soltando o bafo nos pescoços deles. Submetem-nos a tribunais irregulares, colocam espiões honestos na cadeia, funcionários da alta hierarquia são processados. Os ingleses não fazem esses disparates. Existe a Comissão Mista, suponho. Mas, falando francamente, a maioria de vocês é até um pouco decente.

Goodhew ergueu a cabeça, depois voltou a enterrá-la nas mãos.

— Continue, Harry.

— Para falar a verdade, esqueci de onde eu estava.

— Como Darker agrada aos priminhos americanos quando eles estão tendo problemas com os cães de guarda.

Palfrey estava entrando no estágio relutante.

— Bem. Óbvio, na verdade. Algum figurão em Washington se levanta e diz aos primos: "Vocês não podem dar armas aos Wozza-Wozzas. E isso é lei." *Okay*?

— Até agora, sim.

— "Certo", dizem os primos. "Recebido e entendido. Não vamos dar armas aos Wozza-Wozzas." Uma hora depois, estão ao telefone com nosso irmão Darker. "Geoffrey, meu velho, faça-nos um favor, está bem? Os Wozza-Wozzas estão precisando de uns brinquedinhos." Os Wozza-Wozzas estão sob embargo, é claro, mas quem está ligando a mínima para isso, contanto que sobrem alguns trocados para o Tesouro? Darker telefona para um de seus amigos de confiança... Joyston Bradshaw, Spikey Lorimer, ou quem estiver em alta no momento. "Boas notícias, Tony. Sinal verde para os Wozza-Wozzas. Você vai ter de entrar pela porta dos fundos, mas vamos providenciar para que não esteja trancada." E aí vem o PS.

— O PS?

Encantado com a inocência de Goodhew, Palfrey deu um sorriso luminoso.

— O *postscript*, meu velho. A comissão. E, já que estamos falando nisso, Tony, meu velho, a taxa corrente para informações privilegiadas é de cinco por cento do movimento total, pagáveis ao Fundo das Viúvas e Órfãos dos Estudos de Aliciamento, no Banco Escroques e Primos Inc., Liechtenstein. É moleza, uma vez que você não tem como ser envolvido. Você *já ouviu* falar de um membro dos Serviços Britânicos de Informações pegos com a boca na botija? De um *ministro* britânico sendo levado às barras dos tribunais por transgredir seus próprios regulamentos? Está brincando! Eles são à prova de fogo.

— Por que a Inteligência Pura quer o Marisco?

Palfrey tentou sorrir, mas não funcionou. Por isso, deu uma tragada no cigarro e coçou o alto da cabeça.

— Por que eles querem o Marisco, Harry?

Os olhos furtivos de Palfrey esquadrinharam os bosques vizinhos, em busca de socorro ou de vigilância.

— Essa você vai ter de conseguir sozinho, Rex. Nessa eu me perco. Você também, na verdade. Lamento por isso.

Já estava se levantando, quando Goodhew gritou-lhe.

— Harry!

A boca de Palfrey estava entortada, em alerta, revelando dentes feios.

— Rex, pelo amor de Deus. Você não sabe como lidar com as pessoas. Eu sou *covarde*. Não deve me forçar, senão eu fico mudo, ou invento alguma coisa. Vá para casa. Durma um pouco. Você é *bom* demais, Rex. Isso vai ser a sua morte. — Olhou em torno, nervoso, e pareceu afrouxar momentaneamente. — Compre os artigos ingleses, querido. Essa é a chave. Será que você não entende *nada* de ruim?

Rooke estava sentado à mesa de Burr na Victoria Street. Burr estava sentado na sala de operações, em Miami. Ambos seguravam os receptores de telefones seguros.

— Sim, Rob — disse Burr, com satisfação. — Confirmado e reconfirmado. Pode agir.

— Vamos deixar isso absolutamente claro, é possível? — disse Rooke, com aquele tom especial que os soldados têm quando estão esclarecendo ordens dadas por civis. — E só me repetir tudo apenas mais uma vez, se não se importa.

— Publique o nome dele, Rob. Com estardalhaço. Todos os nomes dele. Em toda a parte. Pine, também conhecido como Linden, também conhecido como Beauregard, também conhecido como Lamont, visto pela última vez no Canadá, em sei lá onde. Assassinato, roubo, tráfico de drogas, obtenção e uso de passaporte falso, entrada ilegal no Canadá, saída ilegal, se é que isso existe, e qualquer outra coisa que consigam pensar para tornar tudo mais interessante.

— Então, é trunfos na mesa? — disse Rooke, recusando-se a se deixar levar pelo entusiasmo de Burr.

— Sim, Rob, todos os trunfos. É isso que *em toda parte* significa, não é? Um mandado de busca internacional por *Mr.* Thomas Lamont, criminoso. Quer que eu o envie para você em triplicata?

Rooke pousou o receptor, tornou a erguê-lo e discou um número da Scotland Yard. Sentiu a mão estranhamente rígida, ao digitar os números — tal como costumava sentir no tempo em que lidava com bombas não detonadas.

E quando ele tiver atravessado a ponte, nós a queimamos, era como Burr havia falado.

16

— *Amorzão* — propôs Corkoran, acendendo o seu primeiro cigarro fedorento do dia, e equilibrando no colo um porta-canetas de porcelana à guisa de cinzeiro. — O que diz de começarmos a separar o joio do trigo?

— Não quero você perto de mim, na verdade — disse Jonathan, num discurso preparado. — Não tenho nada a explicar e nada por que me desculpar. Só quero que me deixe em paz.

Corkoran afundou na poltrona, reconfortado. Estavam a sós no quarto. Frisky, mais uma vez, havia sido mandado embora.

— Seu nome é Jonathan Pine, anteriormente do Meister's, do Rainha Nefertiti e outros empórios. Mas você agora viaja como um certo Thomas Lamont, com um passaporte canadense autêntico. Apenas acontece que você não é Thomas Lamont. Contesta? Não contesta.

— Eu recuperei o garoto. Vocês me consertaram. Devolvam o meu passaporte e me deixem ir embora.

— E *entre* ser J. Pine, do Meister e T. Lamont, do Canadá, para não mencionar J. Beauregard, você foi Jack Linden, da remotíssima Cornualha. Em cuja condição matou um colega seu, a saber, um certo Alfred, também conhecido como Jumbo Harlow, um vagabundo do mar, australiano, com variadas condenações por tráfico de drogas lá na terra dos cangurus. Após o quê você sumiu, antes que a polícia conseguisse botar-lhe as mãos em cima.

— Sou procurado pela polícia de Plymouth para interrogatório. Isso é o máximo que existe.

— E Harlow era seu sócio nos negócios — disse Corkoran, escrevendo.

— Se você assim diz.

— Tráfico de drogas, amor? — perguntou Corkoran, erguendo os olhos.

— Era um empreendimento comercial honesto.

— Não é o que dizem os recortes dos jornais. E tampouco o que dizem os passarinhos que cantam para nós. Jack Linden, aliás, J. Pine, aliás, você, transportou um carregamento de drogas para Harlow, sozinho, da Channel Islands a Falmouth, o que os escribas dos jornais qualificaram como uma travessia impressionante. E o irmãozinho Harlow, nosso sócio, levou a droga para Londres, passou-a para a frente, e a nós para trás, ficando com a nossa parte. O que nos deixou muito zangados. Compreensivelmente. Por isso, você fez o que qualquer um de nós faria se ficasse zangado com o sócio, você o matou. Não foi um exemplo dos mais limpos e bem-feitos de cirurgia necessária, como poderia ter sido, dadas as suas comprovadas habilidades nesse campo, porque Harlow, grosseiramente, ofereceu resistência. Por isso, brigaram. Mas você ganhou. E, ao ganhar, você o matou. Hurra para nós.

Um muro de pedra, dissera Burr, *você não estava lá, eram dois outros sujeitos, ele o acertou primeiro, foi com o consentimento dele. Acabe cedendo, meio sem graça, levando-os a pensar que conseguiram chegar ao seu verdadeiro eu.*

— Eles não têm prova nenhuma — retrucou Jonathan. — Encontraram um pouco de sangue, nunca encontraram o corpo. Agora, pelo amor de Deus, vá embora.

Corkoran parecia ter esquecido o assunto por completo. Sorria para o ar, com uma expressão de reminiscência, todos os pensamentos ruins deixados de lado.

— Você conhece aquela do sujeito que estava se candidatando a um cargo nas Relações Exteriores? "Veja bem, Carruthers", dizem a ele, "nós gostamos muito da sua pinta, mas não podemos deixar de lado o fato de que você cumpriu uma sentença por sodomia, incêndio criminoso e estupro..." Não conhece *mesmo*?

Jonathan soltou um grunhido.

— "A explicação é perfeitamente simples", diz Carruthers. "Eu amava uma garota que não queria me deixar dar uma trepadinha com ela, por isso dei-lhe uma porrada na cabeça, estuprei-a, enrabei o velho, o pai dela, e taquei fogo na casa." Você *tem* de conhecer.

Jonathan havia fechado os olhos.

— "*Okay*, Carruthers", dizem os caras da seleção. "A gente sabia que devia haver uma explicação aceitável. O negócio é o seguinte. Fique longe das garotas da seção de datilografia, não brinque com fósforos, dê um beijinho na gente, e o emprego é seu."

Corkoran estava rindo de verdade. As estrias adiposas que lhe orlavam o pescoço ficaram rosadas e se sacudiram, lágrimas de hilaridade lhe desciam pelo rosto.

— Eu me sinto tão merda, com você aí de cama, sabe — explicou. — E o herói do momento, ainda por cima. Seria tão mais fácil se eu tivesse você debaixo de uma luz forte, e eu fazendo o papel de James Cagney, espancando você com um consolador de borracha. — Adotou o tom pomposo de um policial dirigindo-se ao juiz. — "Acredita-se, milorde, que o homem procurado tem uma cicatriz reveladora na mão direita" e! Mostre — ordenou, numa voz bem diferente.

Jonathan abriu os olhos. Corkoran estava de pé à cabeceira mais uma vez, segurando o cigarro de lado e para cima, feito uma varinha de condão encardida, e segurava o punho direito de Jonathan com a mão úmida, examinando a cicatriz larga que havia nele.

— Oh, queridinho — disse Corkoran. — Você não pode ter feito *isso* durante a barba, está certo, *que seja* assim.

Jonathan recolheu a mão com um tranco.

— Ele puxou a faca para mim — disse. — Não sabia que ele usava uma faca. Trazia-a escondida na panturrilha. Eu estava perguntando a ele o que havia no barco. A essa altura, já sabia. Tinha calculado. Ele era um sujeito grande, não podia estar certo de derrubá-lo, por isso fui direto na garganta.

— O velho pomo de adão, hem? Você é um brigão e tanto, não é mesmo? É bom pensar que a Irlanda foi útil para alguém. Tem certeza de que não era a *sua* faca, amorzão? Você parece ser muito inclinado a uma faca, pelo que se ouve dizer.

— Era a faca dele, eu já lhe disse.

— Para quem foi que Harlow vendeu a droga, alguma ideia?

— Nenhuma. Zero. Eu era só o marinheiro. Olhe, vá embora. Vá amolar outro.

— A mula. *Mula* é a expressão que usamos.

Mas Jonathan se manteve no ataque.

— É o que vocês são então, não é? Você e Roper? Traficantes de drogas. Mas é perfeito. Do fogo para a droga da frigideira.

Deixou-se cair de volta nos travesseiros, esperando pela reação de Corkoran. Esta veio com um vigor que o pegou desprevenido. Pois, com agilidade notável, Corkoran pulara para a sua cabeceira e servira-se de um punhado substancial do cabelo de Jonathan, que ele agora puxava com força de verdade.

— *Doçura* — murmurou num tom de reprovação. — Meu *amorzinho*. Menininhos na sua situação deveriam ver bem como falam, para dizer a verdade. *Nós* somos a Ironbrand Company, Gás, Luz e Coca, de Nassau, Bananas, indicados para o Prêmio Nobel de Respeitabilidade. A pergunta verdadeira é: quem é *você*, porra?

A mão soltou o cabelo de Jonathan. Ele ficou deitado imóvel, o coração aos saltos.

— Harlow disse que era uma retomada de posse — falou asperamente. — Alguém a quem ele havia vendido um barco na Austrália e que não pagara a dívida. Jumbo localizara o barco nas Channel Islands, através de amigos, foi o que ele disse. Se eu o conseguisse levar a Plymouth, poderíamos vendê-lo e sairmos das dificuldades. Não me pareceu uma história tão inverossímil na ocasião. Fui um idiota em confiar nele.

— E aí, o que foi que nós fizemos com o corpo, amorzão? — Corkoran quis saber, muito amigável, de volta à poltrona. — Será que o atiramos na proverbial mina de estanho? Na grande tradição?

Mude o ritmo. Faça-o esperar. A voz ensombrecida pelo desânimo.

— Por que não chamam a polícia, me extraditam e pedem a recompensa? — sugeriu Jonathan.

Corkoran retirou o arremedo de cinzeiro no colo e substituiu-o por uma pasta de couro amarelado, de estilo militar, que parecia só conter faxes.

— E o irmão Meister? — quis saber. — Como foi que *ele* o ofendeu?

— Ele me roubou.

— Oh, pobre cordeirinho! Uma das autênticas vítimas da vida. Mas como?

— Todos da equipe recebiam uma parte do dinheiro cobrado pelo serviço. Havia uma escala, tanto dependendo da posição, do tempo de emprego. Somava um bocado de grana todos os meses, até mesmo para os recém-chegados. Meister me disse que não era obrigado a pagar isso aos estrangeiros. Mas depois descobri que vinha pagando a todos os outros estrangeiros, menos a mim.

— Com que então você se serviu do cofre. Bem, ele teve uma sorte *danada* por você não tê-lo matado também. *Ou* cortado o negócio dele com o seu canivete.

— Sempre fiz hora extra para ele. Trabalhava de dia. Fazia o inventário dos vinhos finos no meu dia de folga. Nada. Nem mesmo quando eu levava hóspedes para navegar no lago. Ele cobrava uma fortuna deles e não me dava um centavo.

— Também deixamos o Cairo um bocado apressados, nota-se. Ninguém parece saber por quê. Nenhum sinal de desonestidade, veja só. Nem uma mancha na nossa reputação, segundo o Rainha Nefertiti. Ou talvez eles não tenham entendido bem o que queríamos.

Jonathan já tinha essa ficção pronta. Ele a havia montado com Burr.

— Eu me meti com uma moça. Ela era casada.

— E tinha nome?

Defenda a sua posição, dissera Burr.

— Não para você. Não.

— Fifi? Lulu? Madame Tutankamon? Não? Bem, ela sempre podia usar um dos seus, não podia? — Corkoran folheava sem pressa seus faxes. — E quanto ao bom doutor? Será que *ele* tinha nome?

— Marti.

— Não *esse* doutor, bobinho.

— Então quem? Que doutor? O que é isto, Corkoran? Estou sendo julgado por ter salvado Daniel? Aonde vocês querem chegar?

Desta vez Corkoran esperou pacientemente que a tempestade passasse.

— O doutor que costurou a nossa mãozinha na emergência de Truro — explicou.

— Não sei como se chamava. Era um interno.

— Branco?

— Moreno. Indiano, ou paquistanês.

— E como é que nós chegamos lá? No hospital? Com o nosso pobre punho sangrando?

— Embrulhei-o nuns panos de prato e fui dirigindo o jipe de Harlow.

— Com a mão esquerda?

— Sim.

— O mesmo carro que usamos para remover o corpo para outro lugar, sem dúvida? A polícia não encontrou sinal do nosso sangue no carro. Mas parece que foi um belo coquetel. Havia um pouco do sangue de Jumbo, também.

Esperando por uma resposta, Corkoran ocupou-se fazendo pequenas anotações.

— Eu só quero uma carona até Nassau. Não lhes causei mal algum. Não estou pedindo nada. Vocês nunca teriam sabido qualquer coisa a meu respeito se eu não tivesse sido tão idiota lá no Mama Low's. Não preciso de nada de você, não estou me candidatando a nada. Não quero dinheiro, não quero agradecimentos, não quero a aprovação de vocês. Quero ir embora.

Corkoran ruminava a ponta do cigarro, enquanto virava as páginas sobre o colo.

— O que diz de um pouco de *Irlanda*, para variar? — propôs, como se Irlanda fosse um jogo adequado a uma tarde chuvosa. — Dois velhos soldados tagarelando sobre tempos melhores. O que pode ser mais divertido do que isso?

Quando você chegar nas partes verdadeiras, não relaxe, dissera Burr. *É melhor se atrapalhar, esquecer um pouco e se corrigir, fazê-los pensar que é aí que devem procurar pelas mentiras.*

— O que foi que você *fez* com aquele sujeito, afinal? — Frisky estava perguntando com curiosidade profissional.

Estavam no meio da noite. Ele encontrava-se esticado em um pequeno sofá atravessado na frente da porta, uma lâmpada de leitura coberta com um pano e uma pilha de revistas pornográficas ao lado da cabeça.

— Que sujeito? — disse Jonathan.

— O sujeito que pegou o Danny emprestado naquela noite. Ele gritava feito um porco entrando na faca, lá em cima, na cozinha, podiam escutá-lo em Miami.

— Devo ter-lhe quebrado o braço.

— Quebrado? Acho que você deve tê-lo arrancado fora, e bem devagar, contra o nervo. Você é um desses amadores de artes marciais japonesas, um desses caras que sabem fazer *sushi*?

— Eu apenas agarrei e puxei — disse Jonathan.

— Sei, quebrou bem na sua mão — retrucou Frisky em tom compreensivo. — Acontece com as melhores pessoas.

Os momentos mais perigosos são quando você precisa de um amigo, dissera Burr.

E, após a Irlanda, eles exploraram o que Corkoran chamou de "nossos tempos de lacaio em ascensão", o que significava o período de Jonathan na escola de hotelaria, depois sua época de *sous-chef* em seguida como *chefe* finalmente como formado para a parte administrativa do negócio hoteleiro.

Depois disso, ainda, Corkoran precisou saber a respeito de suas aventuras no Château Babette, que Jonathan relatou com um respeito escrupuloso pelo anonimato de Yvonne, só para descobrir que Corkoran conhecia essa história também.

— E então como, em nome de Deus, fomos parar no Mama Low's, amorzão? — perguntou Corkoran, acendendo mais um cigarro. — O Mama's é o oásis preferido do Chefe há já nem sei mais quantos anos.

— Foi só um lugar onde pensei em me enfurnar por algumas semanas.

— Sair de circulação, é o que quer dizer?

— Eu estava trabalhando num iate, lá no Maine.

— Chefe de cozinha e enxugador de garrafas?

— Mordomo.

Pausa, enquanto Corkoran rebuscava entre seus faxes.

— E?

— E aí peguei uma virose qualquer e tive de ser deixado em terra. Fiquei de cama num hotel em Boston, depois telefonei para Billy Bourne, em Newport. Billy é quem me consegue trabalho. E ele me disse, ora, por que não uns poucos meses no Low's, só jantares, uma boa descansada?

Corkoran molhou um dedo na língua, puxou da pilha o que fosse que estava procurando, e segurou a folha debaixo da luz.

— Pelo amor de Deus — murmurou Jonathan, como se estivesse rezando para dormir.

— Agora, esse barco em que ficamos doentes, amorzão. Teria sido o *Lolita, née Persephone*, construído na Holanda, e de propriedade de Nikos Asserkalian, figurão famoso dos espetáculos, ímpio e escroque, sessenta metros de um mau gosto infernal. Não o Kikos, esse é um baixinho.

— Nunca o vi. Estávamos alugados.

— A quem, coração?

— Quatro dentistas da Califórnia, com as esposas.

Jonathan deu espontaneamente uns dois nomes, que Corkoran anotou em seu bloquinho barato e amassado, não sem antes alisá-lo sobre a coxa larga.

— Deviam ser divertidíssimos, não é mesmo? Conseguiu um minuto de riso?

— Não me fizeram mal algum.

— E você não fez mal algum *a eles*? — sugeriu Corkoran, gentilmente. — Não arrebentou o cofre deles, ou o pescoço de alguém, não lhes enfiou a faca, nem nada?

— Na verdade, vá para o inferno.

Corkoran ponderou sobre esse convite, e parece ter concluído que era uma boa ideia. Reuniu a papelada e esvaziou o cinzeiro na cesta de papéis, fazendo uma mixórdia horrível. Olhou-se no espelho, fez uma careta e tentou ajeitar o cabelo com os dedos, mas não teve sucesso.

— É boa demais, queridinho — declarou.

— O quê?

— A sua história. Não sei por quê. Não sei como. Não sei onde. É você, acho. Você faz com que eu me sinta deslocado. — Deu mais uma ajeitada desastrosa no cabelo. — Mas, aí, eu *sou* deslocado. Sou uma bichinha furiosa num mundo de adultos. Enquanto que você... você está só *tentando* ser deslocado. — Foi até o banheiro e fez xixi. — A propósito, Tabby trouxe umas roupas para você — falou alto, através da porta aberta. — Nada de fazer o mundo tremer, mas cobrirão a nossa nudez até os Armanis chegarem. — Deu a descarga e voltou ao quarto. — Se dependesse só de mim, você estava roubado — disse, fechando o zíper. — Tirava a sua roupa toda, enfiava-lhe um capuz na cabeça e o pendurava pela porra dos tornozelos, até a verdade cair de você por força da gravidade. Mas não se pode ter tudo na vida, não é mesmo? Tchauzinho.

Era o dia seguinte. Daniel resolvera que Jonathan estava precisando de diversão.

— Qual é a primeira coisa que passa pelo cérebro de uma tartaruga, quando ela está sendo atropelada por um Mercedes?

— Música lenta?

— Não, um pedaço da sua carapaça. Corky está conversando com Roper no estúdio. Ele diz que foi até onde era possível ir. Ou você é de um branco imaculado, ou é o maior charlatão de toda a história da cristandade.

— Quando foi que eles voltaram?

— Ao raiar do dia. Roper sempre voa ao raiar do dia. Estão conversando sobre o seu interrogatório.

— Com Jed?

— Jed está montando Sarah. Ela sempre sai para cavalgar com Sarah assim que retorna. Sarah a ouve e fica furiosa se ela não vem. Roper diz que são uma dupla de sapatões. O que é um sapatão?

— Uma mulher que gosta de outras mulheres.

— Roper conversou a seu respeito com Sandy Langbourne enquanto estava em Curaçao. Ninguém deve discutir o seu caso ao telefone. Silêncio no rádio sobre Thomas, até novo aviso.

— Você talvez não devesse andar escutando tanto as pessoas. Acaba se desgastando com isso.

Daniel arqueou as costas para trás, jogou a cabeça para o alto e gritou para o ventilador no teto:

— Eu não fico escutando! Isso não é justo! Eu não estava nem tentando escutar! Só não pude deixar de ouvir! Corky diz que você é um enigma perigoso, só isso. Mas você não é! Sei que não é! Eu amo você! Roper vai tentar avaliar você pessoalmente, e ver o que acha!

Era logo antes do alvorecer.

— Sabe qual é a melhor maneira de fazer um sujeito falar, Tommy? — perguntou Tabby, do pequeno sofá, dando uma dica útil. — Infalível? Cem por cento? Que nunca falhou? O tratamento da bebida espumante. Primeiro, é tampar-lhe a boca para que ele só consiga respirar pelo nariz. Ou ela. Pegue um funil, se existir um à mão. E despeje-lhe a bebida borbulhante pelo nariz adentro. Acerta você bem na mufa, é como se o seu cérebro estivesse fervendo. Não é diabólico?

Eram dez da manhã.

Caminhando sem muita firmeza ao lado de Corkoran, atravessando o campo de cascalho de Crystal, Jonathan teve uma lembrança vívida de quando atravessou o pátio principal do Palácio de Buckingham, de braço com sua tia alemã, Monika, no dia em que esta o levou para receber a medalha do pai morto. Que sentido faz uma medalha, se você está morto?, ele se perguntara. E a escola, se você está vivo?

Um criado negro atarracado lhes deu passagem. Usava um colete verde e calças pretas. A figura venerável de um mordomo negro, usando um colete de algodão listrado, adiantou-se para recebê-los.

— Vamos ver o Chefe, por favor, Isaac — disse Corkoran. — Dr. Jekyll e *Mr.* Hyde. Estamos sendo esperados.

O vestíbulo imenso ecoava-lhes os passos, como se fosse uma igreja. Uma escadaria curva, de mármore, com corrimão dourado, erguia-se até a cúpula, formando três patamares em seu caminho até um céu pintado de azul. O mármore em que estavam pisando era rosado e a luz do sol refletia-se dele em refrações róseas. Dois guerreiros egípcios em tamanho natural guardavam um portal em arco, de pedra lavrada. Atravessaram-no e entraram numa galeria dominada pela cabeça dourada do deus-sol, Rá. Torsos gregos, cabeças, mãos e urnas de mármore, bem como painéis de pedra cobertos de hieróglifos, se apresentavam desordenadamente. Vitrines de vidro, guarnecidas de latão, sucediam-se ao longo das paredes, atulhadas de estatuetas. Cartões com letreiros manuscritos informavam suas procedências: africano ocidental, peruano, pré-colombiano, cambojano, minoico, russo, romano e, em um caso, simplesmente "Nilo".

Ele é um saqueador, dissera Burr.
Freddie gosta de vender-lhe peças roubadas, dissera Sophie.
Roper vai avaliá-lo pessoalmente, dissera-lhe Daniel.

Entraram na biblioteca. Os livros, encadernados em couro, iam do chão ao teto. Havia uma escada em espiral, com rodas, fácil de ser movimentada.

Entraram em um corredor de prisão, entre calabouços em arco. De suas celas solitárias, armas antigas reluziam ao súbito lusco-fusco: espadas, lanças e maças, armaduras completas montadas sobre cavalos de madeiras: mosquetes, alabardas, bolas de canhão e canhões esverdeados, ainda cheios de incrustações do mar.

Passaram por uma sala de bilhares e chegaram ao segundo centro da casa. Colunas de mármore sustentavam o teto, em forma de abóbada cilíndrica. Uma piscina azulejada de azul as refletia, margeada por um amplo passeio de mármore. Nas paredes, pinturas impressionistas de frutas, campos e mulheres nuas — será que aquilo é realmente um Gauguin? Numa *chaise* de mármore, dois jovens em mangas de camisa e calças *baggy* no estilo dos anos 20 tratavam de negócios por sobre as pastas de executivo abertas.

— Corky, oi, como vão as coisas? — disse um deles, com voz arrastada.

— Queridos — disse Corkoran.

Chegaram diante de um par de portas altas, de bronze lustroso. Diante dela, Frisky sentado numa cadeira de porteiro. Uma senhora matronal saiu, carregando um bloco de taquigrafia. Frisky esticou o pé para ela, fingindo tentar fazê-la tropeçar.

— Oh, seu menino *bobo* — disse a senhora matronal, toda satisfeita.

As portas voltaram a se fechar.

— Ora, é o *major* — gritou Frisky, jocosamente, fingindo só ter percebido a chegada dos dois no último momento. — Como é que *estamos* hoje, senhor? Alô, Tommy. Com que então estamos assim.

— Assanhada — disse Corkoran.

Frisky pegou na parede um telefone interno e ditou um número. As portas se abriram revelando um salão tão grande, tão intrincado em seu mobiliário, tão banhado pela luz do sol e tão escurecido pelas sombras, que Jonathan teve uma sensação não de chegar, mas de subir. Do outro lado de uma parede de janelas de vidros sombreados ficava um terraço com mesas brancas de formas estranhas, cada uma coberta por um guarda-sol branco. Para além delas ficava uma lagoa cor de esmeralda, orlada por uma estreita faixa de areia e recifes negros. Do outro lado dos recifes ficava um mar aberto em lagos de azuis recortados.

O esplendor do ambiente foi, a princípio, tudo que Jonathan conseguiu absorver. Os ocupantes, se é que havia algum, estavam perdidos entre o brilho e a escuridão. E então, com Corkoran orientando-o adiante, ele percebeu uma escrivaninha dourada cheia de volutas, feita de casco de tartaruga e latão, e atrás dela um trono ornamentado de arabescos e coberto por uma rica tapeçaria gasta pela idade. E, ao lado da escrivaninha, numa cadeira de praia de bambu, de braços largos e um banquinho para os pés, estava reclinado o pior homem do mundo, usando calças de marinheiro de linho branco e espadrilhas e uma camisa azul-marinho de mangas curtas, com um monograma no bolso. Tinha as pernas cruzadas e usava os óculos de leitura, de meias-lentes, e o que lia estava em uma pasta de papéis com capa de couro, que tinha um monograma igual ao da camisa, e ele sorria enquanto lia, pois sorria muito. Atrás dele estava, de pé, uma secretária, que poderia muito bem ser irmã gêmea da primeira.

— Não queremos que ninguém nos perturbe, Frisky — ordenou uma voz alarmantemente familiar, fechando a pasta de couro num estalo e atirando-a para a secretária. — Ninguém no terraço. Quem é o cretino fazendo funcionar um motor de popa na minha baía?

— É o Talbot que o está consertando, Chefe — disse Isaac, lá de trás.

— Diga-lhe que o desconserte. Corks, xampu. Ora, que um raio me parta. Pine, venha cá. Muito bom. Muito bom, mesmo.

Estava se levantando, os óculos encarapitados de maneira cômica na ponta do nariz. Agarrando a mão de Jonathan, puxou-o para perto até que, como acontecera no Meister's, entraram um no espaço privado do outro. E o examinou, franzindo o cenho através dos óculos. E, enquanto o fazia, ergueu lentamente as palmas das mãos até as faces de Jonathan, como se pretendesse prendê-las numa dupla bofetada. E as manteve assim, tão perto, que Jonathan conseguia sentir-lhes o calor, enquanto Roper inclinava a cabeça em diferentes ângulos, examinando a poucos centímetros de distância até dar-se por satisfeito.

— Mas está mesmo uma maravilha — proclamou finalmente. — Muito bom, Pine. Muito bom, Marti, muito bom, dinheiro. É para isso que serve. Lamento não ter podido estar aqui quando você chegou. Tinha um par de fazendas para vender. Quando foi o pior? — Desconcertantemente, ele se virara para Corkoran, que avançava pelo pavimento de mármore trazendo uma bandeja com três taças de prata, foscas de tão geladas, com Dom Pérignon. — Eis o xampu. Achei que íamos continuar navegando sem eco.

— Após a operação, creio — disse Jonathan. — A recuperação. Foi como o dentista multiplicado por dez.

— Espere. Este é o melhor pedaço.

Desorientado pelo método fragmentário com que Roper conversava, Jonathan não percebera a música. Mas, quando a mão de Roper se estendeu para ordenar silêncio, ele reconheceu os últimos acordes de Pavarotti cantando *La donna è mobile*. Ficaram os três imóveis, até a música terminar. Roper então ergueu sua taça e bebeu.

— *Meu Deus*, ele é maravilhoso. Toco-o sempre aos domingos. Não esqueço nunca, não é, Corks? Muito boa sorte. Obrigado.

— Boa sorte — disse Jonathan, e bebeu também. Ao fazê-lo, o som do motor de popa ao longe cessou, deixando um silêncio profundo. O olhar de Roper pousou sobre a cicatriz na mão direita de Jonathan.

— Quantos para o almoço, Corks?

— Dezoito, subindo para vinte, Chefe.

— Os Vincetti vêm? Ainda não ouvi o avião deles. Aquela coisa tcheca de dois motores em que eles voam.

— A última notícia que tivemos é que estavam vindo, Chefe.

— Diga a Jed, cartões com os nomes nos lugares marcados. E guardanapos decentes. Nada daquele papel higiênico vermelho. E descubra o paradeiro dos Vincetti, sim ou não. Pauli já resolveu o negócio daqueles 130s?

— Ainda estamos esperando, Chefe.

— Bem, é melhor ele se apressar, ou então é nunca. Aqui, Pine. Sente-se. Aí, não. Aqui, onde posso vê-lo. E o Sancerre, diga ao Isaac. Gelado, ao menos desta vez. Apo já mandou pelo fax a minuta de emenda?

— Na sua bandeja de entrada.

— Sujeito maravilhoso — comentou Roper, quando Corkoran saiu.
— Tenho certeza que é — concordou Jonathan, educadamente.
— Adora servir — disse Roper, com aquele olhar que os heterossexuais têm em comum.

Roper girava o champanhe em sua taça, sorrindo, enquanto observava o líquido fazendo círculos.
— Importa-se de me dizer o que você quer? — perguntou.
— Bem, eu gostaria de voltar para o Low's, se pudesse. Assim que for conveniente. De verdade. Só um avião para Nassau já estaria ótimo. De lá em diante, eu me viro.
— Não era a isso que eu me referia, em absoluto. A pergunta é totalmente mais ampla. Na vida. O que você quer? Qual é o seu plano?
— Não tenho nenhum plano. Não no momento. Estou vagueando. Dando um tempo.
— Sem essa, francamente. Não acredito. Você nunca relaxou na vida. É isso que eu acho. Não estou muito certo de que eu também tenha relaxado. Tento. Jogo um pouquinho de golfe, saio com o barco, um pouquinho disto, um pouquinho daquilo, nado, trepo. Mas o meu motor está sempre ligado. E o seu também. É o que me agrada em você. Não tem ponto morto.

Ele ainda sorria. E Jonathan também, mesmo pensando em que indícios Roper baseava seu julgamento.
— Se você assim diz — retrucou.
— Cozinhando. Escalando. Navegando. Pintando. Exército. Casamento. Línguas. Divórcio. Uma garota no Cairo, outra na Cornualha, outra no Canadá. Um traficante australiano que você matou. Não confio nunca num sujeito que me diz que não está atrás de alguma coisa. Por que fez aquilo?
— Aquilo o quê?

O encanto de Roper era algo que Jonathan não se permitira recordar. De homem para homem, Roper lhe passa a ideia de que você poderia lhe contar qualquer coisa que, no final, ele ainda estaria sorrindo.
— Meter-se em apuros pelo velho Daniel. Quebra o pescoço de um sujeito um dia, salva o meu garoto no dia seguinte. Você roubou o Meister, porque então não rouba a mim? Por que não me pede dinheiro? — ele falava como se estivesse se sentindo quase espoliado. — Eu lhe pagaria. Não me importa o que já tenha feito, mas salvou o meu

garoto. Não há limite para a minha generosidade, no que diz respeito àquele menino.

— Não fiz aquilo por dinheiro. Vocês me consertaram. Cuidaram de mim. Foram bons comigo. Só quero ir embora.

— Que línguas você fala, afinal? — perguntou Roper, pegando uma folha de papel, examinando-a e jogando-a de lado.

— Francês. Alemão. Espanhol.

— Uns idiotas, a maioria dos linguistas. Não dizem porra nenhuma numa língua, por isso aprendem outra e dizem porra nenhuma nessa. Árabe?

— Não.

— Por que não? Você esteve lá por tempo suficiente.

— Bem, só uns arranhões. Rudimentos.

— Devia ter pego uma mulher árabe. Talvez tenha. Conheceu o velho Freddie Hamid enquanto esteve lá, um amigo meu? Um tipo meio doidão? Deve ter conhecido. A família dele é dona da estalagem em que você trabalhava. Tem uns cavalos.

— Ele fazia parte do quadro de diretores do hotel.

— Você é um monge total, segundo o Freddie. Perguntei a ele. Um modelo de comportamento discreto. Por que foi para lá?

— Foi uma oportunidade. O emprego estava anunciado no quadro de avisos da escola de hotelaria, no dia em que me formei. Sempre quis conhecer o Oriente Médio, por isso me candidatei.

— Freddie tinha uma namorada. Uma mulher mais velha. Brilhante. Boa demais para ele, dizendo a verdade. Grande coração. Costumava ir com ele ao hipódromo e ao iate clube. Sophie. Chegou a conhecê-la?

— Ela foi assassinada — disse Jonathan.

— Isso mesmo. Pouco antes de você ir embora. Chegou a conhecê-la?

— Tinha um apartamento no último andar do hotel. Todo mundo a conhecia, era mulher de Hamid.

— E foi sua?

Os olhos límpidos e argutos não ameaçavam. Avaliavam. Ofereciam companheirismo e compreensão.

— Claro que não.

— Claro, por quê?

— Teria sido loucura. Mesmo que ela o tivesse desejado.

— E por que não teria? Uma árabe de sangue quente, quarenta anos, se tanto, adora um flerte. Você, rapaz muito bem-apessoado. Deus sabe que Freddie não é nenhuma pintura. Quem a matou?

— Isso ainda estava sendo investigado quando fui embora. Não fiquei sabendo se chegaram a prender alguém. Algum invasor, é o que acharam. Ela o surpreendeu e, por isso, ele a esfaqueou.

— Não foi você, afinal?

Os olhos límpidos, argutos, convidando-o a curtir a piada. O sorriso de delfim.

— Não.

— Certeza?

— Correu um boato de que Freddie a matou.

— Ora, é mesmo? E por que ele faria uma coisa dessas?

— Ou mandou que a matassem, de qualquer maneira. Dizem que ela o teria traído de algum modo.

Roper estava se divertindo.

— Não com você, porém?

— Temo que não.

O sorriso ainda presente. E também o de Jonathan.

— O Corky não consegue decifrar você, sabe? Sujeito desconfiado, o Corks. Sente más vibrações em você. A ficha é de um homem, e você é um outro, diz ele. O que mais andou fazendo? Tem mais algum esqueleto no seu armário? Mais alguma proeza que tenha feito e que desconhecemos? Que a polícia desconhece? Mais alguém que tenha liquidado?

— Não sou de proezas. As coisas acontecem comigo e reajo. É como sempre aconteceu.

— Oh, meu Deus, você *reage* com certeza. Me disseram que foi chamado para identificar o corpo de Sophie e encarar os tiras. Foi isso mesmo?

— Sim.

— Tarefa bem desagradável, não foi?

— Alguém tinha de fazê-lo.

— Freddie ficou agradecido. Disse que se eu um dia o encontrasse, lhe dissesse obrigado. Extraoficialmente, é claro. Ficou preocupado com a possibilidade de ter de ir pessoalmente. Podia ter sido meio chato.

Será que o ódio estaria finalmente ao alcance de Jonathan? Nada havia mudado no rosto de Roper. O meio-sorriso não havia aumentado nem diminuído. Fora de foco, Corkoran voltou a entrar, na ponta dos pés, e deixou-se cair num sofá. Indefinivelmente, o estilo de Roper mudou, e ele começou a desempenhar para uma plateia.

— Esse navio em que você chegou ao Canadá — recomeçou ele, com aquele seu jeito confidencial. — Tem algum nome?

— Era o *Star of Bethel*.
— Matrícula?
— South Shields.
— Como é que você conseguiu lugar a bordo? Não é fácil, é? Descolar um lugar num naviozinho sujo.
— Eu cozinhava.
Sentado nos bastidores, Corkoran não conseguiu se conter.
— Com uma mão só? — quis saber.
— Eu usava luvas de borracha.
— Como foi que conseguiu lugar? — repetiu Roper.
— Subornei o cozinheiro do navio e o capitão me aceitou como extranumerário.
— Nome?
— Greville.
— O seu agente, Billy Bourne. Agente de tripulante, Newport, Rhode Island — continuou Roper. — Como é que chegou ao Bourne?
— Todo mundo o conhece. Pergunte a qualquer um de nós.
— Nós?
— Tripulação. Pessoal de serviço.
— Tem aquele fax do Billy aí, Corks? Gosta dele, não gosta? Cheio de vaselina, se bem me lembro?
— Oh, o Billy Bourne *adora* o nosso amigo — confirmou Corkoran, com azedume. — Lamont não faz nada errado. Cozinha, agrada, não rouba prataria nem os convidados, está presente quando você precisa dele, desaparece quando não precisa, e o rabo dele é um sol radioso.
— Mas não checamos algumas das outras referências? Não eram assim tão brilhantes, eram?
— Um tiquinho fantasiosas, Chefe — admitiu Corkoran. — Uma certa quimera, na verdade.
— Você as falsificou, Pine?
— Sim.
— Aquele sujeito, cujo braço você esmagou. Já o tinha visto antes daquela noite?
— Não.
— Não andou comendo no Low's em alguma outra noite?
— Não.
— Nunca guiou um barco para ele? Ou cozinhou para ele? Ou lhe forneceu drogas?

Não havia nenhuma ameaça aparente nas perguntas, nenhuma aceleração do ritmo. O sorriso amigável de Roper continuou tranquilo, ainda que Corkoran estivesse de cenho franzido e sorrindo com sarcasmo.

— Não — disse Jonathan.

— Nem matou para ele, nem roubou com ele?

— Não.

— E quanto ao colega dele?

— Não.

— Ocorreu-nos que você poderia ter começado como o homem deles lá dentro e resolvido mudar de lado no meio do caminho. Imaginamos se esse não teria sido o motivo para você tê-lo tratado com tamanha violência. Para mostrar que é mais santo do que o papa, entende o que quero dizer?

— Isso é uma idiotice — disse Jonathan, asperamente. Reuniu forças. — Na verdade, isso é simplesmente insultante. — E, com uma nota mais literária: — Acho que você devia retirar isso. Por que motivo tenho de aguentar uma coisa dessas?

Banque o perdedor orgulhoso, dissera Burr. *Não rasteje nunca. Isso deixa-o enojado.*

Mas Roper parecia não ter ouvido os protestos de Jonathan.

— Uma ficha como a sua, fugindo, nome esquisito, você podia não estar querendo novos problemas com a polícia. Melhor ganhar os favores do inglês rico do que sequestrar o menino dele. Entende o nosso ponto de vista?

— Eu não tinha nada a ver com nenhum dos dois. Nunca os vi, nem ouvi falar deles, antes daquela noite. Eu salvei o garoto, não salvei? E nem sequer *quero* uma recompensa. O que quero é ir embora, só isso. Basta me deixar ir embora,

— Como é que sabia que eles estavam indo para a cozinha? Podiam estar indo para qualquer lugar.

— Eles conheciam a casa. Sabiam onde guardavam o dinheiro. É óbvio que fizeram um reconhecimento. Pelo amor de Deus!

— Com uma ajudazinha sua?

— Não!

— Você podia ter se escondido. Por que não o fez? Não ficou longe do problema? É o que a maioria dos fugitivos teria feito, não é mesmo? Pessoalmente, nunca andei fugindo.

Jonathan deixou que se passasse um longo silêncio, suspirou e fez um ar de quem se resignava com a loucura de seus anfitriões.

— Estou começando a me arrepender por não ter feito isso — disse e deixou o corpo afrouxar em frustração.

— Corks, o que aconteceu com aquela garrafa? Você não a bebeu toda, bebeu?

— Está aqui mesmo, Chefe.

De volta a Jonathan:

— Quero que fique por aí, se divirta, se torne útil, nade, recupere as forças, vamos ver o que podemos fazer por você. Posso até lhe arranjar uma colocação, algo bem especial. Depende. — O sorriso se ampliou. — Quem sabe, nos prepararia alguns bolos de cenoura? Qual é o problema?

— Acho que não vou fazer isso — disse Jonathan. — Não é o que eu quero.

— Conversa. Claro que é.

— Para onde mais você pode ir? — perguntou Corkoran. — O Carlyle em Nova York? O Ritz-Carlton, em Boston?

— Vou simplesmente seguir o meu caminho — disse Jonathan, de modo educado porém relutante.

Já estava cheio. Interpretar e ser haviam se tornado uma coisa só para ele. Já não sabia mais qual era a diferença. Preciso do meu próprio espaço, da minha própria agenda, estava dizendo a si mesmo. Estou cheio de ser a criatura de alguém. Estava de pé, pronto para sair.

— Mas de que diabos está falando? — queixou-se Roper, desorientado. — Vou pagar a você. E não é porcaria. Grana alta. Uma casinha linda, do outro lado da ilha. Podemos preparar a casa do Woody, Cork. Cavalos, natação, pode pegar um barco emprestado. Bem no fim da sua rua. De qualquer maneira, o que vai usar como passaporte?

— O meu — disse Jonathan. — Lamont. Thomas Lamont. — Recorreu a Corkoran. — Estava entre as minhas coisas.

Uma nuvem atravessou diante do sol, provocando um anoitecer breve e pouco natural no salão.

— Corky, dê-lhe a má notícia — ordenou Roper, um braço estendido como se Pavarotti houvesse recomeçado a cantar.

Corkoran deu de ombros e arregalhou um sorriso escarninho de desculpas, como se dissesse: não me culpem.

— Sim, bem, é sobre aquele seu passaporte canadense, amorzão — disse ele. — É coisa do passado, temo. Atirei-o no cortador de papéis. Parecia a coisa certa a fazer naquele momento.

— O que está dizendo?

Corkoran coçava a palma de uma das mãos com o polegar da outra, como se houvesse descoberto alguma excrescência indesejável.

— Não adianta ter um acesso de cólera, coração. Estava lhe fazendo um favor. O seu disfarce foi para o espaço, bem lá para cima. Faz apenas uns poucos dias, T. Lamont entrou para todas as listas de procurados da polícia ocidental. Interpol, Exército da Salvação, você escolhe. Mostro-lhe a prova, se quiser. Bem no alto. Lamento por isso. É um fato.

— Era o *meu* passaporte!

Era a mesma fúria que o havia dominado na cozinha do Mama Low's, espontânea, descontrolada, cega — ou quase. Era o *meu nome*, *minha* mulher, *minha* traição, *minha* sombra! Menti por aquele passaporte! Trapaceei por ele! Cozinhei, vivi às escondidas e sofri humilhações por ele, deixei corpos ainda quentes no meu caminho, por ele!

— Estamos lhe arranjando um novo, coisa limpa — disse Roper. — É o mínimo que podemos fazer por você. Cork, pegue a sua Polaroid, tire o retrato dele. Hoje em dia precisa ser colorido. É melhor alguém retocar as marcas do rosto. Ninguém mais sabe, entende? Seguranças, jardineiros, empregadas, cavalariços, ninguém. — Uma pausa deliberada. — Jed, nada. Jed fica fora de tudo isto. — Ele não disse de tudo o quê. — O que foi que você fez com aquela moto que tinha... a que usava na Cornualha?

— Joguei-a numa vala, nas cercanias de Bristol — disse Jonathan.

— Ora, por que não a vendeu? — perguntou Corkoran, vingativamente. — *Ou* levou-a para a França. Poderia tê-lo feito, não poderia?

— Era um estorvo. Todo mundo sabia que eu andava numa moto.

— Mais uma coisa. — As costas de Roper estavam viradas para o terraço, e o dedo que aperta o gatilho estava apontado para a cabeça de Jonathan. — Eu dirijo isto aqui com disciplina. A gente rouba um pouquinho, mas jogamos limpo uns com os outros. Você salvou o meu garoto. Mas se pisar fora da linha vai se arrepender de ter nascido.

Ouvindo passos no terraço, Roper girou sobre os calcanhares, preparado para se zangar por sua ordem ter sido desobedecida, e viu Jed colocando cartões com os nomes dos convidados em suportes de prata sobre as mesas espalhadas pelo terraço. Seus cabelos castanhos tombavam-lhe sobre os ombros. O corpo estava recatadamente oculto por uma manta.

— Jed! Venha aqui um instante. Tenho uma boa notícia para você. Com o nome de Thomas. Está entrando para a família por um tempo. É melhor contar logo ao Daniel, ele vai ficar feliz da vida.

Ela deixou passar uma fração de segundo. Então ergueu a cabeça e virou-a agraciando as câmaras com o seu melhor sorriso.

— Meu Deus. *Thomas*. Super. — Sobrancelhas para cima. Exprime um vago prazer. — Mas essa é uma notícia *terrivelmente* boa. Roper, nós não devíamos *comemorar*, ou algo assim?

Passava um pouco das sete da manhã seguinte, mas no quartel-general em Miami podia ser meia-noite. As mesmas luzes de néon brilhavam sobre as mesmas paredes de tijolos pintadas de verde. Cheio do seu hotel *art déco*, Burr transformara aquele prédio no seu lar solitário.

— Sim, sou eu — respondeu baixinho ao fone vermelho. — E você é você, pela sua voz. Como tem passado?

Enquanto falava, a mão livre ergueu-se lentamente acima da cabeça, até o braço inteiro estar esticado em direção ao céu oculto. Tudo estava perdoado. Deus estava em Seus domínios. Jonathan telefonava para o seu controle, na sua caixa mágica.

— Eles não me aceitaram — disse Palfrey a Goodhew, com satisfação, enquanto giravam em Battersea, num táxi. Goodhew o pegara no Festival Hall. Vai ter de ser rápido, dissera Palfrey.

— Quem não aceitou?

— O novo comitê de Darker. Inventaram um codinome para si mesmos: Nau-capitânia. Você tem de estar na lista deles, do contrário não tem acesso liberado à Nau-capitânia.

— E então, quem está na lista?

— Não se sabe. Eles têm um código de cores.

— Significando?

— São identificados por uma faixa eletrônica impressa nos seus crachás. Existe um gabinete de leitura da Nau-capitânia. Eles vão até lá, enfiam os crachás numa máquina, a porta se abre. Eles entram, ela se fecha. Eles sentam-se, leem a papelada, fazem uma reunião. A porta abre e eles saem.

— *O que* eles leem?

— Os desdobramentos. A tática de jogo.
— Onde fica o gabinete de leitura?
— Afastado do prédio. Longe dos olhos curiosos. Alugado. Pagam em dinheiro vivo. Sem recibos. Provavelmente a sobreloja de um banco. Darker adora os bancos. — Continuou falando, ansioso para se livrar da carga e ir embora. — Se você está liberado para a Nau-capitânia, então você é um fuzileiro. Existe uma nova linguagem interna, baseada na linguagem naval. Se alguma coisa está um pouco molhada para entrar em circulação, isso significa que deve ser considerada como segredo da Nau-capitânia. Então é náutico demais para quem não seja fuzileiro. Ou então alguém é uma boia seca, não uma boia molhada. Eles têm uma espécie de muralha externa de codinomes para proteger os muros internos.
— Os fuzileiros são todos membros da Casa do Rio?
— Turistas, banqueiros, funcionários públicos, um ou dois membros do Parlamento, um ou dois artífices.
— Artífices?
— Fabricantes. Fabricantes de armas. Pelo amor de Deus, Rex!
— Os artífices são ingleses?
— Bem perto disso.
— São norte-americanos? Existem fuzileiros norte-americanos, Harry? Existe uma Nau-capitânia norte-americana? Há um equivalente lá do outro lado.
— Passo.
— Você pode me dar *um* nome, Harry? Apenas uma brecha para eu chegar a isso?

Mas Palfrey estava ocupado demais, apressado demais, tarde demais. Pulou para o meio-fio, e em seguida mergulhou de volta no táxi para pegar seu guarda-chuva.

— Pergunte a seu chefe — sussurrou. Mas tão baixinho que Goodhew, em sua surdez, não teve certeza absoluta.

17

Havia os lados de Crystal e havia os lados da Cidade, e apesar de estarem separados por uns meros oitocentos metros, fazendo uma curva, poderiam ser ilhas diferentes, porque entre eles ficava a pequena colina orgulhosamente chamada montanha Miss Mabel, o ponto mais elevado das ilhas em torno, numa boa distância, o que não era dizer grande coisa com um avental de névoa amarrado na cintura, as ruínas das senzalas a seus pés e sua floresta, onde raios de sol brilhavam como a luz do dia atravessando um telhado todo furado.

Crystal era uma sequência de prados, como em um condado inglês, tendo de quando em quando um conglomerado de magnólias-americanas que, à distância, podiam parecer carvalhos, cercas de gado inglesas, vaiados de jardim ingleses, vistas do mar entre suaves colinas inglesas criadas, num engenhoso trabalho de paisagismo, pelos tratores de Roper.

Mas o lado da Cidade era austero e ventoso como a Escócia, com as luzes acesas, pastos escarpados para as cabras, no declive da colina, lojas de folhas de flandres e zinco, um campo de críquete, com a poeira vermelha sempre soprada pelo vento e um pavilhão de zinco, e um vento leste dominante que agitava a água em Carnation Bay.

E, em torno de Carnation Bay, numa meia-lua de cabanas pintadas em tons pastel, cada qual com o seu jardim na frente e degraus levando até a praia, Roper acomodava seu pessoal branco. Dessas cabanas, a casa de Woody era inquestionavelmente a mais desejável, devido a sua varanda elegante, de madeira recortada em arabescos, e de sua vista desimpedida da ilha Miss Mabel, no meio da baía.

Só Deus sabe quem foi Miss Mabel, embora ela tenha deixado seu nome numa colina presunçosa, numa ilha desabitada, num apiário extinto, numa indústria de algodão infrutífera e num tipo de pano de mesa feito de renda que ninguém mais sabia como fazer: "Alguma senhora distinta dos tempos da escravidão", disseram os nativos, timidamente, quando o observador atento perguntou. "Melhor deixar sua memória em paz."

Mas todo mundo sabia quem tinha sido Woody. Era um certo *Mr. Woodman*, da Inglaterra, um antecessor do major Corkoran, de muito tempo atrás, que viera com a primeira leva, quando *Mr.* Roper comprou a ilha, um homem encantador e amigável para com os nativos, até o dia em que o Chefe ordenou que ele fosse trancado em sua casa, enquanto o pessoal da segurança lhe fazia certas perguntas, e contadores vindos de Nassau examinavam os livros, descobrindo as negociatas de Woody. A ilha inteira, a essa altura, nem respirava, porque de uma maneira ou de outra, a ilha inteira havia participado das operações de Woody. Finalmente, após uma semana de espera, dois dos seguranças levaram Woody até a pista de pouso, no alto da montanha Miss Mabel, e Woody bem que precisou deles, pois não estava conseguindo caminhar muito bem. Para ser preciso, a mãe dele não poderia ser culpada se tropeçasse nele na rua e não reconhecesse o seu menininho inglês. E a casa de Woody, com sua varanda ornamentada e sua vista maravilhosa da baía, permanecera vazia desde então, como um aviso a todos na ilha de que, se por um lado o Chefe era um patrão e proprietário generoso, e um excelente cristão para com os virtuosos, isso para não mencionar doador e presidente perpétuo do clube de críquete, do clube de rapazes e da bateria de músicos da Cidade, por outro lado também se podia ter certeza de que esmagaria qualquer um que se atrevesse a roubá-lo.

O papel conjunto de salvador, assassino em fuga, hóspede convalescente, vingador de Sophie e espião de Burr não é fácil de se dominar com firmeza, porém Jonathan, com sua capacidade infinita de adaptação, assumiu-o com aparente facilidade.

Você tem o ar de estar procurando por alguém, dissera Sophie. *Mas acho que a pessoa procurada é você mesmo.*

Todas as manhãs, após uma corrida e um mergulho matinal, ele vestia uma camiseta, calças esporte e tênis e partia para sua visita das dez horas a Crystal. O caminho da Cidade a Crystal mal lhe tomava dez minutos, porém todas as vezes que o fazia, era Jonathan quem partia e Thomas quem chegava. O itinerário o levava a atravessar uma trilha para cavalos aberta nas partes mais baixas da montanha Miss Mabel, uma da meia dúzia que Roper mantinha abertas cortando os bosques. Mas durante a maior parte do ano era apenas um túnel, devido às árvores cujas copas se encontravam no alto. Uma única chuvarada deixava-a encharcada e pingando durante dias.

E, às vezes, se a sua intuição o orientava corretamente, ele encontrava Jed em sua égua árabe, Sarah, voltando da cavalgada matinal na companhia de Daniel e de Claud, o polonês que dirigia os estábulos, e talvez um casal de convidados. Ouvia primeiro o som de cascos e vozes vindos do alto, na mata. Depois, prendia a respiração enquanto o grupo descia o caminho em zigue-zague, até surgir na entrada do túnel, onde os cavalos partiam em trote de volta para casa, a amazona na frente e Claud cobrindo a retaguarda, os cabelos de Jed, ao vento, passando da cor do fogo para a cor do ouro, nas manchas de luz filtrada, e fazendo uma combinação absurdamente bela com a crina loura de Sarah.

— Meu Deus, Thomas, isto não é absolutamente *lindo*? — Jonathan concorda que é. — Oh, Thomas... Dan estava enchendo, querendo saber se você ia levá-lo para navegar hoje. Ele é *tão* mimado... Oh, mas vai, *mesmo*? — Ela fala num tom de quem está quase desesperando. — Mas você passou a tarde *inteira* de ontem ensinando-o a *pintar*! Você é um amor. Posso dizer a ele três horas?

Pare com isso, queria dizer-lhe, como amigo. Você já tem o papel, por isso pare de superinterpretar, e seja real. Dá tudo no mesmo, como diria Sophie: ela já o havia tocado, com os seus olhos.

E, em outras ocasiões, se ele desse uma corrida de manhã cedo, ao longo da praia, podia acontecer de encontrar Roper de *short*, descalço, numa caminhada forçada pela areia molhada, na beira da rebentação, às vezes correndo, às vezes caminhando, às vezes parando para ficar de rosto para o sol e fazer alguns exercícios, mas tudo com o domínio que ele imprimia a qualquer coisa: esta é a minha água, minha ilha, minha areia, meu ritmo.

— Bom dia! Dia maravilhoso! — diria ele alto, se estivesse com humor para jogar. — Correr? Nadar? Vamos. Vai lhe fazer bem.

E então corriam, e nadavam em paralelo por algum tempo, conversando esporadicamente, até Roper de súbito voltar para a praia, recolher sua toalha e, sem uma palavra, sem olhar para trás, ir embora na direção de Crystal.

— Do fruto de todas as árvores poderás livremente comer — disse Corkoran a Jonathan, sentados no jardim da casa de Woody, olhando a ilha Miss Mabel, escurecendo ao crepúsculo. — As empregadinhas, copeiras, cozinheiras, datilógrafas, massagistas, a moça que vem cortar as unhas do papagaio, até as hóspedes estão à sua disposição para uma colheita discreta. Mas se você sequer tentar ao menos encostar você-sabe-o-quê na Nossa Senhora de Crystal, ele o mata. E eu também. Mas, só para ajudar a compor o pano de fundo, amorzão. Nenhuma ofensa pessoal.

— Ora, obrigado, Corky — disse Jonathan, transformando a coisa em piada. — Muito obrigado, mesmo. Acho que ter você e Roper correndo atrás do meu sangue ia completar a minha sorte. Afinal, onde foi que ele a encontrou? — perguntou, servindo mais cerveja.

— Diz a lenda que foi durante um leilão de cavalos na França.

Com que então é assim que acontece, pensou Jonathan. Você vai à França, compra um cavalo e sai com uma garota de convento chamada Jed. Fácil.

— Quem ele tinha antes? — perguntou.

O olhar de Corkoran estava fixo no horizonte pálido.

— Você *sabe* — queixou-se, com admiração frustrada. — Conseguimos descobrir o capitão do *Star of Bethel*, e nem mesmo *ele* pode provar, nas suas fuças, que você está mentindo?

O aviso de Corkoran foi perda de tempo. O observador atento não tinha como se proteger dela. Consegue observá-la mesmo de olhos fechados. Consegue observá-la na concavidade, brilhante à luz de velas de uma colher de prata com a *grijfe* Bulgari, de Roma; ou nos candelabros de prata de Paul de Lamarie que são presença obrigatória na mesa de jantar de Roper sempre que ele volta de seus negócios com fazendas; ou nos espelhos dourados da imaginação do próprio Jonathan. Desprezando a si mesmo, explora noite e dia, em busca de confirmação da sua hediondez. Sente-se repelido por ela e, portanto, atraído para ela. Está punindo-a por seu poder sobre ele — e punindo a si mesmo por ceder a isso. *Você é um hotel, garota!*, grita-lhe. *As pessoas compram espaço em você, pagam-lhe e depois vão embora!* Porém, ao mesmo tempo é consumido por ela. Sua própria sombra escarnece dele quando ela caminha seminua pelo chão de mármore rosado de Crystal, indo nadar, tomar banho de sol, acariciar óleo na pele, virar o corpo arqueado sobre um quadril, o outro quadril, depois sobre a barriga, enquanto conversa com sua amiga Caroline Langbourne, que a visita, ou se empanturra com suas bíblias escapistas: *Vogue, Tatler, Marie-Claire*, ou o *Daily Express* de três dias atrás. E seu bufão, Corkoran, chapéu-panamá e calças enroladas até a canela, sentado a três metros dela, bebendo Pimm's.

— Por que Roper não o leva mais com ele, Corks? — pergunta preguiçosamente por cima da revista, numa das doze vozes que Jonathan já anotou para destruição permanente. — Ele sempre *costumava* levar. — Vira uma página. — Caro, você pode *imaginar* alguma coisa mais horrível do que ser a *amante* de um ministro *tory*?

— Creio que sempre existe um ministro trabalhista — sugere Caroline, que é desgraciosa e inteligente demais para o lazer.

E Jed ri: o riso abafado, feroz, que vem lá do fundo dela, e que lhe fecha os olhos e fende-lhe o rosto num prazer travesso, mesmo quando todo o restante dela está tentando o máximo que pode ser uma dama.

Sophie era uma vagabunda também, pensou desolado. A diferença é que ela sabia.

Observou-a quando ela enxaguou os pés sob a torneira controlada eletronicamente, primeiro recuando, em seguida erguendo um dedão de unha pintada para provocar um jato d'água, depois mudando para o outro pé, a outra coxa perfeita. Em seguida, sem lançar um olhar a ninguém, caminhando até a beira da piscina e mergulhando. Observou-a mergulhar, repetidas vezes. Em sonhos, repassou o número de levitação em câmara lenta, o corpo de Jed erguendo-se sem movimento, e tudo nos ângulos certos, mergulhando reto na água, não produzindo ruído mais forte do que um suspiro.

— Ah, você tem de *entrar*, Caro. Está *divino*.

Observou-a, em todos os seus estados de ânimo, em todas as suas variedades: Jed, a palhaça, o corpo esguio desengonçado, as pernas escarranchadas, circulando no campo de croqué, rindo e xingando; Jed, a castelã de Crystal, radiante em sua própria mesa de jantar, encantando um trio de banqueiros da City, de pescoços gordos com sua ensurdecedora conversinha fiada do Shropshire, nunca um clichê fora do lugar:

— Mas, quero dizer, não é pura e simplesmente de *quebrar o coração*, viver em Hong Kong e saber que absolutamente *tudo* que se está fazendo por eles, todos aqueles superprédios, lojas, aeroportos e tudo mais, vai ser *devorado* pelos *abomináveis* chineses? E quanto às corridas de cavalo? O que acontecerá com elas? *E* os cavalos? Quero dizer, *honestamente*.

Ou Jed sendo jovenzinha demais, captando um olhar de advertência de Roper, levando a mão à boca, e dizendo, "Calada!". Ou Jed, quando a festa termina e o último banqueiro foi gingando para a cama, subindo a escadaria imponente com a cabeça no ombro de Roper e a mão no traseiro dele.

— Nós não fomos absolutamente *magníficos*? — diz ela.

— Noite maravilhosa, Jed. Muito divertida.

— E eles não eram uns *chatos* — diz ela, com um enorme bocejo. — *Deus*, eu às vezes sinto mesmo saudades da escola. Estou tão *cansada* de ser adulta. B'noite, Thomas.

— Boa noite, Jed. Boa noite, Chefe.

É uma noite tranquila em família, em Crystal. Roper gosta de fogo na lareira. Seis *spaniels* King Charles, deitados e fazendo um montinho fofo diante dela, gostam também. Danby e MacArthur chegaram de avião, de Nassau, para tratar de negócios, jantar e ir embora no dia seguinte, ao amanhecer. Jed está encarapitada num banquinho aos pés de Roper, armada com caneta, papel e os óculos de ouro, de aros redondos, que Jonathan jura que ela não precisa.

— Querido, nós *temos* de receber novamente aquele grego pegajoso, com a sua ratinha Minnie latina? — pergunta ela, opondo-se à inclusão do Dr. Paul Apostoll e sua *inamorata* entre os convidados do cruzeiro de inverno do *Iron Pasha*.

— Apostoll? *El Apetito*? — replica Roper, espantado. — É claro que temos. Apo significa negócios sérios.

— Eles nem sequer são gregos, sabia disso, Thomas? Gregos não são. São arrivistas, ou turcos, árabes e outras coisas. Todo os gregos *decentes* foram varridos do mapa séculos atrás. Ora, eles podem muito bem ficar com a Suíte Pêssego, e se virarem com o chuveiro.

Roper discorda.

— Não, não podem. Eles ficam com a Suíte Azul e a Jacuzzi, ou Apo vai ficar de mau humor. Ele gosta de ensaboá-la.

— Ele pode ensaboá-la no chuveiro — diz Jed, fingindo mostrar combate.

— Não, não pode. Ele não tem altura suficiente — diz Roper, e todos riem ruidosamente, pois trata-se de uma piada do Chefe.

— O velho Apo não tomou o véu, ou algo assim? — pergunta Corkoran, erguendo os olhos por trás de um copo enorme de uísque. — Achei que ele tinha deixado de sacanagem depois que a filha se matou.

— Isso foi só durante a Quaresma — diz Jed.

Sua língua ferina e seu linguajar grosseiro têm um atrativo hipnótico. Existe algo de irresistivelmente engraçado para todo mundo, incluindo ela mesma, em sua voz de inglesa educada em convento soltando o vocabulário de um peão de obra.

— Querido, a verdade não é que nós realmente *cagamos três quilos* para os Donahue? Jenny esteve *puta dentro das calças* desde o momento em que subiu a bordo, e Archie comportou-se como um completo *cagalhão*.

Jonathan captou-lhe o olhar e sustentou-o com deliberada falta de interesse. Jed ergueu as sobrancelhas e devolveu-lhe esse olhar, como se dissesse, "Quem diabos é você?". Jonathan, por sua vez, devolveu-lhe a pergunta com força redobrada: "Quem acha que *você* está sendo esta noite? Eu sou o Thomas. Quem, diabos é *você*?"

Observou-a em fragmentos que lhe foram forçados. Ao seio nu que ela distraidamente expusera-lhe em Zurique, ele acrescentou uma visão casual de toda a parte superior do corpo, no espelho do quarto dela, quando mudava de roupa após sair a cavalo. Estava com os braços erguidos e as mãos cruzadas sobre a nuca, enquanto executava algum exercício sinuoso a cujo respeito devia ter lido numa de suas revistas. Quanto a Jonathan, fizera absolutamente tudo a fim de não olhar naquela direção. Mas ela fazia isso todas as tardes, e não são tantas assim as vezes em que um observador atento pode se forçar a afastar os olhos.

Ele conhecia o equilíbrio de suas pernas longas, os planos acetinados de suas costas, o destaque surpreendente de seus ombros atléticos, que eram as suas partes de menina chegada a moleque. Ele conhecia o branco na parte inferior de seus braços e o fluir de seus quadris quando ela cavalgava.

E houve um episódio, que Jonathan mal ousava recordar, quando, pensando que ele era Roper, ela lhe disse em voz alta: "Passe-me a droga da toalha de banho, *rápido*." E, uma vez que ele estava passando pelo quarto deles, de volta do quarto de Daniel, onde estivera lendo para ele os contos *Just So*, de Kipling, uma vez que a porta do quarto estava escancarada, e uma vez que ela não mencionara Roper pelo nome e ele honestamente acreditava, ou quase, que ela *o* estava chamando, e uma vez que o escritório reservado de Roper, do outro lado do quarto de dormir, era o alvo constante da curiosidade profissional do observador atento, tocou suavemente a porta e fez como se fosse entrar, porém parou a pouco mais de um metro da visão incomparável do seu corpo nu, visto de costas, enquanto ela esfregava uma toalha de rosto nos olhos, xingando, enquanto tentava retirar a espuma do sabonete. Com o coração aos saltos, Jonathan bateu em retirada, e logo na manhã seguinte, bem cedo, desencavando a sua caixa mágica, falou com Burr durante dez minutos empolgados, sem mencioná-la uma única vez:

— Existe o quarto de dormir, depois o quarto de vestir dele e finalmente, do outro lado do quarto de vestir, existe o pequeno escritório. É lá que ele guarda seus papéis particulares, tenho certeza.

Burr assustou-se imediatamente. Talvez, mesmo num estágio tão inicial, ele tivesse um pressentimento de desastre:

— Fique longe desse lugar. Perigoso demais. Entre para o time primeiro, espione mais tarde. É uma ordem.

— Está confortável? — perguntou Roper a Jonathan, em uma de suas caminhadas pela praia, na companhia de vários *spaniels*. — Recuperando a saúde? Sem baratas na casa? Desça daí, Trudy, sua idiota! Ouvi dizer que o jovem Dan navegou de maneira bem decente ontem.

— Sim, ele realmente se dedicou de corpo e alma.

— Você não é um desses sujeitos de esquerda, é? Corky achou que você podia ser um desses vermelhos.

— Meu Deus, não. Isso nunca me passou pela cabeça.

Roper parecia não escutar.

— O mundo é governado pelo medo, entenda. Não se pode vender castelos no ar, não se pode comandar com caridade, não serve de nada. Não no mundo real. Está me acompanhando? — Mas ele não queria descobrir se Jonathan estava ou não acompanhando-o. — Prometa a um sujeito construir-lhe uma casa, e ele não vai acreditar em você. Ameace botar a casa dele abaixo com ferro e fogo, e ele fará o que você lhe disser. Um fato da vida. — Fez uma pausa no passo acelerado. — Se um grupo de sujeitos quer fazer guerra, nenhum deles vai ouvir um bando de abolicionistas mal saídos dos cueiros. Mas, se não querem, não importa se têm arcos e flechas ou Stingers. Fato da vida. Sinto muito se isso o incomoda.

— Não incomoda. Por que deveria?

— Eu disse a Corky que ele anda cheio de merda. Ele é que anda meio mal-humorado, esse é o problema. Melhor ir manso com ele. Não há nada pior do que uma bicha esquentada.

— Mas eu vou manso com ele. O tempo todo.

— É. Bem. Provavelmente não tem jeito. Que diabo isso importa, afinal?

Roper voltou ao assunto uns dois dias depois. Não o assunto de Corkoran, mas o dos supostos escrúpulos de Jonathan a certos tipos de negócios. Jonathan fora até o quarto de Daniel a fim de sugerir que saíssem para nadar, mas o menino não estava. Roper, saindo da suíte real, pôs-se ao lado dele e desceram as escadas juntos.

— As armas vão aonde o poder se encontra — anunciou sem preâmbulos. — É o poder armado que mantém a paz. O poder desarmado não dura cinco minutos. Primeira regra de estabilidade. Não sei por que estou lhe fazendo essa pregação. Sujeito do exército. Família do exército. Mesmo assim, não faz sentido botá-lo em alguma coisa de que você não gosta.

— Não sei em que está me botando.

Atravessaram o vestíbulo imenso, a caminho do pátio.

— Nunca vendeu brinquedinhos? Armas? Explosivos? Tecnologia?

— Não.

— Nunca topou com isso?... Manda, algum lugar?... Esse negócio?

— Temo que não.

Roper baixou a voz.

— Falamos nisso em outra ocasião.

Havia percebido Jed e Daniel sentados a uma mesa no pátio, jogando *L'Attaque*. Com que então, ele não fala com ela a esse respeito, pensou Jonathan, estimulado. Para ele, ela é mais uma criança: não na frente das crianças.

Jonathan está fazendo *jogging*.

Diz bom-dia ao Salão de Beleza Self-Expression, que não é maior do que um barraco de ferramentas de jardim. Diz bom-dia ao Cais do Porta-voz, onde um dia uma débil rebelião foi esmagada, e onde vive Amos, o rastafári cego, em seu velho catamarã, perpetuamente amarrado, com seu cata-vento em miniatura para recarregar suas baterias. Seu cachorro, um *collie* chamado Ossos, dorme pacificamente no convés. Bom dia, Ossos.

Em seguida vem o conjunto chamado Jam City Música Gravada & Vocal, de folhas de metal corrugado, cheio de galinhas, iúcas, e carroças de entrega quebradas. Bom dia, galinhas.

Olha para trás, para a cúpula de Crystal, acima do topo das árvores. Bom dia, Jed.

Sempre subindo, chega às velhas casas dos escravos, aonde ninguém vai. Mesmo ao chegar à última casa, não reduz o passo, entrando no mesmo ritmo de corrida pelo portal destroçado, até uma lata de óleo enferrujada, virada de lado em um canto. E só então para. Fica com os ouvidos atentos, espera que a respiração se estabilize e agita as mãos para relaxar os ombros. Do meio da sujeira e dos trapos velhos dentro da lata, ele extrai uma pequena pá metálica e começa a cavar. O aparelho está numa caixa de metal, ali escondida por Flynn e seus invasores noturnos, de acordo com as especificações de Rooke. Quando Jonathan aperta o botão branco, e depois o botão preto, e fica ouvindo o canto de pássaro da eletrônica da era espacial, uma ratazana gorda e marrom atravessa lentamente o assoalho e, feito uma velha dama a caminho da igreja, entra na casa vizinha.

— Como vai você? — diz Burr.

Boa pergunta, pensa Jonathan. Como eu vou? Estou com medo, estou obcecado por uma amazona com um QI de 55, e mesmo assim nos seus melhores dias, estou me agarrando à vida com a ponta dos dedos durante 24 horas por dia, exatamente o que, se não me engano, você me prometeu.

Ele recita as notícias. No sábado, um italiano grandão, chamado Rinaldo, chegou num Lear e partiu três horas depois. Quarenta e cinco anos, 1,85m de altura, dois guarda-costas e uma loura.

— Observou os números do avião?

O observador não os escrevera em parte alguma, mas sabe-os de cor.

Rinaldo é dono de um palácio na baía de Nápoles, diz ele. A loura chama-se Jutta e mora em Milão. Jutta, Rinaldo e Roper comeram salada e conversaram no pavilhão de verão, enquanto os guarda-costas tomaram cerveja e banho de sol na base da elevação, onde não podiam ouvi-los.

Burr tem perguntas de detalhamento das informações referentes à visita, na última sexta-feira, de banqueiros da City, identificados apenas por seus nomes de batismo. Tom era gordo, careca e pomposo? Angus fumava cachimbo? Wally tinha um sotaque escocês?

Sim a todas as três perguntas.

E Jonathan ficou com a impressão de que eles tinham feito negócios em Nassau, indo depois a Crystal? Ou eles teriam simplesmente voado de Londres para Nassau, depois Nassau — Crystal, no jato de Roper?

— Eles fizeram negócios em Nassau primeiro. Nassau é onde fazem os negócios respeitáveis. Crystal é onde agem por baixo do pano — responde Jonathan.

Só depois de Jonathan concluir seu relatório sobre os visitantes de Crystal é que Burr passa para questões de bem-estar.

— Corkoran pega no meu pé o tempo todo — diz Jonathan. — Parece que não quer me deixar em paz.

— Ele já era, e está com ciúmes. Só não force a sua sorte. Em direção nenhuma. Está me ouvindo?

Refere-se ao escritório atrás do quarto de dormir de Roper. Por algum lance de intuição, ele sabe que esse ainda é o objetivo de Jonathan.

Jonathan recoloca o fone na caixa, e a caixa no buraco. Enche-o de terra, espalha poeira por cima, chuta uns punhadinhos de folhas, pinhas e bagas secas por cima da poeira. Desce a colina em ritmo de corrida, até Carnation Beach.

— Olá! Sô Thomas, o magnífico, como vai passando hoje, na sua alma?

É Amos, o rastafári, com sua mala Sansonite. Ninguém compra nada de Amos, mas isso nunca o aborrece. Ninguém vem mesmo muito à praia. Ele passa o dia inteiro sentado ereto na areia, fumando maconha, os olhos voltados para o horizonte. Às vezes ele desfaz a sua Sansonite e espalha suas ofertas: colares de conchas, lenços de pescoço em cores fluorescentes e pelotas de maconha enroladas em papel seda laranja. Às vezes ele dança, girando a cabeça e arreganhando um sorriso para o céu, enquanto Ossos late para ele. Amos é cego de nascimento.

— Já andou correndo lá por cima, *no alto* da montanha Miss Mabel, sô Thomas? Andou se comunicando com os *espíritos do vodu* hoje, sô Thomas, enquanto esteve lá em cima fazendo a sua corrida? Andou mandando mensagens para os *espíritos do vodu*, sô Thomas, lá *no alto* da montanha Miss Mabel? — a montanha Miss Mabel tendo no máximo pouco mais de vinte metros.

Jonathan continua sorrindo — mas que sentido faz sorrir para um cego?

— Ah, claro. Alto feito uma pipa.

— Ah, claro! Ah, rapaz! — Amos executa uma ginga elaborada. — Eu não digo nada a ninguém, sô Thomas. Um mendigo cego não vê mal nenhum, não *ouve* mal nenhum, sô Thomas. E nem *canta* mal nenhum, não. Ele vende lenços aos cavalheiros por vinte e cinco notas lindas de dólar e segue o seu caminho. Gostaria de comprar um excelente *foulard* de seda feito à mão, sô Thomas, para sua namorada de gosto refinado?

— Amos — diz Jonathan, pousando a mão em seu braço, em sinal de camaradagem —, se eu fumasse tanta maconha quanto você fuma, estaria mandando mensagens a Papai Noel.

Mas quando chega ao campo de críquete, vira-se, volta para a colina e esconde de novo a caixa mágica, desta vez na colônia de colmeias abandonadas, antes de pegar o túnel para Crystal.

Concentre-se nos convidados, dissera Burr.

Precisamos saber dos convidados, dissera Rooke. *Temos de conseguir o nome e o número de qualquer um que ponha os pés na ilha.*

Roper conhece as piores pessoas do mundo, dissera Sophie.

Eles chegavam, em todos os volumes e por todos os períodos possíveis: hóspedes de fins de semana, hóspedes para o almoço, hóspedes que jantavam, pernoitavam e partiam na manhã seguinte, hóspedes que sequer tomavam um copo d'água, mas caminhavam com Roper na praia, enquanto seus seguranças os seguiam à distância, e rapidamente voltavam a tomar seus aviões, como convidados que tivessem algum trabalho a fazer.

Hóspedes com aviões, hóspedes com iates; hóspedes sem nenhuma dessas duas coisas, que precisavam ser pegos com o jato de Roper, ou, caso morassem numa das ilhas das vizinhanças, pelo helicóptero de Roper, com as insígnias de Crystal e as cores azul e cinza da Ironbrand. Roper os convidava, Jed os recebia e cumpria seus deveres para com eles, embora parecesse ser uma questão de real orgulho para ela não saber coisíssima alguma a respeito de seus negócios.

— Quero dizer, por que eu *deveria*, Thomas? — protestou, numa voz sôfrega, feita para o palco, após a partida de uma dupla de alemães particularmente horrorosa. — Um de nós se preocupando já é mais do que suficiente em qualquer lar. Eu *adoraria*, em vez disso, ser como os investidores de Roper e poder dizer, "está aqui, eis o meu dinheiro e a minha vida, e trate de cuidar deles *muito* bem". Quero dizer, você não acha que esse é o *único* meio, Corks? Se não, eu não conseguiria dormir nunca... ora, conseguiria?

— Certíssima, coraçãozinho.

Siga com a corrente, é o meu conselho — disse Corkoran.

Sua amazonazinha idiota!, Jonathan para ela, enfurecido, ao mesmo tempo em que concordava piamente com os sentimentos por ela expressados. *Você enfiou na cabeça um par enorme de antolhos e agora está pedindo a minha aprovação.*

Para facilitar a memorização, ele classificou os convidados por categoria, e deu a cada categoria um nome tirado do vocabulário roperiano.

Primeiro vinham os jovens e zelosos Danby e Mac Arthur, na verdade conhecidos como os MacDanbies, que tocavam os escritórios da Ironbrand em Nassau, e iam ao mesmo alfaiate, arrastavam os mesmos sotaques sem classe, vinham quando Roper acenava, misturavam-se com os demais quando Roper dizia-lhes para fazê-lo e iam embora em grande agitação, ou nunca conseguiriam chegar ao escritório na hora, no dia seguinte. Roper não tinha paciência com eles, e nem Jonathan. Os MacDanbies não eram aliados de Roper nem seus amigos. Eram sua cobertura, tagarelando eternamente sobre negócios com terras na Flórida e quedas de preços na Bolsa de Tóquio, e fornecendo a Roper a tediosa concha externa de sua respeitabilidade.

Depois dos MacDanbies vinham os Eternos Turistas de Roper, e nenhuma festa em Crystal era completa sem um toque dos Eternos Turistas: tais como o perene lorde Langbourne, cuja infortunada esposa cuidava das crianças enquanto ele dançava, coxa com coxa, com a babá; tais como um nobre jovem e adorável jogador de polo, Angus para os amigos — e sua esposa encantadora, Julia, cujo objetivo comum na vida, fora o croqué na casa da Sally e tênis na de John-e-Brian, bem como ler novelas de empregada à beira da piscina, era passar o tempo em Nassau até poderem reclamar a casa em Pelham Crescent, o castelo na Toscana, a propriedade em Wiltshire, de cinco mil acres, com sua famosa coleção de arte, e a ilha na costa de Queensland, que eram no momento propriedade de algum paraíso fiscal no oceano, junto com uns duzentos milhões para lubrificar a engrenagem.

E os Eternos Turistas têm o dever de honra de trazerem os seus próprios convidados:

— Jed! Venha cá! Você *se lembra* de Arno e Georgina, amigos de Julia, jantar conosco em Roma, fevereiro? Lugar de peixe atrás do Byron? Ora, *vamos*, Jed!

Jed franze o cenho mais encantador deste mundo. Jed escancara primeiro os olhos, em identificação incrédula, depois a boca, mas espera uma fração de segundo até ser capaz de superar seu jubiloso espanto.

— Meu Deus, *Arno*! Mas, querido, você perdeu *quilos*! Georgina, *querida*, como você *vai*? Super! Meu Deus. *Alô*!

E os beijinhos obrigatórios em cada um deles, seguidos por um ponderado *Mmnh*, como se ela estivesse curtindo a coisa só um pouquinho mais do que devia. E Jonathan, em sua fúria, faz mesmo *Mmnh*, imitando-a, entre dentes, jurando que da próxima vez que pegá-la fingindo assim vai pular e gritar: "Corta! Mais uma vez, por favor, Jed, querida, agora para valer!"

E, depois dos Eternos Turistas, vinham os Reais & Antigos: as debutantes da elite rural inglesa, acompanhadas por fedelhos da nova geração da linhagem real, vítimas de morte cerebral, seguidos por policiais de plantão; árabes sorridentes, usando ternos claros, camisas de um branco imaculado e biqueiras lustrosas nos sapatos; políticos ingleses de pouca importância e ex-diplomatas, deformados de modo terminal pela autoimportância; magnatas malásios com seus próprios cozinheiros; judeus iraquianos com palácios gregos e companhias em Taiwan; alemães com europanças lamentando-se por causa de australianos; advogados caipiras do Wyoming querendo fazer o melhor para *meus* clientes e eu *mermo*; investidores aposentados, imensamente ricos, arrancados de suas fazendas turísticas e bangalôs de vinte milhões de dólares — velhos texanos em petição de miséria, com pernas cor de palha cobertas de veias azuis, usando camisas cheias de papagaios e bonés gaiatos para se protegerem do sol, cheirando oxigênio de pequenos inaladores; suas mulheres, com rostos cinzelados que nunca tiveram quando eram jovens, estômagos e traseiros encurtados e um brilho artificial nos olhos privados das bolsas. Mas nenhuma cirurgia no mundo conseguiria livrá-las dos grilhões de lentidão da velhice, ao se agacharem na parte das crianças, na piscina de Crystal, agarrando-se à escada, para não se desfazerem todas e se tornarem aquilo que temiam ser quando se internaram na clínica do Dr. Marti.

— *Meu Deus*, Thomas — sussurra Jed, num aparte reprimido a Jonathan, enquanto uma condessa austríaca, de cabelos azuis, chapinha feito cachorrinho, quase sem fôlego, rumo à segurança. — Que *idade* você acredita que *ela* tem?

— Depende de em que parte você está pensando — diz Jonathan. — Fazendo a média, provavelmente em torno dos setenta.

E a risada adorável de Jed — a verdadeira —, seu riso aos arrancos, espontâneo, enquanto ela mais uma vez o toca com os olhos.

Depois dos Reais & Antigos vinham os Ódios de Estimação de Burr, e provavelmente de Roper também, pois este os chamava de os Males Necessários, e eram os banqueiros comerciais de Londres, de bochechas lustrosas com camisas azuis listradas e colarinhos brancos, dos anos 80, debaixo dos jaquetões trespassados, com nomes duplos e queixos duplos, que pronunciavam as palavras de forma tão empolada a ponto de as tornarem irreconhecíveis e, pior ainda, falavam sempre *escola*, quando queriam dizer "Eton"; e, em seu séquito, os contadores — contadores de feijões, como Roper os chamava — parecendo meninos brigões que vieram para arrancar uma confissão voluntária, os hálitos cheirando a *curry* para viagem, as axilas úmidas e vozes que soavam como avisos formais de que, de agora em diante, tudo que você disser será anotado e falsificado como prova contra você.

E, depois deles, seus equivalentes não britânicos: Mulder, o tabelião rechonchudo de Curaçao, com seu sorriso reluzente e seu gingado intencional; Schreiber, de Stuttgart, desculpando-se constantemente por seu inglês ostentosamente bom; Thierry, de Marselha, com os lábios apertados e um garoto de passatempo como secretário; os vendedores de ações de Wall Street, que nunca chegavam em grupos inferiores a quatro, como se houvesse realmente segurança nos números; e Apostoll, o pequenino e esforçado greco-americano, com seu topete postiço parecendo a pata de um urso negro, cordões e cruzes de ouro e uma amante venezuelana desastrosa, cambaleando desconfortavelmente atrás dele, sobre seus sapatos de mil dólares, enquanto se dirigem famintos ao bufê. Tendo atraído o olhar de Apostoll, Jonathan vira o rosto, mas é tarde demais.

— Senhor? Já nos conhecemos, senhor. Jamais esqueço um rosto — declara Apostoll, limpando os óculos escuros e retendo todos os demais às suas costas. — Meu nome é Apostoll. Sou um legionário de Deus, senhor.

— É claro que você já o conheceu, Apo! — Roper se interpõe com habilidade. — Nós *todos o* conhecemos. *Thomas.* Você se lembra de *Tho-*

mas! Era o homem da noite no Meister's. Veio para o oeste em busca de fortuna. Amigo nosso há muito tempo. Isaac, traga mais xampu para o doutor.

— É uma honra, senhor. Perdoe-me, o senhor é inglês? Tenho muitos laços de família ingleses, senhor. Minha avó era parente do duque de Westminster, e meu tio pelo lado materno desenhou o projeto do Albert Hall.

— Meu Deus, isso é maravilhoso — diz Jonathan, educadamente.

Trocam um aperto de mãos. A de Apostoll é fria feito pele de cobra.

Seus olhos se encontram. Os de Apostoll são inquietos e um pouco loucos — mas quem não o é, em Crystal numa noite perfeita, cheia de estrelas, com Dom Pérignon fluindo tanto quanto a música?

— Está trabalhando para *Mr.* Roper? — persiste Apostoll. — Entrou para uma de suas grandes empresas? *Mr.* Roper é um homem de um raro poder.

— Estou desfrutando da hospitalidade da casa — responde Jonathan.

— Não poderia fazer nada melhor, senhor. É um amigo do major Corkoran, talvez? Creio que vi os dois trocando gracejos, alguns minutos atrás.

— Corky e eu somos velhos amigos.

Mas, enquanto o grupo segue em frente, Roper puxa Apostoll discretamente de lado, e Jonathan escuta as palavras "Mama Low's" ditas com discrição.

— Basicamente, Jed, entenda — diz um mal que atende pelo nome de Wilfred, quando estão todos reunidos em torno de mesas brancas, sob uma lua quente —, o que nós da Harvill Maverich estamos oferecendo ao Dicky aqui é o mesmo serviço que os vigaristas estão oferecendo, mas sem os vigaristas.

— Oh, Wilfred, mas que coisa *terrivelmente* maçante. Onde é que o pobre Roper vai conseguir encontrar alguma emoção?

E seu olhar cruza com o de Jonathan mais uma vez, causando sérios danos. Como é que isso acontece? Quem olha primeiro? Pois aí não há fingimento. Não é só uma questão de fazer um joguinho com alguém da sua própria idade. Trata-se de olhar. E de desviar o olhar. E de olhar de novo. Roper, onde está você, agora que precisamos tanto?

* * *

As noites com os males são intermináveis. Às vezes a conversa é disfarçada de bridge ou gamão no estúdio. As bebidas são dispostas para cada um se servir, os escudeiros recebem ordem de cair fora, a porta do estúdio é guardada pela segurança, os criados sabem se manter afastados daquele lado da casa. Somente Corkoran é admitido — atualmente, Corkoran nem sempre:

— Corky caiu em desgraça, um pouquinho. — Jed confidencia a Jonathan, em seguida morde o lábio e não diz mais nada.

Pois Jed também tem sua lealdade. Não é uma vira-casaca fácil, e Jonathan já se advertiu disso devidamente.

— O pessoal vem a mim, entende? — explica Roper.

Estão curtindo mais uma de suas caminhadas. Desta vez é ao cair da noite. Jogaram tênis encarniçadamente, mas nenhum dos dois venceu. Roper não liga para o marcador, a não ser que esteja jogando a dinheiro, e Jonathan não tem dinheiro nenhum. Talvez por esse motivo a conversa flui sem embaraços. Roper caminha perto dele, deixando que o ombro roce inconscientemente no de Jonathan, como acontecera no Meister's. Ele tem aquela indiferença ao toque típica dos atletas. Tabby e Gus os seguem à distância. Gus é o novo segurança, recém-incorporado às forças. Roper tem uma voz especial para o tal pessoal que vai a ele:

— *"Mistér Ropér*, queremos os brinquedos mais avançados." — Faz uma pausa graciosa para permitir a Jonathan rir da imitação. — Então eu pergunto a eles: "Avançados em que *sentido*, meu velho? Em comparação com *o quê?*" Nenhuma resposta. Em algumas partes do mundo, se você lhes dá um canhão da guerra dos bôeres, eles passam direto para o controle da situação. — Um gesto impaciente da mão passa-os para lá, e Jonathan sente o cotovelo de Roper em suas costas. — Outros países, montes de dinheiro, *loucos* por alta tecnologia, somente isso serve, têm de ser iguais ao vizinho do lado. Não *igual* a ele. Melhor. *Milhas* melhor. Eles querem a tal bomba inteligente que *entra* no elevador, *vai* até o terceiro andar, *vira* à esquerda, *solta* o pigarro da garganta, explode o dono da casa, mas não danifica o aparelho de televisão. — O mesmo cotovelo cutuca mais uma vez o braço de Jonathan. — Aquilo de que eles nunca se dão conta é: você quer ser inteligente, precisa ter o apoio inteligente. *E* o pessoal para fazê-lo funcionar. Não adianta comprar a geladeira mais moderna e enfiá-la no seu casebre de barro, se você não tem eletricidade para ligá-la, não é? Bem, não é? O quê?

— É claro — diz Jonathan.

Roper mergulha as mãos nos bolsos dos calções de tênis e dá um sorriso preguiçoso.

— Eu *gostava* de fornecer aos guerrilheiros, quando tinha a sua idade. Os ideais antes do dinheiro... a causa da liberdade humana. Não durou muito, graças a Deus. Os guerrilheiros de hoje são os mandachuvas de amanhã. Boa sorte para eles. Os verdadeiros inimigos eram os governos das grandes potências. Para onde você olhasse, esses governos estavam à sua frente, vendendo de tudo a todo mundo, quebrando suas próprias regras, cortando as gargantas uns dos outros, apoiando o lado errado, aliando-se com o lado certo. Um estrago generalizado. Nós, os independentes, ficávamos espremidos no canto, todas as vezes. A única coisa a fazer era chegar à frente deles, agir antes. Colhões e visão, era só com o que podíamos contar. Forçando a concorrência, o tempo todo. Não surpreende que alguns sujeitos tenham invadido as reservas demarcadas. O único lugar para se fazer negócios. Nosso jovem Daniel navegou hoje?

— A volta completa da ilha Mabel. Não botei a mão no leme uma única vez.

— Muito bem. Vai fazer mais um bolo de cenoura, qualquer dia destes?

— Quando você quiser.

Ao subirem as escadarias para os jardins, o observador atento percebe Sandy Langbourne entrando na casa de hóspedes e, pouco depois dele, a babá dos Langbourne. Esta é uma criaturazinha reservada, por volta dos dezenove anos, mas naquele instante tem o ar gatuno de uma garota que está para roubar um banco.

Existem os dias em que Roper está em casa e os dias em que Roper está fora, vendendo fazendas.

Roper não anuncia suas partidas, mas a Jonathan basta se aproximar da entrada principal para saber que tipo de dia é. Isaac paira pelo grande vestíbulo abobadado, usando suas luvas brancas? Os MacDanbies giram pela antessala de mármore, alisando os cabelos cortados no estilo de Brideshead e checando as braguilhas e as gravatas? Estão. A segurança está a postos na poltrona junto às portas altas de bronze? Está. Passando pelas janelas abertas, a caminho da parte de trás da casa, Jonathan ouve o chefão fazendo seus ditados:

— Não, que diabo, Kate! Apague o último parágrafo e diga-lhe que é negócio fechado. Jackie, escreva uma carta ao Pedro. "Caro Pedro, conversamos umas duas semanas atrás", blá-blá-blá. Depois dê-lhe um aperto. Pouco demais, tarde demais, abelhas demais em volta do pote de mel, use essa, *okay*? Kate, vou lhe dizer... acrescente *isto*.

Mas, em vez de acrescentar *isto*, Roper interrompe-se para telefonar ao comandante do *Iron Pasha*, em Fort Lauderdale, a respeito da nova pintura do casco. Ou a Claud, o chefe dos estábulos, a respeito das contas da forragem. Ou a Talbot, o mestre dos barqueiros a respeito do estado deplorável do píer em Carnation Bay. Ou a seu antiquário em Londres para discutir aquele par de cachorros chineses de porcelana, de aspecto bastante decente, que vão estar na Bonham's na semana que vem, poderiam servir certinho para os dois cantos da fachada voltada para o mar, no novo jardim de inverno todo envidraçado, contanto que não sejam de um verde bilioso demais.

— Oh, Thomas, *super*! Como *vai*, nenhuma dor de cabeça, nem nada desagradável? Oh, *ótimo*. — Jed está na copa, sentada a sua linda escrivaninha Sheraton, conversando sobre cardápios com Miss Sue, a governanta, e Esmeralda, a cozinheira, enquanto posa para o fotógrafo imaginário de *House & Garden*. Basta ver Jonathan entrar, para torná-lo indispensável: — Por favor, Thomas. *Honestamente*, o que você *acha*? Ouça. Lagostins, salada, carneiro... ou salada, lagostins, carneiro?... Oh, estou *tão* contente, ora, é exatamente o que *nós* estávamos achando, não é, Esmeralda?... Oh, Thomas, será que *poderíamos* ter a sua opinião sobre patê de *foie gras* com Sauternes? O Chefe *adora*, eu *detesto*, e Esmeralda está dizendo, com *muita* sensatez, ora, por que simplesmente não servi-lo com champanhe?... Oh, Thomas — diminuindo a voz, de forma a poder fingir para si mesma que os criados não estão escutando. — Caro Langbourne está *tão* chateada. Sandy está se portando novamente de uma maneira *terrível*. Fiquei imaginando se uma saída de barco não poderia animá-la, caso você esteja realmente com energia. Se ela despejar em cima de você, não se preocupe, basta fazer de conta de que não está nem escutando. Se importa?... E, Thomas, *já* que está por aqui, será que *conseguiria* perguntar ao Isaac onde, *infernos*, ele escondeu as mesas de armar?... e Thomas, Daniel está absolutamente determinado a dar a *Miss* Molloy uma festa-*surpresa* de aniversário, dá para acreditar? No dia 18... se você tiver *alguma* ideia a esse respeito, *qualquer uma*, eu o amarei para absolutamente *sempre*...

Mas quando Roper não está em casa os cardápios são esquecidos, os trabalhadores cantam e riem — e também Jonathan, em sua alma, o faz — e conversas alegres brotam por toda a parte. O zumbido das serras de fita disputam com o trovejar dos tratores dos paisagistas, o gemido agudo das furadeiras com o bimbalhar dos martelos dos carpinteiros, com todo mundo tentando aprontar tudo a tempo para a volta do Chefe. E Jed, caminhando pensativa com Caroline Langbourne, nos jardins italianos, ou sentada horas a fio com ela, em seu quarto na casa de hóspedes, mantém-se a uma distância cautelosa, e não promete amar Jonathan sequer por uma tarde, quanto mais para absolutamente sempre.

Pois há coisas feias *se* agitando no ninho dos Langbourne.

O *Ibis*, um barco a vela de passeio, muito jeitoso, disponível para o prazer dos hóspedes de Crystal, está parado com a calmaria. Caroline Langbourne encontra-se sentada na proa, olhando para trás, para terra, como se nunca mais fosse voltar. Jonathan, sem se incomodar com o leme, está relaxando na proa, os olhos fechados.

— Bem, podemos remar, ou podemos assobiar — diz a ela, languidamente. — Ou podemos nadar. Voto por assobiarmos.

Ele assobia. Ela não. Peixes pulam na água, mas não há vento. O solilóquio de Caroline Langbourne dirige-se ao horizonte tremeluzente.

— É uma coisa *muito* estranha, acordar certa manhã e *se dar conta* — diz ela, e *Lady* Langbourne, tal como *Lady* Thatcher, tem um jeito todo especial de escolher as palavras mais improváveis para ser severa — de que tem vivido, dormido e praticamente desperdiçado os seus *anos*, para não falar do seu dinheiro pessoal, com alguém que não apenas não está ligando *a mínima* para você, mas que também, por trás de *toda* a sua impostura e hipocrisia legal, é *na verdade* o mais completo e rematado *escroque*. Se eu *contasse* a alguém o que sei, e só contei a Jed um *pouquinho*, porque ela é *extremamente* jovem... bem... não iam acreditar na metade. Nem em um *décimo*. Não conseguiriam. Não, sendo gente decente.

O observador atento conserva os olhos bem fechados, e os ouvidos bem abertos, enquanto Caroline Langbourne vai em frente, dizendo tudo aquilo em que ninguém acreditaria. *E às vezes*, dissera Burr, *no momento mesmo em que você começa a achar que Deus lhe deu as costas,*

Ele se vira e lhe entrega de mão beijada um prêmio tão grande que você não vai acreditar na sua sorte.

De volta à casa de Woody, Jonathan dorme um sono ligeiro, e acorda, alerta, no momento em que escuta o ruído de passos à porta da frente. Amarrando um sarongue na cintura, desce sorrateiramente, preparado para matar. Langbourne e a babá estão tentando olhar através do vidro.

— Será que você se importava de nos emprestar uma cama por essa noite? — Langbourne diz com voz arrastada. — O palácio está meio em polvorosa. Caro perdeu as estribeiras, e agora Jed está criando caso com o Chefe.

Jonathan dorme um sono intermitente no sofá, enquanto Langbourne e sua amante, ruidosamente, fazem o melhor que podem no andar de cima.

Jonathan e Daniel estão deitados de barriga no chão, lado a lado, na margem de um regato, no alto da montanha Miss Mabel. Jonathan está ensinando Daniel a pegar truta com as mãos.

— Por que Roper está brigando com Jed? — sussurra Daniel, para não assustar as trutas.

— Fique de olho na parte de cima do rio — murmura Jonathan, por sua vez.

— Ele diz que ela não devia ficar escutando um monte de besteiras de uma mulher desprezada — diz Daniel. — O que é uma mulher desprezada?

— A gente vai pegar esse peixe ou não?

— Qualquer um sabe que Sandy trepa com o mundo inteiro e mais a própria irmã, portanto, qual o motivo dessa confusão toda? — pergunta Daniel, numa imitação quase perfeita da voz de Roper.

O alívio chega na forma de uma truta azul gorda, nadando sonhadora ao longo da margem. Jonathan e Daniel voltam carregando seu troféu, como heróis. Mas um silêncio significativo paira sobre o lado de Crystal: vidas secretas demais, constrangimento demais, Roper e Langbourne foram de avião para Nassau, levando com eles a babá.

— Thomas, isso absolutamente não é justo! — Jed protesta animadinha demais, tendo sido chamada aos gritos para admirar a presa de Daniel. A tensão está patente em seu rosto: vincos de preocupação franzem-lhe o cenho. Não ocorrera a ele, até agora, que ela fosse capaz de uma angústia séria.

— Só com as *mãos*! Mas como foi que você conseguiu? Daniel não vai conseguir ficar quieto agora, nem para cortar o cabelo, vai, Dan, querido? E, além do mais, ele absolutamente *detesta* coisas que se arrastem e rastejam. Dan, essa foi super. Bravo. Fantástico.

Mas seu bom humor forçado não satisfaz a Daniel. É com tristeza que ele volta a pousar a truta no prato.

— Trutas não são rastejantes — diz ele. — Onde está Roper?

— Vendendo fazendas, querido. Ele lhe disse.

— Já estou cheio dele vendendo fazendas. Será que ele não poderia comprá-las? E o que ele vai fazer, quando não restar mais nenhuma? — Abre seu livro sobre monstros. — Gosto muito mais quando somos nós e o Thomas. É mais normal.

— Dan, isso é *muito* desleal — diz Jed e, evitando cuidadosamente o olhar de Jonathan, sai apressada, a fim de oferecer mais consolo a Caroline.

— Jed! Festa! Thomas! Vamos animar esta droga deste lugar!

Roper voltou ao alvorecer. O Chefe sempre voa à primeira luz. O dia inteiro o pessoal da cozinha passou na labuta, chegaram aviões, a casa de hóspedes foi se enchendo com MacDanbies, Eternos Turistas e Males Necessários. A piscina iluminada e o caminho de cascalho receberam seu tratamento cosmético. Acenderam-se archotes nos jardins e o sistema de som no pátio transmite melodias nostálgicas da famosa coleção de discos em 78 rotações de Roper. Garotas usando frágeis coisas-nenhumas, Corkoran com seu chapéu-panamá, Langbourne vestindo *dinner-jacket* branco com calças *jeans* formam grupos de oito, a fim de dançar a escocesa, trocam de parceiros, falam arrastado e guincham. O churrasco crepita no fogo, o Dom Pérignon flui livre, os criados andam apressados e sorriem, o espírito de Crystal está restaurado. Até Caroline participa da diversão. Somente Jed parece incapaz de dar adeus à tristeza.

— Encare a coisa desta maneira — diz Roper (jamais bêbado, apenas o que é melhor para sua própria hospitalidade) a uma herdeira inglesa de cabelos azuis que perdeu tudo que tinha no jogo, em Vegas, querido, tão divertido, mas graças a Deus a casa estava confiada à guarda do governo, e graças a Deus também pelo Dicky, querido. — Se o mundo é um monte de esterco, e você constrói para si um pedacinho do Paraíso, e coloca nele uma jovem como esta — Roper passa um braço em torno dos ombros de Jed —, no meu modo de entender você fez um favor ao lugar.

— Oh, mas Dicky, querido, você fez um favor a nós *todos*. Você pôs uma *centelha* nas nossas vidas. *Não foi*, Jed, querida? O seu homem é uma maravilha perfeita, e você é uma jovem de muita sorte, nunca se esqueça disso.

— Dan! Venha cá!

A voz de Roper tem um jeito que sempre produz silêncio. Até mesmo os americanos vendedores de ações param de falar. Daniel vai rápida e obedientemente para o lado do pai. Roper solta Jed, coloca as mãos nos ombros do filho e o apresenta à plateia para inspeção. Está falando num impulso, de improviso. Está falando, Jonathan entende imediatamente, para Jed. Está liquidando alguma rixa entre eles, que não pode ser resolvida sem o apoio de uma plateia compreensiva.

— Tribos da Terra de Bonga-Bonga morrendo de fome? — pergunta Roper aos rostos sorridentes. — Quebras de colheita, rios secos, falta de remédios? Montanhas de grãos por toda a Europa e América? Lagos de leite que não usamos, e ninguém se abala? Quem são os assassinos, então? Não são os sujeitos que fabricam as armas! São os sujeitos que não abrem as portas do celeiro! — Aplausos. E em seguida aplausos mais altos quando percebem que isso é importante para ele. — Corações feridos pegando em armas? Suplementos coloridos se queixando do mundo insensível? Grande titica! Porque, se a sua tribo não tem peito para ajudar a si mesma, então quanto mais cedo for eliminada, melhor! — Dá uma sacudida amiga em Daniel. — Olhem este rapazinho. Excelente material humano. Sabem por quê?... fique quieto, Dan! Ele vem de uma longa linhagem de sobreviventes. Centenas de anos os garotos sobreviveram, os mais fracos afundaram. Famílias de doze? Sobreviventes se desenvolveram com os sobreviventes e fizeram *a ele*. Perguntem aos judeus. Certo, Kitty? Kitty está acenando que sim. Sobreviventes, é do que se trata conosco. Os melhores do rebanho, o tempo todo. — Faz Daniel se virar e aponta a casa para ele. — Para a cama, garotão. Thomas vai ler para você daqui a um minuto.

Por um instante, Jed está tão enlevada quanto os demais. Ela pode não participar dos aplausos, mas está claro pelo seu sorriso, e pelo modo como aperta a mão de Roper que, por breve que tenha sido, essa invectiva conseguiu aliviá-la da culpa, ou da dúvida, ou da perplexidade, ou do que quer que fosse, naqueles dias, que estava ensombrecendo o seu habitual prazer em um mundo perfeito.

Mas, após uns poucos minutos, ela desliza silenciosamente escadas acima. E não volta a descer.

Corkoran e Jonathan estão sentados no jardim da casa de Woody, tomando cerveja gelada. Um halo rubro de crepúsculo estava se formando sobre a ilha Miss Mabel. A nuvem ergueu-se numa última levedura, refazendo o dia antes de morrer.

— Um garotão chamado Sammy — disse Corkoran com ar sonhador. — Era assim que ele se chamava. Sammy.

— O que tem ele?

— O barco anterior ao *Pasha*. O *Paula*, Deus nos livre. Sammy fazia parte da tripulação.

Jonathan ficou imaginando se não estaria para receber a confissão do amor perdido de Corkoran.

— Sammy, do Kentucky. Marinheiro. Sempre subindo e descendo do mastro, como se tivesse saído da *Ilha do Tesouro*. Por que ele faz isso? Eu pensava. Só se mostrando? Para impressionar as garotas? Os garotos? Eu? Esquisito. Naquele tempo, o Chefe estava nos negócios de bens e *commodities*. Zinco, cacau, borracha, chá, urânio, qualquer porcaria. Às vezes passava a noite inteira sentado, vendendo no mercado futuro, comprando antecipado, vendendo a descoberto, especulando na alta, pressionando. Tudo na base da informação privilegiada, é claro, não faz sentido correr riscos. E esse putinho, Sammy, para cima e para baixo do mastro. Foi então que entendi. Ora, ora, pensei. Sei muito bem o que você está fazendo, Sammyzinho, filhote. Você está fazendo o que eu faria. Você está espionando. Esperei até ancorarmos para a noite, como de hábito, mandei a tripulação para terra, como de hábito. E então peguei uma escada e subi no mastro eu mesmo. Quase morri, mas descobri a coisa logo, enfiada num ângulo ao lado da antena. Do tombadilho não se podia ver. Uma escuta. Sammy vinha grampeando a comunicação por satélite do Chefe, seguindo os passos dele no mercado. Ele e seus companheiros em terra. Haviam juntado suas economias. Quando o pegamos, ele já havia transformado setecentos paus em vinte mil.

— O que você fez com ele?

Corkoran sacudiu a cabeça, como se tudo aquilo fosse um pouco triste.

— O meu problema, amorzão — como se fosse algo que Jonathan pudesse resolver para ele —, é que todas as vezes que olho nesses seus olhos de sátiro, todos os meus sinos e campainhas me dizem que é o jovem Sammy, com sua bundinha bonita subindo por aquele troço.

São nove horas da manhã seguinte. Frisky foi de carro até a cidade, e está sentado no Toyota, trombeteando a buzina para causar mais impacto.

— Todo mundo nu! Um dedo na boca e o outro no cu, Tommy, garotão, você tem de desfilar! O Chefe quer um teta a teta discreto. Agora, imediatamente e, Tommy... Trocar de dedo!

Pavarotti estava em pleno lamento. Roper encontrava-se de pé diante da lareira grande, lendo um documento jurídico através das meias-lentes. Langbourne estava esparramado no sofá, uma das mãos pousadas no joelho feito um drapejamento rebuscado. As portas de bronze fechadas. A música parou.

— Presente para você — disse Roper, sem parar de ler.

Sobre a escrivaninha de tartaruga havia um envelope castanho, endereçada ao senhor Derek S. Thomas. Sentindo-lhe o peso, Jonathan teve uma lembrança desconcertante de Yvonne, o rosto pálido, em seu Pontiac, no acostamento da estrada.

— Vai precisar disto — disse Roper, interrompendo-se para atirar uma espátula de prata na direção dele. — Não o deixe rolando por aí, excessivamente caro.

Mas Roper não retomou a leitura. Continuou observando Jonathan por cima dos óculos. Langbourne também o observava. Sob esse par de olhares, Jonathan cortou a aba e retirou um passaporte da Nova Zelândia, com sua própria foto dentro, preenchida em nome de Derek Stephen Thomas, executivo de empresa, nascido em Marlborough, South Island, a expirar dali a três anos.

À visão e toque daquele passaporte, ele sentiu-se por um momento ridiculamente emocionado. Seus olhos ficaram turvos, formou-se um bolo em sua garganta. Roper me protege. Roper é meu amigo.

— Disse-lhes que pusessem uns vistos nele — estava dizendo Roper, com orgulho —, que o deixassem um pouco surrado. — Atirou de lado o documento que estava lendo. — Não confie nunca num passaporte novo, meu ponto de vista. Prefira os velhos. É a mesma coisa com os motoristas de táxi do Terceiro Mundo. Deve haver algum motivo para eles terem sobrevivido.

— Obrigado — disse Jonathan. — Obrigado de verdade. É lindo.

— Você está no sistema — disse Roper, totalmente gratificado por sua própria generosidade. — Os vistos são reais. E o passaporte também. Não force a sorte. Se quiser renová-lo, use um dos consulados deles no exterior.

A voz arrastada de Langbourne fazia um contraponto deliberado com o prazer de Roper.

— É melhor assinar logo essa porra — disse ele. — Exercite algumas assinaturas, primeiro.

Observado por ambos, Jonathan escreveu Derek S. Thomas, Derek S. Thomas, numa folha de papel, até todos ficarem satisfeitos. Assinou o passaporte, Langbourne pegou-o, fechou-o e devolveu-o a Roper.

— Alguma coisa errada? — perguntou Langbourne,

— Pensei que era meu. Para guardar — explicou Jonathan.

— Quem diabos lhe deu essa ideia? — disse Langbourne.

O tom de Roper foi mais afetuoso.

— Tenho um emprego para você, lembra-se? Faça o serviço, e aí você vai.

— Que tipo de emprego? Você nunca me falou disso.

Langbourne estava abrindo uma pasta de executivo.

— Vamos precisar de uma testemunha — disse a Roper. — Alguém que não saiba ler.

Roper pegou o telefone e digitou uns dois números.

— *Miss* Molloy? Aqui é o Chefe. Se importaria de dar uma descida aqui no estúdio, por um instante?

— O que é que estou assinando? — indagou Jonathan.

— Meu Deus, *porra*, Pine — disse Langbourne, num murmúrio contido. — Para um assassino em fuga, eu diria que você é um bocado exigente.

— Estou lhe dando a sua própria companhia para dirigir — disse Roper. — Algumas viagens. Um pouco de agitação. Muita boca fechada. Grande mudança para um final de dia. Todas as dívidas completamente pagas, com juros.

As portas de bronze se abriram. *Miss* Molloy era alta, empoada, quarenta anos. Trouxera sua própria caneta, de plástico marmorizado, pendurada no pescoço por uma corrente de latão.

O primeiro documento parecia ser uma desistência jurídica, por meio da qual Jonathan renunciava a seus direitos aos rendimentos, lucros, ganhos e ao ativo de uma companhia com registro em Curaçao, chamada Tradepaths Limited. Ele assinou. O segundo era um contrato de emprego com a mesma companhia, segundo o qual Jonathan aceitava todos os ônus, dívidas, obrigações e responsabilidades que lhe cabiam na condição de diretor-executivo. Ele assinou. O terceiro trazia a assinatura do major Lance Montague Corkoran, antecessor de Jonathan no cargo. Havia parágrafos para Jonathan rubricar e um lugar para ele assinar.

— Sim, querida? — disse Roper.

Jed entrara na sala. Devia ter dado uma cantada em Gus para poder passar.

— Estou com os Del Oro na linha — disse ela. — Jantar, pernoite e *mahjong* em Abaco. Tentei telefonar para você, mas a mesa diz que não está recebendo chamadas.

— Querida, você sabe que não estou.

O olhar frio de Jed percorreu o grupo e parou em *Miss* Molloy.

— *Anthea* — disse ela. — O que, *afinal*, estão fazendo com você? Não a estão contratando para se casar com o Thomas, estão?

Miss Molloy ficou rubra. Roper franziu o cenho, não muito seguro. Jonathan o vira embaraçado antes.

— Thomas está subindo a bordo, Jed. Eu lhe disse. Estou estabelecendo-o com um pouco de capital. Dando-lhe uma chance. Achei que nós lhe devíamos isso. Tudo que ele fez pelo Dan, aquela história. Conversamos a respeito, lembra-se? Que diabos está havendo, Jed? Estamos tratando de negócios.

— Oh, bem, isso é *super*. Parabéns, Thomas. — Olhou finalmente para ele. Seu sorriso era de distanciamento, porém não mais tão teatral. Só fique bem seguro de não vir a fazer nada que não quiser, está bem? Roper é *terrivelmente* persuasivo. Querido, posso dizer a eles que sim? Maria está tão *loucamente* apaixonada por você, que estou certa de que ficará com o coração partido se eu disser que não.

— Mais alguma coisa acontecendo? — perguntou Burr, depois de ouvir praticamente em silêncio a narrativa feita por Jonathan desses acontecimentos.

Jonathan fingiu buscar na memória.

— Os Langbourne estão tendo uma desavença conjugal, mas acho que isso faz parte.

— Não é nada que se desconheça aqui neste canto remoto, tampouco — disse Burr. Mas ele ainda parecia estar esperando por mais.

— E Daniel volta à Inglaterra para o Natal — disse Jonathan.

— Mais nada?

— Nada que seja importante.

Constrangimento. Um esperando que o outro falasse.

— Bem, então mantenha-se à tona e aja com naturalidade — disse Burr, com relutância. — E não quero mais saber daquela conversa maluca de invadir o santuário do homem. Certo?

— Certo.

Mais uma pausa, antes de ambos desligarem.

Vivo a minha vida, disse Jonathan a si mesmo, com deliberação, enquanto descia a colina, em ritmo de corrida. Não sou um boneco. Não sou empregado de ninguém.

18

Jonathan havia planejado sua invasão proibida dos apartamentos reais assim que soube da decisão de Roper de vender mais algumas fazendas, e que Langbourne o estaria acompanhando, e também que Corkoran estaria parando em Nassau para dar atenção a alguns negócios da Ironbrand.

Sua resolução foi confirmada, quando ficou sabendo por Claud, o chefe dos estábulos, que na manhã seguinte à partida dos homens Jed e Caroline propunham-se levar as crianças em passeio a cavalo pelo caminho que circundava a costa da ilha, saindo às seis e voltando a Crystal a tempo de um *brunch* e uns mergulhos antes do calor do meio-dia.

A partir desse momento, todas as suas decisões se tornaram táticas. No dia-da-invasão-menos-um, levou Daniel para sua primeira escalada difícil, na face norte da montanha Miss Mabel — para falar com honestidade, pela face de uma pequena pedreira aberta na parte mais íngreme da colina — o que exigiu três grampos de alpinismo e uma travessia com corda, antes de chegarem triunfantes à extremidade oriental da pista de pouso. Lá no alto, ele colheu um buquê de frésias amarelas, de perfume agradável, que agradava muito aos nativos.

— Para quem são? — perguntou Daniel, enquanto mastigava sua barra de chocolate, mas Jonathan conseguiu fugir à pergunta.

No dia seguinte, acordou cedo como de hábito e correu por um trecho do caminho da costa, para ter certeza de que o grupo saíra a cavalo conforme planejado. Deu de cara com Jed e Caroline, numa curva batida pelo vento, com Claud e as crianças vindo atrás.

— Oh, Thomas, será que você por *acaso* vai a Crystal mais tarde? — perguntou Jed, inclinando-se para a frente a fim de dar tapinhas no pescoço de sua égua árabe, como se estivesse estrelando um anúncio de cigarros. — Ótimo. Então será que você teria a *extrema* gentileza de dizer a Esmeralda que Caro não pode comer *nada* que leve gordura de leite, devido a sua dieta?

Esmeralda sabia perfeitamente bem que Caroline não podia comer gordura láctea, porque Jed já lhe dissera isso, e Jonathan tinha ouvido. Mas Jonathan estava aprendendo a esperar o inesperado de Jed, nesses dias. Seus sorrisos eram distraídos, seu comportamento mais artificial do que nunca, e aquela sua conversa fiada habitual só saía com muita dificuldade.

Jonathan continuou a correr, até chegar a seu esconderijo. Não desencavou o aparelho, porque sua vontade hoje lhe pertencia com exclusividade. Mas pegou a câmara subminiatura, disfarçada de isqueiro Zippo, e à câmara acrescentou o molho de chaves mestras, que não estavam disfarçadas de nada, e, levando-as fechadas na mão, para que não tilintassem enquanto ele corria, voltou à casa de Woody, trocou de roupa e então atravessou o túnel até Crystal, sentindo nos ombros a comichão que antecede a batalha.

— Que merda que está fazendo com essas flores, seu Thomas? — quis saber o guarda do portão, bem-humorado. — Andou lá por cima roubando a pobre Miss Mabel? Ora, *que coisa*. Ei, Dover, venha cá, enfie o seu nariz idiota nestas frésias. Já cheirou alguma coisa tão linda? Uma porra que sim! Você nunca cheirou nada na vida, a não ser a perereca da sua mulherzinha.

Chegando à casa principal, Jonathan teve a sensação vertiginosa de ter voltado ao Meister's. Quem o recebeu à porta não foi Isaac, e sim *Herr* Kaspar. Não era o Parker no alto da escada de alumínio, trocando lâmpadas, mas Bobbi, o biscateiro. E era a sobrinha ninfeta de *Herr* Kaspar, e não a filha de Isaac, que estava languidamente borrifando inseticida no cesto de *pot-pourri**. A ilusão passou, e ele foi devolvido a Crystal. Na cozinha, Esmeralda dirigia um seminário sobre questões mundiais, com Talbot, o barqueiro, e Queenie, da lavanderia.

— Esmeralda, será que você me arranjava um vaso para essas flores? Um presente-surpresa para Dan. Ah, *Miss* Jed pediu que lhe lembrasse que *Lady* Langbourne não pode comer *absolutamente* nenhum, *nenhum* produto derivado de leite.

---

* Miscelânea de pétalas de flores, folhagens de pinho, sândalo, louro etc. e especiarias, como paus de canela e cravos, que enchem um ambiente com um perfume extremamente agradável. (*N. do T.*)

Disse isso com tanta malícia que sua plateia prorrompeu num fluxo de riso incontrolável, que seguiu Jonathan pela escadaria de mármore acima quando, de vaso na mão, ele se dirigiu para o primeiro andar, aparentemente a caminho dos aposentos de Daniel. Chegando à porta dos apartamentos reais, parou. Os ecos do papo animado vindo lá de baixo continuavam. A porta estava entreaberta. Empurrou-a e entrou num vestíbulo espelhado. No final deste, havia uma porta fechada. Girou a maçaneta, pensando em Irlanda e armadilhas explosivas. Entrou, e nada explodiu. Fechou a porta e olhou em torno, envergonhado com a embriaguez que sentia.

A luz do sol, filtrada por cortinas de tule, pousava como névoa rasteira no carpete branco. O lado de Roper na cama enorme não havia sido usado à noite. Os travesseiros de Roper ainda estavam afofados. Em sua mesa de cabeceira havia exemplares atuais de *Fortune*, *Forbes*, *The Economist*, e números antigos de catálogos de leiloeiros de todo o mundo. Blocos de memorando, lápis, um gravador de bolso. Voltando os olhos para o outro lado da cama, Jonathan observou a marca do corpo dela, os travesseiros amassados como que por inquietação, o tecido de seda negra que era a sua camisola, suas revistas utópicas, e numa mesinha baixa a pilha de livros sobre mobília, grandes residências, jardins, grandes cavalos, mais cavalos, livros sobre puros-sangues árabes e receitas inglesas, e um outro sobre como aprender italiano em oito dias. Os cheiros eram de infância — talco de bebê, espuma para banho. As roupas da véspera estavam espalhadas casualmente sobre a *chaise-longue*, formando uma trilha sensual; e através da porta aberta do banheiro, ele viu o biquíni da véspera, triângulos pendurados no trilho do chuveiro.

O olho se acelerando, começou a ler a página inteira de uma vez só. A penteadeira dela, entulhada de lembranças de boates, pessoas, restaurantes, cavalos; fotos de pessoas rindo, de braços dados, de Roper em sunga de praia, sua masculinidade muito em evidência, Roper ao volante de uma Ferrari, de uma lancha de corrida, Roper de calças de linho e quepe brancos, de pé na ponte do *Iron Pasha*; o próprio *Pasha*, todo adornado de bandeiras, ancorado majestosamente na baía de Nova York, tendo ao fundo a linha dos arranha-céus de Manhattan; caixas de fósforos, cartas de amigas transbordando de uma gaveta aberta; um caderno de endereços infantil, com a fotografia de sabujos enternecedores na capa; bilhetes para ela própria rabiscados em pedaços de papel amarelo presos às beiras de seu espelho: "Passeio submarino para o aniversário de Dan?" "Telefonar Marie cons. jarrt Sarah!" "S. J. Phillips cons. *abotoaduras* de R!!"

O quarto parecia sem ar. Sou um ladrão de tumbas, mas ela está viva. Estou na adega de *Herr* Meister, com as luzes acesas. Cair fora antes que me emparedem aqui. Mas ele não viera para fugir. Viera para se envolver. Com ambos. Queria os segredos de Roper, mas queria mais os dela. Queria o mistério do que a unia a Roper, se é que isso existia; de sua afetação ridícula: e de por que você me toca com os olhos. Pousando o vaso de flores numa mesinha perto do sofá, pegou um dos travesseiros dela, levou-o até o rosto e aspirou o cheiro de lenha queimada, da lareira da tia Annie, a que cantava. É claro. Foi isso que você fez na noite passada. Você ficou sentada com Caroline, diante do fogo, conversando enquanto as crianças dormiam. Tanto o que conversar. Tanto o que ouvir. O que você fala? O que você ouve? E a sombra em seu rosto. Você própria é uma observadora atenta, nestes últimos dias, os olhos demorando-se demais em tudo, inclusive em mim. Você é criança novamente, vendo tudo pela primeira vez. Nada mais lhe é familiar, nada é seguro para lhe servir de apoio.

Empurrou a porta espelhada do quarto de vestir de Roper e penetrou não na infância dela, mas na sua própria. Meu pai tinha um baú militar como este, com alças de latão, para arrastá-lo pelos olivais de Chipre? Esta mesa de campanha, dobrável, manchada de tinta e da bebida tomada ao fim do trabalho? Este par de cimitarras cruzadas, penduradas na parede, pelas bainhas? Ou estes chinelos formais, com seus monogramas debruados de alamares, como os capacetes de gala de um regimento? Até mesmo as fileiras de ternos feitos a mão, e *dinner-jackets*, do vinho ao branco, passando pelo preto, os sapatos feitos a mão, enfiados em fôrmas de madeira, de camurça branca, escarpins de verniz para usar com *smoking*, tinham um ar inconfundível de uniformes esperando pelo sinal de avançar.

Soldado novamente, Jonathan procurou sinais hostis: fios suspeitos, contatos, sensores, alguma armadilha tentadora para mandá-lo ao reino dos céus. Nada. Só os grupos de escola, de trinta anos atrás, em molduras, fotos de Daniel, uma pilha de dinheiro miúdo em meia dúzia de moedas diferentes, uma lista de vinhos finos da Berry Bros. & Rudd, as contas anuais do seu clube londrino.

Mr. Roper vai muito à Inglaterra?, Jonathan perguntara a Jed no Meister's, enquanto esperavam que a bagagem fosse colocada na limusine.

Santo Deus, não, respondeu Jed. *Roper diz que lá somos terrivelmente gentis, mas totalmente insensíveis. De qualquer maneira, ele não pode.*
Por que não?, perguntou Jonathan.
Ora, não sei, disse Jed, negligentemente demais. *Impostos, ou algo assim. Por que não pergunta a ele?*

Diante dele, a porta do escritório interno. O aposento mais íntimo, pensou. O último segredo é você mesmo — mas qual você, ele, eu ou ela? A porta era de cipreste sólido, montada numa moldura de aço. Ele parou para escutar. Conversas ao longe. Aspiradores de pós. Enceradeiras.

Não se apresse, o observador atento lembrou a si mesmo. Tempo é cuidado. Tempo é inocência. Ninguém vem aqui em cima descobri-lo. As camas são feitas em Crystal ao meio-dia, depois que os lençóis limpos tiveram uma oportunidade de arejar ao sol: ordens do chefe, diligentemente executadas por Jed. Somos pessoas obedientes, Jed e eu. Nossos mosteiros e conventos não foram em vão. Ele experimentou a porta. Trancada. Uma fechadura convencional, cilindro estreito. A reclusão do aposento é a sua própria segurança. Qualquer um encontrado perto dele leva um tiro no ato. Pegou as chaves mestras e sentiu a voz de Rooke em seus ouvidos. *Não force nunca uma fechadura, se puder encontrar a chave: regra número um do roubo.* Afastou-se da porta e correu a mão por umas duas prateleiras. Levantou a ponta de um tapete, depois um vaso de plantas, em seguida apalpou os bolsos dos ternos mais próximos, depois os bolsos de um robe de chambre. Em seguida levantou alguns dos sapatos mais próximos e virou-os de cabeça para baixo. Para o diabo.

Abriu as chaves em leque e escolheu a que achou mais provável de se encaixar. Era larga demais. Escolheu a segunda e, quando estava para inseri-la, sentiu um terror infantil de arranhar o espelho de latão polido da fechadura. *Vândalo! Quem foi que o educou assim tão mal?* Deixou tombar as mãos ao lado do corpo, respirou lentamente algumas vezes, para recuperar a calma operacional, e recomeçou. Para dentro, suavemente... pausa... uma fração para trás, gentilmente... para dentro novamente. Acaricie-a, não a force, como dizemos no exército. Ouça-a bem, sinta as suas pressões, segure a respiração. Vire. Suavemente... mais uma fraçãozinha para trás... agora vire com mais força... e um pouquinho mais forte ainda... *você vai quebrar a chave mestra! Vai quebrar a chave mestra e deixá-la na fechadura! Agora!*

A fechadura cedeu. Nada se quebrou. Ninguém esvaziou sua Heckler no rosto de Jonathan. Ele retirou a chave mestra intacta, botou-a de volta na sacola em que estava o molho, e a sacola no bolso dos *jeans*, e ouviu o guincho dos freios do Toyota que estacionava no pátio dos estábulos. Fique frio. *Agora*. O observador atento olhou furtivamente pela janela. *Mr.* Onslow Roper voltara inesperadamente de Nassau. Guerrilheiros atravessaram a fronteira e estão chegando para pegar suas armas. Mas era apenas o pão do dia chegando da Cidade.

Uma excelente escuta, porém, disse a si mesmo. Uma escuta calma, atenta, sem pânico. Muito bom. É o garotão do papai.

Ele estava no covil de Roper.

E se você pisar fora da linha, vai se arrepender de ter nascido, diz Roper.

Não, diz Burr. E o Rob diz não, também. *O santuário do homem está fora dos seus limites, e isto é uma ordem.*

Simples. Uma simplicidade de caserna. A moderação decente de um homem comum. Nenhum trono ornamentado, nenhuma escrivaninha de tartaruga, nem sofás de bambu, de quase três metros, com almofadas que fazem você dormir no ato, nem taças de prata, nem catálogos da Sotheby's. Apenas um escritoriozinho simples, tedioso, para fazer negócios e dinheiro. Uma mesa de escritório simples, o tampo de material sintético, com bandejas de arquivo num suporte articulado, tipo pantográfico, é só puxar, e todas vêm um pouco à frente. Jonathan puxou e foi o que elas fizeram. Uma poltrona tubular de aço. Uma janela redonda de água-furtada, fitando feito um olho morto o seu próprio pedaço de céu vazio. Duas borboletas cauda-de-andorinha. Como, diabos, *elas* entraram aqui? Uma mosca-varejeira, muito barulhenta. Uma carta, pousada sobre outras cartas. O endereço, Hampden Hall, Newbury. A assinatura, Tony. O assunto, as dificuldades financeiras por que vem passando o remetente. O tom, tanto suplicante quanto ameaçador. Não a leia, fotografe-a. Extraindo calmamente, os demais papéis da bandeja, espalhou-os como cartas de baralho, viradas para cima, sobre a mesa, tirou a base do isqueiro Zippo, armou a câmara que havia no interior e olhou pelo visor minúsculo. *Para a distância certa, espalhe os dedos de ambas as mãos, como se medisse palmos, e encoste o polegar no nariz, como se fosse fazer fiau*, dissera Rooke. Ele levou o polegar ao nariz. A lente era olho de peixe. Todas as páginas estavam em quadro. Conferir em cima, conferir embaixo. Bater. Trocar os documentos. Manter o suor longe da mesa. Polegar ao nariz novamente, para conferir a distância. Calmamente. Agora, com a mesma calma, *ficar imóvel*. Ficou junto à janela, imóvel. Observar, mas não perto demais. O Toyota está de partida, Gus ao volante. De volta ao trabalho, lentamente.

Concluiu a primeira bandeja, recolocou os papéis no lugar, pegou os documentos da segunda. Seis páginas cobertas com a caligrafia nítida e apertada de Roper. As joias da coroa? Ou uma longa carta à ex-mulher, a respeito de Daniel? Distribuiu-as em ordem, da esquerda para a direita. Não, não era uma carta para Paula. São nomes e números, montes deles, escritos em papel quadriculado, com esferográfica de ponta fina, os nomes à esquerda, os números em ordem ao lado dos nomes, cada dígito minuciosamente dentro do seu quadrado. Dívidas de jogo? Contas domésticas? Lista de aniversário. Pare de pensar. Espione agora, pense depois. Deu um passo para trás, enxugou o suor do rosto e prendeu a respiração. Ao fazê-lo, ele viu.

Um cabelo. Um fio longo, macio, liso, lindo de cabelo castanho, que deveria estar num medalhão, ou numa carta de amor, ou sobre um travesseiro, cheirando a lenha queimada. Por um instante, ele ficou furioso, da forma como os exploradores ficam furiosos quando atingem algum daqueles objetivos extremos infernais, só para descobrirem lá a fogueira e a panela do rival odiado, que chegou na frente. Você mentiu para mim! Você *sabe* o que ele faz! Está aliada a Roper no maior de todos os negócios sujos da carreira dele! No instante seguinte, ficou satisfeito em pensar que Jed cumprira a mesma jornada que ele próprio, sem a vantagem de Rooke, ou de Burr, ou do assassinato de Sophie.

Depois disso, ficou aterrorizado. Não por si próprio, por ela. Por sua fragilidade. Por sua falta de habilidade. Por sua vida. Sua idiota completa, disse-lhe, deixando a sua assinatura no serviço todo! Será que nunca viu uma mulher bonita com o rosto todo arrebentado? Um cachorrinho estripado de uma ponta à outra?

Enrolando o cabelo revelador na ponta do dedo mínimo, Jonathan enfiou-o no bolso empapado de suor da camisa, devolveu o segundo arquivo à sua bandeja e estava espalhando sobre a mesa os documentos do terceiro quando ouviu o barulho de patas de cavalos vindos da direção do pátio do estábulo, acompanhado de vozes infantis elevadas em protesto e censura.

Metodicamente, devolveu os papéis ao lugar de direito e foi até a janela. Ao fazê-lo, ouviu de dentro da casa, os sons de pés correndo, depois Daniel gritando, chamando pela mãe, ao entrar feito uma bala pelas cozinhas, até o vestíbulo. E em seguida a voz de Jed, gritando atrás dele. E no pátio do estábulo viu Caroline Langbourne e seus três filhos, Claud, o chefe do estábulo, segurando a puro-sangue árabe Sarah, de Jed, pelo cabresto, e Donegal, o moço da estrebaria, segurando o pônei de Daniel, Smoke, que estava com a cabeça baixa, irritado, como se aborrecido com aquele espetáculo todo.

Aceso para a luta.
Calmo para a luta.
Um filho digno do pai. Enterrem-no de uniforme.
Jonathan enfiou a câmara no bolso do *jeans*, e examinou a escrivaninha em busca de vestígios deixados por descuido. Com o lenço, limpou o tampo, e depois os lados das bandejas de arquivo. Daniel gritava mais alto do que Jed, mas Jonathan não conseguia distinguir o que estavam dizendo. No pátio do estábulo, um dos filhos de Langbourne resolvera que já era tempo de se juntar ao coro de queixas. Esmeralda saíra da cozinha e estava dizendo a Daniel para não ser um menino bobo, o que é que o papai iria dizer? Jonathan passou no quarto de vestir, fechou a porta do gabinete e voltou a trancá-la com a chave mestra, o que levou um pouco mais de tempo do que deveria, devido ao medo de arranhar o espelho da fechadura. Quando chegou ao quarto, ouviu Jed subindo as escadas, batendo com força os pés calçados de botas de montaria, declarando para quem quisesse ouvir que nunca, *nunca mais* em sua maldita *vida* levaria Daniel de novo para cavalgar.

Ele pensou em correr para o banheiro, ou voltar para o quarto de vestir de Roper, mas pareceu-lhe que esconder-se não iria resolver nada. Uma inércia sensual estava descendo sobre ele, um desejo de acalentar aquela demora que lhe lembrou o ato do amor. E assim, quando Jed surgiu à porta, nos trajes de montaria, sem apenas o chicotinho e o chapéu-coco, mas rubra de exasperação e raiva, Jonathan já havia se colocado diante da mesinha e estava arrumando as flores, porque estas haviam perdido um quê de sua perfeição no caminho escadas acima.

A princípio, ela estava zangada demais com Daniel para se surpreender com alguma coisa. E ele se impressionou ao ver que a raiva a tornava real.

— Thomas, *honestamente*, se você tem *alguma* influência sobre o Daniel, gostaria que o ensinasse a *não ser* tão absolutamente *impossível* quando se machuca. Uma quedazinha à toa, *nada* machucado, exceto o orgulho dele, e precisava fazer um escândalo! Afinal, Thomas, que *diabos* está fazendo nesse quarto?

— Trouxe-lhe algumas frésias. Da nossa escalada de ontem.

— Não podia tê-las entregue a Sue?

— Queria arrumá-las pessoalmente.

— Poderia tê-las arrumado e depois entregado a Sue, lá embaixo.

Ela lançou um olhar feroz para a cama desfeita. Para as roupas da véspera espalhadas sobre a *chaise-longue*. Para a porta do banheiro, aberta. Daniel ainda estava gritando.

— *Cale a boca, Daniel*! — Seus olhos voltaram para Jonathan. — Thomas, *francamente*, com ou sem flores, acho que você tem uma ousadia *do cacete*.

É a mesma raiva. Você simplesmente passou-a de Daniel para mim, pensou, enquanto continuava a ajeitar distraidamente as flores. Sentiu de repente uma necessidade profunda de protegê-la. As chaves mestras pesavam contra sua coxa feito uma tonelada, a câmara Zippo estava praticamente caindo do bolso do *jeans*, sua história das flores, concebida especialmente para Esmeralda, não estava colando nem um pouco. Mas era na vulnerabilidade espantosa de Jed que ele estava pensando, não na sua própria. Os gritos de Daniel haviam parado, enquanto ele aguardava o efeito.

— Então, por que não chama os gorilas? — sugeriu Jonathan, não tanto a ela quanto às flores. — O botão para caso de ataque pessoal está bem aí ao seu lado, na parede. Ou então pegue o telefone da casa, se preferir. Disque nove e pagarei pela minha ousadia do cacete à moda da casa. Daniel não está fazendo escândalo porque se machucou. Ele não quer voltar para Londres e não gosta de dividir você com Caroline e os filhos. Queria você só para ele.

— Saia — disse ela.

Mas a calma havia descido sobre ele, como também sua preocupação por ela, e as duas coisas juntas deram-lhe a supremacia. Os ensaios e os tiros de pólvora seca haviam se encerrado. Era a hora de usar munição verdadeira.

— Feche a porta — ordenou-lhe, mantendo a voz baixa. — Não é um bom momento para conversar, mas existe algo que tenho que lhe dizer, e não quero que Daniel ouça. Ele já pega coisas demais através da parede do quarto, do jeito que é.

Ela ficou olhando para ele, que percebeu a incerteza se agitando em seu rosto. Ela fechou a porta.

— Estou obcecado por você. Não consigo tirá-la da minha cabeça. Não quero dizer com isso que esteja apaixonado por você. Eu durmo com você, acordo com você, não consigo escovar os dentes sem escovar os seus também, e a maior parte do tempo estou discutindo ou brigando com você. Não existe lógica nisso, não existe nenhum prazer nisso. Ainda não ouvi você expressar um único pensamento que valha um centavo, e a maior parte daquilo que diz é baboseira pernóstica. No entanto, toda vez que penso em alguma coisa engraçada, preciso *de você* para rir dela, e quando estou deprimido, é *de você* que preciso para me animar. Não sei quem você é, nem sequer se é alguém. Ou se está aqui por diversão, ou porque está desvairadamente apaixonada por Roper. E tenho certeza de que você tampouco sabe. Acho você um caos total. Mas isso não me faz mudar. Em absoluto. Isso me faz ficar indignado, faz de mim um idiota, faz com que eu tenha vontade de lhe torcer o pescoço. Mas isso é só parte do pacote.

Eram suas próprias palavras. Ele falava por si próprio, por mais ninguém. Não obstante, o órfão implacável dentro dele não conseguiu resistir a passar um pouco da culpa para os ombros dela.

— Talvez você não devesse ter cuidado tão bem de mim. Me animando o espírito. Sentando-se na minha cama. Digamos, é culpa de Daniel, por ter sido sequestrado. Não, digamos que é minha culpa, por ter levado uma surra. E sua, por me namorar com esses olhos de *cocker spaniel*.

Ela fechou os olhos transgressores, e por um momento pareceu adormecer. Abriu-os e levou a mão ao rosto. E ele temeu tê-la atingido fundo demais e invadido aquele terreno sensível que cada um deles guardava contra o outro.

— Essa é a coisa mais impertinente que *qualquer pessoa* já me disse *na vida* — ela falou com insegurança, após uma pausa razoável.

Ele deixou-a vacilar.

— Thomas! — disse ela, como se lhe pedisse ajuda.

Mas ainda assim, ele não correu a ajudá-la.

— *Meu Deus*, Thomas... oh, *merda*. Thomas, esta é a casa *de Roper*!

— É a casa de Roper, e você é a garota de Roper, enquanto conseguir aguentar. O meu bom senso me diz que não conseguirá aguentar por muito mais tempo. Roper é um vigarista, como Caroline Langbourne sem dúvida andou lhe contando. Mas não é um bucaneiro, ou um jogador do Mississippi, ou um aventureiro romântico, ou seja lá como você resolveu modelá-lo quando pegaram um ao outro. É um contrabandista de armas e, no mínimo, levemente homicida. — Ele deu um passo extremamente audacioso. Quebrou todas as regras de Burr e de Rooke numa única frase. — É por isso que pessoas como você ou eu acabamos espionando um homem como ele — disse. — Deixando rastros gritantes no escritório dele. "Jed esteve aqui." "Jed Marshall, sua marca, seu cabelo enfiado entre os papéis dele." Ele a mataria por causa disso. É isso que ele faz. Mata. — Fez uma pausa para observar o efeito de sua confissão indireta, mas ela estava paralisada. — É melhor eu ir falar com o Daniel — disse ele. — Afinal, o que foi mesmo que ele andou aprontando consigo próprio?

— Só Deus sabe.

Quando ele saiu, ela fez uma coisa estranha. Ainda estava junto à porta e, quando ele se aproximou, deu um passo atrás para deixá-lo passar, o que poderia ser uma cortesia normal. Mas aí, por algum impulso que ela provavelmente não teria como explicar, estendeu a mão diante dele, girou a maçaneta e deu um empurrão na porta, como se ele estivesse com as mãos carregadas, precisando de ajuda.

Daniel estava deitado na cama, lendo seu livro sobre monstros.

— Foi tudo uma reação exagerada da Jed — explicou ele. — Só o que fiz foi ter um acesso de raiva. Mas a Jed ficou *frenética*.

19

Era a noite do mesmo dia, Jonathan ainda estava vivo, o céu continuava no lugar e nenhum gorila da segurança pulou de uma árvore em cima dele, ao voltar pelo túnel à casa de Woody. As cigarras zumbiam e soluçavam no mesmo ritmo, o sol desaparecia por trás da montanha Miss Mabel, caía o crepúsculo. Ele tinha jogado tênis com Daniel e os filhos deLangbourne, havia nadado com eles, levara-os a navegar, ouvira Isaac falando sobre as vitórias do TottenhamHotspur, Esmeralda sobre espíritos maus e Caroline Langbourne sobre homens, casamento e o marido:

— Não é a *infidelidade* que me incomoda, Thomas, é a mentira. Não sei por que estou lhe dizendo isso, a não ser que você é *íntegro*. Não me importa o que ele *diz* a seu respeito, *todos* nós temos os nossos problemas, mas sei reconhecer a *integridade* quando a vejo na minha frente. Se ele *ao menos* me dissesse, "Estou tendo um caso com Annabelle", ou com *quem quer* que ele esteja tendo um caso no momento, "e, além do mais, vou *continuar* a ter um caso com ela" — bem, *eu* diria, "Muito bem, se é assim que você quer jogar, que seja. Só não espere que *eu* seja fiel quando *você* não é." Eu consigo *viver* com isso, Thomas. Temos de conseguir, quando somos mulheres. É só que eu me sinto tão furiosa por tê-lo deixado dispor de *todo* o meu dinheiro, e de tê-lo praticamente mantido durante anos, *e* deixar papai pagar a educação das crianças, *só* para descobrir que ele vive gastando feito um irresponsável, com qualquer vagabundinha que lhe passa pela frente, deixando a *nós*, bem, *não exatamente* sem um tostão, mas *ricos*, com certeza, *não*.

Durante o resto do dia, avistou Jed duas vezes: uma vez no pavilhão de verão, usando um cafetã amarelo e escrevendo uma carta, outra caminhando com Daniel na rebentação da espuma, as saias levantadas até a cintura, enquanto segurava a mão do menino. E, quando Jonathan saiu da casa, passando deliberadamente sob a varanda do quarto dela, ouviu-a conversando ao telefone com Roper:

— Não, querido, ele não se machucou nem um pouco, foi só estardalhaço, ele superou tudo bem depressa e me fez um quadro absolutamente super de Sarah dando-se aqueles seus ares de superioridade, acima do chão, bem no alto do telhado do estábulo, você vai simplesmente adorar...

E agora, pensou, você diz a ele: *Essas foram as boas notícias, querido. Mas adivinhe quem encontrei xeretando no nosso quarto, quando subi...*

Foi só quando ele chegou à casa de Woody que o tempo se recusou a passar. Chegou cautelosamente, raciocinando que, se a segurança havia sido alertada, sua linha de ação mais provável seria ir até a casa antes dele. Por isso, entrou pela porta dos fundos e examinou os dois andares, antes de se sentir em condições de retirar o rolinho ínfimo de filme da sua câmara e, com uma faca afiada da cozinha, preparar um nicho para ele, dentro das páginas do seu exemplar em brochura de *Tess dos D'Urbervilles*.

Depois disso, as coisas foram acontecendo muito uma a uma.

Ele tomou banho e pensou: A esta altura, você vai estar tomando a sua chuveirada e não haverá ninguém lá para lhe passar a toalha.

Preparou uma canja de galinha com sobras que Esmeralda lhe dera, e pensou: A esta altura, você e Caroline estarão sentadas no pátio, comendo a garoupa ao molho de limão, feita por Esmeralda, e você estará escutando mais um capítulo da vida de Caroline, enquanto os filhos dela vão estar comendo batatas *chips* com Coca-Cola e sorvete, e assistindo a *O jovem Frankenstein* na sala de jogos de Daniel, e Daniel estará deitado em seu quarto, lendo com a porta fechada, odiando todos eles.

Depois foi para a cama, porque lhe pareceu um bom lugar para pensar nela. E ficou na cama até meia-noite e meia, hora em que o observador atento, nu, deslizou silenciosamente para o chão e pegou o atiçador de lareira que guardava embaixo do leito, pois ouvira o ruído de um passo furtivo em frente à porta. Vieram me buscar, pensou. Ela deu o alarme a Roper, e eles vão me aplicar o "tratamento Woody".

Mas uma outra voz dentro dele falou de uma forma diferente, e era a voz que ele vinha ouvindo desde que Jed o descobrira no quarto. Por isso, no momento em que ela bateu à porta da frente, ele já pusera de lado o atiçador e amarrara um sarongue na cintura.

Ela também havia se vestido para o papel: estava com uma saia comprida escura e uma capa escura, e ele não teria se surpreendido se ela tivesse coberto a cabeça com o capuz de monge; mas não o fizera, ele pendia elegantemente às suas costas. Ela trazia uma lanterna e, enquanto ele voltava a passar a corrente na porta, ela pousou-a e aconchegou-se mais dentro da capa. E ficou de pé, encarando-o com as mãos cruzadas dramaticamente sob o pescoço.

— Você não devia ter vindo — disse ele, fechando depressa as cortinas. — Quem a viu? Caroline? Daniel? O pessoal da noite?

— Ninguém.

— É claro que viram. E os rapazes na guarita dos porteiros?

— Passei na ponta dos pés. Ninguém me escutou.

Olhou para ela, incrédulo. Não por pensar que ela estivesse mentindo, mas por causa da pura temeridade do seu comportamento.

— Bem, o que posso lhe oferecer? — disse ele, num tom que deixava implícito: uma vez que você está aí.

— Café. Café, por favor. Não precisa fazê-lo especialmente.

Café, por favor. Egípcio, ele lembrou.

— Eles estavam assistindo à televisão — disse ela. — Os rapazes da guarita. Pude vê-los pela janela.

— Claro.

Pôs uma chaleira para ferver no fogão, depois acendeu as achas de pinho na pequena lareira, e ela ficou um tempo tremendo o cenho franzido, diante da lenha crepitante. E então girou os olhos em torno do aposento, tentando captar a ideia do lugar, e dele, observando os livros que ele conseguira reunir, e a arrumação apurada de tudo — flores, a aquarela de Carnation Bay apoiada no consolo da lareira, ao lado de um pterodáctilo pintado por Daniel.

— Dan fez uma pintura de Sarah para mim — disse ela. — Para se reconciliar.

— Eu sei. Estava passando em frente ao seu quarto quando você contava isso a Roper. E o que mais você contou a ele?

— Nada.

— Tem certeza?

Ela o fuzilou com os olhos.

— O que espera que eu conte a ele? Thomas acha que sou uma putinha burra, sem nada na cabeça?

— Eu não disse isso.

— Você disse pior. Você disse que eu era um caos, e que ele era um assassino.

Ele estendeu-lhe uma caneca de café. Preto. Sem açúcar. Ela tomou um pouco, as mãos envolvendo a caneca.

— Como é que vim parar nisto, porra? — perguntou ela. — Não falo de você. Dele. Deste lugar. Crystal. Esta merda toda.

— Corky disse que ele comprou você num leilão de cavalos.

— Eu estava vivendo com uns caras em Paris.

— E o que estava fazendo em Paris?

— Transando com esses dois sujeitos. É a história da minha vida. Trepo com todas as pessoas erradas e deixo passar as certas. — Tomou mais um gole de café. — Eles tinham um apartamento na rue de Rivoli. Conseguiram me deixar morta de medo. Drogas, garotos, bebidas, garotas, eu, de tudo um pouco. Certa manhã, acordei e o apartamento estava cheio de corpos. Tinha todo mundo caído duro, inconsciente. — Fez para si mesma um gesto de assentimento com a cabeça, como se dissesse, sim, foi isso, foi esse mesmo o acontecimento decisivo. — *Okay, Jemima, você não vai nem recolher umas duzentas libras, vai simplesmente ir embora.* Nem sequer fiz as malas. Passei por cima dos corpos e fui a um leilão de puros-sangues, na Maison Lafitte, a respeito do qual eu tinha lido no *Trib**. Eu queria ver cavalos. Ainda estava meio dopada e só conseguia pensar nisso: cavalos. Foi o que sempre fizemos, até papai ter sido obrigado a vender tudo. Cavalgar e rezar. Somos católicos de Shropshire — explicou, com um ar sombrio, como se estivesse confessando a maldição da família. — Eu devia estar sorrindo. Porque um homem de meia-idade, muito enxuto, aproximou-se e disse: "Qual deles lhe agradaria mais?" E eu disse: "Aquela grande, junto à janela." Eu estava me sentindo... leve. Livre. Estava num filme. Essa sensação. Estava sendo engraçada. E então ele a comprou. Sarah. Os lances foram tão rápidos que eu, para falar a verdade, não acompanhei. Havia um paquistanês, ou algo assim, com ele, e estavam mais ou menos dando lances juntos. Então ele simplesmente virou-se para mim e disse: "Ela é sua. Para onde devo enviá-la?" Tomei um susto enorme, mas era um de-

---

* O *New York Herald Tribune*, na edição para os norte-americanos em Paris. (N. do T.)

safio, por isso achei que ia encarar. Ele me levou a uma loja nos Champs Élysées, e éramos os únicos lá dentro. Ele providenciara para que o movimento fosse encerrado, antes de chegarmos. Éramos os únicos fregueses. Ele me comprou dez mil libras de becas variadas e me levou à ópera. Levou-me para jantar e me falou de uma ilha chamada Crystal. E então levou-me para o seu hotel e trepou comigo. E pensei: É só um passo e ela sai do buraco. Ele não é um homem *mau*, Thomas. Ele apenas faz coisas ruins. Ele é feito Archie, o motorista.

— Quem é Archie, o motorista?

Ela o esqueceu por alguns instantes, preferindo ficar olhando fixo para o fogo e bebericando o café. O tremor havia parado. Uma única vez, ela estremeceu e encolheu os ombros, mas eram suas lembranças, e não o frio, que a estavam perturbando.

— *Meu Deus* — murmurou ela. — Thomas, o que é que eu *faço*!

— Quem é Archie? — repetiu ele.

— Na nossa aldeia. Ele dirigia a ambulância do hospital local. Todo mundo adorava o Archie. Ele vinha a todas as provas de equitação e cuidava das pessoas se elas se machucavam. Recolhia as pessoas nas gincanas das crianças, tudo. Bom sujeito o Archie. E aí houve uma greve de ambulâncias e Archie foi fazer piquete nos portões do hospital, não deixando entrar os acidentados, pois dizia que os motoristas eram todos uns fura-greve. E *Mrs.* Luxome, que fazia limpeza para os Priors, morreu porque ele não a deixou entrar. — Um outro estremecimento a percorreu. — Você tem sempre o fogo aceso? Parece birutice, lareira nos trópicos.

— Vocês têm lareiras em Crystal.

— Ele gosta de você de verdade. Sabia disso?

— Sim.

— Você é um filho dele, ou algo assim. Eu ficava dizendo a ele para se livrar de você. Sentia você se aproximando e não tinha como fazê-lo parar. Você é tão insidioso. Ele parece que não vê. Talvez não queira ver. Creio que é o Dan. Você salvou o Dan. Ainda assim, isso não dura para sempre, dura? — Ela bebeu mais café. — E aí, você pensa: *okay*, foda-se. Se ele não quer ver o que está acontecendo debaixo do próprio nariz, isso é problema dele. Corky o preveniu. E o Sandy também. Mas ele não dá ouvidos.

— Por que andou remexendo nos documentos dele?

— Caro me contou uma porção de coisas a respeito dele. Coisas terríveis. Não foi nada agradável. Um pouco eu já sabia. Tentei não saber, mas não há como evitar. Coisas que as pessoas dizem em festas. Coisas que o Dan pega aqui e ali. Aqueles banqueiros horrorosos, se gabando. Eu não posso *julgar* as pessoas. Não *eu*. Sempre acho que *eu* é quem tinha culpa no cartório, e não eles. O problema é que somos tão certinhos. Meu pai é. Ele preferia passar fome do que enganar o coletor de impostos. Sempre pagou as contas no dia em que elas chegavam. Por isso é que ficou sem um tostão. As outras pessoas não pagavam *a ele*, é claro, mas ele nunca notou isso. — Olhou de relance. E essa olhadela transformou-se num olhar expressivo. — *Meu Deus* — voltou a murmurar.

— Descobriu alguma coisa?

Ela sacudiu a cabeça.

— Não tinha como, tinha? Eu não sabia o que procurar, por isso, pensei, foda-se, e perguntei a ele.

— Você *o quê*?

— Toquei no assunto com ele. Uma noite, após o jantar. Eu disse: "É verdade que você é um vigarista? Me conte tudo. A mulher tem o direito de saber."

Jonathan respirou fundo.

— Bem, isso pelo menos foi honesto — disse ele, com um sorriso cauteloso. — Como foi que Roper recebeu? Fez uma confissão completa, jurou nunca mais errar, botou a culpa toda na sua infância cruel?

— Ficou com o rosto duro.

— E disse?

— Disse que eu devia cuidar da minha própria vida.

Ecos da narrativa de Sophie sobre sua conversa com Freddie Hamid no cemitério do Cairo invadiram a concentração de Jonathan.

— E você disse que *era* da sua conta? — sugeriu ele.

— Ele disse que eu não compreenderia, ainda que ele me contasse. Eu devia calar a boca e não falar sobre coisas que não entendia. Então disse, isso não é crime, é política. E eu disse *o que* não é crime? *O que é* política? Conte-me o pior, falei. Diga-me qual é o ponto principal para saber do que estou participando.

— E Roper? — perguntou Jonathan.

— Ele diz que não existe um ponto principal. Pessoas como meu pai é que pensam que existe, motivo pelo qual pessoas como meu pai são uns merdas. Ele diz que me ama e que isso basta. Aí, eu fico furiosa e digo, pode ter sido suficiente para Eva Braun mas não é o suficiente para mim. Achei que ele ia me enfiar a mão. Mas ele simplesmente escutou. Nada o surpreende, sabia disso? São fatos. Um fato a mais, um fato a menos. E aí, no final de tudo, você faz a coisa lógica.

Que foi o que ele fez com Sophie, pensou Jonathan.

— E quanto a você? — perguntou ele.

— Quanto a mim, o quê? — Ela quis conhaque. Ele não tinha, por isso deu-lhe uísque. — É uma mentira — disse ela.

— O quê?

— O que estou vivendo. Alguém me diz quem eu sou, aí eu acredito e sigo em frente com isso. É o que faço. Acredito nas pessoas. Não consigo evitar. Agora, vem você e me diz que sou um caos, mas não é isso que ele me diz. Ele diz que eu sou a virtude dele. Eu e Daniel, nós somos o motivo de tudo. Ele disse isso claramente, certa noite, na frente do Corky.

— Ela tomou uma golada de uísque. — Caro diz que ele trafica drogas. Você sabia disso? Uns carregamentos enormes, em troca de armas e sabe lá Deus o quê. Não estamos falando de brincar um pouco com a lei. Nem de infringir algumas regras, ou fumar um baseado tranquilo numa festa, diz ela. Estamos falando de crime plenamente desenvolvido, organizado, megacrime. Ela diz que eu sou a garota do gângster... essa é mais uma versão de mim mesma que estou tentando colocar em perspectiva. E uma emoção por minuto, ser eu, atualmente.

Estava com os olhos pousados novamente sobre ele, firme, sem piscar.

— Estou afundada em merda — disse ela. — Entrei nisso com os olhos bem fechados. Mereço tudo que tiver. Só não me diga que sou um caos. Dos sermões, eu própria posso cuidar. De qualquer maneira, o que é que *você* anda fazendo? Você não é nenhum modelo de perfeição.

— O que Roper diz que eu ando fazendo?

— Você se meteu em alguma complicação da pesada. Mas é um bom sujeito. Ele está consertando você. Está cheio do Corky falando mal de você. Mas ele não pegou você fuçando no nosso quarto, pegou? — disse ela, os olhos fuzilando. — Vamos ouvir de você mesmo.

Ele levou um longo tempo para responder. Primeiro, pensou em Burr depois pensou em si mesmo, e em todas as regras contra abrir a boca.

— Sou um voluntário — disse ele.

Ela fez uma expressão amarga.

— Para a polícia?

— Mais ou menos por aí.
— O quanto de você é você?
— Estou esperando para descobrir.
— O que vão fazer com ele?
— Pegá-lo. Levá-lo a julgamento. Trancá-lo.
— Como é que você pode ser *voluntário* para um serviço desses? Meu Deus.

Nenhum treinamento cobriu esse tipo de contingência. Ele se concedeu tempo para pensar, e o silêncio, tal como a distância entre eles, parecia uni-los, mais do que dividi-los.

— Tudo começou com uma garota — disse ele. Corrigiu-se. — Uma mulher. Roper e um outro sujeito providenciaram para que ela fosse morta. Eu me senti responsável.

Os ombros encolhidos, o capuz ainda arrebanhado no pescoço, ela olhou em torno do aposento, depois novamente para ele:

— Você a amava? A garota? A mulher?
— Sim. — Ele sorriu. — Ela era a minha virtude.

Ela engoliu isso, sem saber se aprovava ou não.

— Quando você salvou Daniel, no Mama's, aquilo tudo era mentira também?

— Pode acreditar.

Ele observou tudo turbilhonando pela cabeça de Jed: a reviravolta de sentimentos, o esforço para compreender, a moral confusa de sua criação.

— O Dr. Marti disse que eles quase o mataram — disse ela.
— E eu quase os matei. Perdi as estribeiras. Foi uma brincadeira que deu errado.

— Qual era o nome dela?
— Sophie.
— Preciso ficar sabendo a respeito dela.

Ela queria dizer ali, naquela casa, naquele momento.

Levou-a para o quarto e deitou-se ao lado dela, sem tocá-la, enquanto lhe contava a respeito de Sophie, e ela acabou dormindo, enquanto ele mantinha vigília. Ela acordou e quis uma água gasosa, que ele foi buscar na geladeira. Depois, às cinco horas, antes de surgir a luz, ele vestiu suas roupas de *jogging* e levou-a pelo túnel de volta à guarita dos porteiros, não deixando que ela usasse a lanterna, e sim fazendo-a caminhar um passo atrás dele, à sua esquerda, como se ela fosse um recruta novato que ele estivesse guiando para a batalha. E, na guarita, *enfiou* cabeça e ombros bem no meio da janela, para uma de suas conversas com Marlow, o guarda-noturno, enquanto Jed passava rapidamente, sem ser vista, ele esperava.

Sua ansiedade não ficou nem um pouco aliviada, quando, ao voltar, encontrou Amos, o rastafári, sentado à sua porta, querendo uma xícara de café.

— Teve uma experiência maravilhosa, arrebatadora com a sua alma, esta noite, *não foi*, sô Thomas? — perguntou, despejando quatro colheres cheias de açúcar na caneca.

— Foi uma noite como qualquer outra, Amos. E quanto a você?

— Sô Thomas, eu não sinto cheiro de fumaça saindo novinha de uma chaminé à uma hora da manhã, na Cidade, desde o tempo em que o sô Woodman distraía as damas suas amigas com música e um bom amorzinho.

— O Woodman teria feito muito melhor, por tudo que se diz, se lesse um livro instrutivo.

Amos prorrompeu numa risada incontida.

— Só existe um homem nesta ilha, exceto o senhor, que alguma vez lê um *livro* sô Thomas. E ele, além de abestado pela maconha, é totalmente cego.

Quando veio a noite, para seu horror, ela voltou.

Desta vez não estava usando a capa, mas as roupas de montar, que ela evidentemente concluíra, davam-lhe algum tipo de imunidade. Ele estava consternado, mas não particularmente surpreso, pois a essa altura já havia reconhecido nela a mesma decisão de Sophie, e sabia que não poderia mandá-la embora, tal como não pôde impedir Sophie de voltar ao Cairo para enfrentar Hamid. Por isso, desceu sobre ele uma grande calma, que se transformou numa calma compartilhada. Pegou-a pela mão, levou-a até o andar de cima, e mostrou uma curiosidade abstraída por suas camisas e roupas debaixo. Alguma coisa estava mal dobrada, e ela dobrou melhor. Alguma coisa estava perdida, e ela encontrou o par. Puxou-o para si e beijou-o com muita precisão, como se já houvesse resolvido antes o quanto de si mesma podia permitir-se dar a ele, e o quão pouco. Quando terminaram de se beijar, ela desceu e o colocou de pé sob a lâmpada que pendia do teto e tocou-lhe o rosto com as pontas dos dedos, verificando-o, fotografando-o com os olhos, tirando fotos dele para levar com ela. E, na incongruidade daquele momento, ele se lembrou do casal de velhos *emigrés* dançando no Mama Low's, na noite do sequestro, e como haviam tocado os rostos um do outro, como quem não acredita.

Ela pediu um copo de vinho e sentaram-se no sofá, bebendo e saboreando a tranquilidade que, haviam descoberto, podiam partilhar. Ela o pôs de pé e beijou-o mais uma vez, apoiando o corpo todo no dele, e passando um bom tempo olhando-o nos olhos, como se os examinasse em busca de sinceridade. E em seguida partiu, porque, nas palavras dela, isso era o máximo que ela podia enfrentar, até que Deus aprontasse mais uma das Suas brincadeiras.

Quando ela se foi, Jonathan subiu para vê-la da janela. Em seguida, colocou seu exemplar de *Tess* num envelope de papel pardo, e endereçou-o, em maiúsculas de analfabeto a THE ADULT SHOP, nome típico de loja pornô, aos cuidados de um número de caixa postal em Nassau, que Rooke lhe dera em seus dias de juventude. Botou o envelope na caixa do correio da praia, para ser recolhido e levado a Nassau pelo jato de Roper, no dia seguinte.

— Curtindo a nossa solidão, não estamos, amorzão? — quis saber Corkoran.

Ele estava de volta ao jardim de Jonathan, tomando cerveja gelada na lata.

— Bastante, obrigado — disse Jonathan, com educação.

— É o que se ouve dizer. Frisky diz que você está gostando. Tabby diz que você está gostando. Os rapazes do portão dizem que você está gostando. A maioria do pessoal da Cidade parece achar que você está gostando.

— Ótimo.

Corkoran bebeu. Estava usando seu chapéu-panamá de Eton, seu horroroso terno de Nassaure, e falava para o mar.

— E a ninhada dos Langbourne não tirou nem um pouco a nossa liberdade?

— Fizemos uma ou duas expedições. Caroline está um pouco deprimida, por isso as crianças ficaram bastante satisfeitas por poderem se afastar dela.

— Mas como nós somos *gentis* — refletiu Corkoran. — Um sujeito tão *legal*. Uma coisinha tão *querida* e tão *correta*. Igualzinho ao Sammy. E eu nem sequer transei com o putinho. — Abaixando a aba do chapéu, cantarolou *Nice work if you can get it*, como se fosse uma Ella Fitzgerald lamentosa. — Mensagem do Chefe para você, Mr. Pine. Estamos em cima da hora H. Prepare-se para um beijinho de até logo em Crystal e todos os demais. O pelotão de fuzilamento se reúne ao amanhecer.

— Para onde estou indo?

Pondo-se de pé num pulo, Corkoran marchou pelos degraus do jardim abaixo, até a praia, como se não conseguisse mais suportar a companhia de Jonathan. Pegou uma pedra no chão e, apesar do seu corpanzil, conseguiu fazer com que ela deslizasse sobre a água que ia ficando escura.

— *Na porra do meu lugar*, é para onde você está indo! — gritou. — Graças a um trabalhinho de muita classe feito por umas bichinhas de merda, inimigas da causa! De quem suspeito fortemente que você seja a criatura!

— Corky, você não acha que está agindo feito criança que descobre como é agradável brincar com cocô?

Corkoran meditou sobre a pergunta.

— Não sei, amorzão. Quem dera, eu soubesse. Pode ser uma fixação anal. Pode ser que eu esteja acertando na mosca. — Mais uma pedra. — Profeta que clama no deserto. Eu. O Chefe, embora jamais venha a admiti-lo, é um romântico completo, irredimível. Roper acredita na luz no fim do túnel. O problema é que a porra da mariposa também acreditou. — Mais uma pedra, acompanhada por um grunhido zangado de esforço. — Enquanto que o Corky, aqui, é um cético calejado. E o meu ponto de vista pessoal e profissional a seu respeito é: você é fria. — Mais uma pedra. E mais outra. — Eu *digo* a ele que você é fria, e ele não quer acreditar em mim. Ele inventou você. Você arrancou o bebezinho dele das chamas. Enquanto que o Corky aqui, graças a pessoas não identificadas... amigos seus, conforme suspeito, é página virada. — Terminou a lata de cerveja e atirou-a na areia, enquanto procurava mais um seixo, que Jonathan obsequiosamente lhe estendeu. — Bem, vamos encarar a coisa, coração, alguém aqui está decaindo *um pouco*, não é mesmo?

— Acho que alguém aqui está é pirando *um pouco*, na verdade, Corky.

Corkoran esfregou as mãos para tirar a areia.

— *Meu Deus*, o esforço que custa ser criminoso — queixou-se. — As pessoas e o barulho. A *baixaria*. Os lugares onde não se quer estar. Você não acha mesmo? É claro que não. Você está acima disso. É o que fico dizendo ao Chefe. E ele me ouve? Uma ova, que me ouve.

— Não posso ajudá-lo, Corky.

— Ora, não se preocupe. Eu dou um jeito. — Acendeu um cigarro e exalou a fumaça, aliviado. — E agora, *isto* — disse ele, fazendo um aceno com a mão para a casa de Woody, às suas costas. — Duas noites de função, é o que os meus espiões me dizem. Gostaria de entregar ao Chefe, é claro. Nada me agradaria mais. Mas não posso fazer isso com a nossa senhora de Crystal. Mas não posso falar pelos outros. Alguém vai dar com a língua nos dentes. Tem sempre alguém que faz isso. — A ilha Miss Mabel transformou-se numa silhueta negra recortada contra a lua. — Nunca consegui passar uma noite com alguém. Detesto os filhos da puta. E, aliás, também não conseguiria aguentar as manhãs. Só aqueles malditos dobres de finados, mais nada. Se você é o Corky, consegue por volta de dez minutos, num dia bom. Uma saideira?

— Não, obrigado.

Não ia ser uma partida fácil, nunca. Reuniram-se na pista de voo da montanha Miss Mabel, à primeira luz da manhã, como se fossem refugiados, Jed usando óculos escuros, decidida a não ver ninguém. No avião, ainda de óculos escuros, ela se sentou, encolhida num banco traseiro, com Corkoran de um lado e Daniel do outro, enquanto Frisky e Tabby cercavam Jonathan, na frente. Quando pousaram em Nassau, MacArthur estava esperando na barreira alfandegária. Corkoran passou-lhe os passaportes, incluindo o de Jonathan, e todos passaram, sem problemas.

— Jed vai ficar enjoada — anunciou Daniel quando subiram no Rolls-Royce novo. Corkoran disse-lhe que calasse a boca.

A mansão de Roper era Tudor, estuque coberto por trepadeiras, e tinha um ar inesperado de negligência.

À tarde, Corkoran levou Jonathan para um grandioso banho de loja em Freetown. Corkoran estava num humor irregular. Parou várias vezes para refrescar a garganta em botequins baratos, enquanto Jonathan tomava Coca-Cola. Todo mundo parecia conhecer Corkoran, algumas pessoas um pouco bem demais. Frisky os seguia à distância. Compraram três ternos italianos de executivo, muito caros — as calças precisam ser ajustadas para ontem, por favor, Clive, querido, ou o Chefe vai ficar furioso —, depois meia dúzia de camisas sociais, meias e gravatas combinando, sapatos e cintos, uma capa de chuva leve, azul-marinho, roupas de baixo, lenços de linho, pijamas, e uma bolsa de toalete masculina, de couro finíssimo, com barbeador elétrico, e um par de escovas de cabelo lindas, marcadas com um T de prata:

— Meu amigo não aceita *nada* que não tenha um T, aceita, coração?

E quando voltaram à mansão de Roper, Corkoran concluiu sua criação entregando-lhe uma carteira de couro de porco, cheia dos principais cartões de crédito, todos no nome de Thomas, uma pasta de executivo de couro preto, um relógio de pulso de ouro, marca Piaget, e um par de abotoaduras de ouro, gravadas com as iniciais DST.

De forma que, quando todos estavam reunidos no salão, para o Dom Pérignon, Jed e Roper radiantes e relaxados, Jonathan era o próprio modelo de um jovem executivo moderno.

— Qual a nossa opinião sobre ele, amores? — quis saber Corkoran com o orgulho de um criador.

— Muito bom — disse Roper, sem ligar muito.

— Super — disse Jed.

Depois do Dom, foram ao Enzo, um restaurante em Paradise Island, que era onde Jed pedia salada de lagosta.

E a coisa toda aconteceu por causa disso. Uma salada de lagosta. Jed estava com o braço em torno do pescoço de Roper, quando a pediu. E ficou com o braço no mesmo lugar, enquanto Roper passava o pedido ao proprietário. Estavam sentados lado a lado porque era sua última noite juntos e, como todo mundo sabia, eles eram amantes tremendos.

— Queridos — disse Corkoran, erguendo seu copo de vinho. — Um par perfeito. Tão incrivelmente lindo. Que ninguém os separe.

E engoliu o copo todo, num gole só, enquanto o proprietário, que era italiano e estava mortificado, lamentava não haver mais salada de lagosta.

— Vitela, Jeds — sugeriu Roper. — *Penne* é bom. *Pollo*? Peça um *pollo*. Não, você não vai querer. Alho demais. Vai deixar você cheirando mal. Peixe. Tragam-lhe um peixe. Gostaria de um peixe, Jed? Linguado? Que peixes vocês têm?

— *Qualquer* peixe — disse Corkoran. — Apreciaria o sacrifício.

Jed pediu peixe, em vez de lagosta.

Jonathan também pediu peixe e declarou-o sublime. Jed disse que o dela estava magnífico. O mesmo disseram os MacDanbies, convocados sem qualquer aviso prévio para completar os números que agradavam a Roper.

— A mim, não parece magnífico — disse Corkoran.

— Ora, mas Corks, é *muito* melhor do que lagosta. Meu preferido total.

— Lagosta no cardápio, a ilha inteira entupida de lagostas, por que diabos eles não têm? — insistiu Corkoran.

— Eles simplesmente deram uma mancada, Corks. Não podemos ser todos gênios como você.

Roper estava preocupado. Não de uma maneira hostil. É só que tinha muitas coisas na cabeça e a mão no colo de Jed. Mas Daniel, que logo deveria voltar à Inglaterra, resolveu desafiar o distanciamento do pai.

— Roper está com a macaca — anunciou, sendo recebido com um silêncio infeliz. — Ele tem um megameganegócio para realizar. Vai colocá-lo no topo do mundo.

— Dan, cale essa boca — disse Jed, cortante.

— O que é que entra duro e seco, e sai mole e pingando? — perguntou Daniel.

Silêncio geral.

— Macarrão na água fervendo — disse ele.

— Dan, meu velho, cale a boca — disse Roper.

Mas o destino deles naquela noite era Corkoran, e Corkoran havia começado uma história sobre um amigo seu, consultor de investimentos, chamado Shortwar* Wilkins, que na deflagração da guerra Irã-Iraque aconselhara seus clientes, dizendo que estaria tudo concluído em seis semanas.

— O que aconteceu com ele? — quis saber Daniel.

— Temo que aposentado, Dan. Duro, a maior parte do tempo. Pega dinheiro com os amigos. Um pouco como eu, daqui a uns dois anos. Lembre-se de mim, Thomas, quando estiver passando no seu Rolls e por acaso vir um rosto familiar varrendo a sarjeta. Atire-nos um sobe-

---

* *Guerra curta*, em inglês. (N. do T.)

rano de ouro, em nome dos velhos tempos, está bem, coração? Saúde, Thomas. Longa vida, senhor. Que as vidas de *todos* vocês sejam longas. Saúde.

— E para você também, Corky — disse Jonathan.

Um MacDanby tentou contar a *sua* história a respeito de alguma coisa, mas Daniel interrompeu novamente.

— Como é que você salva o mundo?

— Diga-me, coração — falou Corkoran. — Estou morrendo de vontade de saber.

— Mate a humanidade.

— Dan, *cale a boca* — disse Jed. — Você está sendo horrível.

— Eu só disse *mate a humanidade*! É uma *piada*! Será que vocês não conseguem sequer entender uma *piada*? — Erguendo os braços, atirou com uma metralhadora imaginária em todos que estavam à mesa. — Ra-ta-ta-ta-ta ...*pronto*! *Agora* o mundo está salvo. Não há mais ninguém nele.

— Thomas, leve Dan para dar uma volta — ordenou Roper do outro lado da mesa. — Traga-o de volta quando ele tiver dado um jeito nesses modos.

Mas, enquanto Roper dizia isso — sem muita convicção, uma vez que Daniel, nessa véspera de partida, estava merecendo alguma indulgência —, passou pelo salão uma salada de lagosta. Corkoran viu. E Corkoran agarrou o pulso do garçom negro que a levava e puxou-o, torcendo, para o seu lado.

— Ei, *cara* — gritou o garçom espantado, arreganhando em seguida um sorriso encabulado para todo o salão, na esperança de que estivesse apenas sendo parte de algum *happening* esquisito.

O proprietário atravessou o salão depressa. Frisky e Tabby, sentados à mesa dos seguranças, no canto, puseram-se de pé, desabotoando os casacos. Todo mundo gelou.

Corkoran estava de pé. E Corkoran, com uma força inesperada, estava abaixando o braço do garçom, fazendo com que o pobre homem se torcesse contra a inclinação, de forma que a bandeja inclinou-se de forma alarmante. O rosto de Corkoran estava rubro, da cor de um tijolo, o queixo erguido, e ele gritava com o proprietário.

— Fala inglês, senhor? — quis saber, alto o suficiente para o restaurante inteiro ouvir. — *Eu* falo. A nossa *dama*, aqui, pediu lagosta, senhor. O senhor disse que não havia mais lagosta. É um mentiroso, senhor. E o senhor ofendeu a nossa dama, e o seu cônjuge, senhor. *Havia mais lagosta!*

— Foi encomendada previamente! — protestou o proprietário com mais energia do que Jonathan lhe havia creditado. — Foi uma encomenda especial. Às dez horas da manhã de hoje. Quer garantir lagosta? Pois então *o senhor* faça uma reserva especial. E solte esse homem.

Ninguém na mesa havia se movido. A *grand opera* tem a sua própria autoridade. Até mesmo Roper pareceu momentaneamente incerto quanto a se deveria intervir.

— Como o senhor se chama? — perguntou Corkoran ao proprietário.

— Enzo Fabrizzi

— Deixe isso, Corks — ordenou Roper. — Não seja chato. Você está sendo chato.

— Corks, *pare* com isso — disse Jed.

— Se existe um prato que a nossa dama deseja, *Mr.* Fabrizzi, seja lagosta, ou fígado, ou peixe, ou alguma coisa muito comum, como bife, ou uma vitela, o senhor tem de dá-lo *sempre* à nossa dama. Porque se não o fizer, *Mr.* Fabrizzi, eu compro este restaurante. Sou imensamente rico, senhor. E o senhor vai varrer as ruas, enquanto o senhor Thomas aqui passa ronronando no seu Rolls-Royce.

Jonathan, esplendoroso no seu terno novo, na outra extremidade da mesa, pusera-se de pé, sorrindo aquele seu sorriso do Meister's.

— Já está na hora de encerrarmos a festa, não acha, Chefe? — diz ele, horrivelmente agradável, caminhando em direção à extremidade da mesa onde estava Roper. — Estão todos um pouco cansados de viagem. *Mr.* Fabrizzi, não me lembro de quando fiz uma refeição melhor. Tudo de que nós agora *realmente* precisamos é a conta, se o seu pessoal tiver a gentileza de prepará-la depressa para nós.

Jed levanta-se para sair, olhando para parte alguma. Roper ajeita--lhe o xale sobre os ombros. Jonathan puxa a sua cadeira e ela sorri sua gratidão distante. Um MacDanby paga. Ouvem-se gritos abafados quando Corkoran investe na direção de Fabrizzi, com intenções sérias, mas Frisky e Tabby estão lá para segurá-lo, o que é uma sorte, porque a essa altura vários empregados do restaurante estão loucos para vingar o companheiro. De alguma forma, todo mundo consegue chegar à calçada, no momento em que o Rolls está estacionando.

Não vou a lugar algum, dissera ela com veemência, enquanto segurava o rosto de Jonathan e olhava seus olhos solitários. *Já fingi antes, posso fingir novamente. Posso fingir todo o tempo que for necessário.*

Ele vai matá-la, dissera Jonathan. *Ele vai descobrir. Ele com certeza vai. Está todo mundo falando de nós nas costas dele.*

Mas, como Sophie, ela parecia achar que era imortal.

20

Discreta, uma chuva de outono cai sobre as ruas de Whitehall, quando Rex Goodhew parte para a guerra. Discretamente. No outono de sua carreira. Na certeza madura de sua causa. Sem drama, sem trombetas, sem declarações bombásticas. Uma saída silenciosa do seu eu combativo. Uma guerra pessoal, mas também altruísta, contra o que ele passou inevitavelmente a se referir como as Forças de Darker*.

Guerra até a morte, diz ele à esposa, sem abalos. É a minha cabeça ou a deles. Uma briga de faca em Whitehall, vamos nos manter unidos. Se você tem certeza, querido, diz ela. Tenho. Cada movimento seu cuidadosamente ponderado. Nada apressado, nada jovem demais, furtivo demais. Ele envia sinais claros a seus inimigos ocultos na Inteligência Pura. Ouçam-me, vejam-me, diz ele. Tremam. Goodhew joga com cartas abertas. Mais ou menos.

Não foi apenas a proposta vergonhosa de Neal Marjoram que instigou Goodhew à ação. Uma semana antes, ele quase morrera esmagado quando ia de bicicleta para o escritório. Escolhendo o caminho que achava mais pitoresco — primeiro para oeste, atravessando Hampstead Heath, respeitando a marcação das ciclovias, de lá seguindo por St. John Wood e Regent's Park até Whitehall —, Goodhew viu-se imprensado entre duas caminhonetes de carrocerias altas, uma delas de um branco sujo comum letreiro descascado que ele não conseguia ler, e a outra verde e sem nada escrito. Se ele freava, freavam também. Se ele pedalava mais forte, aceleravam. Sua perplexidade transformou-se em raiva. Por que os motoristas o encaravam com tanta frieza, pelos espelhos laterais, depois olhavam um para o outro, enquanto apertavam cada vez mais o

---

* Trocadilho com Forças das Trevas (*darkness* = escuridão, trevas). (*N. do T.*)

cerco, encurralando-o totalmente? O que estava fazendo uma terceira caminhonete atrás dele, bloqueando-lhe a saída?

Gritou "Cuidado! Afastem-se!", mas eles o ignoraram. A caminhonete atrás vinha rente ao para-choque traseiro das outras duas. O para-brisa estava encardido, obscurecendo o rosto do motorista. As caminhonetes ao seu lado haviam se aproximado tanto que, se ele virasse o guidom, bateria numa delas.

Erguendo-se no selim, Goodhew lançou o punho enluvado contra o painel lateral da caminhonete à sua esquerda, forçando logo em seguida o corpo para o lado oposto, a fim de recuperar o equilíbrio. Os olhos vazios no espelho lateral examinaram sem curiosidade. Ele atacou a caminhonete da direita, da mesma maneira. Esta reagiu aproximando-se ainda mais.

Foi um sinal vermelho que o salvou de ser esmagado. As caminhonetes pararam, mas Goodhew, pela primeira vez na vida, atravessou direto um sinal vermelho, escapando por pouco da morte, ao deslizar pela frente do nariz lustroso de um Mercedes.

Naquela mesma tarde, Rex Goodhew refaz o seu testamento. No dia seguinte, usando seus estratagemas internos, ele circunspeciona a operosa maquinaria do seu próprio ministério — e o gabinete particular de seu chefe — e confisca parte do último andar, uma sequência desconexa de águas-furtadas, já uma peça de museu, entupida de equipamentos eletrônicos abandonados, instalados contra o dia, bem próximo, em que a Grã-Bretanha fosse invadida pelo bolchevismo. Essa probabilidade hoje já passou, mas os burocratas do departamento administrativo do ministério ainda não foram avisados disso, e quando Goodhew requisita o andar para fins secretos, eles não tiveram como se mostrar mais prestativos. Da noite para o dia, milhões de libras em equipamento obsoleto são mandadas para apodrecer num estacionamento ferroviário em Aldershot.

No dia seguinte, a pequena equipe de Burr torna-se inquilina de doze aposentos de sótão cheios de bolor, dois banheiros defeituosos do tamanho de quadra de tênis, uma sala de transmissões totalmente nua, uma escadaria privativa, com balaustrada de mármore e buracos nas passadeiras de linóleo, e uma porta de aço de Chubb, com um visor de carceragem. No dia seguinte, Goodhew manda fazer uma varredura eletrônica no andar e retira todas as linhas telefônicas suscetíveis de serem grampeadas pela Casa do Rio.

No que se trata de extrair dinheiro público de seu ministério, o quarto de século passado por Goodhew como navegante dos mares burocráticos não é em vão. Ele se transforma num Robin Hood de Whitehall, burlando as contas do governo a fim de pegar no laço seus servidores desgarrados.

Burr precisa de mais três pessoas na sua equipe, e sabe onde encontrá-las? Contrate-as, Leonard, contrate-as.

Um informante tem algo a contar, mas precisa de uns dois mil de adiantamento? Pague-lhe, Leonard, dê-lhe o que ele precisar.

Rob Rooke gostaria de levar uma dupla de vigilantes com ele a Curaçao? Uma dupla é suficiente, Rob? Quatro não seria um número mais seguro?

Desapareceram, como se nunca houvessem existido, as objeções minudentes, as contestações capciosas, os apartes irritados. Basta ele atravessar a porta de aço do novo ninho de águia de Burr, no sótão, para deixar cair toda zombaria, como o manto que sempre foi. Todas as noites, ao se encerrar a atividade oficial do dia, ele se apresenta para o que chama modestamente de seu trabalho noturno, e Burr vê-se pressionado a acompanhar a energia com que ele trata de tudo. Por insistência de Goodhew, a sala mais encardida foi reservada para ele. Fica no fim de um corredor deserto, e as janelas dão para um parapeito habitado por uma colônia de pombos. Seus arrulhos incessantes teriam levado um homem de menos qualidade à loucura, mas Goodhew mal os escuta. Decidido a não invadir o território operacional de Burr, ele só aparece para pegar mais um punhado de relatórios, ou preparar uma xícara de chá de roseira e trocar alguns gracejos polidos com o pessoal da noite. Depois, é voltar para sua escrivaninha e seu exame dos planos mais recentes do inimigo.

— Pretendo afundar essa Operação Nau-capitânia com toda a tripulação, Leonard — diz ele a Burr com uma ligeira torção da cabeça, gesto que Burr nunca o vira fazer antes. — Não vai sobrar um fuzileiro para Darker, quando eu tiver acabado com ele. E o seu maldito Dicky Roper vai estar bem seguro atrás das grades, grave as minhas palavras.

Burr as grava, mas não está muito certo da verdade que elas contêm. Não que ele duvide da força de propósito de Goodhew. Nem tem nenhum problema em acreditar que o pessoal de Darker deliberadamente partiu para perseguir, assustar ou até mesmo hospitalizar o adversário. Há meses que o próprio Burr vem mantendo uma vigilância severa sobre seus próprios movimentos. Sempre que possível leva os filhos para a escola de carro, de manhã, e sempre toma providências para que eles sejam pegos no fim da tarde. A preocupação de Burr é que, mesmo agora, Goodhew não esteja consciente da escala do polvo. Três vezes só na última semana, Burr não teve acesso a documentos que ele sabe estarem em circulação corrente. Por três vezes ele protestou, em vão. Na última ocasião foi pessoalmente ao covil do arquivista das Relações Exteriores.

— Temo que esteja desinformado, *Mr.* Burr — disse o arquivista, que usava uma gravata preta de agente funerário e protetores de couro preto nos cotovelos do paletó preto. — O arquivo em questão foi liberado para destruição muitos meses atrás.

— Está querendo dizer que foi transformado em documento secreto pela Nau-capitânia. E por que não diz logo isso?

— Foi *o quê*, senhor? Acho que não estou entendendo. Se importaria em explicar de forma mais clara?

— O caso Marisco é meu, *Mr.* Atkins. Abri pessoalmente o arquivo que agora estou requisitando. É um de meia dúzia de arquivos relacionados ao caso Marisco, abertos e marcados com remissões recíprocas pelo meu departamento: dois sobre o assunto, dois sobre a organização, dois sobre pessoal. Não existe um único deles que exista há mais de dezoito meses. Quem é que já ouviu falar de um arquivista autorizando a destruição de um arquivo dezoito meses depois de ter entrado em ação?

— Lamento muito, *Mr.* Burr. O Marisco pode ser de fato um caso seu. Não tenho nenhum motivo para acreditar no que me diz, senhor. Mas, conforme *nós* dizemos nos Arquivos, só porque você tem um caso, não quer dizer sempre que tenha o arquivo.

Não obstante, o fluxo de informações continua, num ritmo impressionante. Tanto Burr quanto Strelski têm as suas fontes:

O acordo está sendo firmado... o contato no Panamá está *on-line*... seis navios de carga de matrícula panamenha, afretados pela Ironbrand de Nassau, estão atravessando o Atlântico Sul, rumo a Curaçao, data prevista de chegada de quatro a oito dias. Juntos, carregam perto de quinhentos contêineres, a caminho do Canal do Panamá... os conhecimentos de carga variam de peças de tratores, máquinas agrícolas e equipamento de mineração até artigos de luxo variados...

Treinadores militares escolhidos a dedo, incluindo quatro paraquedistas franceses, dois ex-coronéis das forças especiais israelenses e seis ex-*Spetsnazes* soviéticos se reuniram em Amsterdam, na semana passada, para uma pródiga *rijsttafel** de despedida no melhor restaurante indonésio da cidade. Depois disso, foram mandados de avião para o Panamá...

Histórias sobre grandes encomendas de *matériel* pelos representantes de Roper vinham circulando pelos bazares de armas há vários meses, mas ganharam um brilho novo, o que vale dizer que as previsões de Palfrey sobre uma alteração na lista de compras de Roper encontraram uma confirmação independente. O irmão Michael de Strelski, também conhecido como Apostoll, andou conversando com um colega advogado dos cartéis, chamado Moranti. O dito Moranti opera fora de Caracas e é tido como o esteio principal da instável aliança entre os cartéis.

— O seu *Mr.* Roper está ficando patriota — anuncia Strelski a Burr, pelo telefone seguro. — Está comprando mercadoria americana.

Burr sente o coração afundar no peito, mas faz-se de indiferente:

— Isso não é patriotismo, Joe! Um inglês devia estar comprando artigos ingleses.

— Ele agora está vendendo um peixe diferente aos cartéis — diz Strelski, sem se deixar abalar. — Se aquele a quem consideram como o inimigo é o Tio Sam, então eles se sairão melhor se usarem os brinquedinhos do Tio Sam. Assim, terão acesso direto a peças de reposição, terão capturado armas inimigas que poderão assimilar, estarão familiarizados com as técnicas do inimigo. Lança-mísseis Starstreak ingleses, de apoiar no ombro, granadas de estilhaçamento inglesas, tecnologia inglesa, tudo isso faz parte do pacote. Mas os brinquedos principais têm de ser à imagem e semelhança do inimigo consagrado. Alguma coisa inglesa, o resto americano.

— E o que dizem os cartéis? — pergunta Burr.

— Eles adoram. Estão apaixonados pela tecnologia americana. A inglesa, também. Adoram Roper. Querem o melhor.

— Alguém explica o que provocou essa mudança de ideia?

---

* Iguaria indonésia, um prato de arroz acompanhado de inúmeras guarnições de carnes e vegetais variados, *curry*, picles e especiarias. O nome em holandês deve-se ao passado colonial neerlandês da Indonésia. (N. do T.)

Burr detecta uma preocupação semelhante à sua própria, sob a superfície da voz de Strelski.

— Não, Leonard. Ninguém explica porra nenhuma. Não ao pessoal da Lei. Não em Miami. Possivelmente, não em Londres, tampouco.

A história foi confirmada um dia depois por um traficante de armas conhecido de Burr, em Belgrado. *Sir* Anthony Joyston Bradshaw, conhecido preposto de Roper nos mercados mais obscuros, no dia anterior havia trocado uma encomenda inicial de três milhões de dólares em Kalashnikovs tchecos por uma encomenda semelhante em Armalites norte-americanos, destinados teoricamente à Tunísia. As armas deverão ser perdidas em trânsito e redirecionadas como maquinaria agrícola para Gdansk, onde já foram providenciados armazenamento e posterior transporte num navio de carga com destino ao Panamá. Joyston Bradshaw também manifestou interesse em foguetes terra-ar, de fabricação inglesa, mas dizem que estaria exigindo uma comissão absurda para fazer esse negócio.

Mas, enquanto Burr anotava, carrancudo, esses desdobramentos, Goodhew parecia incapaz de entender o que tudo aquilo implicava:

— Não quero saber se eles estão comprando armas americanas ou zarabatanas chinesas, Leonard. Não quero saber se estão raspando os mercados ingleses. Olhando pelo ângulo que você quiser são drogas em troca de armas, e não existe um tribunal no mundo que possa fechar os olhos a isso.

Burr notou que, Goodhew ao dizer isso, ficou rubro e pareceu ter dificuldade para manter a calma.

Continuam a chover informações:

Até agora, não se chegou a nenhum acordo quanto ao local para a troca de mercadorias. Somente os dois principais envolvidos saberão antecipadamente os últimos detalhes...

Os cartéis reservaram o porto de Buenaventura, na costa oeste da Colômbia, como ponto de partida de sua carga, e as experiências passadas sugerem que o mesmo porto será utilizado como ponto de recepção para o *matériel* que chega...

Unidades bem armadas, ainda que incompetentes, do exército colombiano, na folha de pagamento dos cartéis, foram mandadas para a área de Buenaventura a fim dar cobertura à transação...

Cem caminhões de transporte de armamentos, vazios, estão guardados nos armazéns do cais — mas quando Strelski requer vistas às fotos de satélite que poderiam confirmar ou negar essa informação, assim diz a Burr, esbarra numa parede intransponível. Os espiocratas de Langley decretam que ele não tem a autorização necessária a esse acesso.

— Leonard, diga-me uma coisa, por favor. Que porra é esse negócio de Nau-capitânia em tudo isto?

A cabeça de Burr parecia girar. Até onde ele sabe, em Whitehall, o codinome Capitânia é duplamente restrito. Não apenas limita-se aos que têm autorização da Capitânia, como também é classificado de *Protegido*, mantido longe dos americanos. Então, por que diabos Strelski, ou um norte-americano, está sendo impedido de ter acesso ao codinome Capitânia pelos barões da Inteligência Pura de Langley, Virgínia?

— Nau-capitânia é apenas uma cerca para nos manter do lado de fora — diz Burr, enfurecido, a Goodhew, minutos depois. — Se Langley pode saber a respeito, por que nós não podemos? No lugar de Nau-capitânia, leia-se Darker e seus amigos na outra margem do lago.

Goodhew surdo à indignação de Burr. Está debruçado sobre mapas de navegação, risca ele mesmo diferentes rotas com lápis coloridos, lê sobre ângulos de bússola, horários de escalas e formalidades portuárias. Enterra-se em obras sobre direito naval e encosta na parede uma grande autoridade jurídica que esteve na universidade com ele:

— Bem, o que é que você sabe, Brian, se é que sabe alguma coisa — Burr, no corredor vazio, ouve-o dizer com voz estridente — a respeito de interdição no mar? *É óbvio* que não vou pagar os seus honorários ridículos! Vou lhe pagar, sim, um almoço *muito* ruim no meu clube e roubar duas horas de seu tempo profissional *excessivamente* inflacionado, no interesse do seu país. Como é que a sua mulher está lhe aguentando, agora que você é um lorde? Bem, transmita a ela toda a minha compreensão, e encontre-me na quinta-feira, à uma em ponto.

Você está indo com sede demais ao pote, Rex, pensa Burr. Reduza o passo. Ainda estamos muito longe da linha de chegada.

Nomes, dissera Rooke. Nomes e números. Jonathan os fornece às dúzias. Para os não iniciados, suas oblações podem parecer, à primeira vista, triviais: apelidos selecionados de cartões marcando lugares à mesa de jantar, conversas fugidias parcialmente ouvidas, um olhar de passagem por uma carta sobre a mesa de Roper, anotações pessoais de Roper sobre quem, quanto, como e quando. Tomados isoladamente, esses fragmentos fazem fraca figura ao lado das fotos clandestinas de Pat Flynn, mostrando *Spetsnazes* transformados em mercenários chegando ao aeroporto de Bogotá; ou as narrativas de Amato, de arrepiar os cabelos, sobre os desregramentos secretos de Corkoran nos estabelecimentos caros e especializados de Nassau; ou a interceptação de ordens de pagamento bancárias, de estabelecimentos financeiros respeitáveis, mostrando dezenas de milhares de dólares sendo enviadas para companhias ligadas a Roper, em Curaçao.

No entanto, adequadamente reunidos, os relatórios de Jonathan forneceram revelações tão sensacionais quanto qualquer grande golpe de cena. Após uma noite examinando-as, Burr declarou estar se sentindo enjoado. Após duas, Goodhew observou que não ficaria mais surpreso se lesse a respeito do seu próprio gerente bancário aparecendo em Crystal com uma maleta cheia do dinheiro dos clientes.

Não era tanto a multiplicidade dos tentáculos do polvo, quanto a sua habilidade de entrar nos relicários mais sagrados, que os deixava estupefatos. Era o envolvimento de instituições que até mesmo Burr até então presumia invioláveis, de nomes acima de qualquer suspeita.

Para Goodhew, era como se a própria pompa e circunstância da Inglaterra estivesse desabando diante de seus olhos. Arrastando-se para casa, de madrugada, parava para observar, desassossegado, um carro da polícia estacionado e se perguntava se as histórias diárias sobre violência e corrupção policial não seriam afinal de contas verdadeiras, e não a invenção de jornalistas e descontentes. Entrando em seu clube, avistava um eminente banqueiro comercial, ou um corretor de valores, seu conhecido e — em vez de agitar-lhes um aceno de mão, numa saudação alegre, como teria feito três meses antes — os examinava com o cenho fechado, do outro lado da sala de jantar, perguntando-lhes mentalmente: Você é um deles? *É? É?*

— Vou partir para uma *démarche* — declarou numa de suas reuniões a três, tarde da noite. — Já decidi. Vou convocar a Comissão de Trabalhos. Vou mobilizar as relações exteriores, só para começar, eles são sempre bons numa luta contra os darkistas. Merridew vai fazer frente, e será levado em conta, tenho certeza de que vai.

— E por que ele o faria?

— E por que não o faria?

— O irmão de Merridew é alto executivo da Jason Warhole, se me lembro bem. Na semana passada, a Jason ofereceu meio milhão de libras à vista por quinhentos títulos ao portador da companhia de Curaçao.

— Lamento muito por tudo isso, meu velho — sussurrou Palfrey, das sombras que sempre pareciam cercá-lo.

— Tudo isso o quê, Harry? — disse Goodhew, com gentileza.

Os olhos acossados de Palfrey dirigiram-se para a porta. Ele estava sentado em um *pub* do norte de Londres, de sua própria escolha, não muito longe da casa de Goodhew em Kentish Town.

— Ter entrado em pânico. Telefonar para o seu gabinete. Soltar esse foguete de S.O.S. Como foi que chegou aqui tão depressa?

— Bicicleta, é claro. Qual é o problema, Harry? Parece que viu um fantasma. Não andaram ameaçando a *sua* vida também, andaram?

— Bicicleta — repetiu Palfrey, tomando um gole de uísque e limpando imediatamente a boca com um lenço, como se tentasse apagar sinais de culpa. — É o que de melhor se pode fazer, a bicicleta. O pessoal na calçada não consegue acompanhar. O pessoal de carro tem de ficar dando voltas no quarteirão. Se importa se formos para o recinto ao lado? É mais barulhento.

Sentaram-se na sala de jogos, onde havia um *jukebox* para engolir o som de sua conversa. Dois rapazes musculosos, cabelos cortados à escovinha, estavam jogando bilhar. Palfrey e Goodhew sentaram-se lado a lado, num banco de madeira.

Palfrey riscou um fósforo e teve dificuldade em levar a chama até o cigarro.

— As coisas estão esquentando — murmurou. — Burr está chegando muito perto. Eu os avisei, mas eles não quiseram ouvir. Já é hora de tirar as luvas de pelica.

— Você os *avisou*, Harry? — disse Goodhew, desorientado como sempre pela complexidade dos sistemas de traição de Palfrey. — Avisou quem? Não *Darker*? Não está querendo dizer que avisou a Darker, está?

— Tenho que jogar dos dois lados da rede, meu velho — disse Palfrey, torcendo o nariz e lançando mais um olhar nervoso à volta do bar. — Único meio de sobreviver. É preciso manter a credibilidade. De ambos os lados. — Um sorriso frenético. — Grampeando meu telefone — explicou, apontando para o ouvido.

— Quem está?

— Geoffrey. O pessoal de Geoffrey. Fuzileiros. Gente da Capitânia.

— Como é que sabe?

— Ah, a pessoa não sabe. Não há como dizer. Ninguém sabe. Não hoje em dia. Não, se não for um desses negócios de Terceiro Mundo. Ou a polícia agindo por conta própria. Não há meio. — Bebeu sacudindo a cabeça. — A titica está chegando no ventilador, Rex. As coisas estão saindo um pouco dos limites. — Bebeu novamente, goles rápidos. Murmurou "saúde", esquecendo-se de que já o dissera. — Me deram a dica. Secretários. Velhos colegas do Departamento Jurídico. Eles não *dizem* isso, você sabe. Não precisam. Não é, "Desculpe, Harry, meu chefe está grampeando seu telefone". São dicas. — Dois homens usando roupas de couro de motociclista haviam começado um jogo de botão. — Ouça, se incomodaria se fôssemos a algum outro lugar?

Havia uma *trattoria* em frente ao cinema. Estava vazia. Eram seis e meia. O garçom italiano os ignorou.

— Os rapazes estiveram no meu apartamento também — dissera Palfrey, com um risinho abafado, como se estivesse contando uma piada obscena. — Não pegaram nada. Meu senhorio é que me contou. Dois colegas meus. Disseram-lhe que eu lhes tinha dado a chave.

— E tinha?

— Não.

— Você deu a chave a mais alguém?

— Bem, você sabe. Garotas, coisas assim. A maioria delas devolve.

— Então eles *andaram* ameaçando você, eu estava certo.

Goodhew pediu dois espaguetes e uma garrafa de *chianti*. O garçom fez uma cara azeda e gritou pela porta da cozinha. O medo de Palfrey o cobria por completo. Era feito uma brisa fazendo-lhe tremer os joelhos e tirando-lhe o fôlego antes que ele conseguisse falar.

— É meio difícil a pessoa se abrir, para falar a verdade, Rex — explicou Palfrey, em tom de desculpas. — Hábitos de uma vida inteira, suponho. Não é para se enfiar a pasta de dentes de volta no tubo, uma vez que você sentou em cima. Problema. — Levou a boca até a borda do copo, para alcançar o vinho antes que este se derramasse. — Preciso de uma mãozinha, por assim dizer. Sinto muito por isso.

Como sempre acontecia quando estava com Palfrey, Goodhew teve a sensação de estar escutando uma transmissão radiofônica cheia de falhas, cujo significado só passava através de arrancos trancados.

340

— Não posso lhe prometer nada, Harry. Você sabe disso. Não se tem nada grátis da vida. Tudo tem que ser merecido. Eu acredito nisso. E acho que você também.

— Sim, mas você tem peito — objetou Palfrey.

— E você tem o conhecimento — disse Goodhew.

Os olhos de Palfrey se arregalaram de espanto.

— Foi isso o que *Darker* disse! Bem na mosca! Conhecimento demais. Conhecimento perigoso. Azar meu! Você é uma maravilha, Rex. Como se tivesse uma bola de cristal.

— Então, você andou falando com Geoffrey Darker. Sobre o quê?

— Bem, ele falou comigo, na verdade. Eu só escutei.

— Quando?

— Ontem. Não. Sexta-feira. Veio me ver na minha sala. Dez para uma. Eu estava vestindo a capa. "O que vai fazer no almoço?" Achei que ele ia me convidar. "Bem, só um encontro sem importância no meu clube", falei, "nada que eu não possa cancelar." E então ele disse, "Ótimo. Cancele." E cancelei. E aí conversamos. Na hora do almoço. No meu gabinete. Ninguém por perto. Nem mesmo um copo de Perrier, ou um biscoito seco. Mas uma grande habilidade profissional. Geoffrey sempre teve habilidade profissional.

Voltou a arreganhar um sorriso.

— E ele disse? — Goodhew estimulou.

— Ele disse — Palfrey respirou fundo, como se fosse dar um mergulho — ...ele disse que já estava na hora dos bons elementos virem em ajuda do Partido. Disse que os primos americanos queriam caminho limpo nesse negócio da operação Marisco. Podia muito bem cuidar do seu pessoal da Lei, mas contavam que tomássemos conta dos nossos. Queria ter certeza de que eu estava a bordo.

— E você disse?

— Que estava. Cem por cento. Ora, estou, não estou? — empertigou-se, num gesto orgulhoso. — Você não está sugerindo que eu deveria ter dito a ele que fosse tomar no rabo, está? Meu Deus!

— É claro que não estou. Você tem de fazer o que for melhor para si. Isso eu compreendo. Então, você disse que estava a bordo. E o que ele retrucou?

Palfrey voltou a cair num mau humor agressivo.

— Ele queria uma avaliação jurídica do acordo de demarcação da Casa do Rio com a agência de Burr, para as cinco horas da tarde de quarta-feira. O acordo que rascunhei para você. Comprometi-me a fornecê-lo.

— E?

— É só isso. Quarta-feira às cinco horas da tarde é o fim do meu prazo. A equipe da Capitânia vai se reunir na manhã seguinte. Ele vai precisar de tempo para estudar o meu relatório primeiro. E eu disse que não havia problema.

A parada abrupta, numa nota aguda, acompanhada por um soerguer das sobrancelhas, deu a Goodhew uma pausa. Quando seu filho Alastair fazia os mesmos gestos, a mesma expressão, isso significava que estava escondendo alguma coisa. Goodhew teve suspeita semelhante quanto a Palfrey.

— Isso é tudo?

— E por que não deveria ser?

— Darker ficou satisfeito com você?

— Muito, para falar a verdade.

— Por quê? Você só concordou em receber ordens, Harry. Por que deveria ficar tão satisfeito com você? Concordou em fazer algo mais para ele? — Goodhew teve a sensação estranha de que Palfrey insistia com ele para que apertasse mais um pouco. — Você contou a ele alguma coisa, talvez? — sugeriu, sorrindo a fim de tornar a confissão mais atraente.

Palfrey arreganhou um sorriso angustiado.

— Mas Harry, o que é que você poderia ter contado a Darker, que ele já não soubesse?

Palfrey estava tentando de verdade. Era como se estivesse dando repetidas voltas para cima do mesmo obstáculo, determinado a saltá-lo, mais cedo ou mais tarde.

— Você falou a ele sobre *mim*? — sugeriu Goodhew. — Não pode ter feito isso. Teria sido suicídio. Você fez isso?

Palfrey sacudia a cabeça.

— Nunca — sussurrou. — Palavra de escoteiro, Rex. Isso nem me passaria pela cabeça.

— Então, o quê?

— Apenas uma teoria, Rex. Uma pressuposição. Hipótese. Lei das probabilidades. Nenhum segredo. Nada ruim. Teorias. Teorias ociosas. Conversa fiada. Para passar o tempo. O sujeito de pé ali na minha sala. Hora do almoço. Olhando para a minha cara. Tinha de dizer a ele *alguma coisa*.

— Teorias baseadas em quê?

— Na hipótese que preparei para você. A respeito do tipo de caso jurídico contra Roper que seria reconhecido pela lei inglesa. Trabalhei nisso no seu escritório. Você se lembra.

— É claro que me lembro. Qual foi a sua teoria?

— Havia esse anexo secreto americano, que fazia tudo ficar em movimento, preparado pelo pessoal da Lei deles, lá em Miami. O sumário das provas, até agora. Strelski. É esse o sujeito? A oferta original de Roper aos cartéis, os elementos amplos do negócio, tudo muito escondido, tudo segredo de estado. Para conhecimento seu e de Burr apenas.

— E seu também, é claro — sugeriu Goodhew, recuando dele com um pressentimento de desagrado.

— Eu fiz esse jogo. Você entende. O jogo que não se pode deixar de fazer quando se lê um relatório desses. Bem, nós todos fazemos, não fazemos? Não se pode evitar. Curiosidade natural. Não se pode impedir a *mente* de girar... identificar o delator. Essas longas passagens com apenas três sujeitos na sala. Às vezes, dois. Onde quer que estivessem, havia sempre essa fonte confiável entregando tudo a eles. Bem, sei que a tecnologia moderna é um negócio de primeira, mas isso era ridículo.

— Com que então você identificou o delator.

Palfrey assumiu um ar realmente orgulhoso, como alguém que houvesse finalmente tomado coragem e cumprido com o seu dever do dia.

— E você disse a Darker quem identificou? — sugeriu Goodhew.

— O sujeitinho grego. Ali, unha e carne com os cartéis, e entregando tudo ao pessoal da Lei, assim que eles viravam as costas. Apostoll. Advogado, exatamente como eu.

Informado por Goodhew, naquela mesma noite, sobre a indiscrição de Palfrey, Burr viu-se diante do dilema que todo controlador de agentes mais teme.

Sua primeira reação, tipicamente, veio do íntimo. Rabiscou uma mensagem pessoal urgente para Strelski em Miami, dizendo ter motivos para acreditar que "Puristas pouco amigáveis estão no momento conscientes da identidade do seu Irmão Michael". Mudou "Consciente" para "informados", em deferência ao léxico dos espiocratas de lá, e enviou a mensagem. Esquivou-se de sugerir que o vazamento da informação tinha sido britânico. Strelski poderia chegar a essa conclusão por si mesmo. Cumprido o seu dever com Strelski, o descendente de tecelães de Yorkshire sentou-se estoicamente em sua água-furtada, olhando através da claraboia para o céu alaranjado de Whitehall. Burr não se atormentava mais à espera de um sinal, qualquer sinal, do seu agente. Agora, era seu dever decidir retirar o agente ou aceitar o risco e seguir em frente. Sempre ponderando, atravessou o corredor comprido e foi acocorar-se, as mãos nos bolsos, em frente ao aquecedor do gabinete de Goodhew, enquanto os pombos se acotovelavam e discutiam no parapeito.

Goodhew estava em sua melhor forma.

— Vamos atacar de piores hipóteses? — sugeriu.

— A pior hipótese é eles sentarem o Apo debaixo de uma luz forte, e o grego lhes contar que recebeu ordens nossas para desacreditar Corkoran como signatário oficial — disse Burr. — E aí eles descobrem o meu garoto como o novo signatário.

— Quem são *eles* nesse roteiro, Leonard?

Burr deu de ombros.

— Os clientes de Apo. Ou os Puristas.

— Mas, céus, Leonard, a Inteligência Pura está do nosso lado! Temos as nossas diferenças, mas eles não iam colocar em perigo a *nossa* fonte somente por causa de uma guerra de feudos entre...

— Ah, sim, iam sim, Rex — disse Burr, suavemente. — É isso que eles são, entenda. É isso que eles fazem.

Mais uma vez Burr estava sentado em sua sala, ponderando sozinho sobre suas escolhas. Uma lâmpada de cúpula verde, de jogador. Uma claraboia de tecelão dando para as estrelas.

Roper, mais duas semanas e eu pego você. Vou saber qual navio, vou saber os nomes, os números e os lugares. Terei um caso montado contra você que nem todo o seu privilégio, todos os seus amigos espertos nos lugares importantes, toda a sofisticação legal em torno desse negócio poderão comprar.

Jonathan, o melhor sujeito que já tive, o único cujo código eu nunca furei. Primeiro, conhecia você como um rosto inescrutável. Agora, conheço você como uma voz inescrutável: *Sim, bem, obrigado, Leonard — bem, Corkoran de fato suspeita de mim, mas, pobre sujeito, ele não consegue saber exatamente de que suspeita em mim... Jed? Bem, continua em alta, até onde se pode julgar, mas ela e Roper são tão behavioristas que fica muito difícil dizer o que acontece por baixo...*

Behavioristas, pensou Burr, sinistramente. Meu Deus, se *você* não é um behaviorista, quem é? E quanto aquele seu pequeno acesso de cólera no Mama Low's?

Os primos não farão nada, concluiu, num ímpeto de otimismo. Um agente identificado é um agente que se ganhou. Mesmo que consigam identificar Jonathan, vão ficar quietinhos e esperar para ver o que ele produz.

Os primos com toda a certeza vão agir, disse a si mesmo, quando o pêndulo pender para o outro lado. Apostoll é o seu trunfo dispensável. Se os primos querem marcar pontos com os cartéis, vão lhes dar Apostoll de presente. Se acharem que estamos chegando perto demais, a ponto de incomodar, detonam o Apostoll e nos privam da nossa fonte...

O queixo apoiado na mão, Burr ergueu os olhos para a claraboia, observando o alvorecer de outono surgir em meio à orla esfarrapada das nuvens.

Abortar, resolveu. Jogar Jonathan em segurança, mudar-lhe o rosto, dar-lhe mais um novo nome, fechar as persianas e ir para a casa.

E passar o resto da vida pensando qual dos seis navios atualmente afretados para a Ironbrand está com o carregamento de armas de toda uma vida?

E onde ocorreu a troca da mercadoria?

E como centenas, talvez milhares de milhões de libras em títulos ao portador desapareceram sem deixar vestígios nos bolsos bem cortados de seus portadores anônimos?

E como dezenas de toneladas de cocaína refinada de primeira qualidade, a preços de aeroporto, desapareceram convenientemente em algum ponto entre a costa oeste da Colômbia e a zona franca de Colón, para ressurgirem em quantidades sensatamente controladas, nunca demais ao mesmo tempo, nas ruas tristes da Europa central?

E Joe Strelski, Pat Flynn, Amato e sua equipe? Todos os seus anos de estrada? Para nada? Entregues à Inteligência Pura numa bandeja? Nem sequer à Inteligência Pura, mas a alguma irmandade sinistra dentro dela?

O telefone seguro tocou. Burr agarrou o receptor. Era Rooke, falando de Curaçao, no seu aparelho de campanha.

— O jato do homem aterrissou aqui uma hora atrás — anunciou, com sua relutância íntima em mencionar nomes. — Nosso amigo fazia parte do grupo.

— Como é que ele estava? — perguntou Burr, ansioso.

— Muito bem. Nenhuma cicatriz que eu pudesse ver. Terno muito bonito. Sapatos finos. Tinha um segurança de cada lado, mas isso não parecia constrangê-lo. Em condição perfeita, se você me pergunta. Você me disse que lhe chamasse, Leonard.

Burr olhou em torno para os mapas e as cartas marítimas. Para as fotos aéreas de trechos de selva cercados a lápis vermelho. Para as pilhas de arquivos entulhando a velha escrivaninha. Lembrou-se de todos os meses de trabalho, agora pendurados por um fio.

— Continuamos com a operação — disse ele.

Voou para Miami no dia seguinte.

21

A amizade entre Jonathan e Roper, que, como Jonathan agora percebia, vinha brotando no decorrer daquelas semanas em Crystal, floresceu no momento em que o jato de Roper deixou o aeroporto internacional de Nassau. Dava para pensar que os dois haviam concordado em esperar por esse momento compartilhado de alívio, antes de admitirem os bons sentimentos que tinham um pelo outro.

— Deus — gritou Roper, soltando jubilosamente o cinto de segurança. — Mulheres! Perguntas! Crianças! Thomas, que bom tê-lo a bordo. Megs, traga-nos um bule de café, querida. Cedo demais para xampu. Café, Thomas?

— Eu adoraria — disse o hoteleiro. E acrescentou, vitoriosamente: — Depois do desempenho de Corky na noite passada, um monte de café até que caía bem.

— Que diabo foi aquela história de você ter um Rolls?

— Não faço a menor ideia. Acho que ele deve ter resolvido que eu ia roubar o seu.

— Babaca. Sente-se aqui comigo. Não fique estendendo o pescoço pelo corredor. *Croissants*, Megs? Geleia de frutinhas vermelhas?

Meg era a aeromoça, do Tennessee.

— *Mr.* Roper, agora me diga, quando foi que eu já esqueci os *croissants*?

— Café, *croissants* quentes, pãezinhos, geleia, o serviço completo. Tem essa sensação às vezes, Thomas? *Livre*? Nada de crianças, bichos, criados, investidores, convidados, mulheres fazendo perguntas? De ter o seu mundo de volta? Livre para se *movimentar*? Um peso nas suas costas, é o que as mulheres são, se você deixar. Nossa coelhinha está feliz hoje, Megs?

— Claro que estou, *Mr.* Roper.

— Onde está o suco? Esqueceu o suco. Típico. No olho da rua, Megs. Despedida. É melhor ir embora já. Pule.

Imperturbável, Meg colocou no lugar as duas bandejas para o café e trouxe em seguida o suco de laranja fresco, o café, os *croissants* quentes e a geleia de frutas vermelhas. Era uma mulher em torno dos quarenta anos, com resquícios de um lábio leporino e uma sexualidade machucada, porém galante.

— Sabe, Thomas? — perguntou ela. — Ele *sempre* faz isso comigo. É como se precisasse de uma sessão de psicanálise antes de ganhar o seu próximo milhão. Sabia que eu tenho de *fazer* a geleia para ele? Vou para casa e fico fazendo geleia de morango, ou de amoras, ou do que for. É só o que faço quando não estamos voando. O *Mr.* Roper não come a geleia de ninguém, a não ser a minha.

Roper soltou uma gargalhada.

— Meu próximo *milhão*. De que diabos você está falando, mulher? Um milhão não paga o sabonete deste avião! A melhor geleia vermelha do mundo. O único motivo pelo qual ainda está aqui — esmagou um pãozinho na mão, usando todos os dedos de uma só vez. — Viver bem é um dever. O único sentido da coisa toda. Viver bem é a melhor vingança. Quem foi que disse isso?

— Quem quer que tenha sido, estava absolutamente certo — disse Jonathan, com lealdade.

— Estabeleça um padrão elevado e deixe o pessoal lutar por isso. É o único meio. Faça o dinheiro girar, e o mundo também gira. Você trabalhou em hotéis finos. Sabe como é. A geleia está passada, Megs. Espumante. Certo, Thomas?

— Ao contrário, está de se morrer por ela — respondeu Jonathan com firmeza, piscando para Meg.

Risadas por todo o avião. O Chefe está exultante, e Jonathan também. De repente, parecem ter tudo em comum, incluindo Jed. Uma renda dourada orla as camadas de nuvens, a luz do sol invade o avião em torrentes. Podiam estar a caminho do paraíso. Tabby está no assento da cauda. Frisky colocou-se na frente, perto do nariz, cobrindo a porta dos pilotos. Dois MacDanbies estão sentados no meio do avião, digitando em seus computadores portáteis, no colo.

— As mulheres fazem perguntas demais, certo, Megs?

— Eu não, *Mr.* Roper, nunca.

— Lembra-se daquela piranha que peguei, Meg? Eu com dezesseis, ela com trinta, lembra?

— Claro que lembro, *Mr.* Roper. Ela lhe deu a sua primeira lição na vida.

— Muito nervosismo, você sabe. Virgem. — Estavam comendo lado a lado, podendo trocar confidências sem a ameaça do contato olho a olho. — Ela não. Eu. — Outra rodada de risos. — Eu não conhecia o ritual, por isso fiz o tipo do estudante zeloso. Resolvi que ela tinha de ter um problema. "Coitadinha, como foi que as coisas deram errado?" Achei que ela ia me contar que seu velho pai tinha câncer e sua mãe havia fugido com o bombeiro, quando estava com doze anos. Ela olha para minha cara. Um olhar nem um pouco amigável. "Como é que você se chama?". Uma terrierzinha de Staffordshire. Rabo grande. Um metro e meio de altura. "Meu nome é Dicky", respondi. "Pois então ouça uma coisa, Dicky", diz ela. "Você pode foder com o meu corpo, e isso vai lhe custar cinquinho. Mas não pode foder com a minha cabeça, porque isso é particular." Nunca me esqueci. Esqueci, Megs? Mulher maravilhosa! Devia ter me casado com ela. Não a Megs. A piranha. — Seu ombro roçou mais uma vez no de Jonathan. — Quer saber como é que a coisa funciona?

— Se não for segredo de estado.

— Operação testa de ferro. Você é o testa de ferro. Homem de palha, é como os alemães chamam. A piada é que você não é nem de ferro. Você não existe. Melhor ainda. Derek Thomas, especulador comercial, sujeito bem-comportado, atilado, bem-apessoado, confiável. Uma ficha decente no comércio, nenhum esqueleto no armário, criterioso. É o Dicky e o Derek. Talvez já tenhamos feito negócios antes. Não é da conta de ninguém, só da nossa. Eu vou até os palhaços... os intermediários, os especuladores, bancos flexíveis... e digo: "Tenho um amigo aqui muito dinâmico. Plano brilhante, lucros rápidos, precisa de cobertura, a alma desse negócio é o silêncio. São tratores, turbinas, peças de máquinas, minerais, é terra, é o diabo a quatro. Apresento você a ele mais tarde, se você for bonzinho. Ele é jovem, tem todas as relações, não pergunte onde, muito cheio de recursos, politicamente moderno, bom com as pessoas certas, a oportunidade da sua vida. Não queria que você perdesse essa. É dobrar o seu dinheiro em quatro meses no máximo. Você vai estar comprando papel. Se não quer papel, não desperdice o meu tempo. Estamos falando de títulos ao portador, nada de nomes, nenhum risco, nenhuma conexão com qualquer outra forma, incluindo a minha. É mais um negócio daquele tipo confie-no-Dicky. Estou dentro, mas eu nem existo. A companhia é formada numa área onde não há necessidade de qualquer prestação de contas, nenhuma conexão com a Grã-Bretanha, não é nossa colônia, é quintal alheio. Quando o negócio é feito, a companhia encerra as atividades, tira o fio da tomada, fecha os livros, a gente se vê por aí. Círculo muito fechado, o mínimo possível de pessoas envolvidas, nada de perguntas tolas, é pegar ou largar, queria que você fosse um dos pouquíssimos." Tudo certo até agora?

— Eles acreditam em você?

Roper riu.

— Pergunta errada. A história funciona? Eles podem vendê-la aos clientes lá deles? Eles gostam da sua pinta? Seu rosto parece bonito nos prospectos? Jogue o nosso jogo direito e a resposta é sim, todas as vezes.

— Está querendo dizer que existe um *prospecto*?

Roper soltou mais uma gostosa gargalhada.

— Mas é pior do que uma desgraçada de uma mulher, este sujeito! — disse a Meg, contente, enquanto ela servia mais café. — Por quê? Por quê? Por quê? Como, quando, onde?

— Eu não faço isso nunca, *Mr.* Roper — disse Meg, com severidade.

— Não faz mesmo, Megs. Você é uma boa menina.

— *Mr.* Roper, está dando tapinhas no meu traseiro de novo.

— Desculpe, Megs. Devia estar pensando que estava em casa. — De volta a Jonathan. — Não, não há nenhum prospecto. Figura de linguagem. Quando o prospecto terminar de ser impresso, com sorte, já não teremos mais uma companhia.

Roper continuou suas instruções e Jonathan ficou ouvindo, respondendo-lhe de dentro do casulo de suas outras meditações. Estava pensando em Jed, e as imagens que lhe vinham dela eram tão vívidas a ponto de ser um espanto que Roper, sentado a poucos centímetros dele, não recebesse nenhum indício telepático delas. Sentia as mãos de Jed em seu rosto, enquanto ela o examinava, e ficava se perguntando o que ela via. Lembrou-se de Burr e Rooke na casa em Londres onde fizera o treinamento e, enquanto escutava Roper descrever o jovem e dinâmico executivo Thomas, percebeu que mais uma vez estava sendo conivente com a manipulação do seu personagem. Ouviu Roper dizer que Langbourne fora na frente para abrir o caminho, e perguntou-se se esse não seria o momento de preveni-lo que Caroline estava traindo a causa pelas suas costas, e com isso ganhar ainda mais crédito no apreço de Roper. E então concluiu que Roper já sabia mesmo disso: de que outra maneira Jed poderia ter ido cobrar-lhe os seus pecados? Meditou, como meditava constantemente, sobre o mistério impenetrável das ideias de Roper sobre certo e errado, e lembrou-se de como, no julgamento de Sophie, o pior homem do mundo era um moralista que ganhava estatura aos seus próprios olhos desprezando o seu próprio discernimento. *Ele destrói, ganha uma fortuna imensa, e por isso considera-se divino*, declarara ela com perplexidade furiosa.

— Apo vai reconhecer você, é claro — Roper estava dizendo. — O sujeito que ele conheceu em Crystal... antigamente trabalhava no Meister's... amigo do Dicky. Nenhum problema aí que eu possa ver. De qualquer maneira, Apo é do outro lado.

Jonathan virou-se subitamente para ele, como se Roper lhe tivesse lembrado alguma coisa.

— Eu estava querendo lhe perguntar, na verdade, quem é *o outro lado*? Isto é, é formidável estar vendendo, mas quem é o comprador?

Roper soltou um falso grito de dor.

— Temos um daqueles, Megs! Duvida de mim! Não consegue deixar uma porcaria sequer em paz!

— Ora, pois eu não culpo o rapaz de maneira nenhuma, *Mr*. Roper. O senhor sabe ser muito perverso quando está de veneta. Já vi isso antes, o senhor sabe que já vi. Perverso, enganador, e muito, *muito* charmoso.

Roper tirou uma soneca, e por isso Jonathan, obedientemente, tirou uma soneca também, ouvindo os chilreios dos teclados dos MacDanbies sobre o ronco dos motores. Despertou, Meg trouxe xampu e canapés de salmão defumado, houve mais conversa, mais risos, mais sonecas. Acordou novamente e descobriu o avião fazendo círculos sobre uma cidade holandesa em miniatura, envolta numa névoa branca de calor. Através da névoa, viu as lentas explosões de fogo de artilharia, das chaminés da refinaria de petróleo de Willemstad queimando seu excesso de gás.

— Vou ficar segurando o seu passaporte para você, se não se importa, Tommy — disse Frisky, baixinho, enquanto atravessavam a pista onde se formavam imagens bruxuleantes. — É só temporariamente, certo? E como é que você está de dinheiro?

— Não tenho nenhum — disse Jonathan.

— Ah, está certo, então. Não precisamos nos incomodar. Só que aqueles cartões de créditos que o velho Corky lhe deu são mais para aparecer, você entende? Tommy? Você não iria se divertir muito, não *usando* esses cartões, entende o que quero dizer?

Roper já havia passado pela alfândega e trocava apertos de mãos com pessoas que o respeitavam. Rooke estava sentado num banco laranja, lendo as páginas internas do *Financial Times* com os óculos de aro de chifre, que ele só usava para enxergar à distância. Um grupo de jovens missionárias em viagem estava cantando "Jesus, Alegria dos Homens", com vozes de bebê, regidas por um homem de uma perna só. A visão de Rooke trouxe Jonathan parcialmente de volta à terra.

O hotel em que ficaram era uma ferradura de casas de telhados vermelhos, na orla da cidade, com duas praias e um restaurante ao ar livre que dava para um mar picado, batido pelo vento. Na casa central — a mais altiva de todas —, numa sequência de aposentos amplos no andar superior, o grupo de Roper montou a sua aldeia, com Roper numa das suítes de esquina, e Derek S. Thomas, o executivo, na outra. A sala da suíte de Jonathan tinha uma varanda com mesa e cadeiras, e o seu quarto uma cama grande o suficiente para quatro pessoas e travesseiros que não cheiravam a fumaça de lareira. Havia uma garrafa do champanhe de cortesia de *Herr* Meister's e um cacho de uvas brancas, igualmente de cortesia, que Frisky comeu aos punhados, enquanto Thomas se alojava. E havia um telefone que não ficava sessenta centímetros enterrados no chão, e tocou enquanto ele ainda desfazia as malas. Frisky observou-o pegar o fone.

Era Rooke, pedindo para falar com Thomas.

— Thomas falando — disse Jonathan, na sua melhor voz de executivo.

— Mensagem de Mandy, ela já está subindo.

— Não conheço nenhuma Mandy. Quem é?

Pausa enquanto Rooke, do outro lado da linha, finge uma reação de surpresa.

— *Mr. Peter* Thomas?

— Não. Meu nome é Derek. O Thomas errado.

— Sinto muito. Deve ser o que está no quarto 22.

Jonathan desligou, murmurando "idiota". Tomou uma chuveirada, vestiu-se e voltou à sala, para encontrar Frisky desabado numa poltrona, pesquisando a revista de circulação interna da casa, em busca de estímulo erótico. Discou o quarto 22 e ouviu a voz de Rooke dizendo alô.

— Aqui é o senhor Thomas, do 319. Tenho roupas para a lavanderia, por favor. Vou deixar do lado de fora da porta.

— Imediatamente — disse Rooke.

Foi até o banheiro, pegou um punhado de notas manuscritas, que havia enfiado atrás da caixa d'água, embrulhou-as numa camisa suja, colocou a camisa no saco plástico da lavanderia, acrescentou suas meias, o lenço e as cuecas, rabiscou um rol de lavanderia, colocou o rol no saco e pendurou-o na maçaneta de fora da sua suíte. Fechando a porta, vislumbrou Millie da equipe de treinamento de Rooke em Londres, atravessando o corredor a passos firmes, usando um vestido severo de algodão, no qual estava preso com um alfinete um crachá dizendo "Mildred".

O Chefe mandou matar o tempo, até novas ordens, disse Frisky.

E assim, para deleite de Jonathan, eles ficaram matando tempo — Frisky armado com um telefone celular, e Tabby caminhando atrás deles, mal-humorado, para aumentar o poder homicida. Mas Jonathan, apesar de todos os seus temores, sentiu o coração mais leve do que em qualquer outro momento desde que partira do Lanyon para a sua Odisseia. O encanto improvável das casas antigas encheu-o de uma jubilosa nostalgia. O mercado flutuante e a ponte flutuante encantaram-no exatamente como se esperava dessas atrações. Tal como um homem solto da prisão, ele olhava feito bobo a multidão barulhenta de turistas rosados de sol e ouvia maravilhado o palavrório nativo em papiamento misturando-se com as modulações sobressaltadas do holandês. Ele estava novamente em meio a gente de verdade. Gente que ria, olhava, fazia compras, se esbarrava e comia pães doces na rua. E não sabia nada, absolutamente nada, da sua vida.

Avistou Rooke e Millie tomando café numa mesa de calçada e, em seu novo estado de espírito de irresponsabilidade, quase piscou para eles. Depois, reconheceu um homem chamado Jack, que lhe mostrara como usar carbono saturado para fazer escrita secreta, na casa de treinamento em Lisson Grove. Jack, como vai? Olhou em torno e não era a cabeça de Frisky, nem a de Tabby, que saltitava ao lado dele, em sua imaginação, mas sim os cabelos castanhos de Jed, flutuando à brisa.

Não estou entendendo, Thomas. Você ama uma pessoa pelo que ela faz para ganhar a vida? Eu não estou nessa.

E se ele rouba bancos?

Todo mundo rouba bancos. Os bancos roubam todo mundo.

E se ele matou a sua irmã?

Thomas, pelo amor de Deu!

Se você ao menos conseguisse me chamar de Jonathan, dissera ele.

Porquê?

Esse é o meu nome. Jonathan Pine.

Jonathan, dissera ela. Jonathan. Ah, merda! É como ser mandada de volta ao início de uma gincana e começar tudo novamente, Jonathan... Eu nem sequer gosto... Jonathan... Jonathan.

Quem sabe você acaba se acostumando, sugerira ele.

Voltando ao hotel, esbarraram com Langbourne no *lobby*, cercado por um grupo de homens de dinheiro, com ternos escuros. Parecia zangado, do jeito que provavelmente pareceria se seu carro estivesse atrasado ou alguém tivesse se recusado a dormir com ele. O bom humor de Jonathan só fez aumentar a sua irritação.

— Vocês viram Apostoll por aí, em algum lugar? — quis saber, sem sequer um alô. — O desgraçado do sujeitinho está sumido.

— Nem sombra — disse Frisky.

A mobília da sala da suíte de Jonathan havia sido afastada. Havia garrafas de Dom Pérignon numa tina de gelo sobre uma mesa de armar. Uma dupla de garçons muito lentos descarregava bandejas de canapés de um carrinho.

— Aperte todas as mãos — dissera Roper —, beije os bebês, pareça confiável.

— E se vierem para mim com conversas de negócios?

— Os palhaços vão estar ocupados demais contando dinheiro, para isso.

— Poderia por favor providenciar alguns cinzeiros? — pediu Jonathan a um dos garçons. — E abrir as janelas, por gentileza? Quem comanda o serviço?

— Eu, senhor — disse o garçom que usava o nome de Arthur.

— Frisky, dê vinte dólares a Arthur, por favor.

Com muito má vontade, Frisky entregou o dinheiro.

Era Crystal sem os amadores. Era Crystal sem os olhos de Jed para captarem os dele, do outro lado da sala. Era Crystal aberta ao público e entupida de Males Necessários de alta potência — só que, nesta noite, a estrela era Derek Thomas. Sob o olhar benévolo de Roper, o refinado ex-

-gerente noturno trocou apertos de mão, lampejou sorrisos, lembrou-se de nomes, bateu papo muito espirituoso, fez salão.

— Alô, *Mr.* Gutpa, como vai o tênis? Ora, *Sir Hector*, que maravilha vê-lo novamente! *Mrs. Del Oro*, como está, como vai indo aquele seu filho brilhante lá em Yale?

Um banqueiro inglês untuoso, de Rickmansworth, puxou Jonathan de lado para fazer-lhe uma preleção sobre o valor do comércio no mundo em desenvolvimento. Dois corretores de Nova York, com caras de pedras-pomes, ouviam impassíveis.

— Vou lhe dizer abertamente, não tenho vergonha disso, já disse antes a esses cavalheiros, e vou repetir agora. Com o seu Terceiro Mundo hoje, o que importa é como eles *gastam* a grana, não como eles a *conseguem*. Reinvestir os lucros. Única regra deste jogo. Melhore a sua infra-estrutura, aumente os seus padrões sociais. Isso posto, o resto vale tudo. Estou falando sério. O Brad aqui concorda comigo. E o Sol também.

Brad falou com os lábios tão apertados que Jonathan, a princípio, não percebeu que ele estava de fato falando.

— Você, *ah*, tem alguma especialidade, Derek? Você, *hã*, é engenheiro? Agrimensor? Algo, *hã* desse gênero?

— Na verdade, é em barcos que sou melhor — disse Jonathan, muito satisfeito. — Não o do tipo do Dicky. Barcos a vela. Dezoito a vinte metros é mais ou menos até onde gosto de ir.

— Barcos, hein? Eu adoro. Ele, *ah*, gosta de barcos.

— Eu também — diz Sol.

A festa terminou com mais uma orgia de apertos de mão. Derek, foi uma inspiração. Sem dúvida. Cuide-se, Derek. Sem dúvida. Derek, existe um emprego para você na Filadélfia no momento em que você quiser. Derek, da próxima vez que for a Detroit... Sem dúvida... Extasiado com seu próprio desempenho, Jonathan estava na varanda, sorrindo para as estrelas, sentindo o cheiro de petróleo no vento que vinha da escuridão do mar. O que você está fazendo agora? Jantando com Corkoran e o grupo de Nassau — Cynthia que cria Sealyhams, aqueles *terriers* caçadores do País de Gales, Stephanie, que sabe ler a sorte? Discutindo ainda mais cardápios para o cruzeiro de inverno com a quase proibitiva Delia, cobiçadíssima *chef do Iron Pasha*? Ou está deitada, com a cabeça na almofada branca e sedosa do seu próprio braço, sussurrando, *Jonathan, pelo amor de Deus, o que uma garota pode fazer*?

— Hora do rancho, Tommy. Não se pode deixar o pessoal esperando.

— Não estou exatamente com fome, Frisky.
— Não espero que alguém esteja, Tommy. É como ir à igreja. Vamos.

O jantar é em um forte antigo, no alto de uma colina, com vista para a baía. Vista dali, à noite, a pequena Willemstad é tão grande quanto San Francisco, e até mesmo os cilindros azul-acinzentados da refinaria têm uma magia imponente. Os MacDanbies reservaram uma mesa para vinte, mas só foi possível reunir quatorze. Jonathan está sendo inconsequentemente divertido sobre o coquetel, Meg, o banqueiro inglês e sua esposa estão rindo a não poder mais. Mas a atenção de Roper está em algum outro lugar. Ele fita a baía onde um grande navio de cruzeiro, todo enfeitado de luzes, movimenta-se entre cargueiros ancorados, rumo a uma ponte distante. Será que Roper o ambiciona? Vender o *Pasha*, conseguir alguma coisa de um tamanho decente?

— Há um advogado substituto a caminho, que inferno — anuncia Langbourne mais uma vez ao telefone. — Jura que ele chegará aqui a tempo para a reunião.

— Quem é que estão mandando? — pergunta Roper.

— Moranti, de Caracas.

— Aquele capanga. Que diabos aconteceu com o Apo?

— Disseram-me para perguntar a Jesus. Algum tipo de piada.

— Mais alguém resolveu não aparecer? — pergunta Roper, os olhos ainda fixos no navio.

— Todos os demais estão confirmados na hora certa — responde Langbourne, concisamente.

Jonathan ouve essa conversa, e Rooke também, sentado com Millie e Amato numa mesa logo ao lado dos seguranças. Os três estão debruçados sobre um guia da ilha, fingindo resolver aonde irão no dia seguinte.

Jed estava flutuando, que era o que sempre lhe acontecia quando sua vida saía de sincronização: ela flutuava, e ficava flutuando até o próximo homem, ou a próxima festa maluca, ou próximo infortúnio familiar lhe proporcionar uma mudança de direção, que ela então descrevia para si mesma variadamente, como destino, ou como correr em busca de proteção, ou como crescer, ou como se divertir, ou — o que era menos confortável atualmente — fazer o que lhe cabia fazer. E parte desse flutuar era fazer tudo ao mesmo tempo, mais ou menos como o cão lebréu que ela tivera quando garota, que acreditava que se você virasse num canto ou esquina com a rapidez suficiente, com toda a certeza iria encontrar algo que pudesse caçar. Mas o lebréu ficava contente por a vida ser uma sucessão de episódios sem qualquer padrão, enquanto Jed há muito tempo vinha se perguntando para onde os episódios de sua própria vida a estavam levando.

Assim, em Nassau, a partir do momento em que Roper e Jonathan foram embora, Jed concentrou-se direto em fazer tudo. Foi ao cabeleireiro e ao ateliê de costura, convidou simplesmente todo mundo para sua casa, inscreveu-se para o torneio feminino de tênis de Windermere Cay e aceitou todos os convites que lhe passaram pela frente, comprou pastas de arquivo para guardar a papelada do serviço doméstico para o cruzeiro de inverno, telefonou para a *chefe* e a governanta do *Pasha*, preparando cardápios e dispondo as colocações dos convidados, mesmo sabendo que Roper com toda a certeza revogaria suas instruções porque, no final, ele gostava de fazer tudo sozinho.

Mas o tempo mal parecia se mover.

Ela preparou Daniel para a volta à Inglaterra, levou-o para fazer compras, chamou amigos da idade dele, mesmo Daniel os detestando e dizendo isso com clareza; organizou um churrasco para eles na praia, o tempo todo fazendo de conta de que Corky era *exatamente* tão divertido quanto Jonathan — quero dizer, *honestamente*, Dan, ele não é o *máximo*? — e fazendo *absolutamente* o melhor que podia para ignorar o fato de que, desde que eles haviam saído de Crystal, Corkoran ficava emburrado, bufando e lançando-lhe olhares mal-humorados todos pomposos, *exatamente* como seu irmão mais velho, William, que trepava com todas as garotas que lhe passavam pela frente, incluindo as amigas dela, mas achava que sua irmãzinha deveria ir virgem para o túmulo.

Só que Corkoran era ainda *pior* do que William. Havia se autonomeado seu acompanhante, cão de guarda e carcereiro. Olhava de soslaio suas cartas, quase que antes mesmo dela tê-las aberto, escutava seus telefonemas e tentava penetrar às cotoveladas em cada maldito cantinho do seu dia.

— Corks, querido, você *está* sendo um chato, sabe? Está me fazendo sentir igual a Mary, rainha da Escócia. Sei que Roper quer que você cuide de mim, mas será que não *poderia* ficar na sua só *um pouquinho*, de vez em quando?

Mas Corkoran grudou teimosamente ao lado dela, sentado no salão com seu chapéu-panamá, enquanto ela telefonava; andando pela cozinha enquanto ela e Daniel faziam calda de chocolate; escrevendo as etiquetas para a bagagem de Daniel que ia ser enviada à Inglaterra.

Até que finalmente, como Jonathan, Jed retirou-se para o interior mais profundo de si mesma. Desistiu dos bate-papos, desistiu — a não ser quando estava com Daniel — dos esforços cansativos para parecer estar com tudo sob controle, desistiu de contar as horas e permitiu-se, em vez disso, vagar pela paisagem de seu mundo mais interior. Pensou no pai e no que sempre considerara como seu senso de honra inútil, obsoleto e concluiu que esse senso de honra havia na verdade significado mais para ela do que todas as coisas ruins que aconteceram por causa dele: tais como a venda da casa e dos cavalos da família cheia de dívidas, a mudança dos pais para o atual pequeno bangalô horroroso, na antiga propriedade, e a fúria perpétua do tio Henry e todos os outros curadores.

Pensou em Jonathan e tentou entender o que significava para ela ele estar trabalhando para a ruína de Roper. Lutou, como o pai teria feito, com os certos e os errados de seu dilema, mas só o que conseguiu realmente concluir foi que Roper representava um desvio de rota catastrófico em sua vida, e que Jonathan tinha um certo direito fraterno sobre ela que era diferente de qualquer outro direito desse tipo que ela já tivesse sentido, e que ela achava nisso até uma camaradagem, quando ele enxergava através dela, contanto que ele também tivesse confiança nas partes boas dela, porque essas eram as partes que ela queria tirar da prateleira, limpar da poeira e colocar de novo em serviço. Por exemplo, ela queria o pai de volta, e queria de volta o seu catolicismo, ainda que ele despertasse nela a dor da separação violenta, todas as vezes em que pensava a respeito. Queria o chão firme sob seus pés, mas desta vez estava preparada para lutar por isso. Estava até disposta a ouvir docilmente sua maldita mãe.

Chegou finalmente o dia da partida de Daniel, que a essa altura ela parecia vir esperando a vida inteira. E assim, Jed e Corkoran juntos levaram Daniel e sua bagagem para o aeroporto, no Rolls, e mal chegaram Daniel precisou ficar um pouco sozinho na banca de jornais e revistas, a fim de comprar chocolates, coisas para ler e o que mais garotinhos gostam de levar quando estão voltando para suas malditas mães. Jed e Corkoran ficaram esperando por ele, parados no meio do grande saguão, ambos subitamente infelizes com a perspectiva da sua partida, ainda mais que Daniel estava seriamente à beira das lágrimas. E então, para sua surpresa, ela ouviu Corkoran falando-lhe num sussurro de conspiração:

— Está com seu passaporte, coração?

— Corks, querido, é o *Daniel* quem está partindo, e não *eu*. Lembra-se?

— Está com ele ou não? Depressa.

— Estou sempre com ele.

— Então vá com o menino, coração — suplicou ele, tirando o lenço e esfregando o nariz com ele, a fim de não olhar, embora estivesse falando. — Agarre essa chance, agora. Corks nunca disse uma palavra. Tudo coisa sua. Lugares vagos aos montes. Eu perguntei.

Mas Jed não agarrou essa chance. Nunca lhe passou pela mente, e isso foi algo que a deixou de imediato extremamente satisfeita. No passado, ela tendera a agarrar as chances primeiro e fazer as perguntas depois. Mas, naquela manhã, descobriu que já havia respondido às perguntas em sua mente, e não iria se agarrar a coisa alguma, se isso significasse qualquer tipo de afastamento de Jonathan.

Jonathan estava tendo sonhos deliciosos quando o telefone tocou, e ainda sonhava quando pegou o fone. Não obstante, o observador atento foi rápido em sua reação, abafando o primeiro toque, em seguida acendendo a luz e apanhando um bloco e um lápis, já prevendo as instruções de Rooke.

— *Jonathan* — disse ela, orgulhosa.

Ele fechou os olhos, bem apertados. Comprimiu o fone contra o ouvido, tentando deter o som de sua voz. Todos os instintos práticos dentro dele disseram-lhe que respondesse: "Jonathan quem? ... Foi engano", e desligar. *Sua burra, maluca!*, quis gritar com ela. *Eu lhe disse, não telefone. Não tente entrar em contato, só espere. E aí você telefona, entra em contato e murmura o meu nome verdadeiro bem nos ouvidos de quem estiver escutando.*

— Pelo amor de Deus — sussurrou. — Saia da linha. Vá dormir.

Mas a convicção em sua voz foi desaparecendo, e agora era tarde demais para dizer "engano". Por isso, ficou deitado com o fone no ouvido, escutando Jed repetir seu nome, *Jonathan, Jonathan*, como se o estivesse treinando, pegando o jeito daquele nome em todas as suas nuâncias, de forma a que ninguém pudesse mandá-la de volta para o início da corrida, a fim de recomeçar tudo.

* * *

Vieram me buscar.

Era uma hora depois, e Jonathan ouviu passos que tentavam ser silenciosos no corredor. Sentou-se na cama. Ouviu um passo, era um passo pegajoso no piso de cerâmica, e ele entendeu que o pé estava descalço. Ouviu um segundo passo, dessa vez no carpete que corria pelo centro do corredor. Viu a luz do corredor se apagar e acender no buraco da fechadura quando um corpo passou por ele, achou que da esquerda para a direita. Estaria Frisky tomando distância para irromper pela porta em cima dele? Teria ido buscar Tabby para poderem fazer o serviço juntos? Seria Millie devolvendo a roupa lavada? Ou um engraxate, descalço, recolhendo os sapatos que deviam ser limpos? O hotel não engraxa sapatos. Ouviu o estalido da fechadura de um quarto, do outro lado do corredor, e entendeu que era Meg, descalça, voltando da suíte de Roper.

Não sentiu nada. Nenhuma censura, nenhum alívio de sua consciência ou de sua alma. *Eu trepo*, dissera Roper. E então ele trepava. E Jed era a primeira da fila.

Ficou observando o céu clarear em sua janela, imaginando a cabeça dela voltando-se suavemente e encostando em seu ouvido. Discou para o quarto 22, deixou tocar quatro vezes, e tornou a discar, mas não falou.

— Você está em plena ação — disse Rooke, baixinho. — Agora, ouça isto.

Jonathan, pensou, enquanto ouvia as instruções de Rooke. *Jonathan, Jonathan, Jonathan...* quando é que isto tudo vai explodir na sua cara?

22

O escritório do tabelião Mulder tinha mobília de caviúna, flores de plástico e persianas cinzentas. Os muitos rostos felizes da família real holandesa sorriam radiantes das paredes forradas de madeira, e o tabelião Mulder sorria com eles. Langbourne, e o advogado substituto, Moranti, estavam sentados a uma mesa, Langbourne o seu eu carrancudo habitual, examinando uma pasta de documentos, mas Moranti alerta como um sabujo velho, seguindo cada movimento de Jonathan com seus olhos castanhos e ríspidos. Era um latino de cabeça grande, na casa dos sessenta, cabelos brancos, pele morena e um rosto bexiguento. Mesmo imóvel, ele emprestava ao ambiente algo de perturbador: um sopro de justiça popular, de luta camponesa pela sobrevivência. Houve um momento em que soltou um grunhido furioso e desceu a mão enorme com estrondo sobre a mesa. Mas foi só para puxar um documento que estava sobre ela, a fim de examiná-lo, atirando-o de volta em seguida. De outra feita, inclinou a cabeça para trás e fixou os olhos nos de Jonathan, como se os perscrutasse em busca de sentimentos colonialistas.

— É inglês, *Mr.* Thomas.
— Neozelandês.
— Bem-vindo a Curaçao.

Mulder, em contraste, era gorducho, uma figura pickwickiana num mundo risonho. Quando abria aquele seu sorriso radiante, suas bochechas cintilavam feito maçãs vermelhas. E quando parava de sorrir, você sentia vontade de precipitar-se em sua direção e perguntar-lhe, afetuosamente, o que você tinha feito de errado.

Mas a mão dele tremia.

Por que ela tremia, quem a fazia tremer, se ela tremia por alguma invalidez, ou excesso de libertinagem, ou bebida, ou medo, Jonathan não tinha como saber. Mas tremia como se fosse a mão de outra pessoa.

Tremeu quando recebeu o passaporte de Jonathan das mãos de Langbourne, e ao copiar cuidadosamente os detalhes falsos num formulário. Tremeu ao devolver o passaporte a Jonathan, em vez de Langbourne. Tremeu mais uma vez, ao pousar os papéis sobre a mesa. Até mesmo seu indicador rechonchudo tremeu, ao apontar para Jonathan o lugar onde ele deveria entregar a vida numa assinatura, e o lugar onde só as iniciais bastavam.

E quando Mulder acabou de fazer Jonathan assinar todo tipo de documento de que ele já ouvira falar, e muitos de que não ouvira, a mão vacilante fez surgirem os próprios títulos ao portador, num maço trêmulo de documentos azuis, parecendo pesados, emitidos pela Tradepaths Limited, do próprio Jonathan, cada qual numerado, estampado em relevo com algo semelhante a um selo ducal e gravado em calcografia, feito papel-moeda, o que em teoria eram, uma vez que seu propósito era enriquecer seu portador sem revelar sua identidade. E Jonathan entendeu imediatamente — não precisava da confirmação de ninguém — que os títulos eram criação do próprio Roper: para injetar um pouco de combustível, como ele diria; para fazer subir a parada; para impressionar os palhaços.

Em seguida, a um aceno da cabeça querubínica de Mulder, Jonathan assinou os títulos também, como único signatário da conta bancária da companhia. E, no embalo da emoção, assinou uma pequena carta de amor datilografada, endereçada ao tabelião Mulder, reconfirmando-o em seu cargo de gerente-residente da Tradepaths Limited em Curaçao, de acordo com a lei local.

E de repente haviam acabado, e só lhes restava apertar a mão que havia realizado trabalho tão cansativo. O que fizeram devidamente — até Langbourne apertou — e Mulder, o rubicundo colegial de cinquenta anos, ficou acenando em despedida, no alto dos degraus, com movimentos verticais da mão gorducha, praticamente prometendo escrever-lhes todas as semanas.

— Vou pegar esse passaporte de volta, Tommy, se você não se importa — disse Tabby, piscando-lhe o olho.

— Mas Derek e eu já nos conhecemos, acho, Dicky — o banqueiro holandês gorjeou para Roper, que estava de pé diante do lugar onde a lareira de mármore ficaria, se os bancos em Curaçao tivessem lareiras. — Não só na noite passada, creio! Somos velhos amigos de Crystal, eu diria! Nettie, traga chá para o *Mr. Thomas*, por favor.

Por um momento, a mente do observador atento se recusou a engrenar. E então ele lembrou-se de uma noite em Crystal, Jed sentada a sua extremidade da mesa, envolta em cetim, num tom baixo de azul, e pérolas contra sua pele, e esse mesmo banqueiro holandês aparvalhado que agora estava de pé diante dele, chateando todo mundo com as suas conexões com os grandes estadistas do momento.

— Mas é claro! Que bom vê-lo de novo, Piet! — exclamou o hoteleiro insinuante, um pouco tarde, estendendo sua mão de signatário. E então, como se nunca os tivesse conhecido, Jonathan viu-se trocando apertos de mão com Mulder e Moranti pela segunda vez em vinte minutos. Mas Jonathan não deu importância nenhuma a isso, e nem eles deram, pois estava começando a compreender que, no teatro em que havia entrado, um ator podia desempenhar muitos papéis em um único dia de trabalho.

Sentaram-se, ocupando os quatro lados da mesa, Moranti observando e ouvindo como se fosse um árbitro, e o banqueiro à cabeceira se encarregando de falar, pois ele parecia achar que seu primeiro dever era colocar Jonathan a par de uma montanha de informações inúteis.

O capital acionário de uma companhia curaçauana no exterior podia ser designado em qualquer moeda, disse o banqueiro holandês. Não havia limite para a propriedade estrangeira de ações.

— Formidável — disse Jonathan.

Os olhos preguiçosos de Langbourne ergueram-se para ele. Os de Moranti não piscaram. Roper, que tinha a cabeça inclinada para trás e examinava as molduras holandesas antigas no teto, arreganhou um sorriso reservado.

A companhia estava isenta no caso de todos os ganhos de capital, de retenção na fonte, impostos de transmissão ou federais, disse o banqueiro. A transferência de ações era irrestrita e sem impostos, e tampouco havia taxas *ad valorem*.

— Bem, *isso* é um alívio — disse Jonathan, no mesmo tom entusiasmado de antes.

Mr. Derek Thomas não tinha nenhuma obrigação legal de nomear auditores externos, disse o banqueiro com gravidade, como se isso o elevasse a uma ordem monástica mais alta. *Mr.* Thomas tinha a liberdade de a qualquer momento mudar a sede de sua companhia para outra jurisdição, mediante, é claro, que a legislação de admissão fosse favorável na jurisdição de sua escolha.

— Terei isso em mente — disse Jonathan, e dessa vez, para sua surpresa, o impassível Moranti abriu um sorriso luminoso e disse "Nova Zelândia", como se houvesse concluído que o lugar, afinal de contas, soava bem.

Era exigido um mínimo de seis mil dólares norte-americanos como capital acionário realizado, mas nesse caso a exigência já havia sido cumprida, continuou o banqueiro. Só o que restava era "o nosso bom amigo Derek, aqui", apor o seu nome a certos documentos *proforma*. O sorriso do banqueiro esticou-se como um elástico, ao apontar uma caneta-tinteiro preta, que estava fincada num suporte de madeira.

— Desculpe-me, Piet — disse Jonathan, confuso, mas ainda sorrindo —, não entendi exatamente o que você disse agora. *Que* exigência já foi atendida, exatamente?

— A sua companhia tem a boa fortuna de estar num excelente estado de liquidez, Derek — disse o banqueiro holandês, na sua melhor maneira informal.

— Oh, esplêndido. Não tinha me dado conta. Então, talvez você me permita dar uma olhada nos balanços.

Os olhos do banqueiro holandês ficaram pousados em Jonathan. Somente uma levíssima inclinação de sua cabeça transferiu a pergunta para Roper, que finalmente retirou os olhos do teto.

— É claro que ele pode ver os balanços, Piet. A companhia é dele, pelo amor de Deus, é o nome dele no papel, negócio dele. Que ele veja os seus balanços se quiser. Por que não?

O banqueiro tirou da gaveta de sua mesa um fino envelope laranja, aberto, e estendeu-o para Jonathan. Este levantou a aba e tirou um extrato mensal declarando que a conta-corrente da Tradepaths Limited, de Curaçao, estava em cem milhões de dólares norte-americanos.

— Mais alguém quer ver? — perguntou Roper.

A mão de Moranti se estendeu. Jonathan passou-lhe o extrato. Moranti examinou-o e passou-o a Langbourne, que fez uma cara entediada e devolveu-o ao banqueiro, sem ler.

— Dê-lhe a droga do cheque e vamos acabar logo com isso — disse Langbourne, inclinando a cabeça loura para Jonathan, mas mantendo-se de costas para ele.

Uma jovem que pairava ao fundo, com uma pasta debaixo do braço, caminhou cerimoniosamente em torno da mesa até chegar a Jonathan.

A pasta era de couro e ornamentada em relevos manchados por artesãos locais. Dentro, havia um cheque pagável ao banco, a ser descontado da conta da Tradepaths, na soma de 25 milhões de dólares.

— Vamos em frente, Derek, assine — disse Roper, divertindo-se com a hesitação de Jonathan. — Não vai ser devolvido. É o tipo de dinheiro que se deixa debaixo do prato, certo, Piet?

Todos riram, exceto Langbourne.

Jonathan assinou o cheque. A jovem colocou-o de volta na pasta e fechou as abas metodicamente, para dar um toque de decência. Ela era de sangue mulato, e muito bonita, com olhos enormes, perplexos, e um recato beatífico.

Roper e Jonathan estavam sentados cada qual numa extremidade de um sofá encaixado na saliência de uma janela ogival, enquanto o banqueiro holandês e os três advogados cuidavam de seus negócios.

— O hotel é bom? — perguntou Roper.

— Ótimo, obrigado. Muito bem dirigido. É o diabo ficar hospedado em hotéis quando se conhece o negócio.

— Meg é uma boa garota.

— Meg é fantástica.

— Clara como lama, eu diria, toda esta fanfarronice legal?

— Temo que sim.

— Jed manda beijos. Dan ganhou uma taça na regata infantil, ontem. Não podia ter ficado mais satisfeito. Está levando a réplica para a mãe. Queria que você soubesse.

— Isso é maravilhoso.

— Achei que você ia ficar satisfeito.

— E estou. É um triunfo.

— Bem, economize o gás. Esta noite vai ser importante.

— Mais uma festa?

— Poderia chamar assim.

Houve uma última formalidade, que exigia um gravador e um *script*.

A jovem operou o gravador, o banqueiro holandês ensaiou Jonathan no papel.

— Na sua voz normal, por favor, Derek. Exatamente como você estava falando aqui hoje, creio. Para os nossos registros. Teria essa imensa gentileza?

Jonathan primeiro leu as duas linhas datilografadas para si mesmo, em seguida leu-as em voz alta: "*Aqui é o seu amigo George, falando-lhe. Obrigado por ter ficado acordado esta noite.*"

— Mais uma vez, por favor, Derek. Talvez você esteja um pouco nervoso. Relaxe, por favor.

Jonathan leu novamente.

— Mais uma vez, por favor, Derek. Você está um tanto tenso, creio. Talvez aquelas somas imensas o tenham perturbado um pouco.

Jonathan deu seu sorriso mais afável. Ele era a estrela, e espera-se que as estrelas demonstrem um pouco de temperamento.

— Na verdade, Piet, acho que já dei o melhor do meu talento. Obrigado.

Roper concordou.

— Piet, você está parecendo uma velha. Desligue essa porcaria. Vamos, *signor* Moranti. Está na hora de ter uma refeição decente.

Mais uma vez os apertos de mão: todo mundo com todo mundo, alternadamente, como bons amigos na passagem do ano.

— Então, o que você conclui? — perguntou Roper, através do seu sorriso de delfim, espalhado numa espreguiçadeira de plástico na varanda da suíte de Jonathan. — Já descobriu? Ou ainda está acima da sua compreensão?

Era a hora do nervosismo. A hora de estar esperando no caminhão, o rosto pintado de preto, conversando coisas íntimas totalmente ao acaso, para manter a adrenalina sob controle. Roper apoiara os pés na balaustrada. Jonathan estava curvado para a frente, sobre o copo, fitando o mar que ia escurecendo. Não havia lua. Um vento constante agitava as ondas. As primeiras estrelas perfuravam os montes de nuvens azuis e negras. Na sala iluminada atrás deles, Frisky, Gus e Tabby conversavam em murmúrios. Só Langbourne, caído sobre um sofá e lendo *Private Eye*, parecia alheio à tensão.

— Existe uma companhia em Curaçao, chamada Tradepaths, que possui cem milhões de dólares, menos vinte e cinco — disse Jonathan.

— Só que... — sugeriu Roper, seu sorriso se ampliando.

— Só que ela não possui porra nenhuma, porque Tradepaths é uma subsidiária de propriedade integral da Ironbrand.

— Não, não é.

— Oficialmente, Tradepaths é uma companhia independente, sem nenhuma relação com qualquer outra firma. Na realidade, é criatura sua, e não pode mover um dedo sem você. A Ironbrand não pode ser vista investindo na Tradepaths. Por isso, a Ironbrand empresta o dinheiro dos investidores a um banco prestimoso, e o banco prestimoso por acaso investe o dinheiro na Tradepaths. O banco é a chave que interrompe o circuito. Quando o negócio está concluído, Tradepaths reembolsa os investidores com um belo lucro, todo mundo sai feliz e você fica com o resto.

— Quem se machuca?

— Eu. Se a coisa der errado.

— Não dará. Mais alguém?

Ocorreu a Jonathan que Roper estava exigindo a sua absolvição?

— Alguém se machuca, evidentemente.

— Coloque a coisa de outra maneira. Quem se machuca, que não iria se machucar de qualquer maneira?

— Estamos vendendo armas, não estamos?

— E daí?

— Bem, presume-se que estão sendo vendidas para serem usadas. E uma vez que é um negócio oculto, é razoável se assumir que estão sendo vendidas a pessoas que não deveriam possuí-las.

Roper deu de ombros.

— E quem diz? Quem diz quem atira em quem, neste mundo? Quem é que faz as malditas leis? As grandes potências? Meu Deus! — Incomumente animado, fez um aceno de mão para a paisagem marinha que ficava cada vez mais escura.

— Você não pode mudar a cor do céu. Eu disse a Jed. Mas ela não quis ouvir. Não posso culpá-la. Ela é jovem, como você. Dê-lhe dez anos, e ela muda de ideia.

Estimulado, Jonathan partiu para o ataque.

— E então, quem está comprando? — quis saber, repetindo a pergunta que fizera a Roper no avião.

— Moranti.

— Não, não está. Ele não lhe pagou um centavo. Você colocou nisso cem milhões de dólares... os investidores colocaram. E o que é que Moranti está colocando? Você está lhe vendendo armas. Ele as está comprando. Então, onde está o dinheiro dele? Ou ele está lhe pagando em algo que é melhor do que dinheiro? Algo que você pode vender por muito, muito mais do que cem milhões?

O rosto de Roper era mármore esculpido na escuridão, mas trazia aquele sorriso longo e suave.

— Você próprio já viu esse filme, não viu? Você e aquele australiano que matou. Muito bem, você nega. O problema é que não viu grande o suficiente. Veja a coisa grande, ou então não veja nada, é o meu ponto de vista. Mesmo assim, você é um sujeito esperto. Pena que não tenhamos nos conhecido mais cedo. Poderia me ter sido muito útil em alguns outros lugares.

Na sala, um telefone tocou. Roper virou-se bruscamente, e Jonathan acompanhou seu olhar a tempo de ver Langbourne de pé, o fone no ouvido, olhando o relógio de pulso enquanto conversava. Recolocou o fone no aparelho, sacudiu a cabeça para Roper e voltou ao sofá e à *Private Eyes*. Roper reacomodou-se em sua espreguiçadeira de plástico.

— Lembra-se do velho comércio com a China? — perguntou, num tom de nostalgia.

— Eu achava que isso tinha sido nos anos 1830.

— Mas você já leu a respeito, não leu? Você já leu tudo mais, pelo que posso ver.

— Sim.

— Lembra-se do que aqueles ingleses em Hong Kong estavam transportando pelo rio, até Cantão? Iludindo a alfândega chinesa, enchendo as burras do império britânico, acumulando imensas fortunas pessoais?

— Ópio — disse Jonathan.

— Em troca de chá. Ópio em troca de chá. Um mero escambo. Voltam para a Inglaterra, capitães da indústria. Elevados a cavaleiros, honrarias, aquela droga toda. Qual é a diferença, que diabo? Corra atrás! É só o que importa. Os americanos sabem disso. Por que nós não? Aqueles párocos cheios de merda, ornejando dos púlpitos todos os domingos, as velhotas reunidas para o chá, bolos de erva-doce, a coitada da dona fulana que morreu sei lá do quê? Uma ova! É pior do que estar na prisão. Sabe o que foi que a Jed me perguntou?

— O quê?

— "Você é mau até que ponto? Pode me dizer o pior!" Meu Deus!

— E o que foi que você disse?

— "Não sou mau o suficiente!", disse a ela. "Aqui estou eu, e lá está a selva", disse a ela. "Nenhum policial na esquina da rua. Nada de justiça distribuída por sujeitos de peruca familiarizados com a lei. *Nada*. Achei que era assim que você gostava." Isso lhe deu uma boa sacudida. Serviu--lhe de lição.

Langbourne tamborilava os dedos num copo.

— Então, por que você comparece às reuniões? — disse Jonathan. Estavam agora de pé. — Por que ter um cachorro e ficar você mesmo latindo?

Roper deu uma risada bem alta e bateu com a mão nas costas de Jonathan.

— Não confio no cachorro. É esse o motivo, meu velho. Em nenhum dos meus cachorros. Você, Corky, Sandy... não confiaria em nenhum de vocês, nem dentro de um galinheiro vazio. Mas não é nada pessoal. É o meu jeito.

Havia dois carros esperando entre os hibiscos iluminados do átrio do hotel. O primeiro era um Volvo, dirigido por Gus. Langbourne sentou--se na frente, Jonathan e Roper atrás. Tabby e Frisky seguiram num Toyota. Langbourne levava uma pasta de executivo.

Atravessaram uma ponte elevada e viram as luzes da cidade embaixo, e os riscos negros dos canais holandeses atravessando as luzes. Desceram uma ladeira bem inclinada. As casas antigas deram lugar a favelas. De repente, a escuridão parecia perigosa. Estavam seguindo por uma via plana, água à direita, contêineres banhados de luz, em pilhas de quatro, à esquerda, marcados com nomes como Sealand, Nedlloyd e Tiphook. Viraram à esquerda e Jonathan viu um telhado branco baixo e colunas azuis, e calculou que fosse um escritório da duana. A pavimentação mudou, fazendo os pneus cantarem.

— Pare nos portões e apague os faróis — ordenou Langbourne. — Todos.

Gus parou diante dos portões e desligou as luzes do carro. Logo atrás deles, Frisky, no Toyota, fez o mesmo. Diante deles, havia um portão branco, trancado, com placas de advertência em holandês e inglês. Nesse momento, as luzes em torno do portão se apagaram também, e com a escuridão veio o silêncio. À distância, Jonathan viu uma paisagem surrealista de guindastes, vagões de carga e empilhadeiras, iluminados de lado por lâmpadas de arco voltaico, e os contornos desmaiados de navios enormes.

— Deixem que eles vejam as suas mãos. Ninguém se mova — ordenou Langbourne.

Sua voz adquirira autoridade. Aquele era o seu espetáculo, não importa qual fosse. Abriu sua porta, uns dois centímetros, e movimentou-a, fazendo com que a luz do interior do carro piscasse duas vezes. Fechou a porta e mais uma vez ficaram quietos na escuridão. Abaixou o vidro da janela. Jonathan viu a mão estendida entrar por ela. Era branca, masculina e muito forte. Estava ligada a um braço e à manga curta de uma camisa branca.

— Uma hora — disse Langbourne para cima, em direção à escuridão.

— É tempo demais — objetou uma voz áspera, com sotaque.

— Combinamos uma hora. É uma hora, ou nada.

— *Okay, okay.*

Só então Langbourne passou um envelope pela janela. Uma lanterninha foi acesa, o conteúdo rapidamente contado. Os portões brancos se abriram. Ainda com os faróis desligados, foram em frente, seguidos de perto pelo Toyota. Passaram por uma âncora antiga presa numa base de concreto, e entraram num largo corredor de contêineres multicoloridos, cada qual marcado com uma combinação de letras e sete dígitos.

— À esquerda aqui — disse Langbourne.

Viraram à esquerda, o Toyota atrás deles. Jonathan abaixou depressa a cabeça, quando o braço de um guindaste laranja passou varrendo por cima deles.

— Agora, à direita. *Aqui* — disse Langbourne.

Viraram à direita, e o vulto negro de um navio-tanque assomou do mar diante deles. À direita de novo, e estavam seguindo ao longo de uma fileira de meia dúzia de navios atracados. Dois eram grandes e recém-pintados. Os demais eram navios alimentadores caindo aos pedaços. Cada um tinha uma prancha de desembarque iluminada atravessada até o molhe.

— Pare — ordenou Langbourne.

Pararam, ainda na escuridão, o Toyota sempre atrás. Desta vez, esperaram apenas uns poucos segundos, até que uma outra luz de lanterna brilhou em frente ao para-brisa: primeiro vermelha, depois branca, depois novamente vermelha.

— Abram todas as janelas — disse Langbourne a Gus. Preocupou-se mais uma vez com as mãos. — No painel, onde podem vê-las. Chefe, coloque as suas no topo do banco à sua frente. Você também, Thomas.

Com uma submissão muito pouco costumeira, Roper obedeceu. O ar estava frio. O cheiro de óleo se misturava com os odores de mar e de metal. Jonathan estava na Irlanda. Estava nas docas de Pugwash, como clandestino a bordo do cargueiro imundo, esperando para desembarcar furtivamente na escuridão. Duas lanternas brancas brilharam de cada lado do carro. Seus feixes luminosos varreram primeiro as mãos e os rostos, depois o chão do carro.

— *Mr.* Thomas e seu grupo — anunciou Langbourne. — Vindos para inspecionar alguns tratores, pagar a outra metade.

— Quem de vocês é Thomas? — disse uma voz masculina.

— Eu.

Uma pausa.

— *Okay.*

— Saltem todos lentamente — ordenou Langbourne. — Thomas atrás de mim. Fila única.

O guia era alto e magro, e parecia jovem demais para carregar a Heckler que pendia do seu lado direito. A prancha era curta. Chegando ao convés, Jonathan pôde ver novamente, do outro lado das águas negras, as luzes da cidade e as chaminés de fogo da refinaria.

O navio era velho e pequeno. Jonathan calculou quatro mil toneladas no máximo, uma adaptação de vidas anteriores. Havia uma porta de madeira aberta numa escotilha elevada. Mais uma vez, o guia entrou primeiro. O eco dos seus pés soava como os passos duros de uma leva de forçados. À luz fraca, Jonathan percebeu mais a respeito do que o homem que os guiava. Ele usava calças *jeans* e tênis. Tinha um topete louro que ele jogava para trás com a mão esquerda, sempre que este lhe caía sobre o rosto. A mão direita continuava segurando a Heckler, o indicador aconchegado em torno do gatilho. O navio também começava a se revelar. Era preparado para carga variada. Capacidade em torno de sessenta contêineres. Era uma banheira, uma mula de carga vai-pra-lá- -vem-pra-cá, no final da sua vida útil. Era apenas um objeto descartável, caso as coisas dessem errado.

O grupo havia parado. Três homens os encaravam, todos brancos, todos louros, todos jovens. Atrás deles havia uma porta de aço, fechada. Jonathan achou, embora sem nenhuma base concreta, que eram suecos. Tal como o guia, portavam Hecklers. Estava óbvio que o guia era o líder. Algo no seu desembaraço, na sua escolha da postura, ao juntar-se a eles. No seu sorriso vulgar e perigoso.

— Como vai indo a aristocracia ultimamente, Sandy? — perguntou em voz alta. Jonathan ainda não conseguira localizar o sotaque.— Olá, Pepe — disse Langbourne. — Vai ótima, obrigado. E você, como vai?

— Vocês todos estudantes de agricultura? Gostam de tratores? Peças de máquina? Querem plantar lavouras? Alimentar todas as pessoas pobres?

— Vamos andar logo com essa porra desse serviço — disse Langbourne. — Onde está Moranti?

Pepe estendeu a mão para a porta de aço e abriu-a, no mesmo momento em que Moranti aparecia do meio das sombras.

Milorde Langbourne é um fanático por armas, dissera Burr... bancou o cavalheiro soldado em meia dúzia de guerras sujas... orgulha-se do seu jeito para matar... no tempo livre, dá uma de colecionador, igual ao Roper... eles se sentem melhor, achando que estão fazendo parte da história.

O porão abrangia a maior parte da barriga do navio. Pepe estava bancando o anfitrião, Langbourne e Moranti caminhavam ao lado dele, Jonathan e Roper seguiam atrás, e por fim vinham os empregados, Frisky, Tabby e os três auxiliares do navio, com suas Hecklers. Havia vinte contêineres presos com correntes ao piso. Nas tiras de amarração, Jonathan leu um *pot-pourri* de pontos de traslado: Lisboa, Açores, Antuérpia, Gdansk.

— Essa aqui estamos chamando de caixa saudita — declarou Pepe, com orgulho. — Eles já fazem com abertura lateral, de forma que o pessoal da alfândega saudita pode entrar e ficar cheirando em busca de bebida.

Os lacres de alfândega eram pregos de aço, dobrados uns sobre os outros. Os homens de Pepe os abriram com a ajuda de ponteiros.

— Não se preocupe, temos pregos avulsos — confidenciou Pepe a Jonathan. — Amanhã de manhã vai estar tudo bonitinho de novo. A alfândega não está nem aí para isso.

O lado do contêiner foi baixado lentamente. Armas têm seu próprio silêncio. É o silêncio dos futuros mortos.

— Vulcans — estava dizendo Langbourne, para edificação de Moranti. — Versão *hight-tech* da Gatling. Seis canos de vinte milímetros disparam três mil tiros por minuto. Primeiríssima qualidade. Munição adequada, vem mais depois. Cada bala é do tamanho do seu dedo. Uma rajada soa como um bando de abelhas assassinas. Helicópteros e aviões leves não têm a menor chance. Novo em folha. Dez deles. *Okay*?

Moranti não disse nada. Só um assentimento ligeiríssimo com a cabeça traiu a sua satisfação. Passaram para o contêiner seguinte. Era carregado em direção ao fundo, o que significava que só podiam ver o conteúdo pela frente. Mas o que viram já foi o suficiente.

— Quads .50 — anunciou Langbourne. — Quatro metralhadoras calibre .50, montadas sobre um eixo comum, desenhadas para atirarem simultaneamente contra um único alvo. Reduz o avião que você quiser a retalhos com uma única rajada. Caminhões, também os de transporte de tropas, blindados leves, as Quads liquidam. São montadas sobre um chassi de duas e meia toneladas, podem ser movidas com facilidade e causam um estrago dos diabos. Também novas em folha.

Com Pepe à frente, seguiram em direção a estibordo, onde dois homens estavam retirando cuidadosamente um míssil em forma de charuto de um cilindro de fibra de vidro. Desta vez, Jonathan não precisou dos conhecimentos de Langbourne. Já vira os filmes de demonstração. Ouvira as histórias. *Se os irlandeses conseguem botar as mãos num destes, vocês estão mortos*, prometera o sargento-ajudante doido por bombas. *E eles vão*, acrescentou, contente. *Vão surrupiá-los dos depósitos de armas ianques na Alemanha, vão comprá-los por uma fortuna imensa dos afegãos, dos israelenses, ou dos palestinos, ou de quem quer que os ianques tenham achado digno de recebê-los. São supersônicos, portáteis, vêm três numa caixa, são Stingers no nome e Stingers por natureza...**

A excursão continuou. Canhões leves antitanques. Rádios de campanha. Equipamento médico. Uniformes. Munição. Refeições pré-preparadas. Star-streaks ingleses. Caixas feitas em Birmingham. Cápsulas de aço feitas em Manchester. Não dava para examinar tudo. Havia material demais e tempo de menos.

— Gostou? — perguntou Roper a Jonathan, baixinho.

Seus rostos estavam muito próximos. A expressão no de Roper era intensa e estranhamente vitoriosa, como se seu objetivo tivesse sido de alguma maneira provado.

— É coisa boa — disse Jonathan, sem saber o que mais deveria dizer.

---

* *Stinger significa ferrão* (de abelha, escorpião etc.); *to sting* significa *ferroar*, ou qualquer maneira de causar dor profunda e aguda, como a de uma picada venenosa, donde *stinger* significa também aquele que causa essa dor, que é doloroso. (*N. do T.*)

— Um pouco de tudo em cada carregamento. Esse é o segredo. Um navio se perde, você perde um pouco de tudo, e não tudo de alguma coisa. Bom senso.

— Suponho que seja.

Roper não o escutava. Estava na presença de sua própria realização. Estava num estado de graça.

— Thomas? — Era Langbourne, chamando da extremidade de popa do porão. — Venha aqui. É hora de assinar.

Roper foi com ele. Numa prancheta militar, Langbourne tinha um recibo datilografado por turbinas, peças de tratores e maquinaria pesada, conforme relação anexa, inspecionada e considerada em ordem por Derek S. Thomas, diretor superintendente em nome da Tradepaths Limited. Assinou o recibo e em seguida rubricou a relação. Deu a prancheta a Roper, que mostrou-a a Moranti, em seguida passou-a de volta a Langbourne, que a entregou a Pepe. Havia um telefone sem fio numa prateleira ao lado da porta. Pepe pegou-o e discou um número lido num pedaço de papel que Roper lhe mostrava. Moranti ficou a uma pequena distância deles, as mãos viradas apoiadas na cintura, e a barriga para fora, feito um russo num cenotáfio. Pepe passou o telefone a Roper. Ouviram a voz do banqueiro dizendo alô.

— Piet — disse Roper. — Um amigo meu quer lhe passar uma mensagem importante.

Roper estendeu o telefone a Jonathan, junto com um segundo pedaço de papel tirado do bolso.

Jonathan olhou para o papel, e em seguida leu em voz alta.

— Aqui é o seu amigo George, falando-lhe — disse ele. — Obrigado por ter ficado acordado esta noite.

— Ponha Pepe na linha, por favor, Derek — disse a voz do banqueiro. — Gostaria de confirmar para ele uma boa notícia.

Jonathan passou o aparelho a Pepe, que ouviu, riu, desligou e bateu com a mão no ombro de Jonathan.

— Você é um sujeito generoso!

Seu riso parou quando Langbourne arrancou uma folha de papel datilografada da pasta.

— Recibo — disse, lacônico.

Pepe pegou a caneta de Jonathan e, observado por todos, assinou um recibo para a Tradepaths Limited, pela soma de 25 milhões de dólares, sendo o terceiro e penúltimo pagamento pela entrega combinada de turbinas, peças de tratores e maquinaria pesada, descarregados em Curaçao, conforme contrato, para seguir em trânsito a bordo do SS *Lombardy*.

Eram quatro da manhã quando ela telefonou.

— Estamos partindo para o *Pasha* amanhã — disse. — Eu e Corky.

Jonathan não disse nada.

— Ele diz que devo cair fora. Esqueça o cruzeiro, caia fora, enquanto ainda há uma oportunidade.

— Ele está certo — murmurou Jonathan.

— Não *adianta* cair fora, Jonathan. Não funciona. Nós dois sabemos disso. Você simplesmente volta a se encontrar consigo mesmo no próximo lugar.

— Mas trate de ir embora. Vá para qualquer lugar. Por favor.

Ficaram deitados quietos novamente, lado a lado em suas camas separadas, ouvindo a respiração um do outro.

— *Jonathan* — sussurrava ela. — *Jonathan*.

23

Vinha tudo correndo de vento em popa com a Operação Marisco. Assim dissera Burr, de sua escrivaninha cinzenta horrorosa em Miami. Assim dissera Strelski, da sala logo ao lado da dele. Goodhew, telefonando duas vezes por dia, pela linha segura, de Londres, não tinha nenhuma dúvida disso.

— Os poderes constituídos estão cedendo, Leonard. Só do que precisamos agora é da totalização.

— Que poderes? — disse Burr, desconfiado como sempre.

— Meu chefe, por exemplo.

— O seu *chefe*?

— Ele está mudando de posição, Leonard. Disse isso, e tenho que lhe dar o benefício da dúvida. Como é que posso passar por cima dele, se está me oferecendo o seu apoio total? Ele abriu o coração para mim, ontem.

— Fico feliz de saber que ele tem coração.

Mas Goodhew, nesses últimos dias, não estava com ânimo para essas alfinetadas.

— Ele disse que devíamos permanecer bem mais em contato. Concordo com ele. Existe muita gente envolvida nisso, com interesses escusos. Ele disse que havia um leve cheiro de alguma coisa podre no ar. Eu pessoalmente não teria descrito melhor. Ele gostaria de ficar como um dos que não tiveram medo de descobrir. Cuidarei para que o faça. Ele não mencionou Capitânia nominalmente, nem eu. Às vezes, vale mais a pena ser reticente. Mais ele ficou fascinado com a sua lista, Leonard. A lista foi o que o pegou. Era sem disfarces, sem concessões. Não havia como tentar ignorá-la.

— *Minha* lista?

— A lista, Leonard. A que o nosso amigo fotografou. Os financiadores. Os investidores. O pessoal por baixo do pano, conforme você costumava chamar. — Havia uma nota suplicante na voz de Goodhew que Burr gostaria de não conseguir escutar. — O revólver fumegando, pelo amor de Deus. Aquilo que ninguém nunca descobre, conforme você dizia, só que nosso amigo descobriu. Leonard, você está sendo obtuso de propósito.

Mas Goodhew havia entendido mal o motivo da confusão de Burr. Este entendera imediatamente de que lista se tratava. O que não conseguia entender era o uso que Goodhew havia feito dela.

— Não está querendo dizer que mostrou a *lista de investidores* ao seu Ministro, está?

— Meu Deus, não a matéria-prima em si, como é que eu poderia? Só os nomes e números. Devidamente reciclados, é claro. Podiam ter vindo de um telefone interceptado, de um microfone, qualquer coisa. Podíamos tê-la surrupiado do correio,

— Roper não ditou esta lista, nem a leu pelo telefone, Rex. Ele não a colocou numa caixa de correio. Escreveu-a num bloco de papel ofício amarelo, só existe uma no mundo, e um homem que tirou uma foto dela.

— Não venha discutir minúcias comigo, Leonard! Meu chefe está pasmo, é isso que estou querendo que você entenda. Ele reconhece que estamos perto de uma totalização, e cabeças devem rolar. Ele acha... assim ele me diz, e acreditarei nele até provarem que estou errado... ele tem o seu orgulho, Leonard, como todos nós temos, nossos próprios meios de evitarmos verdades desagradáveis, até que alguém as lança na nossa cara... acha que chegou a hora dele sair de cima do muro e passar a ser levado em conta. — Tentou uma brincadeira valente. — Você sabe como ele é com metáforas. Estou surpreso por não ter se saído com alguma coisa do tipo jovem oficial cheio de esperanças renascendo das cinzas.

Se Goodhew estava esperando uma gargalhada divertida, Burr o decepcionou.

Goodhew começou a ficar agitado:

— Leonard, eu não tive alternativa. Sou um servidor da coroa. Sirvo a um ministro da coroa. É meu dever informar o meu chefe sobre o progresso de seu caso. Se o meu chefe me diz que ele viu uma luz, não estou sendo empregado para dizer-lhe que é um mentiroso. Tenho as minhas lealdades, Leonard. Aos meus princípios, tanto quanto a ele, e a você. Vamos almoçar na quinta-feira, após a reunião dele com o secretário do Conselho de Ministros. Devo esperar notícias importantes. Tive a esperança de que você iria ficar satisfeito, e não azedo.

— Quem mais viu a lista de investidores, Rex?

— Além do meu chefe, ninguém. Chamei a atenção dele para o sigilo todo da coisa, é claro. Não se pode sair por aí dizendo às pessoas para ficarem de boca calada, no final ninguém mais dá crédito a gente. Obviamente, a substância da lista será exposta ao secretário do Conselho, quando se reunirem na quinta-feira, mas podemos ter certeza de que é aí que para.

O silêncio de Burr tornou-se demais para ele.

— Leonard, temo que você esteja se esquecendo dos princípios básicos. Todos os meus esforços nos últimos meses se dedicaram a conseguir maior abertura para a nova era. Sigilo é a maldição do nosso sistema britânico. Não vou estimular o meu chefe, e nem nenhum outro ministro da coroa, a se esconder por baixo das saias dos segredos de estado. Já fazem isso o suficiente, do jeito como as coisas são. Não vou dar ouvidos a você, Leonard. Não vou engolir você descambando novamente para suas velhas manias da Casa do Rio.

Burr respirou fundo.

— Seu ponto de vista ficou claro, Rex. Entendido. De agora em diante, observarei os princípios básicos.

— Fico feliz de ouvir isso, Leonard.

Burr desligou e em seguida ligou a Rooke.

— Rex Goodhew não recebe mais relatórios da operação Marisco sem que nós os tenhamos trabalhado, Rob. E isto tem efeito imediato. Confirmo por escrito pelo malote de amanhã.

Não obstante, todo o resto vinha correndo de vento em popa, e se Burr continuava aborrecido com o lapso de Goodhew, nem ele nem Strelski viviam com qualquer sensação de desastre iminente. O que Goodhew havia chamado de totalização era o que Burr e Strelski chamavam de momento certo, e o momento certo era aquilo com que eles agora sonhavam. Era o momento em que as drogas, as armas e os envolvidos estariam todos no mesmo lugar, a trilha do dinheiro estaria visível e — presumindo que a equipe conjunta tivesse os direitos e autorizações necessários — seus guerreiros pulariam do alto das árvores, gritando "mãos ao alto!", e os bandidos dariam aquele seu sorriso pesaroso e diriam, "bom trabalho, tenente" — ou, se fossem americanos, "você vai me pagar por isso, Strelski, seu filho da mãe".

Ou pelo menos assim eles jocosamente descreviam a coisa um para o outro.

— Vamos dar o máximo de corda que for possível — Strelski estava sempre insistindo em reuniões, ao telefone, durante o café, caminhando na praia. — Quanto menos escolhas eles tiverem, quanto menos lugares onde puderem se esconder, mais perto estaremos de Deus.

Burr concordava. Pegar bandidos não é diferente de pegar espiões, dizia ele: só se precisa de uma esquina bem iluminada, suas câmaras em posição, um homem de capa de chuva com os microfilmes, o outro de chapéu-coco com a maleta cheia de notas usadas. E então, se você tiver muita sorte, tem um caso concreto nas mãos. O problema com a Operação Marisco era: rua de quem? Cidade de quem? Mar de quem? Jurisdição de quem? Mas uma coisa já estava clara: nem Richard Onslow Roper nem seus parceiros comerciais colombianos tinham a menor intenção de concluir seus negócios em solo norte-americano.

Uma outra fonte de apoio e satisfação era o novo promotor público federal que havia sido destacado para o caso. Seu nome era Prescott e ele era mais excelso do que o promotor público federal habitual: era um dos assistentes-adjuntos do secretário de Justiça, e todo mundo com quem Strelski buscava informações a seu respeito dizia que Ed Prescott era o melhor que havia no cargo, simplesmente o melhor, Joe, pode acreditar em mim. Os Prescott eram tradicionais em Yale, é claro, e um ou dois deles tinham ligações com a Agência — como é que poderiam não ter? — e corriam até boatos, que Ed nunca havia negado especificamente, de que ele era de alguma forma aparentado com o velho Prescott Bush, pai de George Bush. Mas Ed — bem, Ed nunca se incomodou com esse tipo de coisa, ele fazia questão de que se soubesse. Era um profissional sério de Washington, que sabia muito bem quais eram os seus compromissos, e quando ia trabalhar deixava o parentesco do lado de fora.

— Que aconteceu com o sujeito que tínhamos até a semana passada? — perguntou Burr.

— Acho que ele se cansou de esperar — respondeu Strelski. — Esses caras não esquentam muito em um lugar.

Admirado, como sempre, com o ritmo norte-americano de nomeação e demissão, Burr não disse mais nada. Só quando era tarde demais é que percebeu que ele e Strelski estavam guardando as mesmas reservas, porém, por deferência mútua, se recusando a exprimi-las. Enquanto isso, como todos os demais, Burr e Strelski mergulharam na tarefa impossível de convencer Washington a sancionar um decreto de interdição em alto-mar contra o SS *Lombardy*, matrícula panamenha, que partira de Curaçao e rumava para a Zona Franca de Colón, e que se sabia estar carregando cinquenta milhões de dólares em armamentos sofisticados, descritos no manifesto de carga do navio como turbinas, peças de tratores e maquinaria agrícola. Nesse ponto, Burr mais uma vez se culpou, depois — como se culpava por quase tudo — por passar horas demais sucumbindo ao charme envolto em *tweed* e aos modos aristocráticos de Ed Prescott, em seus escritórios imponentes no centro da cidade, e muito poucas na sala de operações da equipe mista de planejamento, cumprindo com suas responsabilidades como encarregadas do caso.

Porém, o que mais ele poderia fazer? As pontas secretas entre Miami e Washington estavam ocupadas dia e noite. Uma procissão de especialistas legais, e outros membros legais, havia sido convocada, e não demorou para que rostos britânicos familiares começassem a aparecer entre eles: Darling Katie, da embaixada de Washington, Manderson, da equipe de oficiais de ligação da Marinha, Hardacre, da Decodificação de Mensagens do Serviço Secreto, e um jovem advogado da Casa do Rio que, segundo se dizia, estava sendo preparado para substituir Palfrey como conselheiro legal do Grupo de Estudos de Aliciamento.

Havia dias em que Washington parecia se esvaziar para Miami; em outros dias, o gabinete do promotor se reduzia a duas datilógrafas e uma telefonista, enquanto Prescott, o assistente-adjunto do secretário de Justiça, e sua equipe partiam para alguma batalha no plenário do Congresso. E Burr, ignorando resolutamente os requintes das lutas internas da política norte-americana, consolava-se com a atividade febril, presumindo, mais ou menos como o cão lebréu de Jed, que onde havia tanta circunstância e movimento, com toda certeza deveria haver progresso também.

Portanto, não havia na realidade nenhum augúrio sombrio, apenas os abalos menores que são parte integrante de uma operação clandestina: por exemplo, os lembretes aborrecidos de que dados vitais, tais como interceptações selecionadas, fotos de reconhecimento e relatórios de área, vindos de Langley, estavam de alguma forma emperrando no caminho para a mesa de Strelski; e a sensação estranha, conhecida isoladamente por Burr e Strelski, mas ainda não partilhada, de que a Operação Marisco estava sendo conduzida em parceria com uma outra operação, cuja presença eles conseguiam sentir, mas não conseguiam ver.

De resto, a única dor de cabeça era, como de hábito, Apostoll, o qual, e não pela primeira vez em sua carreira inconstante como superdelator de Flynn, estava interpretando o seu número de desaparecimento. E isso era ainda mais cansativo porque Flynn havia tomado um avião para Curaçao especialmente a fim de estar disponível para ele, e via-se agora sentado à toa num hotel caro, sentindo-se feito a garota que estava levando um chá de cadeira no baile.

Mas nem diante desse fato Burr sentia motivo para alarme. Na verdade, se Burr fosse honesto, Apo tinha motivos. Seus controladores o vinham pressionando muito. Talvez demais. Há semanas que Apo vinha exprimindo o seu ressentimento e ameaçando cruzar os braços até sua anistia estar assinada e sacramentada. Não era de surpreender, inclusive com o calor aumentando, que ele preferisse se manter à distância, em vez de correr o risco de atrair para si mais seis sentenças de prisão perpétua como acessório antes e depois do que parecia ser o maior contrabando de drogas e armas da história recente.

— Pat acaba de telefonar ao padre Lucan — Strelski informou a Burr.
— Lucan não teve uma notícia dele. Nem Pat. Os clientes dele sabiam que ele não estava de partida para Curaçao. Por que outro motivo teriam enviado Moranti? Se ele podia dizer aos clientes, por que diabos não podia dizer a Pat?

— Talvez esteja querendo dar-lhe uma lição — sugeriu Burr.

Naquela mesma noite, os monitores entregaram uma interceptação que foi um prêmio inesperado, conseguido em uma varredura aleatória de telefonemas dados de Curaçao:

Lorde Langbourne aos escritórios de Menez & Garcia, advogados, de Cali, Colômbia, sócios do Dr. Apostoll e reconhecidos agentes de ligação para o cartel de Cali. O Dr. Juan Menez recebe o telefonema.

— Juanito? Sandy. O que aconteceu com nosso amigo, o doutor? Ele não apareceu.

Dezoito segundos de silêncio.

— Pergunte a Jesus.

— O que diabo isso quer dizer?

— Nosso amigo é uma pessoa religiosa, Sandy, talvez ele tenha feito um retiro.

Fica combinado que, tendo em vista a proximidade entre Caracas e Curaçao, o Dr. Moranti seguirá como substituto.

E, mais uma vez, conforme tanto Burr quanto Strelski admitiriam mais tarde, estavam protegendo um ao outro de seus verdadeiros pensamentos.

Outras chamadas interceptadas descreviam os esforços frenéticos de *Sir* Anthony Joyston Bradshaw para falar com Roper, de toda uma sucessão de telefones públicos espalhados pelo campo do Berkshire. Primeiro ele tentou usar seu cartão da AT&T, mas uma voz gravada disse-lhe que o cartão já não estava mais em vigor. Ele exigiu falar com o supervisor, exibiu seu título, pela voz parecia bêbado e foi cortado com cortesia, porém com firmeza. Os escritórios da Ironbrand em Nassau não foram de muito maior ajuda. Na primeira tentativa, a mesa se recusou a aceitar sua chamada a cobrar; na segunda, um MacDanby aceitou, mas só para dar-lhe um gelo. Finalmente, suas bravatas conseguiram abrir caminho até o comandante do *Iron Pasha*, agora ancorado em Antigua:

— Bem, então onde ele está? Tentei em Crystal. Ele não está em Crystal. Tentei a Ironbrand, e um sacana atrevido qualquer me disse que ele estava vendendo fazendas. Agora *você* me diz que ele está sendo "esperado". Eu quero que *se foda* se ele está sendo esperado! Quero falar com ele *agora*! Sou *Sir* Anthony Joyston Bradshaw. E trata-se de uma *emergência*. Você sabe o que é uma emergência?

O comandante sugeriu que ele tentasse o número particular de Corkoran em Nassau. Bradshaw já havia tentado, sem sucesso.

Não obstante, em algum lugar, de alguma forma, Bradshaw acabou por descobri-lo e falou com ele sem perturbar os monitores, como os acontecimentos posteriores revelariam de forma abundante.

O telefonema do oficial de serviço chegou ao amanhecer. Tinha a calma absoluta do Controle de Missão quando o foguete está ameaçando explodir em mil pedacinhos.

— *Mr.* Burr? Poderia vir até aqui imediatamente, senhor? *Mr.* Strelski já está a caminho. Estamos com um problema.

Strelski fez a viagem sozinho. Teria preferido levar Flynn, mas Flynn ainda estava se consumindo na inação em Curaçao, e Amato o estava ajudando nisso, de forma que Strelski foi em nome dos dois. Burr se oferecera para ir, mas Strelski estava tendo uma certa dificuldade com o envolvimento britânico naquela coisa. Não com Burr — Leonard era um bom amigo. Mas o fato de serem amigos não resolvia o problema todo. Não naquele exato momento.

Por isso, Strelski deixou Burr no quartel-general, com as telas tremeluzentes e a equipe da noite consternada, além de ordens rigorosas no sentido de que ninguém deveria fazer qualquer tipo de movimento, em qualquer direção, nem para Pat Flynn, nem para o promotor, nem *ninguém*, enquanto ele não tivesse conferido aquilo e telefonado com um sim ou um não.

— Certo, Leonard? Está me ouvindo?
— Estou ouvindo.
— Então está ótimo.

Seu motorista estava à espera, no estacionamento — Wilbur, era o nome dele, sujeito bastante simpático mas que, basicamente, havia atingido o limite de suas possibilidades — e seguiram juntos, com as luzes piscando e as sirenes gritando, pelo centro da cidade totalmente vazio, o que Strelski achou uma estupidez enorme, pois, afinal de contas, qual era a pressa, e por que acordar todo mundo? Mas não disse nada a Wilbur porque, lá no fundo, sabia que se fosse ele quem estivesse dirigindo, teria feito a mesma coisa. Às vezes a gente faz essas coisas por puro respeito. Às vezes são as únicas coisas que restam a fazer.

Além disso, *havia* pressa. Quando começam a acontecer coisas com testemunhas-chave, você pode com segurança dizer que há pressa. Quando tudo andou dando um pouquinho errado demais por um pouco de tempo demais; quando você andou vivendo à margem, enquanto todo mundo ficava se curvando para trás, para convencê-lo de que você está bem no centro de influência — meu Deus, Joe, onde é que nós *estaríamos* sem você? Quando você andou ouvindo, só um pouquinho em excesso, umas teorias políticas estranhas pelos corredores — gente falando de *Capitânia*, não apenas como um codinome, mas como uma *operação*, falando de *mudanças de metas* e *botar um pouco de ordem no seu próprio quintal* — quando você percebe que foi obsequiado com cinco rostos sorridentes a mais do que o habitual, e uns cinco relatórios cheios de informações úteis, a mais do que o habitual também, e nenhum deles valendo merda nenhuma — quando nada está mudando à sua volta, a não ser pelo fato de que o mundo em que você achava que estava se movimentando na verdade está discretamente se aliviando de você, fazendo-o se sentir como um sujeito em cima de uma balsa, no meio de um rio lento e infestado de crocodilos, indo na direção errada — e Joe, pelo amor de Deus, Joe, você é simplesmente *o* melhor agente que este serviço *tem* — bem, sim, você pode com segurança dizer que há um pouco de pressa para descobrir quem diabos está fazendo o que a quem.

Às vezes você assiste à sua própria derrota, pensou Strelski. Adorava tênis, e gostava ainda mais quando passavam pela TV *closes* dos caras bebendo Coca gelada entre um *set* e outro, e dava para ver o rosto do vencedor se preparando para vencer e o rosto do perdedor se preparando para perder. E os perdedores tinham um jeito igualzinho ao jeito como ele estava se sentindo agora. Ficavam dando suas tacadas, se esforçando ao máximo, mas no final o resultado é o resultado, e o resultado no amanhecer daquele novo dia não estava nada bom. Parecia que os príncipes da Inteligência Pura, de ambos os lados do Atlântico, iam fechar aquele *set* e ganhar o jogo.

Passaram pelo Grand Bay Hotel, o lugar preferido por Strelski para tomar uns drinques quando precisava acreditar que o mundo era elegante e calmo, fizeram uma curva para subir a colina, no sentido oposto ao cais, à marina e ao parque, e atravessaram um par de portões de ferro batido, controlados eletronicamente, entrando num lugar onde Strelski nunca estivera antes — um bloco de prédios, de um elegante metido a besta, chamado Sunglades, onde os ricos que transam drogas também transam suas infidelidades, suas trepadas, levam a vida, com guardas de segurança negros e porteiros negros, uma escrivaninha branca e elevadores brancos, e uma sensação, uma vez ultrapassados os portões, de ter chegado a um lugar ainda mais perigoso do que o mundo do qual estes portões tentam protegê-lo. Porque ser rico assim, numa cidade como essa, é tão perigoso que surpreende já não terem todos acordado mortos em suas camas gigantescas há muito tempo.

Só que o pátio da frente estava entupido de carros da polícia, caminhonetes de TV, ambulâncias e todo o aparato de histeria controlada do qual se espera que aplaque uma crise, mas que na verdade a acelera. O clamor e as luzes faziam aumentar o senso de deslocamento que vinha aborrecendo Strelski desde que o policial de voz rouca telefonara com a notícia, porque "percebemos que você tem um interesse por esse sujeito". Não estou aqui, pensou. Já sonhei esta cena.

Reconheceu uns dois sujeitos da Homicídios. Saudações breves. Oi, Glebe. Oi, Rockham. Que bom vê-lo. Meu Deus, Joe, por que demorou tanto? Boa pergunta, Jeff; talvez alguém tenha desejado que fosse exatamente assim. Reconheceu gente de sua própria agência. Mary Jo, com quem ele já havia trepado, para grande surpresa mútua, após uma festa no escritório, e um garoto sério, chamado Metzger, que estava com cara de quem precisava depressa de ar fresco, só que em Miami isso não existe.

— Quem está lá em cima, Metzger?

— Senhor, a polícia botou praticamente todo mundo que conhece lá em cima. Está uma coisa feia, senhor. Cinco dias sem ar condicionado bem lá no alto, perto do sol, é mesmo uma coisa enojante. Por que foi que desligaram o ar-condicionado? Quero dizer, isso é uma coisa bárbara de se fazer.

— Quem o chamou até aqui, Metzger?

— Homicídios, senhor.

— Há quanto tempo foi isso?

— Senhor, há uma hora.

— Por que não me chamou, Metzger?

— Senhor, eles disseram que o senhor estava ocupado na sala de operações, mas que logo estaria a caminho.

Eles, pensou Strelski. *Eles* significando uma nova mensagem. *Joe Strelski: ótimo agente, mas já ficando um pouco velho para o trabalho de investigação. Joe Strelski: lento demais para ser admitido a bordo da Capitânia.*

O elevador do centro levou-o até o último andar sem parar no caminho. Era o elevador da cobertura. A ideia do arquiteto tinha sido a seguinte: você saltava naquela galeria de vidro, sob a luz das estrelas, que era também uma câmara de segurança, e enquanto estava ali na galeria, calculando se iriam atirá-lo na cova dos leões ou lhe oferecer um jantar de *gourmet*, com uma piranha adolescente como acompanhamento, você podia admirar a piscina, a Jacuzzi, o jardim suspenso, o *solarium*, o *fornicatorium* e todos os outros realces essenciais ao estilo de vida de um modesto advogado dos cartéis da droga.

Um guarda jovem, usando uma máscara branca, precisava ver a identidade de Strelski. Ele preferiu mostrá-la a jogar conversa fora. O guarda jovem ofereceu-lhe uma máscara, como se Strelski tivesse acabado de entrar para o clube. Depois disso, eram luzes de *flashes* fotográficos e gente de avental, de quem se desviaram o tempo todo, e era o fedor, que de certa forma ficava mais pungente através da máscara. E era dizer "oi" a Scranton, da Inteligência Pura, e "oi" a Rukowski, do gabinete do promotor. E era ficar imaginando como, inferno, a Inteligência Pura conseguira chegar à cena do crime na sua frente. E era dizer "oi" a qualquer um que tivesse jeito de poder bloquear o seu caminho, até você, de alguma forma, abrir caminho às cotoveladas, até a parte mais iluminada da sala de leilões, que era com que o apartamento lotado se parecia, com exceção do fedor: todo mundo olhando para os *objets d'art*, tomando notas e calculando preços, e ninguém prestando muita atenção a ninguém.

E, ao chegar ao seu destino, você podia ver não uma reprodução, não uma imagem em cera, mais sim os originais autênticos do Dr. Paul Apostoll e sua atual, ou melhor, falecida amante, ambos despidos, que era como Apo gostava de passar suas horas de lazer — sempre de joelhos, a gente costumava dizer, e em geral também sobre os cotovelos —, ambos de uma extrema palidez clorótica, ajoelhados um de frente para o outro, as mãos e os tornozelos amarrados, as gargantas cortadas e as línguas puxadas através da incisão, para formar aquilo que é conhecido como uma gravata colombiana.

Burr entendeu, no momento em que Strelski recebeu a mensagem, bem antes de saber qual era o conteúdo da mensagem. Bastou-lhe o relaxamento desagradável do corpo de Strelski quando a mensagem lhe cruzou os ouvidos, e o modo como os olhos de Strelski instintivamente encontraram os de Burr e em seguida o dispensaram, preferindo fixar-se em algum outro objeto, enquanto ele ouvia o resto. O olhar e desvio do olhar disseram tudo. Lançaram ao mesmo tempo uma acusação e uma despedida. Disseram: você fez isso comigo, a sua gente. E: de agora em diante, é um aborrecimento estarmos ocupando a mesma sala.

Enquanto Strelski ouvia, foi fazendo algumas anotações, em seguida perguntou quem fizera a identificação e, com ar ausente, rabiscou mais alguma coisa. Em seguida, arrancou a folha de papel do bloco e enfiou-a no bolso, e Burr supôs que fosse um endereço e, pelo rosto pétreo de Strelski ao se levantar, supôs que ele estava indo para lá e que era uma morte suja. Burr em seguida teve que ficar olhando Strelski enfiar o coldre a tiracolo, e refletiu como, nos velhos tempos, em circunstâncias diferentes, teria perguntado a Strelski por que precisava de uma arma para ir visitar um cadáver, ao que Strelski teria encontrado alguma resposta supostamente anglofóbica, e eles teriam ido em frente.

Portanto, conforme Burr se lembraria para sempre daquele momento, ele estava na verdade sendo informado de duas mortes ao mesmo tempo: a de Apostoll e a de seu próprio companheirismo profissional.

— Os guardas dizem que encontraram um sujeito morto no apartamento do irmão Michael, em Coconut Grove. Circunstâncias suspeitas. Vou dar uma checada.

E então o aviso, dirigidos a todos, exceto Burr, e no entanto dirigido a Burr particularmente:

— Pode ser qualquer um. Pode ser o cozinheiro dele, o motorista, o irmão, qualquer porra dessas. Ninguém faz um movimento, enquanto eu não disser. Estão me ouvindo?

Ouviram-no mas, como Burr, sabiam que não tinha sido o cozinheiro, nem o motorista, nem o irmão. E agora Strelski havia telefonado do local do crime, e sim, era Apostoll, e Burr estava fazendo as coisas que havia se preparado mentalmente para fazer assim que a confirmação chegasse, na ordem que havia planejado. Seu primeiro telefonema foi a Rooke, para dizer-lhe que a operação Marisco devia ser considerada como comprometida, e com efeito imediato. E que, de acordo com isso, Jonathan deveria receber o sinal de emergência para a primeira fase do plano de evacuação, o que exigia dele fugir da companhia de Roper e de seu séquito e sumir de circulação, de preferência num consulado britânico mais próximo, porém, na falta disso, em uma delegacia de polícia, onde deveria se entregar como Pine, o criminoso procurado, num prelúdio a uma rápida repatriação.

Mas o telefonema chegou tarde demais. Quando Burr conseguiu encontrar Rooke, no banco de passageiro da caminhonete de vigilância de Amato, os dois estavam admirando o jato de Roper mergulhar no sol nascente, ao decolar para o Panamá. Fiel ao seu conhecido padrão de comportamento, o Chefe estava voando à primeira luz do dia.

— Que aeroporto no Panamá, Rob? — perguntou Burr, lápis na mão.

— O destino declarado à torre de controle foi o Panamá, sem detalhes. Melhor perguntar à vigilância aeronáutica.

Burr já estava fazendo isso, em outra linha.

Depois disso, Burr telefonou para a embaixada britânica no Panamá e falou com o Secretário de Assuntos Econômicos, que por acaso também representava a agência de Burr e tinha uma linha direta com a polícia panamenha.

Finalmente, falou com Goodhew, explicando que o corpo de Apostoll tinha sinais de que havia sido torturado antes de ter sido assassinado, e que a possibilidade de Jonathan ter sido desmascarado podia ser encarada, para fins operacionais, como uma certeza.

— Oh, sim, bem, entendo — disse Goodhew, distraído. Será que não se importara — ou estaria em choque?

— Isso não significa que não possamos pegar Roper — insistiu Burr, percebendo que, ao insuflar esperança em Goodhew, estava tentando manter firme a própria coragem.

— Concordo. Você não deve afrouxar. O negócio é segurar firme. E você tem muita força para isso, eu sei.

Costumava ser sempre *nós*, pensou Burr.

— Apo devia estar esperando por isso, Rex. Era um delator. A vida dele era provisória. Essa é que é a verdade. Se correr, os federais te pegam, se ficar, os bandidos te comem. Ele sabia disso o tempo todo. Nossa obrigação é salvarmos o nosso homem. Podemos fazer isso. Não é problema. Você vai ver. É só que um monte de coisas está acontecendo ao mesmo tempo. Rex?

— Sim, ainda estou na linha.

Lutando com sua própria agitação, Burr viu-se cheio de um sentimento febril de piedade por Goodhew. Rex não devia estar sendo submetido a esse tipo de coisa! Ele não tem armadura, leva as coisas muito a peito! Burr lembrou-se de que, em Londres, já era de tarde. Goodhew havia almoçado com o chefe.

— E como foram as coisas, então? Que notícia importante era essa? — perguntou Burr, ainda tentando arrancar dele uma palavra de otimismo. — O secretário do Conselho está finalmente passando para o nosso lado?

— Oh, sim, obrigado, sim, muito agradável — disse Goodhew, com uma cortesia terrível. — Comida de clube, é até para isso que a gente se associa aos clubes. — Ele está sob anestésicos, pensou Burr. Está divagando. — Estão formando um novo departamento, você vai gostar de saber. Um Comitê de Vigilância de Whitehall, o primeiro desse tipo, segundo me foi dito. Defende tudo pelo que ele está lutando, e vou ser o diretor. Vou me reportar diretamente ao secretário do Conselho, o que é bastante importante. Todo mundo já deu ao projeto a sua bênção, até a

Casa do Rio prometeu pleno apoio. Devo fazer um estudo em profundidade de todos os aspectos do mundo secreto: recrutamento, dinâmica, relação custo-benefício, divisão da carga de trabalho, responsabilidades. Mais ou menos tudo que eu achava que já havia feito, só que devo fazer tudo de novo, e melhor. Devo começar imediatamente. Não há nem um momento a se perder. Isso vai significar abrir mão do meu presente trabalho, naturalmente. Mas ele deixou implícito que havia um título de cavaleiro no fim do arco-íris, o que vai ser ótimo para a Hester.

A vigilância aeronáutica estava de volta, na outra linha. O jato de Roper havia descido abaixo do nível de radar, ao se aproximar do Panamá. O melhor palpite era que ele havia virado para noroeste, rumando para a Costa do Mosquito.

— Então, onde diabos ele está? — gritou Burr, em desespero.

— *Mr.* Burr — disse um menino chamado Hank. — Ele desapareceu.

Burr estava sozinho na sala dos monitores, em Miami. Estava ali, de pé, há tanto tempo que os monitores haviam deixado de notá-lo. Estava de costas para eles, tinha os seus painéis de controle com que trabalhar e suas centenas de outras coisas com que se preocupar. E Burr estava com os fones de ouvido. E o negócio com os fones de ouvido é que, com eles, não há conciliação, não há divisão, não há discussão do material. É você e o som. Ou a falta dele.

— Esta aqui é para o senhor, *Mr.* Burr — dissera-lhe uma monitora, bruscamente, mostrando-lhe as chaves a serem acionadas no painel. — Parece que o senhor tem um probleminha aí.

Foi até aí a sua simpatia. Não que ela fosse uma mulher incompreensível, longe disso. Mas era uma profissional, e outros assuntos exigiam sua atenção.

Ele tocou a fita uma vez, mas estava tão tenso e aturdido que resolveu não compreender nada. Até a etiqueta o confundiu. *Marshall de Nassau para Thomas em Curaçao*. Quem diabo era Marshall, quando ele estava em casa? Que droga estava fazendo ao telefonar para o *meu soldado*, em Curaçao no meio da noite, exatamente quando a operação começava a abrir asas?

Pois quem poderia supor, à primeira vista, com tantas coisas com que pensar, que *Marshall* era uma garota? E não só uma garota, mas uma certa Jemima, também conhecida como Jed, *aliás* Jeds, telefonando da residência de Roper em Nassau?

Quatorze vezes.

Entre meia-noite e quatro da manhã.

De dez a dezoito minutos entre cada telefonema.

Nas treze primeiras vezes perguntando educadamente à telefonista do hotel por *Mr*. Thomas, por favor, e sendo informada, após as devidas tentativas para colocarem contato, que *Mr*. Thomas não estava atendendo o telefone.

Mas, na 14ª tentativa, seu empenho foi recompensado. Faltavam três minutos para as quatro da manhã, para ser preciso, quando Marshall, de Nassau, é posta na linha com Thomas, em Curaçao. Durante 27 minutos de tempo de telefone de Roper. Jonathan a princípio furioso. Com muita razão. Mas, em seguida, menos furioso. E finalmente, se Burr escutou direito a música, nem um pouco furioso. De tal forma que, no final de seus 27 minutos, a coisa não passa de *Jonathan... Jonathan... Jonathan...* e muita respiração ofegante e arquejante, enquanto eles adormeciam ouvindo a respiração um do outro.

Vinte e sete minutos de um maldito vácuo entre amantes. Entre a mulher de Roper, Jed, e Jonathan, o meu soldado.

24

— Fabergé — disse Roper, quando Jonathan perguntou-lhe para onde iam.

— Fabergé — respondeu Langbourne, falando pelo canto da boca.

— Fabergé, Thomas — disse Frisky, com um sorriso não muito simpático, enquanto eles apertavam os cintos. — Você já ouviu falar de Fabergé, o joalheiro famoso, não ouviu? Pois bem, é para onde estamos indo, não é mesmo, para cairmos um pouco na farra.

Jonathan então se recolheu aos seus próprios pensamentos. Há muito tempo estava consciente de que era uma daquelas pessoas condenadas a pensar simultaneamente, em vez de consecutivamente. Por exemplo, estava comparando os verdes da selva com os verdes da Irlanda, e concluindo que a selva dava na Irlanda de dez a zero. Estava recordando como, nos helicópteros do exército, o costume era sentarem-se sobre os capacetes de aço, caso os bandidos lá embaixo resolvessem arrancar a bala os sacos dos mocinhos. E como desta vez ele não tinha capacete — apenas *jeans*, tênis e um saco bem pouco protegido. E como, assim que entrou pela primeira vez num helicóptero, naquele tempo, sentiu a comichão do combate começar a lhe percorrer o corpo, ao dar um último adeus a Isabelle e apertar o rifle contra o rosto. Estava sentindo agora a mesma comichão. E como os helicópteros, porque lhe davam medo, haviam sido sempre lugares de reflexão filosófica do tipo mais banal para ele, assim como: estou na jornada da vida, estou no útero, mas rumando ao túmulo. Assim como: Deus, se eu sair desta vida, sou seu — bem, pelo resto da vida. Assim como: paz é servidão, guerra é liberdade, uma ideia que o envergonhava todas as vezes que tomava conta dele, e o levava a ficar buscando alguém para punir: assim como Dicky Roper, seu tentador. E estava pensando que, fosse o que fosse o que ele viera procurar, estava agora cada vez mais próximo, e Jed não seria conquistada, nem valeria a pena conquistar, e Sofie não descansaria em paz, enquanto ele não o houvesse encontrado, porque sua busca — como nós, velhos signatários dizemos — era por-elas-e-para-elas.

Lançou um olhar furtivo a Langbourne, sentado atrás de Roper, ocupado lendo um contrato enorme, e ficou impressionado, tal como acontecera em Curaçao, pelo modo como Langbourne despertava para a vida assim que sentia um cheiro de cordite. Não diria que gostava mais de Langbourne por isso, mas ficava satisfeito por descobrir que havia alguma coisa no mundo, fora as mulheres, capaz de despertá-lo daquele seu estado de indolência — ainda que fossem apenas as técnicas avançadas de carnificina humana.

— Bem, Thomas, não deixe *Mr.* Roper andar em más companhias — prevenira Meg, da escada de seu avião, enquanto os homens carregavam suas bagagens para o helicóptero. — Você sabe o que eles dizem a respeito do Panamá, que é Casablanca sem os heróis, não é mesmo, *Mr.* Roper? Portanto, não vão vocês todos bancar os heróis, vejam bem. Ninguém dá valor a isso. Tenha um bom-dia, lorde Langbourne. Thomas, foi um prazer tê-lo a bordo. *Mr.* Roper, esse abraço não foi muito decoroso.

Estavam subindo. À medida que subiam, a *sierra* subia com eles, até que entraram numa nuvem turbulenta. O helicóptero não gostava de nuvem como não gostava da altitude, e seu motor rinchava e resfolegava feito um velho pangaré de maus bofes. Jonathan colocou seus tapa-ouvidos de plástico, mas só teve como recompensa o zumbido de uma broca de dentista. O ar na cabine passou do gélido ao intolerável. Deram uma guinada súbita sobre um penacho de picos nevados e, com a mesma brusquidão começaram a descer, feito uma semente de plátano, até estarem voando sobre uma sequência de ilhotas, cada qual com sua meia dúzia de palhoças e trilhas de terra vermelha. E, então, novamente o mar. Em seguida, uma outra ilha, aproximando-se deles tão depressa e tão baixo que Jonathan ficou convencido de que o amontoado de mastros dos barcos de pesca estava a ponto de fazer o helicóptero em pedaços, ou mandá-lo rodopiando pela praia, sobre as pás giratórias.

Agora estavam cortando a terra em dois, mar de um lado, selva do outro. Acima da selva, as colinas azuis. Acima das colinas, baforadas brancas de fumaça de artilharia. E, lá embaixo, rolavam as fileiras bem organizadas de ondas brancas e lentas, em meio a línguas de terra estonteantemente verdes. O helicóptero faz uma curva fechada, como se esquivando de fogo inimigo. Bananais retangulares, como campos de arroz, misturavam-se com a charneca de Armagh. O piloto está seguindo sobre uma estrada de areia amarela, levando-os à casa de fazenda arruinada onde o observador atento estourou os rostos de dois homens e transformou-se na estrela de seu regimento. Entra por um vale aberto na selva, muralhas verdes envolvendo-os, momento em que Jonathan é tomado por uma necessidade horrível de dormir. Estão subindo pelo lado da colina, patamar por patamar, por sobre fazendas, cavalos, aldeias, gente viva. Volte, já está bastante alto. Mas eles não voltam. Continuam, até que acima deles não há nada e vida lá embaixo é inidentificável. Cair aqui, mesmo num avião grande, é ter a selva se fechando por sobre você antes de atingir o chão.

— Eles parecem que preferem o lado do Pacífico — havia explicado Rooke em Curaçao, oito horas e uma vida inteira atrás, falando pelo telefone do quarto 22. — Do lado do Caribe é fácil demais para os rapazes do radar rastrearem, mas, uma vez que você está na selva, não faz mesmo muita diferença, porque lá você não existe. O chefe do treinamento chama-se Emmanuel.

— Não é sequer uma letra no mapa — dissera Rooke. — O lugar chama-se Cerro Fábrega, mas Roper prefere chamá-lo de Fabergé.

Roper havia retirado a máscara de dormir e consultava o relógio como se estivesse conferindo a pontualidade de uma linha aérea. Estava em queda livre por cima de nada. Os traços vermelhos e brancos de uma plataforma de helicópteros os sugavam para baixo, para dentro do poço de uma floresta escura. Homens armados e uniformizados estavam de olhos erguidos para eles.

Se o levarem com eles será porque não ousam confiar em deixá-lo fora de vista, dissera Rooke, profeticamente.

E o mesmo havia explicado o próprio Roper antes de subirem a bordo do *Lombardia*. Ele não confia em mim uma palha, enquanto minha mão não houver assinado tudo.

O piloto desligou os motores e os gritos estridentes dos pássaros tomaram conta de tudo. Um tipo hispânico atarracado, em uniforme de selva, aproximou-se num passinho apressado para recebê-los. Atrás deles, Jonathan viu seis casamatas bem camufladas, guardadas por homens em duplas, que com certeza tinham ordens para não sair da sombra das árvores.

— Alô, Manny — gritou Roper, ao saltar alegre, na pista alcatroada. — Estou morrendo de fome. Lembra-se do Sandy? O que temos para o almoço?

Prosseguiram cautelosamente pela trilha da selva, Roper à frente e o coronel atarracado conversando com ele, enquanto caminhava, virando para ele um corpo compacto inteiro de uma vez, erguendo as mãos em concha para segurá-lo, cada vez que expunha uma opinião. Logo atrás deles vinha Langbourne, que havia adotado uma marcha apropriada para a selva, de joelhos bem flexionados; atrás vinha o pessoal de treinamento. Jonathan reconheceu os dois ingleses de membros flexíveis que haviam aparecido no Meister's dizendo-se chamar Forbes e Lubbock, e conhecidos por Roper como os rapazes de Bruxelas. Depois vinham dois norte-americanos sósias com cabelos ruivos, absortos numa conversa com um homem de um louro quase branco, chamado Olaf. Atrás deles vinham Frisky e dois franceses que Frisky evidentemente conhecia de outras vidas. Atrás deles vinham Jonathan, Tabby e um garoto chamado Fernández, com uma cicatriz no rosto e apenas dois dedos em uma das mãos. Se estivéssemos na Irlanda, eu diria que você foi vítima de bomba, pensou Jonathan. A algazarra dos pássaros era ensurdecedora. O calor, cada vez que ficavam sob a luz do sol, era escaldante.

— Estamos na região mais íngreme do Panamá, por favor — disse Fernández, numa voz baixa e entusiástica. — Ninguém consegue caminhar neste lugar. Temos três mil metros de altura, colina muito íngreme tudo selva, sem estrada, sem trilha. Agricultores terebeños chegam, queimam árvore, plantam banana-da-terra uma vez, vão embora. Não há terror.

— Formidável — disse Jonathan com educação.

Um momento de confusão, que Tabby, ao menos uma vez, lançou-se mais rápido do que Jonathan para resolver.

— Terra, Ferdie — corrigindo-o com gentileza. — *Tierra* não é *terror*. É *terra*. A *terra é rala* demais. Não há *terra*. Os agricultores terebeños são uma gente muito triste, *Mr.* Thomas. Houve uma época em que combatiam todo mundo. Hoje são obrigados a casar com tribo que não gostam.

Jonathan emitiu alguns ruídos de compreensão.

— Nós dizemos que somos prospectores, *Mr.* Thomas. Dizemos que procuramos petróleo. Dizemos que procuramos ouro. Dizemos que procuramos *huaca**, rã de ouro, águia de ouro, tigre de ouro. Nós aqui somos gente pacífica, *Mr.* Thomas.

Grande gargalhada, da qual Jonathan, obsequiosamente, participou.

Do outro lado da muralha de selva, Jonathan ouviu uma rajada de metralhadora, seguida pelo estrondo seco de uma granada. E então, um momento de silêncio, antes da babel da selva retornar. É como costumava acontecer na Irlanda, ele se lembrou: após um estrondo, os velhos ruídos prendiam a respiração, até ser seguro poder voltar a se exprimir. A vegetação fechou-se sobre eles, e agora ele estava num túnel em Crystal. Flores brancas em forma de trombeta, borboletas amarelas e libélulas passavam roçando por ele. Lembrou-se de uma manhã em que Jed usava uma blusa amarela e tocou-o com os seus olhos.

Foi trazido de volta ao tempo presente por um destacamento de soldados que passaram por ele com um passo ritmado, descendo a colina, em velocidade de infantaria ligeira, suando sob o peso dos lança-foguetes carregados no ombro, dos foguetes e dos facões de mato. O líder era um garoto de olhos de um azul mortiço e um chapéu de mateiro. Mas os olhos de seus soldados, mestiços de indígenas com espanhóis, estavam fixos, numa dor zangada, no caminho à frente, de forma que só o que Jonathan soube a respeito deles, ao passarem correndo, foi a exaustão suplicante dos rostos manchados de tinta de camuflagem, as cruzes penduradas em cordões no pescoço e o cheiro de suor e dos uniformes empapados de lama.

Entraram num trecho de frio alpino e Jonathan foi transferido para as florestas acima de Mürren, a caminho da base de Lobhorn para um dia de escalada. Sentiu-se intensamente feliz. A selva é como mais uma volta ao lar. A trilha passava ao lado de corredeiras que levantavam uma névoa de água vaporizada, o céu estava nublado. Ao atravessarem o leito de um rio seco, o veterano de muitos cursos de ataque vislumbrou cordas, arames atravessados no caminho, caixas de cartuchos e redes, indígenas com os rostos pintados de preto e marcas de detonação nos troncos das árvores. Subiram uma parede escarpada, entre relva e rochas, chegaram à borda e olharam para baixo. O acampamento que viram parecia a princípio deserto. Saía fumaça da chaminé da cozinha, ao som de um canto choroso espanhol. Todos os homens fisicamente aptos

---

* Objetos sagrados, muitas vezes de ouro, pré-colombianos. (*N. do T.*)

estão na selva. Somente os cozinheiros, os funcionários mais graduados e os doentes graves têm permissão de ficar.

— No governo de Noriega, havia muitos paramilitares sendo treinados aqui — estava dizendo Fernández, naquele seu jeito metódico, quando Jonathan voltou a se ligar nele. — Panamá, Nicarágua, Guatemala, Americano, Colômbia. Gente espanhola, gente indígena, todos treinados aqui, muito bons. Para combater Ortega. Para combater Castro. Para combater muita gente ruim.

Foi só quando desceram a ladeira e entraram no acampamento que Jonathan percebeu que Fabergé era um manicômio.

Uma base de tiro dominava o acampamento, tinha ao fundo uma parede branca triangular, repleta de *slogans*. Logo abaixo ficava um círculo de casas de tijolos e concreto, cada qual com sua função representada por uma pintura com figuras obscenas, na porta: a cozinha com uma cozinheira *topless*, a casa de banho com uns banhistas nus, a clínica com uns corpos ensanguentados, a escola de instrução técnica e esclarecimento político, a casa do tigre, a casa das cobras, a casa dos macacos, o aviário e, numa pequena subida, a capela, as paredes decoradas com as imagens bulbosas da Virgem com o Menino, vigiados por guerreiros da selva armados com Kalashnikovs. Figuras pintadas se destacavam até a cintura em meio às casas, lançando olhares truculentos ao longo dos caminhos cimentados: um comerciante barrigudo com um chapéu de três bicos, casaca azul e gola de rufos; uma dama madrilena elegante, o rosto pintado com ruge, envolta em sua mantilha; uma jovem camponesa índia, com os seios nus, cabeça virada numa expressão de medo, olhos e boca abertos, enquanto gira freneticamente a manivela de um poço misterioso. E, projetando-se das janelas e das falsas chaminés das casas, braços, pés e rostos convulsos em gesso rosa cor de carne, banhados de sangue, como os membros cortados de vítimas abatidas enquanto tentavam fugir.

Mas a parte mais enlouquecida de Fabergé não eram os gessos das paredes, nem as estátuas de vodu, nem as palavras mágicas em dialeto índio, intercaladas com frases em espanhol, nem o Crazy Horse Saloon, de telhado de junco, com seus banquinhos altos, vitrola automática e garotas nuas saltitando nas paredes. Era o zoológico, que era de verdade. Era o tigre da montanha, um animal demente, chocado com um naco de carne apodrecida, dentro de uma jaula que não tinha o seu próprio tamanho. Eram as cabras montesas amarradas e os gatos-do-mato em caixotes. Eram os periquitos, águias, garças, papagaios e abutres, em seu aviário imundo, batendo as asas cortadas nas pontas e esbravejando ao morrer da luz do dia. Eram os macacos desesperados, mudos em suas jaulas, e as carreiras de caixas de munição, verdes, cobertas de arame farpado, e cada caixa contendo uma espécie diferente de cobra, para que os guerreiros da selva pudessem aprender a diferença entre amigo e inimigo.

— Coronel Emmanuel tem muito amor por animal — explicou Fernández, enquanto conduzia os hóspedes a seus aposentos. — Para lutar, devemos ser filhos da selva, *Mr.* Thomas.

As janelas da cabana em que ficaram eram gradeadas.

À noite, estão todos jantando juntos em Fabergé. O convidado de honra regimentar é o *Mr.* Richard Onslow Roper, nosso patrão, coronel em chefe, nosso companheiro de armas, nosso bem-querer. Todas as cabeças estão voltadas para ele e para o fidalgote já não mais lânguido, sentado a seu lado.

São trinta homens, estão comendo galinha com arroz e bebendo Coca-Cola. Velas em jarros, e não em candelabros Paul de Lamarie, iluminam-lhes os rostos ao longo da mesa. É como se o século XX houvesse esvaziado sua caçamba de lixo com restos de guerreiros e causas desaparecidas num acampamento chamado Fabergé: veteranos norte-americanos, enojados primeiro com a guerra e em seguida com a paz; *spetsnazes* russos, treinados para guardar um país que desapareceu no momento em que eles estavam de costas; franceses que ainda odiavam de Gaulle por ter aberto mão do norte da África; o menino israelense que só havia conhecido guerra, e o menino suíço, que só havia conhecido paz; os ingleses em busca de nobreza militar, porque sua geração, de certa forma, perdeu o melhor da festa. (Se ao menos pudéssemos ter tido um Vietnã britânico!), um grupo de alemães introspectivos, divididos entre a culpa e a sedução da guerra. E o coronel Emmanuel, que segundo Tabby havia combatido em todas as guerras sujas, de Cuba a El Salvador, da Guatemala à Nicarágua, e outros pontos do mundo, a fim de agradar os odiados ianques: bem, agora Emmanuel iria equilibrar um pouco o marcador!

E o próprio Roper — que havia convocado aquela legião espectral para o banquete —, pairando sobre tudo como uma espécie de gênio à cabeceira, ora comandante, ora empresário, ora cético, ora fada-madrinha do sexo masculino.

— Os *mujis*? — repete Roper em meio a risos, pegando a deixa de algo que Langbourne dissera sobre o sucesso dos mísseis Stinger norte-americanos no Afeganistão. — Os *mujaedin*? Valentes como leões, loucos de jogar pedra! — Quando Roper fala a respeito de guerra, sua voz assume um tom mais calmo e a fala volta quase ao normal. — Eles pulavam no chão, na frente dos tanques soviéticos, disparando suas Armalites fabricadas dez anos atrás e apreciando as balas quicando na blindagem feito granizo. Zarabatanas contra *lasers*, e *eles* não estavam ligando. Os americanos deram uma espiada e disseram: os mujis estão precisando de Stingers. Washington, então, contrabandeia Stingers para eles. E os mujis enlouquecem. Tomam os tanques soviéticos, abatem seus helicópteros de combate. E *aí*, o que acontece? Pois *eu* vou lhes dizer o que acontece! Os soviéticos caíram fora, não há mais soviéticos, os mujis têm Stingers e estão loucos para soltá-los. Por isso, todo mundo quer Stingers porque os mujis os têm. Quando tínhamos arcos e flechas, éramos macacos com arcos e flechas. Agora, somos macacos com ogivas múltiplas. Sabe por que Bush foi à guerra contra Saddam?

A pergunta foi dirigida a seu amigo Manny, mas é um veterano norte-americano quem responde:

— O petróleo, ora essa.

Roper não está satisfeito. Um francês faz nova tentativa.

— Pela grana! Pela soberania do ouro kuwaitiano!

— Pela *experiência* — diz Roper. — Bush queria a experiência. — Apontou um dedo para os russos. — No Afeganistão, vocês, rapazes, tinham oitenta mil oficiais calejados em batalha, travando uma guerra moderna e flexível. Pilotos que haviam bombardeado alvos reais. Tropas que haviam enfrentado fogo de verdade. E Bush, o que tinha? Os generais veteranos do Vietnã e meninos heróis da campanha triunfal contra Granada, população três homens e uma cabra. Por isso, Bush foi à guerra. Foi ralar os joelhos. Experimentou sua rapaziada contra os brinquedinhos que havia impingido a Saddam, no tempo em que os iraquianos eram os bandidos. Grandes aplausos do eleitorado. Certo, Sandy?

— Certo, Chefe.

— Governos? São piores do que nós. Eles fazem os acordos, a gente enfrenta a barra. Já vi esse filme várias vezes.

Faz uma pausa, e talvez ache que já falou o bastante. Ninguém mais acha isso, porém.

— Fale-nos a respeito de Uganda, Chefe! Você estava por cima em Uganda. Ninguém podia tocá-lo. Idi Amin comia direitinho na sua mão. — É Frisky, falando no outro extremo da mesa, está sentado entre velhos amigos.

Como um músico, em dúvida se deve ou não dar um bis, Roper hesita, e em seguida resolve condescender.

— Bem, o Idi era um garoto meio brabo, não há dúvida. Mas gostava de sentir o peso de uma mão firme. Qualquer um que não eu teria estragado com Idi, impingindo-lhe qualquer coisa com que ele sonhasse, e um pouco mais. Eu, não. Dou o sapato conforme o pé. Idi teria usado armas nucleares para matar os seus faisões, se tivesse podido. Você estava lá também, McPherson.

— Idi era um caso único, Chefe — diz um escocês quase mudo, sentado do outro lado de Frisky. — E nós estaríamos liquidados, sem o senhor.

— Lugarzinho difícil, Uganda, não é mesmo, Sandy?

— O único lugar na vida em que vi um sujeito comer um sanduíche debaixo de um enforcado — retruca lorde Langbourne, para amplo divertimento popular.

Roper faz uma voz bem África Negra.

— "Vamu lá, Dicky, vamu vê aqueles seus brinquedinho fazendo u sirviçu." Não quis ir, eu me recusei. "Eu, não, senhor presidente, obrigado. Pode fazer o que quiser comigo. Homens da minha qualidade são raros." Se eu fosse um dos coleguinhas dele teria acabado comigo ali mesmo. Fica com os olhos saltados. Grita comigo. "É seu dever me acompanhar!", diz ele. "Não, não é", eu respondo. "Se eu estivesse vendendo cigarros, em vez de armas, você não iria me levar ao hospital para ficar sentado à cabeceira dos sujeitos que estão morrendo de câncer no pulmão, ia?" Riu feito um condenado, o velho Idi. Não que algum dia eu tenha confiado naquele riso dele. Rir é mentir, na maioria das vezes. É se desviar da verdade. Não confio em quem faz muitas piadas. Eu rio, mas não confio na pessoa. O Mickey costumava fazer piadas. Lembra-se do Mickey, Sands?

— Oh, lembro bem, até demais, muito obrigado — rosna Langbourne, e ganha mais uma vez o riso da casa: esses lordes ingleses, temos de lhes dar a mão à palmatória, eles são realmente *algo*!

Roper espera até o riso passar:

— Todas aquelas piadas de guerra que o Mickey costumava contar, que deixavam todo mundo rindo às gargalhadas? Mercenários usando cordões de orelhas humanas penduradas no pescoço e coisas assim? Lembra?

— Eu, porém, não diria que ele fez muito bom proveito, fez? — diz o lorde, encantando mais uma vez seus admiradores.

Roper vira-se para o coronel Emmanuel:

— Eu disse a ele: "Mickey", eu disse, "você está forçando a sorte." A última vez que o vi, foi em Damasco. Os sírios simplesmente o adoravam. Achavam que era o seu curandeiro, que lhes conseguia tudo que eles precisavam. Se quisessem ficar com a lua, Mickey conseguiria o equipamento necessário para isso. Deram-lhe um enorme apartamento de luxo no centro da cidade, cheio de cortinas de veludo, a luz do dia não entrava em parte alguma, lembra-se, Sandy?

— Parecia um salão de exposição de bichas marroquinas — diz Langbourne, para a hilaridade incontrolável de todos. E mais uma vez Roper espera até voltar a haver silêncio.

— Você entrava no escritório dele, vindo da rua ensolarada, ficava cego. E uns capangas, muito barra pesada, na antessala. Uns seis ou oito. — Faz um gesto com a mão, abrangendo toda a mesa. — Com um aspecto pior do que um desses camaradas, se é que você consegue acreditar.

Emmanuel ri gostosamente. Langbourne, bancando o dândi para eles, ergue uma das sobrancelhas. Roper continua:

— E o Mickey, à sua escrivaninha, três telefones, ditando para uma secretária idiota. "Mickey, não se engane", eu o preveni. "Hoje, você é um hóspede de honra. Deixe-os na mão, e você é um hóspede de honra morto." Uma regra de ouro, naqueles tempos: não tenha nunca um escritório. Assim que você consegue um escritório, torna-se um alvo. Eles grampeiam você, leem seus documentos, descobrem tudo a seu respeito e, se param de gostar de você, sabem onde encontrá-lo. O tempo todo que a gente correu os mercados, nunca tive um escritório. Vivíamos em uns hotéis horrorosos, lembra-se, Sands? Praga, Beirute, Trípoli, Havana, Saigon, Taipé, a maldita Mogadichu, lembra-se, Wally?

— É claro que lembro, Chefe — diz uma voz.

— As únicas vezes em que eu aguentava ler um livro era quando estava entocado num desses lugares. Não consigo suportar a passividade, como regra geral. Dez minutos de um livro, e já tenho de me levantar e fazer alguma coisa. Mas, lá longe, matando tempo em cidades nojentas, esperando por um acordo, não resta nada a fazer, a não ser cultura. Alguém me perguntou algum dia como foi que ganhei meu primeiro milhão. Você estava presente, Sands. Sabe a quem estou me referindo. "Com a bunda sentada numa cadeira em Lugarnenhúmpolis", foi o que respondi. "Não lhe pagam pelo negócio. Pagam-lhe para você desperdiçar o seu tempo."

— Mas afinal, o que aconteceu ao Mickey? — pergunta Jonathan do outro lado da mesa.

Roper olha para o teto, como se dissesse, "lá no alto".

Fica com Langbourne a tarefa de fornecer a solução ao grupo.

— Que diabo, *eu* nunca vi um corpo daquele jeito — diz ele com uma espécie de perplexidade inocente. — Devem ter levado *dias* com ele. O Mickey andava jogando com todos os lados, é claro. Uma jovem senhora de Tel Aviv, de quem ele passara a gostar um pouco demais. Há quem diga que foi muito bem feito. Mesmo assim, *eu* acho que foram um pouco duros com ele.

Roper está se levantando, espreguiçando-se.

— A coisa toda é uma caça ao cervo — declara ele, satisfeito. — Você segue toda uma jornada, se esgota. As coisas o derrubam, o atropelam, você continua firme. E um dia você vislumbra aquilo que está perseguindo, e se tiver uma sorte danada, consegue dar a sua tacada. O lugar certo. A mulher certa. A companhia certa. Outros caras mentem, tremem, trapaceiam, enganam as despesas, vivem rastejando. A gente *faz*... e que vá tudo para o diabo! Boa noite, pessoal. Obrigado, cozinheiro. Onde está o cozinheiro? Foi dormir. Sujeito inteligente.

— Posso lhe contar uma realmente engraçada, Tommy — perguntou Tabby, quando se deitaram em seus beliches para dormir —, uma que você vai gostar de verdade?

— Vamos lá — disse Jonathan, em tom hospitaleiro.

— Bem, você sabe que os ianques tem uns AWACS na Base Aérea de Howard, saindo de Panamá City para pegar a rapaziada da droga? Bem, o que eles fazem é o seguinte, eles sobem bem, bem alto e ficam observando os aviõezinhos zumbindo em torno das plantações de coca, na Colômbia. Portanto, o que os *colombianos* fazem é, sendo espertos, manter um sujeitinho permanentemente tomando café num botequim em frente à base aérea. E toda a vez que um AWACS ianque decola, o sujeitinho telefona para a Colômbia, informando a rapaziada.

Era uma outra parte da selva. Pousaram e a equipe de terra escondeu o helicóptero no meio das árvores, onde dois velhos aviões de transporte estavam estacionados debaixo de redes de camuflagem. A pista de pouso havia sido cortada seguindo ao lado de um trecho de rio, tão estreita que até o último momento Jonathan teve certeza de que iriam mergulhar de barriga nas corredeiras, mas a pista coberta de cascalho era longa o suficiente para receber um jato. Um caminhão de transporte de tropas os recolheu. Passaram por uma barreira de controle e por uma placa dizendo EXPLOSÕES, e em inglês, embora fosse um mistério quem é que um dia iria ler e compreender aquilo. A luz do sol ao amanhecer transformava cada folha numa joia. Atravessaram uma ponte de sapeadores e seguiram entre rochedos de quase vinte metros de altura, até chegarem a um anfiteatro natural, cheio dos ecos da selva e dos sons de uma queda-d'água. A curva da colina proporcionava uma vista privilegiada. Via-se do alto uma depressão de terra relvada, interrompida por manchas de floresta e um rio serpenteante, e adornada no centro com um cenário cinematográfico de casas de concreto reforçado e carros aparentemente novos em folha estacionados ao longo da calçada: um Alfa amarelo, um Mercedes verde, um Cadillac branco. Havia bandeiras tremulando nos tetos planos, e quando a brisa as ergueu, Jonathan viu que eram as bandeiras de nações formalmente comprometidas com a repressão à indústria da cocaína: as estrelas e listras norte-americana, a Union Jack britânica, a preta, vermelha e dourada da Alemanha e, o que era bastante curioso, a cruz branca da Suíça. Outras bandeiras haviam sido evidentemente improvisadas para a ocasião: DELTA, dizia uma, DEA, dizia outra, e numa pequena torre só para ela, QG EXÉRCITO EUA.

A uns oitocentos metros do centro dessa cidade de brinquedo, no meio de capim-dos-pampas e perto do caminho do rio, ficava um falso campo de aviação militar, com uma pista de pouso rudimentar, uma biruta amarela e uma torre de controle verde malhado, feita de compensado. Carcaças de aviões aposentados se acumulavam desordenadamente na pista. Jonathan reconheceu DC-3s, F-85s e F-94s. E, ao longo da margem do rio, ficava a proteção do campo: tanques de primeira classe e antigos caminhões de transporte de tropa pintados de verde-oliva, e com a divisa da estrela branca norte-americana.

Protegendo os olhos contra a luz, Jonathan examinou o cume que se debruçava sobre o lado norte da ferradura. A equipe de controle já estava se reunindo. Figuras com braçadeiras brancas e capacetes de aço falavam em *walkie-talkies*, olhavam através de binóculos e estudavam mapas. Entre eles, Jonathan percebeu Langbourne, com seu rabo de cavalo, usando uma jaqueta militar e calças *jeans*.

Uma aeronave leve passou voando baixo sobre o cume onde se encontrava a equipe, a caminho da terra. Nenhuma marca de identificação. A qualidade estava começando a chegar.

É o dia da entrega, pensou Jonathan.

É a cerimônia de revistas das tropas antes de Roper recolher o dinheiro.

É dia de tiro ao pombo, Tommy, meu garoto, dissera Frisky, daquele jeito excessivamente familiar que ele havia adotado recentemente.

É uma demonstração de poder de fogo, dissera Tabby, para mostrar aos garotos colombianos o que eles estão recebendo em troca de você-sabe-o-quê.

Até mesmo os apertos de mão tinham uma qualidade contingente. De pé em uma das extremidades daquele ponto de observação, Jonathan tinha uma visão clara de todo o cerimonial. Havia sido armada uma mesa de refrigerantes, com gelo em vasilhas de campanha, e quando os VIPs chegaram, Roper em pessoa conduziu-os à mesa. Em seguida, Emmanuel e Roper se dividiram na apresentação de seus convidados de honra aos treinadores mais categorizados e, após novos apertos de mãos, acompanhou-os até uma fileira de cadeiras de dobrar de pano cáqui postas na sombra, onde anfitriões e convidados se arrumaram num semicírculo, conversando daquele mesmo jeito calculado que os estadistas assumem para dizer coisas espirituosas uns aos outros quando estão diante de fotógrafos.

Mas eram os outros homens, os que ficavam fora de foco, nas sombras, que atraíam a curiosidade do observador atento. Seu líder era um homem gordo, com os joelhos apartados, e mãos de agricultor, contraídas junto às coxas gordas. Ao lado dele, sentava-se o que aparecia um velho toureiro, de aspecto rijo, tão magro quanto seu companheiro era gordo, com o lado do rosto rasgado por uma cicatriz branca, como se houvesse sido atingido por um chifre. E na segunda fileira estavam sentados os rapazes famintos, tentando aparentar segurança, os cabelos empapados de gomalina e botas de couro lustroso, jaquetas de aviador com a grife de Gucci, camisas de seda e um excesso de ouro, tal como um excesso de corpo dentro da jaqueta de aviador, e um excesso de mortes nos rostos carregados, mestiços de branco e índio.

Jonathan, porém, não tem mais tempo para examiná-los. Uma aeronave de transporte bimotor surgiu sobre a colina ao norte. Está identificada com uma cruz negra e Jonathan entende de imediato que hoje as cruzes negras são os mocinhos, e as estrelas brancas são os bandidos. A porta lateral do avião se abre, uma carreira de paraquedistas brota contra o céu pálido e Jonathan está rolando e girando no ar com eles, enquanto sua mente se torna um desfile de lembranças militares, da infância até aquele momento. Ele está no campo de paraquedistas em Abingdon, fazendo seu primeiro pulo de um balão e pensando que morrer e se divorciar de Isabelle não precisam ser a mesma coisa. Está em sua primeira patrulha de campanha, atravessando o campo aberto em Armagh, segurando firme a arma, atravessada sobre a jaqueta de combate antiaéreo e acreditando que é, finalmente, um filho digno do pai.

Nossos paraquedistas pousam bem. Uma segunda e uma terceira carreira junta-se a eles. Uma equipe corre de um paraquedas para outro, recolhendo o equipamento e os suprimentos, enquanto uma outra equipe atira para dar cobertura. Pois existe a posição. Um dos tanques na extremidade do campo de aviação já está atirando contra os homens — o que significa que seu cano está vomitando fogo e que cargas enterradas estão explodindo em torno dos paraquedistas, enquanto eles se precipitam para dentro do capim-dos-pampas, em busca de cobertura.

E então, subitamente, o tanque já não atira mais, e nem voltará jamais a atirar. Os paraquedistas o tomaram. Sua torre de tiro está toda retorcida, fumaça negra brota do seu interior, uma de suas lagartas estalou feito uma correia de relógio. Em rápida sucessão, os tanques remanescentes recebem o mesmo tratamento. E, depois dos tanques, os aviões estacionados é que são projetados, deslizando e rodando pela pista, até que, todos empenados e absolutamente imóveis, não têm mais como se movimentar.

Armas ligeiras antitanque, Jonathan está pensando. Alcance efetivo de duzentos a trezentos metros; a arma preferida pelas patrulhas de destruição.

O vale se divide mais uma vez, quando fogo defensivo de metralhadora é despejado dos prédios, num contra-ataque tardio. Simultaneamente, o Alfa amarelo ganha vida e, guiado por controle remoto, sai a toda pela trilha, numa tentativa de fuga. Covardes! Mariquinhas! Filhos da mãe! Por que não ficam e lutam? Mas as cruzes pretas já têm a resposta pronta. Do capim-dos-pampas, atirando em grupos de dez e vinte disparos, as metralhadoras Vulcan vão picotando as posições inimigas, penetrando nos blocos de concreto, abrindo-lhes tantos buracos que acabam parecendo raladores de queijos gigantes. Simultaneamente, os Quads, em rajadas de cinquenta balas, fazem o Alfa saltar para fora da estrada e precipitar-se num capão de árvores secas, onde explode, incendiando as árvores também.

Porém, mal esse perigo passou, e já um outro ameaça nossos heróis! Primeiro o terreno explode, em seguida o céu enlouquece. Mas não temam, mais uma vez nossos homens estão preparados! Aviões de controle remoto — alvos aéreos — são os vilões. Os seis canos das Vulcans podem conseguir uma elevação de oitenta graus. E a conseguem já. O radar de cada Vulcan já vem acoplado, sua carga de munição é de duas mil balas, e ela as está disparando em rajadas de cem de cada vez, tão alto que Jonathan imobiliza o rosto numa careta de dor, enquanto comprime as mãos sobre os ouvidos.

Vomitando fumaça, os aviões se desintegram e, como pedaços de papel queimado, tombam maciamente nas profundezas da selva. No palanque de honra, é hora de caviar Beluga, servido direto de latas geladas, de água de coco com rum Reserva Panameña e gelo, e uísque escocês, *single malt, on the rocks*. Mas nada de xampu — ainda não. O Chefe não gosta de se apressar.

A trégua acabou. O almoço também. A cidade pode finalmente ser tomada. Do capim-dos-pampas, um valente pelotão faz um avanço frontal contra os prédios dos odiados colonialistas, atirando e sendo recebidos a tiros, mas, em outra parte, cobertos por toda essa distração, estão sendo lançados assaltos menos conspícuos. Tropas transportadas por água, os soldados com os rostos pintados de preto, avançam pelo rio em balsas infláveis, mal visíveis entre os caniços. Outros, em uniformes especiais de combate, escalam furtivamente as paredes externas do QG do Exército dos EUA. De repente, obedecendo a um sinal secreto, ambas as equipes atacam, atirando as granadas pelas janelas, pulando logo após as explosões para dentro das chamas, esvaziando suas armas automáticas. Segundos depois, todos os carros que ainda estão estacionados encontram-se imobilizados ou foram tomados. Nos telhados, as bandeiras odiadas do opressor são baixadas e substituídas pela nossa cruz negra. Tudo é vitória, tudo é triunfo, nossos soldados são super-homens!

Mas, esperem! O que é isto! A batalha ainda não foi vencida.

Atraído pelo rugido de um motor de um avião, Jonathan ergue mais uma vez os olhos para a colina, onde a equipe de controle está sentada, em grande tensão, em torno de seus mapas e rádios. Um avião a jato branco, civil, novo em folha, sem marcas de identificação, bimotor, dois homens claramente visíveis na cabine — desliza sobre o topo da colina, dá um mergulho a pique e faz um movimento reverso abrupto, o nariz para o alto, quando já está quase em cima da cidade. O que está fazendo aqui? Faz parte do *show*? Ou será a Drug Enforcement Agency*, que veio participar da brincadeira? Jonathan olha em torno, buscando alguém a quem perguntar, mas todos os olhos, como os dele, estão fixos no avião, e todos parecem tão perplexos quanto ele.

O jato some, a cidade fica em silêncio, mas na colina os controladores ainda estão à espera. No capim-dos-pampas, Jonathan percebe cinco homens amontoados num grupo de fogo e reconhece entre eles os dois treinadores norte-americanos sósias.

O jato branco está voltando. Passa varrendo o ar por cima da colina, mas desta vez ignora a cidade e, em vez disso, começa uma ascensão um tanto vaga. Então, do capim-dos-pampas, sai um silvo furioso, prolongado, e o jato desaparece.

Ele não se parte ao meio, nem perde uma asa, nem desliza vertiginosamente para dentro da selva. Ouve-se o silvo, acontece em seguida a explosão, e então a bola de fogo, mas de duração tão rápida que Jonathan fica em dúvida se a teria realmente visto. E, depois disso, os resíduos minúsculos e cintilantes da carcaça do avião, feito gotas de chuva douradas, desaparecendo enquanto caem. O Stinger fez bem o seu serviço.

Por um momento terrível Jonathan realmente acredita que o *show* havia terminado com um sacrifício humano. No palanque de honra, Roper e os convidados especiais estão se abraçando e se cumprimentando. Roper pega uma garrafa de Dom Pérignon e solta a rolha com um estouro. O coronel Emmanuel o está ajudando. Girando o corpo para olhar o alto da colina, Jonathan vê os membros da equipe de contro-

---

* DEA, a organização oficial norte-americana de repressão às drogas. (*N. do T.*)

le, também cumprimentando uns aos outros, trocando apertos de mão, dando tapinhas nas costas e desalinhando os cabelos uns dos outros, Langbourne entre eles. Só quando olha mais para o alto é que vê duas copas brancas de paraquedas, mais de quinhentos metros adiante, num ponto por onde o avião passou antes de ser abatido.

— Gostou? — perguntou-lhe Roper, em seu ouvido.

Roper movimentava-se entre os espectadores, recolhendo opiniões e cumprimentos.

— Mas quem, afinal, eram aqueles dois? — quis saber Jonathan, ainda relutante em se deixar acalmar. — Aqueles pilotos malucos? E quanto ao avião? Era um equipamento de milhões de dólares!

— Uma dupla de russos muito espertos. Muito corajosos. Entraram de mansinho no aeroporto de Cartagena, roubaram um jato, puseram-no no piloto automático, na segunda vez em que vieram sobre nós, e saltaram de paraquedas. Espero que o pobre do dono não o queira de volta!

— Mas isto é um escândalo! — declarou Jonathan, à medida que sua indignação foi cedendo ao riso. — É a coisa mais vergonhosa de que já ouvi falar!

Ainda estava rindo quando viu-se pego no cruzamento dos olhares dos dois treinadores norte-americanos, que acabavam de chegar do vale, de jipe. A semelhança entre eles era extraordinária: o mesmo sorriso sardento, os mesmos cabelos ruivos e o mesmo modo de apoiar as mãos nos quadris, enquanto o examinavam.

— É britânico, senhor? — perguntou um deles.

— Não particularmente — disse Jonathan, de um jeito divertido.

— O senhor é Thomas, não é, senhor? — disse o segundo. — Aquele Thomas Não-sei-o-quê, ou Não-sei-o-quê Thomas? *Senhor.*

— Algo assim — concordou Jonathan, de um jeito ainda mais divertido, mas Tabby, bem ao lado dele, percebeu o tom subjacente em sua voz e pousou a mão discretamente em seu braço, contendo-o. O que foi imprudente da parte de Tabby, porque, ao fazê-lo, permitiu que o observador atento o aliviasse de um maço de dólares norte-americanos que estava no bolso lateral de sua jaqueta.

No entanto, mesmo nesse momento tão gratificante, Jonathan lançou um olhar apreensivo para os dois norte-americanos no séquito de Roper. Veteranos desencantados? Tirando a forra de alguma desavença com o Tio Sam? Então, façam uma cara de desencanto, disse-lhes men-

407

talmente. E parem com esse ar de quem viaja de primeira classe e cobra da companhia pelo uso do seu tempo.

Fax manuscrito, interceptado, conforme passado para o jato de Roper, marcado URGENTÍSSIMO, de *Sir* Joyston Bradshaw, em Londres, Inglaterra, para Dicky Roper, aos cuidados do SS *Iron Pasha*, Antigua, recebido às 09:20, e transmitido para o jato às 09:28, pelo comandante do *Iron Pasha*, com um bilhete anexo, pedindo desculpas caso tivesse tomado a decisão errada. A caligrafia de *Sir* Anthony, toda arredondada e parecendo de analfabeto, com erros de grafia, traços sublinhando palavras e ocasional floreio do século XVIII. O estilo, telegráfico.

> Caro Dicky,
> Com ref. nossa conversa dois dias atrás, discuti assunto com Autoridade Tâmisa, uma hora atrás, e descobri que informação prejudicial está documentada sua caligrafia, e irrefutável. Sou levado também a crer que o falecido Dr. Advogado foi usado por elementos inamistosos para afastar signatário anterior, em favor atual encarregado. Tâmisa está tomando ação evasiva, sugere você faça o mesmo.
> Em vista desse serviço crucial, confio você enviará novo *ex gratia* imediato, cuidados banco de costume, para cobrir novas despesas essenciais seu interesse urgente.
> Seu, Tony

Esta interceptação, que não havia sido passada para os agentes da Lei, foi obtida sub-repticiamente por Flynn de uma fonte dentro da Inteligência Pura, simpática a sua causa. No seu sentimento de mortificação, que se seguiu à morte de Apostoll, Flynn teve dificuldades para superar sua desconfiança inata dos ingleses. Mas, após meia garrafa de um Bushmills *single malt*, de dez anos, sentiu forças suficientes para enfiar o documento no bolso e, tendo dirigido até mais por instinto até o centro de operações, apresentá-lo formalmente a Burr.

Fazia meses que Jed não tomava um voo comercial e, a princípio, achou a experiência liberadora, como viajar no andar de cima de um ônibus londrino, após um grande período de enfadonhas viagens de táxis. Estou de volta à vida, pensou; saltei da carruagem de cristal. Mas quando fez uma piada em cima disso para Corkoran, que estava sentado ao lado dela, rumo a Miami, ele escarneceu do ar de superioridade da jovem. O que a surpreendeu tanto quanto a magoou, pois ele nunca havia sido rude com ela antes.

E no aeroporto de Miami mostrou-se igualmente desagradável, insistindo em enfiar no bolso o passaporte dela, enquanto ia procurar um carrinho de bagagem, depois dando-lhe as costas enquanto falava com dois homens louros de cabelos cor de palha que estavam parados junto ao balcão do voo que seguia para Antigua.

— Corky, quem, em nome de Deus, são esses? — perguntou-lhe, quando ele voltou.

— Amigos de amigos, minha cara. Vão se juntar a nós, no *Pasha*.

— Amigos de que amigos?

— Para falar a verdade, do Chefe.

— Corky, isso não pode ser! São evidentes rufiões!

— São proteção adicional, caso você queira saber. O Chefe resolveu aumentar a força de segurança para cinco pessoas.

— Corky, mas porque *motivo*? Ele sempre esteve *perfeitamente* com três antes.

E então ela viu os olhos dele e sentiu medo, pois estavam vingativos e triunfantes. E percebeu que aquele era um Corkoran que ela não conhecia: um cortesão menosprezado, a caminho de recuperar as graças reais, com ressentimentos antigos a serem cobrados com juros.

E, no avião, ele não bebeu. Os novos seguranças viajavam na parte de trás, mas Jed e Corkoran estavam na primeira classe, e ele podia ter bebido até perder os sentidos, que era o que ela esperava que ele fizesse. Mas, ao contrário, ele pediu água mineral com gelo e uma fatia de limão, que ficou bebericando, enquanto admirava seu reflexo na janela.

25

Jonathan também era um prisioneiro.

Talvez sempre tenha sido, conforme Sophie sugerira. Ou talvez o fosse desde que desapareceram com ele em Crystal. Porém, sempre lhe fora concedida uma ilusão de liberdade. Até então.

O primeiro sinal veio em Fabergé, quando Roper e seu grupo estavam para partir. Os convidados já tinham ido embora. Langbourne e Moranti haviam saído com eles. O coronel Emmanuel e Roper trocavam os últimos abraços apertados, quando um jovem soldado apareceu subindo correndo a trilha, chamando e acenando com um pedaço de papel na mão estendida para o alto. Emmanuel pegou o papel, e deu uma olhada; passou-o para Roper, que colocou os óculos e afastou-se para ler mais reservadamente. E enquanto Roper lia, Jonathan o viu se desfazer da lassidão habitual e empertigar-se; então, metodicamente, dobrou o papel e enfiou-o no bolso.

— Frisky!

— Senhor!

— Uma palavrinha.

Parodiando o melhor estilo de quartel, Frisky marchou pelo terreno acidentado até o Chefe e, brincalhão, bateu continência. Mas quando Roper o pegou pelo braço e murmurou-lhe uma ordem ao ouvido, Frisky deve ter desejado não ter sido tão engraçadinho. Entraram no helicóptero. Frisky foi propositalmente à frente, pegou uma poltrona de janela numa fileira de três e, bruscamente, fez um gesto a Jonathan para que se sentasse na poltrona ao lado da dele.

— Para falar a verdade, estou com diarreia, Frisky — disse Jonathan.

— Caganeira na selva.

— Sente onde estão lhe mandando, porra — aconselhou Tabby, por trás dele.

E, no avião, Jonathan também se sentou entre eles, e sempre que ia ao banheiro, Tabby ficava do lado de fora. Roper, enquanto isso, estava sentado sozinho na frente, não falando com ninguém, a não ser Meg, que lhe trouxe suco fresco de laranja e, na metade da viagem, o fax recém-chegado de uma mensagem que Jonathan viu ter sido escrita à mão. Tendo-a lido, dobrou-a e guardou-a no bolso de dentro do paletó. Em seguida, botou a máscara para dormir e pareceu ter realmente caído no sono.

No aeroporto de Colón, onde Langbourne os esperava com dois Volvos com motoristas, Jonathan mais uma vez foi posto inequivocamente a par da sua mudança de *status*.

— Chefe. Preciso lhe falar imediatamente. Sozinho — gritou Langbourne da pista, praticamente antes de Meg terminar de abrir a porta.

Ao que todos esperaram a bordo, enquanto Roper e Langbourne conferenciavam ao pé da escada do avião.

— O segundo carro — ordenou Roper, quando Meg deixou que os restantes dos passageiros saíssem. — Vocês todos.

— Ele pegou caganeira na selva — Frisky avisou a Langbourne, à parte.

— Foda-se a caganeira — retrucou Langbourne. — Diga-lhe para se segurar.

— Você se segure — disse Frisky.

Era de tarde, a cabine da polícia estava vazia, da mesma forma a torre de controle. E também o campo de aviação, exceto pelos jatos particulares brancos, de matrícula colombiana, estacionados em fileiras junto à pista larga. Langbourne e Roper entraram no carro da frente, quando Jonathan percebeu um quarto homem, de chapéu, sentado ao lado do motorista. Frisky abriu a porta de trás do segundo carro. Jonathan entrou. Frisky entrou atrás dele. Tabby sentou-se do outro lado, deixando vazio o assento do passageiro, na frente. Ninguém falou.

Num cartaz imenso, uma jovem usando um *short* com as bainhas desfiadas enroscava as coxas em torno da mais recente marca de cigarros. Em um outro, ela lambia de forma provocadora a antena ereta de um rádio transistor. Entraram na cidade e um fedor de pobreza invadiu o carro. Jonathan lembrou-se do Cairo e de estar sentado ao lado de Sophie, enquanto os desgraçados da terra limpavam o lixo. Em ruas de antiga grandeza, entre barracos construídos com tábuas e chapas onduladas, erguiam-se velhas casas com vigas de madeira, todas caindo aos pedaços. Roupas lavadas, de cores vistosas, secavam penduradas nas varandas em ruínas. Crianças brincavam sob as arcadas obscuras e apostavam corridas de copinhos de plástico flutuando nos esgotos a céu aberto. Dos alpendres coloniais, homens desempregados, vinte de cada vez, olhavam com rostos inexpressivos para o movimento do tráfego. Das janelas de uma fábrica abandonada, centenas de rostos imóveis faziam o mesmo.

Pararam no sinal vermelho. A mão de Frisky, embaixo do banco do motorista, fazia pontaria com um revólver imaginário em quatro policiais armados que haviam deixado a calçada e caminhavam na direção do carro. Tabby percebeu o gesto imediatamente, e Jonathan o sentiu relaxar o corpo contra as costas do banco e desabotoar os botões do meio da jaqueta.

Os policiais eram enormes. Usavam uniformes bem passados, de uma cor cáqui clara, correias cruzadas sobre o peito, fitas de medalhas e automáticas Walther em coldres de couro lustroso. O carro de Roper estava estacionado cem metros adiante. O sinal ficou verde, mas dois policiais estavam bloqueando o caminho, enquanto um terceiro falava com o motorista e um quarto olhava carrancudo para dentro do carro. Um dos homens à frente examinava os pneus do Volvo. O carro sacudiu quando um outro testou a suspensão.

— Acho que os cavalheiros gostariam de um belo presente, não acha, Pedro? — sugeriu Frisky ao motorista.

Tabby estava apalpando os bolsos de sua jaqueta. Os policiais queriam vinte dólares. Frisky lhes deu dez. O motorista passou-os ao policial.

— Algum sacana passou a mão no meu dinheiro, lá no acampamento — disse Tabby, quando se puseram de novo em movimento.

— Quer voltar para descobri-lo? — perguntou Frisky.

— Preciso de um banheiro — disse Jonathan.

— Você precisa é de uma rolha, porra — disse Tabby.

Seguindo bem atrás do carro de Roper, entraram em um reduto norte-americano de gramados, igrejas brancas, salões de boliche e jovens esposas de militares, com rolinhos nos cabelos, empurrando carrinhos de bebê. Saíram numa avenida litorânea orlada de vilas cor-de-rosa dos anos 20, com antenas de televisão gigantescas, cercas de arame farpado e portões altos. O estranho no carro da frente olhava os números das casas.

Viraram uma esquina, e ele continuou procurando. Estavam num parque coberto de grama. No mar em frente, navios de carga, de cruzeiro e petroleiros esperavam sua vez de atravessar o Canal. O carro da frente estacionara em frente a uma velha casa cercada de árvores. O motorista estava buzinando. A porta da casa se abriu, um homem de ombros estreitos, usando um paletó branco, desceu correndo o caminho. Langbourne abaixou o vidro da janela e gritou-lhe que pegasse o carro de trás. Frisky inclinou-se para a frente e abriu a porta do passageiro. À luz interna do carro, Jonathan vislumbrou um jovem com cara de árabe e ar intelectual, de óculos. Sentou-se sem dizer uma palavra e a luz se apagou.

— Como é que está a dor de barriga? — perguntou Frisky.

— Melhor — disse Jonathan.

— Bem, pois trate de continuar assim — disse Tabby.

Entraram por um caminho pavimentado que formava uma longa reta. Jonathan já havia estado numa escola militar semelhante àquilo. Um muro alto de pedra, festonado com cordas grossas, corria ao longo do lado direito. Era encimado por uma fieira tripla de arame farpado. Ele se lembrou de Curaçao e do caminho para as docas. À sua esquerda, foram surgindo letreiros: Toshiba, Citizen e Toyland. Com que então, é aqui que o Roper compra os seus brinquedinhos — o pensamento absurdo atravessou a mente de Jonathan. Mas não era. Lá era onde o Roper ia recolher a recompensa por todo o trabalho duro e o dinheiro vivo que havia investido. O estudante árabe acendeu um cigarro. Frisky tossiu ostensivamente. O carro da frente fez uma curva e parou sob um arco. Eles pararam atrás. Apareceu um policial à janela do motorista.

— Passaportes — disse o motorista.

Frisky estava com o de Jonathan e o seu próprio. O estudante árabe no banco da frente ergueu bem a cabeça, para que o policial o reconhecesse. Este lhes fez um aceno para que passassem. Haviam entrado na Zona Franca de Colón.

Lojas com vitrines vistosas exibindo joias e peles lembravam o saguão de *Herr* Meister. A linha do horizonte refulgia com reflexos de marca do mundo inteiro e com a pureza azul dos painéis de vidros dos bancos. Carros lustrosos flanqueavam as ruas. Caminhões de carga de aspecto sinistro faziam manobras e vomitavam fumaça de exaustor sobre as calçadas apinhadas. As lojas não têm permissão para vender a varejo, mas todo mundo vende a varejo. Os panamenhos não tinham permissão para comprar ali, mas as ruas estavam lotadas deles, em todas as suas diferentes raças, e a maioria viera de táxi, porque os motoristas de táxi são mais enturmados com os guardas no portão.

Todos os dias, Corkoran contara a Jonathan, o pessoal que trabalha nas lojas chega à Zona com pescoços, pulsos e dedos nus. Mas quando chega a noite, parece até que estão de saída para um casamento, com seus colares, pulseiras e anéis brilhantes. De toda a América Central, disse ele, os compradores chegam e partem de avião, sem serem molestados pela imigração ou pela alfândega, alguns gastando um milhão de dólares num só dia e depositando mais alguns milhões para a próxima vez.

O primeiro carro entrou numa rua escura só de depósitos e armazéns, e eles o seguiram colados à sua traseira. Pingos de chuva rolavam como lágrimas gordas pelo para-brisa. O estranho de chapéu, no carro da frente, examinava nomes e números:

Khan's Comestibles, Macdonald's Automotor, The Hoi Tin Food & Beverage Company, The Tel Aviv Goodwill Container Company, El Akhbar's Fantasias, Hellas Agricultural, Le Baron of Paris, Taste of Colombia Limitada, Coffee & Comestibles.

E então, cem metros de paredes escuras e uma placa dizendo "Eagle", que foi onde eles saltaram.

— Nós vamos entrar? Talvez haja um banheiro a disse Jonathan. — Está ficando urgente de novo — acrescentou, para conhecimento de Tabby.

E agora, tensão, enquanto estão parados naquela rua lateral sem iluminação. Está se formando um rápido crepúsculo tropical. O céu refulge com os néons coloridos, mas naquele desfiladeiro de paredes e becos sombrios a escuridão já é real. Todos os olhos se concentram no homem de chapéu. Jonathan está entre Frisky e Tabby, e a mão de Frisky está no braço de Jonathan: não exatamente o agarrando, Tommy, só tomando uma precaução para que ninguém se perca. O estudante árabe avançou para juntar-se ao grupo. Jonathan vê o homem de chapéu entrar pela escuridão de um portal. Langbourne, Roper e o estudante o seguem.

— *Andando* — murmura Frisky, baixinho. Eles avançam, também.

— Se você pudesse me descobrir um banheiro — diz Jonathan. A mão de Frisky se aperta no seu braço.

Passada a porta, um reflexo de luz brilha ao final de um corredor de tijolos, cujas paredes estão cobertas de cartazes que a escuridão não permite ler. Chegam a um corredor que termina num entroncamento e viram à esquerda. A luz fica mais brilhante, levando-os a uma porta envidraçada, com um pedaço de compensado pregado sobre o painel de vidro do alto, a fim de esconder o que está escrito embaixo. Um cheiro de artigos de armazém permeia o ar parado: cordas, farinha, alcatrão, café e óleo de linhaça. A porta está aberta. Entram numa antessala luxuosa. Poltronas de couro, flores artificiais de seda, cinzeiros parecendo tijolos de vidro. Numa mesa de centro, revistas de negócios, lustrosas, sobre Colômbia, Venezuela e o Brasil. E, num canto, uma porta verde discreta, com uma dama e um cavalheiro bucólicos saindo a passeio num azulejo.

— Rápido, então — diz Frisky, empurrando Jonathan para a frente, e este mantém seus carcereiros esperando por dois minutos e meio enfurecidos, de relógio, sentado na privada e rabiscando depressa num pedaço de papel apoiado sobre o joelho.

Passam ao escritório principal, que é amplo, branco e sem janelas, com luzes em cornijas, teto feito de placas perfuradas e uma mesa de conferência com cadeiras arrumadas em torno e canetas, mata-borrões e copos dispostos como lugares para um jantar. Roper, Langbourne e seu guia colocam-se a uma das extremidades. O guia, agora que pode ser visto, é ninguém menos do que Moranti. Mas algo aconteceu com seu corpo, uma certa animação de urgência ou ódio, e seu rosto tem a ferocidade incandescente de uma abóbora cortada para lanterna do Dia das Bruxas. Na outra extremidade da sala, junto a uma segunda porta, estava o fazendeiro de que Jonathan se lembra do exercício militar daquela manhã, de braço dado com o toureiro, e a seu lado um daqueles rapazes dispendiosamente vestidos com uma jaqueta de couro. O rapaz está com um ar carrancudo. E, ao longo das paredes, seis outros rapazes, todos usando calças *jeans* e tênis, todos arrumados e bem-dispostos após sua permanência prolongada em Fabergé, todos segurando a variedade menor de submetralhadora Uzi discretamente ao lado do corpo.

A porta atrás deles se fecha, a outra se abre, e é a porta de um armazém de verdade: não um abismo revestido de aço, como o porão do *Lombardy*, mas um lugar com uma certa pretensão ao bom gosto, piso de laje de pedra e pilastras de ferro que se abrem em leque, como palmeiras, ao tocar o teto, e luminárias *art déco* de vidro escovado pendendo das vigas. Do lado do armazém que dá para a rua, portas de garagem fechadas. Jonathan conta dez delas, cada qual com sua própria fechadura e número, e seu próprio vão para um contêiner e um guindaste.

E, no centro, caixas de papelão aos milhares empilhadas em montanhas cubistas marrons, com empilhadeiras motorizadas a seus pés para transportar as caixas pelos sessenta metros que separam as pilhas dos contêineres ao lado da rua. Só ocasionalmente se vê uma mercadoria exposta: um amontoado de urnas em tamanho gigante para plantas de jardim, por exemplo, esperando para serem especialmente transportadas; uma pirâmide de videocassetes; ou garrafas de uísque escocês que, numa existência anterior deviam ostentar uma etiqueta menos ilustre.

Mas as empilhadeiras, como tudo mais que ali se encontra, estão inativas: nenhum vigia, nem cães, nenhum trabalho de turno da noite nos vãos para empacotamento, sequer esfregando o chão; só o cheiro cordial de mercadorias de armazém e os estalidos e rangidos de seus próprios pés sobre as lajes.

Tal como no *Lombardy*, o protocolo agora ditava a ordem em que seguiam. O fazendeiro foi à frente com Moranti. O toureiro e o filho vinham atrás. Em seguida, Roper e Langbourne com o estudante árabe e, finalmente Frisky e Tabby, com Jonathan comprimido entre eles.

E lá estava.

O prêmio, a ponta do arco-íris. A maior montanha cubista de todas, empilhada até o teto, em seu próprio compartimento cercado, e guardada por um anel de seguranças com submetralhadoras. Cada caixa numerada, cada caixa ostentando a mesma etiqueta de um colorido bonito, com a figura de um menino colombiano rindo, com um enorme chapéu de palha e atirando grãos de café para o alto, o modelo de uma criança feliz do Terceiro Mundo, com dentes perfeitos e um rosto radiante de satisfação, livre de drogas, amando a vida, abrindo caminho para o futuro com seu malabarismo de grãos de café. Jonathan fez um cálculo rápido, da esquerda para a direita, de cima para baixo. Duas mil caixas. Três mil. Sua aritmética o abandonava. Langbourne e Roper deram um passo à frente juntos. Ao fazerem-no, os traços de Roper ficaram sob o círculo da luz dura que vinha do alto, e Jonathan o viu tal como o vira pela primeiríssima vez, penetrando na luminosidade do candelabro no Meister's, alto e à primeira vista nobre, batendo a neve dos ombros, acenando para *Fräulein* Eberhardt, cada centímetro do seu corpo transmitindo o ar do mercador-bucaneiro dos anos 80, mesmo já sendo os anos 90: *Sou Dicky Roper. Meus amigos reservaram uns quartos aqui. Para falar a verdade, um monte deles...*

O que havia mudado? Todo esse tempo, todos esses quilômetros depois, o que havia mudado? O cabelo — uma insignificância mais grisalho? O sorriso de delfim mais duro uma pequena fração nos cantos? Jonathan não viu nele nenhuma mudança. Em todos os pontos nos quais havia aprendido a ler os sinais de Roper — o ocasional movimento rápido de uma das mãos, o alisar do cabelo sobre as orelhas, o inclinar pensativo da cabeça, enquanto o grande homem dava-se ares de estar meditando — Jonathan não viu o menor sinal de transformação.

— Feisal, aquela mesa ali. Sandy, pegue uma caixa, pegue vinte, lugares diferentes. Vocês, rapazes, tudo bem aí atrás, Frisky?

— *Senhor*.

— Onde, diabos, foi o Moranti? Aí está ele. *Señor* Moranti, vamos agitar esse negócio.

Os anfitriões haviam formado um grupo à parte. O estudante árabe estava sentado de costas para a plateia e, enquanto esperava, tirou coisas dos recessos do seu paletó e as dispôs sobre a mesa. Quatro dos jovens seguranças postaram-se à porta. Um segurava um telefone celular junto ao ouvido. O resto avançou rapidamente para a montanha cubista, passando pelo anel de guardas, que permaneciam com o olhar projetado na distância, feito uma equipe de tiro ao alvo, segurando suas submetralhadoras atravessadas sobre o peito.

Langbourne apontou para uma caixa no meio da pilha. Dois rapazes a tiraram para ele, pousaram-na no chão, ao lado do estudante, e levantaram a tampa que não estava lacrada. O estudante remexeu na caixa e tirou um embrulho retangular, um pacote de pano de aniagem fechado num saco de plástico e enfeitado com a mesma criança colombiana feliz. Colocando-o sobre a mesa, escondendo-o com o corpo, curvou-se sobre ele. O tempo parou. Jonathan lembrou-se de um padre na hora da comunhão, servindo-se da hóstia e do vinho, de costas para o público, antes de oferecê-los a seus comungantes. O estudante curvou-se mais ainda, entrando numa fase de particular devoção. Voltou a aprumar-se na cadeira e fez a Roper um sinal de aprovação. Langbourne escolheu outra caixa, de outra parte da montanha. Os rapazes tiraram-na para ele. A montanha deu uma leve escorregadela e se reequilibrou. O ritual foi repetido. E repetido mais uma vez. Talvez umas trinta caixas tenham sido testadas assim. Ninguém movimentou nervosamente a arma, ninguém falou. Os rapazes à porta estavam imóveis. O único som era o arrastar das caixas. O estudante olhou para Roper e fez um gesto de assentimento.

— *Senõr* Moranti — disse Roper.

Moranti deu um pequeno passo à frente, mas não falou. O ódio em seus olhos era como uma maldição. Mas o que ele odiava? Os colonialistas brancos que há tanto tempo vinham violentando o seu continente? Ou a si mesmo por render-se a essa transação?

— Acho que estamos quase acabando. A qualidade não é problema. Vamos ver a quantidade, está certo?

Sob a supervisão de Langbourne, os seguranças carregaram vinte caixas escolhidas ao acaso numa empilhadeira e levaram-nas a uma balança. Langbourne leu o peso marcado no mostrador iluminado, fez algumas contas em sua calculadora de bolso e mostrou o resultado a Roper. Este pareceu concordar, pois disse de novo mais alguma coisa afirmativa a Moranti, que se virou nos calcanhares e, com o fazendeiro a seu lado, liderou a procissão de volta à sala de conferências, mas não antes de Jonathan ver a empilhadeira levando sua carga ao primeiro de dois contêineres que estavam com as tampas abertas nos vãos de número oito e nove.

— Está voltando a dor de barriga — disse a Tabby.

— Mais um minutinho e eu mato você — replicou Tabby.

— Não, não mata não. Eu mato — concluiu Frisky.

Restava a papelada, a qual, como todos sabiam, era responsabilidade exclusiva do plenipotenciário presidente da Tradepaths Limited de Curaçao, assistido por seu advogado. Com Langbourne a seu lado e as partes contratantes sob a orientação de Moranti, em frente a ele, Jonathan assinou três documentos que, ele pôde perceber, acusavam o recebimento de cinquenta toneladas de grãos de café colombiano de primeira qualidade pré-tostados; confirmava a precisão das guias da mercadoria, dos conhecimentos de carga e das declarações alfandegárias com respeito ao mesmo carregamento, despachado a bordo do SS *Horacio Enriques*, atualmente afretado à Tradepaths Limited, ex-Zona Franca de Colón e destinado à Gdansk, Polônia, nos contêineres número 179 e 180; e instruía o comandante do SS *Lombardy*, atualmente atracado na Cidade do Panamá, a receber uma nova tripulação colombiana e seguir sem demora para o porto de Boaventura, na costa ocidental da Colômbia.

Quando Jonathan terminou de assinar tudo, no número de vezes exigido e nos lugares necessários, pousou a caneta com uma leve pancada e olhou para Roper como se dissesse "É isso aí".

Mas Roper, até recentemente tão acessível, pareceu não vê-lo, e quando seguiram de volta aos carros, ele foi à frente de todos, conseguindo passar a sugestão de que o verdadeiro negócio ainda estava adiante, o que a esta altura era também o ponto de vista de Jonathan, pois o observador atento havia entrado num estado de prontidão que superava qualquer coisa de que ele já tivesse tido a experiência. Sentado entre seus captores, observando as luzes que passavam rápidas, foi tomado por uma força de propósito secreta que era como um talento recém--descoberto. Ele tinha o dinheiro de Tabby, que somava 114 dólares. Tinha os dois envelopes que havia preparado quando estava no banheiro. Tinha na cabeça os números dos contêineres, os números das guias de mercadoria e até o número da montanha cubista, pois uma placa preta meio amassada pendia sobre ela, feito o marcador do críquete na escola de cadetes: expedição número 54, em um armazém com a placa da Eagle.

Chegaram à avenida litorânea. O carro estacionou para que o estudante árabe saltasse. Ele desapareceu na escuridão sem dizer uma palavra.

— Sinto muito, mas estou num aperto — anunciou Jonathan, calmamente. — Em mais ou menos trinta segundos não serei mais responsável pelas consequências.

— Mas que porra — bufou Frisky.

O carro à frente já estava acelerando.

— Está quase acontecendo, Frisky. A escolha é sua.

— Seu veado de merda — disse Tabby.

Fazendo sinais com as mãos e gritando "Pedro", Frisky fez com que o motorista piscasse os faróis para o carro à frente, que parou mais uma vez. Langbourne botou a cabeça para o lado de fora da janela gritando que merda é essa agora? Do outro lado da rua cintilava um posto de gasolina todo iluminado.

— Tommy aqui está com diarreia de novo — disse Frisky.

Langbourne virou-se para dentro do carro, a fim de consultar Roper, e em seguida reapareceu.

— Vá com ele, Frisky. Não o perca de vista. Vá logo.

Era um posto de gasolina novinho, mas o serviço hidráulico não estava à altura do resto. Um cubículo minúsculo, fedorento e unissex, sem assento com tampa era o melhor que ele podia oferecer. Enquanto Frisky esperava do lado de fora, Jonathan fazia ruídos enérgicos de mal-estar e, usando mais uma vez o joelho como apoio, escreveu sua última mensagem.

O bar Wurlitzer do Riande Continental Hotel, na Cidade do Panamá, é muito pequeno, escuro como breu e nas noites de domingo é dirigido por uma mulher de rosto redondo e ar de matrona, que, quando Rooke conseguiu divisá-la na escuridão, demonstrou uma semelhança esquisita com a esposa dele. E quando ela viu que ele não era do tipo que precisava conversar, encheu um segundo pires com amendoins e deixou-o bebericando sua Perrier em paz, enquanto retomava seu horóscopo.

No *lobby*, soldados norte-americanos com uniformes de faxina, remanchavam em grupos mal-humorados, em meio ao movimento colorido da noite panamenha. Uma escada pequena levava à porta do cassino do hotel, com seu aviso cortês proibindo o porte de armas. Rooke conseguiu divisar figuras espectrais jogando bacará e puxando manivelas de máquinas caça-níqueis. No bar, nem a dois metros de onde ele estava sentado, repousava um magnífico órgão Wurlitzer, todo branco, em pessoa, lembrando os cinemas de sua infância, quando um organista, com uma casaca radiante, emergia de um alçapão, no seu fantástico órgão branco, tocando canções que o público podia cantarolar.

Rooke tinha muito pouco interesse por essas coisas, mas um homem que espera sem esperanças, precisa de alguma coisa para distraí-lo, se não pode se tornar mórbido demais para o seu próprio bem.

A princípio, ele ficara sentado em seu quarto, perto do telefone, porque temia que o barulho do ar-condicionado não lhe permitisse escutá-lo tocar. Em seguida, desligou o ar-condicionado e tentou abrir as portas envidraçadas da varanda, mas a algazarra que subia da via España era tão terrível que ele voltou a fechá-las rapidamente, deitou-se na cama e cozinhou por uma hora sem ar nem da varanda nem do condicionador, mas ficou tão sonolento que quase dormiu. Por isso, telefonou para a mesa e disse que ia descer para a piscina *agora*, e que deviam segurar qualquer telefonema para ele até que chegasse lá. E, assim que chegou à piscina, deu ao *maître* dez dólares e pediu que avisasse o gerente, a mesa telefônica e o porteiro para o fato de que o Mr. Robinson, do quarto 409, estava jantando à beira da piscina, mesa 6, caso alguém perguntasse.

E então sentou-se e ficou olhando para a água azul iluminada da piscina vazia e para as mesas também vazias e para o alto, para as janelas dos arranha-céus em torno, e em frente para o telefone interno no bar da piscina, e para os rapazes na churrasqueira que estavam preparando o seu bife, e também para a banda que tocava rumba só para ele.

E quando o bife chegou, engoliu-o com uma garrafa de água Perrier porque, embora soubesse que tinha uma cabeça tão boa quanto qualquer um, seria mais fácil ele dormir enquanto estava de sentinela, do que beber álcool enquanto aguardava aquela uma chance em mil de que um agente desmascarado conseguisse de alguma forma se comunicar.

E, então, por volta das dez horas, quando as mesas começaram a se encher, ele temeu que o efeito dos dez dólares pudesse estar começando a se desfazer. Por isso, tendo ligado para a mesa pela linha interna, foi até o bar, onde estava agora sentado. E era onde se encontrava, quando a mulher do bar, que parecia com sua esposa, pousou o telefone e lançou-lhe um sorriso triste.

— É o *Mr.* Robinson, do 409?

Rooke era o *Mr.* Robinson.

— Tem uma visita, querido. Muito pessoal, muito urgente. Mas é homem.

Era homem, era panamenho, era pequeno, asiático, pele sedosa, com cílios grossos, um terno preto e um ar de santidade. O terno tinha sido lustrado até ganhar um brilho de farda, como os uniformes dos mensageiros ou os ternos dos agentes funerários. O cabelo era ondulado, a camisa branca de fustão era imaculada e seu cartão de visitas, na forma de uma etiqueta autoadesiva, para ser presa ao lado do telefone, anunciava em espanhol e em inglês como Sánchez Jesús-María Romarez II, motorista de limusines dia e noite, fala-se inglês, mas não, infelizmente, tão bem quanto ele gostaria, *señor*, seu inglês, ele dizia, era do povo, mas não do estudioso — um sorriso de censura dirigida aos céus — e havia sido adquirido na maior parte com seus clientes americanos e ingleses, embora fortalecido, era verdade, por seu comparecimento à escola em tenra idade, embora isso também, tivesse ocorrido menos do que ele gostaria, pois o pai não era um homem rico, *señor*, e nem Sánchez o era.

E após esse triste conhecimento dos fatos, Sánchez fixou um olhar meio perdido em Rooke e passou ao real assunto.

— *Señor* Robinson. Meu amigo. *Por favor, señor. Perdoe-me.* — Sánchez enfiou a mão gorducha no bolso de dentro do terno preto. — Venho receber do senhor quinhentos dólares. Obrigado, *señor*.

Rooke, a essa altura, começava a temer ter sido escolhido como vítima de uma complicada armadilha para turistas, cuja conclusão seria ele ter que comprar artefatos pré-colombianos, ou passar uma noite com a irmã daquele desgraçado. Mas, em vez disso, Sánchez estendeu-lhe um envelope grosso com a palavra *Crystal* em relevo na aba, sobre o que parecia ser um diamante. E dele Rooke retirou uma carta escrita à mão por Jonathan em espanhol, desejando ao portador que fizesse bom uso dos cem dólares inclusos, prometendo-lhe mais quinhentos, caso entregasse pessoalmente o envelope anexo nas mãos do *señor* Robinson no Hotel Riande Continental, na Cidade do Panamá.

Rooke prendeu a respiração.

Em seu secreto entusiasmo, um novo medo se apoderara dele — ou seja, de que Sánchez tivesse bolado algum plano idiota para segurá-lo a fim de aumentar a recompensa — por exemplo, jogar a carta num cofre de depósitos pelo resto da noite, entregando-a a sua *chiquita* para guardá-la debaixo do colchão, para evitar que o gringo tentasse arrancá-la dele à força.

— E onde está o segundo envelope? — perguntou.

O motorista levou a mão ao coração.

— *Señor*, está bem aqui no meu bolso. Sou um motorista honesto, senhor, e quando vi a carta guardada no banco de trás do Volvo, meu primeiro pensamento foi dirigir a toda para o campo de aviação, sem ligar para as regras e devolvê-la, qualquer que tenha sido o meu nobre cliente que teve o descuido de deixá-la lá, na esperança, mas não necessariamente na expectativa, de uma recompensa, pois os clientes do meu carro não eram da qualidade dos clientes do meu colega, Domínguez, no carro da frente. Meus clientes, se me permite dizê-lo, senhor, sem nenhum desrespeito pelo seu bom amigo, eram de natureza totalmente mais humilde... um deles foi ofensivo ao ponto de se referir a mim como um Pedro qualquer... mas aí, senhor, quando li o que estava escrito no envelope, entendi que minha lealdade estava em outra parte...

Sánchez Jesús-María obsequiosamente suspendeu sua narrativa, enquanto Rooke foi até o balcão da gerência e trocou quinhentos dólares em cheques de viagem por dinheiro vivo.

26

No aeroporto de Heathrow, eram oito horas da manhã de um dia úmido do inverno inglês, e Burr estava usando suas roupas de Miami. Goodhew, esperando em frente às portas da chegada, usava uma capa de chuva e o gorro com que andava de bicicleta. Tinha o rosto decidido, mas os olhos brilhavam em excesso. O olho direito, Burr percebeu, adquirira uma ligeira contração.

— Alguma notícia — quis saber Burr mal haviam terminado de apertar as mãos.

— A respeito do quê? De quem? Não me dizem nada.

— O jato. Já o localizaram?

— Não me dizem nada — repetiu Goodhew. — Se o seu homem se apresentasse numa armadura reluzente à embaixada britânica em Washington, eu não saberia de nada. Tudo é transmitido através dos canais competentes. O Ministério do Exterior. A Casa do Rio. Até o Gabinete. Todo mundo fica no caminho de todo mundo.

— Já são duas vezes que perdem este avião, em dois dias — disse Burr. Dirigia-se para a fila dos táxis, sem ligar para os carrinhos, carregando ele próprio sua mala pesada. — Uma vez é descuido, duas vezes é de propósito. O avião saiu de Colón às 21:20. Nele ia o meu rapaz, como também estava Roper, e também Langbourne. Eles têm AWACS lá em cima, radares em todos os atóis, o que você imaginar. Como é que podem perder um jato de treze lugares?

— Eu estou fora disso, Leonard. Tento manter o ouvido colado no chão, mas puxaram o chão fora. Eles me mantêm ocupado o dia inteiro. Sabe como me chamam? Superintendente de Informações. Acharam que eu ia gostar. Fiquei surpreso de ver que Darker tem senso de humor.

— Estão acusando Strelski de tudo que é possível — disse Burr.

— Tratamento irresponsável de informantes. De extrapolar suas instruções. De ser condescendente demais com os ingleses. Estão praticamente acusando-o pela morte de Apostoll.

— Capitânia — murmurou Goodhew, entre dentes, como se entoasse um responsório.

Um colorido diferente, observou Burr. Manchas vermelhas pronunciadas nas bochechas. Uma palidez misteriosa em torno dos olhos.

— Onde está Rooke? Onde está Rob? Já devia ter voltado, a esta altura.

— A caminho, pelo que sei. Estão todos a caminho. Ah, sim.

Entraram na fila do táxi. Um táxi preto estacionou, uma policial disse a Goodhew que andasse logo. Dois libaneses tentaram passar à frente dele. Burr bloqueou-lhes o caminho e abriu a porta do táxi. Goodhew começou a recitar assim que se sentou. O seu tom era distante. Ele podia muito bem estar relembrando o acidente de trânsito do qual havia escapado por tão pouco.

— Delegação é *antiquado*, o meu chefe me diz, enquanto come enguia defumada. Exércitos particulares são um *perigo potencial*, ele me diz enquanto come o rosbife. As agências pequenas devem manter sua autonomia, mas de agora em diante têm de aceitar *orientação responsável* da Casa do Rio. Acabava de nascer um novo conceito de Whitehall. O Comitê Geral morreu. E vida longa à Orientação Responsável. Com vinho do Porto, falamos sobre como *aerodinamizar*, ao que ele me cumprimenta e me diz que ficarei encarregado da aerodinâmica. Vou *aerodinamizar*, mas devo fazê-lo sob *orientação responsável*. Isso significa, de acordo com os caprichos de Darker. Exceto. — Inclinou-se para a frente, de súbito, em seguida virou a cabeça e fitou Burr cara a cara. — Exceto, Leonard, que ainda sou o secretário do Comitê, e assim permanecerei, enquanto meu chefe, em sua sabedoria, não resolver de outra forma, ou enquanto eu não me demitir. Lá há homens sólidos. Andei fazendo as contas. Não devemos fazer os justos pagarem pelos pecadores. O meu chefe pode ser convencido. Isto aqui ainda é a Inglaterra. Somos gente boa. As coisas podem tomar um rumo errado de vez em quando, porém mais cedo ou mais tarde a honra prevalece e as forças do bem vencem. Acredito nisso.

— As armas a bordo do *Lombardy* eram norte-americanas, conforme previsto — disse Burr. — Estão comprando deles, e um pouco dos ingleses, quando há alguma coisa que serve. E treinando com elas. E demonstrando-as a seus clientes lá em Fabergé.

Goodhew voltou-se de novo para a janela, rígido. Havia de alguma forma perdido a liberdade de movimentos.

— Os países de origem não fornecem pista nenhuma — replicou, com a convicção exagerada de alguém que defende uma teoria muito fraca. — São os traficantes que cometem o crime. Você sabe disso perfeitamente bem.

— Havia dois treinadores americanos naquele acampamento, de acordo com as notas de Jonathan. Ele só está falando de oficiais. Suspeita de que também tenham suboficiais americanos. Eram gêmeos idênticos, extremamente possantes, que tiveram a falta de educação de perguntar-lhe qual era o seu negócio. Strelski disse que devem ser os irmãos Yoch, de Langley. Costumavam trabalhar em Miami, recrutando gente para se infiltrar nos sandinistas. Amato os avistou em Aruba, três meses atrás, bebendo Dom Pérignon com Roper, enquanto este devia estar vendendo fazendas. Exatamente uma semana depois, *Sir* Anthony Joyston Bradshaw, nosso distinto cavaleiro do reino, começa a comprar armas americanas, em vez de russas e do Leste Europeu, com o dinheiro de Roper, que nunca antes havia contratado treinadores americanos, não confiava neles. Por que está com esses dois lá? Para quem eles estão trabalhando? A quem respondem? Por que o serviço secreto americano de repente ficou tão relaxado? Todos esses refletores antirradar aparecendo em toda a parte? Por que os satélites deles não denunciaram toda aquela atividade militar na fronteira da Costa Rica? Helicópteros de combate, blindados, tanques ligeiros? Quem está cantando para os cartéis? Quem contou a eles a respeito de Apostoll? Quem disse que os cartéis podiam se divertir com ele e privar o pessoal da Lei de seu superdelator, no meio de um trabalho?

Sempre olhando pela janela, Goodhew se recusava a ouvir.

— Uma crise de cada vez, Leonard — advertiu, com um travo na voz. — Você tem um barco cheio de armas, não importa de onde elas vêm, que se dirige para a Colômbia. Tem um barco cheio de drogas, rumando ao continente europeu. Tem um vilão para capturar e um agente para salvar. Siga os seus objetivos. Não se deixe distrair. Foi nisso que eu errei. Darker... a lista dos investidores... as ligações com a City... grandes bancos... grandes instituições financeiras... Darker mais uma vez... os Puristas... não se deixe desviar dos seus objetivos por tudo isso, você nunca chegará lá, nunca vão lhe permitir tocar neles, você vai enlouquecer. Atenha-se ao possível. Aos eventos. Aos fatos. Uma crise de cada vez. Eu já não vi aquele carro antes?

425

— Estamos na hora do *rush*, Rex — disse Burr, com gentileza. — Você já viu todos. — E então, com a mesma gentileza, como se consolasse um homem derrotado: — O meu garoto conseguiu, Rex. Roubou as joias da coroa. Nomes e números dos navios e dos contêineres, localização do armazém em Colón, os números das guias de embarque, até as caixas onde têm a droga guardada. — Deu um tapinha no bolso sobre o peito. — Não transmiti esta lista, não contei a ninguém. Nem mesmo a Strelski. Só Rooke, eu, você e o meu garoto. Somos os únicos que sabemos. Isto não é Capitânia, Rex. Isto aqui ainda é o Marisco.

— Eles levaram os meus arquivos — disse Goodhew, continuando, sempre sem ouvi-lo. — Eu os guardava no cofre da minha sala. Sumiram.

Burr olhou para o relógio. Faço a barba no escritório. Não tenho tempo de passar em casa.

Burr está catando esperanças. A pé. Explorando o Triângulo de Ouro do supramundo secreto de Londres — Whitehall, Westminster, Victoria Street. Usando uma capa de chuva azul, que pegara emprestada com um dos porteiros, e um terno castanho fino como papel, dando a impressão de que dormiu com ele, o que de fato aconteceu.

Debbie Mullen é uma velha amiga, dos tempos de Burr na Casa do Rio. Frequentaram a mesma escola primária e saíram-se vitoriosos nos mesmos exames. O escritório dela fica ao final de uma descida de escadas, por trás de uma porta de aço pintada de azul com a placa de PROIBIDA A ENTRADA. Através das paredes de vidro, Burr vê funcionários de ambos os sexos trabalhando em frente às suas telas de computador e falando ao telefone.

— Ora, vejam só quem andou de férias — diz Debbie, olhando o terno castanho. — O que está havendo, Leonard? Ouvimos dizer que estavam retirando sua placa de latão da porta e mandando-o de volta para a outra margem do rio.

— Há um navio de carga, chamado *Horacio Enriques*, Debbie, com matrícula do Panamá — disse Burr, deixando seu sotaque do Yorkshire ficar mais denso, a fim de enfatizar a ligação entre eles. — Quarenta e oito horas atrás, estava ancorado na Zona Franca de Colón, com destino a Gdanski, Polônia. O meu palpite é que ele já está em águas internacionais, dirigindo-se para o Atlântico. Temos a informação de que leva uma carga suspeita. Gostaria que ele fosse localizado e posto sob observação, mas não quero que você faça um pedido de busca. — Lançou-lhe o seu velho sorriso. — É por causa da minha fonte, entende, Deb? Questão muito delicada. Muito secreta. Precisa ser tudo extraoficial. Você é uma grande amiga, poderia fazer isso para mim?

Debbie Mullen tem um rosto bonito e um jeito peculiar de apertar o nó do indicador direito contra os dentes, quando pondera sobre alguma coisa. Talvez faça isso para esconder seus sentimentos, mas não tem como esconder os olhos. Primeiro, eles se arregalam, em seguida se concentram no botão superior do paletó vergonhoso de Burr.

— O Enrico-*o-quê*, Leonard?

— *Horacio Enriques*, Debbie, quem quer que tenha sido. Matrícula do Panamá.

— Foi o que pensei ter ouvido.

Afastando o olhar do paletó, ela procura numa pilha de pastas listradas de vermelho, até encontrar a que está procurando, que passa para ele. Contém uma única folha de papel azul, timbrada em relevo e de adequado peso ministerial. Tem como cabeçalho O *Horacio Enriques* e consiste em um só parágrafo, numa tipologia enorme:

O supracitado navio, objeto de uma operação altamente delicada, provavelmente realizará atividades que chegarão ao seu conhecimento, como mudar de curso sem motivo aparente ou executar outras manobras incomuns, no mar ou em portos. Toda e qualquer informação recebida por sua seção, com relação às atividades desse navio, seja de fontes abertas ou secretas, deverá ser passada EXCLUSIVA E IMEDIATAMENTE aos Estudos de Aliciamento, Casa do Rio.

O documento tem o carimbo ULTRASSECRETO, CAPITÂNIA, SOMENTE.

Burr devolve a pasta a Debbie Mullen e abre um sorriso pesaroso.

— Parece que houve um pequeno mal-entendido — confessa ele. — Ainda assim, no final vai tudo para o mesmo saco. Já que estamos aqui, Debbie, você teria alguma coisa sobre o *Lombardy*, também andando meio à toa por essas águas, muito provavelmente na outra extremidade do Canal?

O olhar dela voltou para o rosto de Burr, e lá ficou.

— Você é um fuzileiro, Leonard?

— O que você faria, se eu dissesse que sim?

— Eu teria de telefonar a Geoff Darker, para saber se você não está mentindo, não teria?

Burr tenta de verdade esticar ao máximo o seu charme.

— Você me conhece, Debbie. O meu nome é Verdade. E quanto a um palácio de gim flutuante, chamado *Iron Pasha*, propriedade de um cavalheiro inglês, saído há quatro dias de Antigua, rumo oeste? Alguém tem andado de olho nele? Preciso disso, Debbie. Estou desesperado.

— Você me disse uma vez antes, Leonard. E eu estava desesperada também, por isso o atendi. Não causou nenhum mal a nenhum de nós dois, na época, mas agora é diferente. Ou eu telefono a Geoffrey, ou você vai embora. A decisão é sua.

Debbie ainda está sorrindo. Burr também mantém o sorriso no lugar, enquanto atravessa a fileira de funcionários, até chegar à rua. E então a umidade de Londres o atinge como um soco mal dado, e transforma seu autocontrole em ultraje.

Três navios. Todos indo em direções diferentes, que inferno! Meu agente, minhas armas, minha droga, meu caso — e nada disso é da minha conta!

Mas, quando chega ao gabinete imponente de Denham, já é novamente o seu eu austero exterior, do jeito que Denham apreciaria mais.

Denham era advogado e um inverossímil antecessor de Harry Palfrey como conselheiro jurídico do Grupo de Estudos de Aliciamento, antes deste se tornar feudo de Darker. Quando Burr desencadeou sua batalha sanguinária contra os ilegais, Denham o estimulou a ir em frente, recolheu-o cada vez que ele saiu ferido e mandou-o de volta para tentar novamente. Quando Darker teve sucesso no seu *putsch* e Palfrey veio trotando atrás dele, Denham pegou o seu chapéu e atravessou silenciosamente para a outra margem do rio. Mas continuara a ser um defensor de Burr. Se havia alguém em que Burr sentia confiança como aliado entre os mandarins jurídicos de Whitehall, era Denham.

— Oh, olá, Leonard. Fico feliz por você ter telefonado. Não está congelando de frio? Não fornecemos cobertores, lamento. Às vezes, acho que devíamos.

Denham bancava o almofadinha. Era magro e soturno, com uma cabeleira emaranhada de estudante que havia ficado grisalha. Usava terno de listras largas e coletes escandalosos, sobre camisas de dois tons. No entanto, lá no fundo, como Goodhew, era uma espécie de abstinente.

Sua sala poderia ser esplêndida, pois ele tinha a posição. Era alta, com cornijas bonitas e mobília decente. Mas a atmosfera era a de uma sala de aula e a lareira entalhada estava cheia de celofane vermelho, coberto por uma camada de pó. Um cartão de Natal de onze meses antes mostrava a Catedral de Norwich na neve.

— Já nos conhecemos. Guy Eccles — disse um sujeito atarracado, de queixo saliente, que estava sentado à mesa central, lendo telegramas.

Já nos conhecemos, concordou Burr, retribuindo o aceno de cabeça. Você é o Eccles das Mensagens, e nunca fui com a sua cara. Você joga golfe e dirige um Jaguar. Que diabos está fazendo, metendo-se à força no meu encontro? Sentou-se. Ninguém o havia exatamente convidado a fazê-lo. Denham estava tentando ligar o aquecedor da Guerra da Criméia, mas ou a alavanca havia emperrado, ou ele a estava girando na direção errada.

— Tenho uma carga muito grande para desabafar, Nicky, não faz diferença para você — disse Burr, ignorando Eccles deliberadamente. — O tempo está correndo contra mim.

— Se é a respeito desse negócio do Marisco — disse Denham, dando uma última torção na alavanca —, talvez seja bom ter o Guy por perto.

— Empoleirou-se numa poltrona. Parecia relutante em sentar-se a sua própria mesa. — O Guy há meses que vem dando pulos no Panamá — explicou. — Não é mesmo, Guy?

— Para quê? — disse Burr.

— Só visitando — respondeu Eccles.

— Eu quero a interdição, Nicky. Quero que você mova céus e terras. Foi para isso que entramos neste negócio, lembra-se? Ficamos noites a fio acordados falando sobre exatamente este momento.

— Sim. Sim, ficamos — concordou Denham, como se Burr houvesse apresentado um argumento válido.

Eccles sorria de algo que estava lendo em um telegrama. Ele tinha três bandejas. Tirava os telegramas de uma delas e, depois de tê-los lido, atirava-os em uma das outras duas. Esse parecia ser o seu trabalho, hoje.

— No entanto, a questão é de viabilidade, não é? — disse Denham. Ainda estava sentado no braço da poltrona, as pernas compridas estendidas retas à sua frente, as mãos longas enfiadas nos bolsos.

— E o meu relatório também. E também as sugestões que Goodhew enviou ao Gabinete, se um dia elas lá chegarem. Querer é poder, lembra-se, Nicky? Nós não íamos nos esconder por trás dos argumentos... lembra-se? Íamos botar todos os países envolvidos em volta de uma mesa. Encará-los. Desafiá-los a dizerem não. Beisebol internacional, era como você costumava dizer. Nós dois dizíamos isso.

Denham foi num passo elástico até a parede atrás de sua mesa e puxou um cordão das dobras de uma pesada cortina de musselina. Surgiu um mapa da América Central, em grande escala, coberto por um filme transparente.

— Andamos *pensando* muito sobre você, Leonard — disse ele, com afetação.

— Estou atrás é de ação, Nicky. Eu mesmo já andei pensando um bocado.

Havia um navio vermelho espetado ao largo do porto de Colón, à frente de meia dúzia de navios cinzentos. Na extremidade sul do Canal, rotas projetadas para leste e oeste do Golfo do Panamá se superpunham em cores diferentes.

— Não ficamos exatamente à toa, enquanto você se mostrava tão industrioso, isso eu lhe garanto. Por isso, olá, ó de bordo. O *Lombardy*, quase afundando de tantas armas. Assim esperamos. Porque, se não estiver, estamos numa merda de fazer gosto, mas isso já é uma outra história.

— Essa é a última posição que alguém tem dele? — perguntou Burr.

— Ah, acho que sim — disse Denham.

— É a última que *nós* temos, isso com toda a certeza — disse Eccles, deixando cair um telegrama verde na bandeja do centro. Ele tinha o sotaque das terras baixas escocesas. Burr havia se esquecido disso. Agora lembrava. Se havia um sotaque regional que lhe arranhava os ouvidos como unhas sobre um quadro-negro, era o das terras baixas escocesas.

— As mós dos Primos americanos estão triturando de forma excessivamente lenta nesses últimos tempos — observou Eccles, após uma pequena sugada nos dentes da frente. — É aquela tal de Vandon, Bar-ba-ra. Tudo tem de ser em triplicata para ela — Deu uma segunda sugada de desaprovação nos dentes. Mas Burr continuou falando apenas com Denham, pois estava preocupado em não perder a paciência.

— Existem duas velocidades, Nicky. A velocidade do Marisco e a outra. O pessoal da Lei nos Estados Unidos está sendo cozinhado em fogo lento pelos priminhos.

Eccles não ergueu os olhos do que estava lendo, mas falou:

— A América Central é comarca dos Primos — disse ele, com seu sotaque da fronteira. — Os Primos observam, ouvem, nós pegamos a caça. Não faz sentido mandar dois cães atrás de uma lebre. Não é econômico. Em absoluto. Não hoje em dia. — Atirou um telegrama numa bandeja. — Um desperdício danado de dinheiro, na verdade.

Denham já estava falando antes de Eccles ter concluído a última sílaba. Ele parecia preocupado em correr com as coisas:

— Então, vamos presumir que ele está onde consta da última informação — propôs entusiasticamente, cutucando a popa do *Lombardy* com o dedo indicador, que parecia um galho seco. — Ele *está* com a sua tripulação colombiana... ainda não confirmado, mas vamos presumir... está se dirigindo para o Canal e Buenaventura. Tudo *exatamente* como a sua fonte maravilhosa informa. Bravo para ele, ela, ou o que seja. Se as coisas acontecerem da maneira comum, e é de se *presumir* que ele vai querer parecer o mais comum que for possível, estará chegando ao Canal em algum momento no dia de hoje. Certo?

Ninguém respondeu "certo".

— O Canal é uma rua de mão única. *Descendo* durante as manhãs. *Subindo* durante as tardes. Ou seria o contrário?

Uma jovem alta, de cabelos castanhos compridos, entrou na sala e, sem dizer uma palavra a ninguém, arrebanhou as saias por trás e sentou-se toda empertigada diante de uma tela de computador, como se fosse começar a tocar cravo.

— Isso varia — disse Eccles.

— Nada que o impeça de virar aquele rabo e sair mandado para Caracas, suponho — continuou Denham, enquanto seu dedo empurrava o *Lombardy* Canal adentro. — Desculpe, Priscilla. *Ou* estrada acima, para a Costa Rica, ou sabe Deus onde. Ou descendo por aqui e chegando à Colômbia pelo lado ocidental, na medida em que os cartéis possam garantir porto seguro. Eles podem garantir a maior parte das coisas. Mas ainda *estamos* pensando em Buenaventura, pois foi isso que você nos disse. Aí as linhas nesse meu mapa tão bonito.

— Há uma frota de caminhões do exército estacionada em Buenaventura para recebê-los — informou Burr.

— Nada confirmado — disse Eccles.

— Pois está lá — replicou Burr, sem erguer minimamente a voz. — Nós recebemos isso pela falecida fonte de Strelski, via Moranti, e além do mais existe confirmação independente por fotos de satélites mostrando caminhões seguindo pela estrada.

— Há caminhões subindo e descendo aquela estrada o tempo todo — disse Eccles, e esticou ambos os braços para o alto, como se a presença de Burr lhe estivesse consumindo as energias. — De qualquer maneira, a fonte falecida de Strelski está desacreditada. Existe uma séria escola de pensamento dizendo que ele estava por fora desde o início. Todos esses delatores inventam. Acham que isso vai conseguir diminuir suas penas.

— Nicky — disse Burr, às costas de Denham.

Denham estava empurrando o *Lombardy* para o Golfo do Panamá.

— Leonard — disse ele.

— Nós vamos abordá-lo? Vamos confiscá-lo?

— Você quer dizer, os americanos vão?

— Quem quer que seja. Sim, ou não?

Sacudindo a cabeça diante da obstinação de Burr, Eccles pousou ostentosamente mais um telegrama numa bandeja. A garota ao computador prendera os cabelos por trás das orelhas e já estava digitando. Burr não podia ver a tela. A ponta da língua da moça surgiu-lhe entre os dentes.

— Sim, bem, a *merda* é essa, entende, Leonard? — disse Denham, novamente todo entusiasmado. — Desculpe, Priscilla. Para os americanos... graças a Deus... não para nós. Se o *Lombardy* chega à costa — o seu braço coberto de listras fez um arco como se fosse jogar boliche, até atingir uma rota que seguia a complexa linha costeira entre o Golfo do Panamá e Buenaventura —, então, até onde *podemos* ver, ele passou a perna nos americanos. O *Lombardy* estará navegando de águas nacionais panamenhas para águas nacionais colombianas, você entende, de forma que os pobres velhos americanos não vão poder dar nem uma olhada.

— Por que não prendê-lo em águas panamenhas? Os americanos estão por todo o Panamá. São donos daquela droga de lugar. Pelo menos pensam que são.

— Não tanto assim, temo. Se eles vão partir para cima do *Lombardy* com todos os canhões disparando, vão precisar navegar atrás da marinha panamenha. Não ria.

— É o Eccles que está rindo, não eu.

— E, a fim de fazer com que os panamenhos deem a partida, vão ter de provar que o *Lombardy* cometeu algum crime, de acordo com a lei panamenha. Que não cometeu. Está em trânsito de Curaçao a caminho da Colômbia.

— Mas está carregado daquelas drogas de armas ilegais!

— É o que você diz. Ou o que sua fonte diz. E, é claro, espera-se terrivelmente que você esteja certo. Ou ele, ela, ou o que seja, aliás. Mas o *Lombardy* não deseja mal algum aos panamenhos, e acontece de ter também matrícula panamenha. E os panamenhos estão *tremendamente* relutantes em se mostrarem concedendo bandeiras de conveniência e em seguida convidando os americanos a arrebentá-las. Muito difícil na verdade convencer os panamenhos a fazerem *qualquer coisa* no momento. Não existe depressão menstrual e depressão pós-parto? Isso é *depressão pós-Noriega*, temo. Desculpe, Priscilla. Um ódio surdo, seria mais o caso. Nutrindo um pouco de orgulho nacional muito ferido.

Burr pôs-se de pé. Eccles o observava em alerta, como um policial que houvesse percebido a iminência de algum problema. Denham deve tê-lo ouvido se levantar, mas havia se refugiado no mapa. A jovem, Priscilla, parara de apertar as teclas.

— Muito bem, peguem-no em águas colombianas! — Burr quase gritou ao enfiar um dedo no contorno do litoral ao norte de Buenaventura. — Apoiem-se no governo colombiano. Nós os estamos ajudando a limpar a casa, não estamos? A se livrar das pragas dos cartéis da cocaína? Arrebentando os laboratórios da droga para eles? — Sua voz resvalou um pouco. Ou talvez tenha resvalado muito, e ele só ouviu um pouco. — O governo colombiano não vai se sentir exatamente exultante por ver armas sendo despejadas em Buenaventura, para equipar o novo exército dos cartéis. Isto é, será que já esquecemos tudo sobre o que falamos, Nicky? Será que o ontem foi declarado área ultrassecreta ou algo assim? Diga-me que existe alguma lógica nisto, em algum ponto.

— Se você acha que pode separar o governo colombiano dos cartéis, está vivendo no reino da fantasia — replicou Denham com mais aço na voz do que ele parecia possuir. — Se acha que pode separar a economia da cocaína das economias da América Latina, isso é jogar conversa fora.

— Masturbação mental — Eccles corrigiu-o, sem desculpas a Priscilla.

— Muita gente por lá encara a planta da coca como uma *dupla* bênção que lhes foi conferida por Deus — continuou Denham, lançando-se num hino de autojustificativa. — Não *apenas* o tio Sam *decide* se envenenar com ela, como *enriquece* os latinos oprimidos, ao fazê-lo!

O que poderia ser mais maravilhoso? Os colombianos estarão *terrivelmente* dispostos a colaborar com o Tio Sam numa aventura como essa, é *claro*. Mas pode ser que eles simplesmente *não consigam* se organizar a tempo de fazer parar o carregamento. *Semanas* de diplomacia serão necessárias, teme-se, e *muita* gente de férias. E eles *vão* querer uma caução pelos custos, para quando a fizerem aportar. Toda aquela descarga, as horas extras, tudo. — A mera força de sua arenga estava produzindo calma. Não é fácil fulminar e prestar atenção ao mesmo tempo. — E eles vão querer indenização jurídica, no caso do *Lombardy* estar limpo, naturalmente. *E* se não, o que eu fico muito satisfeito em acreditar, vão partir para uma discussão grosseira sobre a quem pertencem as armas, uma vez confiscadas. *E* quem deve ficar com elas, para vendê-las de volta aos cartéis, quando tudo estiver terminado. *E* quem vai para a prisão onde, e por quanto tempo, e com quantas piranhas para mantê-lo feliz, enquanto isso. *E* quantos capangas ele terá permissão de manter para cuidar dele, e quantas linhas telefônicas para poder cuidar dos seus negócios, encomendar seus assassinatos e falar com seus cinquenta gerentes bancários. *E* quem vai ser subornado quando ele resolver que já cumpriu tempo bastante, o que deve acontecer por volta de umas seis semanas. *E* quem cai em desgraça *e* quem é promovido, e quem recebe uma medalha por bravura quando ele fugir? Nesse meio-tempo, de um modo ou de outro, suas armas estarão seguras nas mãos do pessoal que foi treinado para usá-las. Bem-vindo à Colômbia!

Burr reuniu o que restava do seu autocontrole. Ele estava em Londres. Estava na terra da ficção do poder. Estava em seu sagrado quartel-general. Havia deixado para o fim a solução mais óbvia, talvez porque soubesse que no mundo em que Denham vivia, o óbvio era o caminho menos provável.

— Então, está bem. — Deu um golpe seco com as costas da mão no centro do Panamá. — Vamos pegar o *Lombardy* quando ele subir o Canal. Os americanos *dirigem* o Canal. Eles o *construíram*. Ou será que temos mais uns dez bons motivos para permanecermos com os rabos nas cadeiras?

Denham estava entusiasticamente pasmo.

— Ora, meu caro! Estaríamos infringindo o artigo mais sagrado do Tratado do Canal. Ninguém... nem os americanos, nem mesmo os panamenhos... tem o direito de busca. Não, enquanto não for possível provar que a nave em questão representa um perigo físico para o Canal. Suponho que se ele estiver cheio de bombas que podem explodir, você teria um argumento. Bombas *antigas*, teriam de ser, e não novas. Se você puder *provar* que vão explodir. Tinha de estar perfeitamente certo: se elas estiverem devidamente embaladas, você está liquidado. *Pode provar isso?* De qualquer maneira, o negócio é todo dos americanos. Estamos só observando, graças a Deus. E nos metendo, muito pouquinho, onde isso pode ser de ajuda. E ficando de fora, quando não pode. Nós *provavelmente* vamos propor uma *démarche* aos panamenhos, se nos pedirem. De comum acordo com os americanos, é claro. Só para lhes dar uma forcinha. Podemos até propor uma aos colombianos, se o ministério nos der um aperto. Não há muito a perder, não por enquanto.

— Quando?

— Quando, o quê?

— Quando é que vocês vão tentar mobilizar os panamenhos?

— Amanhã, provavelmente. Pode ser depois de amanhã. — Olhou o relógio. — *Que dia é hoje?* — Parecia importante para ele não saber. — Depende de como os embaixadores estiverem ocupados. Quando é o Carnaval, Priscilla, que eu esqueço? Esta é a Priscilla. Desculpe por não ter feito as apresentações.

Digitando suavemente ao teclado, Priscilla disse: Daqui a *eras*. Eccles estava às voltas com mais telegramas.

— Mas você já passou por *tudo* isto, Nicky! — implorou Burr num último apelo ao Denham que ele achava que conhecia. — O que mudou? O Comitê de Trabalhos promovia reuniões para planos de ações com abundância... você tinha toda e qualquer maldita contingência com três saídas preparadas. Se Roper fizer isto, nós fazemos aquilo. Ou aquilo outro. Ou ainda aquilo. Lembra-se? Eu vi as minutas. Você e Goodhew acertaram tudo com os americanos. Plano A, Plano B, o que aconteceu com esse trabalho todo?

Denham continuava imperturbável.

— É muito difícil negociar uma *hipótese*, Leonard. Particularmente com os latinos. Você devia sentar a minha mesa por algumas semanas. É preciso apresentar-lhes fatos. Os latinos não movem um dedo, enquanto a coisa não for real.

— E nem enquanto não for, tampouco — murmurou Eccles.

— É para você ver — disse Denham, dando-lhe força. — Por tudo que se *sabe*, os Primos estão para conseguir emplacar esta. O pouco que *nós* fizermos não vai alterar as coisas em nada. E, é claro, Darling Kate vai estar mexendo *todos* os pauzinhos em Washington.

— A Kate é fantástica — concordou Eccles.

Burr fez uma última e terrivelmente equivocada tentativa. Veio na mesma reserva de outros atos precipitados que ele ocasionalmente cometia, e como de hábito lamentou tê-lo feito mal havia terminado de falar.

— E quanto ao *Horacio Enriquez*! — quis saber. — É só um pequeno ponto, Nicky, mas ele está se dirigindo para a Polônia com cocaína suficiente para manter toda a Europa oriental doidona durante seis meses.

— Hemisfério errado, eu temo. — disse Denham. — Tente o Departamento do Norte, um andar abaixo. Ou a Alfândega.

— Como é que você está tão certo de que é o seu navio? — perguntou Eccles, sorrindo novamente.

— A minha fonte.

— Ele tem mil e duzentos contêineres a bordo. Vai procurar em todos eles?

— Sei qual são os números — disse Burr, não conseguindo acreditar em si mesmo ao acabar de falar.

— Quer dizer que a sua fonte sabe.

— Quero dizer que eu sei.

— Dos contêineres?

— Sim.

— Bravo.

Na porta principal, enquanto Burr ainda praguejava contra a criação inteira, o porteiro passou-lhe um bilhete. Era um outro amigo, desta vez do Ministério da Defesa, lamentando que, devido a uma crise imprevista, ele não poderia, afinal, comparecer ao encontro marcado para o meio-dia.

Passando pela porta de Rooke, Burr sentiu o cheiro de loção pós-barba. Rooke estava sentado à sua mesa, as costas eretas, de roupa trocada e imaculado, após sua viagem, um lenço limpo na manga, um exemplar do *Telegraph* daquele dia na bandeja dos documentos pendentes. Podia nunca ter saído de Tonbridge.

— Telefonei a Strelski cinco minutos atrás. O jato de Roper ainda está desaparecido — disse Rooke, antes de Burr ter a oportunidade de perguntar. — A vigilância aérea saiu-se com uma história absurda de um buraco negro no radar. Conversa fiada, se quiser saber a minha opinião.

— Está tudo acontecendo conforme eles planejaram — disse Burr. — A droga, as armas, o dinheiro, tudo se dirigindo bonitinho aos seus destinos. É a arte do impossível, e aperfeiçoada, Rob. Todas as coisas certas são ilegais. Todas as coisas sujas são a única via lógica. Longa vida a Whitehall.

Rooke assinou um documento.

— Goodhew quer um resumo de Marisco até o final do dia, hoje. Três mil palavras. Nada de adjetivos.

— Aonde foi que o levaram, Rob? O que estão fazendo com ele, neste exato minuto? No momento mesmo em que estamos sentados aqui nos preocupando com adjetivos?

A caneta na mão, Rooke continuava a examinar os documentos à sua frente.

— O seu amigo, Bradshaw, andou adulterando os livros — observou, no tom do sócio de um clube censurando um outro. — Sangrando o Roper enquanto faz as comprinhas para ele.

Burr olhou por cima do ombro de Rooke. Sobre a mesa havia um resumo das compras ilegais de armas britânicas e norte-americanas realizadas por *Sir* Anthony Joyston Bradshaw, na sua função de preposto de Roper. E, ao lado, havia uma foto detalhada, tirada por Jonathan, na mesa de trabalho de Roper, em sua suíte de luxo, mostrando números escritos a lápis. A discrepância importava em uma comissão informal de várias centenas de milhares de dólares, em favor de Bradshaw.

— Quem viu isto? — perguntou Burr.

— Você e eu.

— Mantenha assim.

Burr chamou sua secretária e, num ímpeto furioso, ditou um resumo brilhante do caso Marisco, sem adjetivos. Deixando ordens no sentido de que deveria ser informado de qualquer evolução do caso, voltou para a companhia da esposa e fizeram amor enquanto as crianças brigavam no andar de baixo. Em seguida, brincou com os filhos, enquanto a esposa cuidava dos seus serviços. Voltou ao escritório e, tendo examinado os números de Rooke na privacidade da sua sala, pediu que lhe mandassem uma pilha de interceptações de fax e conversas telefônicas entre Roper e *Sir* Anthony Joyston Bradshaw, de Newbury, Berkshire. Em seguida, pegou o volumoso arquivo pessoal de Bradshaw, começando nos anos 60, quando ele era apenas mais um novo recruta no negócio ilegal de armas, crupiê em meio-expediente, consorte de mulheres mais velhas e ricas, e informante zeloso, embora nem um pouco apreciado, da espionagem britânica.

Burr permaneceu à sua mesa durante o resto da noite, diante dos telefones mudos. Goodhew telefonou três vezes, procurando notícias. Duas vezes Burr disse: "Nada." Mas da terceira vez ele inverteu a posição:

— O seu amigo Palfrey parece ter sumido de cena um pouco também, não é, Rex?

— Leonard, esse não é um assunto para nós discutirmos.

Mas, ao menos dessa vez, Burr não estava interessado nos escrúpulos de proteção das fontes.

— Diga-me uma coisa. Harry Palfrey ainda assina os mandados da Casa do Rio?

— Mandados? Que mandados? Está se referindo a mandados para grampear telefones, abrir correspondência, plantar microfones? Mandados precisam ser assinados por um ministro, você sabe disso muito bem.

Burr engoliu sua impaciência.

— Estou querendo dizer: ele ainda é o homem das questões jurídicas lá. Prepara os documentos que apresentam, certifica-se de que estão dentro das linhas certas de orientação.

— Esta é uma das tarefas dele.

— E, ocasionalmente, ele *assina* os mandados. Quando o ministro do Interior está preso no tráfego, por exemplo, ou o mundo está acabando. Em casos de emergência, o seu Harry tem o poder de usar o seu próprio discernimento e acertar tudo com o ministro depois. Certo? Ou as coisas mudaram?

— Leonard, você está imaginando alguma coisa?

— Provavelmente.

— Nada mudou — respondeu Goodhew numa voz de desespero contido.

— Ótimo — disse Burr. — Fico feliz, Rex. Obrigado por me dizer.

E voltou à longa crônica dos pecados de Joyston Bradshaw.

27

A reunião de emergência do Comitê Geral de Trabalhos fora marcada para as dez e meia, no dia seguinte, mas Goodhew chegou cedo, a fim de se certificar de que tudo na sala de conferências do subsolo estava como devia, e distribuiu folhas de agenda e as minutas da reunião anterior. A vida lhe havia ensinado que você delega essas coisas por sua própria conta e risco.

Como um general antes da batalha decisiva de sua vida, Goodhew tivera um sono leve e o amanhecer o encontrara lúcido em seu propósito. Seus soldados eram muitos, estava convencido. Ele os havia contado, havia feito o seu *lobby* com eles e, para estimular sua adesão à causa, presenteara cada um deles com um exemplar de seu relatório original ao Comitê de Trabalhos, intitulado "Uma Nova Era", no qual demonstrava, no que havia ficado tão famoso, como o Reino Unido era mais secretamente governado, tinha mais leis para a supressão de informação e mais métodos liberados de qualquer controle, para esconder os assuntos da nação dos seus cidadãos do que qualquer outra democracia ocidental. Ele os havia prevenido, numa nota antecedendo o relatório de Burr, de que o comitê enfrentava um teste clássico de seus poderes.

A primeira pessoa a chegar à sala de conferência, depois do próprio Goodhew, foi Padstow, seu insípido amigo de escola, o tal que fazia questão de dançar com as garotas menos atraentes a fim de fazer com que elas se sentissem confiantes.

— Sabe, Rex, você se lembra daquela carta pessoal, ultrassecreta e sei lá mais o quê que você me mandou, para me dar cobertura, enquanto esse seu agente, Burr, aprontava suas diabruras lá na Cornualha, para o meu próprio arquivo pessoal? — Como de hábito, as frases de Padstow podiam ter sido escritas por P. G. Wodehouse num dia ruim.

— É claro que me lembro, Stanley.

— Bem, você não teria uma cópia, por acaso, teria? Acontece que não consigo encontrar o diabo da carta. Eu podia jurar por tudo que a coloquei no meu cofre.

— Se bem me lembro, a carta foi escrita à mão — respondeu Goodhew.

— Mas você não a teria enfiado numa copiadora, antes de mandá-la, teria?

Essa conversa foi cortada pela chegada de dois secretários assistentes do Gabinete do Ministério. Um deu a Goodhew um sorriso tranquilizador, o outro, Loaming, estava ocupado demais tirando a poeira de sua cadeira com um lenço. *Loaming é um deles*, dissera Palfrey. *Ele tem uma espécie de teoria a respeito da necessidade de uma subclasse mundial. As pessoas acham que ele está brincando.* Foram seguidos pelos chefes dos Serviços de Informações das Forças Armadas, depois por dois barões das Comunicações e Defesa, respectivamente. Depois deles, chegou Merridew, do Departamento do Extremo Norte do Ministério das Relações Exteriores. Sua assistente era uma mulher muito séria, chamada Dawn. A notícia da nova indicação de Goodhew havia vazado completamente. Alguns dos que chegavam apertavam-lhe a mão. Outros murmuravam, meio sem jeito, palavras de estímulo. Merridew, que jogara como ala avançado por Cambridge, contra Goodhew, como médio volante, por Oxford, chegou ao ponto de dar-lhe uns tapinhas no braço — ao que Goodhew, num momento histriônico exagerado, fingiu uma dor terrível e gritou, "Oh, não, acho que você quebrou o meu braço, Tony!"

Mas o riso forçado silenciou de estalo à chegada de Geoffrey Darker e de seu vice, o estimulante Neal Marjoram.

Eles trapaceiam, Rex, dissera Palfrey. *Eles mentem... conspiram... a Inglaterra é pequena demais para eles... a Europa uma babel balcânica... Washington é a sua única Roma...*

A reunião começa.

— Operação Marisco, ministro — declara Goodhew, tão insensivelmente quanto ele sabe como fazer. Goodhew, como de hábito, é o secretário. Seu chefe é o presidente *ex officio*. — Várias questões bastante urgentes a serem resolvidas, temo. Ação para hoje. A situação está exposta no resumo de Burr, nada mudou, que saibamos, até uma hora atrás. Existe também a questão da competência dos departamentos interessados para ser resolvida.

Seu chefe parece ter mergulhado num estado de espírito de ressentimento carrancudo.

— Onde diabos *estão* os nossos representantes da Lei? — diz ele, num grunhido. — Muito esquisito, não é, um caso da Lei, e ninguém da Lei aqui?

— Eles ainda são uma agência subordinada, lamento dizer, ministro, embora alguns de nós venhamos nos esforçando para que ela seja promovida. Somente organismos licenciados e chefes de departamento se fazem representar em sessões plenárias do Comitê.

— Bem, acho que devíamos ter esse seu homem aqui, Burr. É uma tolice muito grande, se é ele quem está dirigindo o espetáculo e você o conhece de trás para a frente, não o termos aqui para que fale a respeito, não é? Bem, não é? — olhando em torno.

Goodhew não havia esperado semelhante oportunidade de ouro. Burr, ele sabe, está sentado a apenas quinhentos metros dali.

— Se essa é a sua opinião, ministro, então permita-me convocar Leonard Burr para esta reunião, e permita-me também registrar que se estabeleceu agora um precedente, pelo qual agências subordinadas envolvidas em questões cruciais para deliberações do seu Comitê podem ser *consideradas* como licenciadas, na pendência de sua elevação ao *status* de licenciadas.

— Protesto — diz Darker, asperamente. — O pessoal da Lei é apenas o primeiro estágio de realizações maiores. Se chamarmos Burr, vamos terminar com todas as agências fichinhas de Whitehall aqui dentro. Todo mundo sabe que essas pequenas unidades estão sempre disponíveis para a primeira coisa que aparece. Elas começam as encrencas e depois não têm a força necessária para encerrá-las. Todos nós lemos o relatório de Burr. A maioria de nós conhece o caso a partir de outros ângulos. A agenda diz que vamos estar discutindo comando e controle. A última coisa de que precisamos é o *objeto* de nossas discussões sentado aqui, ouvindo.

— Mas Geoffrey — diz Goodhew, delicadamente —, *você é* o objeto *constante* das nossas discussões.

O ministro murmura algo como, "oh, está certo, vamos deixar as coisas como estão por enquanto", e o primeiro assalto termina empatado, com ambos os protagonistas sangrando apenas levemente.

* * *

Uns poucos minutos de música de câmara inglesa, quando os chefes dos serviços de informações da Aeronáutica e da Marinha descrevem seus respectivos sucessos no rastreamento do *Horacio Enriques*. Quando concluem seus relatórios, fazem circular, orgulhosos, fotografias detalhadas.

— Para mim, parece um petroleiro perfeitamente comum — disse o ministro.

Merridew, que detesta espiocratas, concorda.

— E provavelmente é — diz ele.

Alguém tosse. Uma cadeira range. Goodhew ouve uma espécie de ornejo nasal, de um nível mais agudo da escala do que aquele para o qual estaria preparado, e o reconhece como o som familiar de um velho político britânico prefaciando a apresentação de um argumento.

— Por que esse caso é *nosso*, afinal, Rex? — o ministro quer saber. — Rumando para a Polônia. Navio panamenho, companhia de Curaçao. Até onde consigo entender, a criança não é nossa. Você está me pedindo que leve isso à instância mais alta. E estou lhe perguntando por que sequer estamos sentados aqui falando a respeito.

— A Ironbrand é uma companhia britânica, ministro.

— Não, não é. É das Bahamas. Não é das Bahamas? — Cena muda, enquanto o ministro, com os maneirismos de um homem bem mais velho, faz grande alarde de procurar entre as três mil palavras do resumo de Burr. — Sim. É das Bahamas. Aqui diz que é.

— Seus diretores são britânicos, os homens cometendo o crime são britânicos, as provas contra eles foram reunidas por uma agência britânica sob a égide do seu ministério.

— Então, entregue nossas provas aos poloneses, e podemos todos ir para casa — diz o ministro, muito satisfeito consigo mesmo. — Uma ideia esplêndida, se quiser a minha opinião.

Darker sorri, com admiração gélida pelo humor do ministro, mas prefere dar o passo até então inédito de corrigir o inglês de Goodhew.

— Será que poderíamos dizer *testemunhos*, por favor, Rex? Em vez de provas? Antes que nos deixemos todos levar.

— Eu não me deixo levar, Geoffrey, nem me deixarei, a não ser que seja com os pés na frente — retruca Goodhew, alto demais, para desconforto dos que o apoiam. — Quanto a passar nossas provas aos poloneses, o pessoal da Lei fará isso a seu critério, e não antes que se chegue a uma decisão sobre como proceder quanto a Roper e seus cúmplices. A responsabilidade pela captura do carregamento de armas já foi cedido aos norte-americanos. Não proponho a que cedamos o resto da nossa responsabilidade aos poloneses, a não ser que essas sejam as minhas instruções, dadas pelo ministro. Estamos falando de um sindicato do crime, rico e bem organizado, em um país muito pobre. Escolheram Gdansk porque acham que lá podem ter controle. Se estiverem certos, não fará nenhuma diferença o que contarmos ao governo polonês, a carga será entregue de qualquer maneira, e estaremos expondo a fonte de Burr a troco de nada, exceto o prazer de avisar a Onslow Roper que estamos em sua pista.

— Talvez a fonte de Burr já tenha sido exposta — sugere Darker.

— É sempre uma possibilidade, Geoffrey. A Lei tem muitos inimigos, alguns deles do outro lado do rio.

Pela primeira vez, a sombra espectral de Jonathan projetou-se sobre aquela mesa. Goodhew não tem conhecimento pessoal de Jonathan, mas participou o suficiente do trabalho de Burr para voltar a participar agora. E essa consciência provavelmente estimula o seu senso de dignidade, pois mais uma vez ele sofre uma surpreendente mudança de cor, ao retomar seu argumento, a voz um pouco acima do nível habitual.

De acordo com as regras aprovadas pelo Comitê, diz ele, toda agência, por menor que seja, é soberana em sua esfera.

E toda agência, por maior que seja, tem a obrigação de fornecer apoio em ajuda de qualquer outra agência, ao mesmo tempo respeitando seus direitos e liberdade.

No caso Marisco, continua ele, esse princípio foi repetidamente atacado pela Casa do Rio, que está exigindo o controle das operações, argumentando que tal controle é por sua vez exigido por sua equivalente nos Estados Unidos...

Darker interrompeu. Faz parte da força de Darker não ter marchas intermediárias. Ele tem um silêncio que arde em fogo frio. Tem, *in extremis*, capacidade de reverter sua posição quando uma batalha parece irremediavelmente perdida. E tem senso de ataque, que é o que usa agora.

— O que quer dizer com *exigido por sua equivalente nos Estados Unidos?* — interrompe ele, contundente. — O controle do Marisco foi *reconhecido* como pertencendo aos Primos. Os Primos *são donos* da operação. A Casa do Rio, não. Por que não? É igual para igual, Rex. A sua própria regra pedante. *Você* a criou. Agora, vai ter de viver com ela.

Se os Primos estão dirigindo a Operação Marisco do lado de lá, então a Casa do Rio deveria estar fazendo o mesmo, aqui.

Tendo atacado, ele se recosta novamente na cadeira, esperando a oportunidade de atacar de novo. Marjoram espera com ele. E, embora Goodhew se comporte como se não tivesse ouvido, o ataque de Darker o feriu. Ele umedece os lábios. Olha para Merridew, um antigo cúmplice, na esperança de que este diga alguma coisa. Merridew fica em silêncio Goodhew volta ao ataque, mas comete um erro fatal. Ou seja, abandona a rota que havia traçado para si mesmo e fala de improviso.

— Mas quando pedimos à *Inteligência Pura* — continua Goodhew, com excesso de ênfase irônica — que nos explique exatamente *por que* o Caso Marisco precisa ser tirado das mãos da Lei — ele olha zangado em torno e vê seu chefe manifestando tédio ou olhando para a parede branca de tijolinhos — somos convidados a participar de um mistério. Esse mistério chama-se *Capitânia*, uma operação tão secreta e de tamanha abrangência, ao que tudo indica, que torna possível praticamente qualquer ato de vandalismo constante do Código Civil. Chama-se *geopolítica* Chama-se — ele dá a impressão de que gostaria de poder fugir ao ritmo de sua retórica, mas já disparou e encontra-se incapaz de recuar. Como Darker ousa olhar para ele daquela maneira? Esse pretensioso desse Marjoram! Vigaristas! — ...chama-se *normalização*. Chama-se de *reações em cadeia intrincadas demais para serem descritas. Interesses que não podem ser divulgados.* — Ouve a própria voz tremer, mas não consegue fazê-la parar. Lembra-se de insistir com Burr para que não seguisse exatamente por esse caminho. Mas não tem como evitar. — Falam-nos de um certo *quadro mais amplo* que não conseguimos ver porque somos *muito inferiores*. Em outras palavras, a Inteligência Pura deve engolir o Marisco, e dane-se!

Há água nos ouvidos de Goodhew e água diante de seus olhos, e ele precisa esperar um momento para que a sua respiração se acalme.

— *Okay*, Rex — diz o ministro. — É bom ver que você está em forma. Agora, vamos falar francamente. Geoffrey, você me mandou uma minuta. Diz que essa coisa toda do Marisco, conforme a visão do pessoal da Lei, é um monte de conversa fiada. Por quê?

Goodhew, insensatamente, pula:

— Por que motivo eu não vi uma cópia dessa minuta?

— Capitânia — replica Marjoram, em meio ao silêncio absoluto. — Você não tem liberação de acesso às informações da Capitânia, Rex.

Darker oferece uma explicação mais detalhada, não para aliviar a dor de Goodhew, mas para aumentá-la:

— Capitânia é o codinome da ponta norte-americana desta coisa toda, Rex. Eles nos deram uma lista extremamente restrita dos que precisam estar informados, como condição para nos deixarem participar. Lamento por isso.

Darker está com a palavra. Marjoram estende-lhe um arquivo. Darker o abre, lambe um dedo rígido e lambe uma página. Darker também tem a sua noção de tempo teatral. Sabe quando os olhos estão sobre ele. Podia ter sido um mau evangelista. Tem o verniz, a pose, o traseiro curiosamente proeminente.

— Importa-se que eu lhe faça algumas perguntas, Rex?

— Acredito ser uma máxima do seu serviço que somente as respostas são perigosas, Geoffrey — contrapõe Goodhew. Mas a ligeireza não está do seu lado. Ele soa mal-humorado e tolo.

— A mesma fonte que contou a Burr a respeito da droga também contou sobre o embarque de armas para Buenaventura?

— Sim.

— Essa mesma fonte foi quem colocou tudo isto em movimento, desde o princípio? A Ironbrand — drogas em troca de armas — um negócio sendo armado?

— Essa fonte já morreu.

— É mesmo? — Darker parece mais interessado do que preocupado. — Do que então, isso tudo veio de Apostoll, não foi? O advogado da droga que estava jogando de todos os lados, na tentativa de escapar da prisão.

— Não estou preparado para discutir fontes pelo nome, desta maneira!

— Ora, acho que não há problema, quando a fonte já morreu, ou é espúria. Ou ambas as coisa.

Uma nova pausa teatral, enquanto Darker examina os arquivos de Marjoram. Os dois têm uma afinidade mútua peculiar.

— A fonte de Burr, então, é a tal que vem botando todo mundo de cabelos em pé com essa pretensa história do envolvimento de certas instituições financeiras britânicas no tal acordo? — pergunta Darker.

— Uma única fonte forneceu essa informação, e forneceu muito mais além disso. Não creio que seja adequado que continuemos a discutir as fontes de Burr — diz Goodhew.

— Fontes, ou única fonte?
— Eu me recuso a ser forçado a isso.
— A única fonte está viva?
— Comentários não são pertinentes. Viva, sim.
— Ele ou ela?
— Passo. Ministro, devo objetar.
— Então, você está dizendo que uma fonte viva, ele ou ela, entregou o negócio a Burr, entregou a droga a Burr, entregou as armas a Burr, os navios, a lavagem do dinheiro e a participação das finanças britânicas. Sim?
— Você está deixando de levar em conta, suspeito que deliberadamente, que inúmeras fontes técnicas forneceram confirmações colaterais em praticamente todas as instâncias, e tudo isso foi substanciado pelas informações fornecidas pela fonte viva de Burr. Infelizmente, grande parte do resultado técnico recentemente nos foi negada. Pretendo levantar essa questão, formalmente, daqui a um momento.
— *Nos foi negada*, significando o pessoal da Lei?
— Neste caso, sim.
— É sempre um problema, entende, quando se entrega material quente a essas pequenas agências de que você gosta tanto, saber se elas são seguras.
— Eu diria que o fato de serem pequenas as torna *mais* seguras do que muitas agências maiores com ligações questionáveis!

Marjoram assume, mas poderia facilmente ter sido Darker a continuar falando, pois os olhos de Darker permanecem fixos nos de Goodhew, e a voz de Marjoram, embora mais sedosa, tem o mesmo tom acusador.

— Não obstante, houve ocasiões em que não existiu *nenhuma* confirmação colateral — sugere Marjoram, com um sorriso tremendamente simpático para toda a mesa. — Ocasiões em que a fonte, conforme você diria, talvez, falou sozinha. Entregou a vocês coisas que, de fato, *não eram* confirmáveis. "Aqui está", por assim dizer. "É pegar ou largar." E Burr pegou. E você também. Sim?
— Uma vez que vocês nos negam tantas confirmações colaterais recentes, tivemos que aprender a nos virar sem isso. Ministro, não é da natureza de *qualquer* fonte produzindo material original, que esse produto não poderá ser provado em todos os particulares?
— Um pouco acadêmico tudo isto, na verdade — queixa-se o ministro. — Será que não podemos partir para os fatos? Geoffrey. Se eu tenho

que levar isto à instância mais alta, vou ter antes de deixar tudo claro para o Secretário do Ministério.

Marjoram sorri, concordando, mas não muda um milímetro da sua tática.

— Uma fonte e tanto, se me permite dizer, Rex. E também um estrago e tanto, se ele o estiver engabelando. Ou ela. Desculpe. Não estou muito certo de que *eu* gostaria de me apoiar nele, se *eu* estivesse aconselhando o primeiro-ministro, porém. Não sem saber um pouco mais a respeito dele, ou dela. Uma fé ilimitada no nosso próprio agente, é um negócio formidável, no negócio de campo. Burr já exagerava nisso às vezes, nos tempos em que trabalhava para a Casa do Rio. Éramos obrigados a mantê-lo sob rédea curta.

— O pouco que sei a respeito da fonte me convence por completo — retruca Goodhew, afundando-se muito mais no atoleiro. — A fonte é leal e fez sacrifícios pessoais imensos pelo seu país. Insisto em que a fonte seja ouvida e acreditada, e que suas informações sirvam de base para ação hoje mesmo.

Darker retoma os controles. Olha primeiro para o rosto de Goodhew, depois para as próprias mãos pousadas sobre a mesa. E Goodhew, em sua situação cada vez mais pesada, fica com a desagradável ideia de que Darker estaria pensando em como seria divertido arrancar-lhe as unhas.

— Bem, isso é o que se chama de imparcialidade — diz Darker lançando um olhar ao ministro, para garantir que ele ouviu a testemunha se condenando com as próprias palavras. — Não ouço declaração tão retumbante de amor cego desde... — Volta-se para Marjoram. — Como é mesmo o nome daquele homem, o criminoso em fuga? Ele tem tantos nomes que não consigo me lembrar qual é o verdadeiro.

— Pine — diz Marjoram. — Jonathan Pine. Não creio que tenha um sobrenome no meio. Existe um mandado internacional de prisão contra ele há meses.

Darker novamente.

— Você não está querendo me dizer que Burr andou ouvindo esse sujeito, Pine, está, Rex? Não pode ser. Ninguém cai nessa. Dá no mesmo acreditar no bêbado da esquina da sua rua, quando ele lhe diz que está sem dinheiro para a passagem.

Pela primeira vez, tanto Marjoram quanto Darker estão sorrindo juntos, com um ar um pouco incrédulo à ideia de que alguém tão brilhante quanto o velho e querido Rex Goodhew possa ter feito uma asneira tão monumental.

Goodhew tem a sensação de estar sozinho num grande salão vazio, esperando alguma espécie de execução pública prolongada. De muito longe, ouve Darker tentando ser obsequioso com ele, explicando que é absolutamente padrão, num caso em que a ação deve ser considerada num nível mais elevado, que os serviços de informações sejam absolutamente claros a respeito de suas fontes.

— O que quero dizer, Rex, é que você precisa olhar a coisa pelo ângulo dos demais. *Você* não ia querer saber se Burr comprou as joias da coroa ou um monte de ferro velho de um mentiroso, ia? Ainda mais considerando como ele é pródigo com as fontes, não é mesmo? Provavelmente pagou o sujeito o seu orçamento anual inteiro, de uma tacada só. — Vira-se para o ministro. — Entre suas outras habilidades, esse sujeito, Pine, forja passaportes. Ele nos procurou, cerca de dezoito meses atrás, com uma história a respeito de um carregamento de armas de alta tecnologia para os iraquianos. Checamos a história, não gostamos e o pusemos para fora. Achamos que ele podia ser meio maluco, para ser franco. Alguns meses atrás, ele ressurgiu como uma espécie de faz-tudo na casa de Dicky Roper, em Nassau. Parte do seu tempo era dedicado a trabalhar como preceptor do filho problemático de Roper. O outro tempo livre ele tentava vender histórias anti-Roper pelos bazares da espionagem.

Dá uma olhada no arquivo aberto, a fim de se certificar de que está sendo o mais justo possível:

— Tem uma ficha e tanto. Assassinato, múltiplos roubos, tráfico de drogas e posse ilegal de vários passaportes. Só peço a Deus que ele não suba ao banco das testemunhas para dizer que fez tudo isso pelo serviço secreto britânico.

O indicador de Marjoram, prestativamente, aponta um registro na parte inferior da página. Darker o localiza e faz um aceno de cabeça para demonstrar sua gratidão por ter sido lembrado.

— Sim, existe também essa história esquisita a respeito dele. Quando Pine esteve no Cairo, parece que ele teve um conflito com um homem chamado Freddie Hammid, um dos irmãos Hammid, de péssima fama. Pine trabalhava no hotel dele, provavelmente conseguia droga para ele, também. O nosso homem lá, Ogilvey, nos diz que há indícios bastante fortes de que Pine teria assassinado a amante de Hammid. Matou-a por espancamento, ao que tudo indica. Levou-a para um fim de semana em Luxor, e em seguida assassinou-a num acesso de ciúmes. — Darker deu de ombros e fechou o arquivo. — Estamos falando de uma pessoa seriamente instável. Não creio que se devesse pedir ao primeiro-ministro a autorização de uma ação drástica baseada nas invenções de Pine. Não creio que o senhor devesse fazê-lo.

Todos olham para Goodhew, mas a maioria em seguida desvia o olhar, a fim de não constrangê-lo. Marjoram, particularmente, parece sentir muito por ele. O ministro está falando, mas Goodhew está cansado. Talvez seja isso o que o mal lhe faz, pensa Goodhew: ele cansa você.

— Rex, você *tem* de apresentar sua justificativa quanto a isso — o ministro está se queixando. — Burr fez um acordo com esse homem ou não? Espero que ele não tenha tido nada a ver com os *crimes* dele. O que você lhe prometeu? Rex, insisto para que permaneça. Já houve um excesso de casos, recentemente, do serviço de informações britânico empregando criminosos em suas negociações. Não ouse trazê-lo de volta para este país, só isso. Burr disse a ele para quem estava trabalhando? Provavelmente deu-lhe o número do meu telefone. Rex, volte. — A porta parece terrivelmente distante. — Geoffrey diz que ele foi algo como um soldado especial na Irlanda. Era só o que nos faltava. Os irlandeses vão ficar *realmente* agradecidos. Pelo amor de Deus, Rex, nós mal começamos a nossa agenda. Temos decisões importantes a tomar. Rex, o que você está fazendo não é direito. Não é do seu estilo, em absoluto. Eu não estou aqui para isso, Rex. Adeus.

O ar na escadaria que dá para a rua está abençoadamente fresco. Goodhew se apoia na parede, provavelmente está sorrindo.

— Imagino que esteja ansioso pelo seu fim de semana, não é mesmo, senhor? — diz o porteiro, respeitosamente.

Comovido com o rosto bondoso do homem, Goodhew procura uma resposta gentil.

Burr estava trabalhando. Seu relógio orgânico estava parado no meio do Atlântico, sua alma estava com Jonathan, em qualquer inferno que ele estivesse suportando. Mas seu intelecto, sua vontade e sua inventividade estavam concentrados no trabalho à sua frente.

— Seu agente foi exposto — comentou secamente Merridew, quando Burr lhe telefonou para saber como havia sido a reunião do Comitê. — Geoffrey sapateou em cima dele, usando botas ferradas.

— Isso porque Geoffrey Darker só diz mentiras — explicou Burr, cuidadosamente, para o caso de Merridew precisar de instrução. Em seguida voltou ao trabalho.

Reassumira o velho estilo Casa do Rio.

Era novamente um espião, sem princípios e sem contrição. Agora, se havia algo que ele podia se dar ao luxo de dispensar, era a verdade.

Enviou sua secretária numa pequena expedição de pilhagem por Whitehall e, às duas horas, ela voltou, calma porém, levemente sem fôlego, trazendo os diversos tipos de papel de bloco que ele a mandara surrupiar.

— Então, vamos — disse ele, ao que ela sacou do seu bloco de taquigrafia.

As cartas que ditou, em sua maior parte, eram endereçadas a ele mesmo. Umas poucas eram dirigidas a Goodhew, umas duas ao chefe de Goodhew. Seu estilo era variado: Caro Burr, Meu querido Leonard, Ao Diretor do Serviço de Execução da Lei, Meu caro Ministro. Na correspondência mais elevada, ele escreveu "Caro Fulano-de-Tal" a mão no alto e rabiscou no final as despedidas que lhe ocorrera. Seu, Sempre seu, Sinceramente seu, Com meus melhores votos.

Sua caligrafia também variou, tanto na inclinação quanto nas características. E ele fez o mesmo com relação às tintas e instrumentos de escrita que destinou aos diversos correspondentes.

Assim também, a qualidade do papel oficial, que foi se tornando mais encorpado à medida que ele ia subindo a escada hierárquica de Whitehall. Para as cartas ministeriais ele preferiu o azul pálido, com timbre oficial estampado no topo.

— Quantas máquinas de escrever nós temos? — perguntou à secretária.

— Cinco.

— Use uma para cada correspondente, e uma para nós — ordenou. — Faça a coisa de forma consistente.

Ela já havia feito uma anotação nesse sentido.

Mais uma vez sozinho, telefonou a Harry Palfrey, na Casa do Rio. Seu tom era crítico.

— Mas eu preciso ter um motivo — protestou Palfrey.

— Poderá tê-lo, assim que aparecer — replicou Burr.

E em seguida telefonou para *Sir* Anthony Joyston Bradshaw, em Newbury.

— Que porra é essa de pensar que pode me dar ordens, onde já se viu? — disse Bradshaw com arrogância, num eco original da maneira de falar com Roper. — Nenhum poder executivo, e um monte de babacas em volta.

— É melhor estar lá — aconselhou Burr.

Hester Goodhew telefonou-lhe de Kentish Town, para dizer-lhe que o marido ia passar alguns dias em casa: o inverno nunca fora sua melhor estação, disse ela. Depois dela, o próprio Goodhew entrou na linha, soando como um refém que tivesse ensaiado sua fala.

— Você ainda tem o seu orçamento até o final do ano, Leonard. Ninguém pode lhe tirar isso. — E então, numa espécie de lamúria, sua voz ganhou uma dissonância horrível. — Aquele pobre rapaz. Que irão fazer com ele? Penso nele o tempo todo.

Burr também, mas tinha trabalho a fazer.

A sala de interrogatório do Ministério da Defesa é branca, despojada, iluminada e esfregada como uma prisão. É uma caixa de alvenaria, com uma janela preparada para não deixar passar a luz e um aquecedor elétrico que fede a poeira queimada sempre que é ligado. A ausência de grafitos é alarmante. Enquanto espera, você se pergunta se as últimas mensagens eram cobertas de tinta depois do ocupante ter sido executado. Burr chegou atrasado de propósito. Quando entrou, Palfrey tentou olhá-lo com desdém, por cima do jornal que tremia, e sorriu, afetado.

— Bem, eu agora *vim* — disse, truculento. E se levantou. E dobrou o jornal com ostentação.

Burr fechou a porta e trancou-a cuidadosamente, pousou sua pasta, pendurou o sobretudo num gancho e deu uma bofetada violenta no meio da cara de Palfrey. Porém, desapaixonadamente, quase com relutância. Como poderia ter dado um tapa num epilético, para impedir um acesso, ou em seu próprio filho, para acalmá-lo numa crise.

Palfrey caiu sentado no mesmo banco onde estivera lendo. Levou a mão à face dolorida.

— Animal — sussurrou.

Num certo ponto, Palfrey tinha razão, só que a selvageria de Burr tinha naquele momento um controle férreo. Burr estava com um ânimo realmente sinistro, e nem seus amigos mais íntimos e nem sua esposa o haviam visto num ânimo realmente sinistro. O próprio Burr já se vira assim pouquíssimas vezes. Não se sentou, mas sim acocorou-se ao lado de Palfrey, de forma que suas cabeças pudessem ficar ao mesmo nível, e bem perto. E, para ajudar Palfrey a ouvir bem, enquanto falava agarrou a gravata manchada de bebida do pobre coitado pelo nó, com ambas as mãos, o que fazia um garrote bastante temível.

— Eu fui muito, muito condescendente com você, Harry Palfrey, até agora — começou, num discurso profissional, objetivo, que tinha a vantagem de não ter sido preparado. — Eu não compliquei a sua vida. Não o entreguei. Fiquei assistindo com indulgência você andar furtivamente de uma margem à outra do rio, para lá e para cá, indo para a cama com Goodhew, vendendo-o a Darker, jogando com pau de dois bicos, tal como sempre fez. Ainda anda prometendo divórcio a todas as garotas que conhece, anda? É claro que anda! E depois correndo para casa a fim de renovar seus votos matrimoniais para a sua esposa? É claro que sim! Harry Palfrey e sua consciência das noites de sábado! — Burr apertou o nó de carrasco da gravata de Palfrey contra o pomo de adão do pobre sujeito. — "Oh, as coisas que tenho de fazer pela Inglaterra, Mildred!" — disse com solenidade, interpretando o papel de Palfrey. — "O custo disso para minha integridade, Mildred! Se você soubesse a décima parte, não ia dormir pelo resto da vida! Exceto comigo, é claro. E agora *preciso* de você. Preciso do seu calor, do seu consolo. Mildred, eu a amo!... Só não conte à minha mulher, ela não ia entender." — Uma puxada dolorosa no nó. — Ainda anda espalhando essa merda, Harry? De uma margem à outra, seis vezes por dia? Virando a casaca, revirando, e re-
-revirando, até essa cabecinha cheia de cabelos estar saindo, espantada, pelo rabo? É *claro* que anda!

Mas não era fácil para Palfrey dar uma resposta racional a essas perguntas, devido ao aperto inflexível das mãos de Burr no nó da sua gravata de seda. Era uma gravata cinza, de brilho prateado, o que dava às manchas ainda mais realce. Talvez ela tivesse servido a Palfrey em um de seus muitos casamentos. Parecia incapaz de se rasgar.

A voz de Burr tornou-se levemente pesarosa.

— Os dias de virar a casaca se acabaram, Harry. O navio afundou. Só mais um rato, e você está acabado. — Sem relaxar em nada o aperto na gravata de Palfrey, colocou a boca junto ao ouvido dele. — Sabe o que é isto, Harry? — Levantou a extremidade larga da gravata. — É a língua do Dr. Paul Apostoll, que lhe foi arrancada pela garganta, no estilo colombiano, graças às traições de Harry Palfrey. Você *vendeu* Apostoll a Darker, lembra-se? Donde, *vendeu* o meu agente, Jonathan Pine, também a Darker. — Apertava o laço na garganta de Palfrey a cada *vendeu*. — Você *vendeu* Geoffrey Darker a Goodhew... só que não o vendeu *de verdade*, não é mesmo? Você *fingiu* vendê-lo, e então deu uma virada sobre si mesmo e, em vez disso, *vendeu* Goodhew a Darker. O que está conseguindo com isso, Harry? *Sobrevivência?* Eu não apostaria nisso. Na minha contabilidade, você tem por receber cento e vinte peças de prata do fundo dos répteis e, depois disso, é a *árvore de Judas*. Porque, sabendo o que eu sei, e você não, mas vai ficar sabendo, você está finalmente, terminalmente *liquidado*. — Soltou o nó e pôs-se abruptamente de pé. — Ainda consegue ler? Seus olhos parecem saltados. Isso é terror ou penitência? — Virou-se no sentido da porta e pegou a pasta preta. Era a de Goodhew. Estava puída onde havia sido transportada no porta-malas da bicicleta de Goodhew, durante um quarto de século, e vestígios do timbre oficial já gasto. — Ou será que é a miopia alcoólica que anda afetando sua visão ultimamente? Sente-se *ali*! Não, *aqui*! A luz é melhor.

E no *ali* e no *aqui*, Burr sacudiu Palfrey feito uma boneca de trapos, pegando-o pelas axilas para levantá-lo e sentando muito pesadamente, das duas vezes.

— Estou me sentindo meio rude hoje, Harry — explicou em tom de desculpas. — Você vai ter de me aguentar. Acho que é o pensamento do jovem Pine lá, sendo queimado vivo pelos belezocas de Dicky Roper. Devo estar ficando muito velho para este serviço. — Botou um arquivo sobre a mesa, com uma pancada. Tinha o carimbo CAPITÂNIA em vermelho. — O propósito desses documentos, que quero que você examine, Hany, é: você está, pessoal e coletivamente, fodido. Rex Goodhew não é o bufão por quem você o tomou. Ele tem mais truques na cartola do que a gente imaginava. Agora, comece a ler.

Palfrey leu, mas não pode ter sido uma leitura fácil, que era o que Burr havia pretendido quando chegou a tais extremos para privá-lo de repouso. E antes de Palfrey haver terminado a leitura, começou a chorar tão copiosamente que algumas de suas lágrimas mancharam as assinaturas e os "Caro Ministro" e "Sinceramente seu" que encimavam e encerravam a falsa correspondência.

Enquanto Palfrey ainda chorava, Burr sacou de um mandado do Ministério do Interior, que até então não tinha a assinatura de ninguém. Não era um mandado incondicional. Era apenas um mandado de interferência, autorizando interceptadores a provocar um defeito técnico em três números telefônicos, dois em Londres e um em Suffolk. Esse defeito simulado teria o efeito de desviar todos os telefonemas dados para os três números até um quarto número, cujas coordenadas eram dadas no espaço apropriado. Palfrey olhou para o mandado, Palfrey sacudiu a cabeça e tentou fazer ruídos de recusa através da boca, pois mal conseguia articular as palavras.

— Esses números são de Darker — objetou. — Campo, cidade e escritório. Não posso assinar isso. Ele me mataria.

— Mas se você *não* assinar, Harry, *eu vou* matá-lo. Porque se você seguir os canais oficiais e enviar esse mandado ao ministro pertinente, o dito ministro irá correndo procurar o titio Geoffrey. Portanto, nós não vamos fazer isso, Harry. Você pessoalmente vai assinar o mandado, com a sua própria autoridade, que é o que você tem o poder de fazer em circunstâncias excepcionais, e vou pessoalmente enviar o mandado aos interceptadores, por um mensageiro de absoluta confiança. E você pessoalmente vai passar uma tarde social muito tranquila com meu amigo Rob Rooke, no escritório dele, de forma que você pessoalmente não sofra a tentação de, nesse meio-tempo, virar a casaca, por força do hábito. E se criar alguma confusão, o meu bom amigo Rob provavelmente vai amarrá-lo a um aquecedor, até você se arrepender dos seus muitos pecados, porque ele é um brutamontes. Aqui. Use a minha caneta. É assim que se faz. Em três vias, por favor. Você sabe como são esses funcionários públicos. Através de quem você se comunica com os interceptadores, atualmente?

— Ninguém. Maisie Watts.

— Quem é Maisie, Harry? Ultimamente tenho andado meio desligado do pessoal.

— A abelha-rainha. Maisie toma conta de tudo.

— E se a Maisie tiver saído para almoçar com o titio Geoffrey?

— Gates. Precioso, como nós o chamamos. — Um sorriso fraco. — O Precioso é um pouco menino.

Burr levantou Palfrey de novo e largou-o pesadamente diante de um telefone verde.

— Telefone a Maisie. É o que você faria, numa emergência?

Palfrey sibilou uma espécie de sim.

— Diga que há uma autorização bastante quente a caminho, por correio especial. E ela deve cuidar disso pessoalmente. Ou então Gates. Nada de secretárias, nada de instâncias inferiores, nada de respostas oficiais, nada de supercílios erguidos. Você quer uma obediência muda e submissa. Diga que está assinada por você e que a mais elevada confirmação ministerial em todo o país seguirá o mais breve possível. Por que está sacudindo a cabeça para mim? — Deu-lhe uma bofetada. — Não gosto de você sacudindo a cabeça para mim. Não faça isso.

Palfrey conseguiu dar um sorriso cheio de lágrimas, enquanto levava a mão aos lábios.

— Eu faria alguma brincadeira, Leonard. Só isso. Especialmente se a coisa é grande assim. Maisie gosta de dar tunas risadas. E o Precioso também. "Ei, Maisie! Espere só até ouvir esta! Você vai subir lá no teto e voltar!" Garota esperta, você entende. Fica de saco cheio naquele serviço. Detesta-nos a todos. Só está interessada em saber quem será o próximo a subir os degraus da guilhotina.

— Então, é assim que você faz, não é? — disse Burr, colocando a mão amigavelmente sobre o ombro de Palfrey. — Só não tente bancar o esperto comigo, ou o próximo a subir os degraus será você.

Ansioso por obedecer, Palfrey ergueu o fone do telefone interno verde de Whitehall, e sob o olhar de Burr, discou os cinco números que todo o rato do Rio aprende no colo da mãe.

28

O assistente adjunto do secretário de Justiça, Ed Prescott, era um homem franco, direto, como os homens de Yale, da sua geração, tendem a ser, e quando Joe Strelski entrou em seu escritório grande e branco, no centro de Miami, depois de ter sido deixado esperando meia hora numa antessala, Ed disse o que tinha a dizer como um homem diz a outro, sem apelar para baboseiras, na bucha, do modo como um homem de verdade gosta, seja ele de velha cepa da Nova Inglaterra, como Ed, como um simples caipira do Kentucky, como Strelski. Porque francamente, Joe, esses rapazes me deram uma ferrada também: me arrastaram de Washington até aqui, para cuidar desse negócio, me obrigaram a abandonar um trabalho bastante atraente no momento em que todo mundo, e eu quero dizer todo mundo mesmo, até os sujeitos nas posições mais alta estão precisando de trabalho — Joe, tenho de lhe dizer, esse pessoal não foi correto conosco. Portanto, gostaria que entendesse que estamos juntos nisso, foi um ano de sua vida, mas quando eu tiver acabado de colocar as minhas coisas todas em ordem, terá sido um ano da minha vida também. E na minha idade, Joe — mas, que diabos, quantos anos eu ainda tenho?

— Lamento muito por você, Ed — disse Strelski.

E se Ed Prescott percebeu o tom velado, preferiu deixar passar, no interesse de serem dois homens juntos, resolvendo um dilema de que ambos partilhavam.

— Joe, exatamente o quanto os ingleses lhe contaram a respeito desse agente secreto que eles tinham, esse tal Pine, o sujeito com aqueles nomes todos?

Strelski não deixou de notar o tempo passado.

— Não muito — disse Strelski.

— Bem, quanto? — disse Prescott, homem a homem

— Ele não era profissional. Era uma espécie de voluntário.

— Um desses que entram e se oferecem? Jamais confiei nesses tipos, Joe. Na época em que a agência me lisonjeava, consultando-me de tempos em tempos, nos dias da Guerra Fria, que parecem ter sido um século atrás, eu sempre aconselhava cuidado com esses pretensos desertores soviéticos, dizendo em altos brados que querem nos dar de presente as suas mercadorias. O que mais lhe disseram a respeito dele, Joe, ou será que o mantiveram envolto num lisonjeiro manto de mistério?

Strelski adotara uma expressão deliberadamente vazia. Com homens como Prescott não se podia fazer muito mais do que isso: apare os golpes até ter descoberto o que ele quer que você diga, e então ou você diz, ou apela para a Quinta Emenda, ou diz a ele que enfie tudo no rabo.

— Disseram-me que o haviam estruturado, de uma certa maneira — respondeu. — Deram-lhe uns antecedentes extras, a fim de torná-lo mais atraente para o alvo.

— *Quem* lhe disse, Joe?

— Burr.

— Burr lhe disse qual era a natureza desses antecedentes, Joe?

— Não.

— Burr lhe deu algum indício a respeito de quantos antecedentes já existiam, e quantos saíram da caixa de maquilagem?

— Não.

— A memória é uma mulher muito traiçoeira, Joe. Pense mais uma vez. Ele lhe disse que o tal sujeito poderia ter cometido um homicídio? Talvez mais de um?

— Não.

— Contrabandeado drogas? No Cairo? Bem como na Inglaterra? Talvez na Suíça? Estamos checando.

— Ele não foi específico. Disse que haviam preparado o rapaz com esses antecedentes, e que agora, que ele os tinha, podíamos conseguir que Apostoll difamasse um dos lugares-tenentes de Roper, calculando que Roper aceitaria o novo sujeito como signatário. Roper usa signatários. Por isso, deram-lhe um. Ele gosta que o seu pessoal tenha antecedentes criminais. Por isso, entregaram-no com antecedentes criminais.

— Com que então os ingleses estavam usando Apostoll. Acho que não sabia disso.

— É claro que estavam. Tivemos uma reunião com ele. Burr, agente Flynn e eu próprio.

— E isso foi sensato, Joe?

— Era colaboração — disse Strelski, retesando um pouco a voz. — Estávamos trabalhando em colaboração, lembra-se? O negócio acabou um pouco descosido. Mas, naqueles dias, contávamos com planejamento conjunto.

O tempo parou, enquanto Ed Prescott perambulava, pensativo, por seu enorme escritório. O vidro fumê das janelas era blindado, com uma polegada de espessura, transformando o sol da manhã em luz da tarde. As portas duplas, fechadas para os intrusos, eram de aço reforçado. Miami estava passando por uma temporada de invasões de domicílios, lembrou-se Strelski. Grupos de homens mascarados rendiam todos na casa e em seguida serviam-se daquilo em que conseguiam botar os olhos. Strelski ficou imaginando se deveria ir ao funeral de Apo, naquela tarde. Ainda era cedo. Vou ver o que resolvo. Depois disso, ficou pensando se deveria voltar para sua esposa. Quando as coisas ficam ruins desse jeito, era no que ele sempre pensava. Às vezes, estar longe dela era como estar em liberdade condicional. Não era liberdade, e às vezes você se perguntava seriamente se era melhor do que a alternativa. Pensou em Pat Flynn, e que gostaria de ter a serenidade de Pat. Pat gostava do ostracismo tal como outras pessoas gostam de fama e dinheiro. Quando lhe disseram para não se dar o trabalho de comparecer ao escritório quando essa coisa toda não estivesse esclarecida, Pat agradeceu, apertou as mãos de todos, tomou um banho e bebeu uma garrafa de Bushmills. Hoje de manhã, ainda bêbado, telefonara a Strelski para preveni-lo de uma nova forma de AIDS que estava afligindo Miami. Chamava-se Aids auditiva, dissera ele, e pegava-se ouvindo um número excessivo de bundões de Washington. Quando Strelski perguntou-lhe se ele por acaso teria tido alguma notícia do *Lombardy* — por exemplo, se alguém o havia capturado, afundado, ou se casado com ele —, Flynn fizera a melhor imitação de uma bicha universitária fina da Costa Leste, de que Strelski conseguia se lembrar "Ora, vamos, Joe, seu garoto malvado, você sabe que não se pergunta uma coisa secreta como essa, não com o *seu* acesso." Onde, diabos, Pat consegue todas essas vozes?, perguntou-se. Talvez, se eu tomasse uma garrafa de uísque irlandês por dia, pudesse imitar algumas também. O assistente adjunto do secretário de justiça, Prescott, estava tentando colocar palavras em sua boca, por isso ele achou que era melhor prestar atenção.

— Burr, evidentemente, não foi tão comunicativo a respeito desse Mr. Pine quanto você a respeito do seu Dr. Apostoll, Joe — ele estava dizendo, com censura suficiente na voz para melindrá-lo.

— Pine e Apostoll eram tipos de fontes diferentes. Não podiam ser comparados de forma alguma — replicou Strelski, satisfeito ao ouvir-se relaxando. Devia ter sido a piada de Flynn sobre a Aids auditiva.

— Gostaria de explicar isso um pouco melhor, Joe?

— Apostoll era um verme decadente. Pine era... Pine era um homem honrado que correu riscos em nome do que era justo. Burr foi muito veemente quanto a isso. Pine era um membro da operação, era um colega, era da família. Ninguém jamais considerou Apo da família. Nem sequer a filha dele.

— Esse Pine era o mesmo homem que praticamente arrancou um braço do seu agente, Joe?

— Ele estava sob tensão. Foi tudo um grande teatro. Talvez ele tenha reagido em excesso, tenha levado suas instruções a sério demais.

— Foi isso que Burr lhe disse?

— Tentamos compreender o que se passou por esse prisma.

— Isso foi muito generoso da sua parte. Um agente a seu serviço leva uma surra que custa vinte mil dólares de medicação, mais três meses de licença médica e um processo pendente na justiça, e você me diz que o homem que o atacou talvez tenha reagido um pouco em excesso. Esses ingleses educados em Oxford sabem ser muito convincentes nos seus argumentos. Por acaso Leonard Burr alguma vez lhe deu a impressão de ser uma pessoa dissimulada?

Todo mundo no passado, pensou Strelski. Incluindo eu.

— Não entendo o que quer dizer — mentiu.

— Com pouca franqueza? Insincero? Moralmente fraudulento de alguma maneira?

— Não.

— Apenas não?

— Burr é um bom agente e um bom homem.

— Prescott deu mais uma volta pela sala. Sendo ele próprio um bom homem, parecia ter dificuldades para enfrentar os fatos mais desagradáveis da vida.

— Joe, temos um ou dois problemas com os ingleses, neste exato momento. Estou falando em nível do pessoal da Lei. O que o seu Mr. Burr e seus conterrâneos nos prometeram neste caso foi uma testemunha limpíssima, sob a forma de *Mr.* Pine, uma operação sofisticada, algumas cabeças importantes numa bandeja. Aceitamos isso e fomos em frente. Tínhamos excelentes expectativas quanto a *Mr.* Burr, quanto a *Mr.* Pine. Devo lhe dizer que, em nível do pessoal da Lei, os ingleses não cumpriram com suas promessas. Em seus acordos conosco, demonstraram uma má-fé que alguns de nós não esperaríamos deles. Outros, com memórias mais longas, por outro lado, poderiam esperar.

Strelski imaginou que deveria se juntar a Prescott em algum tipo de condenação generalizada dos ingleses, mas não estava se sentindo inclinado a isso. Gostava de Burr. Burr era o tipo de sujeito com que se podia topar qualquer negócio. Aprendera a gostar de Rooke, embora esse fosse cheio de frescura. Eram uma dupla de bons sujeitos e haviam conduzido uma ótima operação.

— Joe, esse seu personagem de teatro amador... ou melhor, de *Mr.* Burr... esse sujeito honrado, esse *Mr.* Pine, tem uma ficha de crimes que começou há anos. Barbara Vandon, em Londres, e amigos dela em Langley desencavaram algumas informações antigas bastante inquietantes a respeito de *Mr.* Pine. Ele parece ser um psicopata enrustido. Infelizmente, os ingleses resolveram satisfazer os apetites dele. Houve um assassinato bastante feio na Irlanda, alguma coisa a ver com uma semiautomática. Não pudemos ir até o fundo, porque foi tudo abafado.
— Prescott suspirou. As pessoas tomavam mesmo caminhos tortuosos.
— *Mr.* Pine mata, Joe. Ele mata, rouba, faz tráfico de drogas e é um mistério para mim que ainda não tenha usado aquela faca que puxou contra o seu agente. *Mr.* Pine também é cozinheiro, ave noturna, especialista em combate corpo a corpo e pintor. Joe, esse é o padrão clássico de um fantasista psicopata. Não gosto de *Mr.* Pine. Não deixaria a minha filha com ele. *Mr.* Pine teve um relacionamento psicótico com a amante de um rico traficante no Cairo, e acabou matando-a de pancadas. E eu não confiaria nesse *Mr.* Pine no banco das testemunhas, e tenho as mais graves, e falo sério quando digo que são realmente as mais graves, reservas a respeito das informações que ele até agora forneceu. Eu vi tudo, Joe. Estudei o material nos muitos pontos em que o testemunho dele fica isolado e não corroborado, porém indispensável à credibilidade no nosso caso. Homens como *Mr.* Pine são os mentirosos secretos da humanidade. São capazes de vender as próprias mães e acreditam que estão sendo Jesus Cristo em pessoa, enquanto o fazem. O seu amigo Burr pode ser um homem capaz, mas foi um tipo ambicioso, que resolveu bo-

tar pra quebrar a fim de fazer com que sua agência finalmente decolasse e pudesse competir com os grandes do ramo. Homens assim são a presa natural do mentiroso. Não acredito que *Mr.* Burr e *Mr.* Pine fizessem uma dupla muito saudável. Não digo que tenham conspirado conscientemente, mas homens que mantêm um acordo secreto são capazes de estimular o psiquismo um do outro, de formas tais que os levam a ter desdém pela verdade. Se o Dr. Apostoll ainda estivesse conosco ... bem, ele era advogado, e ainda que fosse um pouco biruta, acredito que se daria muito bem no banco das testemunhas. Os júris sempre têm um lugar em seus corações para um homem que voltou ao convívio de Deus. No entanto, isso não poderá acontecer. O Dr. Apostoll já não é mais uma testemunha disponível

Strelski estava tentando ajudar Prescott a sair daquela situação embaraçosa.

— A coisa nunca aconteceu, certo, Ed? Que tal resolvermos de comum acordo que o caso todo foi apenas uma enorme balela? Não existem drogas, não existem armas, *Mr.* Onslow Roper nunca teve nada a ver com os cartéis, identidade equivocada, o que você quiser dizer que foi.

Prescott abriu um sorriso pesaroso, como se quisesse dizer que se achava incapaz de ir tão longe.

— Estamos falando a respeito daquilo que é demonstrável, Joe. Esse é o trabalho de um advogado. O cidadão comum pode se dar ao luxo de acreditar na verdade. Um advogado tem de se contentar com o demonstrável. Encare as coisas dessa maneira.

— Claro. — Strelski também estava sorrindo. — Ed, posso lhe dizer uma coisa? — Strelski, sentado na poltrona de couro, inclinou-se para a frente e abriu as mãos, num gesto de magnanimidade.

— Vamos lá, Joe, diga.

— Ed, relaxe, por favor. Não fique tenso. A Operação Marisco morreu. Langley a matou. Você é apenas o agente funerário. Eu compreendo isso. A Operação Capitânia vive, mas eu não tenho acesso liberado à Capitânia. O meu palpite é que você tem. Está querendo foder com a minha vida, Ed? Ouça. Já me foderam antes, você não precisa me levar primeiro para jantar. Já me foderam tantas vezes, com tantas variações, que me consideram um veterano. Desta vez, é Langley e são alguns ingleses ruins. Para não mencionar uns poucos colombianos. Da última vez, foi Langley, e algumas outras pessoas ruins, talvez fossem brasileiros, não, que diabo, eram cubanos, e nos fizeram alguns favores nos dias difíceis. Algum tempo antes disso, foi Langley com alguns venezuelanos muito, muito ricos, mas acho que também havia alguns israelenses correndo por fora... para ser honesto, estou esquecido e os arquivos se perderam. E creio que havia uma Operação Tiro Certeiro, mas eu não tinha acesso ao Tiro Certeiro.

Estava furioso, porém maravilhosamente confortável. A poltrona de couro de Prescott, muito funda, era um sonho, ele poderia ficar descansando nela para sempre, não fazendo nada além de respirar no luxo de um maravilhoso escritório de cobertura, sem aquela coisa desagradável de ter um monte de gente se metendo em seu caminho, ou um delator nu, ajoelhado na cama, com a língua pendurada no peito.

— A outra coisa que você está querendo me dizer, Ed, é que posso dar a minha trepadinha, mas não posso contar a ninguém — Strelski continuou —, porque, se contar, alguém vai me ferrar e eu perco a minha aposentadoria. Ou, se eu *realmente* contar, alguém pode se sentir obrigado, mesmo relutantemente, a me enfiar um tirozinho na cara. Eu compreendo essas coisas, Ed. Aprendi as regras. Ed, será que você pode me fazer um favor?

Prescott não estava acostumado a ouvir sem interromper, e nunca fez a ninguém um favor, a não ser que pudesse obter um favor em troca. Mas ele sabia identificar a raiva, quando se via diante dela, e sabia que raiva, dando seu devido tempo, passa, seja nas pessoas, seja nos animais, por isso encarou seu papel como sendo essencialmente o de esperar, por isso conservou o sorriso pregado no rosto e respondeu racionalmente, como faria se estivesse na presença de um louco furioso. Sabia também que era essencial não demonstrar alarme. E sempre havia o botão vermelho sob o tampo de sua escrivaninha.

— Se eu puder, Joe. Para você, qualquer coisa — respondeu, generosamente.

— Não mude, Ed. A América precisa de você tal como você é. Não abra mão de nenhum de seus amigos em posições importantes, nem de suas ligações com a Agência, nem as lucrativas diretorias independentes de certas empresas, da sua esposa. Continue ajeitando as coisas para nós. O cidadão decente já sabe demais, Ed. Qualquer conhecimento adicional poderia colocar a saúde dele em sério perigo. Pense em termos de televisão. Cinco segundos de qualquer assunto já é mais do que suficiente para qualquer um. As coisas precisam ser normalizadas, Ed, e não desestabilizadas. E você é o homem certo para fazer isso por nós.

Strelski voltou para casa, dirigindo cuidadosamente sob a luz do sol de inverno. A raiva trazia a sua própria energia. Casas brancas, bonitinhas, ao longo da orla. Iates brancos no final de gramados cor de esmeralda. O carteiro fazendo sua ronda do meio-dia. Havia um Ford Mustang vermelho estacionado na sua calçada, e ele o reconheceu como sendo o de Amato. Encontrou-o sentado no deque, usando uma gravata preta fúnebre, e tomando Coca-Cola gelada. Esticado ao lado dele, no sofá de cana-da-índia de Strelski, usando um terno preto, com colete e tudo, não faltando nem o chapéu-coco, estava um comatoso Pat Flynn, uma garrafa vazia de Bushmills, *single malt whiskey*, de dez anos, agarrada junto ao peito.

— Pat andou novamente fazendo um programa social com o ex-chefe dele — explicou Amato, lançando um olhar para o companheiro prostrado. — Parece que tomaram café da manhã cedo. O espião de Leonard está a bordo do *Iron Pasha*. Dois sujeitos o ajudaram a descer do jato de Roper em Antigua, novamente dois sujeitos o ajudaram a entrar no hidroavião. O amigo de Pat estava citando relatórios compilados por pessoas muito puras, na Inteligência, que têm a honra do acesso livre à Capitânia. O Pat diz que talvez você gostasse de dar essa notícia ao seu amigo Lenny Burr. Pat diz também para transmitir a Lenny seus cumprimentos. Ele gostou muito da experiência com *Mr.* Burr, apesar das dificuldades posteriores, pode dizer a ele.

Strelski deu uma olhada no relógio e entrou correndo. Falar nesse telefone não era seguro. Burr atendeu de imediato, como se estivesse esperando que o aparelho tocasse.

— O seu rapaz foi passear de barco com os amigos ricos — disse Strelski.

Burr estava dando graças a Deus pela violenta pancada de chuva. Umas duas vezes ele estacionara sobre os canteiros de grama, e ficara sentado no carro com a torrente estrondeando sobre o teto, enquanto ele esperava melhorar. A chuvarada concedia um indulto temporário. Devolvia o tecelão ao seu sótão.

Estava seguindo viagem mais tarde do que havia pretendido. "Cuide bem", dissera ele, meio sem sentido, ao entregar o objeto Palfrey à guarda de Rooke. Cuide bem de Palfrey, talvez estivesse pensando. Ou talvez: meu bom Deus, cuide bem de Jonathan.

Ele está no *Pasha*, ficou pensando, enquanto dirigia. Está vivo, ainda que não devesse estar. Por algum tempo, isso era tudo que o cérebro de Burr podia fazer com ele. Jonathan está vivo, Jonathan está passando por tormentos, isso está acontecendo com ele *agora*. Somente depois desse período de merecida angústia, como pareceu a Burr, foi capaz de aplicar seus consideráveis poderes de raciocínio e, pouco a pouco, contar as migalhas de consolação que conseguia encontrar. Está vivo. Portanto, Roper deve estar querendo mantê-lo assim. Se não, teria mandado matar Jonathan logo que este houvesse assinado a última folha de papel: mais um cadáver sem explicação à beira de uma estrada panamenha, quem iria ligar?

Ele está vivo. Um vigarista do porte de Roper não leva um homem para seu iate de cruzeiro a fim de matá-lo. Leva-o porque precisa perguntar-lhe coisas e, se necessário, matá-lo depois. Faz isso a uma distância decente do barco, com o devido respeito pela higiene local e pela sensibilidade de seus convidados.

Então, o que Roper quer perguntar a ele, que já não saiba?

Talvez: O quanto Jonathan entregou dos detalhes da operação?

Talvez: Qual é agora o risco exato de Roper — de processo penal, de frustração de seu grandioso plano, de desmascaramento, escândalo, clamor público?

Talvez: De quanta proteção ainda desfruto entre aqueles que me protegem? Ou vão sair na ponta dos pés, pela porta dos fundos, assim que o alarme começar a tocar?

Talvez: Quem você pensa que é, infiltrando-se como um verme no meu palácio e arrancando a minha mulher debaixo de mim?

Uma arcada de árvores ergueu-se sobre o carro e Burr teve a lembrança de Jonathan sentado na cabana, no Lanyon, na noite em que o enviaram em sua missão. Está segurando a carta de Goodhew, à luz do lampião: *Estou seguro, Leonard. Eu, Jonathan. E estarei seguro amanhã de manhã. Como é que assino?*

Você assinou demais, disse-lhe Burr mentalmente, com aspereza. E fui eu que o levei a isso.

Confesse, *suplicou a Jonathan*. Traia-me, traia a nós todos. Nós o traímos, não foi? Pois então, faça o mesmo conosco e salve-se. O inimigo não está aí fora. Ele está entre nós. Traia-nos.

Ele estava a quinze quilômetros de Newbury e a 65 quilômetros de Londres, mas encontrava-se nas profundezas da Inglaterra rural. Subiu uma colina e entrou por uma avenida de faias nuas. Os campos de cada lado estavam recém-arados. Sentiu o cheiro de forragem e lembrou-se de chás no inverno, ao lado da lareira, na cozinha de sua mãe, em Yorkshire. Somos gente honrada, pensou, lembrando-se de Goodhew. Ingleses honrados, com alta ironia, num senso de decência, gente com espírito público e bom coração. Que diabo deu errado conosco?

O abrigo dilapidado, numa parada de ônibus, o fez lembrar da cabana de zinco em Louisiana, onde conhecera Apostoll, traído por Harry Palfrey a Darker, por Darker aos Primos, e pelos Primos a sabe Deus quem. Strelski teria trazido uma arma, pensou. Flynn teria seguido como uma espécie de batedor, à nossa frente, carregando um morteiro nos braços. Seríamos pessoas armadas, sentindo-nos mais seguros graças a nossas armas.

Mas armas não são a resposta, pensou. Armas são apenas um blefe. Eu sou apenas um blefe. Não tenho licença, não tenho arma, sou uma ameaça vazia. Mas sou tudo que tenho para brandir diante de *Sir* Anthony Joyston Desgraçado Bradshaw.

Pensou em Rooke e Palfrey, sentados em silêncio no escritório de Rooke, o telefone entre eles. Pela primeira vez, quase sorriu.

Avistou uma placa de sinalização, virou à esquerda, por um caminho desfeito, e foi tomado pela falsa convicção de que já havia estado ali antes. É o encontro do consciente com o inconsciente, lera numa revista metida a esperta: juntos, dão-lhe a sensação de *déjà vu*. Não acreditava nesse lixo. Sua linguagem levava-o à quase-violência, e ele estava se sentindo quase violento agora, só de pensar nisso.

Parou o carro.

No todo, estava se sentido violento demais. Esperou que esse sentimento cedesse. Deus Todo-Poderoso, em que estou me transformando? Eu poderia ter estrangulado Palfrey. Abaixou o vidro da janela, jogou a cabeça para trás e aspirou o ar do campo. Fechou os olhos e transformou-se em Jonathan. Jonathan em agonia, com a cabeça para trás, incapaz de falar. Jonathan crucificado, quase morto, e amado pela mulher de Roper.

Os pilares de pedra do portão assomaram diante dele, mas não havia nenhuma placa dizendo Lanyon Rose. Burr parou o carro, pegou o telefone, discou o número direto de Geoffrey Darker na Casa do Rio e ouviu a voz de Rooke dizer "Alô".

— Estou só checando — disse Burr, e discou o número da casa de Darker, em Chelsea. Ouviu Rooke mais uma vez, deu um grunhido e desligou.

Discou o número de Darker no campo, com o mesmo resultado. O mandado de intervenção havia funcionado.

Burr atravessou os portões e entrou num parque formal que havia sido largado, crescendo em estado selvagem. Veados lançaram olhares obtusos, por sobre o gradeamento. O caminho estava cheio de mato. Uma placa encardida dizia, JOYSTON BRADSHAW ASSOCIATES, com o BIRMINGHAM riscado. Logo abaixo, alguém havia pintado grosseiramente a palavra INFORMAÇÕES e uma seta. Burr passou por um pequeno lago. Do outro lado dele, os contornos de uma grande mansão surgiram contra o céu inquieto. Estufas quebradas e estábulos abandonados se amontoavam atrás dela, na escuridão. Alguns dos estábulos algum dia já haviam sido escritórios. Escadas externas, de ferro, e passagens de pranchas de madeira, levavam a uma sequência de portas trancadas por cadeados. Da casa principal, somente o pórtico e duas janelas do térreo estavam acesos. Desligou o motor e pegou a pasta preta de Goodhew no banco do passageiro, bateu a porta do carro e subiu os degraus. Um punho de ferro projetava-se da pedra da fachada. Ele o puxou e em seguida o empurrou de volta, mas o objeto não se mexeu. Agarrou a aldrava e bateu com força na porta. Os ecos foram afogados por um tumulto de cães latindo, e uma voz masculina, áspera, levantou-se rudemente contra eles:

— Whisper, cale a boca! Deitem-se, que diabos! Está tudo bem, Verônica, eu atendo. É você, Burr?

— Sim.

— Está sozinho?

— Sim.

O ruído de uma corrente sendo puxada do passador. O virar de uma fechadura pesada.

— Fique onde está. Deixe que eles o cheirem — ordenou a voz.

A porta se abriu e dois grandes mastins vieram farejar os sapatos de Burr, babaram-lhe as pernas da calça e lamberam-lhe as mãos. Ele entrou num vestíbulo vasto e escuro, com o cheiro desagradável de umidade e cinzas de lenha. Retângulos pálidos marcavam os lugares onde antes haviam pendido quadros. Uma única lâmpada brilhava no candelabro. A essa luz, Burr reconheceu os traços dissolutos de *Sir* Anthony Joyston Bradshaw. Usava um paletó de *smoking* puído e uma camisa social sem colarinho.

A mulher, Verônica, estava de pé, afastada dele, sob um pórtico em forma de arco, cabelos grisalhos e idade indeterminada. Uma esposa? Uma babá? Amante? Mãe? Burr não fazia ideia. Ao lado dela, uma menininha. Tinha por volta de nove anos e usava um penhoar azul-marinho, com bordados dourados na gola. Seus chinelos de quarto tinham coelhinhos dourados nos dedos. Com os cabelos compridos e louros escovados, caindo pelas costas, parecia uma criança da aristocracia francesa a caminho do cadafalso.

— Olá — disse-lhe Burr. — Meu nome é Leonard.

— Já para cama, Ginny — disse Bradshaw. — Verônica, leve-a para dormir. Tenho alguns negócios importantes para discutir, querida, não devemos ser perturbados. É sobre dinheiro, entende? Vamos lá, aquele beijo.

A querida era Verônica, ou seria a criança? Ginny e o pai se beijaram, enquanto Verônica, sob o arco, observava. Burr seguiu Bradshaw ao longo de um corredor mal iluminado até uma sala de estar. Havia se esquecido da lentidão das casas grandes. A viagem até a sala de estar levou o mesmo tempo necessário para se cruzar uma rua. Havia duas poltronas diante do fogo que ardia na lareira. Manchas de umidade desciam pelas paredes. Água que gotejava do teto pingava em tigelas de pudim vitorianas, pousadas sobre as tábuas corridas do assoalho. Os mastins se acomodaram cautelosamente diante do fogo. Tal como Burr, tinham os olhos mantidos em Bradshaw.

— Uísque? — perguntou Bradshaw.

— Geoffrey Darker está preso — informou Burr.

Bradshaw recebeu o golpe como um velho boxeador. Aparou-o, mal piscou. Ficou imóvel, os olhos inchados semicerrados, enquanto calculava os danos. Olhou para Burr, como se esperasse que ele atacasse mais uma vez, e como Burr não o fez, deu meio passo à frente e lançou uma série de contragolpes agitados, desordenados.

— Conversa fiada. A mais rematada tolice. Que disparate. *Quem* prendeu Darker? Você? Você não poderia prender nem uma vagabunda bêbada? *Geoffrey?* Você não ousaria! Conheço você. Conheço a lei também. Você não passa de um lacaio. Não é nem sequer polícia. Você poderia prender Geoffrey tanto quanto uma... — faltava-lhe a metáfora — uma mosca — concluiu debilmente. Tentou rir. — Mas que truque idiota — disse ele, dando-lhe as costas e dirigindo-se a uma bandeja de bebidas. — *Meu Deus*. — E sacudiu a cabeça, como que para confirmar tudo isso, enquanto servia uma dose de uísque de uma garrafa de decantação magnífica, que ele devia ter esquecido de vender.

Burr ainda estava de pé. Pousara a pasta no chão, ao seu lado.

— Ainda não pegaram Palfrey, mas ele é o próximo da lista — disse, com absoluta compostura. — Darker e Marjoram foram levados presos, até serem formalizadas as acusações. Muito provavelmente haverá uma declaração amanhã de manhã, poderá ser à tarde, se conseguirmos manter a imprensa fora disso. Daqui a exatamente uma hora, a não ser que eu dê instruções em contrário, oficiais uniformizados da polícia virão a esta casa em carros grandes, muito brilhantes e muito barulhentos, e diante de sua filha e de quem mais você tiver aqui, vão levá-lo para a delegacia policial de Newbury, algemado, e lá você ficará detido. O seu caso será tratado separadamente. Vamos acrescentar a fraude como um tempero extra. Caixa dois, sonegação deliberada e sistemática de impostos alfandegários e de consumo, para não mencionar conspiração e conivência com funcionários públicos corruptos, e algumas outras acusações que nos propomos a pensar enquanto você definha numa cela de prisão, preparando sua alma para cumprir sete anos, isso depois da diminuição da pena, e tentando jogar a culpa para Dicky Roper, Corkoran, Sandy Langbourne, Darker, Palfrey e quem mais você possa tentar nos vender. Mas não vamos precisar desse tipo de colaboração, você entende. Temos Roper no saco, também. Não há um porto no hemisfério ocidental onde não esteja postado um tipo corpulento, esperando nas docas com os documentos de extradição já prontos. E a única pergunta real é: os americanos agarram o *Pasha* enquanto ele ainda está no mar, ou deixam todo mundo terminar suas férias agradáveis, porque é muito provável que sejam as últimas, por um tempo realmente muito longo? — Sorriu. Vindicativamente. Com espírito esportivo. — As forças da luz venceram ao menos uma vez, *Sir* Anthony, eu temo. E elas se compõem da minha pessoa, da de Rex Goodhew, e de alguns americanos, eu diria muito espertos, caso você esteja se perguntando. Langley passou o nosso querido Darker para trás direitinho. O que eles chamam de Operação Camuflada, acho. Você não conhece Goodhew, suponho. Bem, vai poder conhecê-lo no banco das testemunhas, não tenho dúvida. Um ator natural, nosso Rex acabou se revelando. Poderia ter ganho uma fortuna no palco.

Burr ficou observando Bradshaw discar. Primeiro, observou-o procurar numa imensa escrivaninha de marchetaria, atirando para os lados contas e cartas, enquanto rebuscava. Em seguida, observou-o segurar uma agenda lotada, à luz pálida de um abajur comum, enquanto lambia o polegar e virava as páginas, até chegar à letra D.

Depois observou-o aprumar-se e inflar de autoimportância enfurecida, enquanto vociferava ao telefone.

— Quero falar com *Mr.* Darker, por favor. *Mr. Geoffrey* Darker. *Sir* Anthony Joyston Bradshaw gostaria de falar com ele sobre uma questão urgente. Por isso, trate de se apressar, entendeu?

Burr observou a autoimportância escoar dele, e seus lábios começarem a se abrir.

— *Quem* está falando? Inspetor *o quê*? Bem, qual é o problema? Passe-me Darker. É urgente. *O quê?*

Então, enquanto Burr ouvia o sotaque confiante e levemente regional de Rooke do outro lado da linha, viu a cena toda mentalmente: Rooke em seu escritório, de pé ao telefone, que era como ele gostava de fazer, o braço esquerdo reto ao lado do corpo e o queixo projetado bem para a frente — a posição regimental para falar ao telefone.

E o pequeno Harry Palfrey, o rosto pálido e assustadamente disposto a colaborar, esperando pela sua vez.

Bradshaw desligou, com ostentação confiante.

— Assalto no local — anunciou. — A polícia no comando. Procedimento normal. *Mr.* Darker está fazendo serão no escritório. Já foi contactado. Tudo totalmente normal.

Burr sorriu.

— É o que eles sempre dizem, *Sir* Anthony. Não acha que vão lhe dizer para fazer as malas e cair fora, acha?

Bradshaw cravou os olhos nele.

— Besteira — murmurou, voltando ao abajur e à agenda de telefones. — Estupidez, essa coisa toda. Algum jogo idiota.

Dessa vez ele discou para o escritório de Darker, e mais uma vez Burr viu mentalmente a cena: Palfrey pegando o telefone para o seu grande momento como agente leal de Rooke; Rooke de pé em frente a ele, enquanto ouvia na extensão, a manopla de Rooke obsequiosamente no braço de Palfrey e seu olhar límpido, descomplicado, encorajando Palfrey a dizer o seu texto.

— Quero falar com Darker, Harry — estava dizendo Bradshaw. — Preciso falar com ele imediatamente. É absolutamente vital. Onde ele está?... Ora, o que quer dizer com não sabe?... Mas que porra, Harry, qual é o problema com você?... Houve um roubo na casa dele, a polícia está lá. Já o procuraram, já falaram com ele, onde ele está?... Não me venha com essa titica estratégica *Eu sou* estratégico. *Isto é* estratégia. Encontre-o!

Para Burr, um longo silêncio. Bradshaw tem o fone colado ao ouvido. Ficou pálido e assustado. Palfrey está recitando seu grande texto. Sussurrando, tal como Burr e Rooke o ensaiaram. Do fundo do coração, porque para Palfrey o texto é verdadeiro:

— Tony, saia da linha, pelo amor de Deus! — Palfrey o adverte, fazendo aquela sua voz furtiva e esfregando o nariz com os nós dos dedos da mão livre. — O balão estourou. Geoffrey e Neal devem pegar pena alta. Burr e companhia estão levantando todas as acusações possíveis contra nós. Há homens correndo pelos corredores. Não telefone novamente. Não telefone a ninguém. A polícia está no saguão.

E então, o melhor de tudo: Palfrey desliga — ou Rooke o faz por ele —, deixando Bradshaw imóvel na posição em que se encontrava, o fone mudo colado ao ouvido e a boca aberta, no interesse de ouvir melhor.

— Eu trouxe os documentos, caso você queira vê-los — disse Burr, muito à vontade, quando Bradshaw virou-se e ficou olhando para ele. — Não deveria fazê-lo, mas isso me dá um certo prazer, devo confessar. Quando eu disse sete anos, estava sendo pessimista. É o meu sangue de Yorkshire que não quer exagerar, creio. Acho que você deve pegar uns dez.

Sua voz ganhara volume, mas não velocidade. Ficou esvaziando a pasta enquanto falava com gravidade, como um mágico insinuante, um arquivo amarrotado de cada vez. Às vezes, abria uma pasta e parava para estudar uma carta em particular, antes de pousá-la. Às vezes, sorria e sacudia a cabeça, como se dissesse: é inacreditável.

— É engraçado como um caso destes pode virar de cabeça para baixo, por uma coisa à toa, em apenas uma tarde — refletiu, enquanto lidava com a papelada. — A gente se esforça ao máximo, eu e os meus rapazes e moças, e ninguém quer saber. Damos de cara contra uma parede de tijolos, todas as vezes. Já temos um caso sólido montado contra

Darker, oh — permitiu-se mais uma pausa, para sorrir —, até onde *eu* consigo me lembrar, pelo menos. Quanto a *Sir* Anthony, bem, você estava na nossa mira quando eu ainda era garoto na escola primária, creio. Entenda, eu o odeio realmente. Existe muita gente que eu gostaria de botar atrás das grades, e jamais conseguirei, é verdade. Mas você tem uma categoria própria, uma posição única, sempre teve. Bem, você sabe disso, de verdade, não sabe? — Um outro arquivo atraiu-lhe a atenção e ele permitiu-se um momento para folheá-lo. — E então, de repente, o telefone toca... hora do almoço, como de hábito, mas graças ao bom Deus estou de dieta... e é alguém de quem mal sei o nome, do gabinete do promotor público da Coroa. "Ei, Leonard, por que não dá um pulinho na Scotland Yard, pega alguns policiais com fome de ação e vai prender aquele sujeito, o Geoffrey Darker? Já é tempo de fazermos uma limpeza em Whitehall, Leonard, nos livrarmos de todos esses funcionários corruptos e de seus contatos dúbios do lado de fora... homens como *Sir* Anthony Joyston Bradshaw, por exemplo... e darmos um exemplo para o resto do mundo. Os americanos o estão fazendo, portanto, por que nós não podemos? Já é tempo de provarmos que estamos falando sério quando dizemos que não podemos armar futuros inimigos — essa besteira toda." — Tirou mais uma pasta, carimbada ULTRASSECRETO, e deu-lhe um tapinha afetuoso na aba. — Darker encontra-se sob o que estamos chamando de prisão domiciliar voluntária, neste momento. É a hora da confissão, na verdade, só que não a chamamos assim. Sempre gostamos de esticar um pouco o *habeas corpus*, quando estamos lidando com gente do ramo. É preciso contornar a lei de vez em quando, se não nunca se chega a parte alguma.

Não há dois blefes iguais, mas um componente necessário a todos eles, que é a cumplicidade entre aquele que engana e aquele que é enganado, o casamento místico de necessidades opostas. Para o homem do lado errado da lei, pode ser a necessidade inconsciente de voltar para o lado certo. Para o criminoso solitário, uma ânsia secreta por voltar a participar do grupo, qualquer grupo, se puder ser aceito como membro. E no *playboy* e salafrário decadente, que era Bradshaw — ou pelo menos era o que o tecelão no sótão rezava para que fosse, enquanto observava seu adversário ler, virar algumas páginas para a frente, virar outras de volta, pegar uma outra pasta e ler de novo — era a busca habitual do tratamento exclusivo a qualquer preço, do acordo definitivo, da vingança contra aqueles que viveram com mais sucesso do que ele conseguiu, que fizeram dele a vítima voluntária da trapaça de Burr.

— Pelo amor de Deus — murmurou Bradshaw por fim, devolvendo as pastas, como se estas o deixassem enjoado. — Não há necessidade de irmos às últimas consequências. Tem de haver um ponto intermediário. Deve haver. Sou um homem razoável, sempre fui.

Burr foi menos promissor.

— Ora, não acho que eu chamaria isso de ponto intermediário, em absoluto, *Sir* Anthony — disse, com um ressurgir da antiga raiva, enquanto pegava de volta os arquivos e os enfiava na pasta. — Eu chamaria isso de uma partida adiada para a próxima oportunidade. O que você tem de fazer é o seguinte, você telefona por mim para o *Iron Pasha* e tem uma conversa tranquila com o nosso amigo comum.

— Que tipo de conversa?

— Este tipo. Diga-lhe que jogaram a merda toda no ventilador. Diga-lhe o que eu lhe disse, o que você viu, o que você fez, o que ouviu. — Olhou pela janela sem cortinas. — É possível ver a estrada daqui?

— Não.

— Uma pena, porque a essa altura eles já devem estar lá fora. Pensei que poderíamos ver uma luzinha azul piscando para nós, do outro lado do lago. Nem mesmo do andar de cima?

— Não.

— Diga-lhe que desmascaramos você de todas as formas, que você foi muito descuidado e que conseguimos seguir os seus falsos clientes até a fonte, e que agora estamos vigiando as rotas do *Lombardy* e do *Horacio Enriques* com o maior interesse. A não ser que... Diga-lhe que os americanos estão aquecendo uma cela para ele em Marion. Querem fazer suas próprias acusações. A não ser que... Diga-lhe que seus amigos importantes na corte já não são mais amigos. — Entregou o telefone a Bradshaw. — Diga-lhe que você está morto de medo, chore, se ainda puder. Diga-lhe que não conseguirá suportar a prisão. Deixe que ele o odeie por sua fraqueza. Diga-lhe que eu quase estrangulei Palfrey, com as mãos nuas, mas que isso aconteceu porque por um momento pensei que ele fosse Roper.

Bradshaw umedeceu os lábios, esperando. Burr atravessou a sala e colocou-se na escuridão de uma janela distante.

— A não ser o quê? — perguntou Bradshaw, nervoso.

— E então diga-lhe isto — Burr retomou o discurso, falando com grande relutância. — Eu arquivo todas as acusações. Contra você e contra ele. Desta vez. Os navios dele vão poder passar livres. Darker, Marjoram e Palfrey... estes estão indo para onde merecem. Mas não ele, nem você, e nem as cargas. — Sua voz se ergueu. — E diga que vou segui-lo, e a toda a sua abominável geração, até o fim do mundo, mas não desisto dele. Diga-lhe que ainda vou respirar ar puro antes de morrer. — Perdeu-se por um momento, mas imediatamente recuperou-se. — Ele tem a bordo um homem chamado Pine. Você já deve ter ouvido falar dele. Corkoran telefonou-lhe de Nassau, a esse respeito. Os ratos do Rio levantaram o passado dele para você. Se Roper soltar Pine dentro do espaço de uma hora a partir do momento em que você desligar o telefone — mais uma vez ele hesitou —, eu enterro este caso. Ele tem a minha palavra.

Bradshaw o encarava com uma mistura de espanto e alívio.

— Meu Deus, Burr. Esse Pine deve ser um peixe muito importante! — Um pensamento feliz cruzou-lhe o cérebro. — Diga-me, meu velho, você não faz parte da jogada, faz? — perguntou. E então percebeu o olhar de Burr, e a esperança sumiu.

— Você vai dizer a ele que quero a garota também — disse Burr, quase que como algo de que já ia se esquecendo.

— Que garota?

— Cuide da merda da sua vida. É o Pine e é a garota. Vivos e sãos.

Odiando-se, Burr começou a ler em voz alta o número do satélite do *Iron Pasha*.

Já era tarde, na mesma noite. Palfrey caminhava, sem perceber a chuva. Rooke o enfiara num táxi, mas Palfrey o pagara e dispensara. Estava em algum ponto perto da Baker Street, e Londres havia se transformado numa cidade árabe. Nas janelas dos pequenos hotéis iluminadas a néon, homens de olhos escuros encontravam-se reunidos em grupos desconexos, mexendo entre os dedos seus colares de contas e gesticulando uns com os outros, enquanto as crianças brincavam com seus trenzinhos novos em folha e mulheres com os rostos velados conversavam umas com as outras. Entre os hotéis ficavam as clínicas médicas particulares, e diante das escadas de uma delas Palfrey parou à luz da entrada, talvez imaginando se deveria ou não se internar, e então, resolvendo que não, seguiu em frente.

Não estava usando sobretudo, nem chapéu, não levava seu guarda-chuva. Um táxi reduziu a marcha ao passar por ele, mas não havia como superar a distração no rosto de Palfrey. Ele parecia um homem que havia perdido alguma coisa essencial aos seus propósitos, seu carro, talvez — em que rua o deixara? — Sua esposa, sua mulher — onde haviam combinado se encontrar? Em certo momento, ele apalpou os bolsos do paletó encharcado, em busca de chaves, ou de cigarros, ou de dinheiro. Em outro, entrou num *pub* que estava para fechar, colocou uma nota de cinco libras em cima do balcão, tomou um uísque duplo sem água, e saiu, esquecendo-se do troco e murmurando a palavra "Apostoll" em voz alta — embora a única testemunha disso, depois, fosse um estudante de teologia, o qual achou que ele estava se declarando apóstata. A rua voltou a recebê-lo e ele seguiu em sua busca, olhando para tudo, mas de certa maneira rejeitando tudo — não, não é esse o lugar, não aqui, não aqui. Uma prostituta velha, os cabelos pintados de louro, chamou-o, bem-humorada, do portal de uma casa, mas ele sacudiu a cabeça — nem você, tampouco. Um outro *pub* o recebeu, no momento em que o *barman* estava avisando que eram os últimos pedidos.

— Sujeito chamado Pine — disse Palfrey a um homem para o qual ergueu seu copo, num brinde distraído. — Muito apaixonado. — O homem bebeu silenciosamente com ele, pois achou que Palfrey parecia estar querendo se exibir um pouco. Alguém deve ter tomado a garota dele, pensou. Também, um tampinha desses, não é de espantar.

Palfrey escolheu a ilha, um triângulo de calçada no meio de um cruzamento de ruas, com uma grade em torno, que não parecia muito segura quanto a se a sua função era cercar as pessoas do lado de dentro ou do lado de fora. Mas a ilha ainda não era o que ele vinha procurando, aparentemente, talvez fosse antes uma espécie de ponto de observação, ou um marco familiar.

E ele não entrou, procurando a proteção da grade. Fez o que as crianças fazem num *playground*, disse uma outra testemunha: apoiou os calcanhares na beira do meio-fio e jogou os braços para trás, sobre a grade, de forma que, durante um momento considerável, pareceu estar preso ao lado de fora de um carrossel em movimento, que no entanto não se movia, enquanto observava os ônibus de dois andares, vazios no fim da noite, passando depressa por ele, em sua ânsia de chegar ao destino.

Finalmente, como alguém que conseguiu se orientar, aprumou-se, jogou para trás os ombros já muito abatidos, até parecer um velho soldado no Dia do Armistício, escolheu um ônibus que vinha particularmente rápido e atirou-se debaixo dele. E realmente, naquele trecho particular da rua, àquela hora da noite, com o asfalto feito um rinque de patinação, por causa da chuva fina, não havia absolutamente nada que o pobre motorista pudesse fazer. E Palfrey teria sido o último a culpá-lo.

Um testamento escrito a mão, mas com todo o fraseado legal, ainda que um pouco amarfanhado, foi encontrado no bolso de Palfrey. Perdoava todas as dívidas e indicava Goodhew para ser o seu executor.

29

O *Iron Pasha*, 1.500 toneladas, 250 pés de comprimento, todo construído em aço pela Feadship da Holanda, 1987, de acordo com as especificações do atual proprietário, interiores de Lavinci, de Roma, movido por dois motores diesel MWM, de dois mil cavalos de força, e equipado com estabilizadores Vosper, radar com sistemas de telecomunicações via satélite Inmarisat, incluindo um monitor anticolisão e um Radar Watch — para não mencionar fax, telex, uma dúzia de caixas de Dom Pérignon e um azevinho vivo num grande barril de madeira, já prevendo as festas de Natal — partiu do Estaleiro Nelson, English Harbour, Antigua, nas Antilhas, com a maré da manhã, rumando para seu cruzeiro de inverno das ilhas Windward e Grenadine e, finalmente, através das ilhas de Blanquilla, Orchila e Bonaire, até Curaçao.

Um apanhado das melhores caras e nomes do elegante St. James's Club de Antigua se reunira no cais para as despedidas, e foi sob o ressoar estrondoso das buzinas e apitos dos navios que o sempre popular empresário internacional, *Mr.* Dicky Onslow Roper, e seus convidados elegantemente vestidos vieram à popa do iate que partia, dando acenos de adeus, debaixo dos gritos de "Deus os guie" e "Divirta-se muitíssimo, Dicky, você merece", vindos do cais. O pavilhão pessoal de *Mr.* Roper, retratando um cristal resplandecente, tremulava no mastro principal. Os admiradores da alta sociedade ficaram encantados por poderem ver figuras favoritas do *jet set* tão familiares quanto lorde (Sandy, para os íntimos) Langbourne, de braço dado com a esposa, Caroline, desmentindo assim rumores de um rompimento, e a sofisticada *Miss* Jemima (Jed, para os amigos) Marshall, companheira constante de *Mr.* Roper há mais de um ano, e já famosa anfitriã do Xanadu de Roper nas ilhas Exumas.

Os outros dezesseis convidados formavam um grupo escrupulosamente seleto de locomotivas internacionais, incluindo figuras tão destacadas da sociedade internacional como Petros (Patty) Kaloumenos, que recentemente tentara comprar a ilha de Spetsai do governo grego, Bunny Saltlake, a herdeira americana das sopas, Gerry Sandown, o piloto de corridas inglês, com sua esposa francesa, e o produtor de cinema norte-americano Marcel Heist, cujo próprio iate, o *Marceline*, está atualmente sendo construído em Bremerhaven. Não havia crianças no grupo. Os convidados que nunca antes haviam navegado no *Pasha* provavelmente passariam seus primeiros dias desfalecendo diante de seus luxuosos aparelhamentos e ornamentos: suas oito suítes de luxo, todas com camas *king-size*, som, telefone, televisão em cores, gravuras Redouté e painéis de madeira históricos; seu salão eduardiano, de luzes suaves, em veludo vermelho, com mesa de jogos antiga e bustos de bronze do século XVIII, cada qual em seu nicho de nogueira maciça; seu salão de jantar cor de mel, com pinturas de florestas, baseadas em Watteau; sua piscina, hidromassagem e solário, e o convés de ré italiano, para jantares informais.

Mas quanto a *Mr.* Derek Thomas, da Nova Zelândia, os colunistas sociais não escreveram nada. Ele não figurava em nenhum *press release* de relações públicas da Ironbrand. Não estava no convés, acenando para os amigos no cais. Não estava no jantar, encantando os companheiros com sua conversa sensível. Estava no que havia de mais próximo, no *Pasha*, à adega de vinhos finos de *Herr* Meister, acorrentado, amordaçado e deitado no escuro, numa solidão banhada de sangue, amenizada por visitas do major Corkoran e seus assistentes.

As forças combinadas da tripulação e da criadagem do *Pasha* somavam vinte pessoas, incluindo capitão, piloto, maquinista, assistente de maquinista, um cozinheiro para os convidados e outro para a tripulação, uma governanta e chefe das camareiras, quatro marujos e um comissário de bordo. O grupo ainda incluía um piloto para o helicóptero e outro para o hidroavião. A equipe de segurança foi aumentada, com os dois germano-argentinos que haviam voado de Miami com Jed e Corkoran e, tal como o navio que essa equipe protegia, era prodigamente equipada. A tradição de pirataria naquela região não está de forma alguma extinta, e o arsenal do navio era capaz de sustentar um combate prolongado no mar, dissuadindo qualquer aeronave de pilhagem, ou afundando uma nave hostil que se aventurasse a atracar bordo com bordo. Esse material ficava armazenado no porão de proa, onde a equipe de segurança também tinha os seus alojamentos, por trás de uma porta de aço estanque, que era por sua vez protegida por uma grade. Era lá que Jonathan estava sendo mantido? Após três dias no mar, essa era a convicção desolada de Jed. Mas quando ela perguntou a Roper, ele pareceu não escutá-la, e quando perguntou a Corkoran, ele projetou o queixo para cima e franziu o cenho, carrancudo.

— Águas tempestuosas, amoreco — disse Corkoran, por entre lábios semicerrados. — Seja vista e não ouvida, é o meu conselho. Cama e comida, e atitude discreta. É mais seguro para todos. E não saia por aí me citando.

A transformação que ela havia observado em Corkoran agora estava completa. Uma intensidade de ratazana havia substituído a indolência anterior. Ele raramente sorria e dava ordens bruscas aos membros masculinos da tripulação, fossem comuns ou bonitos. Prendera uma fileira de condecorações no paletó de *smoking* bolorento, e era dado a solilóquios grandiosos sobre os problemas do mundo, sempre que Roper não estava presente para fazê-lo calar a boca.

O dia da chegada de Jed a Antigua fora o pior de sua vida. Ela tivera muitos outros piores dias até então — sua culpa católica lhe proporcionara um monte deles. Houve o dia em que a madre superiora marchara dormitório adentro e lhe dissera que arrumasse suas coisas, que havia um táxi esperando à porta. Foi no mesmo dia em que seu pai lhe ordenou que fosse para o quarto, enquanto ele buscava conselhos sacerdotais sobre como lidar com uma puta virgem de dezesseis anos, pega completamente nua no barracão do jardim, com um garoto da aldeia, dando o melhor de si, sem sucesso, para deflorá-la. Houve o dia, em Hammersmith, quando dois rapazes com quem ela se recusara a dormir haviam se embebedado e resolvido juntar forças, revezando-se na tarefa de segurá-la, enquanto o outro a violentava. E houve os dias loucos demais em Paris, antes dela passar por cima dos corpos adormecidos e cair direto nos braços de Dicky Roper. Mas o dia em que subiu a bordo do *Pasha*, em English Harbour, Antigua, dera de dez a zero em todos os demais.

No avião, ela conseguira ignorar os insultos velados de Corkoran, refugiando-se em suas revistas. No aeroporto de Antigua, ele enfiara a mão insolentemente debaixo do braço dela, e quando ela tentou soltar-se, sacudindo o corpo, ele a prendera num aperto parecendo uma garra, enquanto os dois rapazes louros seguiam nos seus calcanhares. Na limusine, Corkoran seguiu na frente e os rapazes sentaram-se com ela no meio, perto demais. E, ao subir na prancha de embarque do *Pasha*, os três formaram uma falange em torno dela, sem dúvida para demonstrar a Roper, caso este estivesse observando, que estavam cumprindo as ordens. Carregada até a porta da suíte principal, foi obrigada a esperar, enquanto Corkoran batia.

— Quem é? — perguntou Roper, lá de dentro.

— Uma certa *Miss* Marshall, Chefe. Sã e moderadamente salva.

— Faça-a entrar, Coiks.

— Com bagagem, Chefe, ou seria sem?

— Com.

Ela entrou e viu Roper sentado à escrivaninha, de costas para ela. E ele lá permaneceu, sempre de costas para ela, enquanto um camareiro colocava sua bagagem no quarto e se retirava. Estava lendo alguma coisa, conferindo com uma caneta à medida que prosseguia. Um contrato, qualquer coisa. Ela esperou que ele acabasse, ou pousasse os papéis e se virasse para ela. Até que se levantasse. Ele não fez nada disso. Chegou ao final da página, rabiscou algo, ela achou que eram suas iniciais, e em seguida passou para a página seguinte, continuando a ler. Era um documento grosso, datilografado, azul, com fita vermelha e uma margem com um filete vermelho. Havia um bom número de páginas ainda pela frente. Ele está escrevendo seu testamento, concluiu. *E para minha ex--amante, Jed, deixo absolutamente...*

Ele estava usando seu robe de seda azul-marinho, feito sob medida, com gola dobrada e debruns carmins, e quando o vestia isso geralmente significava ou que estavam para fazer amor, ou que tinham acabado de fazê-lo. Enquanto lia, ele ocasionalmente mudava o ângulo dos ombros dentro do robe, como se sentisse que ela os admirava. Ele sempre tivera orgulho dos seus ombros. Ela ainda estava de pé. Estava a menos de dois metros dele. Estava usando *jeans* com um colete de enfiar pela cabeça e vários colares de ouro. Ele gostava que ela usasse ouro. O carpete era marrom arroxeado e novo em folha. Muito caro, muito fundo. Eles o haviam escolhido juntos, a partir de amostra, diante do fogo, em Crystal. Jonathan dera sua opinião. Essa era a primeira vez que ela o vira colocado.

— Estou incomodando você? — perguntou ela, uma vez que ele ainda não havia virado a cabeça.

— De maneira alguma — respondeu, enquanto a cabeça continuava curvada sobre os papéis.

Ela estava sentada na beira de uma poltrona, agarrando a valise de tapeçaria sobre o colo. Havia tamanho controle no corpo dele, e uma tensão tão contida em sua voz, que ela presumiu que a qualquer momento ele iria se levantar e esbofeteá-la, provavelmente tudo em um só movimento: um salto e uma girada do braço terminando com um tapa das costas da mão que a derrubaria até o meio da semana seguinte. Ela um dia tivera um namorado italiano que lhe fizera isso, como castigo por ela ter sido espirituosa. O soco a atirara do outro lado do aposento. E a teria derrubado direto no chão, não fosse seu equilíbrio de amazona, que a ajudou, e assim que ela conseguiu recolher suas coisas que estavam no quarto, deixou que o soco a levasse para fora da casa.

— Disse a eles que fizessem lagosta — falou Roper, enquanto mais uma vez colocava suas iniciais e algo no documento à sua frente. — Achei que lhe era devida uma lagosta, depois daquele pequeno número do Corky no Enzo's. Lagosta está bem para você?

Ela não respondeu.

— Os rapazes me dizem que você andou dando umas transadinhas com o irmão Thomas. Gostou? Falando nisso, o nome verdadeiro é Pine. Para você, é Jonathan.

— Onde está ele?

— Achei que você perguntaria isso. — Virou uma página. Ergueu um braço. Ajeitou os óculos de leitura, em meia-lua. — Durou muito isso, durou? Umas rapidinhas, no pavilhão de verão? Calções no chão, no meio dos bosques? Muito bons nisso, vocês dois, devo dizer. Com todo aquele pessoal por lá. E nem eu sou idiota. Não vi nada.

— Se estão lhe dizendo que dormi com Jonathan, não dormi.

— Ninguém falou grande coisa a respeito de dormir.

— Não somos amantes.

Ela dissera o mesmo à madre superiora, bem lembrava, mas não tinha adiantado muito. Roper fez uma pausa na leitura, mas ainda assim não virou a cabeça.

— Então, o que vocês são? — perguntou. — Se não são amantes, são o quê?

Somos amantes, admitiu ela, idiotamente. Não fazia a mínima diferença se eram amantes físicos ou de algum outro tipo. Seu amor por Jonathan e sua traição a Roper eram fatos consumados. O resto, tal como no barracão de jardinagem, era uma questão técnica.

— Onde está ele? — quis ela saber.

Ocupado demais, lendo. O movimento dos ombros, ao corrigir alguma coisa com a Mont Blanc imensa.

— Ele está a bordo?

Agora, uma quietude esculpida, o mesmo silêncio pensativo do pai. Mas o pai dela temia que o mundo estivesse indo para o diabo e, pobre e querido pai, não tinha a menor ideia de como fazer aquilo parar. Enquanto que Roper estava ajudando o mundo nesse caminho.

— Ele diz que fez tudo sozinho — falou Roper. — Isso é verdade? Jed não fez nada, nadinha. Pine é o malvado, Pine fez tudinho. Jed é a Branca de Neve. Obtuso demais para saber qual é a dela, de qualquer maneira. Fim da declaração para a imprensa. Tudo obra dele.

— Que obra?

Roper largou a caneta de lado e se levantou, ainda conseguindo não olhar para ela. Atravessou o aposento, até a parede forrada de madeira antiga e apertou um botão. As portas elétricas do armário de bebidas se abriram. Ele abriu o refrigerador, pescou uma garrafa de Dom Pérignon, tirou a rolha e encheu uma taça. E então, como uma espécie de meio-termo entre olhar e não olhar para ela, falou com seu reflexo no interior espelhado do armário, aquilo que conseguia ver desse reflexo entre uma fileira de garrafas de vinho e os vermutes e Camparis.

— Quer também? — perguntou quase com ternura, erguendo a garrafa de Dom Pérignon e oferecendo-a ao seu reflexo.

— Que obra? O que é que se imagina que ele fez?

— Não quer dizer. Perguntei-lhe, mas ele não diz. O que ele fez, para quem, com quem, por quê, começando quando. Quem o está pagando. Nada. Podia ter se poupado um bocado de violência, se tivesse falado. Sujeito galante. Boa escolha você fez. Parabéns.

— E por que ele deveria ter *feito* alguma coisa? O que vocês estão fazendo com ele? Solte-o.

Ele virou-se e caminhou em direção a ela, encarando-a diretamente, por fim, com seus olhos pálidos, lavados, e desta vez ela teve certeza de que ele iria atingi-la, porque seu sorriso estava relaxado de forma tão pouco natural, seus modos eram de uma despreocupação tão estudada, que tinha de haver uma versão diferente dele no interior. Ainda estava usando os óculos de leitura, por isso tinha de baixar a cabeça para olhá-

481

-la por cima deles. Seu sorriso estava cheio de espírito esportivo, e muito perto dela.

— É o Senhor Pureza, não é, o seu namoradinho? Alvo como um lírio, não é? O Senhor Limpinho? Babaquice total, minha querida. O único motivo pelo qual o aceitei foi porque algum capanga de alguém segurou uma pistola na cabeça do meu menino. E você me dizendo que ele não fazia parte do golpe? Mas que papo-furado, minha doçura, francamente. Se você achar que sou um santo, então eu pago as velas. Até lá, guardo meu dinheiro no meu bolso. — A poltrona que ela havia escolhido era perigosamente baixa. Os joelhos dele, enquanto curvava-se sobre ela, estavam no mesmo nível do seu queixo. — Andei pensando um pouco a seu respeito, Jeds. Perguntando-me se você seria afinal tão tapada quanto eu pensava. Se você e o Pine não estariam nisso juntos. Quem foi que pegou quem, naquele leilão de cavalos, hein? Hein? — Estava lhe dando puxõezinhos de orelha, fazendo daquilo uma brincadeira maldosa. — São os diabos de umas figurinhas muito espertas, as mulheres. Figurinhas muito, *muito* espertas. Mesmo quando fingem que não têm nada entre uma orelha e a outra. Fazem você pensar que *as escolheu,* quando na verdade, elas é que *escolheram você*. Você também foi plantada aqui, Jeds? Não *parece* uma espiã. Parece uma droga de mulher muito bonita. O Sandy acha que você é espiã. Gostaria de poder ter dado uma transadinha com você, ele próprio. Corks não ficaria *surpreso,* se você fosse uma espiã — deu um sorriso efeminado, cheio de afetação — e o seu amantezinho não diz *nada*. — Ele estava lhe dando puxões de orelha ao ritmo de cada palavra enfatizada. Não puxões dolorosos. De brincadeira. — Fique numa boa conosco, Jeds, está certo, querida? Participe da *brincadeira.* Tenha *espírito esportivo*. Você foi *plantada* aqui, não foi, meu benzinho? Uma espiã com um rabo maravilhoso, não é isso mesmo?

Estendeu a mão até o queixo dela. Prendendo-o entre o polegar e o indicador, ergueu-lhe a cabeça, para olhá-la. Ela viu a diversão nos olhos dele, a diversão que ela tantas vezes confundira com gentileza, e supôs que, mais uma vez, o homem que andara amando era alguém que ela havia montado a partir dos pedaços dele em que queria acreditar, ao mesmo tempo em que ignorava os pedaços que não se encaixavam.

— Não sei do que você está falando — disse ela. — Deixei você me pegar. Estava assustada. Você foi um anjo. Nunca me fez mal. Não até agora. E eu lhe dei o melhor de mim. Você sabe que dei. Onde está ele? — disse ela, olhando-o direto nos olhos.

Ele soltou-lhe o queixo e afastou-se até o outro lado do aposento, segurando a taça de champanhe com os braços abertos.

— Muito boa ideia, menina — disse ele, num ar de aprovação. — Muito bom. Solte-o. Solte o seu namoradinho. Ponha uma lima dentro do pão dele. Atire-a através das grades, no dia de visitas. Pena que você não trouxe a Sarah. Vocês dois podiam se afastar, montados nela, rumo ao pôr do sol. — Nenhuma mudança de tom. — Você absolutamente não conhece um sujeito chamado Burr, conhece, Jeds, por algum acaso? Primeiro nome, Leonard? Um bronco do norte? Sovacos malcheirosos? Que estudou o evangelho? Por acaso cruzou seu caminho? Já deu alguma transadinha com ele? Provavelmente se chamava Smith. Uma pena. Achei que vocês bem podiam.

— Não conheço ninguém assim.

— Que coisa engraçada. O Pine também não.

Vestiram-se para o jantar, um de costas para o outro, escolhendo suas roupas com cuidado. A loucura formal dos seus dias e noites a bordo do *Pasha* havia começado.

Os *cardápios*. Discussão com a governanta e os cozinheiros. *Mrs.* Sandown é francesa e sua opinião sobre tudo é, portanto, encarada pela cozinha como a verdade revelada, não importa que ela só coma saladas e jure não saber nada a respeito de comida.

Lavanderia. Quando os convidados não estão comendo, estão trocando de roupa, tomando banho e copulando, o que significa que todos os dias precisam ter lençóis, toalhas de banho, roupas e toalhas de mesa. Um iate navega dependendo de comida e da sua lavanderia. Uma seção inteira do convés de serviço é tomada por filas de máquinas de lavar, secadoras e ferros a vapor, de que duas camareiras cuidam de manhã à noite.

Cabelos. O ar marinho faz coisas terríveis com os cabelos das pessoas. Às cinco horas, todas as tardes, o convés dos convidados zumbe com o ruído dos secadores de cabelo, e é uma peculiaridade destes falhar quando os convidados estão apenas na metade de sua toalete. Portanto, às dez para seis, exatamente, Jed pode contar como certo acabar vendo uma convidada beligerante, malvestida, de emboscada na passagem, o cabelo todo eriçado, feito uma escova de banheiro, brandindo um secador de cabelos defunto e dizendo: "Jed, querida, será que você *podia?*"

— porque a governanta a essa altura está supervisionando os toques finais na mesa de jantar.

Flores. Todos os dias o hidroavião visita a ilha mais próxima, para buscar flores, peixe fresco, frutos do mar, ovos e jornais, e postar cartas. Mas é com as flores que Roper mais se preocupa, o *Pasha* é famoso por suas flores, e a visão de flores mortas, ou de flores que não estejam adequadamente arrumadas, tem grande probabilidades de causar sérios tremores debaixo do convés.

Recreação. Aonde é que vamos aportar, nadar, fazer pesca submarina, a quem vamos visitar, deveríamos jantar fora, para variar, mandar o helicóptero ou o hidroavião buscar os fulanos, levar os sicranos em terra? Pois os convidados do *Pasha* não são uma população estática. Mudam de ilha a ilha, de acordo com a duração de permanência negociada, trazendo sangue novo, banalidades novas, uma nova abordagem para o Natal: Como as pessoas ficam *terrivelmente* para trás com os preparativos, querida, eu ainda nem *pensei* nos meus cartões, e já não está na hora de você e Dicky se casarem, vocês dois parecem tão absolutamente *gostosos* juntos?

E Jed, no meio da loucura, segue com essa rotina maluca, esperando por uma chance. A referência de Roper a colocar limas dentro de pães não esteve tão longe da verdade. Ela treparia com os cinco guardas, com Langbourne e até com Corkoran, se este conseguisse sentir disposição, a fim de poder estar ao lado de Jonathan.

E enquanto ela espera todos os rituais de sua infância rígida e do colégio de freiras — as regras de cerre os dentes e sorria — enlaçam-na em seu abraço humilhante. Enquanto ela obedece essas regras, nada é real, mas em compensação, nada também fica à deriva. Por ambas essas bênçãos ela se sente grata, e a possibilidade de uma chance continua. Quando Caroline Langbourne a obsequia com um discurso sobre os prazeres do casamento com Sandy, agora que a putinha da babá voltou para Londres, Jed sorri em devaneio e diz:

— Oh, Caro, querida, fico tão imensamente satisfeita por vocês dois. E pelas crianças, naturalmente.

Quando Caroline acrescenta que ela provavelmente disse algumas coisas absolutamente *insanas* sobre os negócios que Dicky e Sandy andavam fazendo, mas que falou aquilo tudo por estar com raiva de Sandy, e *tinha* realmente de admitir que andara vendo as coisas *bem mais* negras do que elas eram — e, honestamente, como é que uma pessoa *pode* ganhar os seus trocadinhos hoje em dia, sem sujar a ponta dos dedos um *pouquinho* que seja? —, Jed se manifesta feliz com isso também, e garante a Caro que não consegue se lembrar de *nada* do que ela falou a respeito daquilo tudo, de qualquer forma, você sabe, com Jed, negócios são uma coisa que entra por um ouvido e sai pelo outro, e graças a Deus por isso...

E, à noite, ela dorme com Roper, esperando pela chance.

Na cama dele.

Tendo se vestido e despido na presença dele, usado as joias dele e encantado os convidados dele.

O confronto ocorre com mais frequência ao amanhecer, quando a vontade dela, tal como a vontade dos agonizantes, está mais debilitada. Ele chega-se para ela e Jed, numa espécie de ânsia aflitiva, responde imediatamente a esse chamado, dizendo-se que, ao fazê-lo, está arrancando os dentes do opressor de Jonathan, domando-o, subornando-o, reconciliando-se com ele, pela salvação de Jonathan. E esperando pela chance.

Por que é isso que ela está tentando conseguir de Roper o tempo todo, nesse silêncio louco que eles dividem, desde aquela troca de tiros inicial: uma chance de iludir-lhe a guarda. Eles conseguem rir juntos de algo tão crucial quanto uma azeitona estragada. No entanto, mesmo em seus frenesis sexuais, eles já não mencionam mais o único assunto que ainda os mantém juntos: Jonathan.

Roper também estará esperando por alguma coisa? Esperando que ela faça algo, isso Jed acredita que ele está. Por que outro motivo Corkoran bate nas horas mais despropositadas, enfia a cabeça pela porta, olha em torno, sacode a cabeça e se retira? Em seus pesadelos, Corkoran desempenha também o papel de carrasco de Jonathan.

Ela agora sabe onde ele está. Roper não lhe disse, mas foi um jogo divertido para ele, ficar observando enquanto Jed vai recolhendo as pistas e juntando-as. E agora ela sabe.

Primeiro ela percebe os agrupamentos pouco naturais na extremidade dianteira do iate, no convés inferior, depois dos camarotes dos convidados: um amontoado de gente, um clima de acidente. Não é nada que ela possa apontar diretamente, mas, de qualquer forma, aquele setor do navio sempre foi nebuloso para ela. Nos dias de sua inocência, ouvia as pessoas se referirem a ele como a área de segurança. Em outra ocasião como o hospital. É a única parte do iate que não pertence nem aos convidados, nem à tripulação. E uma vez que o próprio Jonathan não é nenhuma das duas coisas, Jed encara o hospital como o lugar adequado para colocá-lo. Rondando atenta pela cozinha, Jed observa bandejas de comida de doente, que ela própria não mandou preparar. Estão cheias quando saem. E vazias quando voltam.

— Há alguém doente? — pergunta ela a Frisky, interrompendo-lhe o caminho.

Nos modos de Frisky já não há mais deferência, se é que um dia houve.

— Por que deveria haver? — diz ele, petulante. A bandeja erguida. Numa mão só.

— Então, quem é que está comendo essas papas? Iogurte, caldo de galinha... Para quem é isso?

Frisky finge perceber pela primeira vez o que ele está levando na bandeja.

— Oh, o Tabby, é isso, senhorita. — Nunca em sua vida ele a chamara de "senhorita" antes. — Está com um pouco de dor de dentes, o Tabby. Arrancou um siso em Antigua. Sangrou muito. Está tomando analgésicos. É.

Passara a observar quem o visita, e quando. Uma das vantagens dos rituais que a controlam é que o menor movimento irregular a bordo lhe interessa; ela sabe por instinto se a bonita camareira filipina dormiu com o capitão, ou com o contramestre, ou — como aconteceu rapidamente, certa tarde, enquanto Caroline estava tomando banho de sol no convés posterior — com Sandy Langbourne. Observou que são os três homens de confiança de Roper — Frisky, Tabby e Gus — que dormem no camarote acima da escada privativa para o que ela agora acredita ser a cela de Jonathan. E que os germano-argentinos do outro lado do passadiço podem suspeitar, mas não participam do segredo. E que Corkoran — o novo, enfatuado e intrometido Corkoran — percorre aquele caminho pelo menos duas vezes por dia, seguindo com um ar de circunstância e voltando de mau humor.

— Corky — suplica ela a ele, tentando se valer da antiga amizade. — Corky, querido, por favor... pelo amor de Deus... como é que ele está, está doente? Ele sabe que estou aqui?

Mas o rosto de Corkoran está ensombrecido pela escuridão que acaba de visitar.

— Eu a preveni, Jed. Dei-lhe todas as oportunidades — retruca ele, com ar ofendido. — Mas você não quis me ouvir. Foi teimosa. — E segue seu caminho como um bedel ofendido.

Sandy Langbourne também é um visitante ocasional. Sua hora preferida é depois do jantar, durante sua ronda noturna do convés, em busca de companhia mais divertida do que a esposa.

— Você é um filho da puta, Sandy — murmura-lhe quando ele passa por ela. — Seu pretensioso, mimado de merda.

Langbourne permanece impávido diante dessa agressão. Ele é bonito e entediado demais para ligar.

E ela sabe que o outro visitante de Jonathan é Roper, porque Roper mostra-se incomumente pensativo quando volta da área de proa. Mesmo não o tendo visto ir até lá, ela sabe pelo jeito dele quando reaparece. Tal como Langbourne, ele prefere as noites. Primeiro, um passeio pelo convés, uma conversinha com o capitão ou um telefonema para algum dos seus muitos corretores, cambistas e banqueiros ao redor do mundo: que tal arriscar alguma coisa nos marcos, Bill? — francos suíços, Jack? — iene, libra, escudo, borracha da Malásia, diamantes russos, ouro canadense? Então, gradualmente, através desses e de outros estágios semelhantes, ele é levado como que por atração magnética para a proa do barco. E desaparece. Quando ressurge, sua expressão é sombria.

Mas Jed não é tola de suplicar, de chorar, de gritar ou de fazer uma cena. Se existe uma coisa que torna Roper perigoso é uma cena. A invasão não autorizada de sua autoestima. São as drogas das mulheres se lamuriando a seus pés.

E ela sabe, ou acha que sabe, que Jonathan está fazendo aquilo que tentara fazer na Irlanda. Está se matando com a sua própria coragem.

Era melhor do que a adega de *Herr* Meister, mas era também muito, muito pior. Não havia como andar em círculos, junto às paredes escuras. Mas isso era porque ele estava acorrentado a elas. Não estava esquecido, sua presença era do conhecimento de toda uma sucessão de pessoas atentas. Mas essas mesmas pessoas haviam lhe enchido a boca com um pedaço de camurça e tapado com fita adesiva, e embora houvesse um entendimento tácito de que essas inconveniências seriam removidas no momento em que ele desse sinal de que queria falar, já lhe haviam deixado claro que se ele desse o sinal à toa haveria consequências. Desde então havia desenvolvido uma política firme de não falar em absoluto, nem sequer um "bom-dia", um "olá", porque o seu terror era que — uma vez que ele era uma pessoa que tendia ocasionalmente às confidências, nem que fosse pela sua condição de hoteleiro —, essa tendência poderia se tornar a sua desgraça e "olá" se transformaria em "mandei a Rooke os números dos contêineres e o nome do navio" — ou qualquer outra confissão desgarrada que lhe viesse à mente na agonia do momento.

E, no entanto, que confissão queriam dele? O que mais precisavam saber que já não sabiam? Sabiam que ele havia sido plantado e que a maior parte das histórias a respeito dele eram invenção. Se não sabiam o quanto ele havia delatado, sabiam o suficiente para mudar ou abortar seus planos antes que fosse tarde demais. Por isso, qual era a urgência? Porque a frustração? Então, gradualmente, à medida que as sessões foram se tornando mais ferozes, Jonathan veio a entender que sua confissão era algo a que eles achavam ter pleno direito. Ele os havia espionado. Eles o haviam desmascarado. E o orgulho deles exigia que uma declaração contrita subisse das galés.

Mas não estavam contando com Sophie. Não sabiam nada a respeito de sua companheira secreta. Sophie que estivera lá antes dele. Que estava lá agora, sorrindo para ele por cima da xícara de café, por favor, egípcio. Perdoando-o. Divertindo-o. Seduzindo-o um pouquinho, insistindo com ele para que vivesse à luz do dia. Quando lhe batiam no rosto — uma sessão de pancadas prolongada e cuidadosa, porém arrasadora — ele comparava seu rosto com o dela e, para se distrair, contava-lhe tudo a respeito do garoto irlandês e da Heckler. Mas nada de sentimental, ela era profundamente contra isso, eles nunca entravam numa de autopiedade, nem o senso de humor. *Você matou esta mulher?*, ela o provocava erguendo as sobrancelhas escuras depiladas e soltando aquela sua risada masculina. Não, ele *não tinha* matado aquela mulher. Já haviam deixado aquela discussão para trás há muito tempo. Ela ouvira sua narrativa dos negócios com Ogilvey, ouvira-o do princípio ao fim, ora sorrindo, ora franzindo o cenho, quando não gostava. "Acho que cumpriu com o seu dever, *Mr. Pine*", declarou quando ele concluiu. "Infelizmente, existem muitos tipos de lealdade, e não podemos servi-las a todas de uma única vez. Tal como meu marido, você acreditou que era um patriota. Da próxima vez, fará uma escolha melhor. Talvez venhamos a fazê-la juntos." Quando Tabby e Frisky trabalhavam em seu corpo — na maior parte do tempo acorrentando-o em posições que produziam dor prolongada e torturante — Sophie lembrava de como seu próprio corpo havia sido quebrado: no caso dela, batido com um porrete até ser destruído. E quando ele estava extremamente abatido, semiadormecido e imaginando como faria para voltar ao topo daquela fenda profunda, inventava com narrativas de escaladas difíceis que havia feito no Oberland bernês — uma face norte do Jungfrau, onde as coisas deram seriamente errado; um acampamento forçado sob vento de 160 quilômetros por hora. E Sophie, se ficava entediada, jamais demonstrou. Ouvia-o com os grandes olhos castanhos firmemente cravados nele, amando-o e encorajando-o: *tenho certeza que você nunca mais vai se entregar tão barato, Mr. Pine*, dissera ela. *Nossos bons modos, às vezes podem esconder demais a nossa coragem. Você tem alguma coisa para ler no avião de volta ao Cairo? Acho que vou ler. Isso me ajudará a lembrar que sou eu mesma.* E, então, para sua surpresa, ele estava de volta ao pequeno apartamento em Luxor, observando-a arrumar a sua valise, um objeto de cada vez, e muito deliberadamente, como se ela estivesse selecionando o companheiro para uma jornada bem mais longa do que a viagem ao Cairo.

E, é claro, fora Sophie quem o estimulara a manter-se em silêncio. Ela própria não havia morrido sem traí-lo?

Quando arrancaram a fita adesiva e retiraram o tampão de camurça, foi a conselho de Sophie que ele pediu para falar diretamente com Roper:

— Então está certo, Tommy — disse Tabby, sem fôlego, devido a seus esforços. — Você leva um papo com o Chefe e aí nós podemos todos tomar uma cerveja juntos como nos velhos tempos.

E Roper, em um dos seus momentos livres, desceu para vê-lo, usando seus trajes de cruzeiro e incluindo os sapatos de pelica branca com solas emborrachadas que Jonathan notara no quarto de vestir, em Crystal — e sentou-se na cadeira, encostado à parede em frente a ele. E passou pela mente de Jonathan que essa era agora a segunda vez que Roper o via com o rosto todo estragado, e que a expressão de Roper em todas as ocasiões havia sido idêntica: o mesmo torcer do nariz, a mesma avaliação crítica dos danos e das possibilidades de sobrevivência de Jonathan. Ficou imaginando como Roper teria olhado para Sophie se houvesse estado lá enquanto a matavam de pancadas.

— Está tudo bem, Pine? — perguntou, num tom de voz agradável. — Alguma queixa? Estão tomando conta de você direitinho?

— As camas têm colchões um pouco encaroçados.

Roper riu, bem-humorado.

— Não se pode ter tudo, eu creio. Jed sente a sua falta.

— Nesse caso, mande-a para mim.

— Não é bem o cenário dela, eu temo. Garota de convento. Gosta de uma vida bem protegida.

E Jonathan então explicou a Roper que, durante suas primeiras conversas com Langbourne, Corkoran e outros, fora levantada repetidamente a sugestão de que Jed estaria de alguma forma envolvida nas atividades de Jonathan. E ele queria dizer categoricamente, fosse o que fosse o que tivesse feito, fizera-o sozinho, sem a ajuda, em qualquer momento, de Jed. E que haviam exagerado demais uma ou duas visitas sociais à casa de Woody, que ocorreram quando Jed estava de saco cheio de Caroline Langbourne, e Jonathan estava solitário. Depois disso, lamentou não poder responder a nenhuma outra pergunta. Roper, normalmente tão rápido para entender as coisas, pareceu por alguns instantes não saber o que dizer...

— O seu pessoal sequestrou o meu menino — disse ele por fim. — Você mentiu para conseguir entrar na minha casa, roubou a minha mulher. Tentou destruir o meu negócio. Para que diabos estou ligando se você fala ou não? Você está morto.

Com que então é castigo, não apenas confissão, pensou Jonathan, enquanto lhe tampavam novamente a boca. E seu senso de companheirismo com Sophie tornou-se ainda mais forte, se é que isso era possível. Eu não traí Jed, disse a ela. E não vou, prometo. Permanecerei tão firme quanto *Herr* Kaspar com a sua peruca.

Herr Kaspar usava uma *peruca*?

Mas então eu não lhe contei? Meu Deus! *Herr* Kaspar é um herói suíço! Abriu mão de vinte mil francos por ano, livres de impostos, só para ser leal a si mesmo.

Você está certo, *Mr.* Pine, Sophie concordou com gravidade, quando acabou de ouvir atentamente tudo que ele tinha a lhe dizer. Não deve trair Jed. Deve ser forte, como *Herr* Kaspar, e tampouco deve trair a si mesmo. Agora você vai pousar a cabeça no meu ombro, por favor, tal como faz com Jed, e nós vamos dormir.

E, daí em diante, enquanto as perguntas continuavam sem favor das respostas, ora isoladamente, ora numa saraivada, Jonathan ocasionalmente viu Roper de volta à mesma cadeira, embora nunca mais usando os sapatos de pelica branca. E Sophie sempre ficou ao seu lado, não de uma forma vingativa, mas apenas para lembrar a Jonathan de que estava na presença do pior homem do mundo.

— Eles vão matá-lo, Pine — preveniu Roper umas duas vezes. — Corky vai acabar exagerando na mão, e pronto. Essas bichas nunca sabem onde estabelecer o limite. Recue, antes que seja tarde demais, é o meu conselho.

Depois disso, Roper se recostava na cadeira, assumindo aquele ar de frustração pessoal que desce sobre todos nós quando parecemos incapazes de ajudar um amigo.

E então Corkoran reaparecia e, inclinando-se avidamente para a frente, na mesma cadeira, disparava suas perguntas como se fossem ordens e contava até três, enquanto esperava ser obedecido. E ao dizer *três*, Frisky e Tabby voltavam novamente ao trabalho, até Corkoran ficar cansado, ou satisfeito:

— Bem, se você me der licença, coração, vou escorregar para dentro do meu sári rebordado de lantejoulas, enfiar um rubi no umbigo e empanturrar-me de línguas de pavão — disse ele, enquanto curvava-se para atravessar a porta com um sorriso afetado. — Lamento que você não possa participar da diversão. Mas se você não quer cantar para merecer a sua ceia, o que se pode fazer?

Ninguém se demorava lá após algum tempo nem mesmo Corkoran. Se um sujeito se recusa a falar, e se mantém firme nessa sua decisão, o espetáculo ganha uma certa mesmice. Somente Jonathan, vagando em seu mundo interior com Sophie, era favorecido por algum senso de lucro. Não devia nada que não quisesse dever, sua vida estava em ordem, ele estava livre. Congratulou-se por ter se livrado de seus compromissos institucionais. O pai, a mãe, os orfanatos, e a tia Annie, a que cantava, seu país, seu passado e Burr — tudo havia sido pago inteiramente, e na hora. Quanto a suas diversas credoras do sexo feminino, não podiam mais alcançá-lo com as suas acusações.

E Jed? Bem, havia algo de realmente maravilhoso em se pagar adiantado por pecados que ainda se tinha de cometer. Ele a havia enganado, é claro — no Mama Low's, ao entrar sob falso pretexto no castelo, a oferecer uma versão imperfeita de si mesmo — mas tinha a sensação de que também a havia resgatado, com que Sophie estava inteiramente de acordo.

— E não a acha superficial demais? — perguntou a Sophie, do modo como rapazes costumam consultar mulheres vividas a respeito dos seus amores.

Ela fingiu ficar zangada com ele.

— *Mr.* Pine, acho que está se fazendo um pouquinho de coquete. Você é um amante, não é um arqueólogo. A sua Jed tem uma natureza que ainda não foi tocada. Ela é bonita, por isso está acostumada a ser bajulada e adorada, e ocasionalmente tratada da forma indevida. Isso é normal.

— Eu não a tratei indevidamente — respondeu Jonathan.

— Mas tampouco a mimou. Ela não está segura de você. Procura-o porque quer a sua aprovação. Mas você não a dá. Por quê?

— Mas, *Madame* Sophie, o que acha que ela faz *comigo*?

— Vocês estão unidos por uma fricção de que ambos se ressentem, Isso também é normal. É o lado obscuro da atração. Ambos conseguiram aquilo que queriam. Agora, está na hora de descobrir o que fazer com isso.

— Eu simplesmente não estou pronto para ela. Ela é banal.

— Ela não é banal, *Mr.* Pine. E tenho certeza de que você nunca estará pronto para ninguém. No entanto, está apaixonado, e é assim que é. Agora, vamos dormir um pouco. Você tem um trabalho a fazer e vamos precisar de toda a força que pudermos reunir se quisermos concluir a nossa jornada. O tratamento da bebida borbulhante foi tão ruim quanto Frisky prometeu?

— Pior.

Ele quase morreu de novo e, quando despertou, Roper estava lá, com o seu sorriso interessado. Mas Roper não era alpinista, e portanto não compreendia a fixidez da determinação de Jonathan: por que outro motivo eu escalo montanhas, explicou a Sophie, se não para chegar ao pico? Por outro lado, o hoteleiro que havia nele sentia compreensão por um homem que havia fugido dos sentimentos. Jonathan sentiu realmente vontade de estender a mão para Roper e, como um gesto de amizade, puxá-lo para aquele abismo, só para que o Chefe pudesse ter uma ideia acerca de como era: você, que tem um orgulho tão grande de não acreditar em nada, e eu, aqui embaixo, com a minha fé em tudo intacta.

Então ele cochilou um pouco e, quando despertou, estava no Lanyon, caminhando nos rochedos com Jed, não mais tentando imaginar quem estaria à sua espera mais adiante, porém contente consigo mesmo e com a pessoa a seu lado.

Mas continuou se recusando a falar com Roper.

Sua recusa estava se tornando mais que um voto solene. Era um trunfo, um recurso.

O próprio ato da recusa lhe proporcionava uma renovação.

Cada palavra que ele não pronunciava, cada punho, pé ou cotovelo numa arremetida intensa, que o botava para dormir, cada dor nova e isolada, penetrava nele como um suprimento estimulante de energia, a ser armazenado para o futuro.

Quando a dor se tornava insuportável ele tinha visões de erguer-se em direção a ela, para receber e guardar seus poderes vivificantes.

E funcionou. Sob o disfarce de sua agonia, o observador atento em Jonathan reunia sua inteligência operativa e preparava seu plano para a utilização de sua energia secreta.

Ninguém porta uma arma, *pensou*. Estão seguindo a lei de todas as boas prisões. Carcereiros não portam armas.

30

Algo surpreendente havia acontecido.
    Tinha sido algo bom, ou terrível. De qualquer maneira, era decisivo, era conclusivo, era o fim da vida tal como Jed até então a conhecera.
    O telefonema os despertara no início da noite. Pessoal e confidencial, Chefe, dissera o comandante, cautelosamente. *Sir* Anthony, Chefe, e não sei se o senhor quer que eu passe a ligação. Roper resmungou aborrecido e virou de lado para falar. Estava usando novamente o robe azul-marinho. Estavam deitados, depois de terem feito amor, embora Deus saiba que não era amor o que tinham estado fazendo, e sim algo mais próximo do ódio. Seu antigo apetite por trepar às tardes havia redespertado recentemente. E o dela também. O apetite de um pelo outro parecia crescer em proporção inversa a seu afeto. Ela estava começando a se perguntar se sexo tinha alguma coisa a ver com amor, afinal. "Sou uma boa trepada", ela lhe dissera depois, olhando para o teto. "Oh, você *é*, sim", ele havia concordado. "Pode perguntar a *qualquer um*." E então esse telefonema, ele de costas para ela: Oh, que se dane, sim, vou falar. E então o enrijecimento de suas costas, uma imobilização dos músculos dorsais através da seda, um remexer inquieto das nádegas, as pernas apertadas uma contra a outra, num gesto de proteção.
    — Tony, você não está dizendo coisa com coisa. Está emputecido outra vez?... *Quem* é? Bem, ponha-o na linha. Por que não?... Está bem, fale, se você quiser. Eu escuto. Nada a ver comigo, mas não me importo de escutar... Não me venha com histórias lamuriosas, Tony, não é o meu tipo de música...
    Mas logo essas interjeições mal-humoradas foram ficando mais curtas e os espaços entre elas mais longos, até Roper ficar ouvindo em silêncio total, o corpo alerta e absolutamente imóvel.

— Só um minuto, Tony — ordenou subitamente. — Espere aí. — Virou-se para ela, sem se dar o trabalho de tampar o bocal com a mão. — Ligue o banho — disse a ela. — Vá para o banheiro, feche a porta. Abra as torneiras. Agora.

E ela então foi para o banheiro, abriu as torneiras e pegou a extensão emborrachada, mas ele evidentemente ouviu a água correndo e deu um grito para que ela saísse da linha. Por isso, depois de ter graduado as torneiras para que só corresse um pequeno fio d'água, comprimiu o ouvido contra a fechadura, até que a porta explodiu em seu rosto e a atirou no chão de azulejos holandeses, parte de seu recente esquema de decoração. E então ela ouviu Roper dizer:

— Continue, Tony. Uma pequena dificuldade local.

Depois disso, ela percebeu que ele só escutava, mas isso foi tudo que pôde ouvir. Entrou no banho e lembrou-se de como, antes, ele sentia prazer em entrar na outra extremidade da banheira e enfiar um pé entre as pernas dela enquanto lia o *Financial Times*, e em troca ela o excitava com os dedos dos pés, para provocar-lhe uma ereção. E às vezes ele a carregava de volta para a cama, para uma nova rodada, empapando os lençóis com a água do banho.

Mas desta vez ele limitou-se a ficar de pé no portal.

Usando seu robe. Olhando para ela. Pensando que diabos fazer com ela. Com Jonathan. Consigo mesmo.

Seu rosto estava fixo naquela carranca impiedosa, tipo fique-longe-de-mim, que ele muito raramente assumia, e jamais na frente de Daniel: aquela que fazia e destruía o que fosse necessário para a sua preservação.

— É melhor você se vestir — disse ele. — Corkoran vai chegar daqui a dois minutos.

— Para quê?

— Vista-se, apenas.

E então voltou ao telefone, começou a discar um número e mudou de ideia. Pousou o fone de novo no aparelho, com um controle tão imenso que ela entendeu que ele queria arrebentá-lo em pedacinhos, e o iate inteiro junto com ele. Pôs as mãos nos quadris, e ficou olhando-a enquanto ela se vestia, como se não gostasse do que ela estava escolhendo.

— É melhor usar sapatos confortáveis — disse ele.

E foi aí que o coração dela parou, porque a bordo ninguém usava nada além de sapatos próprios para navegar, ou pés descalços, exceto à noite quando as mulheres podiam usar escarpins, embora os saltos altos pontudos não fossem permitidos.

Por isso ela se vestiu e calçou um par de sapatos confortáveis, de camurça e sola de borracha, amarrados com cadarços, que comprara em Beigdorf & Goodman, durante uma de suas viagens a Nova York, e quando Corkoran bateu à porta, Roper levou-o para a saleta e conversou com ele sozinho durante pelo menos dez minutos, enquanto Jed ficou sentada na cama, pensando na chance que ainda não havia encontrado, na fórmula mágica para a salvação de Jonathan e de si própria. Mas nada lhe ocorria.

Ela havia fantasiado explodir o iate com o arsenal armazenado no porão de proa — uma espécie de *Uma Aventura na África*, com todo mundo a bordo, incluindo Jonathan e ela própria; envenenar os guardas, ou encenar uma denúncia dramática dos crimes de Roper diante dos convidados reunidos para o jantar, o que culminaria com uma busca do prisioneiro escondido; ou simplesmente segurar Roper como refém, com uma faca de cozinha. Várias outras soluções que funcionam tão bem nos filmes lhe haviam ocorrido, mas a verdade é que os criados e a tripulação a vigiavam o tempo todo, vários convidados haviam notado que ela estava um pouco nervosa, correram rumores de que estaria grávida, e não havia um único passageiro naquele iate que viesse a acreditar nela, ou a fazer alguma coisa — ou, ainda que ela conseguisse convencê-lo de que estava certa — que ligasse a mínima.

Roper e Corkoran deixaram a saleta e Roper enfiou algumas roupas, não antes de se despir completamente na frente deles, algo que nunca o incomodara, na verdade, ele até gostava, e por um mau momento ela temeu que ele fosse deixá-la sozinha com Corkoran, por algum motivo, mas não conseguiu pensar em nenhum que fosse bom. Para seu alívio, Corkoran seguiu com ele até a porta.

— Fique aqui e espere — disse Roper, ao saírem. Como se pensasse melhor, trancou a porta, algo que nunca havia feito antes.

Primeiro ela ficou sentada na cama, depois deitou-se, sentindo-se como uma prisioneira de guerra, sem saber se era o lado certo ou o errado que invadira o acampamento. Mas *alguém* ia invadi-lo, disso estava certa. Mesmo trancada na suíte principal podia perceber a tensão das instruções murmuradas ao pessoal, dos passos leves e acelerados pelo corredor. Ela sentiu o pulsar dos motores e o iate inclinou-se um pouco. Roper havia escolhido uma nova rota. Olhou pela escotilha e viu o horizonte virando. Levantou-se, e viu, surpresa, que estava usando *jeans*, em vez das toaletes completas de um milhão de dólares em que Roper insistia para os cruzeiros, e lembrou-se da magia que era o último dia de aulas, quando você podia tirar o detestado uniforme cinza do convento e vestir alguma coisa realmente ousada, como um vestido de algodão, para o momento glorioso em que o carro de seus pais chegava claudicando sobre os quebra-molas da madre Ângela, para levá-la embora.

Mas ninguém, exceto ela própria, dissera-lhe que estaria indo embora. Era sua própria ideia, e só o que podia fazer era rezar para que se tornasse realidade.

Resolveu reunir um *kit* de fuga. Se precisava de sapatos confortáveis, então iria precisar de outras coisas confortáveis também. Por isso, tirou sua mochila da prateleira do alto do guarda-roupa e colocou nela a bolsa com os artigos de banho, a escova de dentes e algumas roupas de baixo. Abriu as gavetas da escrivaninha e, com profundo espanto, encontrou seu passaporte — Corkoran deve tê-lo entregado a ele. Quando passou às joias, resolveu ser orgulhosa. Roper sempre adorara lhe dar joias, e havia um código de posse a respeito de que joia e que ocasião deveriam ser lembradas: o colar de diamantes cor-de-rosa para sua primeira noite juntos em Paris; o bracelete de esmeraldas para o aniversário dela, em Mônaco; os rubis para o Natal, em Viena. Esqueça tudo isso, disse a si mesma, dando de ombros: deixe as lembranças na gaveta. Então pensou, para o diabo, é só dinheiro, e agarrou três ou quatro peças como moeda corrente para sua vida futura junto com Jonathan. Mal as havia colocado na mochila, voltou a pegá-las, atirando-as sobre a penteadeira de Roper. Nunca mais vou ser sua vitrine de joias.

Não teve problemas, porém, em servir-se de umas duas camisas feitas à mão, de Roper, e roupas de baixo de seda, para o caso de Jonathan não ter o que usar. E um par de alpargatas Gucci, de que Roper gostava muito, e que pareciam ser do tamanho de Jonathan.

Sua coragem esgotada, deixou-se cair de novo na cama. É tudo um ardil. Não estou indo a lugar nenhum. Eles o mataram.

Jonathan sempre soube que quando o fim chegasse — qualquer que fosse o fim pelo qual eles se decidissem —, viriam buscá-lo em dupla. Seu palpite era de que a dupla seria composta por Frisky e Tabby, porque os torturadores, como qualquer outra pessoa, tinham os seus próprios protocolos: esse é o meu trabalho, o seu trabalho é aquele, e os trabalhos mais importantes vão para as pessoas mais importantes. Gus sempre fora um ajudante. Eles trabalharam em dupla quando o arrastaram para o banheiro, e também fizeram dupla quando o lavaram com uma esponja, o que pareciam estar fazendo por seus próprios e fastidiosos motivos, e não pelos dele: nunca conseguiram superar a raiva por aquela ocasião, em Colón, quando ele havia ameaçado se borrar todo, e quando ficavam zangados com ele nunca deixavam de lembrar-lhe que safado sujo ele era, só pensar naquilo era uma tremenda audácia.

Por isso, quando Frisky e Tabby abriram a porta e acenderam a luz azulada, e Frisky, o canhoto, levou a mão ao lado direito de Jonathan, deixando o braço esquerdo livre para emergências, e Tabby ajoelhou-se à esquerda da cabeça de Jonathan — atrapalhando-se com suas chaves, como de costume, nunca tendo a chave certa antecipadamente pronta —, tudo estava exatamente do modo como o observador atento havia previsto, exceto que ele não esperara que fossem tão absolutamente francos quanto ao propósito de sua visita.

— Estamos todos muito, muito cheios de você, sabe, Tommy. O Chefe particularmente — disse Tabby. — Motivo pelo qual você está indo fazer uma viagem. Sinto muito por isso, Tommy. Você teve a sua chance, mas preferiu ser teimoso.

Isso dito, Tabby deu em Jonathan um chute meio desanimado no estômago, só para o caso dele estar pensando em causar algum incômodo.

Mas Jonathan já havia passado há muito do estágio do incômodo, como podiam ver. Na verdade, houve um momento meio sem jeito, quando Frisky e Tabby pareceram se perguntar se o chato não estaria passando desta para melhor, porque quando o viram curvado para a frente, com a cabeça virada de lado e a boca aberta, Frisky pôs-se de joelhos, ergueu a pálpebra de Jonathan com o polegar e examinou-lhe o olho.

— Tommy? Vamos lá. Não podemos deixar você faltar ao seu próprio funeral, podemos?

E então fizeram uma coisa maravilhosa. Deixaram-no estendido no chão. Tiraram-lhe as correntes e a mordaça, e enquanto Frisky passava-lhe uma esponja no rosto e prendia um adesivo novo em sua boca, mas sem o pedaço de camurça, Tabby arrancou o que restava de sua camisa e enfiou-lhe uma camisa nova, um braço de cada vez.

Mas se Jonathan estava bancando o mole, feito um boneco de trapos, sua reserva secreta de energia já começava a se espalhar por todas as partes do seu corpo. Seus músculos, contundidos e semiparalisados de cãibras, gritavam com ele pelo alívio da ação. Suas mãos esmagadas e as pernas amassadas começavam a irradiar calor, sua visão embaçada clareava no momento mesmo em que Frisky lhe limpava os olhos.

Ele esperou. Lembrou-se da vantagem daquele momento extra de protelação.

Deixe-os bem tranquilos, pensou enquanto o erguiam.

Deixe-os bem tranquilos, pensou mais uma vez, enquanto passava um braço em torno do ombro de cada um, para ter apoio, e deixava seu peso ficar todo por conta deles, enquanto o arrastavam pelo corredor.

Deixe-os ficar tranquilos, pensou, quando Frisky seguiu, todo encurvado, à frente dele, subindo a escada em caracol, e Tabby o empurrava por baixo.

Oh, Deus, pensou, quando viu as estrelas espalhadas por todo o céu negro, e uma grande lua vermelha flutuando sobre a água. Oh, Deus, dê-me este último momento.

Pararam no convés, os três, como um grupo de família, e Jonathan ouviu a música dos anos 30, de Roper, ecoando através do começo da escuridão, vindo da taverna na popa, e os sons animados das conversas, enquanto a diversão noturna começava. O setor de proa do iate estava apagado, e Jonathan ficou imaginando se pretendiam atirar nele, um tiro no auge da música, quem iria ouvir?

O iate havia mudado de curso. Havia uma extensão de praia visível apenas uns dois ou três quilômetros ao lado. Havia uma estrada. Dava para ver a sequência dos postes de luz sob as estrelas, mais parecido com continente do que com ilha. Ou talvez uma sequência de ilhas, quem saberia dizer? Sophie, vamos fazer isto juntos. Já está na hora de darmos um caloroso adeus ao pior homem do mundo.

Seus guardas haviam parado, esperando por algo. Pendurado no meio deles, os braços ainda passados em torno de seus ombros, Jonathan ficou esperando também, satisfeito ao perceber que sua boca voltara a sangrar por dentro do adesivo, o que teria o duplo efeito de afrouxá-lo e fazê-lo parecer ainda mais arrebentado do que estava.

E então viu Roper. Provavelmente ele estava ali o tempo todo, e Jonathan não o tinha avistado, com seu paletó de *smoking* branco, contra o branco da ponte de comando. Corkoran estava lá também, mas Sandy Langbourne não viera. Provavelmente estava comendo uma das camareiras. E, entre Corkoran e Roper, viu Jed, ou, se não via, Deus a havia posto ali. Mas, sim, podia ver Jed, e ela podia vê-lo, ela não estava vendo nada, a não ser ele, mas Roper deve ter dito a ela para ficar calada. Estava usando uma simples calça *jeans*, e nenhuma joia, o que agradou a ele de uma forma absurda: realmente detestava o modo como Roper pendurava seu dinheiro nela. Ela olhava para ele e ele devolvia o olhar, mas, com seu rosto no estado em que se encontrava, ela não poderia saber disso. Provavelmente, com todos os gemidos e bambeadas extras que ele estava fazendo, ela não devia estar se sentindo muito romântica.

Jonathan tombou ainda mais nos braços de seus guardas, e eles obsequiosamente se curvaram e o seguraram com mais firmeza em torno da cintura.

— Acho que ele está indo embora — murmurou Frisky.

— Para onde? — disse Tabby.

E essa foi a deixa para que Jonathan batesse as duas cabeças uma na outra, com mais força do que ele jamais havia concentrado em toda a sua vida. A energia começou no seu pulo, quando ele pareceu levantar voo do buraco onde o haviam acorrentado. Fervilhou por seus ombros, quando abriu completamente os braços, para em seguida fechá-los em uma enorme e terrível pancada, logo em seguida uma segunda: têmpora contra têmpora, rosto contra rosto, orelha contra orelha, crânio contra crânio. A energia correu pelo seu corpo, quando empurrou os dois homens para longe de si, atirando-os em seguida no convés e, com o lado do pé direito, chutou uma cabeça de cada vez, um golpe em movimento de foice para cada um, depois um segundo, direto nas gargantas. E então caminhou para a frente, arrancando a fita adesiva do rosto, enquanto avançava sobre Roper, que estava lhe dando ordens, do mesmo jeito que havia feito no Meister's.

— Pine. Não devia ter feito isso. Não se aproxime mais. Corks, mostre-lhe sua arma. Estamos deixando você em terra. Vocês dois. Fizeram seu serviço e fracassaram. Uma perda total de tempo, toda essa coisa estúpida.

Jonathan havia encontrado a grade do navio e estava agarrado a ela com ambas as mãos. Mas estava apenas descansando. Não estava se enfraquecendo. Estava dando aos seus reforços secretos um tempo para se reagruparem.

— A mercadoria já foi toda entregue, Pine. Cedi um ou dois navios, uma ou duas prisões... que diabo! Você não acha que faço esse tipo de coisa sozinho, acha? — E então repetiu o que tinha dito a Jed. — Isto não é crime. Isto é política. Não adianta nada querer ser cheio de princípios elevados. O mundo é assim.

Jonathan partira em direção a ele novamente, embora seus passos fossem largos e trôpegos. Corkoran engatilhou a arma.

— Você pode ir para casa, Pine. Não, não pode. Londres puxou o tapete. Existe um mandado contra você na Inglaterra também. Atire nele, Corks. Faça-o agora, na cabeça.

— Jonathan, pare!

Era Jed, ou era Sophie, gritando para ele? Caminhar normalmente já não era mais fácil para ele. Gostaria de poder voltar à grade, mas ele chegara ao centro do convés. Avançava penosamente. O convés oscilava. Seus joelhos estavam falhando. No entanto, a vontade dentro dele não queria ceder. Estava determinado a agarrar o inatingível, colocar sangue no belo paletó branco de Roper, a esmagar seu sorriso de delfim, a fazê-lo gritar *Eu mato, eu faço mal, existe bom e mau, e eu sou o mau!*

Roper estava contando, do jeito como Corkoran gostava de contar. Ou ele estava contando com uma lentidão terrível, ou o senso de tempo de Jonathan também estava falhando. Ouviu *um*, ouviu *dois*, mas não ouviu *três* e perguntou-se se esse seria um outro jeito de morrer: atiram em você, mas você continua com sua vida exatamente como antes; só que ninguém mais sabe que você está ali. E então ele ouviu a voz de Jed, e esta tinha a vibração autoritária que sempre o aborrecera particularmente:

— Jonathan, pelo amor de Deus, *olhe!*

A voz de Roper voltou como se fosse uma estação de rádio muito distante, captada por acaso.

— Sim, olhe — disse ele, concordando. — Olhe aqui, Pine. Olhe só o que eu tenho. Estou dando uma de Daniel com ela, Pine. Só que desta vez não é um jogo.

Ele conseguiu olhar, embora as coisas começassem a ficar nubladas. E viu que Roper, como um bom oficial-comandante, dera um passo à frente de seu adjunto e estava em posição de sentido, com seu paletó branco elegante, só que com uma das mãos estava segurando Jed pelos cabelos castanhos, e com a outra segurava a pistola de Corkoran junto à sua têmpora — típico do velho Corky ter uma Browning nove milímetros legítima do exército. E então Jonathan deitou-se, ou caiu, e desta vez ouviu Sophie e Jed em coro, gritando com ele para que permanecesse acordado.

* * *

Haviam encontrado um cobertor para ele, e quando Jed e Corkoran o puseram de pé, Jed passou-o em torno de seus ombros, daquele jeito carinhoso que havia exibido em Crystal. Com Jed e Corkoran segurando-o, e Roper ainda com o controle da arma, para o caso de uma segunda ressurreição, arrastaram-no para o lado do navio, passando-o no caminho pelo que restava de Frisky e Tabby.

Corkoran fez Jed ir primeiro, e então os dois ajudaram Jonathan a descer os degraus, enquanto Gus, na lancha, oferecia a mão. Mas Jonathan recusou-se a aceitá-la e quase caiu na água em consequência disso, o que Jed achou típico de sua teimosia, justo quando todo mundo estava tentando ajudá-lo. Corkoran estava dizendo alguma coisa, interpondo-se a respeito da ilha ser venezuelana, mas Jed disse-lhe que calasse a boca, o que ele fez. Gus tentava dar-lhe instruções sobre o motor de popa, mas ela conhecia motores de popa tão bem quanto ele, e lhe disse isso. Jonathan, envolto feito um monge em seu cobertor, estava agachado no meio do barco, equilibrando-o por puro instinto. Seus olhos, mal visíveis dentro das órbitas inchadas, estavam erguidos para o *Pasha*, que assomava sobre eles como um arranha-céu.

Jed ergueu os olhos para o iate e viu Roper, com seu paletó branco, olhando para a água, como se buscasse algo que havia perdido. Por um momento, ele pareceu exatamente como estava quando ela o vira naquele primeiro dia em Paris: um cavalheiro inglês, bonito, alinhado e divertido, perfeito para a sua geração. Ele desapareceu e ela imaginou ter ouvido a música do convés posterior aumentar um pouco de volume, por sobre a água, enquanto ele voltava para a dança.

31

Foram os irmãos Hosken que viram primeiro. Estavam no mar, armando seus côvãos de pescar lagosta, ao largo de Lanyon Head. Pete viu, e Pete não disse uma só palavra. No mar Pete nunca falava. Aliás, em terra também não dizia muita coisa. Estavam tendo um dia de sorte com as lagostas. Haviam apanhado quatro belezas, cinco quilos o lote, minhas gracinhas.

E assim Pete e seu irmão Redfers foram para Newlyn em sua velha caminhonete dos correios, e trocaram as lagostas por dinheiro vivo, porque eles só faziam negócios com dinheiro vivo. E, na viagem de volta a Porthgwarra, Pete virou-se para Redfers e disse:

— E aí, viu aquela luz na cabana do Lanyon hoje de manhã?

E o caso é que Redfers tinha visto também, mas não achara grande coisa. Supôs que fosse algum *hippie* que estivesse lá, ou algum crente da Nova Era, ou fosse lá como o chamassem, um daqueles sacanas do acampamento das excursões de ônibus, para os lados de St. Just.

— Talvez *algum yuppie* da cidade tenha comprado o lugar — sugeriu Redfers, após refletir um pouco, enquanto seguiam. — Já está vazio há muito tempo. Quase um ano. Ninguém aqui ia ter essa grana toda.

Pete não acreditava nisso. A sugestão ofendia alguma coisa lá no fundo dele.

— Como é que se pode comprar uma casa, se não se consegue encontrar a porra do dono? — perguntou ao irmão, com aspereza. — Aquela casa é do Jack Linden. Ninguém pode comprar aquela casa, a não ser encontrando Jack Linden primeiro.

— Talvez seja o Jack que tenha voltado, então — disse Redfers, e era o que Pete andara pensando, também, mas não dissera. Por isso, Pete zombou de Redfers dizendo que ele era maluco.

Depois disso, durante vários dias nenhum dos irmãos descobriu mais nada para dizer a respeito, não um ao outro, nem a ninguém mais. Com um período de tempo bom e as cavalinhas vindo à superfície, e pargo também, quando se sabia onde procurar, porque iriam se importar com uma luz na janela do quarto de Jack Linden no andar de cima?

Foi só uma semana depois, num cair da tarde, quando estavam dando uma última olhada num trecho de águas rasas, uns três quilômetros a sudeste do Lanyon, de que Pete sempre gostou, e sentiram o cheiro de fumaça de lenha no vento que soprava de terra, que eles chegaram separadamente à mesma decisão tácita de irem andando pela vereda, como quem não quer nada, para descobrir quem, diabos, estava morando lá — muito provavelmente era aquele vagabundo velho e fedido, o *Mr.* Lucky, com aquele seu vira-lata safado. Se assim fosse, ele não tinha nada que estar fazendo ali. Não na casa de Jack Linden. Não o Lucky. Isso não seria certo.

Bem antes de chegarem à porta da frente, sabiam que não era o Lucky, nem ninguém como ele. Quando Lucky se mudava para uma casa, ele não cortava imediatamente a grama em torno da entrada, nem polia a maçaneta de latão da porta para você, rapaz. E não botava uma égua castanha linda no cercado do pasto — que diabo, rapaz, ela era tão bonita que quase sorria para você! E nem pendurava roupa de mulher na corda, ainda que ele *fosse* meio esquisitão. Nem ficava parado feito um abutre na janela da sala, parecendo mais um fantasma do que um homem, mas um fantasma familiar, apesar de todo o peso que havia perdido, desafiando você a subir o caminho para que ele lhe quebrasse as pernas, da mesma forma que quase fez com Pete Pengelly daquela vez em que tentaram ir alumiar com eles por lá.

Deixara crescer a barba, notaram, antes de virarem nos calcanhares e descerem correndo de volta pela vereda: um tipo de barba grande e espessa da Cornualha, mais uma máscara do que cabelo propriamente dito. Deus nos livre! Jack Linden com uma barba de Jesus!

Mas quando Redfers, que estava fazendo a corte a Marilyn nessa ocasião, reuniu coragem e informou a *Mrs.* Trethewey, sua futura sogra, que Jack Linden voltara ao Lanyon, não um fantasma, mas em carne e osso, ela lhe respondeu asperamente:

— Se aquele é o Jack Linden, eu sou a rainha-mãe — respondeu. — Por isso, não banque o garoto bobo, Redfers Hosken. Aquele é um cavalheiro da Irlanda com sua senhora, e eles vão criar cavalos e pintar quadros. Compraram a casa, pagaram as dívidas e estão virando uma página nova na vida, e aliás é mais do que tempo de você fazer a mesma coisa.

— Para mim, parecia o Jack — disse Redfers, com mais coragem do que estava sentindo.

Mrs. Trethewey ficou silenciosa por um momento, deliberando sobre o quanto poderia dizer, sem riscos, a um rapaz de limitações tão patentes.

— Pois preste bastante atenção, Redfers — disse ela. — Jack Linden, que esteve aqui algum tempo atrás, está muito longe, além das colinas. A pessoa que está morando no Lanyon... bem, admito que possa ser alguma espécie de parente do Jack, isso é possível, e existe uma semelhança, para aqueles que não conheceram bem o Jack. Mas eu tive a polícia aqui, Redfers. Um cavalheiro muito convincente do Yorkshire, com charme para dar e vender, veio desde Londres e falou com certas pessoas. E o que para alguns de nós pode parecer o Jack Linden, para os que são um pouco mais espertos é um estrangeiro inocente. Por isso eu lhe digo para nunca mais ficar falando coisas inconvenientes, porque, se o fizer, estará ferindo duas almas de grande valor.

Sobre Livros e Filmes

O espião que saiu do frio me proporcionou a primeira experiência no ramo do cinema e, em retrospecto, foi um batismo de fogo atipicamente tranquilo. O diretor e eu nos dávamos bem. Estabeleci uma relação amigável com o roteirista, que, por ser ex-instrutor em uma escola de espionagem britânica durante a Segunda Guerra Mundial, revelou saber muito mais sobre o ofício do que eu. Não foram tomadas grandes liberdades com minha história — embora eu já não veja mais isso como critério —, e meu único trabalho foi fornecer algum floreio ao roteiro, enquanto fazia amizade com Richard Burton e observava de soslaio seu consumo de álcool.

Era um filme de estúdio à moda antiga. Quase todos no set eram funcionários do estúdio em tempo integral. À noite, diante da fogueira, os veteranos me regalavam com histórias picantes sobre Clark Gable e Dorothy Lamour. O diretor, Ritt, era um esquerdista apaixonado que ainda carregava as feridas abertas da Lista Negra de Hollywood. Com Richard Burton no papel de *bon-vivant* irresponsável e Ritt como o homem ofendido e rancoroso, a hostilidade entre o diretor e a estrela alimentava a alienação de Burton e fortalecia sua atuação.

E a jornada do livro ao filme foi um passeio: a história era um fio único, ainda que emaranhado, com um herói vingador rumo à própria destruição e uma vítima inocente aguardando, também, seu fim. Ritt queria o livro tal como era; ele o tomou e o realizou de forma magnífica. O que mais um autor poderia pedir? O cinema era claramente uma indústria de serviços. Você escreve, eles filmam, missão cumprida. Ou era o que eu — em minha inocência — pensava.

Minha segunda experiência no ramo se seguiu logo após a primeira e rapidamente me trouxe de volta à realidade. O livro em questão, meu primogênito, era *O morto ao telefone*, mas o estúdio considerou o título assustador demais para o público de cinema e o rebatizou de *Chamada para um morto*.

A estrutura do livro sempre foi questionável, mas eu presumi vagamente que os realizadores consertariam isso com uma pequena ajuda de minha parte. Na ocasião, o diretor Sidney Lumet, famoso por *Doze homens e uma sentença*, não expressou o menor desejo de me encontrar, muito menos discutir o filme que se propunha a fazer. James Mason foi escalado como George Smiley, mas teve que se chamar Dobbs por razões contratuais. O mais próximo que cheguei da emoção das filmagens foi comer sanduíches de pepino com Mason no Hotel Ritz, em Piccadilly. Se houve uma grande estreia em algum lugar, nunca fiquei sabendo. Quando o filme finalmente chegou a um cinema perto da minha casa, eu me presenteei com um ingresso e o assisti sozinho uma tarde. Tinha um elenco dos sonhos: James Mason, Maximilian Schell, Simone Signoret, Harry Andrews, Roy Kinnear — isso sem falar de uma bela e jovem atriz escandinava que, para meu espanto, ficou completamente nua, uma ousadia necessária na efervescência dos anos 1970. A visão dela me impactou tanto que saí do cinema praticamente sem pensar em mais nada. Quando voltei a mim, restou a impressão de um conjunto de cenas bem-filmadas que não faziam muito sentido. Lumet tinha lido meu livro? Talvez sim. E talvez esse fosse o problema.

Desde então, cerca de quinze romances meus trilharam o caminho para as telas, seja como longas-metragens ou como produções para a televisão. Mas a transição continua tão imprevisível, frustrante e gratificante para mim, quanto sempre foi. Vi personagens de ficção sobre os quais escrevi com muito amor por vários anos se transformando em tolos da noite para o dia. Vi personagens bidimensionais, coadjuvantes dos meus romances, serem engrandecidos e reformulados num passe de mágica. Vi cenas dos meus livros nas quais suei sangue para aumentar a tensão tombando mortas por pura falta da mais elementar técnica teatral. Vi alguns dos meus escritos mais maçantes e insignificantes ganhando uma vida intensa por meio de uma direção e uma atuação esplêndidas. No princípio era o verbo. O escritor vive ou morre por ele. Para o cineasta, no princípio era a imagem. Essa batalha criativa vem sendo alegremente travada desde que o primeiro filme ganhou vida.

* * *

O que aprendi? Que qualquer autor que entra em uma reunião de roteiro como se fosse o cão de guarda de seu romance está perdendo tempo. As razões são tão óbvias que chegam a ser idiotas: um romance que precisa de algumas horas de leitura paciente será convertido em um filme que levará cem minutos para um público impaciente.

O máximo que o escritor pode pedir é que o arco de sua história sobreviva de alguma maneira e que o público saia do cinema conhecendo alguns dos personagens e partilhando algumas das emoções que o leitor experimentou ao terminar o livro.

E já é pedir muito. O escritor é um ególatra que se recusa a delegar seu trabalho a qualquer outro. Ele inventa seus próprios personagens, veste-os, dá vozes a eles, investe-os de apetites, fraquezas e maneirismos. Cria cenas para eles, coloca-os em qualquer local que lhe apeteça, de dia ou de noite, em qualquer estação do ano. Ele pode optar por ser a voz onisciente de Deus por um minuto e, no próximo, descer para a história e fazer parte dela.

Quanto ao orçamento: bem, quinhentas folhas de papel A4 de gramatura média, hoje em dia, valem seis ou sete libras. Depois disso, no meu caso, é o gasto constante das canetas esferográficas. Quanto ao filme, começa mais ou menos na marca de vinte milhões de dólares, e daí para cima.

Agora veja o trabalho do roteirista azarado que adaptará um romance de mais ou menos 450 páginas. Os executivos dos estúdios ganham bem demais para ler livros. Seus servos fornecem aquilo que eles chamam de *argumento,* que é um jargão de cinema para resumo. Cinco páginas são suficientes, obrigado, e nada de palavras complicadas ou frases longas.

Mas o roteirista não pode se virar só com o argumento. Ele é pago (e bem-pago, via de regra) para ler todo o livro e, como se diz, separar o joio do trigo. Depois disso, ele será requisitado por seus produtores a fornecer o que chamam de tratamento, um esboço da rota planejada, o que, quando chegar a hora de escrever o verdadeiro roteiro, quase certamente será ignorado. Talvez ele esqueça o que está no tratamento ao escrever a primeira versão. Ou talvez ele descubra que, quando posta à prova, o tratamento é uma dor de cabeça tão grande quanto o romance original.

Mas há também uma razão mais obscura para um roteirista lançar-se em um voo solo. Em vez de adaptar um romance intratável, ele decide impor à obra original uma outra melhor, de sua própria invenção, que ele acalentou por anos em sua cabeça, mas que por alguma razão nunca chegou a colocar no papel. Vi isso acontecer algumas vezes, e acaba em lágrimas.

Pois bem, quais seriam os filmes baseados na minha obra dos quais me lembro com prazer, ou até com orgulho, se é que houve algum? A boa notícia é que os filmes ruins são esquecidos em um dia, ao passo que os livros ruins, se você por acaso escreveu algum, tendem a voltar para assombrá-lo muito tempo depois que achava tê-los esquecido, porque sempre tem um novo gênio da crítica por aí que insiste em dizer que o seu pior trabalho é o melhor de todos.

Prazer? Orgulho? No caso de O espião que saiu do frio, sim para o orgulho, não para o prazer. Meu breve contato com o problemático e incrivelmente talentoso Richard Burton deixou um rastro de tristeza que se acentuou com sua morte prematura. A dureza de seu relacionamento com Ritt, apesar de toda a criatividade que talvez tenha lhe proporcionado, não se apagou com o tempo.

Os filmes que mais gosto de lembrar — por mais crasso que possa parecer — são aqueles que foram os mais alegres durante a produção. Não com risadas o tempo todo: não *esse* tipo de alegria, de modo algum. Mas sim filmes em que o diretor, o elenco e a equipe realmente conseguiram saborear o que estavam fazendo; quando as inevitáveis brigas e rivalidades davam lugar a um propósito comum, maior.

O primeiro desses filmes — e o principal deles — será sempre a produção da BBC para *O espião que sabia demais*, com Alec Guinness como protagonista, que foi insuflada por uma força quase mística durante os sete meses de filmagens. Quando terminou, os realizadores exibiram os episódios para convidados no BAFTA — quatro antes do almoço, três depois. Se alguém tivesse colocado uma bomba sob o edifício, teríamos perdido metade do alto escalão da inteligência britânica. E eles adoraram. E eu também. Até Alec — sempre difícil de agradar quando se tratava de seu próprio trabalho — ficou encantado.

E um adendo: o longa-metragem de *O espião que sabia demais*, com Gary Oldman como George Smiley, pareceu entusiasmar seus criadores da mesma maneira inexplicável.

* * *

Foi apenas quando surgiu *O jardineiro fiel* que eu e, acredito, seus realizadores sentimos aquela velha empolgação. Sempre amei ter escrito esse livro: desde as primeiras sondagens furtivas entre os funcionários descontentes das corporações farmacêuticas em Londres até as incursões entre as chaminés brancas das indústrias na Basileia e, por fim, as aldeias tribais do Quênia, onde jovens mães que mal sabiam ler eram enganadas para assinar "formulários de consentimento" que transformavam seus próprios filhos em cobaias.

O produtor, Simon Channing Williams, sentia, tanto quanto nosso diretor brasileiro, Fernando Meirelles, que o filme tinha algo importante a dizer. Com Ralph Fiennes e Rachel Weisz para ajudá-los, eles de fato transmitiram sua mensagem; e, depois de fazer isso, instalaram uma clínica imprescindível nas favelas de Kibera e uma escola igualmente imprescindível às margens do lago Turkana. Ambas prosperam até hoje. O roteiro — ora acrescentando algo à história original, ora subtraindo algo dela — tomou seu próprio rumo estranho, mas de alguma forma o arco sobreviveu, assim como a paixão. E, ao longo do caminho, Rachel Weisz ganhou um merecido Oscar.

Até agora, estes dois filmes foram basicamente os pontos altos da minha relação de altos e baixos com a indústria do cinema.

Fiquei apreensivo quando soube que *O gerente noturno* se tornaria uma produção de seis horas para a televisão, atualizado para o nosso tempo.

Creio que, de uma forma estranha, fiquei chocado, porque eu havia vendido os direitos do filme vinte anos antes para nada. O diretor-estrela Sydney Pollack (*Tootsie*, *Entre dois amores* etc.) apaixonou-se pelo romance e convenceu o estúdio a comprá-lo. Robert Towne, conhecido por *Chinatown*, foi contratado para escrever o roteiro e, de alguma forma misteriosa que até hoje não entendi, não conseguiu completá-lo. Grandes somas de dinheiro trocaram de mãos, deixando os direitos do filme perdidos nos cofres de Hollywood e a mim em um estado de luto e mau humor — afinal o romance, segundo todas as opiniões, estava prestes a ser filmado.

Agora isso.

Para mim, estava tudo bem quanto à televisão. O formato de série muitas vezes se adequa melhor ao meu trabalho do que os longas-metragens, e a dramaturgia na televisão, seja nos Estados Unidos, na Escandinávia ou, mais raramente, na Grã-Bretanha, tem alçado novos voos.

Mas um romance que escrevi quase um quarto de século atrás sendo redefinido para o presente? Sem nada da viagem de Pine ao norte de Quebec? Nada da América Central? Meus amados barões da droga colombianos substituídos por senhores da guerra do Oriente Médio? Nenhum iate de luxo de um zilhão de dólares para Richard Roper? Um novo final para a história *ainda a ser discutido*? Como assim?

Ah, e aliás, se estiver tudo bem para você, David, vamos transformar seu principal investigador em uma mulher. Ela não será o seu Sr. Burr, ela será a nossa Sra. Burr, astuta, corajosa, dura, brilhante e em gravidez avançada durante todo o filme, o que é divertido, porque ela está grávida também na vida real.

A tudo isso, um espírito pobre como o meu poderia razoavelmente responder: por que então você não escreve sua droga de romance? Com todas essas mudanças, o que sobrou do meu livro?

E, surpreendentemente, a resposta é: muita coisa, mais do que eu ousei esperar.

Tomemos a Sra. Burr. Certo, ela era um homem no romance, um sujeito duro, denso, sem frescuras, mas um homem apesar de tudo, e era uma lembrança dos meus próprios dias na espionagem, quando agentes secretas eram uma raridade; ou, se não eram, eu nunca conheci uma. Mas será que realmente queremos isso em 2016? Um homem branco de meia-idade enfrentando outro homem branco de meia-idade e usando um terceiro homem branco um pouco mais novo como sua arma no duelo?

Em seguida, havia a aflição com relação ao iate de Richard Roper. Eu amava aquele iate. No romance, passamos muito tempo nele. É o quartel-general de Roper. É o que o mantém em alto-mar. O que faz dele um perverso Holandês Voador. Eu já tinha sido convidado a ir até o iate de um homem muito rico e testemunhei como ele comandava o mundo dali.

Mas iates de luxo, ao que parece, custam os olhos da cara, e na televisão — a menos que você pretenda afundá-los — eles rapidamente se tornam claustrofóbicos. Muito melhor então, para a série, dar a Roper a ilha ensolarada de um bilionário com uma mansão palaciana ao estilo Gatsby, mais um punhado de casas de veraneio para seus subordinados e seguranças.

Quanto à Sra. Burr: bem, claro, hoje eu gostaria de tê-la escrito no romance em vez de seu marido. Mas não foi o que fiz. Tudo que eu podia fazer, ainda que cautelosamente, era recebê-la na família e torcer para que o roteirista, o diretor e os produtores tivessem a inteligência de trazer uma personagem agradável e verossímil à vida.

E eles trouxeram. Entra Olivia Colman.

E, à medida que o roteiro crescia sob as mãos habilidosas de David Farr — eu já tinha visto e admirado suas produções teatrais para a Royal Shakespeare Company em Stratford —, à medida que eu ouvia, de longe, o progresso dos quatro meses de filmagens e era convidado a assistir a trechos da série de vez em quando, comecei a sentir aquela chama, aquele frio no estômago que prenuncia o entusiasmo. Ao ver trechos — corridos — das filmagens, você descobre pelo menos uma coisa, se tiver sorte: que tem um diretor no qual pode confiar. Susanne Bier foi essa diretora — não apenas porque era conhecida por ser muito boa e tinha um Oscar para prová-lo, mas porque, desde as primeiras cenas, ela anunciou seu estilo meticuloso de narração, e eu pude perceber que era possível relaxar e acompanhá-la, em vez de esperar desagradavelmente por seus tropeços.

Aos poucos o triângulo dramático começa a surgir — ou seria um quadrângulo? Hugh Laurie como Roper contra Tom Hiddleston como Pine. E Jed, interpretada pela incomparável Elizabeth Debicki, como prêmio. E o quarto membro? Corkoran, o Iago da obra, ou, melhor, o Bosola, interpretado por Tom Hollander, o demônio que tem todas as melhores falas.

Nesta altura sou simplesmente parte do público, porque este não é o filme do livro, este é o filme do filme; é aquilo que todos desejamos e que, desta vez, me parece que realmente conseguimos: uma produção que faz seu próprio trabalho, explorando meu romance de formas que eu achava que ninguém havia notado — talvez nem eu mesmo, como o que aconteceu com a versão de *O espião que sabia demais* da BBC e com *O jardineiro fiel*.

Então, alguns dias atrás, eu finalmente vi toda a série, três horas à noite, três na manhã seguinte. E o que me agrada, acima de tudo, é como Susanne Bier vai fundo na história, muito além do que outros diretores teriam ido; e como, no vaivém dessa interação entre série e livro, ocorre um processo de mão dupla: comecei a detectar na série coisas que talvez ela não tenha percebido, assim como ela viu coisas que me passaram despercebidas em meu romance.

Será que ela está ciente, por exemplo, de que na série Richard Roper morre *vencendo*? Em todo caso, é o que acontece, na minha opinião. Mesmo quando ele se debate na traseira do carro de polícia — a caminho do cadafalso? Das Cataratas de Reichenbach? —, ele aparece como um sujeito que, apesar de todas as coisas terríveis que fez, foi duramente maltratado.

Talvez seja porque o Roper de Hugh Laurie nos divertiu por tanto tempo com sua fleuma, sua inteligência, civilidade e pura malícia que não queremos deixá-lo partir. Ou talvez porque a essa altura passamos a nos perguntar se Jonathan Pine não estaria desfrutando um pouco demais do seu papel de anjo vingador. Se, de certa forma, os pecados dele somados não seriam equivalentes aos de Roper.

Será que Susanne Bier realmente planejou *isso*, eu me pergunto? Ou seria apenas o caso de dois soberbos atores britânicos de classe emanando uma aura inconsciente de onipotência, de uma cumplicidade que se estende para além do racional e adentra o homoerótico? Dito de outra forma, estariam Pine e Roper mutuamente cientes de seus propósitos desde o início? Em alguns momentos, parece ser o caso: como se Roper realmente *gostasse* de ser um agente da própria destruição, apenas pelo prazer de atuar com alguém tão inteligente e implacável quanto ele próprio, como se estivesse ligeiramente apaixonado por seu próprio carrasco.

Eu coloquei mesmo tudo isso no romance? Adoraria pensar que sim. Mas, se não, meus agradecimentos à série por fazê-lo em meu lugar.

John le Carré, 2016.

Agradecimentos

Reconheço com gratidão a ajuda de Jeff Leen do *Miami Herald*, e de Rudy Maxa, Robbyn Swan, Jim Webster, da Webster Associates, Edward Nowell da Nowell Antiques, Billy Coy da Enron, Abby Redhead da ABS, Roger e Anne Harris do Harris's Restaurant, Penzance, Billy Chapple de St. Buryan, e algumas boas almas da Agência de Combate às Drogas (DEA) e do Tesouro dos EUA, que por motivos óbvios não podem ser mencionadas aqui. Nem seria apropriado dar nome aos comerciantes de armas que me abriram suas portas, ao contrário daqueles que saíram correndo quando me ouviram chegar, nem de um ex-soldado inglês na Irlanda que me permitiu vasculhar a sua memória. A gerência de um certo hotel em Zurique, fiel as suas tradições, demonstrou uma indulgência muito camarada para com as fraquezas de um antigo hóspede. Scott Griffin guiou-me no Canadá, Peter Dorman e seus colegas da Chicago House, em Luxor, demonstraram uma cortesia extraordinária e abriram-me os olhos para os esplendores do Egito antigo. Frank Wisner revelou-me um Cairo que jamais esquecerei. Os Mnushin emprestaram-me o seu pedaço do paraíso, Kevin Buckley orientou-me nas direções certas, Dick Koster deu-me as dicas para Fabergé, Gerasimos Kanelopulos me estragou com mimos na sua livraria, Luís Martinz traçou para mim um quadro completo da magia do Panamá. Jorge Ritter mostrou-me Colón e muito mais, Barbara Deshotels me orientou pelos caminhos de Curaçao. Se não consegui me mostrar à altura de sua hospitalidade e de suas palavras sábias, a falha é minha, e não deles. De todas as pessoas que, ao longo do caminho, me deram estímulo e me estenderam a mão, John Calley e Sandy Lean são quase que últimos demais para que eu lhes agradeça, mas sem eles talvez o *Iron Pasha* nunca se tivesse feito ao largo.

Este livro foi composto na tipologia Minion Pro,
em corpo 11,5/14,3, e impresso em papel off-set 75g/m²,
no Sistema Cameron da Divisão Gráfica
da Distribuidora Record.